中國古典文學基本叢書

柳宗元集校注

第三册

〔唐〕柳宗元 撰
尹占華
韓文奇 校注

中華書局

柳宗元集校注卷第二十二

序①

送楊凝郎中使還汴宋詩後序

談者謂大梁多悍將勁卒〔一〕，亟就滑亂②〔二〕，而未嘗底寧。控制之術，難乎中道。蓋以將驕卒暴，則近憂且至，非所以和衆而乂民也〔三〕。將誅卒削，則外虞實生，非所以扞城而固圉也〔四〕。是宜慰薦喣諭〔五〕，納爲腹心，然後威懷之道備。聖上於是撫以表臣，贊以藝人〔六〕，參剛柔而兩用，化逆順而同道。既去大憝〔七〕，遂室有衆。故楊公以謀議之隟〔八〕，對揚王庭，不踰時而承詔復命〔九〕，示信于外諸侯③。時當朝之羽儀，凡同官之寮屬，皆餞焉。容受童孺④，使在末位〔一〇〕。禮部郎中許公以宏才奥學〔一一〕，已任文字，顧唱在席，咸斷章而賦焉。謂工部郎中崔公〔一二〕，文爲時雄，允宜首序。謂小子預離觴之餘瀝，俾撰後序，編以繼之。大凡軍旅之制，贊佐之重，崔公序之備矣。膺命受簡，欲默不敢，故書談者之辭，拜手以獻，用充餘篇云。

【校 記】

① 詁訓本題爲「序十三首」。

② 注釋音辯本注：「猾，一本作滑，音磆，訓也。」

③ 原注與注釋音辯本、詁訓本、世綵堂本注：「示，一作出。」

④ 孺，注釋音辯本作「儒」。

【解 題】

［注釋音辯］貞元十四年朝京師，十五年還汴。［韓醇詁訓］楊凝初以吏部郎中爲宣武軍判官，與韓昌黎同董晉幕下。凝自汴朝正於京，昌黎嘗作《天星詩》以送之，時貞元十二年。此云使還，即凝自京還汴也。汴州自大曆後多兵，劉玄佐死，子士寧代之，無度，其將李萬榮逐而代之，德宗命董晉領其軍。晉一時幕府皆望人，如韓昌黎、劉宗經、韋洪景等，皆從之。凝後亦預焉。此序所以言「聖上於是撫以表臣，贊以藝人」，而贊其來朝之美也。其曰禮部郎中許公，即許孟容；工部郎中崔公，即崔群。皆一時預餞者。［百家注集注］楊凝字懋功，虢州弘農人。大曆十三年進士。初以吏部郎中爲宣武軍判官，貞元十二年，自汴朝正於京師。昌黎嘗作《天星行》以送其來。今自京還汴，公作

此序以送其往云。按：韓愈《天星送楊凝郎中賀正》作於貞元十四年，韓醇云十二年誤。貞元十五年二月，汴州軍亂，殺節度留後陸長源。此文云「亟就滑亂」，則作於貞元十五年無疑。陸長源被害，朝廷以劉逸準爲汴州刺史、宣武軍節度使，改名全諒。楊凝因在京師，脱此一難，事後仍須回汴州復命，柳宗元作此序以送之。

【注釋】

〔一〕［注釋音辯］汴州宣武軍，今東京。［韓醇詁訓］悍音旱。［百家注引孫汝聽曰］宣武軍，古大梁之地。［蔣之翹輯注］唐汴州宣武軍，古大梁之地，宋曰汴京，元曰汴梁，今爲河南開封府。

〔二〕［注釋音辯］亟，去吏切。［韓醇詁訓］猾音滑。［百家注引童宗説曰］滑亦亂也，音骨。亟，去吏切。

〔三〕［蔣之翹輯注］將字並去聲。乂音義。按：乂，治理。

〔四〕［百家注引童宗説曰］《詩》：「公侯干城。」干，扞也。《左氏》：「亦聊以固吾圉也。」圉，邊陲也。按：見《詩經·周南·兔罝》、《左傳》隱公十一年。

〔五〕［注釋音辯］呴，火羽、吁句二切。潘（緯）云：呴與煦同。《淮南子》注：「呴，温恤也。」［韓醇詁訓］呴，吁句切。

〔六〕［注釋音辯］《書·立政》篇：「藝人表臣百司。」表臣，表幹之臣。謂董晉爲宣武軍節度。謂以楊凝檢校吏部郎中、汴宋亳潁觀察判官。［百家注引孫汝聽曰］《書》：「大都小伯，藝人表臣。」表臣，表幹之臣。藝人，道藝之人。貞元十一年七月，以董晉爲宣武軍節度，是撫以表臣也。八月，以楊凝檢校吏部郎中、汴宋亳潁觀察判官，是贊以藝人也。

〔七〕［注釋音辯］（憝）徒對切。《書·康誥》篇：「元惡大憝。」［韓醇詁訓］徒對切。［百家注引張敦頤曰］《書》：「元惡大憝。」憝亦惡也。

〔八〕［注釋音辯］（隟）音隙。［百家注］隟與隙同。

〔九〕［百家注引韓醇曰］貞元十四年冬，凝朝正京師。貞元十五年春，凝還汴。

〔一〇〕［注釋音辯］子厚時年二十七。［百家注引孫汝聽曰］公時年二十七。

〔一一〕［注釋音辯］［百家注引韓醇曰］許孟容，字公範。

〔一二〕［注釋音辯］［百家注引韓醇曰］崔群，字敦詩。［蔣之翹輯注］許孟容字公範，長安人。崔群字敦詩，武城人。唐史俱有傳。按：陳景雲《柳集點勘》卷二云：「崔公，舊注崔群，誤。序作於貞元十五年，群方爲校書郎。當謂群父積。積仕至郎官，見《石表先友記》。許、崔二公皆宗元父執，故均以丈人行尊之耳。或曰謂崔元翰。蓋元翰文譽尤盛，與『文爲時雄』語更合也。」章士釗《柳文指要》上《體要之部》卷二二：「或謂指敦詩之父積，此與許孟容同爲先友，於分固稱，惟積無文名，爲顧及序中『文爲時雄』一語，崔元翰或更較近。」

【集　評】

《王荆石先生批評柳文》卷六：少年文字猶尚葩麗，總不如永州時作。

蔣之翹輯注《柳河東集》卷二二引王世貞曰：此子厚蚤年之作，故其蹊逕近方，而議論殊無深致。

送崔群序

貞松産于巖嶺〔一〕，高直聳秀，條暢碩茂，粹然立于千仞之表〔二〕，和氣之發也。稟和氣之至者①，必合以正性。于是有貞心勁質，用固其本，禦攘冰霜以貫歲寒，故君子儀之〔三〕。清河崔敦詩有柔儒温文之道〔四〕，以和其氣，近仁復禮〔五〕，物議歸厚，其有稟者歟？有雅厚直方之誠②，以正其性，愨論忠告，交道甚直，其有合者歟？是故日章之聲〔六〕，振于京師。嘗與隴西李杓直〔七〕、南陽韓安平〔八〕，洎予交友③。杓直敦柔深明，沖曠坦夷，慕崔君之和。安平厲莊端毅，高朗振邁，悦崔君之正。余以剛柔不常，造次爽宜〔九〕，求正于韓，襲和于李，就崔君而考其中焉。忘言相視④，默與道合。今將寧覲東周〔一〇〕，振策于邁〔一一〕，且餞于野〔一二〕，或命爲之序。予于崔君有通家之舊，外黨之睦⑤〔一三〕，然吾不以是合之。崔君以文學登于儀曹〔一四〕，歊于王庭〔一五〕，甲俊造之選，首讎校之列⑥〔一六〕，然吾不以是視之。于其序也，載之其末云⑦。

【校　記】

① 和氣，世綵堂本作「至和」。

② 直，《文粹》、《全唐文》作「質」。

③ 交友，《文粹》作「爲交」。

④ 視，《文粹》作「親」。

⑤ 睦，《文粹》、《全唐文》作「親」。

⑥ 列，《文粹》作「任」。

⑦ 「載」上《文粹》、《全唐文》有「故」字。

【解　題】

〔韓醇詁訓〕崔群字敦詩，史有傳。擢甲科，舉賢良方正，祕書省校書郎，累遷右補闕、翰林學士、中書舍人，數陳讜言，憲宗嘉納。與韓昌黎友善，韓集有與群詩，在元和初作，《與群書》在貞元十九年。此序亦貞元末年柳未謫時文也。〔百家注引童宗説曰〕群字敦詩，唐史有傳。按：此序約作於貞元十年。崔群是年登賢良方正能言極諫科，唐例制科登第後即可授官，序云「甲俊造之選，首讎校之列」，即謂此。崔群得官後往洛陽省親，柳宗元作此序送之。陳景雲《柳集點勘》卷二：「元和十五年，子厚之喪北還，群時自政府觀察湖南，其祭奠之詞云：『群宿受交分，行敦情契，遺文在篋，贈言猶佩。』即謂此序也。」

【注釋】

〔一〕［百家注引張敦頤曰］貞，正也。［蔣之翹輯注］《荀子》：「松柏經隆冬而不凋，蒙霜雪而不變，可謂得其貞矣。」按：見陳耀文《天中記》卷五一引《荀子》。

〔二〕［百家注引孫汝聽曰］八尺曰仞。

〔三〕［百家注］張（敦頤）曰：孔子曰：「歲寒然後知松柏之後凋也。」孫（汝聽）曰：儀，法也。按：孔子語見《論語·子罕》。

〔四〕［百家注引韓醇曰］敦詩，系出清河。

〔五〕［百家注引張敦頤曰］子曰：「克己復禮爲仁。」按：見《論語·顔淵》。

〔六〕［百家注引孫汝聽曰］《禮記》：「君子之道，闇然而日章。」按：見《禮記·中庸》。

〔七〕［注釋音辯］李建字杓直。方（嵩卿）云：杓，直遥切。［韓醇詁訓］名建。杓，卑遥切。

〔八〕［注釋音辯］韓泰字安平。［韓醇詁訓］名泰。

〔九〕〔百家注引童宗説曰〕爽，差也。

〔一〇〕〔百家注引孫汝聽曰〕東周，謂洛陽。

〔一一〕〔百家注引童宗説曰〕《詩》：「無小無大，從公于邁。」〔蔣之翹輯注〕策，馬箠也。按：見《詩經·魯頌·泮水》。邁，出行。

〔一二〕〔蔣之翹輯注〕餞，古之行者，必有祖道之祭，祭畢，處者送之，飲于其側而後行也。

〔一三〕章士釗《柳文指要》上《體要之部》卷二二云「至外黨之睦，疑指永貞中敦詩是同情政變之一人」，非是。崔群之于永貞政局之真實態度已難考，然此處「外黨」指姻親，雖具體情況難以落實。

〔一四〕〔注釋音辯〕禮部也。貞元八年，群試禮部，中其科。〔百家注引韓醇曰〕貞元八年，群試禮部，中其科。

〔一五〕〔注釋音辯〕敭音揚。

〔一六〕〔注釋音辯〕〔百家注引韓醇曰〕貞元十年，群舉賢良方正，授校書郎。

【集　評】

蔣之翹輯注《柳河東集》卷二二：「有合者歟」句下：落下二段，句句是體貼上意，但其詞不能化腐爲新耳。

何焯《義門讀書記》卷三六：「今將寧覲東周」：告寧，漢分吉凶，「寧覲」二字，後人不可襲用。

送邠寧獨孤書記赴辟命序

僕聞歲驟遊邠壃〔一〕，今戎帥楊大夫時爲候奄〔二〕，盡護群校①〔三〕，用笞法箠令，不吐强禦〔四〕，下莫有逗撓凌暴而犯令者。沉斷壯勇，專志武力，出麾下〔五〕，取主公之節鉞而代之位〔六〕，鶡冠者仰而榮之〔七〕。今又能旁貴文雅，以符召文士之秀者河南獨孤密②，署爲記室〔八〕，俾職文翰，翕然致得士之稱於談者之口。蓋朝廷以勇爵論將帥〔九〕，豈濫也哉？獨孤生與仲兄寔連舉進士〔一〇〕，並時管記於漢中、新平二連帥府〔一一〕，俱以筆硯承荷舊德③，位未達而榮如貴仕，其難乎哉！

噫！自犬戎陷河右，逼西鄙〔一二〕，積兵備虞④，縣道告勞，内匱中府太倉之蓄，僅而獲饜，投石而賈勇者〔一三〕，思所以奮力。論者以爲天子且復河壖故疆〔一四〕，拓達西戎〔一五〕，而罷諸侯之兵〔一六〕，則曳裾戎幕之下〔一七〕，專弄文墨，爲壯夫捧腹〔一八〕，甚未可也。吾子歷覽古今之變，而通其得失，是將植密畫於借箸之宴〔一九〕，發群謀於章奏之筆⑤，上爲明天子論列熟計，而導揚威命，然後談笑罇俎〔二〇〕，賦從軍之樂〔二一〕，移書飛文，諭告西士劫脅之伍，俾其簞食壺漿〔二二〕，犒迎王師，在吾子而已。往慎辭令，使諭蜀之書⑥〔二三〕，燕然之文〔二四〕，炳烈于漢史，真可慕也。不然，是瑣瑣者，惡足置齒牙間而榮吾子哉⑦！

【校　記】

① 校，《英華》作「牧」。

② 《英華》注：「（符下）一有㩳字。」密，原作「寧」，據注釋音辯本、詁訓本、《英華》等改。世綵堂本作「宓」。《新唐書·宰相世系表五下》獨孤氏載獨孤愐三子：寔、寂、密，云密，雲州刺史。王讜《唐語林》卷一載高崇文擒劉闢，「韋皋參佐房式、韋乾度、獨孤密、符載、郤士美，皆即論薦」，亦作獨孤密。

③ 舊，詁訓本作「休」。

④ 積，《英華》作「精」。

⑤ 章，《英華》作「草」。

⑥ 何焯校本「使」上有「無」字。

⑦ 惡，詁訓本作「烏」。

【解　題】

〔注釋音辯〕獨孤密。〔韓醇詁訓〕今戎帥楊大夫，朝晟也。《朝晟傳》：嘗爲邠寧韓遊瓌都虞候，遊瓌御士寬，軍驕，張獻甫來代，軍遂亂，衆脅監軍，請以范希朝爲節度使，朝晟斬首惡者一百餘人，獻甫遂入。朝晟加御史大夫。貞元九年，獻甫卒，遂代爲邠州。請城方渠、合道、木坡，以遏吐蕃路云云。與序所言揚朝晟軍政之嚴，及備虞西戎之意皆合。辟賓佐必其初年，序作此時云。按：貞元十二年五月，邠寧節度使張獻甫卒，楊朝晟繼爲節度使，見《舊唐書·德宗紀下》，韓醇注有誤。獨孤密貞元十一年登進士第，其爲楊朝晟所辟約在貞元十三年。

【注　釋】

〔一〕〔注釋音辯〕（壃）即疆字。〔韓醇詁訓〕驟，鉏救切。邠音彬。〔百家注〕孫（汝聽）曰：閒，如字，近也。韓（醇）曰：邠壃，邠州之界。

〔二〕〔注釋音辯〕楊朝晟字叔明，爲邠寧節度使韓遊瓌都虞候。〔百家注引孫汝聽曰〕成十八年《左氏》：「張老爲候奄。」按：候奄，軍中主斥候之官，在唐爲都虞候。陳景雲《柳集點勘》卷二：「『今戎帥楊大夫時爲候奄』，注楊朝晟爲邠寧節度使韓遊瓌都虞候，案柳子以叔父侍御爲邠寧從事，嘗往省之時，邠帥乃張獻甫，而候奄則朝晟也。遊瓌帥邠及朝晟隸麾下事皆在前，非遊邠時事也。注似是而踈。」陳説是。當注爲楊朝晟時爲張獻甫都虞候。

〔三〕［百家注引孫汝聽曰］校者，以木爲欄格，軍部用之，故軍尉皆以校爲名。

〔四〕［百家注引童宗説曰］《詩》：「柔亦不茹，剛亦不吐。不侮鰥寡，不畏强禦。」按：即不畏强悍之意。《詩經·大雅·烝民》作「不侮矜寡」。

〔五〕［百家注引王儔補注］麾，大將之旗。《漢書》多作「戲」。

〔六〕［注釋音辯］《唐史》云：韓遊瓌御士寬，軍驕，張獻甫來代，軍遂亂，朝晟斬首惡者百餘人，加御史大夫。貞元九年，獻甫卒，以朝晟爲邠寧節度使。按：百家注本引韓醇注已見解題。

〔七〕［注釋音辯］鶡音曷，勇雉也。武士以之飾冠。［韓醇詁訓］鶡音曷。［百家注引孫汝聽曰］鶡冠，武士之冠也。鶡，勇雉也。其鬬，一對死乃止。故趙武靈王以表武士，秦施之焉。徐廣云：「鶡似墨雉，出上黨。」

〔八〕［百家注引孫汝聽曰］貞元十一年登第。

〔九〕［百家注引劉嵩曰］襄二十一年《左氏》：「齊莊公爲勇爵，殖綽、郭最欲與焉。」

〔一〇〕［百家注引孫汝聽曰］貞元七年，寔舉進士。

〔一一〕［注釋音辯］［百家注引孫汝聽曰］獨孤寔爲山南西道節度嚴震掌書記。新平即邠州。按：建中三年至貞元十五年，嚴震爲梁州刺史、山南西道節度使。貞元十二年至十七年，楊朝晟爲邠州刺史、邠寧節度使。

〔一二〕［注釋音辯］［百家注引孫汝聽曰］廣德元年七月，吐蕃入大震關，取河西、隴右之地。

〔一三〕［注釋音辯］潘（緯）云：賈音古。《左傳》注：「賈，賣也。言己勇有餘，欲賣之。」［韓醇詁訓］（賈）音古。［世綵堂］《左傳》：「齊高固入晉師，桀石以投之，禽之，曰：『欲勇者賈余餘勇。』」按：見《左傳》成公二年。

〔一四〕［注釋音辯］［韓醇詁訓］壖，而宣切。［百家注引孫汝聽曰］河壖，隙地，河邊地。

〔一五〕［韓醇詁訓］拓音託。

〔一六〕罷，通「疲」。

〔一七〕［世綵堂］《漢·鄒陽傳》：「何王之門不可曳長裾乎？」

〔一八〕［蔣之翹輯注］《揚子》：「雕蟲小技，壯夫不爲。」《史記·日者傳》：「季主捧腹而大笑。」

〔一九〕［蔣之翹輯注］《史記·留侯世家》：「臣請藉前箸爲大王籌之。」注：「求皆所食之箸，用指畫也。」

〔二〇〕［蔣之翹輯注］《家語》「樽俎折衝」。按：樽俎指宴席。《晏子春秋·雜上》：「夫不出尊俎之間，而折衝於千里之外，晏子之謂也。」

〔二一〕［百家注引孫汝聽曰］魏建安二十年，曹公西征張魯，降之，王粲作詩美其事，略云：「從軍有苦樂，但問所從誰。」按：見《文選》王粲《從軍詩五首》及注，當作「漢建安二十年」。

〔二二〕《孟子·梁惠王下》：「簞食壺漿，以迎王師。」簞，盛飯竹器。

〔二三〕［注釋音辯］司馬相如有《諭蜀文》。［韓醇詁訓］漢武帝時，唐蒙通夜郎，發巴蜀吏卒，民大驚恐，上使司馬相如責唐蒙，因以檄告巴蜀民，以非上意。按：見《漢書·司馬相如傳》。

〔二四〕［注釋音辯］燕，平聲。班固有《燕然山銘》。［韓醇詁訓］和帝時，竇憲破北單于，登燕然山，命中護軍班固刻石勒功，紀漢威德。按：見《後漢書·竇憲傳》。

【集評】

《王荆石先生批評柳文》卷六：華茂成雄，真擲地作金石聲者。

蔣之翹輯注《柳河東集》卷二二：文章自有聲色，非瑣瑣可比。

儲欣《河東先生全集録》卷三：以慎辭命曷獨孤，與虚諛者不同。意興豪邁，全得《諭蜀父老》筆意。

先生諸體，惟序遜韓，而永、柳以前，草率應酬滋甚，余力汰之。此序當屬先生著意之搆。

何焯《義門讀書記》卷三六：「爲壯夫捧腹」：捧腹句是當時語未刮磨者。此篇似符載得意文。

焦循批《柳文》卷五：自然遒厚。

同吴武陵送前桂州杜留後詩序①

觀室者觀其隅〔一〕，隅之巍然，直方以固，則其中必端莊宏達可居者也②。人孰異夫是？今若杜君之隅可觀〔二〕，而中可居，居之者德也。贊南方之理，理是以大；總留府之政〔三〕，政是以光。其道不撓，好古書百家言，洋洋滿車，行則與俱，止則相對，積爲義府〔四〕，溢爲高文。慤而和，肆而信〔五〕，豈《詩》所謂「抑抑威儀，惟德之隅」者耶〔六〕？今往也，有以其道聞于天子，天子唯士之求爲急，杜君欲辭争臣侍從之位，其可得乎？濮陽吴武陵直而甚文，樂杜君之道，作詩以言。余猶吴也③，故於是乎序焉。

【校記】

① 詩序，《英華》作「序」。

② 必，原作「心」，據諸本改。

③ 猶，原重作「吴」，據諸本改。

【解題】

［注釋音辯］杜周士。［韓醇詁訓］公既謫永州，而吴武陵亦坐事謫於此，武陵至永在元和三年，序當在後作。按：《新唐書·南蠻傳下·西原蠻》：「監察御史杜周士使安南，過邕州，刺史李元宗白狀：周士從事五管，積三十年矣，亦知其不便，嚴公素遣人盗其槀，周士憤死。」《册府元龜》卷一三六：「（長慶元年）二月辛未，命給事中韋弘景爲容州、邕州、安南宣慰使，監察御史杜周士副焉。」陳景雲《柳集點勘》卷二云：「杜留後，即《童區寄傳》中之桂部從事杜周士。周士爲桂帥顔証賓佐在

貞元、元和之交，其出桂幕而來永，子厚與吴武陵以詩文送之，則元和中事也。周士别子厚而北，即入湖南使幕，後仍適嶺表，歷佐五管諸府，至長慶初以監察御史使安南，卒。有所著《廣人物志》三卷，列《藝文志》。又有《代孔戣請朝覲表》，見《文苑》。」文云「杜君欲辭争臣侍從之位」，當是徵杜周士入朝爲御史。吕温《吕衡州集》卷一〇《湖南都團練副使廳記》：「元和三年冬，天子命御史中丞隴西李公，以永嘉之循政、京兆之懿則，廷錫大旆，俾綏衡湘……始下車，表前副使殿中侍御史扶風竇君常，字中行，以本官復職。於是監察御史河南穆君寂、河内司馬君紓、范陽盧君璠、太常協律郎河東薛君存慶、前咸陽尉吴郡顧君師閔、前太子正字隴西李君礎、前太常寺奉禮郎京兆杜君周士、前延陵縣尉同郡杜君賞，群材響附，各以類至。」湖南都團練觀察使隴西李公爲李衆，可知元和三年杜周士又入湖南李衆幕府。杜周士辭御史入湖南幕在元和三年，此文即是年作。

【注　釋】

〔一〕〔百家注引孫汝聽曰〕隅，廉隅。按：廉謂室的側邊，隅謂牆角。

〔二〕〔百家注引李氏曰〕杜君名周士，貞元十七年中進士第。

〔三〕〔百家注引韓醇曰〕爲桂管觀察留後。

〔四〕〔百家注引張敦頤曰〕《左氏》：「《詩》、《書》，義之府。」按：見《左傳》僖公二十七年。

〔五〕愨，恭謹。肆，隨便，不拘小節。

〔六〕〔百家注引孫汝聽曰〕《詩・大雅・抑》之文。

送寧國范明府詩序①

近制，凡得仕於王者，歲登名于吏部、兵部②，則必參其等列③，分而合之，率三十人以爲曹，謂之甲。名書爲三，其一藏之有司，其二藏之中書洎門下〔一〕。每大選，置大考績，必闕決會驗而視其成〔二〕，有不合者下有司，罷去甚衆。由是吏得爲奸以立威，賊知以弄權，詭竊竄易〔三〕，而莫示其實④。必求端慤而習於事、辯達而勤其務者，命之官而掌之。居三年，則又益其官〔四〕，而後去其職。

有范氏傳真者，始來京師，近臣多言其美，宰相聞之⑤，用以爲是職，在門下甚獲休問。初命京兆武功尉，既有成績，復於有司，爲宣州寧國令。人咸曰⑥：「由邦畿而調者，命東西部尉，以爲美仕〔五〕。」范生曰：「不然。夫仕之爲美，利乎人之謂也。與其給於供備，孰若安於化導？故求發吾所學者，施於物而已矣。夫爲吏者，人役也，役於人而食其力⑦，可無報耶？今吾將致其慈愛禮節，而去其欺僞凌暴，以惠斯人，而後有其禄，庶可平吾心而不愧於色。苟獲是焉，足矣。」季弟爲殿中侍御史〔六〕，以是言也告於其僚〔七〕，咸悦而尚之，故爲詩以重其去⑧，而使余爲序。

【校　記】

①詩序，《英華》作「序」。

②兵，世綵堂本作「吏」，注釋音辯本注：「兵，一本作吏。」蔣之翹輯注本云：「下『吏部』一作『兵部』，非是。」按：唐代考核選拔官員分文選、武選，文選歸吏部，武選歸兵部，見《新唐書·選舉志下》。故「兵部」二字不誤。

③詁訓本無「則」字。

④示，《英華》作「有」。

⑤聞，注釋音辯本、游居敬本作「方」。

⑥「人」原闕，據注釋音辯本、詁訓本、《英華》等補。

⑦其，《英華》作「有」。

⑧重，注釋音辯本、游居敬本作「贈」。

【解　題】

［注釋音辯］范傳真。［韓醇詁訓］范傳真，新舊史皆無傳。序云「其季弟爲殿中侍御史」，以舊

史考之，乃范傳正也。傳正有傳，言自渭南尉拜監察、殿中侍御史，即與序合。且曰「以其言也告於其僚」，公爲監察御史與之爲僚，乃貞元二十年云。［蔣之翹輯注］唐宣州寧國縣，今屬南直隸寧國府。按：韓説可從。此文先述唐代詮選之事，言其中多有營私舞弊者。范傳真以道德才幹由武功尉擢爲寧國縣令，雖未能留在京城，范傳真卻認爲可以爲民衆作一番事業。後在宣州南陵縣因陂建堰，興修水利以利民，見《新唐書·地理志五》，柳宗元此文可謂不虛美。

【注釋】

〔一〕［蔣之翹輯注］《通典》：中書省自魏晉始，唐武德三年復，龍朔二年改爲西臺，光宅元年改爲鳳閣，開元元年改爲紫微省，五年復舊。令二人，侍郎二人。其餘大小吏各有差。門下省，後漢謂之侍中省，龍朔二年改爲東臺，光宅初改爲鸞臺，開元元年改爲黄門省，五年復舊。有侍中二人，黄門侍郎二人，其餘大小吏各有差。

〔二〕［百家注引孫汝聽曰］成，謂成事品式。［蔣之翹輯注］選音先，去聲。選，置詮官也。周制：三載考績，三考黜陟。其訓曰：三歲而小考其功也，小考者正職而行事也。九歲而大考有功也，大考者，黜無職而賞有功也。

〔三〕［韓醇詁訓］詭，古委切。竄，取亂切。

〔四〕［百家注引童宗説曰］詮，選也。

〔五〕《唐六典》卷三〇：「漢氏，長安有四尉，分爲左右部。城東南置廣部尉，是爲左部；城西北置明部尉，是爲右部。並四百石，黄綬大冠，主追捕盜賊，伺察姦非。」《唐語林》卷五：「議者戲云：『畿尉有六道：入御史爲佛道，入評事爲仙道，入京尉爲人道，入畿丞爲苦海道，入縣令爲畜生道，入判司爲餓鬼道。』」陳景雲《柳集點勘》卷二云：「東西部尉，按唐崔琬《御史臺記》：凡畿尉召入，其除官美惡，凡有六道：其得長安、萬年二赤尉者，名仙道。令最下，號畜生道。此云東西部尉，即二赤縣之尉，而所部分東西也。」

〔六〕[注釋音辯]范傳正。[百家注]韓（醇）曰：《舊史·范傳正傳》，言自渭南尉拜監察、殿中侍御史。孫（汝聽）曰：時又有范傳式、傳規，皆中第。按：陳景雲《柳集點勘》卷二云：「季弟爲殿中侍御史，以是言也告於其僚，案貞元二十年五月，柳子與臺中諸同僚祭李中丞汶，時范傳真季弟傳正方爲監察御史，序云殿中，蓋五月後遷官也。韋瓘《大農陂記》：『元和四年，傳真以宣之寧國令攝南陵縣，因大農廢陂置石堰三百步，水所及者六十里，尋遷御史。後三年，傳正觀察宣部，允邑人請勒石爲記。』《新史·地理志》但云寧國令范某而不著其名，蓋未考之柳序及韋記耳。」

〔七〕[注釋音辯]子厚時爲監察御史。[百家注引韓醇曰]公時爲監察御史，與傳正同僚。

【集　評】

蔣之翹輯注《柳河東集》卷二二：述范生處，其言足爲官箴，而文亦典。

焦循批《柳文》卷五：簡勁，可備掌故。與《送薛存義序》用意同，而各一局段。

送幸南容歸使聯句詩序

昔漢室方盛，文章之徒合于京師，亦既充金馬、石渠①〔一〕，則又溢于諸侯，求達其道。故枚乘客于吴〔二〕，相如遊于梁〔三〕，其或致書匡主，用極其志，節之大者也〔四〕；適時觀變，以成其性，道之茂者也〔五〕。渤海幸君既登于太常之籍〔六〕，又膺邯鄲之召〔七〕，北會元戎，直道自達，吾儕器其略；南聘天朝，相禮述職〔八〕，公卿多其儀。合度于易于之間〔九〕，雖枚生之節、長卿之道，無以尚也。冬十有二月，朝右禮備，復于轅門〔一〇〕，我同升之友〔一一〕，是用榮其趣捨〔一二〕，惜其離曠，卜兹良辰②，詠歎其美。比詞聯韻，奇藻遞發，爛若編貝，粲如貫珠〔一三〕，琅琅清響〔一四〕，交動左右。群公以侍御之往也，予闕其述，命繫而序焉。

【校　記】

①原注與注釋音辯本、世綵堂本「金馬」下注：「一有盈字。」

②辰，注釋音辯本、世綵堂本、游居敬本、《全唐文》均作「夜」。

【解　題】

〔韓醇詁訓〕序曰「膺邯鄲之召，北會元戎，直道自達」，邯鄲趙地，時在魏博節度府。魏博田弘正自貞元十年入朝，南容豈其來聘之使耶？其曰「朝右禮備，歸於轅門」，則公尚在京師，必貞元二十年前也。〔百家注引王儔補注〕南容，洪州人也。〔蔣之翹輯注〕南容，高安人，貞元九年同子厚中進士第。序云「膺邯鄲之召」，豈嘗又佐諸藩幕邪？後累遷國子祭酒，死，有異跡，民爲祠之。按：陳景雲《柳集點勘》卷二云：「案《豫章書》云：『南容，高安人，貞元中進士，試《權衡賦》，與柳子厚同年。子厚有《送歸聯句詩序》。歷國子祭酒。孫軾，咸通七年中三史科。』案高安今屬瑞州，在唐爲洪州屬邑，補注是也。序稱渤海，蓋本其望言之。因幸姓《廣韻》不載，故其得姓之始，及望在渤海，皆已不得其詳。《晉書・方伎傳》有豫章建昌幸靈，則此姓之去渤海而占籍江右，其來舊矣。南容時自成德使府入朝而歸，成德乃河朔三鎮之一，大帥自擅其地，多失臣禮，故引枚生匡諫吳王事以規之，而與長卿遊梁並言者，蓋錯互其詞，避訐露也。覼合度易於之間，則意尤微而章矣。（黄中案：蜀孟昶時，有工部侍郎幸夤遜者，蜀人也，見《宋史》。《姑蘇志》五十八卷有幸道者。東坡《志林》有幸思順，金陵老儒。）」韓醇注誤，陳説亦未的。邯鄲爲磁州屬縣，屬澤潞節度使管領。澤潞又名昭義軍。以邯鄲稱潞州，與李賀《酒罷張大徹索贈詩時張初效潞府》「葛衣斷碎趙城秋」，《潞州張大宅病酒遇江使寄上十四兄》「秋至昭關後，當知趙國寒」，稱潞州爲「趙城」、「趙國」，同一用法。貞元十年，潞州大都督府長史、昭義軍節度使李抱真卒，以邕王李謜遥領昭義軍節度使，以原兵馬使押衙王延貴充昭義節度留後，賜名虔休。貞元十一年五月，以王虔休爲潞州大都督府長史、昭義軍節度副大使知節度事、澤潞磁邢洺觀察等使。貞元十五年卒於鎮。見《舊唐書·王虔休傳》。疑柳宗元此文作於貞元十一年王虔休被任命爲昭義軍節度副使知節度事時，幸南容奉王虔休謝表朝拜朝廷，回潞州覆命之時，柳宗元等友人設宴並聯句作詩爲其送行，宗元同時寫了這篇序文。當是幸南容進士及第後應聘爲澤潞從事，何年離開澤潞則不詳。柳宗元與幸南容的另一同年丘絳登第後爲魏博從事，後爲田季安所坑殺。劉禹錫有《遥傷丘中丞詩並引》。故幸南容、丘絳不可能同爲魏博從事而劉、柳卻無一語言及。成德則距邯鄲遠矣，更非。《太平廣記》卷二五六引劉禹錫《嘉話録》作「辛南容」，查林寶《元和姓纂》卷三，辛姓郡望無渤海，故此人當姓「幸」而非姓「辛」。雍正《江西通志》卷二一瑞州府：「桂巖書院在高安縣調露鄉，唐幸南容創，宋幸元龍重新之，有記，周益公必大題額。成化間，幸順迪重建，劉革記。」《江西通志》卷一二六收有南宋嘉定間幸元龍所作《桂巖書院記》，云：「桂巖書院在高安郡北六十里，唐國子祭酒幸南容公之舊址也。……按黄滔中和二年《二賢祠碑》：祭酒其先滄州青池人，萬歲通天中茂弘丞南昌，因家高安之洪城里地。里志載滄州即渤海郡，而高安其洪州屬邑，故柳子厚送祭酒歸使序謂渤海幸君，而林寶《元和姓纂》載祭酒洪州人云。」文云黄滔作《二賢祠碑》，今本《黄御史集》未有此文，當然也可能佚去。又云《元和姓纂》載幸南容洪州人，今本《元和姓纂》未列「幸」姓，「辛」姓中也没有名南容者。清倪濤《六藝之一録》卷一〇三《隆興府碑記》：「中和二年石刻：唐二賢廟在高安縣調露鄉，應智頊、幸南容之祠，有莆田黄滔中和二年石刻記。廟立於貞觀初，元和時敝，南容修之。寶曆景午，里人並祀南容。李德裕爲袁州長史，爲書祠額。」

【注釋】

〔一〕［韓醇詁訓］《公孫弘傳》「待詔金馬門」，《揚雄傳》「歷金門，上玉堂」。顏師古曰：「金門，金馬門也。」《施讎傳》：「與五經諸儒雜論同異於石渠閣。」顏師古曰：「石渠在未央殿北，以此藏祕書也。」［百家注引孫汝聽曰］《史記》：「金馬門，宦者署門。」旁有銅馬，故曰金馬門。漢時賢良待詔於此。《三輔故事》曰：「石渠閣在大祕殿北，以閣祕書，蕭何所造。」班固作《西都賦》云：「内設金馬、石渠之署。」

〔二〕［韓醇詁訓］枚乘爲吴王濞郎中，吴王之謀爲逆也，乘奏書諫之。［百家注引韓醇曰］枚乘字叔，淮陰人，爲吴王濞郎中。按：見《漢書・枚乘傳》。

〔三〕［韓醇詁訓］司馬相如既奏《大人賦》，天子大悦。相如既病免，居茂陵，天子曰：「相如病甚，可悉取其書。」而相如已死，家無遺書，妻對曰：「未死時爲一卷書，曰有使來求書，奏之。」其書言封禪事，天子異之云。［百家注引韓醇曰］司馬相如字長卿，景帝時，以貲爲郎。梁孝王來朝，從遊説之士鄒陽、枚乘、嚴忌之徒，相如見而説之，因病免，客遊梁。按：見《漢書・司馬相如傳》。

〔四〕［百家注引孫汝聽曰］謂濞謀逆，乘奏書諫。

〔五〕［百家注引孫汝聽曰］謂相如也。

〔六〕［注釋音辯］貞元元年中進士第。［百家注引劉嵩曰］貞元元年，南容中進士第。［蔣之翹輯注］登籍，謂中第也。太常，禮部也。按：「元年」爲「九年」之誤。幸南容與劉禹錫、柳宗元爲同年進士。本文「我同升之友」亦可證。

〔七〕［注釋音辯］邯鄲，趙地。［百家注引韓醇曰］邯鄲，趙地，屬魏博節度府。按：注誤。邯鄲在唐爲縣，屬磁州，隸澤潞節度使府。見《新唐書·地理志三》及《方鎮表三》。

〔八〕［百家注引張敦頤曰］《孟子》：「諸侯朝於天子曰述職。」按：見《孟子·梁惠王下》。

〔九〕［注釋音辯］《禮記·檀弓》：「易于雜者，未之有也。」注：「易謂君禮，于謂臣禮。」［韓醇詁訓］［百家注引劉嵩曰］《檀弓》曰：「諸侯之來辱敝邑者，易則易，于則于。易于雜者，未之有也。」注：「易謂臣禮，于謂君禮。」

〔一〇〕［百家注引孫汝聽曰］《項羽紀》：「諸侯將入轅門。」張晏注曰：「軍行以車爲陣，轅相向爲門，故曰轅門。」按：見《史記·項羽本紀》。

〔一一〕［百家注引孫汝聽曰］南容與公同登進士第。

〔一二〕［注釋音辯］潘（緯）云：（趣捨）上七喻切，下義、赦二音。《莊子》注：「進趣退捨。」

〔一三〕［百家注引程敦厚曰］《禮記》：「纍纍乎端如貫珠。」［蔣之翹輯注］《漢書·東方朔傳》：「齒若編貝。」注：「編，列次也。貝，海介蟲，紫質黑文，古以爲貨。」按：見《禮記·樂記》。

〔一四〕〔韓醇詁訓〕琅音郎。

【集評】

蔣之翹輯注《柳河東集》卷二二：昌黎《送幽州李端公序》何等規諷，此特榮其趣捨，惜其離曠耳。

何焯《義門讀書記》卷三六：當時體。

【辯證】

《文學遺産》一九八九年第五期發表有彭石居先生的文章《柳宗元的佚文〈幸南容墓誌銘〉》，並録墓誌銘全文，稱得之於《洪城幸氏族譜》。這是一篇僞造的柳宗元文章，首載此文的《洪城幸氏族譜》原件雖未見，但據文本本身已足證其僞。其文如下：

唐故開國子祭酒文貞公墓誌銘

渤海開國子祭酒幸公諱顯，官諱南容，南昌郡丞茂宏公曾孫也。江南一時閥閲稱顯者，公家爲最。公居膠庠時以能文稱，宗元甫齡，聞公盛名，每致翹慕。比應京試，得接公顔，宇量汪汪，問學淵涵，質之素聞，若合左券。傾蓋之頃，即不忍釋去，遂爲故交，相與講論。置閲數年，賴君滓勵，乃興叨末薦。既而君果聯名穆寂，宗元亦獲附驥。又與同年李絳、劉夢得四人相得益歡，自誓生死無相背負。厥後，公德日著，名日彰。北會鄰封，直道自達；南聘天朝，相禮述職。概時公卿大夫無不推重，以獲拜爲幸。用德推恩顯擢，歷官太常卿，尋遷國子祭酒。無何，又褒封渤海開國子爵。而予輩屢蒙竄黜，馳驅柳間，日不暇息。自是與公音問雖常不輟，而去公亟丈蓋已久矣。予居柳間，聞公以祭酒致仕，即欲解綬相殉，弗獲。走使恫問，承示無恙，甚慰，甚慰。閲歷十餘年，乃得脱去樊籠，以修舊好，肆力文學，頗獲士望。而公每修著作，尤舒舒卓越，即編貝貫珠，不足狀也。故世論方之長卿、枚生云。公臨年七十有三，方與予共議作《考槃》於洪城之澗，而公俄已寢疾，遂弗受粲。又未幾，而德星隕矣，嗚呼悲哉！公子至善治以訃予，仍丐予銘。予聞之驚怖，如失手足，方拭淚無暇，而又曷忍銘哉？然知公者，不余銘之，誰哉？乃爲之銘曰：

天乎蒼蒼，胡逝我良？我良不作，孰與佐邦？訃聞遠道，涕淚其滂。束我芻兮，幕之之陽。作而銘兮，以示無忘。

元和十四年仲秋節　吉日

賜進士第柳州刺史年弟柳宗元子厚甫　頓首拜撰

《唐故開國子祭酒文貞公墓誌銘》（以下簡稱《幸南容墓誌》）稱幸南容名顯，官名南容，與唐中宗李顯同名，此便不可能，僞作之證一也。再者，此墓誌詳述幸南容之名卻不載其字，也是一疑，因爲柳宗元是不可能不知道幸南容之字的。《幸南容墓誌》又稱「與同年李絳、劉夢得四人相得益歡」，李絳進士及第在貞元八年，與韓愈、歐陽詹等爲同年，柳宗元、劉禹錫等安得與李絳稱同年？再説，李絳字深之，若稱李絳，亦當稱「李深之」，稱劉禹錫爲劉夢得即是如此，此僞作之證二也。文末署云「賜進士第柳州刺史年弟柳宗元子厚甫頓首拜撰」，唐代進士試歸禮部，根本就没有「賜進士第」之稱謂。宋代進士須經殿試，爲由皇帝親試，及第進士爲天子門生，故有「賜及第」之説。再如「柳宗元子厚甫頓首拜撰」字樣，唐人撰墓誌秉筆者都是自稱名，未有聯名帶字並稱者。若真出柳宗元之手，結銜作「使持節柳州諸軍事守柳州刺史柳宗元撰」，方是唐人習慣。再查唐人墓誌銘，未有一例自署「頓首拜撰」者，既使是晚輩爲長輩作墓誌也不如此。此僞作之證三也。《幸南容墓誌》中的許多文字抄自柳宗元的《送幸南容歸使聯句詩序》，抄得卻很不高明，生拉硬扯，斷章取義，致使文意扞格。如述幸南容「北會鄰封，直道自達；南聘天朝，相禮述職」，似乎幸南容曾南北出使，其實四句抄自《送幸南容歸使聯句詩序》。文中剽竊柳、韓之文尚可指出數處，如説幸南容的著作，「即編貝貫珠，不足狀也」，爲從柳宗元《送幸南容歸使聯句詩序》竊來；「故世論方之長卿、枚生云」也是由柳宗元的原文「雖枚生之節、長卿之道，無以尚也」略加改竄而來；「自誓生死無相背負」則出自韓愈《柳子厚墓誌銘》。此作僞之證四也。作僞之人很可能就是《洪城幸氏族譜》的始編撰者。

送李判官往桂州序

士之習爲吏者，恒病於少文，故給而不肆。飾於華者，嘗病於無斷，故放而不制。今李生學於詩有年矣，吟詠風賦，頗聞乎人，至于是州〔一〕，惟州之牧咨焉。以贊戎事而糺群吏①，甚直且武，豈所謂吏而華者耶？以府喪罷去〔二〕，擇而之乎有禮之邦〔三〕，推是道也以往。然而不際於禮，則吾不知也。

【校記】

①群，《英華》作「郡」。

【解題】

〔韓醇詁訓〕此文元和五年永州作。序言「至於是州」，謂永州也。言以府喪罷去，謂刺史崔君敏卒，集有墓誌云卒於位是也。李不詳其名。〔蔣之翹輯注〕李判官未詳。《一統志》：「唐桂州始安郡，今爲廣西桂林府。」**按**：陳景雲《柳集點勘》卷二云：「韓子《送李生礎返湖南序》稱其有詩八百篇，傳詠於時，此序言李生學詩有年，吟詠諷賦，頗聞乎人，疑即礎也。所謂州牧乃湖南廉使。」陳景雲之説未是。章士釗《柳文指要》上《體要之部》卷二二：「文中所涉之人，往往以韓、柳集互證而得主名，此考索最爲得窾。……永州之牧，舍刺史別無何人可當，少章（即陳）何得謂爲湖南廉使乎？湖南廉使駐潭州，與永無涉，時刺永爲崔敏，故州牧即敏。李在崔敏治下爲判官，得稱敏爲府主，文下云『以府喪罷去』，府喪即元和五年敏卒於任之喪也。」此文可知作年，然其人卻不詳。

【注　釋】

〔一〕［注釋音辯］永州也。

〔二〕［注釋音辯］謂刺史崔君敏卒。

〔三〕［注釋音辯］注：桂州。

送苑論登第後歸覲詩序①

八年冬，余與馬邑苑言揚聯貢于京師〔一〕，自時而後，車必挂轊〔二〕，席必交袵。量其志，知其達于昭代；究其文，辨其勝于太常。探而討之，則明韜於朴厚之質②，行浮於休顯之聞。遊公卿之間，質直而不犯，恪謹而不懾；交同列之群，以誠信聞。余拜而兄之，以爲執誼而固，臨節不奪，在兄而已。是歲，小司徒顧公守春官之缺，而權擇士之柄〔三〕。明年春〔四〕，同趨權衡之下，並就重輕之試③。觀其掉鞅於術藝之場〔五〕，游刃乎文翰之林〔六〕，風雨生於筆札④，雲霞發於簡牘，左右圜視〔七〕，朋儕拱手，甚可壯也。二月丙子，有司題甲乙之科〔八〕，揭于南宫〔九〕，余與兄又聯登焉。余不厚顔懷媿而陪其遊久矣。

夏四月，告歸荆衡〔一〇〕，拜手行邁〔一一〕，輪移都門之轍，轅指秦嶺之路〔一二〕。方將高堂稱慶，里閈更賀〔一三〕，曳裾峨冠，榮南諸侯之邦，遐登王粲之樓，高視劉表之榻〔一四〕，桂枝片玉〔一五〕，光生于家。是宜砥商、雒之阻艱〔一六〕，帶江、漢之浩蕩〔一七〕，以談笑顧盼⑤，超越千里而無倦極也〔一八〕。然而景熾氣燠〔一九〕，往即南方，乘陵炎雲，呼吸温風，可無敬乎？慎進藥石，保安其躬，是亦非兄之所宜私也⑥。群公追餞于霸陵〔二〇〕，列筵而觴，送遠之賦，圭璋交映。或授首簡於余曰：「子得非知言揚者乎⑦？安得而默耶？」余受而書之⑧，編于群玉之右。非不知讓，貴傳信焉爾。

【校　記】

① 詁訓本題無「歸」字。

② 朴厚，《英華》作「淳樸」。

③重輕，原作「輕重」，據諸本乙轉。
④原注與注釋音辯本、世綵堂本注：「生，一作交。」
⑤《英華》無「以」字。
⑥詁訓本無「非」字。
⑦原注與注釋音辯本、世綵堂本注：「一無得字。」詁訓本、《英華》無「得」字。
⑧此句《英華》作「余書而授之」。

【解　題】

［注釋音辯］童（宗説）云：苑音宛。《左氏》齊大夫苑何忌。［韓醇詁訓］公與苑論皆貞元八年同貢於京師，明年即九年，公與論同登第。其曰「顧公守春官之缺」，謂顧少連也。序此於九年九月云。苑音宛，齊大夫苑何忌。按：《太平廣記》卷二四二「苑紬」條有關苑論兄弟的一則逸事，云：「唐尚書裴胄鎮江陵，常與苑論有舊，論及第後，更不相見，但書札通問而已。論弟紬方應舉，過江陵，行謁地主之禮。客將見紬名，曰：『秀才之名，雖字不同，且難於尚書前爲禮，如何？』會紬懷中有論舊名紙，便謂客將曰：『某自别有名。』客將見日晚，倉遑遽將名入，胄喜曰：『苑大來矣。』屈入。紬至中庭，胄見貌異，及坐，揖曰：『足下第幾？』紬對曰：『第四。』胄曰：『與苑大遠近？』紬曰：『家兄。』又問曰：『足下正名何？』對曰：『名論。』又曰：『賢兄改名乎？』紬曰：『家兄也名論。』

公庭將吏，於是皆笑。及引坐，乃陳本名名諭。既逡巡於便院，俄而遠近悉知。」云出《乾𦠆子》。

【注釋】

〔一〕［注釋音辯］苑論字言揚。［百家注引劉嵩曰］貞元八年。論字言揚，齊大夫苑何忌之後。按：唐朔州馬邑郡，屬河東道。

〔二〕［注釋音辯］張（敦頤）云：（轊）音衛，車軸端。潘（緯）云：《選·蕪城賦》「車掛轊」，言車軸相掛。［韓醇詁訓］音衛，車軸也。按：百家注本引韓醇注尚云：「又音彗。」所引爲鮑照《蕪城賦》中句。

〔三〕［注釋音辯］［百家注引孫汝聽曰］户部侍郎顧少連權禮部侍郎知貢舉。

〔四〕［百家注引劉嵩曰］貞元九年。

〔五〕［注釋音辯］潘（緯）云：掉，徒了、徒弔二切。鞅，倚兩切。［百家注引孫汝聽曰］宣十二年《左氏》：「御下兩馬，掉鞅而還。」注云：「掉，正也。鞅，羈也。」掉，徒弔切。鞅，於掌切。

〔六〕［百家注引孫汝聽曰］《莊子》：「恢恢乎游刃有餘地矣。」按：見《莊子·養生主》。

〔七〕［百家注引孫汝聽曰］賈誼言：「動一親戚，天下圜視而起。」圜視，謂圜睛正視也。按：見《漢書·賈誼傳》賈誼上疏陳政事。

〔八〕［百家注引孫汝聽曰］《漢·儒林傳》：「歲課甲科爲郎中，乙科爲太子舍人，丙科補文學掌故。」按：唐人習稱進士試爲甲乙科。如王讜《唐語林》卷四：「(崔)雍兄明、序、福，兄弟八人皆進士，列甲乙科，當時號爲點頭崔家。」

〔九〕［百家注引王儔補注］南宫，禮部。

〔一〇〕［百家注引童宗説曰］《書》：「荆及衡陽惟荆州。」按：見《尚書·禹貢》。

〔一一〕拜手，跪拜禮。跪拜時兩手扶地，俯首至手。《尚書·益稷》：「皋陶拜手稽首。」

〔一二〕［百家注引王儔補注］秦嶺，南山。［蔣之翹輯注］秦嶺在藍田南山之脊也。

〔一三〕［注釋音辯］閈音汗，里門也。［百家注引王儔補注］《説文》：「閈，閭也，音翰。」

〔一四〕［韓醇詁訓］《魏志》：「王粲字仲宣，避難荆州，依劉表。遂登江陵城樓，作《登樓賦》。」按：見《三國志·魏書·王粲傳》。百家注本引韓醇注略同。

〔一五〕［百家注引孫汝聽曰］《晉書》：「郤詵爲雍州刺史，武帝於東堂會送，問詵曰：『卿自以爲何如？』詵對曰：『臣舉賢良，對策爲天下第一，猶桂林之一枝，崑山之片玉。』」按：見《晉書·郤詵傳》。

〔一六〕［百家注引童宗説曰］《詩》「周道如砥」，砥，礪石，言其平也。按：見《詩經·小雅·大東》。

〔一七〕［百家注引孫汝聽曰］《漢史》：「黄河如帶，泰山如礪。」帶江、漢者，視之如帶也。按：見《漢書·高惠高后文功臣表》。

〔一八〕陳景雲《柳集點勘》卷二：「案：極即病也。以體中不佳爲極，六朝人語皆然。」

〔一九〕〔百家注〕燠，乙六切。

〔二〇〕〔蔣之翹輯注〕霸陵在西安府城東霸水上，漢時送行者多至此。

【集評】

蔣之翹輯注《柳河東集》卷二二：大是學究伎倆。

何焯《義門讀書記》卷三六：如此作宜從削略矣。

焦循批《柳文》卷五：樸茂之色，古文最難之境地也。又：信手抒寫，自得向背往來之度。又：極整密，而氣脈自然疏宕，於唐人中所以獨爲大家。

送蕭鍊登第後南歸序

始余幼時，拜兄於九江郡〔一〕，覩其樂嗜經書，慕山藪，凝和抱質，氣象甚茂。雖在綺紈〔二〕，而私心慕焉。厥後竊理文字，先禮而冠〔三〕，遇兄於澤宫之中〔四〕。觀其德如九江之拜〔五〕，蓋世俗所不能移也。自是戰藝三北〔六〕，左次陋巷，余亟會于其居〔七〕，視其道如澤宫之遇，亦挫抑所不能屈也。逾時而名擢太常〔八〕，聲動京國，士輩仰慕，顧眄有耀。余獲賀於蔡通儒氏〔九〕，窺其志如陋巷之會，又得意所不能遷也。君子志正而氣一，誠純而分定，未嘗摽出處爲二道，判屈伸於異門也。固其本，養其正，如斯而已矣。

吾兄先覺而守道，獨立而全和，貞確端懿〔一〇〕，雅不羈俗，君子之素也。亦既升名天官〔一一〕，告余東遊，是將乘商於〔一二〕，浮漢池〔一三〕，歷郢城〔一四〕，下武昌〔一五〕，復于我始見之地。則朋舊之徒，含喜來迎，宗姻之列，加禮以待①。舟輿所略，賀聲盈耳，離群之思〔一六〕，行益少矣。僕不腆〔一七〕，見邀爲序，狂夫之言②，非所以志君子也，自達而已。

【校　記】

① 注釋音辯本、游居敬本、《全唐文》「加」上有「盡皆」二字。

② 狂，注釋音辯本、游居敬本、《全唐文》作「征」。

【解　題】

［韓醇詁訓］序雖不記其年月，然觀其交游之自，而繼之曰「亦既升名天官，告余東歸」，皆貞元九年登第後文。按：蕭鍊貞元十二年進士登第。其登第南歸當亦在貞元十二年。周紹良主編《唐代墓誌彙編》元和〇〇二蕭策撰《唐故天德軍攝團練判官太原府參軍蕭府君墓誌銘并序》云：「公之始

也，從乎鄉賦而登文詞之甲科，其終也，佐乎已知而殁於邊陲之王事。」「公姓蕭，諱鍊，字惟柔。」「後以選叙參於吏部，書判入暗等，授太原府參軍。」「未幾，爲鄰境天德軍使御史大夫任公辟充團練判官。」「以永貞元年八月三日遘疾，終於豐州之官舍。」

【注釋】

〔一〕〔韓醇詁訓〕九江在唐屬淮南道。《書》注「江分爲九道」也。按：百家注本引韓醇注尚曰：「即江州。」九江屬江南西道，韓注有誤。章士釗《柳文指要》上《體要之部》卷二二：「子厚之父侍御鎮，嘗爲鄂岳觀察李兼從事，兼由鄂岳移江西，侍御亦偕遷，因而子厚侍父宦遊，得在九江拜識蕭鍊。」

〔二〕〔注釋音辯〕潘（緯）云：綺，去倚切，繒也。紈，胡官切，素也。《前漢》「在於綺襦紈袴之間」，注：「並貴戚子弟之服。」〔百家注引孫汝聽曰〕《漢書》：「班伯在綺襦紈絝之間。」綺，細綾。紈，素也。按：見《漢書·叙傳上》。

〔三〕〔百家注引童宗説曰〕《禮記》：「二十曰弱冠。」按：見《禮記·曲禮上》。

〔四〕〔韓醇詁訓〕《禮記·射義》：「天子將祭，必習射于澤宫。澤者，所以擇士也。」注：「澤，宫名也。士謂諸侯朝者、諸臣及所貢士也。」按：此指江州學宫。

〔五〕《三國志·吴書·陸績傳》：「績年六歲，於九江見袁術，術出橘，績懷三枚，去，拜辭墮地，術謂曰：『陸郎作賓客而懷橘乎？』績跪答曰：『欲歸遺母。』術大奇之。」用陸績之典比蕭錬見江西觀察使李兼。

〔六〕［百家注引孫汝聽曰］《史記》：「管仲三戰三走，鮑叔不以爲怯。」北，敗走也。按：見《史記·管晏列傳》。

〔七〕［注釋音辯］亟，去吏切。

〔八〕［注釋音辯］［百家注集注］貞元十二年，禮部侍郎呂渭知貢舉，試《日五色賦》、《春臺晴望詩》，錬中第。［韓醇詁訓］太常，禮部也。

〔九〕蔡通儒未詳。

〔一〇〕［韓醇詁訓］確，克角切。

〔一一〕［注釋音辯］［百家注引王儔補注］天官，吏部也。

〔一二〕［注釋音辯］今商州西二百里有古於城，張儀請獻商於之地，即此。按：百家注本引孫汝聽注略同。

〔一三〕［蔣之翹輯注］漢池，漢江也。源出隴西嶓冢山。

〔一四〕［注釋音辯］郢，以井切。［蔣之翹輯注］郢城，即夏口城，孫權所築。

〔一五〕［蔣之翹輯注］武昌，唐鄂州，今爲府。又有武昌縣。

〔一六〕［注釋音辯］潘（緯）云：《禮記》：「離群索居。」按：見《禮記·檀弓上》。

〔一七〕［注釋音辯］（腆）他典切。［百家注引童宗説曰］腆，善也。

【集評】

何焯《義門讀書記》卷三六：早歲文之最雅潔者。

焦循批《柳文》卷五：柳州之文，或整齊，或横斜，無不信手入妙。

送班孝廉擢第歸東川覲省序

隴西辛殆庶〔一〕，猥稱吾文宜叙事，晨持縑素，以班孝廉之行爲請〔二〕，且曰：「夫人殆所謂吉士也。愿而信，質而禮①，言不黷慢〔三〕，行不進越。其先，兩漢間繼脩文儒，世其家業〔四〕。其風流後胤，耽學篤志之士〔五〕，往往出於其門。今夫人研精典墳，不告劬勩〔六〕。屬者舉鄉里，登春官，獲居其甲焉②〔七〕。家于蜀之東道，其嚴君以客卿之位，贊是方岳，爲大夫良〔八〕。今將拜慶寧覲，光耀族屬，是其可歌也。道出於南鄭，外王父以將相之重，九命赤社，爲諸侯師〔九〕。今又將亟駕省謁③，從容燕喜〔一〇〕，是又可歌也。故我與河南獨孤申叔、趙郡李行純、行敏等若干人〔一一〕，皆歌之矣。若乃序者，固吾子宜之。」柳子曰：「吾嘗讀《王命論》及《漢書》〔一二〕，嘉其立言。彼生，彪、固之胄歟？相國馮翊王公功在社稷④〔一三〕，德及生人⑤，其門子遊文章之府者⑥，吾嘗與之齒〔一四〕。彼生，嚴氏之出歟？承世家之儒風，沐外族之休光，彼生專聖人之書，而趨君子之林，宜矣哉！」遂如辛氏之談，濡翰于素，因寓于辭曰：爲我謝子之舅氏〔一五〕，珠玉將至，得無脩容乎？

【校記】

①質，詁訓本作「執」。

②甲，注釋音辯本作「里」。

③亟，《英華》作「征」。

④馮翊王公，原注與世綵堂本注引晏元獻曰：「宜去『王』字。」何焯《義門讀書記》卷三六：「『相國馮翊王公』，《送嚴公貺下第序》但云馮翊公，則『王』字衍。」章士釗《柳文指要》上《體要之部》卷二二：「吾謂宜去『公』字，蓋『公』涉下『功』字音同而衍也。德宗幸奉天，進封嚴震馮翊郡王，並非封公。」馮翊王公指嚴震。岑仲勉《唐集質疑・府王嚴震及馮翊王公》云：「柳序首稱王，則對人無貶降之嫌，王後繼以公，則在己盡恭敬之道，行文緻密，宜無訾議。……少陵集有《送田四弟將軍將夔州柏中丞命起居江陵節度使陽城郡王衛公幕》詩，尤王下可稱公之鐵證。」

⑤及，原作「在」，據《全唐文》改。

⑥「子」下原有「弟」，據注釋音辯本、《英華》删。注釋音辯本注：「門子謂胄子，出《禮記》、《左傳》。一本『子』字下有『弟』字。」《周禮·春官宗伯·小宗伯》：「其正室皆謂之門子。」鄭玄注：「將代父當門者也。」無「弟」字是。

【解　題】

［注釋音辯］班肅。［韓醇詁訓］辛殆庶，公亦嘗有序以送之。其曰「班之外王父相國馮翊功在社稷」者，謂嚴震也。震本傳：德宗幸奉天，進封馮翊郡王，進中書門下，貞元十五年卒。班方往省，序當作於此前也。按：班肅貞元十七年進士登第，然此序非作於其進士登第之時。序屢稱其外祖父嚴震，又云「今又將亟駕省謁」，則作於貞元十五年前，明矣，因貞元十五年後嚴震已卒。序稱班肅爲班孝廉，則班肅爲明經及第而非進士及第。所謂「登春官，獲居其甲焉」，指明經及第。春官指禮部，明經科亦歸禮部。唐人習稱明經及第者爲孝廉，如歐陽詹《歐陽行周文集》卷九《送李孝廉及第東歸序》：「明經自漢而還，取士之嘉也。……貞元癸丑歲，明經登者不上百人，孝廉冠其首。」章士釗《柳文指要》上《體要之部》卷二二：「夫高郢知舉，號稱矯正通榜弊風，痛抑華耀，凡名噪一時之士，皆不見録，其沈没厄困、閤户塞竇者，反以無聞而獲榮名。辛生（辛殆庶）即以聞於公卿，揚於交遊，文爲京師貢首而見黜，子厚於《辛生下第序》略中侃侃言之。今以班孝廉之行爲請，請子厚爲其擢第東歸贈序者，即此下第辛生，所請者亦即高舍人以之裦然居首、海内稱爲至公之士。吾嘗反覆

紬繹其事，而認爲大不可解。豈以班孝廉承先世文儒之盛，兼外王父出入將相之尊，果能符於沈没厄困、閭户塞竇之目耶？……又子厚言必誠乎中，今送辛生之言如彼，而送班孝廉之言如此，兩相反背，中無吻合一致之道，抑又何耶？吾嘗病柳序過於溷雜，劉夢得失於整比，允爲遺恨。」柳宗元此序爲送班肅明經及第而作，非進士登第，章之批評未的。後於貞元十七年，班肅與辛殆庶同於高郢門下進士登第，抑又何言？又按：童宗説、韓醇、孫汝聽皆注班肅於貞元十七年進士登第，辛殆庶與班肅爲同年進士，當據當時尚存之唐人《登科記》，不會有誤。關於班肅，《册府元龜》卷一四〇：「穆宗長慶元年正月，以前坊州刺史班肅爲司封員外郎。時宰臣上言曰：『將欲清風俗，必在厚人倫。竊見皇甫鎛權位盛時，班行之中，多所親附，及得罪後，議論立變，憎嫉如讐，俗之衰薄，一至於此。唯班肅以曾爲郎官判度支案，終始如一，獨送出城，周行之間，多美其事。今郎秩已罷，望授一省官，以表其行。』故有是拜。」陳景雲《柳集點勘》卷二：「班肅父之名位皆未詳。元和末，宰相皇甫鎛貶崖州司户，肅以前坊州刺史獨餞於野，朝廷義之，擢司封員外郎。觀元稹所草制詞，肅蓋先由郎署出守，及司封之除，已再入南宫矣。」

【注　釋】

〔一〕［百家注引韓醇曰］殆庶與班肅同年進士，公亦嘗有序送之。

〔二〕孝廉本爲漢時科名。稱班肅爲孝廉，當指其明經及第。唐明經試帖經及策問經義，所試經有一大經及《孝經》、《論語》、《爾雅》。見杜佑《通典》卷一五《選舉三》。班肅後又進士登第。

〔三〕［韓醇詁訓］黷音讀。

〔四〕［百家注引程敦厚曰］班固自序言之詳矣。［蔣之翹輯注］漢班彪沈重好古，光武初，舉茂才，拜徐令。所著有《王命論》，重於時。彪子固，明帝時典校祕書，續成父所著《西漢書》，及《西都賦》與頌、記若干卷。後有班嗣修、班斿，亦皆以儒學聞。

〔五〕［韓醇詁訓］耽，都含切。

〔六〕［注釋音辯］［百家注引童宗説曰］劬音渠。勩，羊至切。勞也。［韓醇詁訓］（劬勩）上音渠，下與制切。勞也。

〔七〕［注釋音辯］［百家注引孫汝聽曰］貞元十七年，禮部侍郎高郢知貢舉，班肅第一。

〔八〕［注釋音辯］肅之父佐東川節度。［百家注引孫汝聽曰］《書》：「諸侯朝于方岳。」此言方岳，謂東川節度使。按：見《尚書·周官》。「嚴君」謂班肅之父。貞元二年至十七年，東川節度使爲王叔邕。林寶《元和姓纂》卷四扶風平陵班氏：「弘，户部尚書，生肅。」岑仲勉《元和姓纂四校記》云：「集注以班孝廉爲班肅，又注云：貞元十七年，禮部侍郎高郢知貢舉，班肅第一。《登科記考》一五從之。依此，則柳序應作於貞元十七年，維時不特班弘早卒，如勞（格）注所言，即嚴震之卒亦已二歲，從何而寧覲？從何而省謁？……（班弘）即使曾客佐東川，應爲興元前事，宗元猶在髫齔，焉得而製序？……綜此以觀，非《姓纂》錯亂，即集注有誤，二者必居一於此矣。」班肅當非班弘子，《姓纂》誤繫。

〔九〕［注釋音辯］嚴震爲山南西道節度使。［百家注引孫汝聽曰］嚴震字遐聞，梓州鹽亭人。貞元中爲山南西道節度使。《周禮・大宗伯》云：「九命作伯。」《韓詩外傳》：「將封諸侯，各取其方色土，苴以白茅爲社。」［世綵堂］《左傳》：「寡君中此，爲諸侯師。」按：「白茅爲社」見《尚書・禹貢》。世綵堂本所引見《左傳》昭公十二年。蔡邕《獨斷》卷下：「天子太社以五色土爲壇，皇子封爲王者，受天子之社土，以所封之方色，東方受青，南方受赤，他如其方色，苴以白茅授之。各以其所封方之色，歸國以立社，故謂之受茅土。」嚴震鎮山南，故曰赤社。南鄭即漢中，唐武德元年改梁州。

〔一〇〕［百家注引張敦頤曰］《詩》「魯侯燕喜」，按：見《詩經・魯頌・閟宮》。

〔一一〕［百家注引王儔補注］申叔字子重。行敏字中明。按：獨孤申叔貞元十三年進士及第。計有功《唐詩紀事》卷五〇李摯：「貞元十二年，摯以宏詞振名，與李行敏同姓、同甲子、同年登第，俱二十五歲，又同門，摯嘗有詩曰：『因緣三紀異，契分四般同。』」徐松《登科記考》卷一二因列李行敏貞元十二年宏詞登科，與柳宗元同年。行純、行敏爲李叔度之子，與李德裕爲再從兄弟。

〔一二〕［百家注引童宗説曰］班彪所傳。

〔一三〕［注釋音辯］德宗幸奉天，進封嚴震馮翊郡王。

〔一四〕［百家注引孫汝聽曰］震子惐、協、公弼、公貺。

〔一五〕舅氏指嚴震之子，亦即班肅之舅。

【集評】

《王荆石先生批評柳文》卷六：爗然。又：暗點固、彪，留後步，此法最古。

孫琮《山曉閣選唐大家柳柳州全集》卷二：前幅只是述辛氏請序之詞，後幅方是爲班生作序。妙在前幅即於辛氏口中，將班生家世人文一一叙出。後幅只就前所述，略略點合。真是胸無纖塵，筆無點墨，清空一氣之作。又引孫月峰（鑛）評：靈動。

何焯《義門讀書記》卷三六：此序宜削。

送獨孤申叔侍親往河東序①

河東，古吾土也〔一〕，家世遷徙，莫能就緒。聞其間有大河、條山〔二〕，氣蓋關左，文士往往彷徉臨望〔三〕，坐得勝概焉。吾固翹翹褰裳，奮懷舊都，日以滋甚。獨孤生，周人也〔四〕，往而先我，且又愛慕文雅，甚達經要，才與身長〔五〕，志益强力。挾是而東，夫豈徒往乎？温清奉引之隟〔六〕，必有美製。儻飛以示我，我將易觀而待〔七〕，所不敢忽。

古之序者，期以申導志義，不爲富厚，而今也反是。生至於晉，出吾斯文於筆硯之伍，其有評我太簡者，慎勿以知文許之。

【校　記】

① 親，《英華》作「從」。

【解　題】

［韓醇詁訓］申叔字子重，此序當在貞元十六七年間作，蓋申叔繼歿於貞元十八年，公嘗書其墓碣，云十八年居父喪，未練而歿也。按：李肇《唐國史補》卷下：「貞元十二年，駙馬王士平與義陽公主反目，蔡南史、獨孤申叔播爲樂曲，號《義陽子》，有團雪、散雲之歌，德宗聞之怒，欲廢科舉，後但流斥南史、申叔而止。」又：「初，詼諧自賀知章……訛語影帶有李直方、獨孤申叔，題目人有曹著。」

【注　釋】

〔一〕［百家注引童宗説曰］柳氏，本河東人也。［世綵堂］《左傳》：「温，吾故也。」語法本此。按：見《左傳》成公十一年。

〔二〕［蔣之翹輯注］河，黄河也。條山，中條山也。俱在蒲州。

〔三〕［韓醇詁訓］仿音旁，佯音羊。徘徊也。

〔四〕［注釋音辯］［百家注引韓醇曰］獨孤申叔字子重，貞元十三年中第。

〔五〕［注釋音辯］［韓醇詁訓］（長）上聲。

〔六〕［注釋音辯］［韓醇詁訓］（隟）與隙同。［蔣之翹輯注］清音靖。《曲禮》：「在爲人子之禮，冬温而夏清，昏定而晨省。」按：見《禮記·曲禮上》。孔穎達疏：「清，七性反，字從冫，冰冷也。或作水旁，非也。」何焯《義門讀書記》卷三六：「『凊』與『清』古字通用。」

〔七〕章士釗《柳文指要》上《體要之部》卷二二：「覯，去聲讀，謂眼覯也，猶言刮目相看。」

【集　評】

《王荆石先生批評柳文》卷六：真一言九鼎。

蔣之翹輯注《柳河東集》卷二二：聊綴數字如話，疎疎散散，讀之但見神氣飛揚耳。孫鑛曰：真一言九鼎之文。

儲欣《河東先生全集録》卷三：小有意韻耳。末過自矜重，而後人信之，稱爲一言九鼎，不畏作者揶揄其後耶？

孫琮《山曉閣選唐大家柳柳州全集》卷二：送獨孤生往河東，先寫一段自己思念故鄉之意，寫得淋漓觸目。後幅自許其文，亦復珍惜。

何焯《義門讀書記》卷三六：此序即步趨梁補闕之徒，所以淺薄。柳子少年，不先沉浸於經，而遽爲幅尺所限，永州以後，始開廣矣。

王符曾《古今小品咀華》卷三：河東得罪遠斥，政與史遷相類，故其爲文感慨激昂，亦與《史記》相似。

送豆盧膺秀才南遊詩序①

君子病無乎内而飾乎外，有乎内而不飾乎外者。無乎内而飾乎外，則是設覆爲穽也②〔一〕，禍孰大焉。有乎内而不飾乎外，則是焚梓毁璞也，詬孰甚焉〔二〕。於是有切磋琢磨、鏃礪栝羽之道③〔三〕，聖人以爲重。豆盧生，内之有者也，余是以好之④，而欲其遂焉。而恒以幼孤羸餒爲懼⑤，恤恤焉遊諸侯求給乎是，是固所以有乎内者也。然而不克專志於學，飾乎外者未大⑥，吾願子以《詩》、《禮》爲冠屨，以《春秋》爲襟帶，以圖史爲佩服，琅乎璆璜衝牙之響發焉〔四〕，煌乎山龍華蟲之采列焉〔五〕，則揖讓周旋乎宗廟朝廷，斯可也。惜乎余無禄食於世，不克稱其欲、成其志，而姑欲其速反也，故詩而序云。

【校記】

①「詩」原闕，據注釋音辯本、詁訓本補。文云「故詩而序之」，有「詩」字是。

②覆，《英華》作「機」。

③詁訓本無「有」字。

④詁訓本無「之」字。

⑤何焯《義門讀書記》卷三六云：「『幼孤』疑作『孤幼』。」

⑥末，《英華》作「末」。

【解題】

〔韓醇詁訓〕序不記其年月，其曰「余無禄食於世」，蓋謫在永州時作也。〔蔣之翹輯注〕豆姓不詳其始，但漢有豆如意，光武時伐匈奴，封關内侯。盧膺疑其裔也。按：豆盧爲複姓。文云「余無禄食於世」，謂尚無官職，則貞元十四年前在京城作。韓説非是。

【注釋】

〔一〕〔注釋音辯〕穽音浄。

〔二〕〔注釋音辯〕〔韓醇詁訓〕詬，古候切。

〔三〕［注釋音辯］《家語》：「子路曰：『南山有竹，不柔自直，斬而用之，達乎犀革，何學之有？』」孔子曰：『栝而羽之，鏃而礪之，其入之不亦深乎？』」潘（緯）云：鏃，子木切，矢鋒也。括音括，與筈通。箭末曰筈。［韓醇詁訓］磋，蒼何切。鏃，作木切。礪音厲。按：百家注本引孫汝聽注與童注同。見《孔子家語》卷五。

〔四〕［注釋音辯］璆，渠幽切。並謂佩玉。［韓醇詁訓］璆，渠幽切，玉名也。［百家注引童宗説曰］璆，美玉名，出在崑崙。［世綵堂］《詩》雜佩注：「謂珩璜琚瑀衝牙之類。」又《記》「佩玉有衝牙」，注：「衝牙居中，以前後觸也。」［蔣之翹輯注］璜，半璧也。《禮記》：「凡帶必有佩玉，佩玉必有衝牙。」已詳見前。按：所引見《禮記·玉藻》。

〔五〕［百家注引張敦頤曰］華蟲，雉也。

【集　評】

《王荆石先生批評柳文》卷六：謹嚴。

儲欣《河東先生全集録》卷三：不能止其行，而姑欲其速反，可謂忠言善道矣。提耳之命，其辭甚文。

焦循批《柳文》卷五：奇論。

送趙大秀才往江陵謁趙尚書序①

士之知感激許與，常欲以有報爲志者②，則凡志乎道者，咸願爲之。如趙生，庶乎哉③！來謂余曰：「宗人尚書以碩德崇功〔一〕，由交廣臨荆州，仁我若子姓〔二〕，恩禮重厚④。有賢子爲御史⑤，好學而甚文，友我若同生，歡欣交通，我誠樂爲之用，甚不辭也。不幸遭重痼，六旬而後知人。方其急也〔三〕，大懼不克報尚書公之恩，又懼無以當御史君之心以没，每念于是，未嘗不蠹然内傷⑥〔四〕，若受鋒刃。自是而後，調藥石，時飲食，生血補氣，强筋植骨，榮衛之和〔五〕，膂力之剛，迨今兹始全⑦。然爲人舒幹抗首，文翰端麗，材足以用⑧。敢辭而往，以效於戲下〔六〕。」其言云爾。自吾竄永州四年⑨，趙生亟見。視其狀恭謹愿慤⑩，觀其跡温密簡静，聞其言徑直端誠。自尚書之爲荆州⑪，異政日至。至則趙生喜抃起立⑫，伸目四顧，不啻若自己而爲之者，誠宜有報知己之道，又誠宜有大賢而爲之知也。是行也，趙生其將奮六翮〔七〕，翔千里，以爲轅門大府之重〔八〕，增羽儀之盛，其道美矣⑬。故余繼之以辭。

【校　記】

①《英華》題無「謁趙尚書」四字。

②詁訓本無「欲」字。《英華》校：「蜀本無『欲』字。」

③蔣之翹輯注本：「一作『其庶乎』。」

④重，詁訓本作「備」。

⑤子，注釋音辯本作「能」。章士釗《柳文指要》上《體要之部》卷二二云：「『能』爲『子』字之誤，據吴摯父校改。賢子者，即宗人尚書之子也。釗按：『賢子』不如『賢郎』，郎、能同紐，易誤。」

⑥《英華》「未」上有「則」。

⑦世綵堂本注：「一無兹字。」

⑧原注與世綵堂本注：「（材上）一有其字。」

⑨四，原作「三」，據詁訓本改。詁訓本注：「一作三年。」原注與世綵堂本注：「一作四年。」陳景雲《柳集點勘》卷二云：「又曰：『自吾竄永州四年，趙生亟見。』案唐史：昌除荆南在元和三年六月，公以永貞元年冬末至永，及是已四年矣。四年，諸本皆作三年，非也。」

⑩原注與世綵堂本注：「恭，一作專。」注釋音辯本作「專」。

⑪之爲，注釋音辯本作「理」，並注：「理，一本作『之爲』二字。」原注與世綵堂本注：「之爲，一本止作『理』字。」

⑫ 原注與注釋音辯本、世綵堂本注：「喜，一本作震。」詁訓本作「震」。

⑬ 道，《英華》作「爲」。

【解題】

［韓醇詁訓］趙不詳其名。序云「吾竄永州四年」，即元和三年作。《新史·趙宗儒傳》：「元和初，檢校禮部尚書充東都留守，三遷至檢校吏部尚書，爲荆南節度使。」所謂宗人尚書者，指宗儒也。其子御史，傳不載焉。［百家注引童宗説曰］在永州作，序自可見。［蔣之翹輯注］此子厚在永州作。《一統志》：「唐江陵郡，今爲荆州府。」按：陳景雲《柳集點勘》卷二云：「趙尚書，舊注趙宗儒，或曰趙昌。案：後説是也。昌先領安南，繼遷廣帥，又移荆南，故曰由交廣移荆州。」陳説是。《舊唐書·憲宗紀上》：「（元和三年四月）乙亥，以嶺南節度使趙昌爲江陵尹、荆南節度使。」文云「由交廣臨荆州」，是趙昌而非趙宗儒，趙宗儒爲荆南節度使則由朝廷出鎮也。趙宗儒爲趙昌後任，其替爲荆南節度使史無明文，約在元和三年末。此趙大當是在廣州護理趙昌之子之病，俟其病好之後便由廣州趕赴江陵，途經永州，柳宗元作此序送之。

【注釋】

〔一〕［注釋音辯］趙崇儒，或曰趙昌。［百家注引孫汝聽曰］趙昌字洪祚，天水人。貞元二十年三月，自國子司業爲安南都護。安南，即交州。元和元年四月，轉户部尚書爲嶺南節度使。三年四月，遷荆南節度使。按：是爲趙昌。已見解題。

〔二〕［注釋音辯］《前漢·田蚡傳》云。［世綵堂］《漢書·田蚡傳》：「跪起如子姓。」《史記·外戚世家》：「或不能成子姓。」注云：「鄭玄注《禮記》云：姓者，子姓，謂衆孫也。」按：章士釗《柳文指要》上《體要之部》卷二二：「此子姓者，謂子侄也。」

〔三〕急，緊急，迫切，指趙昌之子病重。

〔四〕［注釋音辯］［韓醇詁訓］畫，迄力切，傷痛也。

〔五〕章士釗《柳文指要》上《體要之部》卷二二：「夫榮衛猶言血氣，血爲榮，氣爲衛。《内經》曰：『榮衛不行，五脈不通。』」

〔六〕［注釋音辯］戲音羲，又許爲切。潘（緯）云：言大將麾旗之下。［百家注引王儔補注］戲，大將之旗。戲音羲，亦作麾。［世綵堂］《漢書·韓信傳》「居戲下」，注：「旌旗之下也。戲，大將之旗。」

〔七〕［注釋音辯］（翮）下革切。

〔八〕［百家注引童宗説曰］轅門，謂以車爲門。

【集評】

蔣之翹輯注《柳河東集》卷二二：士固有志，不可奪也，但恨知己之難其人耳。於趙生爲之三歎。

孫琮《山曉閣選唐大家柳柳州全集》卷二：通篇俱寫趙生知己感激，有在趙生自己口中述者，有在子厚口中代爲述者。激昂淋漓，總是寫出一腔熱血，故文字不多，而曲折已極深至。

何焯《義門讀書記》卷三六：辭旨淺鄙，吾豈丐夫隸人哉！

焦循批《柳文》卷五：「爲賢子爲御史」句下：謂尚書之子也。「友我若同生」句下：趙生自謂。「自吾竄永州」句下：柳州自謂。

柳宗元集校注卷第二十三

序　別①

同吴武陵贈李睦州詩序

潤之盜錡〔一〕，竊貨財，聚徒黨，爲反謀十年。今天子即位三年〔二〕，大立制度，於是盜恐且奮，將遂其不善，視部中良守不爲己用者，誣陷去之，睦州由是得罪。天子使御史按問，館于睦，自門及堂皆其私卒爲衛，天子之衛不得摇手辭卒致具。有間，盜遂作〔三〕。而廷臣猶用其文，斥睦州南海上〔四〕。既上道，盜以徒百人遮于楚、越之郊②，戰且走，乃得完爲左官吏〔五〕。無幾，盜就擒，斬之于社垣之外〔六〕。論者謂宜還睦州，以明其誣。既更大赦〔七〕，始移永州，去長安尚四千里，睦州未嘗自言。

吴武陵，剛健士也，懷不能忍，於是踴躍其誠③，鏗鏘其聲〔八〕，出而爲之詩，然後慊於内〔九〕。余固知睦州之道也熟，銜匿而未發且久，聞吴之先焉者④，激於心，若鐘鼓之考〔一〇〕，不知聲之發也。遂繫之而重以序。

【校　記】

①詁訓本標作「序十二首」。

②陳景雲《柳集點勘》卷二云：「『郊』當作『交』。」

③踴，注釋音辯本作「勇」。

④原注與注釋音辯本、詁訓本、世綵堂本注：「焉，一作言。」

【解　題】

〔韓醇詁訓〕《舊史·憲宗紀》：「元和二年十月，浙西節度使李錡據潤州叛，殺判官王澹，詐請入朝，遂令蘇、常、杭、湖、睦五州戍將殺刺史，修石頭故城，謀欲僭逆。未幾，潤州大將張子良等執李錡以獻。」李睦州得罪當在此時。考之《新史·李錡傳》，亦不載睦州事。元和三年，吳武陵亦以事貶永州，序云睦州「既更大赦，始移永州」，大赦在元和三年，睦州亦是時至永。詩序當在是後作。〔蔣之翹輯注〕李睦州名幼清，初爲睦州刺史，以李錡誣陷而貶循州，後以赦始移永州。時子厚同吳武陵皆謫於永州。序在李睦州至永後贈之。按睦州今爲浙江嚴州府。按：陳景雲《柳集點勘》卷二：「外集有《太府李卿外婦誌》文，李卿即睦州。蓋從太府出守，故稱其前官。本集更有《贈李卿元侍御》詩，元侍御即《法華寺西亭夜飲詩序》中之柱史元克己。序中稱克己者三，當是侍御之字。又《鈷鉧潭西小丘記》云『李深源、元克己同遊』，深源即李卿字也。在永有《謝李夷簡撫問啟》，言當州員外司馬李幼清傳示委曲，疑幼清即李卿名，司馬則從循州量移所授官也。幼清爲□公抱玉幼子，見穆員《□公碑》。（鼎按：爲字、員字下石所缺，疑皆是李字。）」諸家所考甚是。李睦州即李幼清。此序作於元和三年。《全唐文》卷七八四穆員《相國義陽郡王李公墓誌銘》云李幼清爲李抱真之子，陳考有小誤。

【注釋】

〔一〕［注釋音辯］（錡）魚倚切。李錡也。［韓醇詁訓］魚倚切，又音奇。［百家注引韓醇曰］李錡者，淄川王孝同五世孫。以父蔭，累遷杭、湖二州刺史。貞元十五年二月，遷潤州刺史、浙西觀察、諸道鹽鐵轉運使。天下搉酒漕運，錡得專之，乃增置兵額。二十一年三月，於潤州置鎮海軍，以錡爲節度使，而罷其鹽鐵使務。

〔二〕［注釋音辯］憲宗元和二年也。［百家注引孫汝聽曰］憲宗即位，不假借方鎮，故倔强者稍入朝。元和二年，錡三表請覲，上許之，實無行意，殺留後王澹等。

〔三〕［百家注引孫汝聽曰］元和二年十月，詔徵錡爲左僕射，以御史大夫李元素代之，錡據潤州叛。

〔四〕［百家注引孫汝聽曰］初貶循州。

〔五〕［注釋音辯］《前漢年表》設左官之律。［百家注引童宗説曰］左官，猶左遷。

〔六〕［百家注引韓醇曰］潤州大將張子良等執錡以獻，斬於獨柳樹。《書》：「不用命，戮於社。」社爲陰，陰主殺也。按：見《尚書·甘誓》。

〔七〕［百家注引張敦頤曰］元和三年正月，大赦天下。

〔八〕［韓醇詁訓］鏗，丘耕切。鏘，千羊切。

〔九〕［注釋音辯］［韓醇詁訓］慊，苦簟切，愜也。

〔一〇〕［世綵堂］考，擊也。

【集評】

《王荆石先生批評柳文》卷六：頓挫蒼古。

陸夢龍《柳子厚集選》卷三：曲盡鬱勃之志。又「剛健士也」句下評：快士哉！而世猶少武陵，何耶？

蔣之翹輯注《柳河東集》卷二三：叙事處骨力遒緊，而詞亦峻潔。

儲欣《河東先生全集録》卷四：史筆訟冤，骨力彷佛《段太尉逸事狀》。盜之讎，國之良也。盜所欲殺，國所必褒也。此序使千載下猶有覆盆之歎。

何焯《義門讀書記》卷三六：勁拔，而未淳古。

乾隆敕纂《御選唐宋文醇》卷一五：李錡蓄反謀十年，唐之君臣不能燭見幾先，轉代盜驅除其不附己者睦州刺史李清臣。錡既發兵反，猶用反者所具獄辭罪李清臣。由今觀之，堪作笑具，轉疑紀述之非真矣。不知漸浸所成，當其時有忽不及覺者。錡於德宗時，專事刻剥，以爲進奉。憲宗平蜀，錡不自安，遂反。其平日所以蠱惑欺罔朝廷者，豈止李清臣一事！按問清臣之御史身在錡境，不得摇手出氣，且從錡則朝廷以爲然，直清臣則禍在轉瞬，泄泄沓沓，不知不覺，已爲反賊所用。賊既反，憲宗詎肯自考平日詔書所行是否耶？公卿大臣詎肯感激徒媕婀？非與身家有益之事，詎肯平反已具之獄辭？有司奉行故事，又不知不覺使朝廷猶爲反者李錡貶不附賊之李清臣矣。當其時，問上上不知，問下下不知，而四方萬姓，則無不知之而悼歎之，盜賊奸宄，則無不知之而欣幸之，可不畏哉？嗟乎！人君一身耳，而四海九州之欲得利與名者，無不蠱惑欺罔之，此古先哲王所以心之憂危，若蹈虎尾、涉於春冰也。

送南涪州量移澧州序

越有納官之令以勝大敵〔一〕，漢有羽林之制以威四夷〔二〕。國家寵先中丞邁古人之烈〔三〕，故君自未成童〔四〕，品常第四①，人猶曰於古爲薄。漢北地都尉印，以不勝任陷匈奴，而子單侯于鉼〔五〕。濟北相韓千秋，以匹夫之諒奮觸南越，而子延年侯于成安〔六〕。君之土田之錫〔七〕，猶挫於有司之手。始由施州爲涪州〔八〕，扞蜀道劾寇〔九〕，晝不釋刃，夜不釋甲②，曰：「我忠烈胤也，期死待敵。」敵亦曰：「彼忠烈胤也，盡力致命，是不可犯。」然而筆削之吏，以簿書校計贏縮③，受譴兹郡〔一〇〕，凡二歲。

朝廷建大本，貞萬邦〔一一〕，慶澤之濡，洗濯生植，又況涪州家聲之大，裕蠱之志〔一二〕，宜尤被顯寵者也。自漢而南④，州之美者十七八，莫若澧。澧之佐理，莫踰於長史。以是進秩，人猶曰且有後命。永州多謫吏〔一三〕，而君侯惠和温良，故其歡愉異於他部。優詔既至，而君適讎於文〔一四〕，其往也獨〔一五〕，故凡羨慕之辭，無不加等。噫！以君承荷之重，恭肅之美，四方之求忠壯義烈者，將於君是覿。凡君子之志，欲其優柔而益固，憤悱而不忘，以增太史世家之籍〔一六〕，用是爲貺，則拱璧大鼎〔一七〕，烏可以言重乎？

【校　記】

① 常，何焯批王荆石本作「當」。

② 釋，詁訓本作「解」。

③ 計，世綵堂本作「討」。

④ 百家注本引孫汝聽注曰：「『漢』字恐誤。」蔣之翹輯注本：「疑是『江』字。」

【解　題】

［注釋音辯］南承嗣。［韓醇詁訓］涪州即南承嗣也，霽雲之子。故序言先中丞與夫忠烈之胤，皆指霽雲而言。傳載承嗣爲涪州刺史，劉闢叛，以無備謫永州。闢叛在元和元年，此序云涪州「受譴兹郡凡二歲」，爲元和三年赦後作云。［蔣之翹輯注］澧州，今屬湖廣岳州府。按：韓説是。此序作於元和四年。文云「朝廷建大本」，指元和四年閏三月立鄧王寧爲太子事，同時宣赦，南承嗣即以此量移澧州。胡鳴玉《訂譌雜録》卷五：「詞人作賀陞任箋啟用量移字，前人曾辨其非，而近時《日知録》言之甚悉，曰：唐朝人得罪貶竄遠方，遇赦改近地，謂之量移。《舊唐書・元宗紀》開元二十年十一月庚午，祀后土於脽上，大赦天下，左降官量移近處。二十七年二月己巳，加尊號，大赦天下，左降官量移近處。量移字始見於此。李白《贈京兆韋參軍量移東陽》詩云：『潮水還歸海，流人卻到吴。相逢問愁苦，淚盡日南珠。』白居易貶江州司馬《自題》云：『一旦失恩先左降，三年隨例未量移（量讀平聲）。』及遷忠州刺史，又云：『流落多年應是命，量移遠郡未成官。』故韓愈自潮州刺史量移袁州，有『遇赦移官罪未除』之句。而《宋史》盧多遜貶崖州，詔曰：『縱經大赦，不在量移之限。』今人乃稱遷職爲量移，誤矣。玉案：柳子厚集《送薛判官量移》、《送南涪州量移澧州》二序中，有謫吏優詔、近地漸顯等語，不特太白、樂天諸人詩可徵也。」

【注　釋】

〔一〕［注釋音辯］《越語》：「王令軍：孤子寡婦疾疢貧病者納官其子。」注：「官，仕也，仕其子而教之，廩以食之也。」［韓醇詁訓］《國語》：「越王句踐棲於會稽之上，乃號令於三軍曰：『有能助寡人謀而退吴者，吾與之共知越國之政。』乃致其父母昆弟而誓之曰：『孤子寡婦疾疢貧病者，納官其子。』所以結人心，終果報吴。」按：百家注本引孫汝聽注合童注與韓注。見《國語·越語上》，「納官」作「納宦」。

〔二〕［注釋音辯］漢武太初元年，初置羽林騎，取從軍死事之子孫養羽林，官教以五兵，號羽林孤兒。［韓醇詁訓］漢武帝太初元年初置，名曰建章營騎，後改名曰羽林騎。凡從軍死事之子孫養羽林，官教以五兵，號曰羽林孤兒。

〔三〕［注釋音辯］［百家注引孫汝聽曰］承嗣父御史中丞南霽雲，死節睢陽。［百家注引童宗説曰］邁，過。烈，業也。

〔四〕［注釋音辯］承嗣七歲，以父死節，即授婺州别駕，歷刺施、涪二州。成童，八歲以上。按：百家注本引孫汝聽注與童注略同，唯云：「成童，十五以上。」《穀梁傳》昭公十九年以八歲以上爲成童，《禮記·内則》則以十五歲以上爲成童。

〔五〕［注釋音辯］張（敦頤）云：班彪《北征賦》「弔尉卬於朝那」，注云：「匈奴入邊，殺尉卬。尉，官也。卬，名也，音昂。」卬之子單，以父力戰死事，封缾侯。［韓醇詁訓］《西漢功臣表》：「缾侯孫單，以其父卬爲北地都尉，匈奴入，力戰死事，子單封缾侯。」按：百家注本引韓醇注爲漢文十四年事。

〔六〕［注釋音辯］［韓醇詁訓］《西漢功臣表》：「韓延年以其父千秋爲校尉擊南越死事，封成安侯。」

〔七〕［蔣之翹輯注］《詩》：「告于文人，錫山土田。」按：見《詩經·大雅·江漢》。錫，賜。

〔八〕［注釋音辯］［韓醇詁訓］涪音浮。［蔣之翹輯注］唐施州，秦黔中地，隋曰庸州，今置軍民衛於此，屬湖廣。涪州，漢涪陵縣，隋改作州。今屬四川重慶府。

〔九〕［注釋音辯］［韓醇詁訓］剠，其京切。［百家注引韓醇曰］永貞元年八月，西川節度行軍司馬劉闢反。

〔一〇〕［注釋音辯］永貞元年，西川劉闢反，承嗣以無備謫永州。按：章士釗《柳文指要》上《體要之部》卷二三：「此等語疑是飾詞，恐非信史。」又云：「承嗣後爲清江太守，歷三州，多惠政。夜郎人因承嗣而爲其父霽雲立廟於貴陽，清初黔撫田雯，在《黔書》中紀其事。吾初疑子厚美承嗣以忠烈胤、期死待敵爲飾詞，此誠淺陋妄斷，特補此筆，以當自懺。」

〔一一〕［注釋音辯］［百家注引孫汝聽曰］元和四年閏三月，立鄧王寧爲太子。［百家注引童宗説曰］《書》：「一人元良，萬邦以貞。」按：見《尚書·太甲下》。

〔一二〕［韓醇詁訓］蠱音古。《易》：「幹父之蠱用裕。」［百家注引張敦頤曰］《易》：「裕父之蠱。」按：皆見《周易·蠱》。

〔一三〕〔蔣之翹輯注〕時子厚、吴武陵同在永，故云「永州多謫吏」。

〔一四〕〔注釋音辯〕〔百家注引孫汝聽曰〕讎，合也。文，詔令也。謂合於詔令，當量移也。〔韓醇詁訓〕讎，是周切，校讎也。

〔一五〕章士釗《柳文指要》上《體要之部》卷二三：「謂如承嗣所犯，方與詔令所指相合，如法量移，而子厚、武陵，皆不獲同等待遇云。」

〔一六〕〔蔣之翹輯注〕太史公《史記》作世家三十。

〔一七〕〔百家注引孫汝聽曰〕《老子》：「雖有拱璧，以先駟馬。」《春秋》：「取郜大鼎。」按：見《左傳》桓公二年。

【集　評】

《王荆石先生批評柳文》卷六：壯。

蔣之翹輯注《柳河東集》卷二三：文氣亦激昂。「是不可犯」句下：寫得耿耿，鬚眉猶張，可謂妙於形容。

乾隆敕纂《御選唐宋文醇》卷一五：南涪州，南霽雲之子也。霽雲忠烈貫日月矣，子又繼之，蒙矢石、蹈白刃而不悔，而肉食之鄙夫，刀筆之猾吏，持其短長，求瘢索垢，朝廷即據之以行罰，更大赦乃得量移，與罪人同被新恩，此宗元所爲痛心也。雖爲文以賀之，實則嗚咽不成聲。末則勗其之死靡他，以忠於君者孝於親，豈非直諒多聞之益友哉？

送薛存義序①

河東薛存義將行，柳子載肉于俎，崇酒于觴〔一〕，追而送之江滸②，飲食之〔二〕。且告曰：「凡吏于土者，若知其職乎〔三〕？蓋民之役〔四〕，非以役民而已也。凡民之食于土者③，出其十一傭乎吏〔五〕，使司平於我也。今我受其直、怠其事者④，天下皆然。豈唯怠之，又從而盜之。向使傭一夫於家，受若直、怠若事，又盜若貨器，則必甚怒而黜罰之矣。以今天下多類此⑤，而民莫敢肆其怒與黜罰⑥，何哉？勢不同也〔六〕。勢不同而理同，如吾民何⑦？有達于理者，得不恐而畏乎？」存義假令零陵二年矣〔七〕，蚤作而夜思，勤力而勞心，訟者平，賦者均，老弱無懷詐暴憎⑧〔八〕，其爲不虛取直也的矣，其知恐而畏也審矣。吾賤且辱，不得與考績幽明之說〔九〕，於其往也，故賞以酒肉，而重之以辭。

【校記】

① 題原作「送薛存義之任序」，詁訓本、世綵堂本題無「之任」二字。原注與注釋音辯本注：「一本

無『之任』二字。」世綵堂本注：「一本有『之任』二字，非。」陳景雲《柳集點勘》卷二：「一本題中無『之任』二字爲是。文中云『假令零陵二年』，則非初之官也。觀篇末『不得與考績幽明之説』，蓋惜其去官而送之。」陳説是，故從詁訓本、世綵堂本。

②「江」下原有「之」，據注釋音辯本改。

③何焯校本：「『土』改『上』。」

④「今」下原有「我」，何焯《義門讀書記》卷三六云：「『我』字衍。」章士釗《柳文指要》上《體要之部》卷二三云：「非是。鄙意『我』字作複數用，文中著此一字，代表性絶强，不可以帖括理法繩之。」

⑤世綵堂本注：「一本無『以』字。」

⑥世綵堂本「黜罰」下有「者」，語氣更順。

⑦世綵堂本注：「一本無『如吾民何』四字。」

⑧世綵堂本注：「一本作『老弱寧懷詐暴弭慴』。」

【解　題】

［韓醇詁訓］零陵，永州邑也，薛爲令而去，公序以送之。且曰：「吾賤且辱，不得與於考績幽明之説。」則序在永時作也。［蔣之翹輯注］存義令永州之零陵，其去也，子厚序而送之。按：據序，薛

存義爲代理永州零陵縣令二年，去官離開永州時，柳宗元作此序送之。序言官與民的關係，「蓋民之役，非以役民而已也」，官是爲民衆服務的。蔣之翹解釋説：「猶言民之出其直以傭吏，使之治平於己也。」甚得其要。一千多年前的柳宗元能有如此認識，怎樣稱揚也不爲過。

【注釋】

〔一〕［百家注引孫汝聽曰］《説文》：「觶實曰觴，虚曰觶，皆酒器。」

〔二〕［注釋音辯］滸音虎，水涯也。飲食，並去聲。［韓醇詁訓］音虎。《詩》：「在江之滸。」飲音蔭，食音嗣。［百家注引張敦頤曰］《詩》：「飲之食之。」飲食音蔭嗣。按：見《詩經·王風·葛藟》及《小雅·綿蠻》。

〔三〕［注釋音辯］若，汝也。［百家注引王儔補注］若，汝也。其下受若、怠若、盜若，並同義。

〔四〕［蔣之翹輯注］役，使也。

〔五〕［蔣之翹輯注］什一，税也，傭，僱也。此猶言民之出其直以僱吏，使之治平於己也。

〔六〕［蔣之翹輯注］盜喻取民之財，勢謂貴賤之勢也。

〔七〕［百家注引韓醇曰］零陵，永州縣名。

〔八〕懷詐暴憎，内懷奸詐，外露憎恨。

〔九〕［百家注引童宗説曰］《書》：「三載考績，三考黜陟幽明。」與，去聲。按：見《尚書·舜典上》。

【集評】

吕祖謙《古文關鍵》卷上：雖字少，極有反覆。

謝枋得《文章軌範》卷五：章法、句法、字法皆好，轉换關鎖緊，謹嚴優柔，理長而味永。「薛存義將行」句下：起句緊切。「不虚取直也的矣」句下：應有關鎖。「重之以辭」句下：與發端數語相應。（丘維屏評：議論亦平常所知，只是筆力出語，傑然悍然。）

王霆震《古文集成》卷一引敷齋《古文標準》評曰：此篇文勢轉圓，如珠走盤中，略無凝滯。加之論爲吏者乃民之役，非以役民，議論過人遠甚。中間以庸夫受直怠事爲譬，且云勢不同而理同，此識見最高。至於結句用賞以酒肉而重之以辭，亦與發端數語相應，學者宜玩味。「役民而已也」句下：一篇骨力。「平於我也」句下：下的當。「從而盜之」句下：下的當。「如吾民何」句下：下得好。「達於理者」句下：斡旋。一篇精神。「不虚取直也的矣」句下：應前直。

王旭《送劉公美赴長清簿序》：余方讀柳子書，愛其送薛存義之言，有所感，因舉而告之曰：夫吏者民之役也，民出其税賦之十一以傭乎吏，使司平於我也。今吾傭一夫於家，受吾直而怠吾事，且盜吾貨器，則吾必甚怒而黜罰之矣。公美讀書，知爲政愛人之道，必能達斯理，而不使有愧於心矣。（《蘭軒集》卷一一）

《王荆石先生批評柳文》卷六：此篇全淡，疊山持膾炙之古文，亦有過哉。

茅坤《唐宋八大家文鈔》卷二一：昔人多録此文，然其義亦淺。

陸夢龍《柳子厚集選》卷三：絶奇結構文字。

蔣之翹輯注《柳河東集》卷二三：簡潔圓暢，恐他人有此切實，無此痛快。謝枋得曰：章法、句法、字法皆好。轉換多，關鎖緊。唐順之曰：子厚此序雖不及退之，至氣格雄絶，亦退之所不及。「恐而畏乎」句下：此只言民之供賦於吏，吏當治民以報之，語意亦淺淺爾。一經子厚手筆，竟不言吏之役民，乃謂吏爲民之役，叙得何等鄭重！何等婉轉！何等深入！又文末評：結語有照應，有風趣。

金聖歎批《才子古文》卷一二：無多，十數句，看其筆勢，如蛇夭矯不就捕。

儲欣《河東先生全集録》卷四：備乎吏，奇而確。轉折峭削，理愈透明。

宋長白《柳亭詩話》卷三〇：「平臺新賦許誰賢？惟有相如賜獨偏。若要上林天子問，吮毫應更十餘年。」題曰：「無錫陳生，自樊山王邸來，將梓其詩，乞序，姑與飯，而以二絶句止之。」按柳子厚《送薛存義序》曰：「賞以酒肉，而重之以辭。」曰賞曰重，則可取在薛。曰姑曰止，則可鄙在陳。比見有人偶一曳裾侯門，而遽以苦海中物炫諸鄉串者，皆陳生類也。

孫琮《山曉閣選唐大家柳柳州全集》卷二：此序大段分兩半篇看。上半篇是言世俗之吏不能盡職而達於理者，恐懼而畏。下半篇是言存義今日正是能盡職而達理恐懼者。末幅自述作序，大段不過如此，妙在筆筆跳躍，如生龍活虎，不可逼視。又引鍾惺云：此篇文勢圓轉，如珠走盤，略無滯礙。

林雲銘《古文析義》初編卷五：河東，子厚故里。零陵即永州屬邑，是兩人生同地而仕同方也。

故送行之語，前規後頌，分外真切。玩「天下皆然」四字，又把同時無數墨吏盡行罵殺。奈墨吏亦有恐而畏者，仍不在理而在勢，恐不盜則黜罰立至矣。一笑。

張伯行《唐宋八大家文鈔》卷四：臣子爲朝廷司牧民之職，當視民如子，自然一體關切，子厚以傭譬之，則已隔一膜矣。然傭而盡其職，猶可原也。傭而流於盜民，其奈之何哉！苟有人心者，尚泚顙於柳子之言否耶？

何焯《義門讀書記》卷三六：「以今天下多類此」至「勢不同也」：此言豈可公傳道歟？此序詞稍偏激，孟子雖發露，猶自得其平也。

沈德潛《唐宋八家文讀本》卷八：前規後頌，頌不忘規，牧民者宜銘左右。

常安《古文披金》卷一四：送人如此文者，今百不一見矣。

過珙《古文評注》卷七：受其直怠其事者，天下比比皆是，然猶不足恐而畏也。至盜而貨器者，此輩衣鉢，是時幾遍天下。所謂笑駡由他笑駡，好官還我爲之，豈惟不恐而畏，且洋洋得意矣，何可勝歎！得柳州一筆喝破，宦路上人，得無面赤。

浦起龍《古文眉詮》卷五三：創論，乃篤論。一則訓邑宰書。身爲謫官，分不加尊，辭直如此，可見古道。

焦循批《柳文》卷五：議論極奇，用筆極奧，生蛇活馬，此類是也。

朱宗洛《古文一隅》卷中：峭。又：文不論長短，必須有生龍捉不住光景，乃能以我之靈機，鼓動閲者。但從來靈機活潑之文，未有不於用筆間變化入神者。看此文入手處，用追字、將字、且字、已字，字作勢矣。「告曰」下緊下一斷，又用「非以」二字作一激，已將通篇大意，提得了了。以下就不能盡職言，或用推進法，或用借形法，或用頓跌法，或用推原法，或用繳足法，一意旋轉中，用筆句句變化，故爲短篇極奇横之文。細玩通篇，總是一擒一縱，故能伸縮如意，其轉换處，亦變化不測。

劉熙載《藝概·文概》：文莫貴於精能變化，昌黎《送董邵南遊河北序》，可謂變化之至，柳州《送薛存義序》可謂精能之至。

王文濡《唐文評注讀本》下册：民役非役民云云，爲今日公僕確實注腳。勢不同而理同，是良心上語，哀哀諸公其聽之。

林紓《韓柳文研究法·柳文研究法》：贈序一門，昌黎極其變化，柳州不能逮也。集中贈送序，亦不及昌黎之多，語皆質實，無伸縮吞咽之能。唯《送薛存義之任序》真樸有理解，甚肖近來所稱爲公僕者。其言曰：「凡吏於上者，若知其職乎？蓋民之役，非以役民而已也。凡民之食於土者，出其十一傭乎吏，使司平於我也。今我受其直、怠其事者，天下皆然，豈惟怠之，又從而盗之。向使傭一夫於家，受若直，怠若事，又盗若貨器，則必甚怒而黜罰之矣。」文雖直起直落，無迴旋渟滀之工，但一段名言，實漢唐宋明諸老所未能跂及者。柳州見解，可云前無古人。

送薛判官量移序①

仕於世，有勞而見罪，凡人處是，鮮不怨懟忿懫〔一〕，列於上，愬於下，此恒狀也〔二〕。異於恒者，其道宜顯。薛生司貨賄於軍興之際，兵亂不去，然得以不犯，由太行以東皆傳道之〔三〕，可以爲勞矣。而竟連大獄，以至於放〔四〕。不戚於貌，不悱於心，樂以自肥，而未嘗尤於物，其有異於恒矣哉！朝廷施恩澤，凡受謫者②，罪得而未薄③，乃命以近壤。薛君去連而吏於朗〔五〕，是其漸於顯歟？君子學以植其志，信以篤其道，有異於恒者，充而大之。苟推是以往，雖欲辭顯，難矣。

【校記】

①移，注釋音辯本作「授」。陳景雲《柳集點勘》卷二：「『量移』一作『量授』，爲是。按薛巽始爲河北糧料使于皋謨判官，及皋謨以罪伏法，巽亦坐累遠竄，觀序中去連吏朗語，似其初乃除名長流，及遇赦移朗，方稍叙復其官資耳。」按：薛巽由連州連山縣尉移朗州司户參軍，作「移」是。

②原注與世綵堂本注：「一有『大』字。」詁訓本「凡」上有「大」。

③原注與詁訓本、世綵堂本注：「未，一作末。」陳景雲《柳集點勘》卷二：「『未』一作『末』，爲是。《左傳》『不爲末減』，杜注：『末，薄也。』語本此。」按：末即薄也，若作「末薄」，是同義重複，非是。

【解　題】

〔注釋音辯〕薛巽。〔韓醇詁訓〕薛不詳其名。序云薛去連而吏於鼎，永與連相接，又鼎之經塗，序當作於永州時。〔百家注引孫汝聽曰〕薛判官名巽，自連州量移朗州。朗州，即今鼎州也。連與永相接，永又鼎之經塗，故公送以序。按：《舊唐書·崔元略傳》附其弟元受：「元和初，于皋謨爲河北行營糧料使，元受與韋岵、薛巽、王湘等皆爲皋謨判官，分督供饋。既罷兵，或以皋謨隱没贓罪，除名，賜死。元受從坐，皆逐嶺表。竟坎壈不達而卒。」又見《册府元龜》卷五一一，即此薛巽。薛巽爲柳宗元姊（崔簡妻）之婿。《祭崔氏外甥女文》云：「前歲詔追，廷授遠牧，武陵便道，往來信宿。」崔氏即薛巽之妻，時柳宗元已爲柳州刺史。薛巽夫婦當是由連州赴朗州時，便道之柳州省其舅父柳宗元。故此文當元和十年作於柳州。

【注　釋】

〔一〕〔注釋音辯〕〔韓醇詁訓〕懟音隊。憤，房吻切。

〔二〕[百家注]恒，胡登切。

〔三〕[蔣之翹輯注]太行，山名。在河南懷慶府。首始於河内，北至於幽州，凡百嶺，連亘十三州之界，有八陘。

〔四〕[注釋音辯][百家注引孫汝聽曰]薛巽始佐河北軍，有勞，未及録，會其長于皋謨及董溪以罪聞，巽坐貶。

〔五〕[注釋音辯]朗，州名，即鼎州。[韓醇詁訓]朗，今鼎州。按：周紹良、趙超主編《唐代墓誌彙編續集》元和〇七七崔雍《唐故鄂州員外司户薛君墓誌銘》云薛巽「會糧料使以罪坐法，因得詿獄南州連山縣尉，北移朗州洎鄂州，咸司户參軍」。

送李渭赴京師序

過洞庭，上湘江〔一〕，非有罪左遷者罕至，又況踰臨源嶺，下灕水〔二〕，出荔浦〔三〕，名不在刑部，而來吏者，其加少也固宜。前余逐居永州，李君至，固怪其棄美仕就醜地，無所束縛，自取瘴癘。後余斥刺柳州〔四〕，至于桂，君又在焉，方屑屑爲吏。噫！何自苦如是耶①？明時，宗室屬子當尉畿縣。今王師連征不貢②，一府方汲汲求士③〔五〕，李君讀書爲詩，有幹局，久游燕、魏、趙、代間，知人情，識地利，能言其故。以是入都干丞相，益國事，不求獲乎己④，而已以有獲，予嫉其不爲是久矣。今而曰將行⑤，請余以言。行哉行哉，言止是而已。

【校記】

① 如，注釋音辯本作「爲」。世綵堂本注：「如，一作爲。」

② 《英華》無「今」字。

③ 何焯校本注：「『二府』疑作『三府』。」按：二府指桂管觀察使府與容管觀察使府，時討黃少卿，「二」字不誤。

④ 乎，《英華》作「于」。世綵堂本注：「蜀本無『乎』、『己』二字。或作『不求獲而己有獲』。」

⑤ 詁訓本無「今」字。

【解題】

［韓醇詁訓］渭，唐宗室子也。序曰：「余斥刺柳，至於桂，君又在焉。」公元和十年既召，而復謫於柳，此在柳州時作。按：文云「今王師連征不貢」，指元和十四年討黃少卿事，則此文作於元和十四年。

【注釋】

〔一〕［百家注引孫汝聽曰］湘，水名。《漢志》云：「出零陵郡陽海山，北入江。」［蔣之翹輯注］洞庭湖，在岳州。

〔二〕［注釋音辯］灕，力支切。［韓醇詁訓］灕，力支切。灕水出零陵。［百家注引孫汝聽曰］灕水，今之桂江。［蔣之翹輯注］灕水在桂林府，一名桂江。兩岸皆高山峻嶺。漢討南粤，戈船將軍出零陵，下灕水，即此。

〔三〕［韓醇詁訓］茘音戾。［百家注引孫汝聽曰］茘浦，縣名。［蔣之翹輯注］茘浦，縣名。今屬平樂府。

〔四〕［百家注引童宗説曰］元和十年，公刺柳州。

〔五〕「不貢」指討黄家洞黄少卿反事。二府指桂管觀察使裴行立與容管觀察使陽旻討黄少卿事。

【集評】

茅坤《唐宋八大家文鈔》卷二一：文似悲颯。

蔣之翹輯注《柳河東集》卷二三：作小點染，亦佳。

儲欣《河東先生全集録》卷四：起勢極重，悲涼激楚，浦雁嶺猿已下，遂累累如貫。

何焯《義門讀書記》卷三六：「予嫉其不爲是久矣」：嫉字不穩。凡有此者，皆氣質之偏也。

常安《古文披金》卷一四：送渭今日之去，因怪渭前此之來，已含一腔牢騷。至謂渭宗室有才可以入干丞相，蓋深歎己之不能然也。

孫琮《山曉閣選唐大家柳柳州全集》卷二：送李渭今日遊京師，卻異其前日何以至永、桂，異李渭前日至永州，因感到今日自己居永、桂，一起寫來，已自悲涼。中、後爲李渭勸駕，實自歎自己羈縶，有心人不當如是耶？

王符曾《古文小品咀華》卷三：河東本羨李君此行，但説明苦無意味，妙從李君本宗室子，不宜久吏遠惡落想，而胸中悲涼寂寞之況，俱隱躍於言表。學者當於無字句處求之。突然而起，戛然而止。

送嚴公貺下第歸興元覲省詩序

嚴氏之子有公貺者，退自有司，踵門而告柳子曰：「吾獻藝不售於儀曹之賈①〔一〕，貨不中度，敢逃其咎！詰朝將行②，願聞所以去我者，其可乎哉？」余諭之曰：吾子以沖退之志，端其趣嚮，以淬礪之誠〔二〕，修其文雅。行當承教戒於獨立之下〔三〕，濬發清源〔四〕，激揚洪音，沛哉！鏗鏗乎充于四體之不暇③，吾何敢去子？恭惟相國馮翊公有大勳力，盈于旂常〔五〕，極人臣之尊，分天子之憂④，殿邦坤隅〔六〕，柄是文武。若子者，生而有黼績粱肉之美〔七〕，不知耕農之勤勞，物役之艱難。趨其庭有魏絳之金石焉〔八〕，候其門有亞夫之棨戟焉〔九〕，中人處之，不能無傲，而子之伯仲皆脱略貴美，服勤儒素，退託於布衣韋帶之任，如少習然。故繼登上科〔一〇〕，以及於子，是可舉嚴氏之教，誦乎他門，使有矜式也。而吾子又引慝内訟〔一一〕，撝謙如此〔一二〕，其可患乎賈之不售而自薄哉？於是文行之達⑤，若高陽齊據者〔一三〕，偕賦命余序引，余朴不曉文，故書嚴子之嘉言，編于右簡⑥，竊褒貶之義以贈。

【校　記】

①《英華》「賈」上有「司」。

②詰，《英華》作「誥」。王玉樹《説文拈字》引《説文長箋》云：「明朝爲喆朝，今俗以『喆』爲『詰』。」

③鏗鏗，詁訓本作「鏗鏘」。

④子，世綵堂本作「下」。

⑤注釋音辯本「達」下有「者」，並注：「一本無者字。」原注與詁訓本、世綵堂本注：「一有者字。」何焯《義門讀書記》卷三六：「『達』下有『者』字。」

⑥編，注釋音辯本作「論」，並注：「『論』字一本作『編』。」《英華》「右」上有「其」。

【解　題】

［注釋音辯］嚴震之子。［韓醇詁訓］公貺，震之子也。所謂「相國馮翊公殿邦坤隅，柄是文武」者，即震也。本傳：德宗幸奉天，震進封馮翊公，久之，進中書門下平章事。貞元十五年卒。序當作於震未卒之前。［百家注引孫汝聽曰］嚴震字遐聞。建中二年十二月，拜梁州刺史、山南西道節度使，封馮翊郡王。四子：㦸、協、公弼、公貺。［蔣之翹輯注］按《一統志》：梁州，唐開元元年改名興元，今爲陝西漢中府。按：權德輿《權載之文集》卷二一《唐故山南西道節度營田觀察處置等使開府儀同三司檢校尚書左僕射同中書門下平章事兼興元尹上柱國馮翊郡王贈太保嚴公墓誌銘并序》：「幼子公貺，亦以修詞爲州黨所薦，祗服義方，綽綽有裕。」然未登第。章士釗《柳文指要》上《體要之部》卷二三云：「以嚴震之子下第歸省，無論其子文行如何，都不足張之於大雅之堂，不知子厚於嚴氏有何連誼，輒爲此公一門，濫耗紙筆？」

【注　釋】

〔一〕［百家注引童宗説曰］儀曹，禮部。按：章士釗《柳文指要》上《體要之部》卷二三云：「賈者，價也。謂禮部標價太高，吾仰乞不及也。下言貨不中度，尤非雅語。」

〔二〕［韓醇詁訓］滜音倅，礪音厲。

〔三〕［世綵堂］《語》：「嘗獨立，鯉趨而過庭。」按：見《論語·季氏》，常用作子承父教的典故。

〔四〕〔韓醇詁訓〕濬音浚。

〔五〕〔百家注引韓醇曰〕貞元十二年，震同平章事。〔百家注引孫汝聽曰〕《周禮》：「凡有功者，銘書於王之太常。」太常，旂名也。日月爲常，交龍爲旂。按：見《周禮·夏官司馬·小司馬》。

〔六〕〔注釋音辯〕謂嚴震也。殿，丁練切。〔百家注引孫汝聽曰〕《詩》：「殿天子之邦。」漢中在西，爲坤隅。〔蔣之翹輯注〕殿，鎮也。按：見《詩經·小雅·采菽》。

〔七〕〔百家注引張敦頤曰〕黼繢，命服也。「繢」即「繪」字。

〔八〕〔韓醇詁訓〕晉侯以樂賜魏絳曰：「子教寡人和諸戎狄，以正諸華夏，八年之中，九合諸侯，如樂之和，請與子樂之。」辭曰：「和戎狄，國之福也，臣何力之有？」「夫賞國之典也，子其受之。」魏絳始有金石之樂。〔百家注引韓醇曰〕襄十一年《左氏》：「鄭人賂晉侯以歌鐘二肆，及其鎛磬，女樂二八，晉侯以半賜魏絳，絳始有金石之樂。」

〔九〕〔注釋音辯〕棨，遣禮切。漢以棨戟代斧鉞。棨戟，前驅之器，以木爲之。〔韓醇詁訓〕漢制：假棨戟以代斧鉞。棨，前驅之器，以木爲之，王公以下通用以前驅也。按：百家注本引韓醇注尚云：「棨形如戟。」

〔一〇〕〔注釋音辯〕嚴公貺兄公弼，貞元五年登第。〔百家注引孫汝聽曰〕貞元五年，公弼登第。

〔一一〕〔百家注引張敦頤曰〕《書》：「負罪引慝。」注：「慝，惡也。」《論語》：「我未見能見其過而内自訟者也。」按：見《尚書·大禹謨》、《論語·公冶長》。

〔二〕〔韓醇詁訓〕撝音揮。〔蔣之翹輯注〕《易》：「撝謙不違則也。」按：見《周易·謙》。

〔三〕〔百家注引孫汝聽曰〕(齊)據，貞元二年中第。

【集　評】

《王荆石先生批評柳文》卷六：閎雋。

何焯《義門讀書記》卷三六：「而子之伯仲」至「如少習然」：稱之者亦有分寸。

送元秀才下第東歸序①

周乎志者〔一〕，窮躓不能變其操〔二〕；周乎藝者，屈抑不能貶其名。其或處心定氣，居斯二者，雖有窮屈之患，則君子不患矣。元氏之子，其殆庶周乎②？言恭而信③，行端而靜，勇於講學，急於進業。既游京師，寓居側陋④〔三〕，無使令之童，闕交易之財，可謂窮躓矣，而操逾厲，志之周也。才濬而清，詞簡而備，工於言理，長於應卒〔四〕。從計京師〔五〕，受丙科之薦〔六〕，獻藝春卿〔七〕，當三黜之辱〔八〕，可謂屈抑矣，而名益茂，藝之周也。苟非處心定氣，則曷能如此哉！余聞其欲退家殷墟〔九〕，脩志增藝，懼其沉鬱傷氣，懷憤而不達⑤，乃往送而諭焉。夫有湛盧、豪曹之器者〔一〇〕，患不得犀兕而剸之〔一一〕，不患其不利也。今子有其器，宣其利，乘其時，夫可患焉？磨礪而坐待之可也。遂欣欣而去。

【校記】

①《英華》題無「下第東歸」四字。

②《英華》無「周」字。

③ 詁訓本注：「言，一作貌。」

④ 側，注釋音辯本作「所」。

⑤ 詁訓本「不」下有「能」。

【解題】

［注釋音辯］元公瑾。［韓醇詁訓］元秀才，公瑾也。公集有《答貢士元公瑾書》，謂其有文行而不能薦於有司，其末曰：「其餘去就之說，則足下觀時而已。」今爲序送，言「退家殷墟，修志增藝」，故贈言以勉之也。序當在書後，皆貞元十八九年京師時作。

【注釋】

〔一〕［百家注引童宗説曰］周，至也。

〔二〕［注釋音辯］躓音致。［韓醇詁訓］躓音致，《説文》「跲也」。操音慥。［蔣之翹輯注］躓，跲也，又礙也。

〔三〕［蔣之翹輯注］側陋字，見《尚書》注，微賤之人也。

〔四〕［注釋音辯］（卒）倉忽切。

〔五〕［蔣之翹輯注］《漢書·武帝紀》：「徵吏民明當世之務、習先聖之業者，令與計偕。」注：「計，上最簿，使郡國每歲遣詣京師，所徵之人與俱來也。」

〔六〕［世綵堂］丙科，見《漢·儒林傳》。［蔣之翹輯注］《儒林傳》説：歲課甲科爲郎中，乙科爲太子舍人，丙科補文學掌故。按：杜佑《通典》卷一五《選舉三》唐代科舉：「按令文，科第秀才與明經同爲四等，進士與明法同爲二等，然秀才之科久廢，而明經雖有甲乙丙丁四科，進士有甲乙二科，自武德以來，明經唯有丁第，進士唯乙科而已。」唐人習稱進士爲甲乙科，則丙科疑指明經。

〔七〕春卿，指禮部官員。禮部又稱春官。唐科舉歸禮部。

〔八〕［百家注引張敦頤曰］柳下惠爲士師，三黜。

〔九〕［百家注引孫汝聽曰］定四年《左氏》：「命以《康誥》而封於殷墟。」殷墟，朝歌，今衛州也。［蔣之翹輯注〕今河南淇縣也。

〔一〇〕〔注釋音辯〕《吴越春秋》：「越王使歐冶鑄劍三：魚腸、豪曹、湛盧。」又越王句踐有寶劍五：純鈎、湛盧、鏌鋣、豪曹、巨闕也。〔韓醇詁訓〕越王勾踐有寶劍五：純鈎、湛盧、鏌鋣、豪曹、巨闕。〔百家注引孫汝聽曰〕《吴越春秋》：越王元常使歐冶子造劍三：魚腸、豪曹、湛盧。〔百家注引童宗説曰〕《吴都賦》「純鈎湛盧」，注：「二劍名也。」按：分别見《吴越春秋》卷二、《越絶書》卷一一、《文選》左思《吴都賦》及李善注。

〔一一〕〔注釋音辯〕剸，旨兖切，細剖也，又之轉切。〔韓醇詁訓〕剸，旨遠切，細剖也。

送辛殆庶下第遊南鄭序

朝廷用文字求士，每歲布衣束帶〔一〕，偕計吏而造有司者〔二〕，僅半孔徒之數〔三〕。春官上大夫擢甲乙而升司徒者〔四〕，於孔氏高弟亦再倍焉①。僕在京師，凡九年于今〔五〕，其間得意者二百有六十人，其果以文克者十不能一二。嘗從俊造之後〔六〕，頗涉藝文之事，四貢鄉里，而後獲焉〔七〕。方之於釣者，絲綸不屬〔八〕，鈎喙甚直②〔九〕，懷有美餌③，而觖望獲魚之暮〔一〇〕，則善取者皆指而笑之。

今辛生固窮而未達，遲久而不試，褒衣之徒〔一一〕，視子而捧腹者，蓋不之知焉④。辛生嘗南依鑾楚⑤〔一二〕，專志於學，爲文無謬悠迂誣之談，鍛鍊翦截，動可觀采。故相國齊公接禮加等〔一三〕，常爲右客〔一四〕，且佐其策名之願〔一五〕。遂笈典墳〔一六〕，袖文章，北來王都，笑揖群伍。文昌下大夫上士之列〔一七〕，見而器異，爭爲鼓譽，由是爲聞人。戰術藝之場，莫與爭鋒。然而遷延三北，躑躅不振〔一八〕，豈其直鈎而釣⑥，懷美餌而羨魚者耶〔一九〕？若辛生者，有司抑之則已，不然，身都甲乙之籍，其果以文克歟？

今則囊如懸磬〔二〇〕，傭室寓食，方將適千里，求仁人，被冒畏景，陟降棧道〔二一〕，吾欲抑而不歎，其若心胸何？然吾聞焚舟而克〔二二〕，手劍而盟者〔二三〕，皆敗北之餘也。子之厄困而往，霸心勇氣，無乃發於是行乎？成拜賜之信〔二四〕，刷壓境之恥〔二五〕，無乃果於是舉乎？往慎所履，如志遄返〔二六〕，勉自固植⑦，以遂子之欲。姑使談者謂我言而中⑧〔二七〕，不猶愈乎？

【校　記】

① 弟，原作「第」，據詁訓本改。舊稱孔門弟子七十二人，唐代每年進士登第三十幾人，僅孔門之半。故「弟」字是。

② 注釋音辯本無「鈎」字，並注：「一本『喙』上有『鈎』字。」鈎，原作「釣」，據詁訓本、世綵堂本及《英華》改。《英華》作「鈎者」。

③原注與詁訓本、世綵堂本注：「懷，一作嗜。」注釋音辯本作「嗜有美餌者」，並注：「一本『嗜』作『懷』字，下無『者』字。」何焯《義門讀書記》卷三六：「『餌』下有『者』字。」

④原注與世綵堂本注：「一作『蓋不乏焉』。」注釋音辯本作「蓋不乏焉」。

⑤嘗，《英華》作「來」。

⑥鈎，原作「釣」，據諸本改。

⑦《英華》無「勉」字。

⑧原注與世綵堂本注：「而，一作兩。」

【解　題】

［韓醇詁訓］此貞元十三年作，蓋公自貞元五年來京師求進士，其在序曰「余在京師九年」，則十三年，未爲集賢正字時也。［蔣之翹輯注］辛殆庶，已見前卷班孝廉序。

【注　釋】

〔一〕［百家注引張敦頤曰］孔子曰：「束帶立於朝。」按：見《論語·公冶長》。

〔二〕［百家注引孫汝聽曰］漢武元光三年，徵吏民有明當世之務者，令與計偕。注云：「計者，上計簿使也。偕，俱也。」

〔三〕［韓醇詁訓］謂半孔門弟子三千之數。［百家注引孫汝聽曰］孔門有三千之徒，今半其數。

〔四〕［百家注］（王儔）補注：謂禮部侍郎。劉（嵩）曰：《禮記·王制》：「命鄉論秀士，升之司徒，曰選士。」

〔五〕［百家注引韓醇曰］貞元五年，公至京師。

〔六〕［百家注引童宗説曰］《王制》：「司徒論選士之秀者而升之學，曰俊士。升於司徒者不徵於鄉。升於學者不徵於司徒，曰造士。」

〔七〕［百家注引韓醇曰］貞元九年，公始中進士第。

〔八〕［注釋音辯］（屬）之欲切。

〔九〕［蔣之翹輯注］鈎喙，鈎鋩也。

〔一〇〕［注釋音辯］觖，古穴切、窺瑞切。［韓醇詁訓］觖，古穴切，又窺瑞切，怨望也。［蔣之翹輯注］文理似拗，姑從舊本。

〔一一〕［世綵堂］褒衣博帶，見《漢·雋不疑傳》。褒，大裾也。

〔一二〕［百家注引孫汝聽曰］謂荆州也。

〔一三〕［注釋音辯］齊映也。［韓醇詁訓］齊映也。映以貞元二年正月拜相，至是蓋已死矣。按：《舊唐書·齊映傳》：「（貞元）三年正月，貶映夔州刺史，又轉衡州。七年，授御史中丞、桂管觀察使，又改洪州刺史、江西觀察使。」齊映爲桂管觀察使在貞元七年至八年，文云辛殆庶「南依蠻楚」，當指依齊映於桂府。

〔一四〕［百家注引孫汝聽曰］謝惠連《雪賦》云：「相如未至，居客之右。」按：見《文選》。

〔一五〕［百家注引王儔補注］《左氏》僖二十三年傳曰：「策名委質。」注云：「名書於所臣之策。」

〔一六〕［注釋音辯］［韓醇詁訓］笈音及，又極曄切，負書箱也。按：百家注本引作童宗説曰。

〔一七〕［百家注引孫汝聽曰］文昌，尚書省也。

〔一八〕［韓醇詁訓］蹠，直摭切。躅，廚玉切。［蔣之翹輯注］北，敗也。

〔一九〕［蔣之翹輯注］《漢書》：「臨淵羨魚，不如退而結網。」按：見《漢書·禮樂志》。《文苑英華》卷一二四王起《吕望釣玉璜賦》：「昔太公之未遇也，隱於渭之濱，釣於渭之津，坐磻石而不易其操，垂直鈎而不撓其神。」蓋唐時已傳太公當年於渭水直鈎垂釣。

〔二〇〕［百家注引劉嵩曰］齊孝公伐魯，見候者曰：「魯國恐乎？室如懸磬，野無青草。」按：世綵堂本注作「謂展喜曰」。見《國語·魯語上》。

〔二一〕［百家注引孫汝聽曰］殆庶往南鄭，謁山南西道節度使嚴震。《史記》：「張良説漢王燒絶棧道。」謂今之閣道也。按：建中三年至貞元十五年，嚴震爲梁州刺史、山南西道節度使。

〔二二〕［注釋音辯］秦孟明。［韓醇詁訓］秦穆公伐晉，濟河焚舟。［百家注引孫汝聽曰］文三年《左氏》：「秦伯伐晉，濟河焚舟。」

〔二三〕［注釋音辯］《公羊》莊十三年：「公會齊侯，盟于柯，曹子手劍而從之。」［韓醇詁訓］周赧王五十七年，秦攻邯鄲，趙王使平原君合從於楚，平原君約其門下客二十人與之俱，得十九人，餘無可取者。毛遂自薦於平原君。平原君至楚，與謀合從，不決，毛遂遂按劍歷階而上，曰：「合從者爲楚，非爲趙也。」遂左手持盤血，右手招十九人歃血於堂下，曰：「公等碌碌，因人成事者也。」定從而歸。［百家注引孫汝聽曰］莊十三年《公羊傳》：「公會齊侯，盟于柯，莊公升壇，曹子手劍而從之。」按：韓引見《史記·平原君列傳》。此用《公羊傳》之典。

〔二四〕［注釋音辯］《左》僖三十三年：「孟明曰：『三年將拜君賜。』」［百家注引孫汝聽曰］僖三十三年《左氏》：「孟明謂晉人曰：『若從君惠而免之，三年將拜君賜。』」

〔二五〕［注釋音辯］［百家注引孫汝聽曰］《公羊》莊十三年：「曹子曰：『城壞壓境，君不圖與。』」

〔二六〕［韓醇詁訓］遄，淳緣切。［百家注引童宗説曰］遄，速也，淳緣切。

〔二七〕［注釋音辯］中，丁仲切。

【集評】

《王荆石先生批評柳文》卷六：首尾聯絡。

蔣之翹輯注《柳河東集》卷二三：予嘗論詩貴遠不貴近，貴澹不貴濃，若此文，全從「以文克」三字作波瀾，可謂直遠直澹，妙於用虚局者。

何焯《義門讀書記》卷三六：如此文宜悉削去。夢得編集，更少百篇，則柳之道益光。「四貢鄉里而後獲焉」：昌黎再舉，河東四貢。……「吾欲抑而不歎」二句，乃有此疲薾之句。此序皆流俗人之見，顧視曹偶，則遂以爲可矣，若退之輩何！

王符曾《古文小品咀華》卷三：設想精切，便成異采。自來送下第者，當以此爲第一。

送崔子符罷舉詩序

世有病進士科者，思易以孝悌經術兵農，曰：「庶幾厚於俗，而國得以爲理乎？」柳子曰：「否。以今世尚進士，故凡天下家推其良，公卿大夫之名子弟、國之秀民舉歸之，且而更其科，以爲得異人乎，無也。惟其所尚，又舉移而從之①。尚之以孝悌，孝悌猶是人也；尚之以經術，經術猶是人也，雖兵與農皆然。」曰：「然則宜如之何？」曰：「即其辭，觀其行，考其智，以爲可化人及物者，隆之。文勝質、行無觀、智無考者，下之。俗其以厚，國其以理，科不俟易也〔一〕。」

今有博陵崔策子符者，少讀經書，爲文辭，本於孝悌，理道多容，以善別時，剛以知柔。進於有司，六選而不獲。家有冤連，伏闕下者累月不解〔二〕。仕將晚矣②，而戚其幼孤③，往復不憚萬里，再歲不就選，世皆曰孝悌人也④〔三〕。如是且不見隆⑤，雖百易科，其可厚而理乎？今夫天下已理，民風已厚，欲繼之於無窮，其在慎是而已。朝廷未命有司，既命而果得有道者，則是術也宜用。崔子之仕，又何晚乎？

僕智不足，而獨爲文，故始見進而卒以廢。居草野八年，麗澤之益〔四〕，鏃礪之事〔五〕，空於耳而荒於心。崔子幸來而親余⑥，讀其書，聽其言，發余始志，若寤而言夢，醒而問醉。未及悉，而告余以行，余懼其悼時之往而不得於内也，獻之酒，賦之詩而歌之，坐者從而和之，既和而叙之⑦。

【校　記】

①又舉，原作「文學」，並注：「一作又舉。」詁訓本、世綵堂本同。注釋音辯本作「又舉」，並注：「又舉，一本作文學。」按：舉，皆也。謂天下貢士皆趨於進士科。作「文學」非。

②仕，注釋音辯本作「任」。何焯《義門讀書記》卷三六：「『仕』一作『任』。觀下『崔子之仕又何晚乎』句，『任』當作『仕』。」

③幼孤，詁訓本作「孤幼」。何焯《義門讀書記》卷三六：「『幼孤』作『孤幼』。」

④原注與詁訓本、世綵堂本注：「孝，一作仁。」注釋音辯本作「仁」，並注：「仁，一本作孝。」

⑤「如」原闕，據注釋音辯本、詁訓本、世綵堂本補。何焯《義門讀書記》卷三六：「『是』上有『如』字。」

⑥ 原注與注釋音辯本、詁訓本、世綵堂本注：「親，一作覿。」

⑦ 百家注本、世綵堂本注：「叙，一作序。」

【解　題】

［注釋音辯］崔策字子符，崔簡之弟。［韓醇詁訓］崔九名策，字子符。其序云「居草野八年，崔子幸來而親余」，此序在永州作明甚。集文又有《與策登西山》詩，有云「吾子幸淹留，緩我愁腸繞」，則詩當在前，而序當在後云。按：此序提到崔策料理其兄崔簡的喪事，崔簡元和七年正月卒，八月權厝於永州，序云「再歲不就選」，則爲元和八年事，即此序作年。作爲此文之「興」，作者先談了自己對進士科的看法，認爲科舉無論採用什麼形式，考什麼内容，都可以得人，也可以失人。没有十全十美的制度，關鍵看其對社會的導向作用以及公正的程度。這種看法無疑是合理的。

【注　釋】

〔一〕［蔣之翹輯注］易音亦。下同。

〔二〕［注釋音辯］（冤）音淵。按《崔君權厝誌》：「出刺連、永二州，未至永，而連之人愬君，御史按章具獄，坐流驩州。幼弟訟諸朝。」［百家注］（解）音懈。［蔣之翹輯注］（幼弟）即子符也。

〔三〕章士釗《柳文指要》上《體要之部》卷二三：「亦指料理簡喪，提挈幼弱，奔波萬里，不憚勞悴事。」按：崔策入京爲其兄鳴冤，又來南方料理喪事，將其兄之柩權厝於永州。故不再應進士試。

〔四〕〔百家注引孫汝聽曰〕《易》：「麗澤兑，君子以朋友講習。」按：見《周易·兑》。

〔五〕〔注釋音辯〕注見前《送豆盧膺序》。按：《孔子家語》卷五：「子路曰：『南山有竹，不揉自直，斬而用之，達於犀革，以此言之，何學之有？』孔子曰：『括而羽之，鏃而礪之，其入之不亦深乎？』子路再拜，敬而受教。」

【集評】

儲欣《河東先生全集録》卷四：「科不俟易」，至言至言。蘇文忠議貢舉亦如是，而介甫用事時卒變秀才爲學究，然其效可睹矣，噫！

何焯《義門讀書記》卷三六：「再歲不就選」至「其可厚而理乎」：柳猶有激而云。蘇議事若此，彌乖疎矣。……按蘇子瞻《議學校貢舉狀》本此。雖然易其科，隆其實，則俗加美焉，道加廣焉，君子之論，豈可限於一偏也？

乾隆敕纂《御選唐宋文醇》卷一五：科不待易，蘇軾《貢舉議》極陳之。千秋確論，宜取並讀。

焦循批《柳文》卷五：柳州真通人。

送蔡秀才下第歸覲序

僕之始貢於京師，蓍者卦之曰：「是所謂望而未覿①，隱而未見〔一〕，曭乎遠而有榮者也②〔二〕。今兹歲在鶉首，若合於壽星，其果合乎③〔三〕？」僕時悒然遲之〔四〕，謂其誕慢怪迂，是將不然，然而僅寘於懷耳，未克決而忘之也。後果依違遷就，四進而獲，卒如其言云。噫！彼莫莫者，其有宰於人乎？不然，何其應前定若是之章明也④？今蔡君馳聲耀譽，聞於公卿，戰藝之徒，推爲先登〔五〕，而五就鄉舉，往則見罷，意者前定之期殆未及歟？故君子之居易俟命〔六〕，樂天不憂者⑤〔七〕，果於自是也。君其勵文學焉。丈人牧人南邦〔八〕，君展覲承顔，婆娑愉樂之暇，則充其經笥〔九〕，茂是文苑，時焉逃哉〔一〇〕？遲速之事，則瞽史之任，吾不及知。

【校記】

① 注釋音辯本無「所」字。而，注釋音辯本作「之」，並注：「之，一作而。」原注與詁訓本、世綵堂本注：「而，一作之。」

②曭，原作「曭」，據世綵堂本、《英華》改。諸本皆注作「日無光」，則作「曭」是。

③乎，《英華》作「也」。

④其應，《英華》作「應其」。

⑤原注與注釋音辯本、詁訓本、世綵堂本注：「一本無上五字。」

【解　題】

〔韓醇詁訓〕蔡君不詳其名，貞元末在京師時作。按：蔡秀才疑爲蔡南史。李肇《唐國史補》卷下：「貞元十二年，駙馬王士平與義陽公主反目，蔡南史、獨孤申叔播爲樂曲，號《義陽子》，有團雪、散雲之歌，德宗聞之怒，欲廢科舉，後但流斥南史、申叔而止。」

【注　釋】

〔一〕〔百家注引王儔補注〕《易》：「隱而未見，行而未成。」按：見《周易·乾》。

〔二〕〔注釋音辯〕〔韓醇詁訓〕曭，他囊切，日無光也。

〔三〕〔注釋音辯〕貞元七年辛未，歲在鶉首。至九年癸酉，子厚遂登第。酉與辰合，壽星屬辰也。〔韓醇詁訓〕公貞元五年己巳進士，七年辛未在京師，歲在未曰鶉首，故曰歲在鶉首。壽星屬辰，酉與辰合，故至九年癸酉登第，故曰「若合於壽星，其果合乎」。按：文曰「四進而獲」，貞元五年至九年當有一年未舉進士，故云「四進」。

〔四〕［注釋音辯］悒音邑，憂也。按：章士釗《柳文指要》上《體要之部》卷二三：「遲音稚，待也。」

〔五〕［百家注引孫汝聽曰］隱十一年《左氏》：「潁考叔取鄭伯之旂以先登。」

〔六〕［百家注引韓醇曰］《禮記》：「君子居易以俟命，小人行險以徼幸。」按：見《禮記·中庸》。

〔七〕［百家注引劉嵩曰］《易》：「樂天知命，故不憂。」按：見《周易·繫辭上》。

〔八〕丈人指蔡秀才之父，其名及南邦爲何州皆不詳。

〔九〕［蔣之翹輯注］《後漢書》：「邊孝先晝卧，弟子嘲曰：『邊孝先，腹便便。懶讀書，但欲眠。』邊曰：『腹便便，五經笥。但欲眠，思經義。』」按：見《後漢書·文苑傳上·邊韶》。

〔一〇〕［百家注］焉，於虔切。

【集　評】

蔣之翹輯注《柳河東集》卷二三：以蓍卦作起，其説已誕慢不可知，必如此結，纔挽得轉。

何焯《義門讀書記》卷三六：「未克決而忘之也」：決是決去之意。「彼莫莫者其有宰於人乎」二句：無可疑者，理也。不足信者，數也。其言進退，無據。「故君子之居易俟命」：果哉，末之難矣，不爲居易俟命者歎也。此篇可削。

焦循批《柳文》卷五：淡折，歐陽永叔遂專用此種筆段矣。又：用此引入，復掃去之，古文之法如是。

送韋七秀才下第求益友序①

所謂先聲後實者，豈唯兵用之②〔一〕，雖士亦然。若今由州郡抵有司求進士者，歲數百人，咸多爲文辭，道今語古，角夸麗，務富厚，有司一朝而受者幾千萬言，讀不能十一，即偃仰疲耗〔二〕，目眩而不欲視，心廢而不欲營，如此而曰吾能不遺士者，僞也。唯聲先焉者，讀至其文辭，心目必專③，以故少不勝。

京兆韋中立，其文懿且高，其行愿以恒，試其藝益工，久與居，益見其賢，然而進三年，連不勝，是豈拙於爲聲者歟？或以韋生之不勝爲有司罪，余曰：非也。穀梁子曰：「心志既通，而名譽不聞，友之過也。名譽既聞，而有司不以告④，有司之過也〔三〕。」人之視聽有所止，神志有所不及〔四〕，古之道，名譽未至，不以罪有司，而況今乎⑤？今韋生樂植乎內，而不欲揚乎外⑥，其志非也。孔子不避名譽以致其道，今韋生仗其文，簡其友，思自得於有司，抑非古人之道歟？將行也，余爲之言，既以遷其人，又以移其友，且使惑者知釋有司也。

【校記】

① 詁訓本、《英華》無「下第求益友」五字。原注與世綵堂本注：「一本無『求益友』三字。」詁訓本注：「一云《送韋七秀才下第序》，一本云《送韋七秀才下第求益友序》。」

② 原注與注釋音辯本、世綵堂本注：「一本『用之』下有『然』字，非。」詁訓本、《英華》即有「然」字。

③ 原注與詁訓本、世綵堂本注：「目，一作耳。」

④ 詁訓本「告」下有「者」字。注釋音辯本注：「一作『不取』。」原注與世綵堂本注：「不以告，或作『不取者』。」

⑤ 今乎，《英華》作「乎今」。

⑥ 世綵堂本無「而」字。

【解題】

［注釋音辯］韋中立。［韓醇詁訓］據集中有《與韋中立論師道書》，有曰「僕自謫居南中九年」，蓋元和八年間也。此序當後書而作。按：章士釗《柳文指要》上《體要之部》卷二三云：「韋七下第，與辛生下第同，而所以下第則異。蓋辛生所遇，爲矯枉過正之主司，韋七所遇，爲無意矯枉，而竊病枉之未至之主司。……試事之違異如上，不可能視作子厚爲文主旨之不同。蓋子厚之於當朝取士制度，固前後衡量一致，特酌度失意者之心情，不得不安排適當之措詞，使聽之而無忤，以致兩序

之言語差池，無法彌縫。」又云：「韋七者，即中立也，潭州刺史彪孫。元和十四年進士。其求子厚爲師，在元和八年，此因下第而贈序，當在中間五、六年許。其不曰求師而曰求益友，迺子厚自度其身分而質劑之之辭。」

【注釋】

〔一〕［百家注引孫汝聽曰］《漢書》：「廣武君説韓信曰：『兵有先聲而後實。』」按：見《漢書·韓信傳》。

〔二〕［百家注引童宗説曰］耗，亂也，音冒。［世綵堂］按韻：耗，虚到切，減也，虚也。字從耗，不音冒。目字從眊，未詳孰是，當考。

〔三〕［注釋音辯］《穀梁》昭公十九年句。［百家注引孫汝聽曰］昭十九年《穀梁傳》：「子既生，不免乎水火，母之罪也。羈貫成童，不就師傅，父之罪也。就師學問無方，心志不通，身之罪也。心志既通，而名譽不聞，友之罪也。名譽既聞，有司不舉，有司之罪也。」

〔四〕［百家注引孫汝聽曰］即上云有司疲耗事。

【集評】

陸夢龍《柳子厚集選》卷三文首評：微言動人。又「今韋生」句下評：曲折。

蔣之翹輯注《柳河東集》卷二三：子厚議論多淺淺者，贈送序尤不及昌黎遠甚。

儲欣《河東先生全集録》卷四：唐通牓取人，故柳州有先聲後實之説，而昌黎諸序，亦時時及之。若糊名易書，猶隳之以此，可乎？關節得售，醜類桑中，又一發覺，則身家粉碎，固稍知廉恥、稍識利害者所不爲。而有司之讀不能十一，即偃仰疲耗者，今猶古也，不禁廢書而歎。

何焯《義門讀書記》卷三六：「所謂先聲後實者」至「是豈至拙於爲聲者歟」：故謬其詞，使有司無解於失士，實之不辨，則是驅天下而趨於聲也。巧於聲而拙於實，豈士端使然哉？有司乃自致之。「穀梁子曰」五句：直斥其無目而託爲自反之辭，賴引穀梁子數句，粗存簷仞。此篇詼啁之作，要之輕薄，作者不尚發端，亦太尖。

焦循批《柳文》卷五：奇峭。妙義。

送辛生下第序略

自命鄉論士之制〔一〕，壞而不復，士莫有就緒，故叢于京師。京兆尹歲貢秀才，常與百郡相抗，登賢能之書，或半天下。取其殊尤以爲舉首者，仍歲皆上第，過而就黜，時謂怪事。有司或不問能否而成就之。中書高舍人備位于禮部〔二〕，攘袂矯枉〔三〕，痛抑華耀，首京師之貢者①，再歲連黜，辛生以是不在議甲乙伍中。其沉没厄困之士②，闔户塞竇〔四〕，而得榮名者，連畛而起〔五〕，談者果以至公稱焉，其能否也？世莫知也。若辛生，其文簡而有制，其行直而無犯，嚮使不聞於公卿，不揚於交游，又不爲京師貢首③，則其甲乙可曲肱而有也。嗚呼，名之果爲不祥也有是夫！既受退，告歸長沙〔六〕。以辛生之文行，八年無就，如其初而退返④，吾甚憤焉。孟子曰：「位卑而言高者，罪也〔七〕。」於辛生又不能已，故略⑤。

【校　記】

①原注與詁訓本、世綵堂本注：「首，一作會。」注釋音辯本注：「首，一本作『會』者非。」

②厄困，詁訓本作「困厄」。

③又，注釋音辯本作「文」。

④詁訓本注：「一無退字。」

⑤注釋音辯本、蔣之翹輯注本「故略」下有小字「下闕」二字。陳景雲《柳集點勘》卷二云：「篇末云『故略』，正應題中『略』字，詞簡意足，並無闕文。宋本『故略』下一注曰『下闕』二字，非也。」

【解　題】

〔韓醇詁訓〕辛生不詳其名。其曰中書高舍人備位於禮部，攘袂矯枉，辛以是再歲連黜，考之於史，中書高郢也。郢本傳：貞元中遷中書舍人，進禮部侍郎。時四方士務朋比，更相薦譽，以動有司，徇名亡實，郢患之，乃謝絶請謁，專行藝。司貢部凡三歲，甄幽獨，抑浮華，流競之俗爲衰。與序所言皆合。序當在京師作。按：陳景雲《柳集點勘》卷二云：「子厚之意，以高郢司貢士痛抑華耀，矯枉太過，故掄擇未精。然郢所擢士，如白居易、獨孤郁、張籍，皆國士也，謂之不辨能否，可乎？史言郢性剛正，拒絶請托，掌貢部三歲，進幽獨，抑浮華，朋濫之風，翕然一變。元稹序居易文亦云爾。是郢在當時，盛有得人之譽，不聞薄鑒之嗤。此序所云，非公論也。辛生再黜之歲爲貞元十六年，子厚方官集賢正字，故云位卑也。」

【注釋】

〔一〕［百家注引孫汝聽曰］命鄉論秀士，升之司徒，曰選士。出《禮記·王制》篇。

〔二〕［注釋音辯］高郢也。

〔三〕［韓醇詁訓］袂，彌蔽切，袖也。

〔四〕［百家注引王儔補注］《禮·儒行》：「儒有蓽門圭竇。」竇，穴也。

〔五〕［百家注引張敦頤曰］《説文》：「畛，井田間陌也。」止忍切。

〔六〕［百家注引孫汝聽曰］長沙，潭州。［蔣之翹輯注］唐潭州長沙郡，今在湖廣。

〔七〕見《孟子·萬章下》。

【集　評】

吴訥《文體明辨序説·序》：至唐柳氏又有序略之名，則其體稍變，而其文益簡矣。

《王荆石先生批評柳文》卷六：扶持彼此，委曲而中。又文末評：不言之言。

陸夢龍《柳子厚集選》卷三：頓挫沉鬱。

儲欣《河東先生全集録》卷四：倚公而廢明者戒之。

何焯《義門讀書記》卷三六：發端見其過不在士，中多平心之論。絶私請而惟文之甲乙焉，則二者之患，去斯能爲無私，爲守正焉耳。郢乃不學而惟己之名是邀者也。「吾甚憤焉」：「憤」字過矣。使辛生如是，猶當有以平其心也。「憤」不若「惜」字之穩。

焦循批《柳文》卷五：可備典故。又：辛生之下第宜矣。又：婉而多風。

柳宗元集校注卷第二十四

序①

送從兄偁罷選歸江淮詩序②

伯氏自淮陽從調〔一〕，抵于京師，冬十月，牒計不至，攝袵而退〔二〕。顧謂宗元曰：「昔吾祖士師〔三〕，生于衰周，與道同波，爲世儀表，故直道而仕，三黜不去，孔氏稱之〔四〕。遺佚而不怨，厄窮而不憫，孟子贊之〔五〕。今吾逴逴末路，寡偶希合，進不知嚮，退不知守，所不敢折其志、戚其心，遵祖訓也。然而闕滫瀡之養〔六〕，乏庾釜之畜〔七〕，逼迸無成〔八〕，東轅淮湖。雖欲脱細故於胸中，味道腴於舌端〔九〕，勉脩厥志，懼不恒久〔一〇〕。予嘗慰我窮局之懷，祛我行役之憤，博之以文〔一一〕，發於詠歌。吾非子之望，將誰望焉？」宗元再拜曰：「夫聞善不慕，與聾瞶同；見善不敬，與昏瞽同；知善不言，與嚚瘖同。則聞之先達久矣。矧吾兄有柔儒之茂質③，恢曠之弘量，敢無敬乎？有述祖之美談，安道之貞節，敢無慕乎？覿徽容而敬，聞嘉話而慕，敢無言乎？言不稱德，文不盡志，適爲累而已矣。」於是賦而序之，繼其聲者列于左，凡五十七首。遂命從姪立④，編爲後序終焉⑤。

【校　記】

① 詁訓本標作「序十一首」。

② 偁，注釋音辯本、游居敬本作「稱」，並注：「稱，一本作偁。」世綵堂本注：「偁，一本作稱。」

③ 儒，《英華》作「懦」。

④《英華》「立」下有「序」字。

⑤ 焉，世綵堂本作「篇」。

【解　題】

［韓醇詁訓］考《新史・柳氏年表》，偁無見焉。其曰「自淮陽從調，抵於京師」，罷選而歸，此序當在貞元十七八年在京師時作。［蔣之翹輯注］其曰從侄立爲後序，立，貞元十一年中進士第者也。按：唐代選官，係針對原有官職、或雖無官職但已取得任職資格之人。據序云「自淮陽從調」，則柳偁原在陳州爲官，年滿赴京等候遷轉，因文字材料不齊備，遂歸江淮。文云命從姪立編爲後序，即卷二六《四門助教廳壁記》中之柳立。

【注　釋】

〔一〕［百家注引孫汝聽曰］《詩》：「伯氏吹塤，仲氏吹篪。」伯仲，兄弟。淮陽，陳州。調，選也。［蔣之翹輯注］唐淮陽郡，今爲陳州，屬開封府。按：見《詩經·小雅·何人斯》。

〔二〕［百家注引孫汝聽曰］攝衽，謂斂襟也。

〔三〕［注釋音辯］柳下惠。［百家注引張敦頤曰］柳下惠爲士師。

〔四〕［百家注引張敦頤曰］《語》曰：「直道而事人，焉往而不黜。」按：見《論語·微子》。

〔五〕《孟子·公孫丑下》：「柳下惠不羞汙君，不卑小官，進不隱賢，必以其道，遺佚而不怨，阨窮而不憫，故曰爾爲爾，我爲我，雖袒裼裸裎於我側，爾焉能浼我哉？」

〔六〕［注釋音辯］［韓醇詁訓］滫，息有切，米泔也。瀡，息委切，滑也。［百家注引孫汝聽曰］《禮·内則》：「堇、荁、枌、榆、兔、薧、滫、瀡以滑之。」注：「秦人溲曰滫。」［世綵堂］滫瀡，謂泔滑也。《禮·内則》：「滫瀡以滑之。」注：「秦人溲曰滫，齊人滑曰瀡。」

〔七〕［百家注引童宗説曰］《論語》：「子華使於齊，冉子謂其母請粟。子曰：『與之釜。』請益，曰：『與之庾。』」注：「六斗四升曰釜，十六斗曰庾。」按：見《論語·雍也》。

〔八〕［注釋音辯］逼，筆力切。迸，北諍切。［韓醇詁訓］逼，筆力切，迫也。迸，北諍切，走也。

〔九〕［蔣之翹輯注］《説文》：「腴，腹下肥也。」

〔一〇〕［百家注］恒，胡登切。

〔一二〕〔百家注引劉嵩曰〕《論語》：「博我以文，約我以禮。」按：見《論語·子罕》。

【集　評】

何焯《義門讀書記》卷三六：當時體，殊凡近。「遂命從姪立」：從姪稱亦與經不合。

送從弟謀歸江陵序

吾與謀，由高祖王父而異。謀少吾二歲，往時在長安，居相邇也。與謀皆甚少，獨見謀在衆少言，好經書，心異之。其後吾爲京兆從事〔一〕，謀來舉進士，復相得，益知謀盛爲文詞①，通外家書。一再不勝，懼禄養之緩，棄去，爲廣州從事。復佐邕州〔二〕，連得薦舉至御史。後以智免，歸家江陵。有宅一區，環之以桑，有僮指三百〔三〕，有田五百畝，樹之穀，藝之麻〔四〕，養有牲，出有車，無求於人。日率諸弟具滑甘豐柔〔五〕，視寒燠之宜，其隙則讀書〔六〕，講古人所謂求其道之至者以相勵也。過永州，爲吾留信次〔七〕，具道其所爲者。

凡士人居家孝悌恭儉，爲吏祗肅，出則信，入則厚。足其家，不以非道；進其身，不以苟得。時退則退，尊老無井臼之勞〔八〕，和安而益壽②，兄弟衎衎以相友〔九〕，不謀食而食給，不謀道而道顯。則謀之去進士爲從事於遠，始也吾疑焉，今也吾是焉。別九歲而會於此，視其貌益偉，問其業益習，叩其志益堅。於虖〔一〇〕！吾宗不振久矣。識者曰：「今之世稍有人焉。」若謀之出處，庸非所謂人歟？或問管仲，孔子曰：「人也〔一一〕。」謀雖不識於管仲③，其爲道無悖，亦可以有是名也。抑又聞聖人之道，學焉而必至，謀之業良矣，而又增焉；志專矣，而又若不足焉。孔子之門，不道管、晏〔一二〕，則謀之爲人也④，其可度哉？

吾不智，觸罪擯越、楚間六年〔一三〕，築室茨草，爲圃乎湘之西，穿池可以漁⑤，種黍可以酒，甘終爲永州民。又恨徒費禄食而無所答，下媿農夫，上慙王官，追計往時咎過，日夜反覆，無一食而安於口、平於心。若是者，豈不以少好名譽，嗜味得毒〔一四〕，而至於是耶？用是愈賢謀之去進士爲從事，以足其家，終始孝悌，今雖欲羨之⑥，豈復可得？謀在南方有令名，其所爲日聞於人，吾恐謀不幸又爲吾之所悔者⑦，將已之而不能得，可若何？然謀以信厚少言，蓄其志以周於事，雖履吾跡，將不至乎吾之禍，則謀何悔之有？苟能是，雖至於大富貴，又何慄耶？振吾宗者，其惟望乎爾。

【校記】

①詞，注釋音辯本作「辭」。

②原注與詁訓本、世綵堂本注：「和安，一作安和。」注釋音辯本、《英華》作「安和」。

③識，原作「試」，據詁訓本、《英華》改。

④原注與詁訓本、世綵堂本注：「『人』下一有『志』字。」

⑤池，詁訓本作「地」。

⑥注釋音辯本、《英華》無「欲」字。

⑦世綵堂本注：「悔，一作悟。」

【解　題】

〔韓醇詁訓〕公之高祖諱子夏，徐州長史。其曰「吾與謀從高祖而異」，其别當自此。然謀之父祖，考之年表，質之譜系，皆無見焉。序言「吾觸罪，屏擯楚越間六年」，此元和五年間作。按：韓説可從。

【注　釋】

〔一〕〔百家注引孫汝聽曰〕公爲盩厔尉。按：孫注誤藍田爲盩厔。陳景雲《柳集點勘》卷二：「按子厚爲尉於京兆屬邑藍田，乃曰爲從事者，據《與楊誨之書》言『爲藍田尉，留府廷，旦暮走謁堂下』，又集中有代韓、李二京尹諸作，蓋亦如陳京以咸陽留府廷主文章事，殆與幕下記室同，故云爾。」

〔二〕［蔣之翹輯注］廣州在今廣東。邕州在今廣西，爲南寧府。按：元和五年，邕州刺史邕管經略使爲崔詠。

〔三〕僮指三百，即童三十人。

〔四〕［百家注引童宗説曰］藝，種也。

〔五〕［百家注引孫汝聽曰］《禮·内則》：「棗、栗、飴、蜜以甘之，堇、荁、枌、榆、免、薧、滫、瀡以滑之。」

〔六〕［注釋音辯］（隟）音隙。［百家注］隟與隙同。

〔七〕［注釋音辯］《左》莊三年：「再宿爲信，過倍爲次。」

〔八〕［世綵堂］井臼，見《後漢書·馮衍傳》。按：井臼指汲水、舂米，代指家務勞動。

〔九〕［韓醇詁訓］衎，空旱切，樂也。

〔一〇〕［蔣之翹輯注］於虖音嗚呼。

〔一一〕《論語·憲問》：「楚令尹子西問管仲，曰：『人也。』」

〔一二〕［百家注引孫汝聽曰］《孟子》：「公孫丑問曰：『夫子當路於齊，管仲、晏子之功，可復許乎？』孟子曰：『管仲，曾西之所不爲也，而子爲我願之乎？』云云。」按：見《孟子·公孫丑上》。

〔一三〕［百家注引孫汝聽曰］謂永州時作。

〔一四〕［百家注引孫汝聽曰］《國語》：「單襄公謂魯成公曰：『高位實疾顛，厚味實腊毒。』」按：見

《國語·周語下》。「顛」作「債」。

【集　評】

《王荆石先生批評柳文》卷六：纚纚有致。

蔣之翹輯注《柳河東集》卷二四：一篇文勢，似跌宕不得住。

儲欣《河東先生全集録》卷四：彼此相形，一氣旋轉，甚悲宕。

孫琮《山曉閣選唐大家柳柳州全集》卷二：此篇妙在處處寫出天性至情。前幅叙少時相依，娓娓寫來，便見天良至性。中幅述謀自言爲人並自信，稱道從弟，津津説來，兩人如話。後幅忽然自悔一段，忽然稱羨從弟一段，忽又過慮一段，忽又安慰一段，反復寫來，天性至情人，活活畫出。而文之激揚反復，沈鬱頓挫已極，毫髮無遺憾矣。又引鍾伯敬（惺）評：一抑一揚，深入情悃。

何焯《義門讀書記》卷三六：從伏波將軍念從弟少游哀吾志大之語，拓爲大章，意味甚雋永。「獨見謀在衆少言」：下「智」字從少言生下。「後以智免歸」：智免對不智觸罪。「求其道之至者以相勵也」：伏後。「不謀道而道顯」：道可以不謀而顯乎？「抑又聞聖人之道」至「其可度哉」：應道之至者。仍望其不以是終，而相與振其祖宗之緒。不誇不激，情話可愛。

乾隆敕纂《御選唐宋文醇》卷一五：君子之道，或出或處，或默或語，唯審乎其義之可否耳。既已出而仕矣，則東西南北，唯君所使，奚擇焉？宗元之所是從弟謀而悔己者，皆無當也。獨愛其所云「恨徒費禄食而無所答，下愧農夫，上慚王官，追計往時咎過，日夜反覆，無一食而安於口、平於心」數語，有古君子之風。夫宗元擯斥遐陬十四年，能不鄙夷其民，保惠教誨，澤甚厚，而其中欿然如是，是難能也。其文則推廣馬援述弟少游語意爲之，氣味亦殊相似。

送澥序

人咸言吾宗宜碩大，有積德焉。在高宗時，並居尚書省二十二人。遭諸武，以故衰耗〔一〕，武氏敗，猶不能興①。爲尚書吏者，間十數歲乃一人②。永貞年③，吾與族兄登並爲禮部屬〔二〕。吾黜，而季父公綽更爲刑部郎④〔三〕，則加稠焉。又觀宗中爲文雅者⑤，炳炳然以十數，仁義固其素也，意者其復興乎⑥？自吾爲僇人〔四〕，居南鄉，後之穎然出者〔五〕，吾不見之也。其在道路，幸而過余者，獨得澥⑦。澥質厚不諂，敦朴有裕，若器焉，必隆然大而後可以有受，擇所以入之者而已矣。其文蓄積甚富，好慕甚正，若牆焉，必基之廣而後可以有蔽，擇其所以出之者而已矣。勤聖人之道，輔以孝悌，復嚮時之美，吾於澥焉是望。汝往哉！見諸宗人，爲我謝而勉焉。無若太山之麓〔六〕，止而不得升也，其唯川之不已乎？吾去子，終老於夷矣。

【校　記】

①注釋音辯本注:「一有『不能』字,非。」詁訓本注:「一無『武氏敗猶不能興』七字。」原注與世綵堂本注:「一無『武氏敗猶興』五字。」

②十數,詁訓本作「數十」。

③《英華》「年」上有「元」。

④原注與詁訓本、世綵堂本注:「『刑』下一有『吏』字。」

⑤宗中,詁訓本作「中宗」。

⑥原注與世綵堂本注:「一無其字。」注釋音辯本無「其」字。其復,詁訓本作「復其」。

⑦獨,《英華》作「猶」。

【解　題】

[注釋音辯]柳澥。音邂。[韓醇詁訓]以新史年表考之,柳氏自晉侍中景猷生二子耆、純。耆,太守,號西眷。耆之子恭,四傳而爲方輿公,其下五子皆有傳焉。純又別而爲二,其子卓有子四人,號東眷。其六世孫懿,三傳而至道茂,又別爲二,而各有傳焉。子厚,耆之裔也。故柳氏在高宗時,並居尚書省者爲衆。登即芳之子。本傳:元和初爲大理少卿。公綽,温之子,永貞初爲刑部郎。皆有傳可考。公曰「終老於夷」,序當在永州作。澥音邂。[百家注引劉嵩曰]澥,公之族屬也。按:

《太平廣記》卷三〇八引《河東記》：「柳澥少貧，遊嶺表，廣州節度使孔戣遇之甚厚，贈百餘金，諭令西上，遂與秀才嚴燭、曾黯數人同舟北歸。至陽朔縣南六十里，方博於舟中，忽推去博局，起離席，以手接一物，初視之若有人投刺者……澥至桂州，修家書纔畢而卒，時唐元和十四年八月也。」又卷一五七「李敏求」條引《河東記》云李敏求暴卒，其魂爲張岸引見柳十八郎，現爲太山府判官，即故柳澥秀才也。可知柳澥卒於此次南遊返程途中。孔戣元和十二年至十五年爲廣州刺史、嶺南節度使，可知柳宗元此序元和十四年作於柳州，韓説誤。

【注釋】

〔一〕［百家注引孫汝聽曰］永徽二年，柳奭同平章事。奭爲武后所惡，貶愛州刺史，尋殺之，籍没其家。

〔二〕［注釋音辯］宗元爲禮部員外郎，登爲膳部郎中。［百家注引韓醇曰］登字伯成，芳之子。

〔三〕［百家注引韓醇曰］公綽字起之，温之子。以吏部員外郎爲西川武元衡判官。復入爲吏部郎中。

〔四〕［注釋音辯］僇即戮字。［韓醇詁訓］僇音戮。［百家注引孫汝聽曰］僇與戮同，刑也。

〔五〕［蔣之翹輯注］《史記》：「毛遂曰：『臣得如錐之處囊中，乃脱穎而出，非特末見而已。』」按：見《史記·平原君列傳》。

〔六〕［蔣之翹輯注］《説文》：「麓，山足也。」

【集　評】

《王荆石先生批評柳文》卷六：柳文之妙全在起束處，凌厲頓蹙，旁若無人。

陸夢龍《柳子厚集選》卷三：法老而情深。

儲欣《河東先生全集録》卷四：情致纏綿，入理深至，千劫不腐之文。

孫琮《山曉閣選唐大家柳柳州全集》卷二：此序分四段看：第一段言吾宗宜碩大，第二段言澥能亢宗，第三段勉澥，第四段勉宗人。前幅從宗人期望到澥，後幅從澥勸勉到宗人。二意迴環，機致一片。又引孫月峰（鑛）評：柳文之妙，全在起束處凌厲頓挫，旁若無人。

蔡世遠《古文雅正》卷九：柳州一斥之悔過，不但文章政事殊絶，駸駸乎有道德之氣矣。此序意理韻調俱勝，可歌可泣也。

乾隆敕纂《御選唐宋文醇》卷一五：若器必隆然大，尚德哉！若牆必基之廣，修辭立其誠矣。毋若山而若川逝者，無所容心，舍其舊而新是圖，以善夫方來者，則優入聖域不難矣。山之止而不得升者，自高也。自高者，孔子謂之「如有周公之才之美，使驕且吝，其餘不足觀也已」。

王符曾《古文小品咀華》卷三：通身筋節，精悍絶倫。

送内弟盧遵遊桂州序

外氏之世德存乎古史，揚乎人言，其敦大朴厚，尤異乎他族。由遵而上，五世爲大儒，兄弟三人咸爲帝者師〔一〕。其風之流者，皆好學而質重。遵，余弟也①〔二〕，廣而不肆，巽而不懾〔三〕，孝敬忠信之道，拳拳然未嘗去乎其中〔四〕，蓋由其中出者也。浸潤以《詩》、《易》，動摇以文采。以余棄于南服，來從余居，五年矣，未嘗見其行有悖乎義〔五〕，言有異乎行者。則余之棄也，適累斯人焉，以愛余而慰其憂思，故不爲京師遊，以取名當世。以桂之邇也，而中丞之道光大〔六〕，多容賢者，故洋洋焉樂附而趨，以出其中之有。夫如是，則宜奮翼鱗②，乘風波，以游乎無倪〔七〕。往哉，其漸乎是行也！

【校　記】

① 《英華》「弟」下有「子」。原注與世綵堂本注：「一本作『余弟子也』。」詁訓本注：「一有『子』字。」注釋音辯本注：「一本『弟』下有『子』字，非。」

② 原注與詁訓本、世綵堂本注：「一無則字。」《英華》「宜」下有「其」。

【解　題】

〔注釋音辯〕子厚舅之子。〔韓醇詁訓〕韓昌黎銘公墓，謂舅弟盧遵，涿人，性謹慎，學問不厭，自子厚之斥，遵從而家，逮其死不去。既往葬，又將經紀其家。序云「以余棄于南服，來從余居五年矣」，即銘之意。時當在元和四年作。按：韓説可從。盧遵與柳宗元爲表兄弟。

【注　釋】

〔一〕〔注釋音辯〕後漢盧植，涿郡人。植子毓，毓子珽，珽子志，志子諶。《元和姓纂》：「盧諶子偃，偃子昭，昭曾孫靖。靖三子：景裕爲齊文襄帝師，辯爲周武帝師，光爲魏恭帝師。號帝師房。」〔百家注引孫汝聽曰〕盧植，涿人，後漢時爲尚書。植子毓，魏司空。毓子珽，晉侍中。珽子志，中書監。志子諶，司空從事中郎。四代有傳。諶子偃，偃子昭，昭曾孫靖。靖三子：景裕、辯、光，皆爲帝者師，號帝師房。景裕，魏國子博士，齊文襄帝師。辯，西魏侍中、尚書令，周武帝師。光，西魏侍中，將作大匠，恭帝師。詳見《元和姓纂》。按：見林寶《元和姓纂》卷三，然「光」作「景先」。

〔二〕〔百家注引孫汝聽曰〕遵，公舅之子。

〔三〕巽，順從。

〔四〕〔百家注引童宗説曰〕《禮記》：「得一善則拳拳服膺而不失之矣。」按：見《禮記·中庸》。

〔五〕〔韓醇詁訓〕悖音佩，又蒲没切。

〔六〕〔注釋音辯〕〔百家注引孫汝聽曰〕時御史中丞裴行立爲桂管觀察使。〔蔣之翹輯注〕集又有《上桂州李中丞薦盧遵啟》。按：陳景雲《柳集點勘》卷二：「『中丞之道光大』，注：『御史中丞裴行立爲桂管觀察使。』非也。案韓子誌子厚墓：自子厚之斥，遵從而家焉。又此序言『以余棄於南服，來從余居五年』，則序乃元和四年在永州作也。行立以元和十二年始除桂管，當遵遊桂時，廉使乃李中丞，集有上中丞薦遵啟，可證。」李中丞名不詳。

〔七〕〔百家注引童宗説曰〕倪，分也。〔蔣之翹輯注〕倪，端也。

【集評】

陸夢龍《柳子厚集選》卷三文首評：好文科。又「來從余居五年」句下評：何處得此人？

儲欣《河東先生全集録》卷四：盧遵高誼，不可無此表章。

送表弟吕讓將仕進序

吾觀古豪賢士，能知生人艱饑羸寒、蒙難抵暴、捽抑無告〔一〕，以吁而憐者①，皆飽窮厄、恒孤危，詭詭忡忡〔二〕，東西南北無所歸，然後至于此也。今有吕氏子，名讓，生而食肉，厭粱稻，欺紈縠，幼專靖，不好遊，不踐郊牧坰野〔三〕，不目小民農夫耕築之倦苦，不耳呼怨，而獨粹然憐天下之窮甿〔四〕，坐而言，未嘗不至焉。此孰告之而孰示之耶？積於中，得於誠，往而復，咸在其内者也。彼告而後知，示而後哀，由外以鑠己〔五〕，因物以激志者也。中之積，誠之得，其爲賢也莫尚焉。吕氏子得賢人之上資，增以嗜儒書②，多文辭，上下今古，左程右準③〔六〕，以爲直道④，其於遠且大，若稼而穀、圃而蔬，不丐買而有也。

今來言曰：「道不可特出，功不可徒成，必由仕以登，假辭以通，然後及乎物也。吾將通其辭，干於仕，庶施吾道，願一決其可不可於子，何如？」余曰：「志存焉⑤，學不至焉，不可也。學存焉，辭不至焉，不可也。辭存焉，時不至焉，不可也。今以子之志，且學而文之⑥，又當主上興太平，賢士大夫爲宰相卿士，吾子以其道從容以行，由於下，達於上，旁施其事業，若健者之升梯，舉足愈多，身愈高，人愈仰之耳。道不誤矣。勤而不忘，斯可也。怠而忘，斯不可也。捨是，吾無以爲決。子其行焉〔七〕。」

【校　記】

①注釋音辯本注：「吁，一本作呼。」蔣之翹輯注本、《全唐文》作「呼」。

②書，原作「者」，據注釋音辯本、詁訓本、世綵堂本改。

③程，《全唐文》作「繩」。疑是。

④原注與注釋音辯本、詁訓本、世綵堂本注：「直，一作其。」

⑤原注與注釋音辯本、世綵堂本注：「存，一作好。」詁訓本作「好」，並注：「好，一作存。」

⑥而文之，詁訓本「而」下有「且」，並注：「一無『而』下『且』字。」原注與世綵堂本注：「『而』下，一本又有『且』字。」蔣之翹輯注本云：（併「存」作「好」）「皆非是。」

【解　題】

［注釋音辯］呂渭第四子。［韓醇詁訓］呂渭之子凡四，曰温、恭、儉、讓。渭、温皆有傳。温自道州移衡州，讓取道於永，求序耳。温元和六年卒，序當前作。［百家注引孫汝聽曰］呂渭字君載，河中人。貞元中爲湖南觀察使。四子：温、恭、儉、讓。按：周紹良主編《唐代墓誌彙編》大中一〇七呂焕撰《唐故中散大夫祕書監致仕上柱國賜紫金魚袋贈左散騎常侍東平呂府君（讓）墓誌銘并序》云：「皇考諱渭，禮部侍郎、湖南觀察使。皇妣河東郡夫人柳氏。外祖識，屯田郎中、集賢殿學士。」又云：「《衡州合江亭記》，伯父見而驚曰：『佐王之才也。』故柳州刺史柳公宗元爲序餞别，具道所以然者。」又云：「經伯父哀苦，涕慕成疾，逾歲而平。」則呂讓時從呂温於衡州。呂温爲衡州刺史在元和五、六年，當是呂讓自衡州來永州看望柳宗元時作。

【注釋】

〔一〕［注釋音辯］捽，作没切。［韓醇詁訓］捽，昨没切，《説文》「持頭髮也」。

〔二〕［注釋音辯］訑音怡。忡，敕中切。按：訑訑，自得貌。忡忡，憂愁貌。

〔三〕［注釋音辯］《爾雅》：「邑外謂之郊，郊外謂之牧，牧外謂之野，野外謂之林，林外謂之坰。」

按：見《爾雅·釋地》。

〔四〕［韓醇詁訓］（甿）與氓同。《説文》：「田民也。」

〔五〕［韓醇詁訓］（鑠己）上式灼切。

〔六〕［百家注引童宗説曰］程，式也。

〔七〕［百家注引孫汝聽曰］元和十年，讓中第。

【集評】

《王荆石先生批評柳文》卷六：大局面。

儲欣《河東先生全集録》卷四：正辭勸駕。

孫琮《山曉閣選唐大家柳柳州全集》卷二：前幅寫吕讓能以憂天下爲心，後幅寫吕讓能學成於己，乘時仕進。妙在前幅寫得何等冠冕，便是莘野渭濱心事；後幅寫得何等興會，便是龍雲風虎事業。尺幅之間，變幻不測，而筆亦崒嵂異常。

何焯《義門讀書記》卷三六：「勤而不忘，斯可也」四句：「繳可不可。

陪永州崔使君遊讌南池序①

零陵城南，環以群山，延以林麓〔一〕。其崖谷之委會〔二〕，則泓然爲池，灣然爲溪〔三〕。其上多楓、柟、竹、箭〔四〕，哀鳴之禽；其下多芡、芰、蒲、蕖〔五〕，騰波之魚。韜涵太虚，澹灩里閭②〔六〕，誠遊觀之佳麗者已。

崔公既來〔七〕，其政寬以肆③，其風和以廉，既樂其人，又樂其身。于暮之春，徵賢合姻，登舟于茲水之津。連山倒垂，萬象在下，浮空泛景，蕩若無外。横碧落以中貫，陵太虚而徑度。羽觴飛翔〔八〕，匏竹激越〔九〕，熙然而歌，婆然而舞〔一〇〕，持頤而笑，瞪目而倨〔一一〕，不知日之將暮，則於向之物者可謂無負矣。昔之人知樂之不可常、會之不可必也，當歡而悲者有之。況公之理行宜去受厚錫，而席之賢者率皆左官蒙澤④，方將脱鱗介、生羽翮，夫豈趑趄湘中〔一二〕，爲顦顇客耶〔一三〕？余既委廢於世，恒得與是山水爲伍，而悼茲會不可再也，故爲文志之。

【校　記】

①詁訓本題無「永州」二字。

②里閭，《英華》、《全唐文》作「閭里」。

③政寬，注釋音辯本作「故宅」。

④原注：「左官，或作在謨。」左，注釋音辯本、《英華》作「在」。世綵堂本注：「左官，或作在官。」

【解　題】

［注釋音辯］崔敏。［韓醇詁訓］使君崔敏也，刺永州，卒以元和五年九月。公嘗誌其墓，又嘗爲文以祭。有曰：「某等咸以罪戾，謫茲炎方，公垂惠和，枯槁以光。嗚鸞適野，泛鷁沿湘，廣筵命樂，華燭飛觴。」與此序意同。序云於暮之春，當在元和五年春也。［蔣之翹輯注］今按南池在永州府城東，一名瑞蓮池云。按：崔使君爲崔敏，注家皆無異詞。然崔敏刺永州三年，陳景雲以爲此序當元和三年春作。《柳集點勘》卷二云：「舊注崔敏。案敏以元和三年涖仕，斯序即是春作。序中言『席之賢者，率皆佐官蒙澤』，謂歲之正月有赦令，凡左降官皆得量移也。初八司馬之謫，有後遇恩赦，永不量移之命，故曰『委廢於世，恒與山水爲伍』，悵獨異於在席諸人耳。崔永州以五年卒官，公祭文云：『嗚鸞適野，泛鷁連湘，廣筵命樂，華燭飛觴』，皆記從前遊讌之樂，及永州待所部遷客之善也。」陳説有理。

【注釋】

〔一〕[百家注引孫汝聽曰]麓，山足也。

〔二〕[百家注引孫汝聽曰]委會，水聚處。

〔三〕[韓醇詁訓]泓，烏宏切，下深貌。灣，烏還切，水曲也。

〔四〕[百家注]枏即楠字。[蔣之翹輯注]楓似白楊，甚高大，厚葉弱枝而善摇，霜後丹色可愛。枏似杏，實酢。箭，篠也。東南之美者，有會稽之竹箭焉，是小竹，可爲箭竿者。按：竹指大竹，箭指小竹。

〔五〕[韓醇詁訓]芡音儉，雞頭也。芰音騎，小荷也。[蔣之翹輯注]芡，雞頭也。芰，菱也。蒲，水草，可用以爲席。蕖，芙蕖也。

〔六〕[韓醇詁訓]澹，徒濫切。灩音艷。[百家注引舊注]澹灩，摇動也。

〔七〕[百家注引孫汝聽曰]元和中，以御史中丞崔公爲永州刺史。

〔八〕[蔣之翹輯注]羽觴，酒器，爲生爵形，似有頭尾羽翼也。

〔九〕[百家注引孫汝聽曰]匏，瓠也。可以爲笙。

〔一〇〕[百家注引童宗説曰]婆然，舞貌。

〔一一〕[注釋音辯]瞪，直陵、丈證二切，直視也。[韓醇詁訓]瞪，丈證切，直視。按：百家注本引作童宗説曰。

〔二〕［注釋音辯］［韓醇詁訓］趂，千資切。趄，千餘切。按：趂趄，行走困難。

〔三〕［注釋音辯］顦顇，即憔悴字。［韓醇詁訓］顦音憔，顇音悴。

【集評】

《王荆石先生批評柳文》卷六：何必讓《蘭亭叙》。

茅坤《唐宋八大家文鈔》卷二一：文瀟灑跌宕，惜也篇末猶多抑鬱之思云。

明闕名評選《柳文》卷三文首引林次崖（希元）曰：此序南池佳麗。「於暮之春」句下引林次崖曰：此序遊讌之樂。

蔣之翹輯注《柳河東集》卷二四：有詩賦氣，似王維、李白之文。「佳麗者已」句下：綴景已佳。以下叙登臨俯仰，如同日而語。

儲欣《河東先生全集録》卷四：樂景、哀景，抒寫兩盡。茅鹿門惜其末尚多抑鬱之思，是未嘗設身處地耳。夏蟲不可語冰，士大夫宦途順利者往往亦坐此累。

儲欣《唐宋八大家類選》卷一〇：藻逸似李謫仙，而峭厲過之。樂景哀情，抒寫俱盡。

孫琮《山曉閣選唐大家柳柳州全集》卷二：前幅寫南池遊宴，皆是必不可少之步驟。妙在後幅，忽一段歆羡諸賢乘時奮飛，忽一段自傷寥落、鬱鬱居此。其歆羡處真寫得想慕殺人，其自傷處真寫得憔悴殺人。又引孫月峰（鑛）評：何必讀蘭亭諸序。又引程方平評：是六朝絶妙讌遊序，卻無六朝堆砌氣習。正見大家文章，無所不有。

張伯行《唐宋八大家文鈔》卷四：寫景物之勝，讌遊之樂，而末乃自發其悲感無聊之況。子厚工於文，而無見乎道，内既無所得乎己，而外未免移於物，是以當歡而悲，情詞局促如此，此君子所以貴乎知命而樂天也。

何焯《義門讀書記》卷三六：「連山倒垂」至「可謂無負矣」：此等摹寫，是唐人常語。

沈德潛《唐宋八家文讀本》卷八：從六朝文出，而能脱去肥膩，風格自高。

王文濡《評校音注古文辭類纂》卷五三引劉大櫆云：序文惟昌黎横絶古今，以雄奇勝歐公，次之以情韻勝子固，次之以醇雅勝其餘五家，皆非所長。子厚此篇有聲有色，頗得雄直之勢，當爲柳序第一。又云：横碧二偶語宜删。又引吴汝綸云：此下三首皆序體，不宜入記。

林紓《春覺齋論文·流别論》：姚氏姬傳曰：「雜記類者，亦碑文之屬。碑主於稱頌功聽，記則所紀大小事殊，取義各異。故有作序與銘、詩全用碑文體者，又有爲記事而不爲刻石者。柳子厚記事小文，或謂之序，然實記之類。」按姚氏所言，蓋指柳子厚《陪永州崔使君遊讌南池序》及《序飲》、《序棋》也。然右軍之《蘭亭》、李白之《春夜宴桃李園》，雖序亦記，實不權輿於柳州。所謂全用碑文體者，則祠廟廳壁亭臺之類，記事而不刻石，則山水游記之類。

愚溪詩序

灌水之陽有溪焉〔一〕，東流入于瀟水。或曰：冉氏嘗居也，故姓是溪爲冉溪①。或曰：可以染也，名之以其能，故謂之染溪。余以愚觸罪，謫瀟水上，愛是溪，入二三里，得其尤絶者家焉。古有愚公谷〔二〕，今予家是溪，而名莫能定②，土之居者猶齗齗然〔三〕，不可以不更也〔四〕，故更之爲愚溪。

愚溪之上，買小丘爲愚丘。自愚丘東北行六十步，得泉焉，又買居之，爲愚泉。愚泉凡六穴，皆出山下平地，蓋上出也③。合流屈曲而南，爲愚溝④。遂負土累石，塞其隘，爲愚池。愚池之東爲愚堂，其南爲愚亭，池之中爲愚島。嘉木異石錯置〔五〕，皆山水之奇者，以余故，咸以愚辱焉。

夫水，智者樂也〔六〕，今是溪獨見辱於愚，何哉？蓋其流甚下，不可以溉灌⑤，又峻急，多坻石〔七〕，大舟不可入也。幽邃淺狹，蛟龍不屑，不能興雲雨，無以利世，而適類於余。然則雖辱而愚之可也。甯武子「邦無道則愚」〔八〕，智而爲愚者也；顔子「終日不違如愚」〔九〕，睿而爲愚者也〔一〇〕，皆不得爲真愚。今余遭有道而違於理、悖於事，故凡爲愚者莫我若也。

夫然，則天下莫能争是溪，余得專而名焉。溪雖莫利於世，而善鑒萬類，清瑩秀澈，鏘鳴金石，能使愚者喜笑眷慕，樂而不能去也。余雖不合於俗，亦頗以文墨自慰，漱滌萬物，牢籠百態，而無所避之。以愚辭歌愚溪，則茫然而不違，昏然而同歸，超鴻蒙，混希夷〔二〕，寂寥而莫我知也。於是作《八愚詩》，紀於溪石上。

【校記】

①原注與世綵堂本注：「爲，一作曰。」注釋音辯本、《英華》作「曰」，注釋音辯本注：「曰，一本作爲。」按：章士釗《柳文指要》上《體要之部》卷二四云：「此句不詞。蓋此句造法有二：一，『故姓是溪曰冉』。下不能綴一『溪』字。二，『故號是溪曰冉溪』。……釗意此句末尾『溪』字，疑編者誤衍。」

②「能」原闕，據注釋音辯本、世綵堂本、《英華》、《文粹》補。

③陳景雲《柳集點勘》卷二云：「『蓋上出也』。案《爾雅·釋水》：『濫泉正出。』正出，涌出也。郭璞注引《公羊傳》曰『直出』。直猶正也。則『上』當作『正』。」其説近是。

④詁訓本無「南」字。

⑤溉灌，注釋音辯本作「灌溉」。

【解　題】

〔韓醇詁訓〕公元和五年《與楊誨之書》云「方築愚溪東南爲室」，而此言丘泉溝池堂溪亭島皆具，詩序當在溪室既成而作。序云「於是作八愚詩，紀於溪石上」，而集無見焉，豈逸之耶？良可惜也。

【注　釋】

〔一〕〔百家注引孫汝聽曰〕羅含《湘中記》：「有灌水有烝水，皆注湘。」

〔二〕〔注釋音辯〕《説苑》：「齊桓公出獵，入山谷中，見一老公，問曰：『是爲何谷？』對曰：『爲愚公之谷，以臣名之。』」〔韓醇詁訓〕《列子·湯問》第五：「太行、王屋二山，方七百里，高萬仞。北山愚公者，年且九十，面山而居。懲山北之塞，出入之迂也，聚室而謀曰：『吾與汝畢力平險，指通豫南，達於漢陰，可乎？』」按：注釋音辯本所引見劉向《説苑·政理》。百家注本引孫汝聽注亦引《説苑》，當用此典故。

〔三〕〔注釋音辯〕齗，魚巾切，争也。《孔子世家》云：「洙泗之間，齗齗如也。」〔韓醇詁訓〕齗，魚斤切，《説文》「齒本也」。〔百家注引孫汝聽曰〕《魯周公世家》：「洙泗之間，齗齗如也。」齗齗，争貌，魚斤切。按：孫注是。見《史記》。

〔四〕〔注釋音辯〕更，平聲。

〔五〕［注釋音辯］錯，入聲。

〔六〕［注釋音辯］［韓醇詁訓］樂，五教切。

〔七〕［注釋音辯］［百家注引孫汝聽曰］坻與坘同，音遲，小渚也。［蔣之翹輯注］《爾雅》：「水中可居曰洲，小洲曰渚，小渚曰沚，小沚曰坻。」按：見《爾雅·釋水》。

〔八〕《論語·公冶長》：「子曰：『甯武子邦有道則知，邦無道則愚，其知可及也，其愚不可及也。』」

〔九〕《論語·爲政》：「子曰：『吾與回言終日，不違如愚。退而省其私，亦足以發，回也不愚。』」

〔一〇〕［韓醇詁訓］［百家注引張敦頤曰］二事並見《論語》。

〔一一〕鴻蒙、希夷，皆謂自然。《莊子·在宥》：「雲將東游，過扶摇之枝，而適遭鴻蒙。」《老子》：「視之不見名曰夷，聽之不聞名曰希，搏之不得名曰微。此三者，不可致詰，故混而爲一。」

【集　評】

樓昉《崇古文訣》卷一二：只一箇愚字，旁引曲取，横説豎説，更無窮已。宛轉紆徐，含意深遠。自不愚而入於愚，自愚而終於不愚，屢變而不可詰，此文字妙處。

王應麟《困學紀聞》卷一七：柳子厚《愚溪詩序》「姓是溪曰冉溪」，子厚之語又出於《水經注》「豫章以木氏郡」。

《王荆石先生批評柳文》卷六：最爲遒緊。

茅坤《唐宋八大家文鈔》卷二一：子厚集中最佳處。又：古來無此調，陡然創爲之，指次如畫。

明闕名評選《柳文》卷三「莫我若也」句下引唐荆川曰：轉折有味。

陸夢龍《柳子厚集選》卷三：跌宕起復，備極文情，柳文之最流動者。

蔣之翹輯注《柳河東集》卷二四：子厚有《南池》、《愚溪》二序，即諸游記之餘技爾。「以愚辱焉」句下：出八愚，亦極錯落，指點如畫。「愚之可也」句下引茅坤曰：翻案好。

儲欣《河東先生全集録》卷四：序次固先生擅場，後議論操縱併入妙。漱滌萬物，牢籠百態，足以蔽先生之文，非此篇已也。然即此可想見大都。

儲欣《唐宋八大家類選》卷一〇：行變化於整齊之中，結構精絶。

孫琮《山曉閣選唐大家柳柳州全集》卷二：此篇若只就愚溪上發揮，意味易盡。妙在前幅，先將冉溪、染溪二段虚影於前，又將許多愚溪、愚泉、愚溝、愚池增置於後，便令文字有曲折。通篇序詩，俱從愚溪上藉端發揮，妙絶。又引王惟夏（昊）曰：借愚溪自寫照。愚溪之風景宛然，自之行事亦宛然，善於作姿，善於寄託。

林雲銘《古文析義》初編卷五：本是一篇詩序，正因胸中許多鬱抑，忽尋出一個愚字，自嘲不已，無故將所居山水盡數拖入渾水中，一齊嘲殺。而且以是溪當得是嘲。己所當嘲，人莫能與，反覆推駁，令其無處再尋出路。然後以溪不失其爲溪者代溪解嘲，又以己不失其爲己者自爲解嘲。轉入作詩處，覺溪與己同化歸境。其轉换變化，匪夷所思。

張伯行《唐宋八大家文鈔》卷四：獨辟幽境，文與趣會。王摩詰詩中有畫，對之可當卧游。

何焯《義門讀書記》卷三六：詞意殊怨懟不遜，然不露一跡。「愚溪之上買小丘」至「爲愚島」：詩有八題，先詳叙於此。「皆山水之奇者」：伏後案。「夫水智者樂也」：愚字對面。「甯武子邦無道則愚」五句：愚字側面。「溪雖莫利於世」六句：轉出叙詩。「以愚詞歌愚溪」至「莫我知也」：愚字翻身出脱。

吴楚材、吴調侯《古文觀止》卷九：「謂之染溪」：題前先借影二層。「有愚公谷」：引古作陪。「猶齗齗」：應上兩或曰。「爲愚溪」：叙出名溪之故。「爲愚丘」：又就愚字生發。二愚。「爲愚泉」：三愚。「爲愚溝」：四愚。「爲愚池」：五愚。「爲愚堂」：六愚。「爲愚亭」：七愚。「爲愚島」：八愚。「以愚辱焉」：總叙愚字一筆。叙出八愚，亦極錯落，指點如畫。「愚之可也」：此段明溪之所以爲愚。「莫我若也」：是爲真愚。「專而明焉」：此段明己之所以名溪。「不能去也」：與上「其流甚下」一段，抑揚對照。「無所避之」：與上違理悖事一段，抑揚對照。「莫我知也」：將己之愚、溪之愚寫作一團，無從分别，奇絶妙絶。文末：仍收轉八愚，作結。總評：通篇就一愚字點次成文，借愚溪自寫照。愚溪之風景宛然，自己之行事亦宛然。前後闗合照應，異趣沓來，描寫最爲出色。

沈德潛《唐宋八家文讀本》卷八：以愚辱溪，柳子骯髒語也。後善鑒萬類，隱言其識；清瑩秀澈，隱言其情；鏘鳴金石，隱言其文。又何等自負！寫景而兩面俱到，古人用意往往如此。

浦起龍《古文眉詮》卷五三：愚字極昏冥，寫來極秀發，身與溪互爲吐納，入後愈益超融。

乾隆敕纂《御選唐宋文醇》卷一五：水黑曰盧，不流曰奴。水之不能澤物者，古人被之以惡名。宗元以溪水不可溉田、負舟，而名之曰愚，亦有本焉。其亦以慨己濟世之願不遂也。無知之謂愚，無知者，萬有之知所從出。超鴻蒙、混希夷，抑又太自譽矣。若夫漱滌萬物，牢籠百態，實乃善自狀其文，可爲實録。雖然，得無與布帛菽粟者，猶有間乎？

章懋勛《古文析觀解》卷五：按滄溟云：柳宗元作《梓人傳》及諸序記，唐之文章亦其表表者。觀其參莊老以揚其端，參梁穀以厲其氣，錦心繡口作四駢，太史謂善爲文，信矣。然以王叔文之奸佞而附之，禹錫之浮誕而交之，自取西山之囚，甘貽愚溪之辱，其爲人如此，謂其文奪目，固多矣。妙在篇中從一愚字發出胸中無限嗚咽、許多鬱抑來。將一個愚字自爲解嘲，隨將所歷山水亭堂，盡數推入渾水中。大家解嘲一番，復把水與智者樂也翻一筆。今是溪獨見辱於愚，何哉？不過藉此原一時之心，忽然説到無以利世，慟哭一番；忽然説雖莫利於世，而善鑒萬類，又狂喜一番。正見得溪不失其爲溪者，代溪解嘲，又以己不失其爲己者，自爲解嘲。末將愚溪歌詠作結，溪與己同歸化境，前後抑揚盡致，真旁若無人氣象。

蔡鑄《蔡氏古文評注補正全集》卷七：過珙原評：不過借一愚字發洩胸中之鬱抑，故將山水亭堂咸以愚辱焉。詞委屈而意深長。蔡鑄評：此文通篇俱就一愚字生情，寫景處歷歷在目，趣極。而末後仍露身份。景中人，人中景，是二是一，妙極。蓋柳州所長在山水諸記也。

劉熙載《藝概・文概》：文之所尚，不外當無者盡無，當有者盡有。故昌黎《答李翊書》云「惟陳言之務去」，《樊紹述墓誌銘》云「其富若生蓄萬物必具」，柳州《愚溪詩序》云「漱滌萬物，牢籠百態」。

林紓《韓柳文研究法・柳文研究法》：凡紀勝之文，名跡之有數目者，部署最不易妥帖。八愚之詩，統之以愚溪，是溪上之所又者，均隸於是溪者也。以溪爲綱，以丘泉溝池諸物爲目，孰則弗知。所難者，能以歷落出之。愚丘，愚泉，即由愚溪帶也。溝池二物，則又即愚泉生也。丘也，泉也，溝也，池也，雖出人力，然但資游涉，非燕魚之所，於是生出愚亭，而愚島則又生自愚池之中。以愚辱焉，是總把上文一束。然冒冒失失，把一切溪山辱之以愚，決不能無説以處此。遂極狀溪之不適於世用，用以自況。歸到此溪，不幸而遇愚人，則加以愚名，亦不爲無因。固愚者，拙名也，萬非含垢納汙之比。故又稱善鑒萬類，則識力高也；清瑩秀澈，則立身潔也；鏘鳴金石，則文章麗則也。所此皆溪之所長，而愚字又溪之所短，名爲愚之，實則非愚。茫然不違，昏然同歸，是莊、列學問，不過世人目中，見爲愚耳。文極舒徐，無牢騷意態。

林紓選評《古文辭類纂》卷二：昌黎《送孟冬野序》用無數「鳴」字……至八愚詩序，字數不如「鳴」字之多，尚易安置。然使逐處鋪排，溪也，池也，溝也，亭也，堂也，島也，丘也，泉也，每處各記其勝，爲地無多，縱極意渲染，亦不易動目。子厚捨去溪上境物，用簡筆貫串而下，數行之中，將八愚完結清楚。即由愚字生出意境，借溪之不適於用，以喻己之愚，寓牢騷於物象之中。其曰「咸以愚辱」者，惘其無辜也。其曰「雖辱而愚之可」，則引與同調也。以不可湊合之物，居然湊合之，不惟筆妙，亦屬心靈。武子、顔子兩喻，與愚字切，於溪上景物則無一肖。子厚乃捨溪而標己之愚，謂天下人莫能争是溪，似愚溪之名，由己而定，永永不能脱去愚字，引爲同調，則溪與人合矣。復又拓開愚字，寫溪之能。莫利於世，是其愚也；鏘鳴金石，是其智也。即由溪之清瑩秀澈，歸到己之文章。茫然不違，昏然同歸，是大愚狀，亦正藴得大智在内。故有「超鴻蒙、混希夷」之能，以高自標置。子厚文到結穴處，往往發露無餘，良不如昌黎之能吞言咽理也。

婁二十四秀才花下對酒唱和詩序

君子遭世之理，則呻呼踴躍以求知於世，而遯隱之志息焉。於是感激憤悱〔一〕，思奮其志略，以效於當世。故形於文字①，伸於歌詠②，是有其具而未得行其道者之爲之也③。婁君志乎道而遭乎理之世，其道宜行而其術未用，故爲文而歌之，有求知之辭。以余弟同志而偕未達〔二〕，故爲贈詩④，以悼時之往也⑤。余既困辱，不得預睹世之光明⑥，而幽乎楚越之間，故合文士以申其致，將俟夫木鐸以間於金石〔三〕。大凡編辭於斯者，皆太平之不遇人也⑦。

【校　記】

①原注：「故，一作以。」注釋音辯本作「以」，《英華》作「必」。注釋音辯本注：「以形，一本作故形。」世綵堂本注：「故，一作以，又作必。」

②伸，《英華》作「申」。

③原注：「『是』下一有『故』字。」注釋音辯本「是」下有「故」，並注：「一本無故字。」詁訓本注：「一有故字。」世綵堂本注：「『是』下一有『故』字。或作『是故有濟世之具』。」

④注釋音辯本無「爲」字，並注：「『故』字下一本有『爲』字。」詁訓本注：「一無爲字。」

⑤原注與世綵堂本注：「一無『以』字。」

⑥睹，原作「賭」，據諸本改。

⑦《英華》無「皆」字。

【解　題】

［注釋音辯］婁圖南。［韓醇詁訓］婁君即圖南也。集有《送圖南遊淮南將入道序》，有《酬婁秀才病中見寄》詩，有《酬婁秀才將之淮南見贈》之作。婁去永而之淮南在元和三年，則此詩序必其未如淮南之前作云。

【注　釋】

〔一〕［百家注引張敦頤曰］《論語》：「不憤不啟，不悱不發。」按：見《論語·述而》。

〔二〕章士釗《柳文指要》上《體要之部》卷二四：「『弟』與『第』同。第同志者，子厚與圖南廛同志耳。」

〔三〕［百家注］任（淵）曰：《書》曰：「遒人以木鐸徇于路。」孫（汝聽）曰：間，廁也。按：見《尚書·胤征》。

【集　評】

何焯《義門讀書記》卷三六：文甚秀拔，而發端有不自貴重之病，所學然也。

焦循批《柳文》卷五：立義甚奇，而實確。又：鐵鑄到底。

法華寺西亭夜飲賦詩序

余既謫永州，以法華浮圖之西臨陂池丘陵，大江連山，其高可以上，其遠可以望，遂伐木爲亭〔一〕，以臨風雨，觀物初，而遊乎顥氣之始①〔二〕。間歲，元克己由柱下史亦謫焉而來〔三〕，無幾何，以文從余者多萃焉。是夜，會茲亭者凡八人。既醉，克己欲志是會，以貽于後，咸命爲詩，而授余序。昔趙孟至於鄭，賦七子以觀鄭志〔四〕，克己其慕趙者歟？卜子夏爲《詩序》〔五〕，使後世知風雅之道，余其慕卜者歟？誠使斯文也而傳于世，庶乎其近於古矣②。

【校記】

① 原注與世綵堂本注：「氣，一作氛。」詁訓本作「氛」，並注：「氛，一作氣。」

② 詁訓本無「於」字。

【解題】

〔韓醇詁訓〕寺在永州，公嘗爲作《西亭記》，其詩亦具於集。以記考之，亭已作於元和四年，詩序當必繼作。按：法華寺西亭作於元和二年，則此次聚會當在元和四年。韓説可從。

【注釋】

〔一〕〔百家注引孫汝聽曰〕公有《西亭記》及詩。

〔二〕〔蔣之翹輯注〕班固賦：「鮮顥氣之清英。」注：「白也。」按：見《文選》班固《西都賦》及李善注。

〔三〕〔注釋音辯〕（元克己）人姓字也。〔韓醇詁訓〕周藏書室史之柱下也，因以爲官名。老聃嘗爲柱下史焉。［百家注引孫汝聽曰］周、秦皆有柱下史，在殿柱之下，因以爲名。此云由柱下史，御史也。

〔四〕［注釋音辯］《左傳》襄公二十七年事。［韓醇詁訓］《左氏》襄公二十七年：「鄭伯享趙孟於垂隴，子展、伯有、子西、子産、子太叔、二子石從。趙孟曰：『七子從君，以寵武也。請皆賦，以卒君貺。武亦以觀七子之志。』於是子展賦《草蟲》，伯有賦《鶉之賁賁》，子西賦《黍苗》之四章，子産賦《隰桑》，子太叔賦《野有蔓草》，印段賦《蟋蟀》，公孫段賦《桑扈》。」二子石即印段、公孫段也。

〔五〕卜商，字子夏。孔子弟子。相傳《詩序》爲其所作。

【集　評】

陸夢龍《柳子厚集選》卷三：寸山起霧。

何焯《義門讀書記》卷三六：此永州文，猶未能脱棄凡近。

序　飲①

買小丘〔一〕，一日鋤理，二日洗滌，遂置酒溪石上。嚮之爲記，所謂牛馬之飲者〔二〕，離坐其背〔三〕。實觴而流之，接取以飲。乃置監史而令曰〔四〕：「當飲者舉籌之十寸者三〔五〕，逆而投之，能不洄于洑〔六〕，不止于坻〔七〕，不沉于底者，過不飲②。而洄而止而沉者，飲如籌之數。」既或投之，則旋眩滑汩〔八〕，若舞若躍，速者遲者，去者住者③，衆皆據石注視④，懽抃以助其勢。突然而逝〔九〕，乃得無事。於是或一飲，或再飲。客有婁生圖南者，其投之也一洄一止一沉，獨三飲，衆乃大笑驩甚。余病痞⑤〔一〇〕，不能食酒⑥〔一一〕，至是醉焉。遂損益其令，以窮日夜而不知歸。

吾聞昔之飲酒者，有揖讓酬酢百拜以爲禮者，有叫號屢舞如沸如羹以爲極者〔一二〕，有裸裎袒裼以爲達者〔一三〕，有資絲竹金石之樂以爲和者，有以促數糾逖而爲密者〔一四〕。今則舉異是焉。故捨百拜而禮，無叫號而極，不袒裼而達，非金石而和，去糾逖而密，簡而同，肆而恭，衎衎而從容〔一五〕，於以合山水之樂⑦，成君子之心，宜也⑧。作《序飲》以貽後之人。

【校記】

① 原注與世綵堂本題下注：「晏元獻本題曰：《序飲》、《序棋》二篇，古本或有或無。」

② 原注與世綵堂本注：「『過』下一有『至』字。」詁訓本「過」下有「至」，並注：「一無至字。」

③ 原注與注釋音辯本、世綵堂本注：「住，一本作留。」詁訓本作「往」。

④原注與注釋音辯本、詁訓本、世綵堂本注：「(石下)一有『位』字。」

⑤痞，注釋音辯本作「痜」。按：痜音秃，頭瘡。痞，腹病。注釋音辯本釋曰「部鄙切」，可知「痜」爲「痞」的訛字。

⑥食，詁訓本、《文粹》作「飲」。

⑦於，《文粹》作「相」。

⑧《文粹》無「也」字，則「宜」與下句連讀。

【解　題】

［韓醇詁訓］集有《鈷鉧潭西小丘記》，云：「其石之突怒偃蹇，争爲奇怪者不可勝數。其嶔然相累而下者，若牛馬之飲於溪。」今所謂「嚮之爲記，所謂牛馬之飲者離坐其背」，即潭西小丘之地也。婁圖南者見前篇。《潭西小丘記》作於元和四年，此序當作於記後。按：韓説可從。唐人飲酒行令的方式多種多樣，飲戲規則蓋以人意定之。柳宗元此文所叙類似曲水流觴，但置於水中隨流者不是酒杯而是籌碼，誰放的籌碼遇阻，即按籌碼上的酒數罰酒。

【注　釋】

〔一〕［百家注引童宗説曰］即上云愚丘也。

〔二〕［注釋音辯］按子厚作《鈷鉧潭西小丘記》，云其石之突怒偃蹇，相累而下，若牛馬之飲於溪。

〔三〕［百家注引孫汝聽曰］《禮記》「離坐離立」，注云：「離，兩也。」今此離坐與《記》不同。［蔣之翹輯注］離，當音麗。離，屬也。按：見《禮記・曲禮上》。

〔四〕［百家注引孫汝聽曰］《詩・賓之初筵》：「既立之監，或佐之史。」注云：「立監以視之，又助以史，使督酒。」

〔五〕唐人飲酒所用酒籌，用於罰酒，用竹、木或玉等製成。元稹《痁卧聞幕中諸公徵樂會飲因有戲呈三十韻》：「籌箸隨宜放，投盤止罰啀。」又《何滿子歌》：「何如有態一曲終，牙籌記令紅螺盌。」白居易《代書詩一百韻寄微之》：「籌插紅螺盌，觥飛白玉卮。」張祜《陪范宣城北樓夜宴》：「何處偏堪恨，千回下客籌。」《詩話總龜》前集卷二三引《雜誌》載封特卿與同年李大諫詩酒唱酬，以疾阻歡，及愈，有詩曰：「已負數條紅畫燭，更辜雙帶繡香毬。白蘋洲上風光好，扶病須拚到後籌。」徐鉉《抛毬樂》：「歌舞送飛毬，金觥碧玉籌。」皆寫到「籌」，即用於罰酒之籌。《説郛》弓九四有元曹紹撰《安雅堂觥律》一卷，所載即酒令所用之籌令。清人俞敦培《酒令叢鈔・凡例》云：「酒籌所以記飲數，白香山詩『醉折花枝作酒籌』是也。後人書令於籌，探得者照飲，不知始於何時，厥法良便，且免趨避，荀子所謂探籌投鉤者，所以爲令也。」

〔六〕［韓醇詁訓］洄，胡雷切，《説文》「逆洄也」。洑，房六切，伏流也。

〔七〕［注釋音辯］（坘）音遲，小渚也。［韓醇詁訓］音遲，與「坻」同。

〔八〕［韓醇詁訓］眩，熒絹切。

〔九〕［韓醇詁訓］突，陁没切。

〔一〇〕［注釋音辯］（痞）部鄙切，腹内結痛。潘（緯）云：鄙、圯、缶三音。［韓醇詁訓］部鄙切，腹内結痛。

〔一一〕［百家注引孫汝聽曰］漢于定國食酒至數石不亂。注云：「食酒者，謂能多飲，費盡其酒，猶云食言也。」按：見《漢書·于定國傳》。吴子良《荆溪林下偶談》卷一：「飲酒謂之食酒。《于定國傳》：『定國食酒，至數石不亂。』如淳曰：『食酒猶言喜酒。』師古曰：『若依如氏之説，食字當音嗜，此説非也。食酒者，謂能多飲，費盡其酒，猶云食言焉。』今流俗書輒改『食』字作『飲』字，失其真也。然食酒至數石不亂，可謂善飲，古今所罕有也。柳子厚《序飲》亦云：『吾病痞，不能食酒，至是醉焉。』」章士釗《柳文指要》上《體要之部》卷二四：「謂豪飲也。少飲曰飲，多飲曰食。」

〔一二〕［百家注引劉嵩曰］《詩》：「或不知叫號。」又曰：「賓既醉止，載號載呶。亂我籩豆，屢舞僛僛。」《詩》：「文王曰咨，咨汝殷商。如蜩如螗，如沸如羹。」按：分別見《詩經·小雅·北山》、《小雅·賓之初筵》、《大雅·蕩》。

〔一三〕［韓醇詁訓］裸，魯果切。裎音呈。裼音錫。［百家注引王儔補注］《孟子》：「雖袒裼裸裎於我側，爾焉能浼我哉！」公意蓋謂嵇、阮之類也。裸，魯果切。裎音呈。袒裼音但錫。［蔣之翹輯

注〕《晉書》：「光逸字孟祖，胡毋輔之與謝鯤、阮放、畢卓、楊曼、桓彝、阮孚散髮裸袒，閉户酣飲累日。逸將排户入，守者不聽，便於户外脱衣露頂，於狗竇中窺之大叫，輔之驚曰：『他人決不能爾，必我孟祖也。』呼入與飲。時人呼八達。」按：見《孟子·公孫丑上》、《晉書·光逸傳》。

〔一四〕〔注釋音辯〕數音朔。《樂記》音速。〔韓醇詁訓〕數音朔。〔蔣之翹輯注〕王融《曲水詩序》：「糾逖王慝。」按：糺即糾，糾逖即糾正。唐人飲酒行令，設席糾一人以掌律令，違者罰酒。

〔一五〕《周易·漸》：「漸漸於磐，飲食衎衎。」衎衎，和樂貌。

【集評】

《説郛》弓九四竇苹《酒譜·酒令十二》：唐柳子厚有《序飲》一篇，始見其以洄泝遲駛爲罰爵之差，皆酒令之變也。

李綱《次韻志宏泛碧齋會連飲三罰爵》：占得溪山作散僊，更欣佳客許邀延。醉紅豈解勝文字，舉白還能樂聖賢。序飲我方追柳子，賦詩子已過劉顛。亂雲細細無情致，不放銀蟾上碧天。（《梁谿集》卷一〇）

《新刊增廣百家詳補注唐柳先生文》卷二四「大笑驩甚」句下引黄唐曰：婁生未必拙，衆人未必工。或飲或不飲者，溪流不可必，而人事有幸有不幸也。士有操名宦之籌，以角勝負於世途之風波者，其爲幸不幸，又可勝計耶？（按：蔣之翹輯注本引作劉辰翁曰。）

釋居簡《潯溪疇倡序》：經子史傳記皆序，下至雜録小説，亦莫不然。《序棋》、《序飲》、《序畫》，未易一一數。（《北磵集》卷五）

《王荊石先生批評柳文》卷六：極窄，極佳。

陸夢龍《柳子厚集選》卷三：如盆池累石，勢盡嚴密。

蔣之翹輯注《柳河東集》卷二四：文只平平叙説，其中淺深，轉摺得好，讀之如披畫圖。

儲欣《河東先生全集録》卷四：左氏外傳風味。

孫琮《山曉閣選唐大家柳柳州全集》卷二：通篇序飲地、序飲、序監史、序投籌，處處寫得如畫，便是一幅流觴曲水圖。後幅讚美一段，尤覺通篇出色。又引孫月峰（鑛）曰：澹宕得古。

沈德潛《唐宋八家文讀本》卷八：謫居中尋出樂境。先序事，後序意，鍊字鍊句鍊格，無一筆草草。

浦起龍《古文眉詮》卷五三：一層置令，一層用令，一層贊令。人賞其韻别，或忘其法嚴。

何焯《義門讀書記》卷三六：「衆皆據石注視」二句：間此二句在中間，得情。

焦循批《柳文》卷五：起妙。又：明之文士，乃以此種爲秦漢矣。柳州固無所不能。「其投之也」句下：此段疏宕以間之。

王文濡《評校音注古文辭類纂》卷五三：前半錯落入古。後幅隨手寫來，輒成妙諦。

王文濡《唐文評注讀本》下册：只就「合山水之樂」五字發揮，寫得如許熱鬧。前半叙事簡明，後半推開説去，可悟無中生有法。

林紓《韓柳文研究法·柳文研究法》：短質悍勁，語語入古，且曲狀情事，匪徼弗肖。蘭亭之集，紀流觴也，然右軍散朗，但略記其事而已。子厚則窮形盡相，必繪出物狀，以盡其所能。且愚溪之流觴，與蘭亭亦少異。蘭亭但流觴取飲，愚溪則兼有投籌之戲。過洑則籌洄，遇坻則籌止，失勢則籌沉。文連用三「而」字，省筆也。然此但叙令耳。籌入水中，頗不易狀，乃曰旋眩、滑汩、舞躍、遲速、去住，又助以觀者之勢，覺籌舞水中，人抃石上，兩兩均有生氣，直能頰上添毫矣。後段增入昔人飲酒，禮檢與放達不同，不無少贅。然即歸入本位，覺點染處，尚不爲虚設。

林紓選評《古文辭類纂》卷九：是篇前半摹寫物狀，躍躍如生。一籌之微，又能爲之窮形盡相而出之，真寫生妙手也。入後一開一闔，以莊語行之，是能以小題抒正論者。

序棊①

房生直温〔一〕，與予二弟遊〔二〕，皆好學。予病其確也②〔三〕，思所以休息之者。得木局，隆其中而規焉，其下方以直，置棊二十有四，貴者半，賤者半，貴曰上，賤曰下，咸自第一至十二。下者二乃敵一，用朱墨以别焉。房於是取二毫〔四〕，如其第書之。既而，抵戲者二人③，則視其賤者而賤之，貴者而貴之。其使之擊觸也，必先賤者，不得已而使貴者，則皆慄焉惛焉④，亦鮮克以中。其獲也，得朱焉則若有餘，得墨焉則若不足。余諦睨之，以思其始，則皆類也，房子一書之而輕重若是。適近其手而先焉，非能擇其善而朱之⑤，否而墨之也。然而上焉而上，下焉而下，貴焉而貴，賤焉而賤，其易彼而敬此〔五〕，遂以遠焉。然則若世之所以貴賤人者⑥，有異房之貴賤兹棊者歟？無亦近而先之耳，有果能擇其善否者歟⑦？其敬而易者，亦從而動心矣⑧，有敢議其善否者歟⑨？其得於貴者，有不氣揚而志蕩者歟⑩？其得於賤者，有不貌慢而心肆者歟？其所謂貴者，有敢輕而使之擊觸者歟⑪？其所謂賤者⑫，有敢避其使之擊觸者歟？彼朱而墨者，相去千萬不啻，有敢以二敵其一者歟？余，墨者徒也，觀其始與末，有似棊者，故叙。

【校記】

①注釋音辯本題下注：「《序飲》、《序棊》，晏元獻公題云：此二篇古本或有或無。」詁訓本注：「晏元獻公本題云：《序飲》、《序棊》二篇，古本或有或無云。」

②予，原作「子」，據諸本改。

③詁訓本無「抵」字。

④慄，原注與注釋音辯本、世綵堂本注：「慄，一本作摽。」世綵堂本作「慓」。按：慓，迅疾，不如

「慄」字義切。

⑤注釋音辯本無「之」字。世綵堂本注：「一無之字。」

⑥《文粹》「人」上有「於」。

⑦詁訓本、《文粹》「有」上有「其」。

⑧原注與世綵堂本注：「心，一作止。」詁訓本作「止」。

⑨《文粹》無此句。

⑩不氣，詁訓本作「氣不」。志蕩，原作「志不蕩」，據諸本删「不」字。原注與注釋音辯本、世綵堂本注：「一本作『有氣不揚而志不蕩者歟』。」

⑪「擊觸」原闕，據《文粹》、《全唐文》補。下句云「有敢避其使之擊觸者歟」，有「擊觸」二字是。

⑫「其」原闕，據《文粹》、《全唐文》補。

【解　題】

［韓醇詁訓］棊出公之新意，然觀其末曰：「余墨者徒也，觀其始與末，有似棊者，故叙。」其謫居零陵時，游戲間有所寓意焉耳。其二弟：宗直、宗一。［百家注引孫汝聽曰］《西京雜記》：「漢元帝好擊鞠，爲勞，求相類而不勞者，遂爲彈棋之戲。」今人罕爲之。有譜一卷，盡唐人所爲。其局方二尺，中心高，如覆盂，其巔爲小壺，四角微隆起。李商隱詩云：「玉作彈棋局，中心最不平。」謂其中高

也。白樂天詩云：「彈棋局上事，最妙是長斜。」今譜中具有此法。子厚《序棋》用二十四棋者，即此戲也。按：此序所叙爲彈棋，古代的一種游戲，今已不傳。因黑、紅之子價值不同，柳宗元實借此以發感慨。李肇《唐國史補》卷下：「如彈棊之戲甚古，法雖設，鮮有爲之。其工者近有吉逵、高越首出焉。」沈括《夢溪筆談》卷一八：「彈棊，今人罕爲之。有譜一卷，蓋唐人所爲。棊局方二尺，中心高如覆盂，其巔爲小壺，四角微隆起。今大名開元寺佛殿上有一石局，亦唐時物也。李商隱詩曰：『玉作彈棊局，中心最不平。』謂其中高也。白樂天詩曰：『彈棊局上事，最妙是長斜。』長斜謂抹角斜彈，一發過半局。今譜中具有此法。柳子厚《叙棊》用二十四棊者，即此戲也。《漢書》注云：『兩人對局，白黑子各六枚。』與子厚所記小異。如奕棊，古局用十七道，合二百八十九道，黑、白棊各百五十，亦與後世法不同。」陸游《老學庵筆記》卷一〇：「吕進伯作《考古圖》云：『古彈棋局狀如香爐蓋，謂其中隆起也。』李義山詩云：『玉作彈棋局，中心亦不平。』今人多不能解，以進伯之説觀之，則粗可見，然恨其藝之不傳也。魏文帝善彈棋，不復用指，第以手巾角拂之，有客自謂絶藝，及召見，但低首以葛巾角拂之，文帝不能及也。此説今尤不可解矣。大明龍興寺佛殿有魏宫玉石彈棋局，上有黄初中刻字，政和中取入禁中。」胡震亨《唐音癸籤》卷一九：「彈棊戲之有彈棊，始漢武以代蹴踘之勞。其法用石爲局，中隆外庳，黑白棊各六枚，先列棊相當，下呼上擊之，以中者爲勝。李頎《彈棊歌》：『藍田美石青如砥，黑白相分十二子。聯翩百中皆造微，魏文手巾不足比。緣邊度隴未可嘉，烏跂星懸正復斜。迴飇轉指速飛電，拂四取五旋風花。』按魏文帝《彈棊賦》：『緣邊間造，長斜迭取。』丁廙賦：『風馳火燎，令牟取五。』梁元帝《謝彈棊局啟》：『鳳峙鷹揚，信難議擬，鳥跂星懸，何曾彷彿。』頎詩多本此。魏文善此技，用手巾拂之，無不中。唐順宗在春宮日，甚好之，時多名手。至長慶末，好事家猶見有局，尚多解者。今則不傳矣。（遯叟）」

【注釋】

〔一〕房直温，《册府元龜》卷一六二：「開成元年二月庚寅，中書門下奏：準赦文，諸道黜陟使，以給事中盧均、司農卿李玘、吏部郎中薛廷光、太常少卿盧貞、刑部郎中房直温分命之。」又卷四六七：「房直温，開成初爲刑部員外郎，上言諸州府刑獄留滯生姦，請重頒下貞元三年七月十七日制敕。又臺省法司應緣詳覆，須行文牒，請付本道急遞，以免稽遲。從之。」《太平廣記》卷一五九引《逸史》：「（鄭還古）後數年向東洛再娶李氏，於昭城寺後假宅拜席日，正三橋宅主姓韓，時房直温爲東洛少尹，是妻家舊，筵饌之類，皆房公所主。還古乃悟昔年之夢，話於賓客，無不歎焉。」可知房直温當時爲一後生少年。

〔二〕［注釋音辯］子厚二弟：宗一、宗直。按：柳宗直善彈棋。沈作喆《寓簡》卷七：「世有非要而著書者，如何曾《食疏》、崔浩《食經》九篇、虞宗《食珍録》、李林甫《玉食章》、皇甫嵩《醉鄉日月》、竇苹《酒譜》、陸羽《茶經》、段柯古《髻鬟品》、韓渥《北里志》、温庭筠《艶粧録》、李習之《五木經》、柳宗直《樗蒲志》、《彈棊經》、南卓《羯鼓録》、《琵琶録》之類，其數尚多。又如房千里《葉子格》、趙明遠《彩選》，雖戲事，亦可以廣見聞。」

〔三〕確，執著。

〔四〕二毫，兩種筆，即朱、墨二種。

〔五〕［注釋音辯］［韓醇詁訓］易，以豉切。

【集評】

茅坤《唐宋八大家文鈔》卷二一：此序與《序飲》並澹宕可誦。又引唐順之曰：推究物理，精巧之文。

儲欣《河東先生全集録》卷四：「二人抵戲」以下，形容極工。於人世貴賤，已得躍如之妙。後半太詳，倘爾時肯稍減節，可與《序飲》競爽。

孫琮《山曉閣選唐大家柳柳州全集》卷二：只就棋上寓言，發出一段感慨。劉季從龍，大都豐沛；光武舊跡，半屬南陽。近而先貴，何可勝道。後幅一段，尤寫得淋漓慷慨，調侃世人不少，期望世人亦不少。又引盧文子曰：《序飲》就飲説，《序棋》不就棋説，各極其妙。

浦起龍《古文眉詮》卷五三：其案疏疏，其情疊疊。其棋也，非棋也。儲氏譏其後半太盡，試汰其所謂盡者，尚成文否？

何焯《義門讀書記》卷三六：「如其第書之」：「第」字生波，通篇少味。

乾隆敕纂《御選唐宋文醇》卷一二：大小、貴賤、菀枯，皆人之所名，人名之而人實之，於焉喜怒哀樂、慮歎變慹，姚佚啟態，日夜相代於前，而莫知其所萌。如木出火以自焚，誠觀其始與末，必知其空且假也。此宗元《序棊》説也。雖然，猶有進觀夫五行之氣實爲星辰，五行之質實生萬物，昭顯著明，盛大廣博，莫之與京，宜已。若夫甲乙丙丁等云者，乃文字耳，大撓之所强名耳。未名之前，甲乙豈其木，而丙丁豈其火耶？既已名之，實即隨之，孤虚旺相、剛日柔月之類，聖人用之卜筮，用之兵陣，定天下之吉凶，成天下之亹亹者，亦復昭顯著明，盛大廣博。如是，然則天下何名之不實哉？知無實之不名，可與入於機。知無名之不實，可與出於機。入於機者，堯舜事業，如浮雲之過太虚也。出於機者，一出言而不可咈乎人心，一舉足而不可違乎天則也。

王文濡《評校音注古文辭類纂》卷五三：適貴二貴，適賤而賤，棊猶如此，人何以堪！非經過者不能道。

柳宗元集校注卷第二十五

序①

凌助教蓬屋題詩序

儒有蓬户甕牖而自立者〔一〕，河間凌士燮窮討六籍〔二〕，皆有著述②，而尤邃《春秋》。爲儒官，守道端莊，植志不回〔三〕，在京師十二年，家本吴也③〔四〕，欲歸而不可得，遂構蓬室，以備揖讓之位。棟宇簡易，僅除風雨〔五〕，蓋大江之南其舊俗也。由是不出環堵〔六〕，坐入吴甸，包山震澤〔七〕，若在牖外。所謂求仁而得〔八〕，斯固然歟？與夫南音越吟〔九〕，慕望而不獲者，異日道也。夫厚人倫，懷舊俗〔一〇〕，固六義之本〔一一〕。群公是以有發德之什，書在屋壁，余敘而引之。

【校記】

①標目原作「序隱遁道儒釋」，詁訓本標作「序十七首」，據百家注本總目及注釋音辯本、世綵堂本標

目改。

② 注釋音辯本無「有」字。

③ 也,《英華》作「地」。

【解題】

［注釋音辯］凌士燮。［韓醇詁訓］凌助教,考唐史年表,皆無所見。觀序辭,公尚在京師時作。

［百家注引孫汝聽曰］凌助教士燮,蘇州吴人。

【注釋】

〔一〕［百家注引童宗説曰］《禮記》:「儒有篳門圭窬,蓬户甕牖。」按:見《禮記·儒行》。

〔二〕［百家注引孫汝聽曰］士燮系出河間。

〔三〕［百家注引童宗説曰］回,邪也。

〔四〕［世綵堂］用楊惲「家本秦也」文法。

〔五〕［注釋音辯］除,直慮切,去也。《斯干》詩:「風雨攸除。」［百家注引韓醇曰］《詩》:「風雨攸除。」除,去也。按:見《詩經·小雅·斯干》。

〔六〕［百家注引韓醇曰］《禮記》:「儒有一畝之宫,環堵之室。」方丈曰堵。按:見《禮記·儒行》。

〔七〕［注釋音辯］包山一名椒山，在震澤中。震澤亦名具區，即今太湖。［百家注引孫汝聽曰］震澤中有包山，包山亦曰椒山，即《春秋》所謂夫椒是也。震澤亦曰具區，即今之太湖是也。在吴縣南。

〔八〕［百家注引孫汝聽曰］《論語》：「求仁而得仁，又何怨？」按：見《論語·述而》。

〔九〕［注釋音辯］楚大夫鍾儀囚於晉，與之琴，操南音。越人莊舄仕楚而病，王使聽之，果作越吟。［百家注引孫汝聽曰］成七年《左氏》：「晉人以楚鍾儀歸，囚諸軍府。九年，晉侯使與之琴，操南音。」《史記》：「越人莊舄仕楚而病，楚王曰：『舄，越之鄙細人也，今仕執圭，亦思越否？』中謝曰：『彼思越則越聲，不思則楚聲。』使人聽之，猶越聲也。」按：莊舄事見《史記·張儀列傳》附陳軫。

〔一〇〕［百家注引孫汝聽曰］《詩序》：「先王以是經夫婦，成孝敬，厚人倫，美教化。」又曰：「國史吟詠性情，以諷其上，達於事變，而懷其舊俗者也。」

〔一一〕［注釋音辯］見《毛詩序》。［百家注引王儔補注］《詩序》：「故詩有六義焉。」［蔣之翹輯注］曰風，曰賦，曰比，曰興，曰雅，曰頌。

【集評】

蔣之翹輯注《柳河東集》卷二五：起得典雅。中「不出環堵，坐入吴甸，包山震澤，若在牖外」四語，正是不問有無，得畫外意。

儲欣《河東先生全集録》卷四：寥寥數語，可畫可詩。

何焯《義門讀書記》卷三六：爲當時體，而不犯俗句，惟「求仁而得」四字，尚嫌奢闊不倫。

送韓豐群公詩後序①

春秋時，晉有叔向者〔一〕，垂聲邁烈，顯白當世。而其兄銅鞮伯華〔二〕，匿德藏光，退居保和，士大夫其不與叔向游者，罕知伯華矣。然仲尼稱叔向曰「遺直」、「猶義」②〔三〕，又稱伯華曰「多聞」、「内植」〔四〕，進退兩尊，榮於册書。故羊舌氏之美，至于今不廢。

宗元常與韓安平遇于上京〔五〕，追用古道，交於今世，以是知吾兄矣。兄字茂實，敦朴而知變，弘和而守節，温淳重厚，與直道爲伍。嘗績文著書③，言禮家之事，條綜今古〔六〕，大備制量，遺名居實，澹泊如也〔七〕。他日當爲達者稱焉④〔八〕，在吾儕乎？則韓氏之美，亦將焜耀於後矣〔九〕。今將浮游淮湖，觀藝諸侯，凡知兄者⑤，咸出祖于外。天水趙佶秉翰序事⑥〔一〇〕，殷勤宣備，詞旨甚當。余謂《春秋》之道，或先經以始事，或後經以終義⑦〔一一〕，大《易》之制，《序卦》處末，然則後序之設，不爲非經也。於是編其餞詩若干篇，紀于末簡，以既行李，遂抗手而別⑧。豐之季弟泰知名，與余善。

【校　記】

①世綵堂本注：「一無『群公詩』三字。」

②猶，原作「由」，據注釋音辯本改。注釋音辯本注：「猶，一本作『由』字。」詁訓本注：「《左氏》作『猶』，《家語》作『由』。」

③此句注釋音辯本作「嘗又著書」，並注：「『又』字，一本作『績文』二字。」原注與世綵堂本注：「一作『嘗又著書』。」

④原注與世綵堂本注：「達，一作識。」

⑤兄，注釋音辯本作「見」。

⑥趙佶，注釋音辯本作「趙某」，並注：「一本作『佶』字。」

⑦或先經以始事或後經以終義，原作「或始事或終義」，據注釋音辯本改。注釋音辯本注：「一本無『先經以』、『後經以』六字。」

⑧原注與世綵堂本注：「一本有『豐之季弟泰知名與余善』十字。」詁訓本其下尚有「豐之季弟泰知名與余善」十字。注釋音辯本注：「元注云：豐之季弟泰知名與余善。」可知此十字爲柳宗元原注，後誤入正文。蔣之翹輯注本：「其説似贅，從舊本删去。」非是。今據改作小字注。

【解　題】

［韓醇詁訓］《春秋》：羊舌氏四族：銅鞮伯華、叔向、叔魚、叔虎，兄弟四人。伯華名赤，叔向名肸。叔向仕晉。魯昭公十四年，晉邢侯與雍子争鄐田，叔魚攝理，受雍子之女而蔽罪邢侯，邢侯怒，殺叔魚與雍子於朝。宣子問其罪於叔向，叔向曰：「施生戮死，可也。」乃施邢侯而尸雍子與叔魚於市。孔子曰：「叔向，古之遺直也。治國制刑，不隱於親。」又曰：「殺親益榮，猶義也夫。」伯華爲銅鞮大夫，魯襄公三年，代其父爲中軍尉。《家語》：「孔子閒處，歎曰：『嚮使銅鞮伯華無死，天下其有定矣。』」其所稱道者如此。韓豐，安平之兄也。安平名泰，新史附王叔文傳。貞元二十年與公同爲監察御史，故云「與安平遇於上京，追用古道，交於今世，以是知吾兄矣」。序云「今將浮游淮湖，觀藝諸侯」，蓋在京師時作。［百家注引孫汝聽曰］萬州刺史韓某子三人：愼、豐、泰。愼爲温縣主簿，公有誌。豐字茂實。泰字安平。此送茂實也。

【注　釋】

〔一〕［注釋音辯］向，上聲去。［百家注引韓醇曰］晉大夫羊舌職之子曰肸，字叔向，一字叔譽，伯華之弟也。

〔二〕［注釋音辯］鞮音題，晉别縣。叔向兄伯華爲銅鞮大夫。［韓醇詁訓］鞮音題。《春秋》注：「銅鞮，晉别縣。在上黨。」［百家注引韓醇曰］魯襄公三年，伯華爲銅鞮大夫，代其父爲中軍尉佐。

〔三〕［蔣之翹輯注］今山西沁州。

〔三〕［注釋音辯］《左》昭十四年：仲尼曰：「叔向，古之遺直也。殺親益榮，猶義也夫。」《家語》作「由義」。［百家注引孫汝聽曰］昭十四年《左氏》：「仲尼曰：『叔向，古之遺直也。治國制刑，不隱其親。』又曰：『殺親益榮，猶義也夫。』」《左氏》作「猶義」，《家語》作「由義」。

〔四〕［注釋音辯］《家語》云：「其爲人也，多聞而難誕，内植足以没其世，蓋銅鞮伯華之行也。」［百家注引孫汝聽曰］《家語》：「其人之淵源也，多聞而難誕，内植足以没其世，蓋銅鞮伯華之行也。」按：見《孔子家語》卷三。

〔五〕［注釋音辯］韓豐弟泰，字安平，貞元十一年中進士。［百家注引孫汝聽曰］貞元九年，公中進士。十一年，泰中進士。

〔六〕［韓醇詁訓］綜，作弄切。

〔七〕［百家注］澹音淡。

〔八〕［韓醇詁訓］連上文意，達者謂孔子也。《史記》：「吾聞聖人之後，雖不當世，必有達者。今孔丘年少好禮，其達者歟？」按：見《史記·孔子世家》，爲孟釐子稱孔子語。

〔九〕［注釋音辯］焜，胡本切。［韓醇詁訓］（焜耀）上胡本切，下弋笑切。

〔一〇〕《唐會要》卷八四：「（元和）十五年閏正月，命度支郎中趙佶使淄青兖海鄆曹濮蔡申光等州，勘兩税。」又《册府元龜》卷九二五：「趙佶爲度支郎中貶永州司馬，坐皇甫鎛之黨也。」

〔一一〕〔注釋音辯〕杜預《左傳序》句。〔百家注引劉嵩曰〕杜預《左傳序傳》：「或先經以始事，或後經以終義。」

【集　評】

《王荆石先生批評柳文》卷六：何其典雅。

何焯《義門讀書記》卷三六：通篇嚼蠟。

送婁圖南秀才遊淮南將入道序①

僕未冠，求進士〔一〕，聞婁君名甚熟，其所爲歌詩，傳詠都中②。通數經及群書。當時爲文章若崔比部〔二〕、于衛尉〔三〕，相與稱其文，衆皆曰：「納言曾孫也〔四〕，而又有是。」咸推讓爲先登。後十餘年，僕自尚書郎謫來零陵〔五〕，覯婁君〔六〕，猶爲白衣，居無室宇，出無僮御。僕深異而訊之，乃曰：「今夫取科者，交貴勢，倚親戚，合則插羽翮、生風濤，沛焉而有餘③。吾無有也。不則饜飲食、馳堅良〔七〕，以歡于朋徒④，相貿爲資〔八〕，相易爲名，有不諾者，以氣排之。吾無有也。不則多筋力，善造請，朝夕屈折於恒人之前，走高門，邀大車，矯笑而僞言，卑陬而姁媮〔九〕，偷一旦之容以售其伎。吾無有也。自度卒不能堪其勞，故捨之而遊，逾湖江⑤，出豫章，至南海，復由桂而下也〔一〇〕。少好道士言，餌藥爲壽，未盡其術，故往且求之⑥。」僕聞而愈疑。往時觀得進士者，不必若婁君之言，又少能類婁君之文學⑦，又無納言之大德以爲之祖，無比部、衛尉以爲之知，而升名者百數十人⑧。今婁君非不足也，顧不樂而遁耳。因爲余留三年。他日又曰：「吾所以求於心者未克，今其行也。」余既異其遁於名，而又德其久留於我也，故爲之言。

夫君子之出，以行道也；其處，以獨善其身也。今天下理平，主上亟下求士之詔〔一一〕，婁君智可以任職用事，文可以宣風歌德，行於世，必有合其道而進薦之者。遽而爲處士，吾以爲非時。將曰老而就休耶？則甚少且鋭；羸而自養耶？則甚碩且武。問其所以處，咸無名焉。若苟焉以圖壽爲道，又非吾之所謂道也。夫形軀之寓於土，非吾能私之。幸而好求堯、舜、孔子之志⑨，唯恐不得，幸而遇行堯、舜、孔子之道，唯恐不慊〔一二〕，若是而壽可也。求之而得，行之而慊，雖夭其誰悲⑩？今將以呼噓爲食，咀嚼爲神〔一三〕，無事爲閑，不死爲生，則深山之木石，大澤之龜蛇，皆老而久，其於道何如也⑪？僕嘗學於儒⑫，時之不得⑬，以陷於是。以出則窮，以處則乖，其不宜言道也審矣。以吾子見私於僕，而又重其去〔一四〕，故竊言而書之而密授焉。

【校　記】

①原注與世綵堂本注：「一本無『將入道』三字。」詁訓本、《英華》題無「將入道」三字。淮，《英華》作「江」。

②都中，世綵堂本注：「一作中都。」

③焉，詁訓本作「然」。

④歡，《英華》作「歡歡」。

⑤湖江，《英華》作「江湖」。

⑥往，注釋音辯本、《英華》、《全唐文》作「行」。

⑦原注與世綵堂本注：「少，一作不。」注釋音辯本作「不」，並注：「不能，一本作少能。」

⑧「者」原闕，據諸本補。

⑨志，《英華》作「道」。

⑩夭，注釋音辯本作「天」。

⑪其於，詁訓本作「於其」。

⑫《英華》無「於」字。

⑬時，原作「持」，據《英華》改。時謂時運，作「時」是。

【解　題】

［韓醇詁訓］圖南，師德曾孫也。師德當武后時，以撫定河北，進納言，世稱長者。公永貞元年自禮部員外郎貶永州司馬，永州，零陵也。序云「自尚書郎謫來零陵見婁君」，又云「爲余留三年」，則序疑在元和三年作。然集有《序飲》，在元和四年，尚云「客有婁生圖南」，意其見婁君之歲非謫零陵初也。集又有《酬婁秀才病中見寄》及《將之淮南》之作，當與此序同時，皆在元和五、六年間歟？按：韓説可從。

【注　釋】

〔一〕［百家注引孫汝聽曰］貞元六年，公求進士，年十八，故曰未冠。

〔二〕［注釋音辯］崔鵬，字元翰。［百家注引孫汝聽曰］崔鵬字元翰，貞元六年自知制誥罷爲比部郎中。

〔三〕［注釋音辯］［百家注引孫汝聽曰］于邵，字相門。［蔣之翹輯注］于邵字相門，天寶末（登進士第），嘗以諫議大夫知制誥，朝廷大典，多出其手。

〔四〕［注釋音辯］婁師德，武后時以撫定河北，進納言。

〔五〕［百家注引韓醇曰］永貞元年，公自禮部員外郎貶永州司馬。零陵，永州。

〔六〕［百家注引童宗説曰］《説文》：「覿，遇見也。」

〔七〕［百家注引孫汝聽曰］堅良，車馬。［蔣之翹輯注］堅車良馬也。

〔八〕［注釋音辯］貿音茂，博易也。或作「貿」，同。［百家注引韓醇曰］《説文》：「貿，以貨易財也。」

〔九〕［注釋音辯］陬，將侯切。《莊子》云：「卑陬失色。」姁音虛，又吁句切。媮音俞。［韓醇詁訓］上音吁，下音俞。《説文》：「美也。」按：百家注本引王儔補注與韓醇注略同。卑陬，見《莊子·天地》，慚懼貌。姁媮，媚笑貌。

〔一〇〕［百家注引王儔補注］今洪州即豫章。今廣州即南海也。［蔣之翹輯注］豫章，今江西南昌。南海，今廣東廣州。桂，今廣西桂林也。

〔一一〕［注釋音辯］亟，去吏切。

〔一二〕［韓醇詁訓］（慊）苦簟切。《説文》：「不滿也。一曰愜也。」

〔一三〕［百家注］咀，子與切。嚼，疾爵切。

〔一四〕重，難也。

【集　評】

葉適《與戴少望書》：僕舊讀柳子厚文，獨愛其序送婁圖南，極有理。使世之君子畔其道以從異學，勞而無成者，可以自鏡。正惟不勞而成，固與龜蛇木石，無以異耳。願足下深思惟忠之事，而反復子厚之意，救世俗之失，正諸子之非，明聖人之經，是所期於少望者。（《水心集》卷二七）

《王荆石先生批評柳文》卷六：丁寧珍重之意，溢於言表。

陸夢龍《柳子厚集選》卷三：健甚。

蔣之翹輯注《柳河東集》卷二五：末處持議侃侃，似退之聲口。

儲欣《河東先生全集録》卷四：侃侃正論，不待言。前列科舉秀才諸醜態，燭照鼎圖，志士讀之正當猛省。

孫琮《山曉閣選唐大家柳柳州全集》卷二：秀才遁名而樂長生，此是其病處。子厚從此痛下針砭。一起先説秀才少時有可仕之資，此是悼惜其前非。次説秀才遁名求道，此是追究其病根。然後發出兩大段文字，一段是勸之出仕，應轉第一段以補救其前非；一段是闡其求道之心，應轉第二段以拔除其病根。持論侃侃，真儒者之言。又引孫月峰（鑛）評：叮嚀珍重之意，溢於言表。

何焯《義門讀書記》卷三六：「無事爲閒，不死爲生」：閒以心不以事，生以道不以形。

乾隆敕纂《御選唐宋文醇》卷一五：繪科舉秀才不肖之態狀，如夏禹鑄鼎。開欲求長生者之愚昧，如扁鵲發矇。

焦循批《柳文》卷五：轉折不測。又：痛罵矣，然自是正論。又：柳子不自諱其王叔文事如此。

送易師楊君序

世之學《易》者，率不能窮究師説，本承孔氏而妄意乎物表，爭伉乎理外①〔一〕，務新以爲名，縱辯以爲高，離其原，振其末，故羲、文、周、孔之奥〔二〕，詆冒混亂②，人罕由而通焉。不違古師，以入道妙，若弘農楊君者，其鮮矣③。御史中丞崔公〔三〕，博而守儒，達而好禮，故楊君之來也，館于燕堂，饋之侯食④，日命合邦之學者⑤，論説辯問，貫穿上下〔四〕，揮散而咸同，幽昏而大明，言若誕而不乖於聖，理若肆而不失於正，不爲他奇以立名氏，姑務達其旨而已。古人謂駕孔子之説者〔五〕，楊君固其徒歟？

宗元以爲太學立儒官、傳儒業，宜求專而通、新而一者，以爲冑子師〔六〕，昔嘗遊焉而未得其人。今天下外多賢連帥、方伯，朝廷立槐棘之下〔七〕，皆用儒先〔八〕，而楊君之道未列於博士，則誰咎歟？無乃隱其聲、含其美，以自窮歟？夫以退讓自窮於豐富之世，以貽有位者羞，是習《易》之説而廢其道也。於將行而問以言，敢以變君之志。

【校　記】

① 原注與注釋音辯本、詁訓本、世綵堂本注：「（伉）一作能。」

② 陳景雲《柳集點勘》卷二云：「詆冒，似當從《漢書·禮樂志》作『抵冒』。小顔注：『抵冒，犯突而前也。』用此二字，殆蒙上争伉理外言之。」

③ 注釋音辯本無「其」字，並注：「一本『者』字下有『其』字。」

④ 原注與世綵堂本注：「一作『饋以侯食』。」之，注釋音辯本作「以」，並注：「以，一本作之。」
⑤ 注釋音辯本無「命」字。

【解題】

［韓醇詁訓］楊君不詳其名。崔公，崔能也。史有傳，時爲永州刺史。公集中有《湘源二妃廟碑》云「州刺史御史中丞崔公能」，在元和九年，序之作亦在永州時也。按：李肇《唐國史補》卷下：「大曆已後，專學者有蔡廣成《周易》，强象《論語》，啖助、趙匡、陸質《春秋》，施士丐《毛詩》，刁彝、仲子陵、韋彤、裴茝講《禮》，章廷珪、薛伯高、徐潤並通經。其餘地理則賈僕射，兵賦則杜太保，故事則蘇冕、蔣乂，曆算則董和（名嫌憲宗廟諱），天文則徐澤，氏族則林寶。」經學家中無有楊姓者。

【注釋】

〔一〕［注釋音辯］伉，苦良切。［韓醇詁訓］伉，苦浪切，敵也。［百家注引舊注］伉，儷敵也。
〔二〕謂伏羲、周文王、周公、孔子也。相傳伏羲作八卦，文王演爲六十四卦。周公、孔子皆精於《周易》。
〔三〕［注釋音辯］永州刺史崔能。［百家注引韓醇曰］時崔能爲永州刺史。
〔四〕［注釋音辯］穿，去聲。［百家注引孫汝聽曰］《漢書》：「司馬遷貫穿上下數千載間。」按：班固

《漢書・司馬遷傳贊》:「亦其涉獵者相廣博,貫穿經傳,馳騁古今,上下數千載間,斯以勤矣。」

〔五〕[百家注引孫汝聽曰]《揚子》:「仲尼駕説者也,不在茲儒乎? 如將復駕其所説,則莫若使諸儒金口而木舌。」駕,猶傳也。**按**:見揚雄《法言》卷一。

〔六〕[百家注引劉嵩曰]《書》:「命夔典樂,教胄子。」**按**:見《尚書・舜典》。

〔七〕[韓醇詁訓]《秋官》:「朝士掌建邦外朝之法,左九棘,孤卿、大夫位焉。群士在其後。右九棘,公、侯、伯、子、男位焉,群吏在其後。面三槐,三公位焉,州長衆庶在其後。」注:「樹棘以爲位者,取其赤心而外刺,象以赤心三刺也。槐之言懷也,懷來人於此,欲與之謀。」**按**:見《周禮・秋官司寇・朝士》。

〔八〕[注釋音辯]猶云先生也。[百家注引孫汝聽曰]先,猶言先生也。漢有鄧先。**按**:章士釗《柳文指要》上《體要之部》卷二五:「漢人言先生,或單用生,如曰伏生;或單用先,如曰鄧先。」

【集評】

《王荆石先生批評柳文》卷六:嚴栗。

何焯《義門讀書記》卷三六:「宜求專而通新而一者,以爲胄子師」:此專爲仲子陵、施士丐之徒加砭。

焦循批《柳文》卷五:言愈婉,而情愈憤。

送徐從事北遊序①

讀《詩》、《禮》、《春秋》，莫能言説②，其容貌充充然〔一〕，而聲名不聞傳於世，豈天下廣大多儒而使然歟？將晦其説，諱其讀，不使世得聞傳其名歟？抑處於遠，仕於遠，不與通都大邑豪傑角其伎而至於是歟？不然，無顯者爲之倡以振動其聲歟③？今之世不能多儒可以蓋生者，觀生亦非晦諱其説讀者，然則餘二者爲之決矣。生北遊，必至通都大邑，通都大邑必有顯者，由是其果聞傳於世歟？苟聞傳必得位，得位而以《詩》、《禮》、《春秋》之道施於事，及於物，思不負孔子之筆舌〔二〕，能如是，然後可以爲儒。儒可以説讀爲哉④？

【校　記】

① 原注與注釋音辯本、詁訓本、世綵堂本注：「徐從事，一本作徐生。」

② 「莫」原闕，據注釋音辯本、世綵堂本、《英華》、《全唐文》補。

③ 聲，《英華》作「心」。

④《英華》「儒」上有「豈」。

【解　題】

［韓醇詁訓］其名不可得而考。據題云北遊，蓋公南遷後作。

【注　釋】

〔一〕充充然，精神飽滿貌。

〔二〕揚雄《法言》卷三：「孰有書不由筆、言不由舌，吾見天常爲帝王之筆舌也。」

【集　評】

彭叔夏《文苑英華辨證》卷六：柳宗元《送徐從事北遊序》，此非遊宴也，乃編入遊宴門，當在送別中。（與七百三十二卷《送辛殆庶遊南鄭序》一類）

《王荊石先生批評柳文》卷六：新。又「今之世」句下評：翻上，無異詞。

茅坤《唐宋八大家文鈔》卷二一：宕。

陸夢龍《柳子厚集選》卷三：急節如左氏。

蔣之翹輯注《柳河東集》卷二五：前後反覆，俱無異詞，筆婉而宕。

張伯行《唐宋八大家文鈔》卷四：通篇俱用倒跌文法，此子厚著意出奇處也。若順言之，則曰：儒者之道，不徒誦説，必將施於事、及於物，生至通都大邑成名得位之日，當如是而已。子厚自開別致，文境一新，然視韓不及遠矣。

儲欣《河東先生全集録》卷四：文勢若疏簾倒卷，而用意又若浮屠造塔，一層高一層。

孫琮《山曉閣選唐大家柳柳州全集》卷二：送從事北遊，妙在一起幻出四段。名聞不傳之故，如波翻浪疊，令人目眩神摇。隨即撇去前二段，單接後二段，寫出北遊之故，又如風恬浪息，驚迷始定。後幅又從後兩段收轉到第二段，又如瀾回波折，宕漾無窮。絶世奇文。又引鍾伯敬（惺）評：短章，不寂寞。

何焯《義門讀書記》卷三六：「抑處於遠」至「而至於是歟」：從北遊起論。「然則餘二者爲之決矣」：累累如貫珠。「苟聞傳必得位」至末：掉尾生色，振起全篇之勢，遂拔出俗下所見之外。李（光地）云：起訖間架，其源派亦與韓同，而稍變其音節。

常安《古文披金》卷一四：政自難言。

乾隆敕纂《御選唐宋文醇》卷一五：仲尼没而微言絶，七十子喪而大義乖。老、莊、楊、墨、管、商、申、韓、田慎，諸子百家之説，縱横淆亂，而六經之道日以晦。邪説横流，人心日趨於禽獸之途。於是李斯悉舉而焚之，以愚黔首。漢興，六經始復萌芽，諸儒張皇補綴，存什一於千百。章明諸帝乃求遺書，立學官博士，天下始知崇聖經。末季陵夷，晉魏瞀昧。唐乃復修漢典，輯箋注，作正義，確守漢儒之訓詁，不敢決其籓籬。韓愈、柳宗元知其於義未盡，而涉大水無津梁也，故韓有《師説》，柳有《師箴》，莫不致嘆於不得聖人爲依歸耳。宋濂、洛、關、閩諸子出，始解漢唐之弢，而窺周孔之奥。文成數萬，其旨數千，闡明旨趣，昭示後學，於今賴之矣。雖然，理則萬古而不變，若天時地宜、人官物曲，考之簡册，則殘缺失次；考之訓詁，則傳聞異辭者，今人不得見古人而問之，不可以臆決而師心也。莽穢榛塞之不除，末由之乎，九達之道亦可慨矣。夫帝王之治天下，不以六經取士，則何以？而士之從事於功名之會者，未有不買櫝而還其珠者。且如弁髦而因以敝之，沿而久之，將使朝廷之上，無一明經之有司。有司既不明，而欲明經之士之得進也，難矣。明而被黜，則下必以明爲諱，又沿而久之，將使庠序之間，無一明經之士，而有司徒以句法、字法、文氣、文勢各從所好以爲進退，士子之衡，以此策名禮部，升於朝廷，俾天子與之共理天下事，定太平萬世丕基，噫，亦難矣！六經之道果若是其易易乎？宗元曰「儒可以説讀爲哉」，爲之三嘆，況乎併未嘗説讀而號曰儒者也！

陳天定《古今小品》卷五：如決水，如驟馬，如轉轆轤，大奇。

焦循批《柳文》卷五：歐陽子好爲此調，然無此遒厚矣。

秦篤輝《平書》卷七：腐儒輒吒口薄柳子厚不知道，然觀其《報袁君陳書》曰：「其歸在不出孔子，此其古人賢士所懍懍者。」《送徐從事北遊序》曰：「苟聞傳必得位，得位以《詩》、《禮》、《春秋》之道施於事及於物，思不負孔子之筆舌，能如是，然後可以爲儒。儒可以説讀爲哉！」由前之言，大體正矣；由後之言，實用精矣。大體正，實用精，非道而何？空談性命以爲道，正以説讀爲儒者也，是子厚之所笑也。

送詩人廖有方序①

交州多南金、珠璣、瑇瑁、象犀〔一〕，其産皆奇怪，至於草木亦殊異。吾嘗怪陽德之炳耀，獨發於紛葩瓌麗〔二〕，而罕鍾乎人〔三〕。今廖生剛健重厚，孝悌信讓，以質乎中而文乎外②，爲唐詩有大雅之道，夫固鍾於陽德者耶？是世之所罕也。今之世，恒人其於紛葩瓌麗〔四〕，則凡知貴之矣，其亦有貴廖生者耶？果能是，則吾不謂之恒人也③，實亦世之所罕也④。

【校記】

①詁訓本無「詩人」二字。

②原注與注釋音辯本、世綵堂本注：「中，一作内。」

③也，原注與世綵堂本注：「一作矣。」

④實，《英華》作「是」。

【解　題】

〔韓醇詁訓〕公集中有《答貢士廖有方論文書》，云「今不自料而序秀才」，即此也。又云「自遭斥逐禁錮」，蓋在永州時作。觀其序及書詞氣，當元和七、八年間云。〔百家注引王儔補注〕公此序與昌黎《送廖道士序》大意一同。按：范攄《雲溪友議》卷下《名義士》條載廖有方爲一病死逆旅之不相識舉子理葬事。計有功《唐詩紀事》卷四九亦載其事，與《雲溪友議》略同，然文簡，録之如下：「有方，元和十年失意遊蜀，至寶雞西界，窆旅逝者，書板記之曰：『余元和乙未歲落第西征，適此，聞呻吟之聲，潛聽而微惙也。問其疾苦住止，對曰：「辛勤數舉，未遇知音。」眄睞叩頭，久而復語，唯以殘骸相託。餘不能言，俄而逝。余乃鬻所乘馬於村豪，備棺瘞之，恨不知其姓字。臨歧悽斷，復爲銘曰：「嗟君没世委空囊，幾度勞心翰墨場。半面爲君申一慟，不知何處是家鄉。」』明年，李逢吉擢有方及第，改名游卿。唐之義士也。有方，交州人。柳子厚以序送之。」《中山大學學報》二〇〇九年第五期胡可先《新出土唐代詩人廖有方墓志考論》介紹了新發現的闕名撰《唐故京兆府雲陽縣令廖君墓誌》，志云廖有方原名有方，字游卿，後改名游卿，字秦都。父伯元爲嚴州刺史，後宦於廣州。有方元和十一年進士及第，曾爲夏州節度掌書記、大理評事、殿中御史等。大和六年卒。此序作於廖有方及第前，以元和九年爲近似。

【注　釋】

〔一〕〔韓醇詁訓〕璣音幾。瑇音代。瑁音昧。交州在廣之南，在唐隸安南，通天竺道。南海、番禺、合浦、交趾，皆其所屬郡也。［百家注］韓（醇）曰：金出於南者爲良，故稱南金。張華見薛兼、紀瞻等曰：「皆南金也。」童（宗説）曰：《説文》：「珠不圓者爲璣。」璣音幾。孫（汝聽）曰：《異物志》：「瑇瑁如鼅，生南海，大者如籧篨，背上有鱗，鱗大如扇，有文章。將作器，則煮其鱗如柔皮。」瑇音代。瑁音昧。［世綵堂］漢交州統南海等九郡，吴分置廣州，而交州治交趾。唐爲安南都護府。《詩》：「大賂南金。」按：《詩經·魯頌·泮水》：「元鼅象齒，大賂南金。」張華贊薛兼等見《晉書·薛兼傳》。象犀指象牙、犀角。廖有方爲交州人，故舉交州所産以喻之。

〔二〕［韓醇詁訓］葩，披巴切。瓌，姑回切。［百家注引孫汝聽曰］紛葩，謂草木。《説文》：「葩，華也。」瓌麗，謂南金、珠璣之類。麗，美也。

〔三〕［百家注引童宗説曰］鍾，當也。［世綵堂］鍾，聚也。

〔四〕恒人，即常人。

【集評】

魏了翁《經外雜鈔》卷二：柳子厚《送詩人廖有方序》：「交州多南金、珠璣、瑇瑁、象犀，其産多奇怪，至於草木亦殊異。吾嘗怪陽德之炳耀，獨發於紛葩瓌麗，而罕鍾於人。」又《小石城山記》亦曰：「其氣之靈，不爲偉人，而獨爲是物，故楚之南少人而多石。」歐公《金雞詩》亦曰：「蠻荆鮮人秀，厥美爲物怪。」

何孟春《餘冬叙録》卷四〇：韓退之《送廖道士序》，柳子厚《送廖有方序》，皆出一時，文不相襲，而議論符合。歐陽永叔《送廖倚序》，又合於韓、柳之所言者，歐豈有所襲耶？所送皆南人，其人皆廖姓，殊可異。……三文意見，地理家説，理不外此，物不能兩大，美不容並勝，清淑之氣，炳耀之德，秀麗之精英，不在人，則在物。物不能當也，不有人乎？人罕鍾也，不有物乎？今交廣之地，人與物擅中州而名天下，衡、湘、郴、桂所產物，既非昔之所有，獨於今又當復嗇之耶？

《王荆石先生批評柳文》卷六：不費詞。

陸夢龍《柳子厚集選》卷三：其旋如轂。

蔣之翹輯注《柳河東集》卷二五：此序與昌黎《送廖道士序》大意相似。茅坤曰：説世人不知貴廖生，益見廖生可貴。《老子》云：「知我者希，則我貴是已。」焦竑曰：磊落而多奇。又文末引唐順之曰：三「罕」字似相呼應，而一字一義，又各不同。

儲欣《河東先生全集録》卷四：欲人知貴廖生，而本其風土爲之導。

孫琮《山曉閣選唐大家柳柳州全集》卷二：文僅及百字，卻有無數層折。第一層説天之鍾靈，不於人而於物。第二層説廖生正是天之鍾靈者。第三層歎世人不知廖生。第四層望世人深知廖生。曲曲寫來，無限波折，只是一個轉字。又引孫月峰（鑛）評：筆多轉折，文甚華麗。

何焯《義門讀書記》卷三六：「爲唐詩有大雅之道」：當時目沈、宋所變爲唐詩。

送元十八山人南遊序

太史公嘗言：「世之學孔氏者則黜老子，學老子者則黜孔氏，道不同不相爲謀〔一〕。」余觀老子，亦孔氏之異流也，不得以相抗，又況楊、墨、申、商、刑、名、縱横之説〔二〕，其迭相訾毁抵捂而不合者〔三〕，可勝言耶？然皆有以佐世。太史公没，其後有釋氏，固學者之所怪駭舛逆其尤者也。

今有河南元生者，其人閎曠而質直，物無以挫其志，其爲學恢博而貫統，數無以躓其道①〔四〕。悉取向之所以異者，通而同之，搜擇融液，與道大適，咸伸其所長，而黜其奇衺〔五〕，要之與孔子同道，皆有以會其趣，而其器足以守之，其氣足以行之。不以其道求合於世②，常有意乎古之守雌者③〔六〕。及至是邦，以余道窮多憂，而嘗好斯文，留三旬有六日，陳其大方，勤以爲諭，余始得其爲人。今又將去余而南，歷營道，觀九疑〔七〕，下灕水〔八〕，窮南越，以臨大海，則吾未知其還也。黄鵠一去，青冥無極，安得不馮豐隆、愬蜚廉〔九〕，以寄聲於寥廓耶？

【校　記】

①原注與注釋音辯本、詁訓本、世綵堂本注：「（道下）一有而字。」若有「而」字，「而」字屬下句。

②其，注釋音辯本、世綵堂本、《英華》作「是」。

③原注與詁訓本、世綵堂本注：「守雌，一作存雄。」注釋音辯本注：「守，一本作存。」《英華》作「守雌存雄」。

【解　題】

［韓醇詁訓］韓退之集有《贈元十八協律》，詩云：「吾友柳子厚，其人藝且賢。吾未識子時，已覽贈子篇。」即此序也。公集中有《送浩初序》，云「退之寓書罪予曰：見《送元生序》不斥浮圖」，而《浩初序》在元和六年間作，此當在其前也。元十八，於詩不見其名，唯白樂天《遊大林寺序》有河南元集虚者，疑即其人也。公時在永州。按：陳景雲《柳集點勘》卷二：「觀序末云『去余而南，歷營道，觀九疑』諸語，蓋山人始留於永，繼又送其自永而南也。《送僧浩初序》云：『近李生礎自東都來，退之寓書罪余曰：見《送元生序》不斥浮圖。』案李礎爲湖南從事，至東都省親，尋復歸使幕，在元和五年。韓子《送李正字序》可據。則此文乃五年以前作也。」岑仲勉《唐人行第録》：「元十八集虚，不詳原籍，總由北方南遷。柳宗元《送元十八山人南遊序》稱曰河南元生，白居易《遊大林寺序》曰河南元集虚，皆指其郡望也。初卜居廬山，約元和九年南遊赴桂，有所干謁。柳序云……作序時柳氏

尚在永州任内，否則柳以十年春追赴都，三月徙柳州，從此皆不能與序之記事相合。韓愈《贈别元十八協律》云『吾未識子時，已覽贈子篇。於今已三年』，蓋就韓本人而言，非謂柳氏送序至元和十三年爲始爲三年也。白氏以十年改江州司馬，其相識集虚應在彼南遊返旆之後。白以十三年十二月奉敕轉忠州，其未離江州時有《元十八從事南海欲出廬山臨别舊居有戀泉聲之什因以報和兼伸别情》……韓集同卷更有《初南食貽元十八協律》詩，初入仕途多從協律郎起，所謂『初承黄紙詔』也。其主人則韓詩所言『英英桂林伯』，裴行立也。」岑聯繫韓、白作品以考元集虚，更有説服力。但云柳序作於元和九年，未詳所據。元集虚南遊當在元和五年，後返廬山故居，至元和十二年應聘爲桂管從事。

【注　釋】

〔一〕［注釋音辯］《史記·老子傳》句。［百家注引孫汝聽曰］《史記·老子傳》：「世之學老子者輒黜儒學，儒學亦黜老子。道不同不相與謀者，豈謂是耶？」

〔二〕［百家注引王儔補注］楊朱、墨翟、申不害、商鞅也。童（宗説）曰：《漢·藝文志》九流有刑、名、縱横家。

〔三〕［蔣之翹輯注］牴，都禮切。牾，訛故切。按：抵捂，蔣之翹輯注本作「牴牾」。

〔四〕［韓醇詁訓］躓音質。

〔五〕［注釋音辯］奇音羈。衺與邪同。［百家注引孫汝聽曰］奇衺，不正也。衺與斜同。

〔六〕［注釋音辯］《老子》云：「知其雄，守其雌。」［韓醇詁訓］老聃曰：「知其雄，守其雌，爲天下谿。知其白，守其辱，爲天下谷。」

〔七〕［注釋音辯］縣名，屬零陵郡。［韓醇詁訓］營道屬永州零陵郡。《郡國志》：「營道南有九疑山。」《山海經》注云：「其山九谿皆相似，故曰九疑。」［蔣之翹輯注］營道，漢縣名，唐屬零陵郡。其地今爲道州，屬永州府。

〔八〕［注釋音辯］灕，力之切。［韓醇詁訓］《漢書》作離水。《武帝紀》：「將軍出零陵，下離水。」注：「離水出零陵。」

〔九〕［注釋音辯］（豐隆）雲師也。馮音憑。（蜚廉）風伯也。［韓醇詁訓］豐隆，雷師。《吕氏春秋》云：「蜚廉，風伯名。」［百家注］孫（汝聽）曰：豐隆，雲師。《楚辭》「吾令豐隆乘雲兮」是也。（王儔）補注：《吕氏春秋》曰：「蜚廉，風伯名。」又張揖曰：「風伯字飛廉。」按：《楚辭》屈原《離騷》「吾令豐隆乘雲兮」，王逸注：雷師。又《懷沙》「遇豐隆而不將」，王逸注：雲師。蓋兩説。

【集　評】

《王荆石先生批評柳文》卷六：疏宕。

茅坤《唐宋八大家文鈔》卷二一：逸調。

蔣之翹輯注《柳河東集》卷二五：一篇多是筆意，襯虚成實，有致有態。

儲欣《河東先生全集録》卷四：凌雲飄眇，佳在尾生。

孫琮《山曉閣選唐大家柳柳州全集》卷二：俗學各分門户，互相詆欺。此文發端處先爲規頌。入元生，急要之以聖人之道。雖小小酬應之文，不失本領，不放壇坫。末段縹緲之致，使人意遠，幾乎莊生濠上。又引孫月峰（鑛）曰：疏宕。

何焯《義門讀書記》卷三六：李（光地）云：此篇即退之所病者。「黄鵠一去」以下：結尾傷格。

送賈山人南遊序

傳所謂學以爲己者〔一〕，是果有其人乎？吾長京師三十三年〔二〕，遊鄉黨，入太學，取禮部、吏部科，校集賢祕書，出入去來，凡所與言，無非學者。蓋不啻百數，然而莫知所謂學而爲己者。及見逐於尚書，居永州，刺柳州〔三〕，所見學者益希少，常以爲今之世無是決也。居數月，長樂賈景伯來①，與之言，邃於經書，博取諸史群子昔之爲文章者，畢貫統②，言未嘗詖〔四〕，行未嘗怪。其居室愔然〔五〕，不欲出門，其見人侃侃而肅〔六〕。召之仕，怏然不喜。導之還中國，視其意，夷夏若均，莫取其是非。曰：「姑爲道而已爾。」若然者，其實爲己乎？非己乎？使吾取乎今之世，賈君果其人乎？其足也則居，其匱也則行，行不苟之〔七〕，居不苟容，以是之於今世，其果逃於匱乎？吾名逐禄貶，言見疵於世，奈賈君何③？於其之也，即其舟與之酒，侑之以歌。歌曰：「充乎己居④，或蹟其塗⑤。匱己之虚⑥，或盈其廬。孰匱孰充？爲泰爲窮。君子烏乎取？以寧其躬。」若君者，之於道而已爾，世孰知其從容者耶？

【校　記】

①原注與注釋音辯本、詁訓本、世綵堂本注：「景，一作宣。」《英華》注：「集作宣。」

②原注與注釋音辯本、詁訓本、世綵堂本注：「畢，一作必。」

③《英華》「奈」上有「余」。

④詁訓本、《英華》「己」下有「之」。原注：「一有之字。」詁訓本注：「一無之字。」

⑤此句原作「或以」，無「蹟其塗」三字，據《英華》、《全唐文》改。

⑥原注：「（匱下）一有乎字。」世綵堂本注：「一作『或蹟其塗匱乎己之虚』。蜀本云：『或以』字下疑脱兩字。」《英華》、《全唐文》作「匱乎」。按：以與上二句作對仗觀之，此句當作「匱乎己虚」。

【解題】

［注釋音辯］賈景伯。［韓醇詁訓］序云「吾長京師三十三年」，蓋公生於代宗大曆八年癸丑，至德宗貞元五年，年十七，舉進士，九年登第，十四年中博學宏詞，爲集賢殿正字，十七年調藍田尉，十九年拜監察御史，二十一年乙酉，順宗立，遷禮部員外郎，爲三十三年也。然是年憲宗即位，公以附王叔文出爲邵州刺史，十一月貶永州司馬，在永凡十載，至元和十年正月始召至京師，復出爲柳州。此公於此序紀其生平出處甚詳。賈景伯者，不詳其爲人。公序云「居數月，長樂賈景伯來此」，公到柳後數月，當元和十年冬作也。按：韓考大致不差。柳宗元有《酬賈鵬山人郡内新栽松寓興見贈二首》、《雨中贈仙人山賈山人》詩，皆作於柳州，則賈景伯即賈鵬，景（或宣）伯當爲其字。《重修政和證類本草》卷二二收有柳宗元《救三死方》，其中云：「元和十一年得丁瘡，凡十四日，日益篤，善藥傅之，皆莫能知。長樂賈方伯教用蜣蜋心，一夕而百苦皆已。」賈方伯亦即賈景伯，可知元和十一年賈景伯尚在柳州。此文當作於元和十一年。

【注釋】

〔一〕［百家注引張敦頤曰］《論語》：「古之學者爲己。」按：見《論語·憲問》。

〔二〕百家注本引韓醇注已見解題。

〔三〕百家注本引韓醇注已見解題。

〔四〕［韓醇詁訓］（詖）彼義切。《孟子》：「詖辭知其所蔽。」［百家注引童宗説曰］《孟子》：「詖辭知其所蔽。」詖，險陂也，彼義切。［蔣之翹輯注］詖，險也。

〔五〕［注釋音辯］［韓醇詁訓］愔，挹淫切，靖也。［百家注引舊注］愔，静也，於今切。

〔六〕［蔣之翹輯注］侃侃，和樂之貌。

〔七〕［注釋音辯］往也。［蔣之翹輯注］行不苟之，之，往也。

【集　評】

《王荆石先生批評柳文》卷六：文有無聊頓足拔劍起舞之狀。

儲欣《河東先生全集録》卷四：韓文疏宕最早，柳晚節乃益疏宕。韓初圓而後方，圓之至也；柳先方而後圓，方之至也。一規一矩，可製萬器，二公當之。

焦循批《柳文》卷五：終之以歌，又一局段。

送方及師序

代之游民〔一〕，學文章不能秀發者，則假浮屠之形以爲高。其學浮屠不能愿慤者，則又託文章之流以爲放。以故爲文章浮屠，率皆縱誕亂雜，世亦寬而不誅。今有方及師者獨不然。處其伍〔二〕，介然不踰節，交於物，沖然不苟狎。遇達士述作，手輒繕録，復習而不懈。行其法，不以自怠。至於踐青折萌，汎席灌手，雖小教戒，未嘗肆其心，是固異夫假託爲者也。薛道州、劉連州〔三〕，文儒之擇也，館焉而備其敬，歌焉而致其辭〔四〕，夫豈貸而濫歟？余用是得不繫其説，以告于他好事者。

【解　題】

〔韓醇詁訓〕序稱劉連州，禹錫也。薛道州，伯高也。公集中有《道州文宣王廟碑》，云「河東薛公伯高由尚書刑部郎中爲道州」。劉集有《送僧方及南謁柳員外》詩，序云：「予爲連州，居無何，而方及至，出祴中詩一篇以貺予，其詞甚富。留一歲，觀其行，結矩如教，益多之。」此公所謂「館焉而備其敬，歌焉而致其辭者」也。薛之詩無見焉。據劉夢得元和十年與公同時再斥，公爲柳州，而劉爲連州，此公柳州作也。又公集有《毀鼻亭神記》云「元和九年薛公刺道州」，此序當作十年作，明矣。

【注　釋】

〔一〕〔百家注引孫汝聽曰〕游民，閑民無職事者。

〔二〕〔百家注引孫汝聽曰〕伍，曹伍也。

〔三〕〔注釋音辯〕薛伯高、劉禹錫。

〔四〕〔注釋音辯〕劉禹錫集有《送僧方及南謁柳員外》詩。按：百家注本引韓醇注已見解題。

【附録】

劉禹錫《送僧方及南謁柳員外并引》：九江僧方及既出家，依匡山，一時中頗屬詩以攄思，古詩人曁今號爲能賦。有輒求其詞吟呻之，拳拳然，多多益嗜，影不出山者十年。嘗登最高峰，四望天海，沖然有遠游之志，頓錫而言曰：「神馳而形閡者，方內之徒。及吾無方，閡於何者？」繇是耳得必目探之，意行必身隨之，雲游鳥企，無跡而遠。予爲連州，居無何而方及至，出裓中詩一篇以貺予，視其詞甚富。留一歲，觀其行，結矩如教，益多之。一旦以行日來告，且曰：「雅聞鳥味之下有賢諸侯，願躋其門，如蹈十地，敢乞詞以抵之。」予唯然而賦，顧其有重請之色起於顏閒爾。

昔事廬山遠，精舍虎溪東。朝陽照瀑水，樓閣虹霓中。騁望羨游雲，振衣若秋蓬。舊房閉松月，遠思吟江風。古寺歷頭陁，奇峰攀祝融。南登小桂嶺，卻望歸塞鴻。衣裓貯文章，自言學雕蟲。搶榆念淩厲，覆簣圖穹崇。遠郡多暇日，有時訪禪宮。石門聳峭絶，竹院含空濛。幽響滴巖溜，晴芳飃野叢。海雲懸颶母，山果屬狙公。忽憶吴興郡，白蘋正葱蘢。願言挹風彩，邈若窺華嵩。桂水夏瀾急，火山宵焰紅。三衣濡菌露，一錫飛煙空。勿謂翻譯徒，不爲文雅雄。古來賞音者，樵爨得孤桐。（原注：「按狙公宜斥賦芧者，而《越絶書》有猿公，張衡賦南都有『猿父長嘯』之句，古文士又云玃父，繇是而言、謂猿爲父舊矣。」《劉夢得文集》卷

七）

送文暢上人登五臺遂遊河朔序

昔之桑門上首〔一〕，好與賢士大夫遊，晉宋以來，有道林、道安、遠法師、休上人〔二〕，其所與遊，則謝安石、王逸少、習鑿齒、謝靈運、鮑照之徒〔三〕，皆時之選。由是真乘法印〔四〕，與儒典並用，而人知嚮方。今有釋文暢者，道源生知，善根宿植，深嗜法語，忘甘露之味①〔五〕，服道江表，蓋三十年。謂王城雄都，宜有大士，遂躡虛而西，驅錫逾紀〔六〕，而秦人蒙利者益衆〔七〕。雲、代之間，有靈山焉〔八〕，與竺乾鷲嶺角立相望〔九〕，而往解脱者〔一〇〕，去來回復，如在步武。則勤求祕寶，作禮大聖，非此地莫可。故又捨筏西土〔一一〕，振塵朔陲②〔一二〕，將欲與文殊不二之會〔一三〕，脱去穢累，超詣覺路，吾徒不得而留也。

天官顧公、夏官韓公、廷尉鄭公、吏部郎中楊公、劉公③〔一四〕，有安石之德、逸少之高、鑿齒之才④，皆厚於上人，而襲其道風，佇立瞻望〔一五〕，懼往而不返也。吾輩常希靈運、明遠之文雅，故詩而序之。又從而諭之曰：今燕、魏、趙、代之間，天子分命重臣，典司方岳，辟用文儒之士以緣飾政令〔一六〕，服勤聖人之教，尊禮浮屠之事者，比比有焉〔一七〕。上人之往也，將統合儒釋，宣滌疑滯⑤，然後蔑衣裓之贈〔一八〕，委財施之會，不顧矣。其來也，盍亦徵其歌詩，以焜耀迴躅⑥〔一九〕，偉長、德璉之述作〔二〇〕，豈擅重千祀哉！庶欲切觀風之職，而知鄭志耳⑦〔二一〕。

【校　記】

①世綵堂本注：「忘，一作志。」

②塵，蔣之翹輯注本作「錫」，並注：「錫，諸本作塵。」按：疑作「錫」是。僧人出行手持錫杖，振動有聲，故曰振錫。

③原注與注釋音辯本、世綵堂本注：「一本無『劉公』兩字。」詁訓本、《全唐文》無「劉公」二字。詁訓本注：「一有『劉公』。」

④原注與世綵堂本注：「一有習字。」詁訓本「鑿齒」上有「習」。

⑤宣，原作「宜」，據諸本改。

⑥原注與注釋音辯本、詁訓本、世綵堂本注：「迴，一本作迴。」

⑦志，注釋音辯本、詁訓本作「重」，注釋音辯本注：「重，本作『志』字。」詁訓本注：「一作『鄭志耳』。」原注與世綵堂本注：「一作『而知鄭重耳』。」按：「志」、「重」皆可通。

【解　題】

［韓醇詁訓］韓退之集有《送浮屠文暢序》，云：「文暢喜爲文章，其周游天下，凡有所行，必請於搢紳先生，以求詠歌其志。貞元十九年春，將行東南，柳君宗元爲之詩。」然公之詩今無傳矣。韓又有《送文暢師北遊》詩，在貞元二十一年，後意與公此序同時作，時公尚在京師也。序言天官顧公，吏部尚書顧少連；夏官韓公，兵部侍郎韓皋也。餘皆無所考。五臺，山名，隸代州，於唐屬河東道云。

［蔣之翹輯注］五臺山在今山西五臺縣，唐在代州，屬河東道。山有五峰，高出雲漢，文殊師利所居，曰清涼山，即此。河朔，序所謂燕、魏、趙、代之間也。按：陳景雲《柳集點勘》卷四《文安禮柳集年譜附》：「《送文暢序》中夏官韓公謂韓皋也。按唐史，皋以貞元十一年自兵部侍郎改京兆尹，序稱夏官，必作於皋未改官前。譜繫於十九年，誤也。作序時柳子尚未仕，故先歷叙韓公諸朝貴，而後繼之曰『吾輩詩而序之』，蓋褐衣自與朝士相別，其非十九年作，尤易明。文氏殆因韓子《送文暢序》中有『貞元十九年春將行東南，柳君宗元爲之請』語，以二序爲並時作，遂繫之是歲，不知此乃送其遊西北，而韓則送往東南，其時與事前後絶不相蒙也。」章士釗《柳文指要》上《體要之部》卷二五：「此文在貞元十九年作，韓退之方爲四門博士，同時有贈序並詩。以兩家之文揣之，蓋子厚先識文暢，而爲介於退之，故退之曰：『柳君宗元爲之請，解其裝，得所得序詩，累百餘篇。』此百餘篇中，柳序應居第一。文末又曰：『余既重柳請，又嘉浮屠能喜文辭，於是乎言。』」章説未的。陳説非貞元十九年作，是；然云貞元十一年作，則非是。此序列舉顧、韓諸公，並非此諸公親自來送文暢，而是諸公「皆厚

於上人」，而望其早還也。顧少連先後爲吏部侍郎、吏部尚書，卒於貞元十九年十月。柳宗元此序當作於貞元十七年，時爲藍田尉。《舊唐書·德宗紀下》：「（貞元十七年十月）庚戌，以京兆尹顧少連爲吏部尚書。」韓皋由兵部侍郎改官京兆尹在貞元十一年四月，此則以前官稱之。文暢請於韓、柳有兩次：第一次在貞元十七年，所行爲河朔，韓愈作詩，柳宗元作序。第二次在貞元十九年，所行爲東南，韓愈作序，柳宗元作詩。柳詩佚。魏仲舉《五百家注昌黎文集》卷二〇《送浮屠文暢師序》「貞元十九年春，將行東南」引嚴有翼曰：「文暢是時將往東南，退之作序送之。其後元和初北遊，又作詩以送之。所謂『昔在四門館，時有僧來謁』，即序貞元十九年事也。」以文暢北遊在元和元年。然元和元年柳宗元已貶爲永州司馬離開京城，非是。韓醇以爲此序作於貞元二十一年，貞元二十一年顧少連已卒，亦非是。韓愈《送文暢師北遊》有「僕射領北門」句，「僕射」謂嚴綬。嚴綬貞元十七年八月已爲河東節度使，正合。要之，柳宗元此序作於貞元十七年。

【注釋】

〔一〕［韓醇詁訓］桑門即沙門也。袁宏曰：「沙門，漢言息也。蓋息意去欲，而歸於無爲也。」後漢楚王英奉黄縑白紈，詣相國曰：『以贖愆罪。』詔報曰：『其還贖，以助伊蒲塞、桑門之盛饌。』」

按：所引見《後漢書·光武十王傳·楚王劉英》。

〔二〕［注釋音辯］晉會稽支遁字道林，與謝安字安石、王羲之字逸少，及孫綽、許詢等遊處。又桑門釋道安自北至荆州，與習鑿齒相見。又廬山慧遠法師送陶元亮、陸修静，不覺過虎溪，因相與大笑。又守桑門慧休姓湯氏，與謝靈運之孫謝超宗來往，與鮑照字明遠俱善爲詩。〔韓醇詁訓〕道林姓支名遁，道林其字也。《晉史·王羲之傳》：「會稽有佳山水，名士多居之，謝安未仕時亦居焉。孫綽、李充、許詢、支遁等，皆以文義冠世，並築室東土，與羲之同好。嘗與同志宴集於會稽山陰之蘭亭。」《謝安傳》：「安寓居會稽，與王羲之及高陽許詢、桑門支遁遊處，出則漁弋山水，入則言詠屬文，無處世意。」《習鑿齒傳》：「時有桑門釋道安，俊辯有高才，自北至荆州，與鑿齒初相見，道安曰：『彌天釋道安。』鑿齒曰：『四海習鑿齒。』時人以爲佳對。」遠法師，東晉釋慧遠也。住廬山。《廬山記》云：「遠師送陶元亮、陸修静，不覺過虎溪，因相與大笑。」休上人，宋桑門惠休，姓湯氏。《宋書》：「謝靈運孫超宗，隨父嶺南，元嘉末得還。與惠休道人來往。」又《文選》有休上人詩，與鮑明遠詩相接，意鮑照當時與之遊從者。按：謝超宗事見《南史·謝靈運傳》，不見於《宋書》。《文選》未有惠休詩，只有江淹《雜體詩三十首·休上人》。

〔三〕〔百家注〕解並見上。

〔四〕〔世綵堂〕宗門有三印：謂印空、印水、印泥。

〔五〕〔世綵堂〕《蓮經偈》云：「世尊慧燈，我聞受記，歡意充滿，如甘露見灌。」《華嚴經頌》云：「蒙十方一切佛手，以甘露灌其頂。」味字，則《維摩經》所謂「雖復飲食而以禪悦爲味」，《涅槃經》所謂出家味、讀誦味、坐禪味。〔蔣之翹輯注〕《群品經》：「願開甘露門以濟群品。」

〔六〕［百家注引孫汝聽曰］紀，十二年也。按：錫謂錫杖。僧人出行，手持錫杖，宿則掛錫於壁。

〔七〕［百家注引王儔補注］秦，謂長安。

〔八〕［注釋音辯］雲、代，二州名。靈山即五臺山。［韓醇詁訓］雲州、代州，屬河東道。

〔九〕［注釋音辯］潘（緯）云：竺，張六切。乾音虔。西土天竺國。鷲音就。佛經：靈鷲山，乃佛聚徒説法處。［百家注引童宗説曰］竺乾、鷲嶺，二山名。［蔣之翹輯注］竺乾、靈鷲，西土二山名。乃佛聚徒説法處。按：竺乾指天竺，非山名。《弘明集》卷一《正誣論》：「竺乾者，天竺也。」鷲嶺即靈鷲山，在中印度，梵語耆闍崛山。爲佛説法之地。見《大智度論》卷三、《翻譯名義集》卷三。

〔一〇〕［注釋音辯］潘（緯）云：解，下懈切。《圓覺經》云：「聲聞人具六通，得入解脱，凡有所傳，皆是妄想得脱，其由名之解脱去。」

〔一一〕［注釋音辯］筏音伐。

〔一二〕［注釋音辯］［韓醇詁訓］（陲）音垂。

〔一三〕［韓醇詁訓］與同預。［蔣之翹輯注］《維摩經》：「文殊問維摩詰：『何等是不二法門？』維摩詰默然不應，殊曰：『善哉！善哉！無有語言文字，是真不二法門也。』」按：見《世説新語・文學》「支道林造即色論」劉孝標注引《維摩詰經》、釋普濟《五燈會元》卷二《西天東土應化聖賢》。

〔一四〕［注釋音辯］吏部侍郎顧少連、兵部侍郎韓皋。［百家注引孫汝聽曰］貞元十七年，顧少連爲吏部尚書。吏部，乃天官也。韓皋爲兵部侍郎。［蔣之翹輯注］楊、劉未詳。按：陳景雲《柳集點勘》卷二：「廷尉鄭公、吏部郎中楊公、劉公，三人舊皆無注。案此鄭利用、楊於陵、劉公濟也，並列《先友記》中。集有《代劉同州謝上表》，即公濟也。貞元十四年九月，同州刺史崔宗遷領陝虢，以公濟代之。謝表有『委身郎署』，及『拔自下位，寄之雄藩』語，蓋從郎官出守也。此序乃劉未出官前作。時子厚尚未通籍，故叙諸公之後，繼云『吾輩長希靈運、明遠之文』云云，蓋不敢與朝貴齒也。」章士釗《柳文指要》上《體要之部》卷二五：「廷尉鄭公，疑指鄭利用。利用由大理少卿爲御史中丞，復由中丞爲大理少卿，廷尉本秦官，漢更名大理，歷代混稱。吏部郎中楊公疑指楊凝。凝臨死前不久，雖起家爲兵部郎中，而自貞元十二年以後，久滯於檢校吏部郎中、宣武軍節度判官，董晉卒，凝還朝，仍未轉官，家居三年，復登朝，始得兵部而卒。子厚或稱其夙銜耳。劉公未詳。」陳説劉公指劉公濟，然《唐尚書省郎官石柱題名》吏部郎中無劉公濟名，楊於陵前爲劉執經。此劉公以劉執經爲近是。鄭公指鄭利用。楊公指楊於陵，非楊凝。

〔一五〕［百家注引孫汝聽曰］《詩》：「佇立以泣。」按：見《詩經・邶風・燕燕》。

〔一六〕［注釋音辯］緣，俞涓切。

〔一七〕［注釋音辯］比，毗志、薄必二切，頻也。［韓醇詁訓］比，薄必切，次也。按：韓注是。

〔一八〕［注釋音辯］裓，古得切。釋典有衣裓。潘（緯）云：裓，訖得切，衣裾也。《蓮經》云：「各以衣衹盛諸妙華，從舍出之。」〔韓醇詁訓〕衹，古待切。釋典有衣衹。按：指僧衣。

〔一九〕〔注釋音辯〕〔韓醇詁訓〕躅，廚玉切。

〔二〇〕〔注釋音辯〕璉音歛。魏文帝時，徐幹字偉長，應瑒字德璉。此以比燕、趙、魏幕僚。〔韓醇詁訓〕璉音輦。〔百家注引孫汝聽曰〕偉長、德璉，以比燕、趙、魏幕僚也。《魏志》云：「文帝爲五官將，山陽王粲字仲宣，北海徐幹字偉長，汝南應瑒字德璉，並相友善。」按：見《三國志·魏書·王粲傳》。

〔二一〕〔注釋音辯〕鄭志出《左傳》襄公二十七年，云「賦詩不出鄭志」。〔百家注引孫汝聽曰〕見襄二十七年《左氏》。按：《左傳》昭公十六年鄭國六卿餞宣子於郊，「以君命貺起賦，不出鄭志」。杜預注：「六詩皆《鄭風》，故曰不出鄭志。」

【集評】

李塗《文章精義》：《送文暢師序》，退之闢浮圖，子厚佞浮圖，子厚不及退之。

姚燧《跋雪堂雅集後》：柳之頌文暢曰：「道源生知，善根宿植，脱棄穢累，宣滌凝滯。」施之仁公，亦聲聞稱情而不過者。然求如靈澈、澄觀、重巽、浩初、元暠、文郁、希操、深濬之流，與文暢生同其時，若是之多，則仁公爲獨行而無徒矣，又彼少連罣者，豈足躅二十有七人之遺塵，而求安石、逸少、鑿齒之德、之高、之才，吾亦不能必其當者何人，況文乎哉！其敢以靈運、明遠自居如柳州者，蓋

不知其誰也。（《牧庵集》卷三一）

《王荆石先生批評柳文》卷六：畢竟是本色語，韓序虚恢，不足道也。

蔣之翹輯注《柳河東集》卷二五：昌黎所稱「無以聖人之道告之，而徒舉浮屠之説」者如此。

何焯《義門讀書記》卷三六：「休上人」：休上人豈得復在高僧之列？人謂柳子於彼法最深密者，彼蓋感其張己而許之也。「與竺乾鷲嶺角立相望，而往解脱者」：角立相望，謂清涼山形似鷲嶺也。然摩滕、法蘭所對明帝，文殊自佛法未入中國以前，即於此山攝化之語，乃屬後人附會，故作者不取。潘云：「《圓覺經》云：聲聞人具六通，得入解脱，凡有所傳，皆是妄想得脱，其由名之解脱去。」「偉長德璉之述作」：稱引不逾《選》學，於唐格亦凡語也。此早年文，不出唐格。

【附　録】

韓愈《送浮屠文暢師序》：人固有儒名而墨行者，問其名則是，校其行則非，可以與之游乎？如有墨名而儒行者，問之名則非，校其行而是，可以與之游乎？揚子雲稱在門牆則揮之，在夷狄則進之，吾取以爲法焉。浮屠師文暢，喜文章，其周游天下，凡有行必請於搢紳先生，以求詠歌其所志。貞元十九年春，將行東南，柳君宗元爲之請，解其裝，得所得叙詩累百餘篇，非至篤好，其何能致多如是邪？惜其無以聖人之道告之者，而徒舉浮屠之説贈焉。夫文暢，浮屠也。如欲聞浮屠之説，當自就其師而問之，何故謁吾徒而來請也？彼見吾君臣父子之懿，文物事爲之盛，其心有慕焉，拘其法而未能入，故樂聞其説而請之。如吾徒者，宜當告之以二帝三王之道，日月星辰之行，天地之所以著，鬼神之所以幽，人物之所以蕃，江河之所以流而語之，不當又爲浮屠之説而瀆告之也。民之初生，固若禽獸草木，然聖人者立，然後知宫居而粒食，親親而尊尊，生者養而死者藏，是故道莫大乎仁義，教莫正乎禮樂刑政，施之於天下萬物得其宜，措之於其躬，體安而氣平。堯以是傳之舜，舜以是傳之禹，禹以是傳之湯，湯以是傳之文、武，文、武以是傳之周公、孔子，書之於册，中國之人世守之。今浮屠者，孰爲而孰傳之邪？夫鳥俛而啄，仰而四顧，夫獸深居而簡出，懼物之爲己害也，猶且不脱焉。弱之肉，强之食。今吾與文暢安居而暇食，優游以生死，與禽獸異者，寧可不知其所自邪？夫不知者，非其人之罪也，知而不爲者，惑也；悦乎故不能即乎新者，弱也。知而不以告人者，不仁也；告而不以實者，不信也。余既重柳請，又嘉浮屠能喜文辭，於是乎言。（《韓昌黎全集》卷二〇）

送巽上人赴中丞叔父召序

或問宗元曰：「悉矣，子之得於巽上人也，其道果何如哉？」對曰：「吾自幼好佛[①]，求其道積三十年。世之言者罕能通其説，於零陵[一]，吾獨有得焉。且佛之言，吾不可得而聞之矣，其存於世者，獨遺其書。不於其書而求之，則無以得其言。言且不可得[②]，況其意乎？今是上人窮其書，得其言，論其意[③]，推而大之，逾萬言而不煩；總而括之，立片辭而不遺。與夫世之析章句④、徵文字，言至虚之極則蕩而失守，辯群有之夥則泥而皆存者〔二〕，其不以遠乎？

以吾所聞知，凡世之善言佛者，於吾則惠誠師，荆則海雲師，楚之南則重巽師。師之言存，則佛之道不遠矣。惠誠師已死，今之言佛者加少。其由儒而通者：鄭中書〔三〕，洎孟常州〔四〕。中書見上人，執經而師受，且曰：「於中道吾得以益達。」常州之言曰：「從佛法生，得佛法分。」皆以師友命之。今連帥中丞公具舟來迎〔五〕，飾館而俟⑤，欲其道之行於遠也，夫豈徒然哉！以中丞公之直清嚴重，中書之辯博，常州之敏達，且猶宗重其道，况若吾之昧昧者乎〔六〕？夫衆人之和〔七〕，由大人之倡。洞庭之南竟南海⑥，其土汪汪也⑦，求道者之多半天下⑧，一唱而大行於遠者⑨，是行有之。則和焉者，將若群蟄之有雷⑩〔八〕，不可止也。於是書以爲巽上人赴中丞叔父召序。

【校　記】

①原注與注釋音辯本、詁訓本、世綵堂本注：「好，一作學。」

②注釋音辯本無「可」字。

③原注與世綵堂本注：「論，一作諭。」注釋音辯本、游居敬本作「諭」。

④析，注釋音辯本作「枏」。並引潘（緯）云：「『枏』與『析』同。」

⑤俟，詁訓本作「候」。

⑥原注與詁訓本、世綵堂本注：「竟，一作競。」

⑦土，原作「士」，據注釋音辯本、游居敬本改。原注與世綵堂本注：「士，一作土。」注釋音辯本注：「土，一作士。」何焯《義門讀書記》卷三六云：「其土汪汪也，汪汪，疑作『汪』，衍一『汪』字。」按：《國語·晉語八》「汪是土也」，韋昭注：「汪，大貌。」作「土」是。重言「汪」作「汪汪」以形容廣大，亦可。

⑧「之」原闕，據注釋音辯本、詁訓本、游居敬本補。何焯《義門讀書記》卷三六：「『者』字下有『之』字。」原注與注釋音辯本、詁訓本、世綵堂本又注：「一有『而』字。」若有「而」字，「而」字屬下句。

⑨者，詁訓本作「焉」。原注與注釋音辯本注：「者，一本作『焉』字。」世綵堂本注：「一作『焉』字。（大行）一作『大遂』。（大行於遠）一作『大行乎遠』。」

⑩原注與詁訓本、世綵堂本注：「群，一作居。」注釋音辯本作「居」，並注：「居，一作群。」

【解　題】

［注釋音辯］永州龍興寺僧。［韓醇詁訓］《上人序》云：「重巽是也，居永州龍興寺。」公集有《酬巽上人贈新茶》詩，又有《題巽公院五詠》。此序在永作也。中丞公，湖南觀察使柳公綽也。新史公

綽本傳云：「公綽拜御史中丞，李吉甫當國，出爲湖南觀察使。」李吉甫再相在元和六年，公此序是年作也。記所云惠誠、海雲，皆唐時名僧。孟常州，孟簡也。元和中拜諫議大夫，以悻直，出爲常州刺史。其本傳云「簡晚路殊躁急，佞佛過甚，爲時所誚」。嘗與劉伯芻、歸登、蕭俛譯次梵音者。鄭中書不詳其人，以時考之，當是鄭絪也。舊史絪本傳：「憲宗即位，遷中書舍人，俄拜中書侍郎，與杜黄裳同秉國政。」至元和四年，罷爲太子賓客云。按：孟簡，元和六年至八年爲常州刺史。柳公綽，元和六年六月至八年十月爲潭州刺史、湖南觀察使。文既曰「孟常州」，則當元和六年或七年作。

【注　釋】

〔一〕［韓醇詁訓］［百家注引張敦頤曰］（零陵）即永州也。

〔二〕［注釋音辯］泥，去聲。［韓醇詁訓］夥，胡果切。齊謂多爲夥。泥，去聲。

〔三〕［注釋音辯］未詳其人，或曰鄭絪。按：陳景雲《柳集點勘》卷二：「『鄭中書之辯博』，舊注鄭絪。案史言絪耽悦墳典，當時博聞好古之士，爲講論名理之游，故有辯博之目。」

〔四〕［注釋音辯］洎與暨同。常州刺史孟簡，晚路殊躁急，佞佛過甚。

〔五〕［注釋音辯］御史中丞柳公綽，乃子厚之叔父，爲湖南觀察使。

〔六〕［蔣之翹輯注］《書·泰誓》：「昧昧我思之。」注：「不明也。」

〔七〕［韓醇詁訓］（和）胡臥切。

〔八〕〔百家注引童宗説曰〕《月令》：「仲春之月，雷乃發聲，始電，蟄蟲咸動。」按：見《禮記·月令》。

【集　評】

何焯《義門讀書記》卷三六：「不於其書而求之」至「況其意乎」：斯言也，吾取以爲陸、王氏之徒砭焉。……此篇奥旨，括於《送琛上人叙》中。

焦循批《柳文》卷五：以惠誠、海雲襯上人，以中書、常州襯中丞。公亦文中舊法，獨叙次錯落入妙。

送僧浩初序

儒者韓退之與余善，嘗病余嗜浮圖言，訾余與浮圖遊〔一〕。近隴西李生礎自東都來〔二〕，退之又寓書罪余〔三〕，且曰「見《送元生序》〔四〕，不斥浮圖」。浮圖誠有不可斥者，往往與《易》、《論語》合，誠樂之，其於性情奭然①〔五〕，不與孔子異道。退之好儒未能過揚子，揚子之書於莊、墨、申、韓皆有取焉②〔六〕。浮圖者，反不及莊、墨、申、韓之怪僻險賊耶③？曰：「以其夷也。」果不信道而斥焉以夷，則將友惡來、盜跖〔七〕，而賤季札、由余乎④〔八〕？非所謂去名求實者矣。吾之所取者與《易》、《論語》合，雖聖人復生，不可得而斥也。退之所罪者其跡也，曰：「髡而緇，無夫婦父子，不爲耕農蠶桑而活乎人⑤。」若是，雖吾亦不樂也。退之忿其外而遺其中，是知石而不知韞玉也〔九〕。吾之所以嗜浮圖之言以此。與其人遊者，未必能通其言也⑥。且凡爲其道者，不愛官⑦，不争能，樂山水而嗜閑安者爲多。吾病世之逐逐然唯印組爲務以相軋也〔一〇〕，則捨是其焉從⑧〔一一〕？吾之好與浮圖遊以此。

今浩初閑其性，安其情，讀其書，通《易》、《論語》，唯山水之樂，有文而文之，又父子咸爲其道，以養而居，泊焉而無求，則其賢於爲莊、墨、申、韓之言，而逐逐然唯印組爲務以相軋者，其亦遠矣。李生礎與浩初又善。今之往也，以吾言示之。因北人寓退之⑨，視何如也？

【校　記】

① 原注與詁訓本、世綵堂本注：「奭，一作畫。」奭，《英華》作「昭」。

② 原注與世綵堂本注：「皆，一作亦。」詁訓本、《英華》作「亦」。

③險，注釋音辯本、游居敬本作「儉」。

④詁訓本注：「(賤)一作殘。」《英華》作「殘」，並注：「一作賊。」

⑤人，《英華》作「今」。

⑥未必，注釋音辯本作「非必」，《英華》作「非不」。

⑦原注與世綵堂本注：「愛，一作受。」

⑧焉，詁訓本作「安」。

⑨北，《全唐文》作「此」。北人，北去之人。

【解　題】

［韓醇詁訓］浩初，龍安海禪師弟子也。公集有《海禪師碑》。序云：「近李生礎自東都來，退之又寓書罪予，且云見《送元生序》，不斥浮屠。」蓋公前有《送元十八山人南遊序》云：「太史公没，其後有釋氏，固學者之所怪駭舛逆其尤者也。今有河南元生者，悉通而同之，要之與孔子同道。」此韓以爲有損於聖人之教，故寓書以罪之。惜乎！韓之書今逸矣。公此序又深言浮屠與《易》、《論語》合，雖聖人復生，不可得而斥。則公之嗜浮屠，其深如此。韓寓書在分司東都時，當元和三年間。此序，公是時在永州作，次前篇，蓋元和六年云。［蔣之翹輯注］在柳州時在。按：文云「近隴西李生礎自東都來」，韓愈送李礎歸湖南在元和五年，時韓愈爲河南縣令，則此文柳宗元元和五、六年間作於

永州。宗元又有《浩初上人見貽絶句欲登仙人山因以酬之》、《與浩初上人同看山寄京華親故》詩，則爲柳州作，非一時。劉禹錫《海陽湖别浩初師并引》作於連州，文稱「前年省柳儀曹於龍城」，可知浩初爲由柳州赴連州。又，柳宗元稱浩初「父子咸爲其道」，劉禹錫《海陽湖别浩初師并引》亦稱其「嬰冠帶，豢妻子」，則浩初爲僧人而娶妻生子者，難怪柳宗元稱其道與《易》、《論語》合也，似不應與一般僧侣等而觀之。

【注　釋】

〔一〕［注釋音辯］［百家注引孫汝聽曰］訾音紫，毁也。［韓醇詁訓］訾音紫。

〔二〕［百家注引孫汝聽曰］礎爲湖南從事，元和六年請告省其父東都。按：韓愈有《送李判官正字礎歸湖南序》，又有《送湖南李正字歸》詩，洪興祖《韓子年譜》繫於元和五年。韓愈與李礎及其父李仁鈞曾同在汴州董晉幕，韓序有「離十三年」之語，汴州亂在貞元十五年，至元和五年爲十二年，抑或韓愈與李礎分手在汴州亂前一年。

〔三〕［百家注引韓醇曰］時退之官東都。今韓集逸此書矣。

〔四〕［注釋音辯］［百家注引韓醇曰］謂《送元十八山人序》。

〔五〕《莊子·秋水》：「奭然四解。」消釋貌。

〔六〕［百家注引孫汝聽曰］揚子曰：「莊、揚蕩而不法，墨、晏儉而廢禮，申、韓險而無化。」是揚子嘗取之矣。按：見揚雄《法言》卷六。

〔七〕［百家注集注］《史記》：「飛廉生惡來，多力。」李奇注《漢書》云：「跖，秦之大盜也。」按：惡來見《史記・殷本紀》。

〔八〕［注釋音辯］季札，吴王少子。由余，戎人，後歸秦。［百家注引孫汝聽曰］季札，吴王闔廬之少子。《漢書・鄒陽傳》曰：「秦用戎人由余而伯中國。」由余，晉人也，亡入戎，能晉言。按：季札爲吴王壽夢的少子。壽夢欲傳以王位，辭不受。封以延陵，又稱延陵季子。見《史記・吴太伯世家》。

〔九〕［韓醇詁訓］韞音蘊。

〔一〇〕［注釋音辯］潘（緯）云：組音祖，組者，印之綬。軋，於黠切。［韓醇詁訓］軋，乙黠切。［百家注引孫汝聽曰］組，綬屬，所以繫印。

〔一一〕［百家注］焉，於虔切。

【集評】

李覯《廣潛書十五篇》：昔之排浮屠者，蓋猶有過，徒非其非而弗及其是。雖柳宗元尚不聽退之，況其庳者乎！（《盱江集》卷二〇）

周必大《跋此庵記》：韓退之力排佛氏，欲火其書，柳子厚乃推尊之，謂與《易》、《論語》合，浩初之序，左右佩劍。今考二公心跡，誰爲善學展季者耶？侍讀胡公，平生未嘗啟梵夾效膜拜，戲爲證老，作《此庵記》，而辭理超詣，便得儒釋之妙。正使三十年默昭坐破蒲團，一萬里行腳踏盡草屨，恐亦未能到此地位，真今代退之也。若子厚者，風斯在下矣。（《文忠集》卷一六）

《新刊增廣百家詳補注唐柳先生文》卷二五王儔補注引陳長方曰：子厚作序皆平平，惟《送僧浩初》一序，真文章之法。乃柳州時作。

又引黃唐曰：釋教戾於吾儒，故退之力排之。其序文暢也，歎息當時諸公所序之詩，不告以聖人之道，而徒舉浮屠之説。至子厚序文暢，則極道其美，且欲統合儒釋而一之。序元暠，序浩初，亦無拒絶。子厚不害爲忠恕也。然有一説。仕於戰國者，尊王道不得不嚴；生暴秦之後，言仁政者不得不切。貞元、元和，此何等時？以人主而惑西域之教，大臣和之，當此之時，扶吾道不得不堅，嫉異端不得不甚，此退之所以欲人其人、火其書、廬其居，明先王之道以導之，庶幾大迷者小悟也。子厚反因其徒而深與之，其如抱薪救火何！（按：黄唐之論，蔣之翹輯注本引作童宗説曰。）

黃震《黄氏日鈔》卷六〇：專闢退之之闢佛。愚謂退之言仁義，而子厚異端，退之行忠直，而子厚邪黨，尚不知愧，而反操戈焉。子厚自以爲智不遂，當矯名曰愚。吾見其真愚耳。

王炎《松窻醜鏡序》：予觀韓、柳《元和聖德詩》與《平淮夷雅》、十《琴操》與《鐃鼓歌》、送文暢、高閑與送浩初序，未知其孰優孰劣。至《羅池廟碑》、《鄆州溪堂》詩，奔軼絶塵，子厚不止交一臂而失之矣。（《雙溪類藁》卷二五）

宋濂《送天淵禪師濬公還四明序》：唐有柳儀曹，而浩初之文始著。宋無歐陽少師，而祕演之名未必能傳至於今。蓋理勢之必然，初不待燭照龜卜而後知之也。（《文憲集》卷八）

《王荆石先生批評柳文》卷六：看他文體離合之妙。「無夫婦父子」句下評：暗應後父子以養而居。「泊焉而無求」句下評：暗刺韓。

茅坤《唐宋八大家文鈔》卷二一：亦澹宕。

蔣之翹輯注《柳河東集》卷二五：昌黎力排釋氏，與孟夫子闢楊、墨同功，自是千古卓見。子厚反訾之，以爲其教與《易》、《論語》合，誠樂之，則何不樂其《易》、《論語》而乃樂其合乎《易》、《論語》者？且曰樂山水、嗜閑安，又論之淺淺者矣。然其文特澹宕可誦。

金聖歎批《才子古文》卷一二：通篇如與退之辯難，殊不知都是憑空起波。前「嗜浮屠言」、「與浮屠游」二句，如棋之勢子。中二大幅如下棋。後入浩初，如棋劫也。

林雲銘《古文析義》初編卷五：韓退之佛骨一表，孟簡一書，俱在禍福上論，亦就世俗之見而言耳。至《原道》篇，言棄而君臣、去而父子，禁而相生養之道，以爲佛罪。其意謂大段已失，縱有合於儒處，總不足問，非全不知佛理也。子厚細細分別，還他一個是非，可謂持平之論。又以世人營營名利，浮圖多樂山水、嗜閑安，放謫之餘，無可與語，因與之遊。即退之貶潮州，稱大顛能外形骸，以理自勝，相與往來之意，亦非去儒以從其教也。二公良友責善，同中有異，異中有同，均以不詭於儒爲主。今人茫不知儒爲何事，粗記數篇爛時文，僥倖圭組，多行不義，晚歲怵於因果報應之說，佞佛求懺，反訾退之不知佛理。或睅然不顧，口饜粱肉，斥人茹蔬，家羅黛脂，斥人耽寂，自以爲觝排異端，有功聖學，因病子厚之失正，此孔門所謂無忌憚之小人而已。故唯有退之之見，然後可以闢佛；有子厚之見，然後可以嗜佛也。

儲欣《河東先生全集録》卷四：柳長於辯，一帶辯擊，即劍拔弩張，鋒不可犯。

孫琮《山曉閣選唐大家柳柳州全集》卷二：只是欲説自己喜與浩初遊，樂與浩初言，先説出兩大段浮屠之言可嗜，浮屠之人可遊，爲一篇斷案。欲寫此兩段斷案，先借退之病「余與浮屠言」、「與浮屠遊」二段，爲一篇翻案。於是翻案在前，斷案在中，定案在後。便將自己出豁得乾乾浄浄，真是絶不費力文字。

李開鄴、盛符升評《文章正宗》卷一四：韓柳並稱，而其道不同如此。

何焯《義門讀書記》卷三六：「而賤季札、由余乎」：季札、由余，用夏變夷者也。「吾之所取者與《易》、《論語》合」：不暇遠引，與《易》之乾坤、《論語》之本立道生猶有合否也？「無夫婦父子」至「不知韞玉也」：此遁詞耳。天下豈有外倫而能盡性者乎？「且凡爲其道者」四句：所長止此，何至去人倫、無君父至以狗之哉？然則柳子可謂昧於輕重者矣。此篇柳子極用意之作。

陳天定《古今小品》卷五：佛法金湯，總不出此數言。文品特峭潔。

焦循批《柳文》卷五：篇中多用陡折。又：柳州通人，其文亦通暢。「退之所罪者」句下：下一語如鐵鑄成。柳州長於辯駁，昌黎遜之。昌黎文往往苦其有生滯處，柳子之文無不通達明鬯。

【附録】

劉禹錫《海陽湖别浩初師并引》：瀟湘間無土山，無濁水，民乘是氣，往往清慧而文。長沙人浩初，生既因地而清矣，故去葷洗慮，剔顛毛而壞其衣，居一都之殷，易與士會，得執外教，盡捐苛禮。自公侯守相，必賜其清問，耳目灌注，習浮於性，而里中兒賢，適與浩初比者。嬰冠帶，豢妻子，吏得以乘陵之，汩没天慧，不得自奮，莫可望浩初之清光於侯門上坐，第自吟羨而已。浩初益自多其術，尤勇於近達者而歸之。往年之臨賀唁侍郎楊公，留歲餘，公遺以七言詩，手筆於素。前年，省柳儀曹於龍城，又爲賦三篇，皆章書。今復來連山，以前所得雙南金出於裓，亟請余賡之。按師爲詩頗清，而奕棋至第三品，二道皆足以取幸於士大夫，宜薰餘習以深入也。會吴郡以山水冠世，海陽又以奇甲一州，師慕道，於泉石宜篤，故攜之以嬉。及言旋，復引與共載於湖上，奕於樹石間，以植沃州之因緣。且賦詩，具道其事：　近郭有殊境，獨游常鮮懽。逢君駐緇錫，觀白稱林巒。湖滿景方霽，野香春未闌。愛泉移席近，聞石輟棋看。風止松猶韻，花繁露晚乾。橋形出樹曲，巖影落池寒。（自注：湘東架險凡四橋，山下出泉，逗嵓爲池，泓澄可愛者不可遍舉。故狀其境，以貽好事。）别路千嶂裏，詩情莫雲端。它年買山處，似此得隳官。（《劉夢得文集》卷七）

王令《代韓退之答柳子厚示浩初序書》：子厚足下，相别闊久，時得南方人道譽盛德，甚相爲慰快。又聞得子厚文，皆雄辨强據，淵源衍長，世之名文者多矣，未見加子厚右者也。其間亦小有務辨而屈理、趨文而背實者。然古之立言者，未必皆不然，亦説詩者不以文害辭之一端也。愈比置之。近有傳《送浩初序》來者，讀而駭之，不知真子厚作否也？雖然，子厚素友之，宜真子厚作。然反覆讀之，亦駭而疑，又恐非子厚而他人作然也。不然，何子厚見禍太甚耶？來序稱：「浮圖誠有不可斥者，與往古聖人之書《周易》、《論語》合，其於情性奭然，不與孔子異道，雖使聖人復生，不得而斥之也。」子厚亦不思哉！夫《易》自乾坤以及未濟，皆人道之始終，聖賢君子之出處事業，至於次第配類，莫不具倫理。故孔子原聖人設卦之因而繫辭之，首則曰「天尊地卑，乾坤定矣，卑高以陳，貴賤位矣」之類是也。其中則曰：「有天地然後有萬物，有萬物然後有男女，有男女然後有夫婦，有夫婦然後有父子，有父子然後有君臣，有君臣然後有上下，有上下然後禮義有所措。」「夫婦之道，不可以不久也，故受之以恒。主器莫若長子，故受之以震。」又其下則曰：「漸，女歸，待男行也。」「歸妹，女之終也。」而皆不若浮圖氏棄絶君臣，拂滅父子，斷除夫婦之説。若《論語》二十篇，大率不過弟子問仁、問政、問爲邦、問患盜之類爾。至子路問鬼神與死，則皆曰「未能事人與，焉知死」之類，又非若浮圖氏誇誕牽合，以塗瞽天下而云也。不識子厚謂爲與《易》、《論語》合者，何哉？借如其中有萬一偶竊吾聖人之言，則君子者遂不思其患而崇好之耶？是拯救桀、跖之誅，以耳聞而目見有類乎堯也。孔子曰：「如有周公之才之美，使驕且吝，其餘不足觀也已。」況去父子、夫婦，而無萬一於周公之美者耶？且子厚謂愈所罪者跡也，而不知其石中有玉者，不知子厚之學，果中與跡亦異耶夫？然子厚心仁義而手拔劍以逐父兄，謂其爲跡，則亦可耶？子厚患愈因跡斥浮圖以夷，反爲之説，曰「將友盜跖、惡來而賤季札、由余也」。嗚呼，子厚又不思矣哉！昔者孔子作《春秋》，諸侯用夷禮者夷之，若杞侯稱子是也。若愈不得斥浮圖以夷，則孔子亦不得斥杞子以跡，而不思其中也。聖如孔子者，其取捨猶不免子厚之過邪？又不知子厚謂季札、由余者，皆若浮圖氏之拂君臣父子耶？不然，則否也。愈嘗探佛之説，擬議前世盛德者，而皆無一得也。若堯、舜、孔子者，皆佛之甚有罪者也。以智者觀之，不知堯、舜、孔子果當然耶？不然，佛妄人也。自孔子死千數歲，惟孟子卓然獨立。今讀其書，則皆教人興利除害，驅龍蛇，除禽獸，與殺牛牲犬豕以養老祭死，其大不與佛合。則若君子之親親而仁民，仁民而愛物。以堯舜之知而不徧愛物者，急先務也；以堯舜之仁而不徧愛人者，急親賢也。不能三年之喪，而緦小功之察，放飯流歠，而問無齒決，是之謂不知務。以是言之，是孟子又異於佛而得罪也甚矣。且不知子厚之讀堯、舜、孔、孟之書也，將讀而盡信之耶？愈常觀士之不蹈道者，一失於君，則轉而之不然，則孔、佛之不相容，亦已較然，何獨子厚能容之也？抑徒取其一二而棄其十百也？山林，群麋鹿，終死而不悔，乃至有負石而自沉者。以君子觀之，是皆薄於中而急於外者矣。惜夫，何至是哉！今子厚雖不幸擯斥於朝，乃亦不能自寬存，以至於蹈夷狄而不悔也。薄於中而急於外，在盛德雖不當然，然智者觀之，不得無過也。必求其不愛官、不争能，樂山水而嗜安閒者，則浩初之心，尚何完如麋鹿也？心溺於虚高之言，而遺於人倫之大端，其比於負石而沉河者，孰得哉？愈嘗笑今人之謂有智者爲毁釋氏，釋氏非毁之也，譬之器然，舊嘗完而暴礫之，謂爲毁也可矣。其從前不爲器者，是自然耳，豈人毁之耶？此皆不知道者之言也。自釋氏之説入中國，流數千百年，其徒樹其説而枝葉之者衆矣，烏知其有不取此以假彼者耶？況又玩其説者，常名儒也。孟子謂矢人豈不仁於函人者，豈盡無意耶？正謂是也。使佛之福可求，其言可信，其教等於堯、舜、孔子，而或上之，則君子者，當先衆民而學且行之矣。伐彼善而固爲我異，謂愈肯自行而爲之耶？雖然，子厚猶謂愈爲之也。子曰「道不遠人」，爲釋氏者竟不遠人耶？謂爲聖人不得斥者，果信然哉？果信然哉？石中之玉，信何如也？愈白。（《廣陵集》卷一四）

送元暠師序

中山劉禹錫，明信人也，不知人之實未嘗言，言未嘗不讎〔一〕。元暠師居武陵有年數矣〔二〕，與劉遊久且暱〔三〕。持其詩與引而來〔四〕，余視之，申申其言〔五〕，勤勤其思，其爲知而言也信矣。余觀近世之爲釋者①，或不知其道，則去孝以爲達，遺情以貴虛②。今元暠衣粗而食菲〔六〕，病心而墨貌。以其先人之葬未返其土，無他族屬以移其哀③，行求仁者，以冀終其心。勤而爲逸，遠而爲近，斯蓋釋之知道者歟？釋之書有《大報恩》七篇④，咸言由孝而極其業⑤。世之蕩誕慢訑者⑥〔七〕，雖爲其道而好違其書，於元暠師，吾見其不違，且與儒合也。

元暠，陶氏子〔八〕。其上爲通侯〔九〕，爲高士，爲儒先⑦〔一〇〕。資其儒⑧，故不敢忘孝；跡其高，故爲釋；承其侯，故能與達者遊。其來而從吾也，觀其爲人⑨，益見劉之明且信，故又與之言，重叙其事⑩。

【校記】

①「近」原闕，據注釋音辯本、《英華》補。原注與世綵堂本注：「世，或作『近世』二字。」注釋音辯本注：「一本無近字。」

②遺，詁訓本作「遣」。《英華》注：「蜀本作遣。」

③「他」原闕，據注釋音辯本、游居敬本、《英華》補。

④七，原作「十」，據注釋音辯本、游居敬本和《英華》改。《大報恩》即《大方便佛報恩經》，共七卷。注釋音辯本注：「一本作『十篇』。」

⑤《英華》無「其」字。

⑥世綵堂本注：「一無『世之』二字。」訑，注釋音辯本、世綵堂本、《英華》作「詑」，爲異體字。

⑦原注與注釋音辯本注：「一本下有『生』字，一本下有『賢』字。」詁訓本、世綵堂本作「儒先生」。詁訓本注：「一有『賢』字無『生』字，一無『生』與『賢』字。」世綵堂本注：「一無『生』字，一本『生』作『賢』。要之『儒先』爲正。漢有鄧先是已。」《英華》作「儒流」。按：「儒先」即「儒先生」，

漢代稱先生爲「先」或「生」。

⑧ 原注與詁訓本、世綵堂本注：「資，一作見。」

⑨ 蔣之翹輯注：「『人』上一無『爲』字。」

⑩ 注釋音辯本、《英華》無「叙」字。

【解　題】

［注釋音辯］暠，朝老切。［韓醇詁訓］暠音皓。劉夢得集有《送僧元暠南遊詩并引》云……公序所謂「師居武陵有年數矣，與劉遊久且暱，持其詩與引而來」，即此也。武陵即鼎州。劉夢得與公永貞元年同貶員外司馬，劉爲鼎州，而公爲永州。元暠時自鼎州來，公此序永州作也。次前篇，當元和六年。［百家注引王儔補注］暠，古老切，又音皓。按：世綵堂本「鼎州」作「朗州」。唐爲朗州，宋爲鼎州，實爲一地。

【注　釋】

〔一〕［百家注引孫汝聽曰］餂，猶中也。

〔二〕［注釋音辯］暠音浩。武陵，鼎州。劉禹錫貶爲司馬。［百家注引孫汝聽曰］武陵，朗州。

〔三〕［百家注］暱音匿。

〔四〕百家注本引韓醇注已見解題。

〔五〕［蔣之翹輯注］申申，字見《離騷經》注「舒緩貌」。

〔六〕［百家注］粗，七胡切。

〔七〕［注釋音辯］［世綵堂］慢，武半切。訑，徒見切，又音但，訑，縱意。《莊子》：「天知予辟陋慢訑。」［韓醇詁訓］訑，弋支切，多言也。按：「訑」通「誕」。見《莊子·知北遊》。

〔八〕［百家注引孫汝聽曰］元暠本丹陽人。

〔九〕［注釋音辯］晉陶侃。［百家注引孫汝聽曰］通侯本徹侯，避武帝諱改爲通侯。陶侃事晉，封長沙郡公，是爲通侯也。

〔一〇〕［注釋音辯］謂晉陶潛。［百家注引孫汝聽曰］侃曾孫潛，東晉末棄官不仕。按：陳景雲《柳集點勘》卷二：「爲儒先，諸家無注。當謂陶弘景也。史言弘景讀書萬餘卷，所著有《孝經》、《論語》集注諸書，其爲通儒，明矣。又劉夢得《送元暠序》言世家丹陽，則出弘景後，尤無疑也。」按通侯指陶侃，高士指陶潛，儒先指陶弘景。

【集評】

何焯《義門讀書記》卷三六：劉禹錫引不足以發之，故重有此叙。

焦循批《柳文》卷五：立義亦猶乎人，而筆力廉悍，非人所能。又：入想奇，出裏緊。又：有益世教之文。

【附録】

劉禹錫《送元暠南遊詩并引》：予策名二十年，百慮而無一得，然後知世所謂道，無非畏途，唯出世間法，可盡心耳。繇是在席硯者，多旁行四句之書，備將迎者，皆無赤髭白足之侣。深入智地，静通還源，客塵觀盡，妙氣來宅。内視胸中，猶煎鍊然。開士元暠，姓陶氏，本丹陽，居家世有人爵，不藉其資，於毗尼禪那，極細牢之義，於中後日，習總持之門。妙音奮迅，願力昭答。雅聞予事佛而佞，亟來相從。或問師隳形之自。對曰：「少失怙恃，推棘心以求上乘，積四十年身羸，老將至而不懈，始悲浚泉之有冽，今痛防墓之未遷。塗芻莫備，薪火恐滅，諸相皆離，此心長懸。雖萬姓歸佛，盡爲釋種，如河入海，無復水名？然具一切智者，豈遺百行？求無量義者，寧用斷思？今聞南諸侯雅多大士，思叩以苦調，而布其末光。無容至前，有足悲者。」予聞是説，已力不足而悲有餘，因爲詩以送之，庶乎踐霜露者，聆之有惻。詩曰：寶書翻譯學初成，振錫如飛白足輕。彭澤因家凡幾世，靈山預會是前生。傳燈已悟無爲理，濡露猶懷罔極情。從此多逢大居士，何人不願解珠纓？（按：百家注本、世綵堂本文前附劉禹錫《送元暠南游詩并引》，題下注云：「序云『元暠持劉禹錫詩引來』，今故附禹錫詩引於此篇前。」注釋音辯本未附，韓醇詁訓本引之於解題中。今將劉禹錫詩移於文後之附録。又載《劉夢得文集》卷七。）

送琛上人南遊序

佛之跡去乎世久矣，其留而存者，佛之言也。言之著者爲經，翼而成之者爲論，其流而來者〔一〕，百不能一焉，然而其道則備矣。法之至莫尚乎般若〔二〕，經之大莫極乎涅槃①〔三〕。世之上士，將欲由是以入者，非取乎經論，則悖矣。而今之言禪者，有流盪舛誤〔四〕，迭相師用，妄取空語，而脱略方便，顛倒真實，以陷乎己，而又陷乎人。又有能言體而不及用者，不知二者之不可斯須離也。離之外矣，是世之所大患也。吾琛則不然。觀經得般若之義，讀論悦三觀之理〔五〕，晝夜服習而身行之。有來求者，則爲講說。從而化者，皆知佛之爲大、法之爲廣、菩薩大士之爲雄、脩而行者之爲空②、蕩而無者之爲礙③。夫然，則與夫增上慢者異矣〔六〕。異乎是而免斯名者，吾無有也。將以廣其道而被於遠，故好遊。自京師而來，又南出乎桂林〔七〕，未知其極也。吾病世之傲逸者，嗜乎彼而不求乎此④，故爲之言。

【校　記】

①原注與注釋音辯本、詁訓本、世綵堂本注：「經，一作道。」《英華》作「道」。

②世綵堂本注：「行，一作得。」者之，注釋音辯本、游居敬本、《英華》作「之者」。

③者之，注釋音辯本、游居敬本、《英華》作「之者」。

④「乎」原闕，據《英華》補。

【解　題】

［注釋音辯］琛，丑林切。［韓醇詁訓］序云「琛自京師而來，又南出乎桂林」，桂林，桂州也。在永州作。

【注　釋】

〔一〕［百家注引孫汝聽曰］謂流入中國也。

〔二〕［注釋音辯］潘（緯）云：（船若）上波木切，下而也切。［蔣之翹輯注］清涼禪師云：「夫般若者，苦海之慈航，昏衢之巨燭也。」按：般若，梵語，猶言智慧，爲六波羅蜜之一。《大智度論》卷四三：「般若者，秦言智慧也。一切諸智慧中最爲第一，無上、無比、無等，更無勝者，窮盡到邊。」

〔三〕［注釋音辯］潘（緯）云：涅，乃結切。釋氏有《涅槃經》云：「昔佛示滅於雙林樹下，入般涅槃，爲母摩耶夫人説法。」［蔣之翹輯注］《廣弘明集》：「德無不備者，謂之爲涅槃。涅槃者，漢言無爲也。」按：涅槃，亦作泥洹，意譯爲滅度，謂脱離一切煩惱，進入自由無礙的境界。見《翻譯名義集》卷五三。

〔四〕［注釋音辯］舛，尺兖切。

〔五〕［注釋音辯］潘（緯）云：觀，古玩切。《圓覺經》云：「三種浄觀，一云色受想，乃觀此三空，名之三觀。」［蔣之翹輯注］《圓覺經》：「奢摩佗以寂静爲相，即空觀。三摩提以幻化爲相，即假觀。禪那以離前二相，即中觀。」

〔六〕章士釗《柳文指要》上《體要之部》卷二五：「增上慢，乃釋家語。齊竟陵王子良所著《浄住子十種·慚愧門》云：『今此師僧教我出家，受增上慢戒。』又案智禪師《天台四教儀》有《十乘觀法》，其八爲知位次，謂修行人免增上慢故。」

〔七〕［百家注引韓醇曰］桂林，即桂州。

【集評】

茅坤《唐宋八大家文鈔》卷二一：不如昌黎所贈師暢者之旨，而見亦解。

何焯《義門讀書記》卷三六：彼教之金隄底柱。

送文郁師序①

柳氏以文雅高於前代，近歲頗乏其人，百年間無爲書命者。登禮部科，數年乃一人。後學小童，以文儒自業者又益寡。今有文郁師者，讀孔氏書，爲詩歌逾百篇，其爲有意乎文儒事矣②。又遁而之釋，背笈篋〔一〕，懷筆牘〔二〕，挾海泝江，獨行山水間。翛翛然模狀物態〔三〕，搜伺隱隟〔四〕，登高遠望，悽愴超忽〔五〕，游其心以求勝語，若有程督之者〔六〕。已則披緇艾③〔七〕，茹葷芹，志終其軀④。吾誠怪而譏焉，對曰：「力不任奔競，志不任煩拏〔八〕，苟以其所好，行而求之而已爾。」終不可變化。吾思當世以文儒取名聲，爲顯官，入朝受憎媢訕黜摧伏〔九〕，不得守其土者，十恒八九。若師者，其可訕而黜耶？用是不復譏其行，返退而自譏。於其辭而去也，則書以畀之。

【校　記】

① 原注與詁訓本、世綵堂本注：「序，一作引。」

② 原注與世綵堂本注：「事，一作士。」詁訓本作「士」。

③ 艾，原作「文」，據諸本改。

④ 軀，蔣之翹輯注本、《全唐文》作「身」，世綵堂本作「軀」。

【解　題】

［注釋音辯］子厚族人。［韓醇詁訓］文郁師，公之族也。序云「挾海泝江，獨行山水間」，蓋公時在永州而師來也。又云：「當世以文儒取名聲，爲顯官，入朝受憎媢訕黜摧伏，不得守其士者，十嘗八九。」此公自言云爾。按：賈島有《酬慈恩寺文郁上人》詩，不知是否爲一人。

【注　釋】

〔一〕［注釋音辯］笈，及業切，負書箱也。潘（緯）云：及入、及曄二切。［百家注引童宗説曰］笈，負書箱，及業切。

〔二〕［百家注引童宗説曰］《説文》：「牘，書版也。」

〔三〕［注釋音辯］倏音宵。

〔四〕［注釋音辯］（隟）與隙同。［韓醇詁訓］去逆切。《説文》：「阸塞也。」

〔五〕［注釋音辯］愴，楚亮切。

〔六〕［百家注引孫汝聽曰］程，謂法式也。

〔七〕［百家注引孫汝聽曰］緇艾，衣如艾色也。

〔八〕［注釋音辯］潘（緯）云：拏，女加、女居二切，《楚辭》注「擾亂也」。

〔九〕娼，嫉妒。

【集　評】

蔣之翹輯注《柳河東集》卷二五：言不厭而猶有可想。

儲欣《河東先生全集録》卷四：先奪後予，退而自譏，無聊之甚。

何焯《義門讀書記》卷三六：與《送從弟謀》文同趣，借族兄弟以自抒胸臆。

焦循批《柳文》卷五：柳州文全是渾然一片。

送玄舉歸幽泉寺序①

佛之道大而多容，凡有志乎物外而恥制於世者，則思入焉。故有貌而不心，名而異行，剛狷以離偶〔一〕，紆舒以縱獨，其狀類不一②，而皆童髮毁服以遊於世，其孰能知之！今所謂玄舉者，其視瞻容體，未必盡思跡佛，而持詩句以來求余，夫豈恥制於世而有志乎物外者耶③？夫道獨而跡狎則怨，志遠而形羈則泥④。幽泉山，山之幽也。閑其志而由其道，以遯而樂，足以去二患〔二〕，捨是又何爲耶？既曰爲予來⑤，故於其去，不可以不告也。

【校記】

①詁訓本此篇在本卷卷末。世綵堂本《送元暠師序》題下注：「韓本《送玄舉師歸幽泉寺序》在此下。」

②原注與注釋音辯本、詁訓本、世綵堂本注：「（一下）一有『也』字。」

③乎，詁訓本作「於」。

④遠，詁訓本作「遂」。

⑤予，詁訓本作「余」。

【解題】

〔韓醇詁訓〕作之年月未詳。按：玄舉與幽泉寺皆無考。章士釗《柳文指要》上《體要之部》卷二五：「一篇二百字弱小文章，一眼可看到底。讀至『所謂玄舉』四字，立覺觸目驚心，斷無尊重其人、而可能如此稱謂者。吴摯父云：『此僧頗不爲子厚所取，故詞含譏嘲。』摯父諒亦從此四字看出。」

【注釋】

〔一〕［注釋音辯］狷，古顯、古縣二切。按：有所不爲稱狷。離偶，即離棄妻子。下句「縱獨」，謂獨居，獨來獨往，無牽無掛。

〔二〕二患，謂牽於物、制於世。

【集評】

何焯《義門讀書記》卷三六：永州初變文體，時刻削而不免局束。

送濬上人歸淮南覲省序①

金仙氏之道〔一〕，蓋本於孝敬，而後積以衆德，歸於空無。其敷演教戒於中國者，離爲異門，曰禪、曰法、曰律，以誘掖迷濁，世用宗奉②。其有脩整觀行，尊嚴法容，以儀範于後學者，以爲持律之宗焉。上人窮討祕義，發明上乘，奉威儀三千，雖造次必備。嘗以此道宣於江湖之人，江湖之人悦其風而受其賜③，攀慈航望彼岸者〔二〕，蓋千百計。天子聞之，徵至闕下，御大明祕殿以問焉〔三〕。導揚本教，頗甚稱旨。京師士衆，方且翹然仰大雲之澤，以植德本，而上人不勝顧復之恩〔四〕，退懷省侍之禮，懇迫上乞④，遂無以奪。由是杖錫東顧，振衣晨征。右司員外郎劉公深明世典〔五〕，通達釋教，與上人爲方外遊。始榮其至，今惜其去，於是合郎署之友，詩以貺之。退使孺子執簡而序之，因繫其辭曰：

上人專於律行，恒久彌固，其儀刑後學者歟？誨于生靈，觸類蒙福，其積衆德者歟？覲于高堂，視遠如邇，其本孝敬者歟？若然者，是將心歸空無，捨筏登地，固何從而識之乎⑤？古之贈禮，必以輕先重，故鄭商之犒先乘韋〔六〕，魯侯之贈後吴鼎〔七〕。今餞詩之重，皆衆吴鼎也⑥，故乘韋之比，得序而先之。且曰：由禮而不敢讓焉。

【校　記】

① 濬，詁訓本作「璿」。世綵堂本注：「濬，一本作璿。」

② 用，《英華》作「同」。

③ 詁訓本不重「江湖之人」四字。

④《英華》「乞」下有「還」。

⑤ 識，《英華》作「議」。

⑥ 原注與世綵堂本注：「衆，一作後。」詁訓本作「後」，並注：「後，一作衆。」

【解　題】

［韓醇詁訓］序云「退使孺子執簡而序之」，與前《送楊郎中使還汴州序》稱童孺同意。作之年月不可考，以文意推之，公時尚在京師，當貞元十四五年間也。員外郎劉公，其名未詳。按：權德輿《權載之文集》卷四有《送濬上人歸揚州禪智寺》詩，云：「蠹露宗通法已傳，麻衣笻杖去悠然。揚州後學應相待，遥想旛花古寺前。」當是一人。

【注　釋】

〔一〕［蔣之翹輯注］《本行經》：「忍得修行三千二百劫，始證金仙，號曰清浄自然。覺王如來，教諸菩薩。」

〔二〕佛教稱佛以慈悲之心度人，使世人超脱苦海，有如航船之濟衆，故曰慈航。彼岸爲梵語波羅的意譯。佛教以有生有死的境界，譬曰此岸；超脱生死，即涅槃的境界，譬曰彼岸。

〔三〕大明祕殿，唐代大明宫的祕殿。《新唐書·宦者傳上·仇士良》：「崔慎由爲翰林學士，直夜未半，有中使召入，至祕殿，見士良等坐堂上，帷帳周密。」

〔四〕［百家注引孫汝聽曰］《詩》：「顧我復我。」顧，旋視。復，反復。按：見《詩經·小雅·蓼莪》。爲稱頌父母養育之恩語。

〔五〕《全唐詩》卷三〇四有劉商《酬濬上人采藥見寄》：「玉英期共采，雲嶺獨先過。應得靈芝也，詩情一倍多。」故此劉公疑爲劉商。《唐才子傳》卷四云劉商「貞元中累官比部員外郎，改虞部員外郎」，未云其爲右司員外郎。然劉商仕歷已頗難詳考。

〔六〕〔注釋音辯〕《左傳》僖公三十三年：「秦師伐鄭，鄭商人遇之，以乘韋先，牛十二犒師也。」〔韓醇詁訓〕《左傳》僖公三十三年：「秦人襲鄭，及滑，鄭商人弦高將市於周，遇之，以乘韋先，牛十二犒師，曰：『寡君聞吾子將步師出於敝邑，敢犒從者。不腆敝邑，爲從者之淹，居則具一日之積，行則備一夕之衛。』」按：百家注本引韓醇注尚引杜預注語：「乘，四韋，先韋乃入牛。古者將獻遺於人，必有以先之。」

〔七〕〔注釋音辯〕《左傳》襄公十九年，公享晉六師，贈荀偃束帛加璧，乘馬，先吴壽夢之鼎。〔韓醇詁訓〕魯襄公十八年，公會晉侯及諸侯圍齊。十九年，諸侯還自沂上，盟於督揚，晉人執邾悼公，以其伐我故。晉侯先歸，公享晉六卿於蒲圃，賄荀偃束錦加璧，乘馬，先吴壽夢之鼎。注：「壽夢，吴子乘也。獻鼎於魯，因以爲名。古之獻物，必有以先。今以璧馬爲鼎之先。」

【集　評】

《王荆石先生批評柳文》卷六：昌黎闢佛全淺，若未嘗讀書者。柳雖不深，取其不妄語。歐更淺於韓，卻不敢大妄語。蘇更淺於柳，卻妄語。

何焯《義門讀書記》卷三六：語頗多凡俗。「古之贈禮，必以輕先重」：以輕先重，施之作序，是佳語。但於釋子殊無涉耳。

焦循批《柳文》卷五：「從何而識之」句下：照應首節，錯綜變化。

柳宗元集校注卷第二十六

記①

監祭使壁記

《禮·檀弓》曰：「祭禮，與其敬不足而禮有餘也，不若禮不足而敬有餘也〔一〕。」是必禮與敬皆足，而後祭之義行焉。《周禮》：「祭僕視祭祀有司百官之戒具，誅其不敬者〔二〕。」漢以侍御史監祠②〔三〕。《唐開元禮》〔四〕：凡大祠若干，中祠若干，咸以御史監祠③，祠官有不如儀者以聞〔五〕。其刻印移書則曰監祭使。寶應中〔六〕，尤異其禮，更號祠祭使，俄復其初〔七〕。又制：凡供祠之吏④，雖當齋戒，得以決罰⑤。由是禮與敬無不足者。

聖人之於祭祀，非必神之也，蓋亦附之教焉。事於天地者，示有尊也，不肅則無以教敬；事於宗廟者⑥，示廣孝也，不肅則無以教愛；事於有功烈者〔八〕，示報德也，不肅則無以勸善。凡肅之道，自法制始。奉法守制，由御史出者也。故將有事焉，則祠部上其日，吏部上其官，奉制書以來告，然後頒于有司，以謹百事。太常修其禮，光禄合其物〔九〕，百工之役，先一日咸至于祠而考閲焉。御史會公卿有司，執簡而臨之〔一〇〕。故其粢盛牲牢酒醴菜果之饌⑦〔一一〕，必實于庖廚；鐘鼓笙竽琴瑟戛擊之樂⑧〔一二〕，簨簴綴兆之數〔一三〕，必具于庭内；樽彝罍洗俎豆醆斝之器〔一四〕，必絜于壇堂之上⑨。奉奠之士，贊禮之童，樂工舞師，洎執殳而衛者⑩，咸引數其實⑪。設箠朴于堂下，以修官刑〔一五〕，而群吏莫敢不備物；羅奏牘於几上，以嚴天憲，而衆官莫敢不盡誠。而祭之日，先升立于西階之上，以待卒事。其禮之周旋，樂之節奏，必周知之。退而視其燔燎瘞埋〔一六〕，終之以敬也。居常，則飭四方祀貢之物〔一七〕，以時登于王府。服器之修具，祠宇之繕理，牛羊毛滌之節〔一八〕，三宫御廪之實〔一九〕，畢備而聽命焉。

舊以監察御史之長居是職，貞元十九年十二月⑫，御史多缺〔二〇〕，予班在三人之下，進而領焉。明年，中山劉禹錫始復舊制〔二一〕。由禮與敬以臨其人，而官事益理，制令有不宜於時者，必復于上，革而正之。於是始爲記，求簿書⑬，得爲是職者若干人書焉⑭。

【校記】

①百家注本、世綵堂本標作「記官署」，據注釋音辯本、詁訓本等改，詁訓本尚有「十一首」字樣。

②《文粹》無自「周禮」至「監祠」二十四字。又據《周禮·夏官司馬·祭僕》，「百官」上有「糾」字。

③祠，原作「視」，注釋音辯本、世綵堂本同，據詁訓本及《英華》、《文粹》、《全唐文》改。

④制凡，注釋音辯本、游居敬本、《英華》、《文粹》作「凡制」。

⑤決，《英華》作「抉」。

⑥「事於天地者」，「事於宗廟者」，二「者」字原闕，據《文粹》補。此二句與「事於有功烈者」爲三個排比句，有「者」字是。

⑦詁訓本無「其」字。醴，《英華》作「禮」。

⑧世綵堂本注：「韓本無『筌竽』二字。」琴瑟，《英華》作「瑟琴」。

⑨絜，詁訓本作「潔」。

⑩殳，諸本皆作「役」，據《全唐文》改。注釋音辯本注：「役，一本作殳。潘（緯）云：殳音殊。」原注與世綵堂本注：「役，一作殳。」何焯《義門讀書記》卷三六：「役，一作殳。言衛則作『殳』爲是。」殳爲兵器名，故改。《詩經·衛風·伯兮》：「伯也執殳，爲王前驅。」

⑪引數，原注與注釋音辯本、世綵堂本注：「引數，一本作列若。」詁訓本作「列若」，並注：「列若，一作引數。」《英華》作「列數」，並注：「一作『成列若其貫』。」按：「引」當爲「列」之誤。此句作「咸列，數其實」，即：各色人士皆排列於壇上，查點人數，如實。

⑫「十」原闕，據諸本補。

⑬《英華》「求」下有「於」。

⑭人，《文粹》作「爲」。焉，《文粹》作「記」。按：《文粹》是。此句當作「得爲是職者若干，爲書記」。

【解　題】

［韓醇詁訓］《舊史·職官志》：「監察御史監祭祀，則閲牲牢，省器服，不敬，則劾祭官。」《新史·(百官)志》云：「監察御史涖宴射、習射，及大祠、中祠，視不如儀者以聞。」公貞元十九年閏十月拜監察御史，是年十一月監察御史崔薳入臺近，不練故事，違式，流崖州。此公所謂「御史多闕，予班在三人之下，進而領焉」者也。「明年，劉禹錫始復舊制」，蓋是時劉亦拜監察御史云。然劉本傳「其革正制令」，皆不載。其曰「明年」，此記貞元二十年作也。按：韓説是。時柳宗元在京爲監察御史裏行。黄震《黄氏日鈔》卷六〇：「《周禮》有祭僕，誅其不敬者。漢以侍御史監祠。《唐開元禮》以御史監祠，曰監祭使。」

【注　釋】

〔一〕［百家注引孫汝聽曰］《檀弓》上篇之文。禮謂俎豆牲牢之屬。

〔二〕［百家注引孫汝聽曰］《周禮》：「祭僕掌受命於王，而警戒祭祀有司，糾百官之祭具。既祭，率群有司以反命，以王命勞之，誅其不敬者。」戒具，牲物。按：見《周禮·夏官司馬·祭僕》。

〔三〕［韓醇詁訓］《漢·百官志》：「侍御史，凡郊廟之祠及大朝會、大封拜，則一人監威儀，有違失則劾奏。」

〔四〕［韓醇詁訓］明皇開元中，張説以貞觀、顯慶禮儀注前後不同，宜加折中，以爲唐禮。乃詔徐堅、施敬本、蕭嵩、王仲丘撰，定爲一百五十卷，是爲《大唐開元禮》。按：《新唐書·藝文志二》：「《開元禮》一百五十卷。開元中通事舍人王嵒請改《禮記》附唐制度，張説引嵒就集賢書院詳議。説奏《禮記》，漢代舊文，不可更，請修貞觀、永徽五禮爲《開元禮》。命賈登、張烜、施敬本、李鋭、王仲丘、陸善經、洪孝昌譔緝，蕭嵩總之。」

〔五〕［百家注引韓醇曰］《舊史·職官志》：「監察御史監祭祀，則閲牲牢、省器服，不敬，則劾祭官。」《新史·志》云：「監察御史莅宴射習射及大祠中祠，視不如儀者以聞。」

〔六〕［韓醇詁訓］肅宗上元二年，改元寶應。

〔七〕［百家注引孫汝聽曰］興元元年，號監祭使。

〔八〕［百家注引孫汝聽曰］《禮記》：「法施於民則祀之，以死勤事則祀之，以勞定國則祀之，能禦大菑則祀之，能捍大患則祀之。」按：見《禮記·祭法》。

〔九〕［百家注引孫汝聽曰］《唐志》：「光禄卿一人，凡祭祀省牲鑊濯溉。」［蔣之翹輯注］《漢書》：「太常，秦官，掌宗廟禮儀。」按：《新唐書·百官志三》太常寺：「掌禮樂、郊廟、社稷之事……

凡大禮，則贊引。有司攝事，則爲亞獻。三公行園陵，則爲副。大祭祀，省牲、器，則謁者爲之導。小祀及公卿嘉禮，命謁者贊相。凡巡幸、出師、克獲，皆擇日告太廟。」又光禄寺：「掌酒醴膳羞之政……凡祭祀，省牲鑊、濯溉。三公攝祭，則爲終獻。朝會宴享，則節其等差。」

〔一〇〕［百家注引孫汝聽曰］《左氏》云：「南史聞太史盡死，執簡以往。」簡，謂簡策。按：見《左傳》襄公二十五年。

〔一一〕［韓醇詁訓］粢音資。盛音成。［百家注］粢盛，音資成。

〔一二〕［韓醇詁訓］戛，訖黠切。《書》：「戛擊鳴球。」注：「戛擊柷敔，所以作止樂。」按：百家注本引童宗説注與韓注同。見《尚書·益稷》。

〔一三〕［注釋音辯］簨音筍，懸鼓者。横曰簨，縱曰簴。綴，謂舞者行列連綴。兆，謂位外之營兆。潘（緯）云：綴，丁劣、丁列二切。［韓醇詁訓］簨音筍。虡，其吕切，樂器所垂也。《周禮》：「梓人爲簨虡。」［百家注引孫汝聽曰］《釋名》：「所以懸鼓者，横曰簨，縱曰簴。」《禮記》：「綴兆舒疾，樂之文也。」綴，謂舞者行位相連綴也。兆，謂位外之營兆也。簨簴音筍巨。按：所引見《周禮·冬官考工記·梓人》、《禮記·樂記》。

〔一四〕［注釋音辯］（洗）音蘚。醆，側眼切。斝，古雅切。［韓醇詁訓］罍音雷。洗音蘚。醆音盞。斝音賈，又音稼。鬱鬯尊，又玉爵名。

〔一五〕［注釋音辯］潘（緯）云：箠，止蘂切，策也。朴，普木切。［百家注引張敦頤曰］《書》：「鞭作官刑。」按：見《尚書·舜典》。

〔一六〕〔注釋音辯〕燔音煩。瘞，於例切。〔韓醇詁訓〕燔音煩。燎音了。瘞，於例切，埋也。

〔一七〕〔百家注引孫汝聽曰〕飭，整也。《周禮》：「以九貢致邦國之用，一曰祀貢。」注：「祀貢，犧牲包茅之屬。」按：見《周禮·天官冢宰·大宰》。

〔一八〕〔百家注引孫汝聽曰〕《周禮》：「凡陽祀，用騂牲毛之。陰祀，用黝牲毛之。望祀，各以方之色牲毛之。毛之，取純毛也。」《禮記》：「帝牛必在滌三月，稷牛唯具。」滌，牢中所搜除物也。按：見《周禮·地官司徒·牧人》、《禮記·郊特牲》。

〔一九〕〔注釋音辯〕《穀梁》桓十四年：「甸粟而納之三宮，三宮米而藏之御廩。」〔百家注引王儔補注〕甸，甸師，掌田之官。三宮，三夫人。

〔二〇〕〔百家注集注〕舊史：貞元十九年十一月，監察御史崔薳入臺近不練故事，違式，流崖州。十二月，監察御史韓愈、李方叔皆得罪。

〔二一〕〔百家注引韓醇曰〕禹錫亦拜監察御史。

【集評】

《王荊石先生批評柳文》卷七：柳記皆本色。

蔣之翹輯注《柳河東集》卷二六：貫穿經史，亹亹愈健，照應皆極謹嚴。

儲欣《河東先生全集録》卷四：典碩。

康熙敕纂《御選古文淵鑒》卷三七：用筆謹嚴，遣言典中，始終以敬字綰結，尤爲扼要。臣杜訥曰：首撫經語豎義，森發篇中。鋪陳詳核，結束整嚴，文之極有矩度者。

何焯《義門讀書記》卷三六：謹潔，永州以前文之至者。「非必神之也，蓋亦附之教焉」：謂非必神之者，是其識有所偏，於附之一言亦自相違反，其失與《禮説》同也。

王之績《鐵立文起》前編卷二：王懋公曰：記之體，正如韓愈《畫記》，變如范仲淹《岳陽樓記》，變不失正如柳宗元《監祭使壁記》。

方苞《答程夔州》：散體文惟記難撰結，論辨書疏有所言之事，誌傳表狀則行誼顯然，惟記無質幹可立，徒具工築興作之程期，殿觀樓臺之位置，雷同鋪序，使覽者厭倦，甚無謂也。故昌黎作記，多緣情事爲波瀾。永叔、介甫，則别求義理以寓襟抱。柳子厚惟記山水，刻雕衆形，能移人之情。至《監祭使》、《四門助教》、《武功縣丞廳壁》諸記，則皆世俗人語言意思，援古證今，指事措語，每題皆有現成文字，一篇不假思索。是以北宋文家，於唐多稱韓、李，而不及柳氏也。凡爲學佛者傳記，用佛氏語則不雅。子厚、子瞻，皆以兹自瑕。（《方望溪先生全集》卷五）

林紓《韓柳文研究法·柳文研究法》：廳壁記，記官中事也。或記設官之緣起，或摭官中之故實，或詳官署之改革，或載朝廷之律令。語必近莊，然不能參以文牘；詞必近典，然不能雜以駢儷。柳州《監祭使壁記》甚沈肅，稱題。舊史《職官志》：「監察御史監祭祀，則閲牲牢，省器服。不敬，則劾祭官。」新史《志》云：「監察御史涖宴射，及大祠、中祠，視不如儀者，以聞。」據此，則監察之使，彈劾至有權力。然使，禮官也，記使之廳壁，則不能不述禮敬事。因引《檀弓》起，以敬爲禮之本。以下始述使之職分，至「雖當齋戒，得以决罰」止，結清上文。「聖人之於祭祀」句起，發明所以致敬之故，不惟行禮，直寓教敬教愛勸敬之意。分祀事爲三種，奉法守制，尊責成於祭使。以下列叙祭品、樂器、祝詞，燔燎瘞埋之事。嚴重如讀《禮經》一節，然結穴仍不脱一敬字。後幅叙領職之由，故必爲記，作禮官警覺之用，與文格合。柳州記不惟此一篇，然以下格式，及文之義法，多不能出此範圍。

四門助教廳壁記①

周人置虞庠于四郊，以養國老，教胄子。《祭統》曰「天子設四學」②〔一〕，蓋其制也。《易傳·太初篇》曰：「天子旦入東學，晝入南學，夕入西學，暮入北學〔二〕。」蔡邕引之，以定明堂之位焉。《大戴禮·保傅篇》曰：「帝入東學以貴仁，入南學以貴信，入西學以貴德，入北學以貴爵③〔三〕。」賈生述之，以明太子之教焉。故曰爲大教之宫④，而四學具焉。參明堂之政，原大教之極，其建置之道弘也⑤。

後魏太和中〔四〕，立學于四門，置助教二十人⑥〔五〕。隋氏始隸于國子⑦，而降置五人。

皇朝始合于太學，又省至三人。員位彌簡，其官尤難，非儒之通者不列也。四門學之制，掌國之上士、中士、下士凡三等，侯、伯、子、男凡四等。其子孫之爲胄子者，及庶人之子爲俊士者⑧〔六〕，使執其業而居其次，就師儒之官而考正焉⑨。助教之職，佐博士以掌鼓篋榎楚之政令⑩〔七〕，分其人而教育之⑪。其有通經力學者，必於歲之杪〔八〕，升於禮部，聽簡試焉。課生徒之進退，必酌于中道，非博雅莊敬之流，固不得臨於是，故有去而升于朝者。賀祕書由是爲博士〔九〕，歸散騎由是爲左拾遺〔一〇〕。舊制以拾遺爲八品清官⑫，故必以名實者居於其位。

貞元中，王化既成，經籍少間，有司命太學之官，頗以爲易。專名譽、好文章者，咸恥爲學官。至是，河東柳立始以前進士求署茲職〔一一〕，天水武儒衡、閩中歐陽詹又繼之，是歲爲四門助教凡三人⑬，皆文士，京師以爲異。余與立同祖於方輿公⑭〔一二〕，與武公同升於禮部⑮〔一三〕，與歐陽生同志於文。四門助教署未嘗紀前人名氏，余故爲之記⑯，而由夫三子者始⑰。

【校記】

①《英華》無「廳」字。

②設，《英華》作「置」。

③仁，《英華》作「人」。信，注釋音辯本、《英華》、《文粹》作「德」。德，注釋音辯本、《文粹》作「義」，《英華》作「信」。貴爵，注釋音辯本、《文粹》作「尊爵」。

④宫，原作「官」，據注釋音辯本、世綵堂本等改。

⑤《英華》無「其」字。

⑥置，《英華》作「設」。

⑦氏，《英華》作「代」。

⑧庶人，原作「庶士庶人」，據《英華》删「庶士」二字。《舊唐書》卷四四《職官志三》即無「庶士」。

⑨而，《英華》作「以」。

⑩令，原作「令令」，世綵堂本作「令令」，注釋音辯本、游居敬本、《英華》無「令」字，詁訓本無「令」字。世綵堂本注：「一本無令字。」此從注釋音辯本及《英華》。

⑪「教」原闕，據諸本補。

⑫以，《英華》、《文粹》作「與」。按：陳景雲《柳集點勘》卷二：「以，《文苑》、《文粹》並作『與』，爲是。案《唐・百官志》：四門助教與拾遺皆八品上。但助教止爲清官，而拾遺則兼清要，故由助教除拾遺爲美遷，而品秩則一也。」

⑬《英華》、《文粹》無「爲」字。

⑭注釋音辯本、《英華》無「於方輿公」四字。注釋音辯本注：「一云『同祖於方輿公』。」原注與世綵堂本注：「一本無『於方輿公』四字。」詁訓本注：「一無上三字。」

⑮原注與世綵堂本注：「一本『武公』作『武君』。」陳景雲《柳集點勘》卷二：「案（柳）立爲公從侄，故直名之是也。若武、歐二公，皆公儕輩，不應獨專武爲公，異於歐陽生之稱。武公之『公』當有誤。」按：韓愈有《歐陽生哀辭》，即歐陽詹。蓋當時同輩人習稱歐陽詹爲歐陽生，武公之「公」未必誤。

⑯記，《英華》作「説」。

⑰「始」下《文粹》有「乎爾」二字。蔣之翹輯注本：「一有焉字。」

【解　題】

［韓醇詁訓］《禮記》：「天子設四學。」鄭氏注云：「謂周四郊之虞庠也。」四門學，蓋取四郊之意。始於後魏，時以遼遠，故置四門。而唐又始合於太學。至是，柳立、武儒衡、歐陽詹爲之紀名氏於壁，而公爲之記也。據《韓文公集》有《歐生詹哀詞》，序云：「貞元十五年冬，余以徐州從事朝正於京師，詹爲國子四門助教，將率其徒服闕下。」則三公之在四門館，蓋在貞元十五六年間，記是時作也。武儒衡、歐陽詹，史皆有傳。［蔣之翹輯注］《唐六典》：「北齊國子寺有四門助教二十人，隋初置四門助教五人，從九品下。唐因置三人，掌同國子。」按：貞元十五年，柳宗元爲集賢殿書院正字，

文當作於此時。章士釗《柳文指要》上《體要之部》卷二六：「此記大半叙制度、説歷史，允爲敷陳一代宏規之高文典册，簡明扼要。與從事鋪張，僅餘膚廓，所謂燕許手筆者異趣。」

【注釋】

〔一〕［百家注引孫汝聽曰］《禮記·祭義》：「天子設四學。」注：「四學，謂四郊之虞庠。」《王制》：「周人養國老於東膠，養庶老於虞庠。」《書》：「命夔典樂，教胄子。」胄子，國子也。今云「祭統」，誤。

〔二〕［韓醇詁訓］《東漢志》：蔡邕《明堂論》曰「明堂者，天子太廟，所以崇禮其祖，以配上帝者也。謹承天隨時之令，昭令德宗祀之禮，明前功百辟之勞，起尊老敬長之義，顯教幼誨穉之學。朝諸侯選造士於其中，故爲大教之宫，而四學具焉」云云。凡此皆明堂、太室辟雍、太學事通合之義也。其間兼取《易傳》、《禮記·保傅篇》之説。按：見《後漢書·郊祀志中》李賢等注引蔡邕《明堂論》。

〔三〕［韓醇詁訓］漢賈誼《舉上保傅篇帝入學之教於時政書》曰：「及太子少長，知妃色，則入於學。學者，所學之宫也。《學禮》曰云云。此五學者，既成於上，則百姓黎民，化輯於下矣。」［百家注引孫汝聽曰］《大戴禮·保傅篇》曰：「帝入東學，尚親而貴仁。帝入南學，尚齒而貴信。帝入西學，尚賢而貴德。帝入北學，尚貴而尊爵。」按：韓引見《漢書·賈誼傳》賈誼上文帝疏，又見賈誼《新書》卷五《保傅》。

〔四〕何焯《義門讀書記》卷三六：「太和，元魏孝文帝時也。」

〔五〕［韓醇詁訓］《北史・劉芳傳》：「太和二十年，發敕立四門博士，於四門置學。」按：百家注本引韓醇注尚有云：「古之四學，本在四郊，至是以其遼遠，故始置於四門。」

〔六〕［韓醇詁訓］舊史志：「四門博士三人，助教三人。四門博士掌教文武七品以上及侯、伯、子、男之爲生者，若庶人子爲俊士生者，教法如太學。通四經業成，上尚書吏部試，登第者加階放選也。」按：百家注本引韓醇注尚有云：「胄音趙。」見《舊唐書・職官志三》。

〔七〕［注釋音辯］潘（緯）云：榎，古雅切。楚，即荆也。二者所以朴撻犯禮者。［韓醇詁訓］《學記》：「入學鼓篋，孫其業也。榎、楚二物，收其威也。」注：「鼓篋，擊鼓警衆，乃發篋出所治經業。榎，古雅切，槄也。楚，荆也。二者所以朴撻犯禮者。」按：見《禮記・學記》。

〔八〕［注釋音辯］（杪）音渺，末也。［韓醇詁訓］音眇，木末也。

〔九〕［注釋音辯］賀知章。［韓醇詁訓］賀祕書知章也。《舊史》：「知章舉進士，初授國子四門博士，又遷太常博士，後遷太子賓客，授祕書監。」按：見《舊唐書・文苑傳中・賀知章》。

〔一〇〕［注釋音辯］歸崇敬。［韓醇詁訓］歸散騎崇敬也。天寶中舉博通典墳科，對策第一，遷四門博士。有詔舉賢才可宰百里者，復策高等，授左拾遺。德宗時遷翰林學士，左散騎常侍。按：見兩唐書《歸崇敬傳》。

〔一〕［百家注引孫汝聽曰］貞元十年，立中進士。按：柳集卷二四《送從兄偁罷選歸江淮詩序》世綵堂本引韓醇注：「其曰從侄立，貞元十一年中進士第者也。」未知孰是。林寶《元和姓纂》卷七河東解縣柳氏載柳慤曾孫立。趙璘《因話録》卷二：「族孫立疾病，以兒女託公（柳公綽），及廉察夏口，嫁其孤女。」當即此柳立。

〔二〕［韓醇詁訓］方興公諱僧習，後魏時爲揚州大中正，尚書右丞。方興公蓋公之八世祖。

〔三〕［注釋音辯］貞元九年同中第。［百家注引孫汝聽曰］貞元九年，公與（武）儒衡同舉進士。

【集　評】

何焯《義門讀書記》卷三六：「貞元中王化既成」：「王化既成」四字太無歸宿。「余故爲之記而由夫三子者始」：賀與歸則既見於文矣，他不足稱。「由三子者始」，非文人清官，則可以無書也。

乾隆敕纂《御選唐宋文醇》卷一六：宋人非四學之説，謂學有四，豈道亦有四耶？然道固一而行則百，易地而施之異宜，俾得並舉而觀所尚，以章志興化，亦非無謂。相傳古有四學，非妄也。唐之四學，徒循其文耳，然猶有告朔之餼羊焉。夫士而徒以文稱，愧學校矣。乃四學助教相繼得三文士，則誇美以爲異，其下此者，又可知矣。學校之衰也，人文之不振也，道德風俗，淪胥以鋪，千載古今，彌望慨然。

武功縣丞廳壁記

《殷頌》曰①：「邦畿千里〔一〕。」周制，千里之内曰甸服②〔二〕，《穀梁》謂之寰内諸侯，爲王内臣〔三〕，其制甚重。今京兆尹理京師部二十有三縣〔四〕，幅員之廣〔五〕，其猶古也。縣吏之長曰令，其貳曰丞③。丞之位，正八品下〔六〕，蓋丞述六職以輔其令也④〔七〕。秦、漢有丞相〔八〕，今尚書有左右丞〔九〕，御史有中丞⑤，至于九卿之列，亦皆有丞，下以達天下之縣⑥。政有小大⑦，其旨同也。

武功爲甸内大縣，按其圖，古后稷封有斄之地〔一〇〕。秦作四十一縣，斄、美陽、武功各異，至是合焉〔一一〕。蓋嘗爲稷州，已而復縣〔一二〕。其土疆沃美高厚，有丘陵墳衍之大〔一三〕，其植物豐暢茂遂，有秬秠藋菽之宜⑧〔一四〕。其人善樹蓺〔一五〕，其俗有禮讓，宜乎其《大雅》之遺烈焉〔一六〕。

貞元十五年改邑于南里。既成新城，凡官署舊記，壁壞文逸，而未克繼之者。後三年，而潁川陳南仲居是官，邑人宜之，號爲簡靖，因其族子存持地圖以來〔一七〕，謁余爲記。夫以武功疆理之大，人徒之多，而陳生以簡靖輔其理，斯固難矣。漢高帝嘗詔天下，凡以戰得爵，七大夫公乘以上⑨，令丞與抗禮〔一八〕，故爲丞益難。今天子崇武念功，與漢初相類，分禁旅以守縣道，武功爲多。陳生爲丞於是，而又職盜賊，其爲理無敗事，吾庸可度哉⑩！爲之記云。

【校　記】

① 殷，《英華》作「商」。

② 《英華》「制」下有「曰」，「甸」上無「曰」字。

③ 「其貳」原闕，據《英華》補。

④ 《英華》無「丞」字。

⑤ 「有」原闕，據《英華》、《全唐文》補。

⑥ 下，《英華》作「子」。

⑦ 小大，注釋音辯本、詁訓本等均作「大小」。

⑧ 有，原作「其」，據注釋音辯本、世綵堂本及《英華》改。注釋音辯本注：「潘本『藿』作『萑』。」《英華》注：「蜀本作萑。」按：作「萑」是。《詩經·大雅·生民》：「蓺之荏菽，荏菽旆旆。」

⑨ 七，注釋音辯本、詁訓本作「士」。世綵堂本注：「七，一作士。」《英華》注：「《漢書》作『七』，是。」蔣之翹輯注本：「七，諸本作士，非是。」按：據《漢書·高帝紀下》，作「七」是。

⑩ 注釋音辯本「可」下有「以」。原注與世綵堂本注：「一作『吾庸可以度哉』。」度，《英華》作「廢」。蔣之翹輯注本：「度，或皆作慶。」

【解　題】

［注釋音辯］縣屬京兆。［韓醇詁訓］唐之京師，古雍州之地，秦之咸陽，而漢之長安也。唐屬關內道。云「京兆尹理京師」，在隋領大興、長安、新豐、渭南、鄭、華陰、藍田、鄠、盩厔、始平、武功、上宜、醴泉、涇陽、雲陽、三原、宜君、同官、華原、富平、萬年、高陵二十二縣，唐武德元年，改京兆府爲雍州，而縣之分改廢置不一。武功，本周后稷所分之地，《周紀》所謂「封棄於邰」是也。《漢志》：「右扶風有斄、美陽、武功三縣。」至是合爲一，故武功爲甸內縣最大。武德初，又分武功、好時、盩厔、扶風四縣爲稷州，蓋因后稷所封爲名。貞觀元年州廢，縣皆屬京兆。天授中，復以置稷州，大足元年又廢，如初。至是貞元十五年改邑於南里。而丞廳壁壞，前所官署舊記，皆逸無繼。後三年，陳南仲居是官，乃因其族子存，持地圖而求公爲記。蓋當貞元十八年也，公時爲藍田尉云。按：韓説是。章士釗《柳文指要》上《體要之部》卷二六云：「清之縣丞，一佐雜耳，衙署如雞棲，卑下不齒於官曹。而在有唐，則令、丞同爲縣之長吏，以職掌言，軍政皆有涉及，丞廳規制崇閎，壁記至煩，當世名家執筆，俯仰古今，憮然久之。」

【注釋】

〔一〕［百家注引劉崧曰］《商頌·玄鳥》之文。

〔二〕［百家注引張敦頤曰］《王制》：「千里之内曰甸，千里之外曰采、曰流。」按：見《禮記·王制》。

〔三〕［百家注引孫汝聽曰］隱元年《穀梁傳》：「祭伯來。寰内諸侯，非有天子命不得出會諸侯。不正其外交，故弗於朝也。」

〔四〕百家注本引韓醇詁訓注已見解題。

〔五〕［百家注引童宗説曰］《詩·商頌》「幅員既長」，注：「幅，廣也。員，均也。」按：見《詩經·商頌·玄鳥》。

〔六〕［百家注引孫汝聽曰］唐制：畿縣丞二人，正八品下。

〔七〕［百家注引孫汝聽曰］丞，謂佐也。

〔八〕［百家注引孫汝聽曰］《漢表》：「丞相，秦官，有左右。高祖置一丞相，後更名相國。」

〔九〕［百家注引孫汝聽曰］唐制：尚書省，令一員，左右丞各一員。

〔一〇〕［注釋音辯］斄，與「邰」同，音台。［韓醇詁訓］斄，與「邰」同。《史記》作「邰」，音胎。

〔一一〕［百家注引韓醇曰］《漢志》：「右扶風有斄、美陽、武功三縣。」至是合而爲一，故武功爲甸内縣最大。

〔一二〕百家注本引韓醇詁訓注已見解題。

〔一三〕〔注釋音辯〕潘（緯）云：墳，扶雲切。衍音演。水涯曰墳，下平曰衍。〔百家注引孫汝聽曰〕《周禮》：「大司徒辨其山林、川澤、丘陵、墳衍、原隰之名物。」注：「土高曰丘，大阜曰陵，水厓曰墳，下平曰衍。」按：見《周禮·地官司徒·大司徒》。

〔一四〕〔注釋音辯〕潘（緯）云：秬，祭與切，黑黍也。秠，音丕，又孚鄙、芳歸二切，黑黍，一稃二米也。藿，而郭切。菽，升六切，大豆也。〔韓醇詁訓〕秬，黑黍也。秠音丕，一稃二米也。〔百家注引孫汝聽曰〕《詩·生民》：「蓺之荏菽，荏菽旆旆。」又曰：「誕降嘉種，維秬維秠。」注：「荏菽，戎豆。秬，黑黍。秠，一稃二米。」秬音巨。秠音丕。藿，胡各切。

〔一五〕〔百家注引張敦頤曰〕《孟子》：「后稷教民稼穡，樹蓺五穀。」按：見《孟子·滕文公上》。

〔一六〕〔韓醇詁訓〕《大雅》，言《詩》之《大雅》也。《詩·大雅·生民》篇：「文武之功起於后稷，推以配天焉。」詩云「即有邰家室」，又云「誕降嘉種，維秬維秠。恒之秬秠，是穫是畝」。即公秬秠，藿菽之宜」之意。〔百家注引童宗説曰〕上所云「秬秠藿菽」，見《詩·生民》。生民，《大雅》之文也。

〔一七〕趙璘《因話録》卷六：「進士陳存，能爲古歌詩而命蹇。主司每欲與第，臨時皆有故，不果。許尚書孟容舊相知，知舉日萬，方欲爲申屈。將試前夕，宿宗人家，宗人爲具入試食物，兼備晨食，請存偃息以候。時五更後，怪不起，就寢呼之不應，前視之，已中風，不能言也。」當即此陳存。計有功《唐詩紀事》卷四〇：「（陳）存，大曆、貞元間詩人。」當云貞元、元和間人。

〔一八〕〔韓醇詁訓〕漢高帝即位，乃西都，洛陽兵皆罷歸。詔曰：「七大夫公乘以上，皆高爵也。諸侯子及從軍歸者，甚多高爵。吾數詔吏，先與田宅及所，當求於吏者，亟與。爵或人君，上所尊禮，久立吏前，曾不爲決，甚亡謂也。異日秦民爵公大夫以上，令吏與抗禮。」注：「言從公大夫以上民，與令丞抗禮。抗禮，言高下相當，無所卑屈。」按：章士釗《柳文指要》上《體要之部》卷二六：「秦爵共分二十級。七大夫，公大夫也，爵第七，故曰七大夫。公乘，爵第八。」

【集評】

洪邁《容齋四筆》卷五：韓退之作《藍田縣丞廳壁記》，柳子厚作《武功縣丞廳壁記》，二縣皆京兆屬城，在唐爲畿甸，事體正同，而韓文雄拔超峻，光前絶後，以柳視之，殆猶碔砆之與美玉也。

蔣之翹輯注《柳河東集》卷二六：文莊雅，與《監祭使》、《四門助教》二記同一機局。

何焯《義門讀書記》卷三六：「凡以戰得爵」至末：德宗以後，神策軍士倚中官爲暴，横於畿赤，結語微及之。前路官之有丞，何必煩引。

盩厔縣新食堂記

貞元十八年五月某日，新作食堂于縣内之右，始會食也。自兵興以來，西郊捍戎〔一〕，縣爲軍壘二十有六年〔二〕，群吏咸寓于外。兵去邑荒，棟宇傾圮〔三〕。又十有九年，不克以居，由是縣之聯事〔四〕，離散而不屬①〔五〕，凡其官僚，罕或覿見。及是，主簿某病之，於是且掌功役之任②，俾復其邑居③。廩庫既成，學校既修，取其餘材④，以構斯堂。其上棟〔六〕，自南而北者，二十有二尺。周阿峻嚴〔七〕，列楹齊同。其飾之文質，階之高下，視邑之大小與群吏之品秩⑤，不陋不盈。高山在前，流水在下，可以俯仰，可以宴樂。堂既成⑥，得羨財可以爲食本〔八〕，月權其贏，羞膳以充。乃合群吏于兹新堂，升降坐起，以班先後，始正位秩之叙；禮儀笑語，講議往復，始會政事之要；筵席肅莊，樽俎静嘉⑦，燔炮烹飪〔九〕，益以酒醴，始獲僚友之樂。

卒事而退，舉欣欣焉，曰：「惟禮食之來古也〔一〇〕，今京師百官，咸有斯制。甸服亦王之内邑，且官有聯屬⑧，則宜統會以齊之也。嚮之離而今之合，其得失也遠甚。我是以肅焉而莊，衎焉而和，群疑以亡，嘉言以彰，旨乎其在此堂也⑨。不惟其馨香醉飽之謂，某之力也夫！宜伐石以志，使是道也不替于後。」乃列其事來告，使余書之。

【校記】

①《英華》無「而」字。

②任，《英華》作「事」。
③此句各本皆脱，據《英華》、《全唐文》補。《英華》注：「集無此五字。」
④材，原作「財」，據注釋音辯本、游居敬本及《英華》、《全唐文》改。
⑤《英華》無「群」字。品，各本皆無，據《英華》、《全唐文》補。
⑥「堂」字各本皆無，據《英華》、《全唐文》補。
⑦樽俎，注釋音辯本作「籩豆」，並注：「一作樽俎、俎豆。」原注與世綵堂本注：「一作籩豆静嘉。」蔣之翹輯注本：「一作籩豆，一作俎豆。」
⑧世綵堂本注：「一本無聯字。」聯，《英華》作「僚」，當是。
⑨此，《英華》作「斯」。

【解　題】

［注釋音辯］盩厔音輈窒，屬京兆。［韓醇詁訓］唐自天寶亂後，兵政紊蕩。肅宗時，京畿之西以神策軍鎮之，皆屯營軍司之人，散處甸内，皆恃勢凌暴，民間苦之，此公謂「西郊捍戎」者也。蓋嘗考之：自肅宗乾元元年戊戌至德宗建中四年癸亥，爲二十六年。是歲李希烈反，十月涇原節度使姚令原反，犯京師，德宗如奉天。則西郊之屯，至是去矣。自是歲癸亥至貞元十七年辛巳爲十九年，此與公記所載皆合。盩厔，畿内縣也。堂作於貞元十八年五月，記亦是時作。主簿某，名氏不可考云。

盩音舟，厔音窒。［百家注引孫汝聽曰］水曲曰盩，山曲曰厔。縣屬鳳翔府。［蔣之翹輯注］初屬京兆府，後鳳翔府。今西安府。按：貞元中，盩厔屬京兆府。此記作於貞元十八年。食堂，官員會食之所。

【注釋】

〔一〕百家注本引韓醇詁訓注已見解題。

〔二〕百家注本引韓醇詁訓注已見解題。

〔三〕［韓醇詁訓］（圮）部鄙切。［百家注引童宗説曰］圮，毁也，部鄙切。

〔四〕［百家注引孫汝聽曰］《周禮》：「祭祀之聯事，賓客之聯事。」聯事，謂通職也。按：見《周禮·天官冢宰·小宰》。

〔五〕［注釋音辯］（屬）之欲切，連也。［百家注引童宗説曰］屬，連也，之欲切。

〔六〕［百家注引孫汝聽曰］《易》：「上棟下宇，以避風雨。」按：見《周易·繫辭下》。「避」作「待」。

〔七〕［百家注引童宗説曰］周，謂四周。

〔八〕［注釋音辯］羨，延面切。按：羨財即餘財。

〔九〕［注釋音辯］（飪）音稔，與餁同。［韓醇詁訓］（餁）音稔。［百家注］炮與炰同。餁與飪同。

〔一〇〕［注釋音辯］［百家注引孫汝聽曰］《晉語》：「悼公使魏絳反役，與之禮食。」按：見《國語·晉語七》。章士釗《柳文指要》上《體要之部》卷二六：「禮食，公家招待給食之謂，事非常設，與此記食堂之義，微有不同。」

【集評】

《王荆石先生批評柳文》卷七：巖峻蒼蔚。

蔣之翹輯注《柳河東集》卷二六：叙次興廢，語極綿至痛快。

諸使兼御史中丞壁記①

古者，交政於四方謂之使。今之制，受命臨戎，職無所統屬者，亦謂之使。凡使之號，蓋專焉而行其道者也。開元以來，其制愈重，故取御史之名而加焉。至于今若干年，其兼中丞者若干人②〔一〕，其使絶域，統兵戎，按州部，專貨食，而柔遠人③〔二〕，固王略〔三〕，齊風俗，和關石〔四〕，大者戡復于内④，拓定于外〔五〕，皆得以壯其威，張其聲，其用遠矣。假是名以莅厥職，而尊嚴若是，況乎總憲度於朝端，樹風聲於天下⑤，其所以翼于君、正于人者，尤可以知也⑥。武公以厚德在位〔六〕，甚宜其官。視其署，有記諸使中丞者而多闕漏⑦，於是求其故於詔制，而又質於史氏，增益備具，遂命其屬書之〔七〕，且曰：「由其號而觀其實，後之居於斯者，有以敬于事⑧。」

【校記】

①《英華》「壁」上有「廳」。

②《英華》「兼」字下注：「一有『御史』二字。」

③世綵堂本注：「一本『而』下有『能』字。」

④《英華》「大」上有「其」。

⑤於天下，《英華》注：「一作『於闕下』。」

⑥世綵堂本注：「一無『以』字。」

⑦《英華》「諸使」下有「兼御史」三字。

⑧蔣之翹輯注本：「（『事』下）一有『乎』字。」

【解題】

〔韓醇詁訓〕唐初，諸使未嘗加御史之名，自明皇開元以來，使之制愈重，故有兼御史者。德宗初，又罷宣歙池、鄂岳沔三郡團練觀察使、陝虢都防禦使，以其地分隸諸道。後置東都畿觀察，而以留臺御史中丞爲之。建中間，又以御史中丞一員爲理匭使。故兼御史中丞爲使者不一。嘗自開元初考之：至貞元二十年間，其有兼中丞爲節度使者曰楊國忠，曰令狐彰，曰宗正卿（李）琬，曰盧群；有爲節度觀察處置使者曰蕭華；有爲團練觀察使者曰李棲筠，曰李道昌；有爲節度觀察使者曰張獻恭；有爲觀察使者曰杜亞，曰衛晏，曰楊頊；有爲都團練使者曰吴希光，曰張愔；有爲經略使者曰戴叔倫，曰張正元；有爲册南詔使者曰袁滋；有爲節度留後者曰田悦；明皇帝幸蜀，有爲置頓閣道使者曰韋諤，曰宋若思。是皆兼中丞者也。外又有自爲中丞出爲使者，或疏決囚徒，或賑恤水旱，或黜陟官吏者不一。又有兼御史大夫而使者，或爲節度，或爲轉運、度支、鹽鐵，或爲防禦諸使者，又不一。要皆兼御史，而其權益不輕。《舊史》：武元衡貞元二十年遷御史中丞，時以詳整稱重，此公所謂「武公以厚德居位」者也。公時爲監察御史，故曰「命其屬書之」。記是年作。明年，公遷禮部郎云。［世綵堂］貞元二十年作。按：韓考之甚詳。章士釗《柳文指要》上《體要之部》卷二六：「此記之壁，乃御史中丞署之壁。緣貞元二十年，武元衡遷御史中丞，子厚時爲監察御史執筆，以屬官作此記，欲將以往諸使曾兼御史中丞名號者，一併記録，故標題爲『諸使兼御史中丞壁記』。」

【注　釋】

〔一〕百家注本引韓醇詁訓注已見解題。

〔二〕［百家注引張敦頤曰］《書》：「柔遠能邇。」按：見《尚書·顧命》。

〔三〕［百家注引孫汝聽曰］《左氏》：「侵敗王略。」略，封境也。按：見《左傳》成公二年。

〔四〕［蔣之翹輯注］《書》：「關石和鈞。」按：見《尚書·五子之歌》。孔穎達疏：「關者通也。名石而通者，惟衡量之器耳。」

〔五〕［韓醇詁訓］戡音堪。拓音託。

〔六〕［注釋音辯］武元衡。［百家注引韓醇曰］貞元二十年，武元衡遷御史中丞，時以詳整稱重。

〔七〕［注釋音辯］子厚爲監察御史也。［百家注引韓醇曰］公時爲監察御史，故云其屬。

【集評】

何焯《義門讀書記》卷三六：亦無敗句。

乾隆敕纂《御選唐宋文醇》卷一六：食焉而不事其事，則雖三槐九棘、綰四十九使印，而自覺恢然有餘。苟思夫受於天命於君者爲何等事，則雖卑官薄禄，簿尉曹佐之儔，當必前望往古，後望來今，覩一身之衾影，對萬民之耳目，恧然自覺其事之難爲，分之難稱矣。宗元曰：「由其號以觀其實，後之居於斯者，有以敬其事。」斯言可三復也，故録之。

館驛使壁記

凡萬國之會，四夷之來，天下之道塗畢出於邦畿之內①。奉貢輸賦，修職於王都者，入于近關②，則皆重足錯轂〔一〕，以聽有司之命。徵令賜予〔二〕，布政於下國者，出于甸服〔三〕，而後按行成列〔四〕，以就諸侯之館。故館驛之制，於千里之內尤重③。自萬年至于渭南〔五〕，其驛六，其蔽曰華州，其關曰潼關〔六〕。自華而北界于櫟陽，其驛六④，其蔽曰同州，其關曰蒲津〔七〕。自灞而南至于藍田〔八〕，其驛六，其蔽曰商州，其關曰武關〔九〕。自長安至于盩厔〔一〇〕，其驛十有一，其蔽曰洋州，其關曰華陽〔一一〕。自武功西而至于好畤⑤〔一二〕，其驛三，其蔽曰鳳翔府，其關曰隴關〔一三〕。自渭而北至于華原〔一四〕，其驛九，其蔽曰坊州〔一五〕。自咸陽而西至于奉天〔一六〕，其驛六，其蔽曰邠州〔一七〕。由四海之內，總而合之，以至于關。由關之內，束而會之，以至于王都。華人夷人往復而授館者〔一八〕，旁午而至，傳吏奉符而閲其數〔一九〕，縣吏執牘而書其物。告至告去之役，不絕於道；寓望迎勞之禮〔二〇〕，無曠於日。而春秋朝陵之邑，皆有傳館〔二一〕。其飲飫餼饋〔二二〕，咸出於豐給；繕完築復⑥，必歸於整頓。列其田租，布其貨利，權其入而用其積⑦〔二三〕，於是有出納奇贏之數⑧〔二四〕，勾會考校之政〔二五〕。

大曆十四年，始命御史爲之使〔二六〕，俾考其成，以質于尚書。季月之晦，必合其簿書，以視其等列，而校其信宿⑨，必稱其制〔二七〕，有不當者，反之於官。尸其事者有勞焉，則復于天子而優升之〔二八〕，勞大者增其官，其次者降其調之數⑩〔二九〕，又其次猶異其考績。官有不職，則以告而罪之⑪，故月受俸二萬于太府〔三〇〕。史五人，承符者二人，皆有食焉。先是，假廢官之印而用之，貞元十九年，南陽韓泰告于上〔三一〕，始鑄使印而正其名。然其嗣當斯職，未嘗有記之者，追而求之，蓋數歲而往，則失之矣⑫。今余爲之記，遂以韓氏爲首，且曰：修其職，故首之也。

【校　記】

①世綵堂本注：「畢，一作必。」

②原注與注釋音辯本、詁訓本、世綵堂本注：「一作『入覲于關』。」

③內，詁訓本作「外」。

④注釋音辯本、游居敬本無「其驛六」三字，吴汝綸《柳州集點勘》校作「其驛七」。按：韓醇云載驛四十七，以六字計，恰爲四十七，「六」字不誤。

⑤ 注釋音辯本、游居敬本無「而」字。世綵堂本注：「一無而字。」

⑥ 復，《英華》作「役」。

⑦ 積，《英華》作「息」。世綵堂本注：「一作『列其貨利權入』。」

⑧ 數，《英華》作「羨」。

⑨ 世綵堂本注：「校其，一作校之，絶句。」

⑩ 《英華》無「其次」之「其」。

⑪ 詁訓本無「以」。

⑫ 失，《英華》作「有」。

【解題】

［韓醇詁訓］唐都長安屬關内道，道管州三十七，縣百三十五，華、同、鳳翔、邠、坊、商在京畿之四維，洋雖屬山南道，而與京兆接，故關驛在焉。《新史·百官志》：「駕部掌傳驛，驛有長，舉天下四方之所達，爲驛千六百三十九。」今記所載驛凡四十七，蓋邦畿之内者也。大曆以來，始命御史爲之使，而印未刻。至是貞元十九年，韓泰始鑄印，正其名，而公爲之記，以署於壁。泰字安平，貞元二十年與公同爲監察御史。記次前篇，亦二十年作也。泰，新史附《王叔文傳》。**按**：王溥《唐會要》卷六一《館驛使》：「開元十六年七月十九日，敕建傳驛，宜因御史出使，便令校察。至二十五年五月，監察

御史鄭審檢校兩京館驛，猶未稱。今驛門前十二辰堆，即審創焉。乾元元年三月，度支郎中第五琦充諸道館驛使。大曆五年九月，杜濟除京兆尹，充本府館驛使。自後京兆常帶使，至建中元年停。大曆十四年九月，門下省奏：兩京請委御史臺各定知驛使御史一人，往來勾當。遂稱館驛使。」章士釗《柳文指要》上《體要之部》卷二六：「子厚此記之叙次井井，允爲高手，並不在他記下。然此記爲韓泰作，事以人重，用筆更覺興會淋漓。」

【注　釋】

〔一〕［百家注］錯，交錯。重，平聲。［蔣之翹輯注］《漢書》：「使天下之士，側耳而聽之，重足而立。」按：《漢書·汲黯傳》：「令天下重足而立，仄目而視矣。」

〔二〕［百家注引童宗説曰］徼，召也。

〔三〕［百家注引童宗説曰］《王制》曰：「千里曰甸服。」按：見《禮記·王制》。

〔四〕［百家注］行，乎剛切。

〔五〕［韓醇詁訓］萬年、渭南，屬京兆府。［蔣之翹輯注］萬年，今咸寧縣也，與渭南皆屬西安府，唐京兆府。唐華州華陰郡，今亦屬西安。潼關在華陰。

〔六〕［韓醇詁訓］潼關在華陰。華陰、櫟陽，屬華州。［世綵堂］用周官文法。潼關在華州華陰。按：李吉甫《元和郡縣圖志》卷二華州：「潼關在（華陰）縣東北三十九里，古桃林塞也。春秋時，晉侯使詹嘉處瑕以守桃林之塞是也。關西一里有潼水，因以名關。又云：河在關内南流，衝激關山，因謂之衝關。」

〔七〕［蔣之翹輯注］櫟陽，唐屬華州，今省入咸寧縣。唐同州馮翊郡，今亦屬西安。蒲津關在朝邑縣東黄河岸。按：李吉甫《元和郡縣圖志》卷二同州：「（朝邑）縣以北據朝阪，故以名縣。西南有蒲津關。」

〔八〕［韓醇詁訓］灞水出藍田谷，西北入於渭。藍田，京兆府縣。

〔九〕［蔣之翹輯注］唐商州上洛郡，今爲縣，屬西安。武關在焉。按：《史記·秦始皇本紀》「自南郡由武關歸」注：「集解：應劭曰：武關，秦南關，通南陽。文穎曰：武關在析西百七十里弘農界。正義：《括地志》云：故武關在商州商洛縣東九十里，春秋時少習也。杜預云：少習，商縣武關也。」

〔一〇〕［注釋音辯］（盩厔）音輈窒。［韓醇詁訓］長安，屬京兆府。盩厔，初屬京兆，後屬鳳翔府。盩音舟。厔音窒。

〔一一〕［蔣之翹輯注］洋州，唐洋川郡，今爲縣，屬漢中府。華陽關在洋縣北八十里。

〔一二〕［韓醇詁訓］武功、好畤，皆京兆府縣。畤音止。

〔一三〕［蔣之翹輯注］隴關在鳳翔府隴州西七十里。按：《後漢書·順帝紀》永和四年「羌寇武都，燒隴關」，李賢等注：「隴山之關也，今名大震關，在今隴州汧源縣西也。」

〔一四〕［韓醇詁訓］渭水出京兆，華原，京兆府縣。［蔣之翹輯注］今省入耀州，屬西安府。

〔一五〕［蔣之翹輯注］坊州，唐中部郡，今中部縣屬延安府。

〔一六〕［韓醇詁訓］咸陽、奉天，皆京兆府縣。［蔣之翹輯注］奉天，今省入乾州。

〔一七〕［蔣之翹輯注］邠州，唐新平郡，今亦屬西安。

〔一八〕［百家注引孫汝聽曰］《周語》：「司里不授館。」按：見《國語·周語中》。韋昭注：「掌授客館。」

〔一九〕［百家注引孫汝聽曰］傳，今之驛也。傳吏，謂驛吏。

〔二〇〕［百家注引孫汝聽曰］《周禮》：「畺有寓望。」注：「境界之上，有寄寓之舍，候望之人。」按：見《儀禮·聘義》，「畺」作「疆」。

〔二一〕［注釋音辯］傳音轉。

〔二二〕［注釋音辯］童（宗説）云：飫，於據切，食多也。按諸韻，字當作饇。［世綵堂］飫，於據切。燕食也。

〔二三〕［注釋音辯］潘（緯）云：（積）子智切。

〔二四〕［注釋音辯］潘（緯）云：奇音闕，一音如字。赢，音盈，謂錢餘物也。［蔣之翹輯注］奇音羈。

〔二五〕［蔣之翹輯注］勾音構。會，古外切。勾會，會計也。

〔二六〕［百家注引孫汝聽曰］大曆十四年，兩京以御史一人知驛，號館驛使。

〔二七〕兩宿爲信。《詩經・周頌・有客》：「有客宿宿，有客信信。」往來官員住驛館，最多二日，二日以上便須住客館。隨行家眷亦不得住驛館。見《唐會要》卷六一貞元二年第五琦奏。

〔二八〕陳景雲《柳集點勘》卷二：「如徐浩妾弟爲美原尉，屬京尹，以知驛奏優，改長安尉是也。浩事在大曆八年，時尚未置館驛使，故畿内郵傳皆京尹主之。及十四年，悉歸之主使務者。」

〔二九〕［注釋音辯］調，徒弔切。

〔三〇〕［蔣之翹輯注］《周禮》：「天官太府掌九貢九賦九功之貳，以受其貨賄之入，頒其貨於受藏之府，頒其賄於受用之府。」按：見《周禮・天官冢宰・大府》。

〔三一〕［百家注引韓醇曰］泰字安平，貞元二十年，與公同爲監察御史。

【集評】

龐元英《文昌雜録》卷五：柳子厚作《館驛使記》云……言唐都畿之制如此，雖《六典》所在，亦不得其詳。今司門、職方謂宜舉唐舊制，而復京畿之壯觀焉。

茅坤《唐宋八大家文鈔》卷二二：中條貫龐雜，而文所點次處若掌。

《王荆石先生批評柳文》卷七：雄健。「必稱其制」句下評：四「其」字不拘偶。

蔣之翹輯注《柳河東集》卷二六：雖綜記點綴簇密，而縱横用意甚嚴，非大有筆力者，不易爲此。

郭正域曰：雄健。

儲欣《河東先生全集録》卷四：厚重縷晰，著作手。

孫琮《山曉閣選唐大家柳柳州全集》卷三：叙記之妙，妙在臚列處瞭若指掌，便是能手。此篇前幅，先叙出邦畿，次叙出館驛，便是井井有條。叙館驛處分二小段，一是從外入來，一是從内出去，極寫得詳悉。中幅詳叙驛館，不漏不蔓，數筆寫盡，每一筆是一處館驛，詳叙夷人華人之多，役使去來之衆，迎勞之煩，傳館之備，飲燕之豐美，繕修之完固，出入之井然，不煩不簡，亦是數筆寫盡，每一筆是一節文字。後幅設官考課，鑄印作記，又是四段寫出，章法詳密，無逾斯篇。

姚鼐《古文辭類纂》卷五三：鼐按：子厚在御史、禮部時文，往往摹效《國語》而蹊徑不化，辭頗蹇塞，若《饗軍堂》、《江運》二記皆然。此文較爲明净雅飭，然尚不及永、柳以後所爲也。

王文濡《評校音注古文辭類纂》卷五三引方苞云：意義了不異人，以字句仿三《禮》内外傳，遂覺古光照人。李習之論文，造言與創意並重，有以哉。

陳衍《石遺室論文》卷四：姚姬傳評柳子厚《館驛使壁記》云……案《國語》多短句，尤多四句，即駢儷所自來也。子厚年少時，沾染唐風，必善爲駢儷，故詞藻甚富。特其取材不限於唐人之《選》學，於經史百家，無所不探。少於《國語》，晚於《楚詞》，變其詞藻，則已難矣，何能遽化其蹊徑哉！即言蹊徑，亦稍有别，《國語》偶句雖多，句法與《左傳》大同小異，而其單用長句處，十尚四五。豈如二記四字句之十有七八哉？嘗謂散文不宜全無偶句，然不宜多四也。至此文篇中云……變化《禹貢》及《周禮·職方氏》，自覺恰好。而惜抱未之知，故不言其摹效。若二記之多四字句，則六朝體制，《文心雕龍》其最著者矣。

嶺南節度饗軍堂記①

唐制：嶺南爲五府〔一〕，府部州以十數〔二〕，其大小之戎〔三〕，號令之用②，則聽于節度使焉。其外大海多蠻夷，由流求、訶陵〔四〕，西抵大夏、康居〔五〕，環水而國以百數，則統于押蕃舶使〔六〕。内之幅員萬里〔七〕，以執秩拱稽③〔八〕，時聽教命；外之羈屬數萬里④〔九〕，以譯言贄寶〔一〇〕，歲帥貢職。合二使之重⑤，以治于廣州，故賓軍之事〔一一〕，宜無與校大。且賓有牲牢饔餼〔一二〕，嘉樂好禮〔一三〕，以同遠合疏；軍犒饋宴饗，勞旅勤歸〔一四〕，以群力一心。於是治也，閈閎階序〔一五〕，不可與他邦類。必厚棟大梁⑥，夷庭高門，然後可以上充於揖讓，下周於步武。

今御史大夫扶風公廉廣州〔一六〕，且專二使，增德以來遠人，申威以脩戎政。大饗宴合樂，從其豐盈。先是爲堂於治城西北陬〔一七〕，其位，公北向，賓衆南向⑦，奏部伎于其西，視泉池于其東⑧。隅奥庳側⑨〔一八〕，庭廡下陋⑩，日未及晡⑪〔一九〕，則赫炎當目，汗眩更起，而禮莫克終。故凡大宴饗、大賓旅⑫，則寓于外壘，儀形不稱。公於是始斥其制⑬，爲堂南面，横八楹，縱十楹，嚮之宴位⑭，化爲東序，西又如之。其外更衣之次，膳食之宇，列觀以游目，偶亭以展聲⑮〔二〇〕，彌望極顧，莫究其往。泉池之舊，增濬益植⑯，以暇以息，如在林壑。問工焉取〔二一〕，則師輿是供〔二二〕；問役焉取，則蠻隸是徵；問材焉取，則隙宇是遷。或益其闕，伐山浮海，農賈拱手，張目視具。乃十月甲子克成，公命饗于新堂。幢牙茸纛〔二三〕，金節析羽〔二四〕，旆旗旟旐⑰〔二五〕，咸飾于下。鼓以鼖晉⑱，金以鐸鐃〔二六〕。公與監軍使肅上賓，延群僚⑲，將校士吏，咸次于位。卉裳罽衣〔二七〕，胡夷蜑蠻〔二八〕，睢盱就列者〔二九〕，千人以上。鉶鼎體節〔三〇〕，燔炮胾炙〔三一〕，羽鱗貍互之物⑳〔三二〕，沉泛醍盎之齊〔三三〕，均飫于卒士。興王之舞〔三四〕，服夷之伎〔三五〕，揳擊吹鼓之音〔三六〕，飛騰幻怪之容㉑〔三七〕，寰觀於遠邇㉒。禮成樂遍，以叙而賀，且曰：「是邦臨護之大，五人合之〔三八〕，非是堂之制不可以備物，非公之德不可以容衆㉓。曠于往初，肇自今兹，大和有人，以觀遠方，古之戎政，其曷用加此。」

華元，名大夫也，殺羊而御者不及〔三九〕；霍去病，良將軍也，餘肉而士有飢色〔四〇〕。猶克稱能，以垂到今。矧兹具美，其道不廢，願訪于金石㉔，以永示後祀。遂相與來告，且乞辭。某讓不獲㉕，乃刻于兹石云㉖。

【校記】

① 注釋音辯本「度」下有「使」字。世綵堂本注：「一本有使字。」

②原注與世綵堂本注：「號令，一作『名字』。」注釋音辯本注：「令，一本作『名』。」詁訓本注：「一作『名字之用』。」

③原注與世綵堂本注：「一本作『以就執秩拱玉稽』。」執秩拱稽，詁訓本注：「一作『就秩拱玉稽』。」注釋音辯本此句即作「以就秩拱玉稽」，並注：「一本作『執秩拱稽』。」

④原注與注釋音辯本、詁訓本、世綵堂本注：「一本『外』字下有『境』字。」

⑤原注與注釋音辯本、詁訓本、世綵堂本注：「一本『合』字下有『外』字。」《文粹》作「合内外」，當是。

⑥原注與世綵堂本注：「（梁）一作宗。屋棟。芒庚切。」

⑦賓衆，《英華》作「衆賓」。

⑧池，《英華》作「地」。

⑨側，注釋音辯本作「反」。

⑩原注與世綵堂本注：「（陋）一作漏。」

⑪原注：「一作『日未及昃』。」注釋音辯本、詁訓本、世綵堂本注：「（晡）一作昃。」

⑫賓，《英華》、《文粹》作「軍」。賓旅，即賓客、軍旅。

⑬斥，《英華》作「新」。

⑭嚮之宴位，《英華》、《全唐文》二書作「饗宴之位」，《文粹》作「宴饗之位」。

⑮ 聲，《英華》作「聽」。

⑯ 植，《英華》注：「一作廣。」

⑰ 原注與世綵堂本注：「旆，一作旂。」注釋音辯本作「旂」，《英華》無「旆」字。

⑱ 晉，詁訓本、《文粹》作「鼓」。詁訓本注：「一作晉。」

⑲ 群，世綵堂本作「郡」。

⑳ 互，原作「牙」，爲「㸦」之形訛，同「互」字，據注釋音辯本、世綵堂本、游居敬本等改。

㉑ 原注與詁訓本、世綵堂本注：「幻，一作眩。」

㉒ 寰，《英華》作「環」。

㉓ 《英華》「非」下有「我」。

㉔ 訪，蔣之翹輯注本作「刻」，《全唐文》作「勒」，《英華》注：「集作勒。」何焯《義門讀書記》卷三六：「訪，一作勒。」

㉕ 《文粹》「某」下有「牢」。

㉖ 注釋音辯本、《英華》、《文粹》、《全唐文》均無「云」字。注釋音辯本注：「一本下有『云』字。」世綵堂本注：「一無『云』字。」

【解　題】

［韓醇詁訓］嶺南五府：廣州、安南、桂、容、邕也。節度使理廣州。舊史：馬總，元和四年兼御史中丞充嶺（安）南都護、本管經略使。八年，自桂管觀察使爲廣州刺史、嶺南節度使。記所謂扶風公，即總也。公時爲永州司馬，記是時作。按：《舊唐書·憲宗紀下》：「（元和八年十二月）丙戌，以桂管觀察使馬總爲廣州刺史、嶺南節度使。」文云「乃十月甲子克成」，則爲元和九年事，文即是年作。章士釗《柳文指要》上《體要之部》卷二六稱：「此文爲集中鉅制，高文大册，部婁燕許。」

【注　釋】

〔一〕［注釋音辯］謂廣州、安南、桂管、邕管、容管。

〔二〕［百家注引孫汝聽曰］部，猶管也。

〔三〕［百家注引孫汝聽曰］大戎小戎，皆兵車也。《詩》：「元戎十乘，以先啟行。」又曰：「小戎俴收，五楘梁輈。」元戎所乘之車，謂之大戎。從後行者，謂之小戎。按：見《詩經·小雅·六月》及《秦風·小戎》。

〔四〕［百家注引孫汝聽曰］流求，東夷。訶陵，南蠻也。按：《新唐書·地理志七下》：「佛逝國東水行四五日，至訶陵國，南中洲之最大者。」

〔五〕［百家注引孫汝聽曰］大夏、康居，西域二國名。見《西漢》。

〔六〕［注釋音辯］舶音白，大舟也。［百家注引韓醇曰］嶺南節度兼押蕃舶使。

〔七〕［百家注引童宗説曰］《商頌》：「幅員既長。」注：「幅，廣。員，均也。」按：見《詩經·商頌·玄鳥》。

〔八〕［注釋音辯］按《左傳》僖公二十七年：「作執秩，以正其官。」注：「執秩，主爵秩之官。」又《吴語》：「擁鐸拱稽。」注：「拱，執也。稽，計兵名藉。」按：百家注本引孫汝聽注與童注同。

〔九〕［百家注引王儔補注］謂所管羈縻州。

〔一〇〕章士釗《柳文指要》上《體要之部》卷二六：「此指賓言，謂譯其言，而代呈其進奏之寶也。」

〔一一〕［百家注引孫汝聽曰］《周官》：「五禮：吉、凶、賓、軍、嘉。」按：見《周禮·地官司徒·大司徒》。

〔一二〕［韓醇詁訓］饔，於恭切，熟食也。餼，虚器切，饋餉也。［百家注引劉崧曰］《詩》：「雖有牲牢饔餼，不肯用也。」注：「牛羊豕爲牲，繫養者曰牢。熟曰饔，腥曰餼。」［百家注引童宗説曰］饔，熟食也。餼，遺餉也。上音邕，下音戲。

〔一三〕［百家注引孫汝聽曰］《左氏》：「嘉樂不野合。」按：見《左傳》定公十年。

〔一四〕［百家注引孫汝聽曰］《詩》：「出車以勞還，杕杜以勸歸。」按：見《詩經·小雅·采薇》。

〔一五〕［注釋音辯］閈音汗，上。［百家注引孫汝聽曰］閈，閭也。《爾雅》：「衖門謂之閎。東西牆謂之序。」閈音旰。衖，古巷切。按：見《爾雅·釋宫》。

〔一六〕〔注釋音辯〕元和八年，御史大夫扶風郡公馬總爲嶺南節度使。〔百家注引韓醇曰〕元和八年十二月，以御史大夫扶風郡公馬總爲嶺南節度使。按：「御史大夫」爲「御史中丞」之訛。據《舊唐書·馬總傳》，元和十二年誅吴元濟，馬總爲蔡州刺史兼御史大夫、充淮西節度，此前只兼御史中丞。

〔一七〕〔注釋音辯〕(陬)子侯切，隅也。〔韓醇詁訓〕子侯切。

〔一八〕〔百家注引孫汝聽曰〕《爾雅》：「西南隅謂之奥。」按：見《爾雅·釋宫》。

〔一九〕〔百家注引孫汝聽曰〕日加申時曰晡。晡音逋。

〔二〇〕〔蔣之翹輯注〕觀，去聲。章士釗《柳文指要》上《體要之部》卷二六：「偶亭，擴大亭之一倍。胡鳴玉曰：凡觀之，平聲。又以示人，使之來觀，去聲。如大觀、奇觀、壯觀、舊觀等，並去聲。杜詩：『先朝常宴會，壯觀已塵埃。』此一徵也。」

〔二一〕〔蔣之翹輯注〕「焉」字並於虔切。

〔二二〕〔百家注引孫汝聽曰〕輿，衆也。

〔二三〕〔注釋音辯〕幢，一作橦，傳江切。〔韓醇詁訓〕幢，閭江切。茸，而容切。纛音導。以氂牛尾爲之，繫左騑馬軛上。〔百家注引童宗説曰〕幢，幡。牙，牙旗。纛，羽幢。幢，傳江切。茸，而容切。纛音道。〔世綵堂〕幢，幡。牙旗。纛，古用犛牛尾，今軍中大皂旗名皂纛。〔蔣之翹輯注〕纛以犛牛尾爲之，置左騑馬首，大如斗，名羽葆。

〔二四〕［百家注引孫汝聽曰］《周禮》：「山國用虎節，澤國用龍節，皆以金爲之。」按：見《周禮·地官司徒·掌節》。

〔二五〕［韓醇詁訓］旟，戈於切。《周禮》：「鳥隼爲旟。」旞，似醉切。全羽爲旞。［百家注引韓醇曰］《周禮》：「軍吏載旗，百官載旟。」又：「熊虎爲旗，鳥隼爲旟，全羽爲旞，析羽爲旌。」旞，音遂。按：見《周禮·夏官司馬·大司馬》及《春官宗伯·車僕》。

〔二六〕［注釋音辯］《周禮》：「鼖鼓長八尺，晉鼓長六尺六寸。」［韓醇詁訓］鼖音墳。［百家注引孫汝聽曰］《周禮·夏官》：「諸侯執賁鼓，軍將執晉鼓，卒長執鐃，兩司馬執鐸。」《鼓人》曰：「以賁鼓鼓軍事，以晉鼓鼓金奏，以金鐃止鼓，以金鐸通鼓。」注：「大鼓謂之賁，長八尺。晉鼓長六尺六寸。鐃如鈴，無舌有秉，執而鳴之，以止鼓。」按：見《周禮·地官司徒·鼓人》及《夏官司馬·大司馬》。

〔二七〕［注釋音辯］罽音計，織毛布。［韓醇詁訓］罽音計。西胡毳布，織毛爲之，若今氍及氍毹之類。［百家注引孫汝聽曰］卉罽，皆蠻夷所服。《書》：「島夷卉服。」卉，草也。罽，氈類，織毛爲之。

〔二八〕［注釋音辯］蜑音但。［韓醇詁訓］蜑音但，蠻屬。［百家注引童宗説曰］南方夷曰蜑，音誕。

〔二九〕［注釋音辯］睢，火佳切。［百家注引韓醇曰］睢盱，張目貌。《字林》：「睢，仰目。盱，張目。」睢，火佳切。

〔三〇〕［韓醇詁訓］鉶音刑。［百家注引孫汝聽曰］鉶，盛羹之器。體，即全體。節，謂支節。鉶音刑。

〔三一〕［注釋音辯］胾，側吏切，大臠。炙，之夜切。［韓醇詁訓］胾，側吏切，大臠也。炙，之夜切。按：百家注本引韓醇注尚云：「炙，炙肉。」

〔三二〕［注釋音辯］貍，莫皆切。《周禮·鼈人》注：「互物謂有甲。貍物，龜鼈之屬，自貍伏於泥中者。」［蔣之翹輯注］《周禮》：「鼈人掌取互物，以時簎。魚鼈龜蜃，凡貍物。」注：「互謂有甲介者，貍，自貍伏於泥中者。」按：見《周禮·天官冢宰·鼈人》。

〔三三〕［注釋音辯］醍音體。盎，於浪切。齊，才詣切。《周禮》：「酒正五齊：一曰泛齊，二曰醴齊，三曰盎齊，四曰緹齊，五曰沈齊。」［韓醇詁訓］醍，他禮切。盎，於浪切。齊，才詣切。《周禮》有醍齊、盎齊，酒名也。［百家注集注］《周禮》：「酒正辨五齊之名：一曰泛齊，二曰醴齊，三曰盎齊，四曰緹齊，五曰沉齊。」注云：「泛者，泛泛然。盎，猶翁也，成而翁翁然。緹者，色紅赤。」又云：「沉者，成而滓沉。」醍，他禮切。盎，於浪切。齊，才諧切。按：見《周禮·天官冢宰·酒正》。光聰諧《有不爲齋隨筆》辛：「《嶺南節度饗軍堂記》：『沈泛醍盎之齊，均飫於卒士。』按《周禮》酒正祭祀共五齊，齊以享神，非人所得飲也。」

〔三四〕［百家注引孫汝聽曰］謂《七德舞》、《九功舞》之類。

〔三五〕［百家注引孫汝聽曰］唐有西涼伎、天竺伎、龜茲伎、安國伎、疏勒伎、康國伎之類。

〔三六〕［注釋音辯］揳，先結切，亦作戛。吹，尺瑞切。［韓醇詁訓］揳，古八切，亦作戛。吹，尺瑞切。［百家注］吹，去聲。

〔三七〕〔百家注引孫汝聽曰〕幻怪，如魚龍蔓延之戲。

〔三八〕〔百家注引韓醇曰〕嶺南節度兼五府討擊使。

〔三九〕〔注釋音辯〕《左傳》宣公二年：「華元殺羊食士，其御羊斟不與。」〔韓醇詁訓〕宋華元也。文公九年，代公子成爲右師。鄭之伐宋也，受命於楚，華元樂吕禦之，戰於大棘。將戰，華元殺羊食士，其御羊斟不與。及戰，曰：「疇昔之羊子爲政，今日之事我爲政。」與入鄭師，宋師敗績。

〔四〇〕〔注釋音辯〕前漢本傳云。〔韓醇詁訓〕霍去病，少而侍中，貴不省士。其從軍，上爲遣太官齎數十乘，既還，重車餘棄粱肉，而士有飢色。按：見《漢書·霍去病傳》。

【集　評】

黄震《黄氏日鈔》卷六〇：文佳。

王惲《書送鄭尚書序後》：韓、柳文多同時相顧而作，如《送鄭權序》、《饗軍堂記》之類是也。筆勢翩翩，若相陵跨者。柳之記間架曲折，宏深雅麗，出奇無窮，然不過崇治閈閎，饗燕軍容之盛而已。《序》之爲文纔五百餘字，雖云後出，詞氣絶勝，令人讀之，抵一部嶺南方志，覺海氣拂拂來逼人矣。其終篇致意最妙，專以貴而能貧、仁而不富爲主，委曲謀猷之壯，從容箴戒之深，誠有關於嶺徼之治亂，爲尚書權之藥石也。（《秋澗集》卷七二）

《王荆石先生批評柳文》卷七：閎壯森嚴，豈非傑作！

茅坤《唐宋八大家文鈔》卷二二：嶺南節度使所領者重鎮，所建饗軍堂之制亦弘敞，而文亦稱。

蔣之翹輯注《柳河東集》卷二六：森嚴鉅麗，是大手筆。唐順之曰：通篇無一浮語。王世貞曰：閎壯。又「乃十月甲子克成」引王世貞曰：規制宏麗。

康熙敕纂《御選古文淵鑒》卷三七：雄深者其思理也，整麗者其體製也。復有一種俊邁之風格旋轉於其間，豈非傑搆。臣（高）士奇曰：文體至西京始稱弘備，爲作者取則，由其去古未遠，推本經術，不區區以文法爲工也。卧子陳子龍曰：文如畫棟雕甍，高牙大纛，翼翼巖巖，觀者竦視。臣（陳）廷敬曰：崇閎之論，妙於發端，瑰偉之詞，工於鋪叙。詳而不煩，質而能雅之文。

儲欣《河東先生全集録》卷四：鉅麗乃爾耶！如作室者取材於荆揚，相之以垂公輸，因仿秦漢規制而經營之，《阿房》、《未央》，不得專美。

孫琮《山曉閣選唐大家柳柳州全集》卷三：又：篇中欲説饗軍堂弘麗，先説一段節度使、蕃舶使統轄之大，便見得此堂不可不弘麗也。欲説新堂規模巨集遠，先説一段舊堂位置狹陋，便見得新堂不可不宏遠也。皆是題前襯起之法。後幅寫饗賓之盛，真覺得煌煌盛典，照耀一時。鍾伯敬（惺）曰：高壯森嚴，豈非傑作。

何焯《義門讀書記》卷三六：更簡百餘字，則筆力益高。起處先叙軍府所領之大，所寄之重，乃記改作是堂緣起。「以執秩拱稽」：指軍，「以譯言贄寶」：指賓。「合二使之重」：二使豈可並論？鳥獸睢盱，亦不足以言賓也。但欲對舉，使文整贍，亦嘗即押舶之名，思其義乎。「增德以來遠人」：

指賓。「申威以修戎政」：指軍。「問工焉取」十句：太承襲前規。「羽鱗貍牙之物」二句：韓子引經，惟在義理，器數名物，則古今異制，不苟務博。「華元名大夫也」四句：何乃引此？「願訪於金石」：「訪」一作「勒」。此等文不可與《送鄭權序》比，猶是燕、許之拔出者。

沈德潛《唐宋八家文讀本》卷一〇：與昌黎《送鄭尚書之南海》及《南海神廟碑》一種筆墨，無一句一字不捶鍊刻琢而成者，鋪陳始終，折以法度，極有典有則之文。

浦起龍《古文眉詮》卷五三：人人詫爲鉅制矣，諦審之，直是按切題眼，鋪陳始終，所謂極眩耀而折法度者也。冠以嶺南，鈐以大使，經以堂制，彙以饗軍，挾揚馬之材，運燕許之格，而自成爲柳氏雋傑廉悍之文。在南中時，絶無僅有。

平步青《霞外攟屑》卷七上：柳州文學《國語》最多，如伍舉論章華之臺云：「問誰宴焉？則宋伯鄭伯。問誰相禮？則華元駟騑。問誰贊焉？則陳侯蔡侯，許男頓子。」柳州《嶺南節度饗軍堂記》中「問工焉取」十句，全仿之。《義門讀書記》譏其太承襲前規，蓋即指五語。時文每用以點醒題字，若以入論著，鮮不被嗤矣。

邠寧進奏院記①

凡諸侯述職之禮〔一〕，必有棟宇建于京師，朝覲爲修容之地〔二〕，會計爲交政之所〔三〕。

其在周典，則皆邑以具湯沐〔四〕；其在漢制，則皆邸以奉朝請②〔五〕。唐興因之，則皆院以備進奏〔六〕，政以之成，禮於是具，由舊章也〔七〕。

皇帝宅位十一載〔八〕，悼邊氓之未乂，惡兇虜之猶阻，博求群臣③，以朗寧王張公爲能〔九〕。俾其建節剖符，守股肱之郡④〔一〇〕，統爪牙之職〔一一〕，董制三軍，撫柔萬人。乃新斯院，弘我舊規⑤，高其閈閎〔一二〕，壯其門閭。以奉王制，以修古典，至敬也；以尊朝覲，以率貢職，至忠也。執忠與敬，臣道畢矣。公嘗鳴珮執玉，展禮天朝，又嘗伐叛獲醜，獻功魏闕〔一三〕。其餘歸時事，修常職，賓屬受辭而來使，旅賁奉章而上謁〔一四〕，稽疑於大宰，質政於有司⑥，下及奔走之臣，傳遽之役⑦，川流環運，以達教令。大凡展采於中都，率由是焉。故領斯院者必獲歷閶闔〔一五〕，登太清〔一六〕，仰萬乘之威，而通内外之事。王宮九關而不閒⑧〔一七〕，轅門十舍而如近〔一八〕，斯乃軍府之要樞⑨，朗寧之能政也⑩。惟公端明而厚⑪，温裕而肅，宏略特出，大志高邁。施德下邑，而黎人咸懷；設險西陲⑫，而戎虜伏息〔一九〕。茂功溢于太常⑬，盛烈動於人聽，則斯院之設，乃他政之末者也。贊公于他政之末，故詞不周德；稱公于天子之都，故禮不稱位，斯古道也。貞元十二年十月六日，河東柳宗元爲記⑭。

【校　記】

①寧，《英華》作「州」。

②邸，原作「邱」，據注釋音辯本及《英華》改。原注與世綵堂本注：「與邸同。」故改爲通用字。注釋音辯本注：「邸，一本作邱。同朝宿之舍在京師者。」詁訓本注：「《（漢書）文帝紀》云：『至邸而議之』。顔師古曰：『郡國朝宿之舍在京師者，率名邸。邸，至也，丁禮反。』」

③臣，《英華》作「僚」。

④守，《英華》作「鎮」，並注：「集作守，又作部。」

⑤原注與世綵堂本注：「一作制。」注釋音辯本作「制」，並注：「一本作規。」

⑥質，《英華》作「資」。

⑦遽，游居敬本、《全唐文》作「遞」。

⑧問，注釋音辯本、游居敬本、《英華》作「聞」，《英華》注：「蜀本作開。」吴汝綸《柳州集點勘》亦作「聞」。按：「問」爲「阻」意，作「問」是。

⑨原注與注釋音辯本、詁訓本、世綵堂本注：「（樞）一作會。」

⑩朗，原作「郊」，原注與世綵堂本注：「郊，一作朗。」詁訓本注：「郊寧，一作朗寧。」據注釋音辯本及《英華》改。注釋音辯本注：「朗，一本作郊。」按：文既已稱張獻甫爲「朗寧王張公」，則朗寧即謂獻甫也。

⑪明，《英華》作「持」。

⑫設險，《英華》作「捍敵」，並注：「蜀本作設揄。」注釋音辯本注：「設險，一本作爲敵。」詁訓本注：「一作捍敵。」原注：「一作搏敵西陲。」世綵堂本注：「一作捍敵西陲。」

⑬原注與注釋音辯本、世綵堂本注：「茂，一作戎。」詁訓本作「戎」。

⑭《英華》「爲」下有「之」。

【解題】

［韓醇詁訓］作之年月，具見於記。［蔣之翹輯注］貞元四年，張獻甫代韓遊瓌領邠寧節度使。邠寧軍素驕悍，獻甫嚴，因遊瓌去，遂縱掠，徽范希朝爲帥，都將楊朝晟誅首亂者，獻甫得入。後爲斯院，故子厚記之云云。按：《舊唐書·德宗紀下》：「（貞元四年）秋七月庚戌，以左金吾將軍張獻甫爲邠寧節度使。」「（十二年五月）丙申，邠寧節度使張獻甫卒。」此文作於貞元十二年十月，文已載云。獻甫殁後，邠寧節度使爲楊朝晟。《舊唐書·代宗紀》大曆十二年五月：「諸道邸務在上都名曰留後改爲進奏院。」宋敏求《長安志》卷八宣陽坊：「邠寧、東川、振武、鄂州進奏院。」程大昌《演繁露》卷一二：「《國朝會要》：唐藩鎮皆置邸京師，謂之上都留後院。大曆十二年，改爲上都知進奏院。」章士釗《柳文指要》上《體要之部》卷二六：「進奏院宋代亦有其制，如蘇舜卿監進奏院，以用鬻故紙公錢召妓樂會賓客除名。是此院爲國家所設，任官監之，爲外藩處理進奏事，與有唐外藩自設，

如此文號邠寧進奏院，專爲朗寧王張獻甫朝覲貢職之用者有異。」又云：「藻采紛披，頗傷對偶，自是子厚騷賦功深，由駢入散之一階段所爲文字。」

【注釋】

〔一〕［百家注引劉崧曰］《孟子》：「諸侯朝於天子曰述職。」述職者，述所職也。按：見《孟子·梁惠王下》。

〔二〕［百家注引孫汝聽曰］《周禮》：「春見曰朝，秋見曰覲。」修容，謂修其儀容也。按：見《周禮·春官宗伯·大宗伯》。

〔三〕［百家注引孫汝聽曰］《孟子》曰：「孔子嘗爲委吏矣，曰會計當而已矣。」按：見《孟子·萬章下》。

〔四〕［韓醇詁訓］《王制》：「方伯爲朝天子者，皆有湯沐之邑於天子之縣內，視元士。」注：「給齋戒自潔清之用，浴用湯，沐用潘。」按：見《禮記·王制》。

〔五〕［注釋音辯］請，才性切。漢律：春曰朝，秋曰請。［韓醇詁訓］漢法：諸侯春見曰朝，秋見曰請。按：《太平御覽》卷二四：「孟康《漢書音義》曰：春曰朝，秋曰請，如古諸侯朝聘也。」

〔六〕［百家注引孫汝聽曰］大曆十二年五月，諸道邸移在上都者，改爲進奏院。吏曰留後。

〔七〕［百家注引童宗説曰］《詩》：「率由舊章。」章，典章也。按：見《詩經·大雅·假樂》。

〔八〕〔百家注引孫汝聽曰〕《書》：「朕宅帝位三十有三載。」德宗大曆十四年即位，至貞元五年，宅位十一載矣。按：見《尚書·大禹謨》。

〔九〕〔注釋音辯〕張獻甫。〔百家注引孫汝聽曰〕貞元四年，吐蕃三萬騎寇涇、邠等州，七月，授河中節度使渾瑊邠寧慶副元帥，以左金吾將軍張獻甫檢校刑部尚書兼邠州刺史、邠寧節度觀察使，代韓遊瓌。史不載獻甫封朗寧王。按：《全唐文》卷五三四李觀《邠寧慶三州節度饗軍記》亦稱「朗寧郡王張公」，即張獻甫。

〔一〇〕〔百家注引王儔補注〕漢文帝謂季布曰：「河東，吾股肱郡，故特召君耳。」按：見《漢書·季布傳》。

〔一一〕〔百家注引童宗説曰〕《詩》：「祈父，予王之爪牙。」按：見《詩經·小雅·祈父》。「牙」作「士」。

〔一二〕〔世綵堂〕《左傳》襄三十一年：「高其閈閎。」

〔一三〕〔百家注集注〕（貞元）四年九月，吐蕃寇寧州，獻甫率衆禦之，斬首百餘級。

〔一四〕〔注釋音辯〕賁，音奔。〔世綵堂〕《周禮·旅賁氏》：「凡祭祀會同賓客，則服而趍。」按：見《周禮·夏官司馬·旅賁氏》。

〔一五〕〔世綵堂〕《楚辭》：「排閶闔而望予。」薛綜注《西京賦》：「紫微宫門，名曰閶闔。」〔蔣之翹輯注〕《離騷經》：「吾令帝閽開關兮，倚閶闔而望予。」注：「閶闔，天門也。」

〔一六〕〔蔣之翹輯注〕《廣雅》：「輕清者上爲天，故天爲太清。」

〔一七〕〔百家注引孫汝聽曰〕《楚辭》云：「魂兮歸來，君無上天些。虎豹九關，啄害下人些。」注：「天門九重，使虎豹執其關閉。」〔蔣之翹輯注〕九關，言天門九重也。字見《招魂》。

〔一八〕〔蔣之翹輯注〕《左傳》：「晉楚治兵，會於中原，其避君三舍。」注：「三十五里曰一舍。」按：見《左傳》僖公二十三年。

〔一九〕〔百家注引孫汝聽曰〕獻甫至鎮，斷山浚塹，選巖要地築烽堡。請復鹽州及洪門、洛原鎮屯兵，詔可。獻甫遣兵馬使魏光逐吐蕃，築鹽、夏二城，虜衆畏，不敢入寇。〔蔣之翹輯注〕唐史獻甫以軍功試光禄卿、殿中監，從河中節度使賈耽討梁崇義，有勞。德宗西幸，又從渾瑊討朱泚，戰多，累遷至金吾將軍，檢校工部尚書。李懷光叛，吐蕃盜邊，獻甫領禁兵戍咸陽累年，兵農悦安。

【集　評】

康熙敕纂《御選古文淵鑒》卷三七：能小中見大，而體局弘敞，詞亦足以配之。禹修方岳貢曰：贊節度之政於天子之都，宜其抑揚有體，進退肅然。臣（徐）乾學曰：朗寧功業在貞元間，可稱節將。記進奏院而推此，發論立言有體。

何焯《義門讀書記》卷三六：燕許舊規，亦閎壯可喜。「以奉王制」以下，鋪揚皆太煩，惟忠惟敬，以院至耶？既至矣，後又云他政之末，何也？此篇其半可削。

興州江運記

御史大夫嚴公牧于梁五年①〔一〕，嗣天子舉周漢進律增秩之典②〔二〕，以親諸侯。謂公有功德理行，就加禮部尚書〔三〕。是年四月，使中謁者來錫公命〔四〕。賓僚吏屬，將校卒士，黧老童孺，填溢公門③，舞躍歡呼，願建碑紀德，垂億萬祀。公固不許，而相與怨咨④，遑遑如不飲食⑤，於是西鄙之人⑥〔五〕，密以公刊山導江之事⑦，願刻巖石。曰：

維梁之西，其蔽曰某山⑧〔六〕，其守曰興州。興州之西爲戎居，歲備亭障，實以精卒。以道之險隘，兵困于食，守用不固，公患之⑨，曰：「吾嘗爲興州，凡其土人之故⑩，吾能知之。自長舉北至於青泥山〔七〕，又西抵于成州〔八〕，過栗亭川〔九〕，踰寶井堡〔一〇〕，崖谷峻隘，十里百折，負重而上，若蹈利刃。盛秋水潦〔一一〕，窮冬雨雪⑪，深泥積水，相輔爲害。顛踣騰藉〔一二〕，血流棧道，糗糧芻藁，填谷委山，牛馬群畜⑫，相藉物故⑬。餫夫畢力〔一三〕，守卒延頸，嗷嗷之聲，其可哀也。若是者，綿三百里而餘。自長舉之西⑭，可以導江而下⑮，二百里而至，昔之人莫得知也⑯。吾受命于君而育斯人，其可已乎？」乃出軍府之幣以備器用，即山僦功〔一四〕，由是轉巨石，仆大木，焚以炎火⑰，沃以食醯⑱〔一五〕，摧其堅剛，化爲灰燼。畚鍤之下〔一六〕，易甚朽壤⑲〔一七〕，乃闢乃墾，乃宣乃理，隨山之曲直以休人力，順地之高下以殺湍悍⑳〔一八〕。厥功既成，咸如其素，於是決去壅土，疏導江濤，萬夫呼抃，莫不如志。雷騰雲奔，百里一瞬〔一九〕，既會既遠，澹爲安流㉑。烝徒謳歌〔二〇〕，枕卧而至，戍人無虞，專力待寇。惟我公之功，疇可侔也。而無以酬德，致其大願，又不可得命。矧公之始來，屬當惡歲，府庾甚虚，器備甚殫〔二一〕，飢饉昏札〔二二〕，死徙充路㉒。賴公節用愛人，克安而生，老窮有養，幼乳以遂，不問不使，咸得其志。公命鼓鑄，庫有利兵；公命屯田，師有餘糧㉓。選徒練旅，有衆孔武；平刑議獄㉔，有衆不黷〔二三〕。增石爲防，膏我稻粱，歲無凶災，家有積倉。傳館是飾〔二四〕，旅忘其歸，杠梁以成㉕〔二五〕，人不履危。若是者，皆以戎隙帥士而爲之，不出四人之力㉖，而百役已就㉗。且我非西鄙之職官㉘，故不能具舉。惟公和恒直方，廉毅信讓，敦尚儒學，挹損貴位㉙，率忠與仁，以厚其誠。其有可以安利于人者㉚，行之堅勇，不俟終日，其興功濟物如此其大也㉛。

昔之爲國者，惟水事爲重，故有障大澤，勤其官而受封國者矣㉜〔二六〕。西門遺利，史起興歎㉝〔二七〕；白圭壑鄰，孟子不與〔二八〕。公能夷險休勞，以惠萬代，其功烈尤章章焉，不可蓋也。是用假辭謁工㉞，勒而存之㉟，用永憲于後祀。

【校記】

①大夫，《英華》作「中丞」。按：「大夫」是。

②原注與世綵堂本注：「一本『舉』字作『用』。」注釋音辯本、《英華》作「用」。

③世綵堂本注：「公，一作於。」

④「而」上《英華》、《全唐文》有「退」字。

⑤飲，《英華》作「欲」。

⑥原注與注釋音辯本、世綵堂本注：「西，一作四。」詁訓本注：「一作四鄙。」

⑦注釋音辯本無「公」字，並注：「一本『密』作『私』。一本『以』字下有『公』字。」原注與詁訓本、世綵堂本注：「密，一作私。或無『公』字。」按：「私」字好。

⑧某，《英華》作「其」。

⑨原注與注釋音辯本、世綵堂本注：「一本無『患之』二字。」詁訓本注：「一無『患之』。」

⑩原注與注釋音辯本、世綵堂本注：「一本無『土』字。」詁訓本注：「一無『土』。」人，《英華》作「地」。

⑪原注與注釋音辯本、詁訓本、世綵堂本注：「一作『水潦于秋，雨雪于冬』。」何焯《義門讀書記》卷三六：「『盛秋水潦，窮冬雨雪』，注一作『水潦于秋，雨雪于冬』，句法較堅硬，疑公後所改。」

⑫畜，注釋音辯本作「蓄」。

⑬原注與詁訓本、世綵堂本注：「藉，一作枕。」《英華》即作「枕」。

⑭原注與世綵堂本注：「之，一作而。」注釋音辯本作「而」，並注：「而，一本作之。」

⑮江，《英華》作「江江」，並注：「集本不疊此字。」

⑯得，《英華》作「能」。

⑰《英華》作「縱以焚火」。

⑱以，《英華》作「之」。

⑲壞，《英華》、《全唐文》作「壤」。

⑳原注與注釋音辯本、詁訓本注：「湍悍，一本作水怒。」

㉑原注與詁訓本、世綵堂本注：「澹，一作淡。」注釋音辯本作「淡」。爲，《英華》作「焉」。

㉒徒，原作「徒」，據《英華》、《全唐文》、蔣之翹輯注本改。注釋音辯本注：「徒，當作『徙』。」

㉓世綵堂本注：「一本自『師有餘糧』下無四十字，便與『杠梁以成』相接。」

㉔平，《英華》作「評」。

㉕杠梁，注釋音辯本注：「一作虹梁。」詁訓本作「虹梁」，並注：「虹梁，一作杠梁。」原注與世綵堂本注：「杠，一作虹。」

㉖人，原作「方」，據注釋音辯本改。注釋音辯本注：「人，一本作方。」詁訓本注：「一作四人。」原注與世綵堂本注：「方，一作人。」按：四人即四民也，作「人」字是。

㉗《英華》「就」上有「告」。

㉘「非」原闕，據注釋音辯本注補。注釋音辯本注：「一本『我』下更有『非』字。」且，詁訓本作「且非」，並注：「一無『非』字。」原注與世綵堂本注：「『且』字下一有『非』字。」按：「非」字當在「我」下，意謂我（柳宗元自謂）非嚴礪之部屬也。

㉙挹，原作「揖」，據《英華》改。《全唐文》作「抑」。按：挹、抑可通。《荀子・宥坐》「此所謂挹而損之之道也」，楊倞注：「挹亦退也。挹而損之，猶言損之又損。」

㉚注釋音辯本、詁訓本、游居敬本、《英華》均無「其」字。

㉛注釋音辯本、詁訓本、世綵堂本、游居敬本、《英華》「如此」上均有「宜」字。注釋音辯本注：「一本無『宜』字。」

㉜原注與注釋音辯本、世綵堂本注：「矣，一本作焉。」

㉝起，詁訓本作「遷」。

㉞《英華》「辭」下有「焉」字，並注：「集無此字。」

㉟勒，注釋音辯本作「勤」。

【解題】

［韓醇詁訓］嚴公，嚴礪也。舊史礪本傳：「先是礪從弟震在山南爲牙將，礪在軍，歷職至山南東

道節度都虞候、興州刺史兼監察御史。貞元十五年，震卒，以礪權留府事，兼遺表薦礪才堪委任，即以是年七月超授興元尹兼御史大夫、山南西道節度度支營田觀察使。」而此記云「牧于梁五年」，蓋自十六年至貞元二十一年爲五年也。是歲順宗即位，故曰「嗣天子」。「謂公有功德理行，就加禮部尚書」，然傳皆不載加禮部尚書事，豈略之耶？［蔣之翹輯注］江，嘉陵江也。《一統志》：「在漢中府鳳縣北一里，西自大散關來，經兩當縣與川江合，始通舟楫。而縣東之斜谷河、紫金水，縣西之小峪河、紅崖河，縣南之東溝河、埜羊河，俱流出注之。」按：《舊唐書·德宗紀下》：「（貞元十五年）秋七月乙巳，以興州刺史、興元都虞候嚴礪爲興元尹，兼御史大夫、山南西道節度度支營田觀察等使。」以貞元十六年計，至貞元二十一年方爲五年。此文即作於貞元二十一年四月。《新唐書·地理志四》興州順政郡：「元和中，節度使嚴礪自（長舉）縣而西疏嘉陵江二百里，焚巨石，沃醯以碎之，通漕以饋成州戍兵。」陳景雲《柳集點勘》卷二：「嚴礪疏江通運，新史採入《地理志》，皆本此文。但志以爲元和中事，則非也。記作於順宗踐祚之歲，時礪帥興元已五年，則斯役之興當在貞元季。」章士釗《柳文指要》上《體要之部》卷二六：「大記非一，而《興州江運》要爲巨擘，是說也，略近是。此記樸茂典實，並深博無涯涘，千年以來，文壇無間言。」又云：「獨礪官聲並不良，貪沓苟得，士民不勝其苦。史稱其人輕躁，多奸謀，以便佞自將，不識子厚何以爲之揄揚，至於此度？失人之譏，子厚或終難免，即本文所舉刊山導江之績，人亦不敢遽斷爲信詞云。」嚴礪爲東川節度使時貪贓枉法，元和四年爲元積所彈，然疏江導運事非虛，功過當分別而論。

【注釋】

〔一〕［注釋音辯］貞元十五年，興州刺史嚴礪兼御史大夫，爲山南西道節度使。［百家注引韓醇曰］礪本梓州鹽亭縣人。自貞元十六年至二十一年，爲五年。［百家注引孫汝聽曰］《書》：「華陽黑水惟梁州。」梁，即山南西道。按：孫引見《尚書・禹貢》。

〔二〕［注釋音辯］順宗也。［百家注引韓醇曰］貞元二十一年順宗即位，改元永貞。［百家注引孫汝聽曰］《漢書・循吏傳》：「二千石有治理效，輒以璽書勉勵，增秩賜金。」

〔三〕［百家注引韓醇曰］新舊傳皆不載加禮部尚書。

〔四〕［百家注引孫汝聽曰］《漢書・百官表》：「謁者掌賓贊受事。灌嬰爲中謁者，後常以閹人爲之。」《春秋》文公元年：「天王使毛伯來錫公命。」謂禮部尚書之命。按：世綵堂注本引作《左傳》文公元年。

〔五〕鄙，邊鄙，邊遠地區。指興州。

〔六〕據李吉甫《元和郡縣圖志》卷二二，興州順政縣有武興山，有興城關，長舉縣有接溪山，嗚水縣有廚山、落叢山。未知某山指何山。

〔七〕李吉甫《元和郡縣圖志》卷二二興州：「青泥嶺，在（長舉）縣西北五十三里接溪山東，即今通路也。懸崖萬仞，山多雲雨，行者屢逢泥障，故號青泥嶺。」

〔八〕［蔣之翹輯注］長舉，興州屬縣名。成州同谷郡，今爲鞏昌府成縣。

〔九〕樂史《太平寰宇記》卷一五〇成州栗亭縣:「栗亭川,縣治之地。」王存《元豐九域志》卷三成州栗亭縣:「有牛雷山、栗亭川。」

〔一〇〕《新唐書·地理志四》山南道成州同谷郡:「寶應元年没吐蕃,貞元五年,於同谷之西境泥公山權置行州,咸通七年復置,徙治寶井堡,後徙治同谷。」可知寶井堡屬成州。

〔一一〕[韓醇詁訓](潦)郎到切。

〔一二〕[注釋音辯]踣音匐,又四候切,藁也。[韓醇詁訓]踣音匐,僵也。藉,慈夜切。

〔一三〕[注釋音辯][韓醇詁訓]餫音運。《説文》:「野饋曰餫。」

〔一四〕[注釋音辯]僦,即又切。[韓醇詁訓]僦,即就切。按:僦,雇也。

〔一五〕[韓醇詁訓](醯)馨兮切。按:醯即醋。醋中含醋酸,可溶解巖石。

〔一六〕[注釋音辯]畚音本。[韓醇詁訓]畚音本。鍤,測洽切。

〔一七〕[韓醇詁訓]《新史·地理志》興州長舉縣:「元和中,節度使嚴礪自縣而西,疏嘉陵江二百里,焚巨石,沃醯以碎之,通漕以饋成州戍兵。」

〔一八〕[注釋音辯]殺,所界切,衰小之也。[韓醇詁訓]湍,他官切。悍音旱。

〔一九〕[注釋音辯](瞬)音舜。

〔二〇〕[百家注]《詩》:「烝徒楫之。」烝,衆也。按:見《詩經·大雅·棫樸》。

〔二一〕[韓醇詁訓](殫)音單。按:殫,竭盡也。

〔二二〕［注釋音辯］《左傳》昭公十九年注：「夭死曰札，小疫曰瘥，短折曰夭，未名曰昏。」［韓醇詁訓］饉，音僅。［百家注引孫汝聽曰］昭十九年《左氏》「札瘥夭昏」，注：「夭死曰札，未名曰昏。」饉音僅。

〔二三〕［百家注］（黷）音瀆。

〔二四〕［百家注］傳，直戀切。

〔二五〕［注釋音辯］杠，梁橋也。

〔二六〕［注釋音辯］《左傳》昭公元年：「臺駘宣汾、洮，障大澤，帝用嘉之，封諸汾川。」又《禮記·祭法篇》：「冥勤其官而水死。」潘（緯）云：障，通作鄣，壅也。按：百家注本引孫汝聽注引《左傳》與注釋音辯本同。引《禮記》，百家注本引作張敦頤曰。

〔二七〕［注釋音辯］《前漢·溝洫志》：「史起曰：鄴田惡，漳水在其旁，西門豹不知用，是不智也。」［韓醇詁訓］《史記》：「西門豹爲鄴令，發民鑿十二渠，引河水灌民田，田皆溉，名聞天下，澤流後世，無絶已時，幾可謂非賢大夫哉？」［百家注引孫汝聽曰］《漢書·溝洫志》：「魏文侯時，西門豹爲鄴令，有令名。至文侯曾孫襄王時，與群臣飲酒，王祝曰：『令吾臣皆知西門豹之爲人臣也。』史起進曰：『魏氏之行田也以百畝，鄴獨二百畝，是田惡也。漳水在其旁，西門豹不知用，是不智也。』於是以起爲鄴令。」按：西門豹治鄴事見《史記·滑稽列傳》褚少孫補。

〔二八〕［注釋音辯］《孟子·告子下》。［韓醇詁訓］白圭曰：「丹之治水也愈於禹。」孟子曰：「子過矣。禹之治水，水之道也，是故禹以四海爲壑。今吾子以鄰國爲壑，吾子過矣。」按：韓注即引

《孟子·告子下》。

【集　評】

《王荆石先生批評柳文》卷七：步步好。

茅坤《唐宋八大家文鈔》卷二二：點次陸水利害處如掌。

蔣之翹輯注《柳河東集》卷二六：樸茂典實，自是傑作。

康熙敕纂《御選古文淵鑒》卷三七：叙述議論皆以典奥出之，可謂壁壘森嚴，神采焕散。閭公徐孚遠曰：能知地利遠近，讀其文可考其績，不徒以頌德爲工。臣（高）士奇曰：邗溝枋頭，皆爲軍興計，然不過相度水流，因勢利導而已。此役鑿山焚林，引江二百里，較爲尤難。欲興利者不得憚勞，權其輕重，有所必爲也。

儲欣《河東先生全集録》卷四：真乃深博無涯涘。韓有大序，送鄭尚書等篇是也。柳以大記抗之，如南北極、東西岳矣。

孫琮《山曉閣選唐大家柳柳州全集》卷三：此篇前幅妙在先寫一段嚴公不欲建碑作記，影起於前，然後折入作記本末，文字便覺姿態横生。中幅妙在先寫一段興州陸運之苦，反襯在前，然後轉入江運之便，文字便覺神采加倍。尤妙在導江一段，寫得有聲有勢，如見萬夫舉手，畚鍤齊下，奔濤決流，大功立就，至今猶岌岌紙上，洵是繪水繪聲高手。

何焯《義門讀書記》卷三六：《興州江運記》在唐人中已足高步，永州以後則超群絶倫矣。尚覺拘跼。「使中謁者來錫公命」：《平淮碑》書監軍者，不得已而存其實，若中人錫命，既乖典禮，又無關係，何以書爲？……「西門遺利」四句：非溉田非塞決也，所引二事未當。

沈德潛《唐宋八家文讀本》卷八：與《饗軍堂記》一副筆墨，皆鐫削鍛煉而成者，追模漢人，幾欲部婁燕許。

全義縣復北門記

賢者之興，而愚者之廢，廢而復之爲是，循而習之爲非①，恒人猶且知之②，不足乎列也。然而復其事必由乎賢者，推是類以從於政，其事可少哉！賢莫大於成功，愚莫大於悋且誣③〔一〕。桂之中嶺而邑者曰全義，衛公城之，南越以平。盧遵爲全義〔二〕，視其城，塞北門，鑿他雉以出④〔三〕。問之，其門人曰：「餘百年矣⑤。」或曰：「巫言是不利於令，故塞之。」或曰：「以賓旅之多，有懼竭其餼饋者〔四〕，欲迴其途〔五〕，故塞之。」遵曰：「是非悋且誣歟⑥？賢者之作，思利乎人⑦，反是，罪也。余其復之⑧。」詢于群吏，群吏叶厥謀⑨。上于大府，大府以俞。邑人便焉⑩，讙舞里閭，居者思正其家，行者樂出其塗。由道廢邪⑪，用賢棄愚，推以革物⑫，宜民之蘇⑬。若是而不列，殆非孔子徒也⑭。爲之記云⑮。

【校記】

① 原注與注釋音辯本、世綵堂本注：「一本作『賢之興而愚之廢，復之爲是，循之爲非』。」詁訓本即作「賢之興而愚之廢，復之爲是，循之爲非」，並注：「一作『賢者之興，而愚者之廢，廢而復之爲是，習而循之爲非』。」循而習之，注釋音辯本、游居敬本、《英華》作「習而循之」。

② 猶且，注釋音辯本、詁訓本、游居敬本及《英華》作「且猶」。

③ 大，詁訓本作「甚」。《英華》注：「蜀本作甚。」

④ 《英華》「出」下有「入」。

⑤ 世綵堂本注：「一無門字。」《英華》無「問之其門人曰」六字，「餘」上有「且」字。

⑥ 慆且誣，《英華》作「誣且慆」。

⑦ 原注與世綵堂本注：「『思』下一有『以』字。」《英華》即作「思以」。

⑧ 其，《英華》作「是」。

⑨ 「群」原闕，據注釋音辯本補。原注與世綵堂本注：「一有『群』字。」注釋音辯本注：「一本無下『群』字。」叶，詁訓本作「協」，並注「叶」。

⑩ 焉，《英華》作「爲」。

⑪ 注釋音辯本作「由是道以廢邪」，並注：「一本無『是』、『以』二字。」原注與世綵堂本注：「一作『由是道以廢邪』。」何焯《義門讀書記》卷三六：「『由道廢邪』，注：『一作由是道以廢邪。』上用『推是』，此用『由是』，文法相犯。短幅不應有此。」按：「由道廢邪」即遵從正道、廢棄斜門歪道之意。後者非是。

⑫ 推，《英華》作「惟」。

⑬ 宜，《英華》作「而」。

⑭ 《英華》「徒」上有「之」，「也」作「歟」。

⑮ 爲之，《英華》作「故爲」。

【解　題】

［韓醇詁訓］全義縣屬桂州。集中有《送内弟盧遵遊桂州序》，云「以余棄於南服，來從余五年矣」，蓋遵之遊桂在元和四年，其爲全義又在後也。［百家注引孫汝聽曰］全義本名臨源，大曆四年更名。屬桂州。［蔣之翹輯注］今爲桂林府興安縣。盧遵，即子厚之内弟，涿州人。按：韓説可從。柳宗元又有《上桂州李中丞薦盧遵啟》。雍正《廣西通志》卷五〇《秩官》：「全義令盧遵，元和中任。」則盧遵爲全義縣令。此文當作於元和五年前後。陳景雲《柳集點勘》卷二：「全義，桂州屬邑。記首言賢者之興，賢者即謂李衛公。下言『衛公城之，南越以平』是也。武德四年，衛公爲嶺南撫慰大使、

檢校桂州都督，引兵下九十餘州，全義之城，蓋在斯時。又據《新書·地理志》斯縣之置，亦始是年。及唐末馬殷據湖南，攻破全義，遂取桂管諸州，蓋地當桂管門户重地，衛公建邑築城，審於地利控扼之要矣。」章士釗《柳文指要》上《體要之部》卷二六：「此一詹詹小文耳，子厚殆托故爲盧遵而作。」

【注釋】

〔一〕［注釋音辯］悋，即「吝」字。［韓醇詁訓］悋音吝。

〔二〕［百家注引韓醇曰］盧遵，涿人，公之内弟也。

〔三〕城牆長三丈廣一丈爲雉。此指城牆。

〔四〕［韓醇詁訓］饙，許既切。饋音匱。

〔五〕［注釋音辯］［韓醇詁訓］迴，去聲。［百家注］一本「迴」字下作「去聲」二字。按：「迴」即迂迴之意，向爲平聲，無作去聲者。注誤。百家注本無此注，蓋已正之矣。

【集評】

《王荆石先生批評柳文》卷七：率爾之言。

茅坤《唐宋八大家文鈔》卷二二：此文亦自奇。又引唐順之評：小題自作議論。

蔣之翹輯注《柳河東集》卷二六「可少哉」句下引茅坤曰：起亦自奇。

孫琮《山曉閣選唐大家柳柳州全集》卷三：一起將「賢者之興」、「愚者之廢」二句，立一篇主意，以推類爲政，爲一篇之餘意。中幅一段記北門之塞，是應「愚者之廢」，一段記北門之復，是應「賢者之興」。後幅廢邪革物一段，是應推類以從政。篇法極爲詳整。又引盧文子（元昌）曰：恒人不足列，賢者足列，首尾自是連絡。

柳宗元集校注卷第二十七

記①

潭州楊中丞作東池戴氏堂記②

弘農公刺潭三年〔一〕，因東泉爲池③，環之九里④，丘陵林麓距其涯〔二〕，坻島渚洲交其中⑤〔三〕。其岸之突而出者⑥，水縈之若玦焉〔四〕。池之勝於是爲最。公曰：「是非離世樂道者不宜有此。」卒授賓客之選者，譙國戴氏曰簡〔五〕，爲堂而居之⑦，堂成而勝益奇，望之若連艫縻艦〔六〕，與波上下。就之顛倒萬物，遼廓眇忽。樹之松柏杉櫧〔七〕，被之菱芡芙蕖〔八〕，鬱然而陰，粲然而榮。凡觀望浮游之美，專於戴氏矣。戴氏嘗以文行累爲連率所賓禮〔九〕，貢之澤宮〔一〇〕，而志不願仕。與人交，取其退讓；受諸侯之寵，不以自大，其離世歟？好孔氏書，旁其《莊》、《文》〔一一〕，莫不總統。以至虛爲極，得受益之道〔一二〕，其樂道歟？賢者之舉也必以類。當弘農公之選，而專茲地之勝，豈易而得哉！地雖勝，得人焉而居之，則山若增而高⑧，水若闢而廣⑨，堂不待飾而已奂矣〔一三〕。戴氏以泉池爲宅居，以雲物爲朋徒〔一四〕，攄幽發粹〔一五〕，日與之娱，則行宜益高，文宜益峻，道宜益懋，交相贊者也。既碩其内，又揚于時，吾懼其離世之志不果矣。君子謂弘農公刺潭得其政，爲東池得其勝，授之得其人，豈非動而時中者歟〔一六〕？於戴氏堂也，見公之德，不可以不記⑩。

【校記】

①百家注本、注釋音辯本、世綵堂本作「記亭池」，據百家注本總目及詁訓本改。詁訓本尚有「六首」字樣。

②注釋音辯本、詁訓本、游居敬本無「楊中丞作」四字。注釋音辯本注：「一本『州』字下有『楊中丞作』四字。」世綵堂本注：「一本無『楊中丞』三字。」

③《英華》「池」上有「東」。

④九里，原注與世綵堂本注：「或作三里。」注釋音辯本、詁訓本注：「一本作三里。」

⑤渚洲，注釋音辯本、游居敬本、《英華》作「洲渚」。

⑥《英華》無「其」字。

⑦原注與世綵堂本注：「『而』下一有『令』字。」注釋音辯本注：「一本『而』字下有『今』字。」

⑧而，詁訓本作「其」。

⑨ 闕，《英華》作「闕」。

⑩ 原注與世綵堂本「記」下注：「一有之字。」詁訓本即作「記之」。

【解　題】

［韓醇詁訓］弘農公，楊憑也。憑刺潭州在貞元十九年間。記云「刺潭三年」，當永貞元年也。是年，公謫永州司馬，過潭而作。據集有《與楊誨之書》，誨之，憑之子也。書云：「及至潭州，乃見足下」，是憑永貞元年尚在潭，而公過之作是記，明矣。［蔣之翹輯注］潭州，今長沙也。按：韓説是。貞元十八年九月，楊憑自太常少卿出爲潭州刺史、湖南觀察使，至永貞元年十一月，轉洪州刺史、江西觀察使。見《舊唐書·德宗紀下》及《憲宗紀上》。戴氏謂戴簡。陳景雲《柳集點勘》卷二：「吕温州刺道州日，有《送戴簡處士賀州謁侍郎詩》云：『羸馬孤童鳥道微，三千客散獨南歸。山公念舊偏知我，今日因君淚滿衣。』侍郎謂楊憑，即此記中之弘農公也。憑前爲刑部侍郎，後自京尹謫賀州臨賀尉，簡蓋自潭往謁，由道而南，故温以詩頌其風義，與此序『行宜益高』語正合。」《全唐文》卷六八九符載《長沙東池記》，亦爲楊憑作，可與此文相參看。

【注　釋】

［一］［注釋音辯］楊憑，虢州弘農人。貞元十八年爲潭州刺史、湖南觀察使。［百家注引孫汝聽曰］

楊憑字嗣仁，虢州弘農人。貞元十八年九月，自太常少卿爲潭州刺史、湖南觀察使。

〔二〕［百家注集注］《説文》云：「丘，土之高者。」又云：「林屬於山爲麓。」《爾雅》：「大陸曰阜，大阜曰陵。牧外謂之野，野外謂之林。」按：見《爾雅·釋地》。

〔三〕［注釋音辯］坻音遲，與坻同。［韓醇詁訓］坻音遲，水中高地。一曰小渚。［百家注集注］坻，小渚。《説文》：「海中有山可依止曰島。」《爾雅》：「水中可居者曰洲。」《釋名》云：「小洲曰渚。」坻音遲，與坻同。

〔四〕［注釋音辯］［韓醇詁訓］玦，古穴切。［百家注引孫汝聽曰］玦，如環而缺，古穴切。

〔五〕［世綵堂］《晉史》：「戴逵，譙國人。」簡，其裔也。按：見《晉書·隱逸傳·戴逵》。

〔六〕［注釋音辯］［韓醇詁訓］（艦）户黯切，戰船。［百家注引孫汝聽曰］艫，船後持櫂處。艦，今戰船也。艦音檻。［蔣之翹輯注］艦，船屋版也。戰船三方施版，以禦矢。

〔七〕［注釋音辯］（櫧）音諸。［韓醇詁訓］音諸，木名，似柃，葉冬不凋落。［蔣之翹輯注］《上林賦》：「沙棠櫟櫧。」郭璞云：「櫧似采柔。」按：百家注本引韓醇注尚云「杉、櫧，皆木名」。

〔八〕［百家注引童宗説曰］菱，芰也。

〔九〕［注釋音辯］率，所類切。謂方鎮所辟也。［百家注引孫汝聽曰］謂爲方鎮所辟也。［蔣之翹輯注］率與帥同。

〔一〇〕［百家注引韓醇曰］《禮記·射義》：「天子將祭，必先習射於澤。澤者，所以擇士也。」注：

「澤，澤宫。」

〔一一〕［注釋音辯］《莊子》、《文子》。［百家注引孫汝聽曰］謂《莊子》、《文子》也。《漢書·藝文志》：「《文子》九篇。」注：「老子弟子。」

〔一二〕［百家注引張敦頤曰］《書》：「謙受益。」按：見《尚書·大禹謨》。

〔一三〕［百家注引舊注］奂，大也。《説文》：「奂，明奂。」［百家注引劉崧曰］《禮記》：「美哉輪焉，美哉奂焉。」奂音焕。按：見《禮記·檀弓下》。

〔一四〕［蔣之翹輯注］《周禮·保章氏》：「以五雲之物辨吉凶。」按：見《周禮·春官宗伯·保章氏》。

〔一五〕［注釋音辯］攄，抽居切。

〔一六〕［百家注引童宗説曰］《禮記》：「君子之中庸也，君子而時中。」按：見《禮記·中庸》。

【集　評】

樓昉《崇古文訣》卷一二：脈絡相生，節奏相應，無一字放過。此文如引繩貫珠，循環之無端，如常山之蛇，救首救尾，如累九層之臺，一級高一級，而豐約不差毫釐。池因堂而勝，堂因人而勝，戴氏之父子人物，又因數厚之文而勝。使無子厚大手筆爲之發揮，則戴氏亦一碌碌人爾，況其池與堂乎？當如此看。

《王荊石先生批評柳文》卷七：此文極淡而濃，極密而疏，美矣。

茅坤《唐宋八大家文鈔》卷二二：子厚本色。又引唐順之曰：周匝曲折渾成，此柳文之佳者。

陸夢龍《柳子厚集選》卷三：題下：删後諛言。「勝益奇」一段：鋪叙甚佳。

蔣之翹輯注《柳河東集》卷二七：中有雋語，綴景若畫。王世貞曰：文至淡而濃，至密而疏，美矣。又「若玦焉」句下：以玦形水，極新麗。

金聖歎批《才子古文》卷一二：細察其中間，有無數脱卸，無數層折，無數渲染，無數照應，節節連絡，處處合沓，真妙文也。

儲欣《河東先生全集録》卷四：綴景絶佳，餘皆應酬之辭，卑卑無取，公記中下駟也。

孫琮《山曉閣選唐大家柳柳州全集》卷三：前幅一段記池，一段記堂。妙在記池處寫得山陵林麓，坻島洲渚，岸突水縈，宛然是一個天造地設大觀，不是人工穿鑿得就。記堂處寫得波光上下，水天一望，林木參差，芰荷灼爍，宛然是一個水上亭臺，出没萬狀。中幅一段寫戴氏離世，一段寫戴氏樂道。後幅一段贊美池堂，一段贊美戴氏，與前幅兩段相照。一段再歎戴氏樂道，一段再歎戴氏離世，與中幅兩段相應。末幅一句結弘農公刺潭，一句結弘農公作池，一句結以池授戴，束盡全篇。又引虞伯生（集）云：此篇既要揄揚楊公，又要揄揚戴氏，佈置得法。説弘農公處不走了戴氏，説戴氏處又不走了弘農公，所以爲妙。又引孫月峰（鑛）曰：文至極淡而濃，極密而疏，美矣。

林雲銘《古文析義》二編卷六：東池之勝佳，堂之勝尤佳，戴氏之爲人又佳，故段段寫得如此出色。然看來寫東池，寫堂，寫戴氏處，總是借此寫弘農公也。開口説弘農公刺潭爲池，授戴氏爲堂，其意以爲若無公即無池，且無堂，並無戴氏矣。中寫戴氏得公之選，先言「賢者之舉必以類」，則戴氏之賢，正公之賢也。末段出「刺潭得其政」句，因以得勝得人爲公之德，不可不記。是全本歸到公身上，則記耑爲公作，於此可見其行文周到完密，段落井井，不可多得。

何焯《義門讀書記》卷三六：無味，此當時輕浮套數。

林紓《韓柳文研究法・柳文研究法》：柳州之記池亭，其精妙處，不減於記山水也。《潭州楊中丞作東池戴氏堂記》，美楊公，兼美戴氏。語易偏重，頗難著筆。導泉而成池者，楊憑也。受池而爲堂者，戴簡也。稱戴簡之離世樂道，而語即出諸楊公之口，則楊、戴道合。戴之能離世樂道，獨楊知之。始有此池之賜，則雖盛戴簡，楊公到底終有知人之明，萬萬不至於偏重。此是文之慧黠處。其下稍分「離世樂道」爲兩小段，均美戴氏。即提入一筆曰：「賢者之舉也必以類，當弘農公之選，而專兹地之勝，豈易而得哉。」説得楊、戴之合，雖二實一。神注戴簡，卻不曾把楊憑拋荒，妙如連環鎖鈕，殊不易得。此下復將「離世樂道」例説，言戴氏行高、文峻、道懋，則離世之志，必將不果。復迴到楊公之得人，一處不曾放鬆，殊爲記中之極筆。

桂州裴中丞作訾家洲亭記①

大凡以觀游名於代者，不過視於一方，其或傍達左右，則以爲特異②。至若不驁遠〔一〕，不陵危，環山洄江〔二〕，四出如一，誇奇競秀，咸不相讓，徧行天下者，唯是得之。

桂州多靈山，發地峭豎③，林立四野。署之左曰灕水〔三〕，水之中曰訾氏之洲〔四〕。凡嶠南之山川〔五〕，達于海上，於是畢出，而古今莫能知。元和十二年，御史中丞裴公來莅兹邦〔六〕，都督二十七州諸軍州事④。盜遁姦革，德惠敷施，期年政成，而富且庶⑤。當天子平淮夷，定河朔，告于諸侯，公既施慶于下〔七〕，乃合僚吏，登兹以嬉。觀望悠長⑥，悼前之遺，於是厚貨居氓，移于閒壤〔八〕，伐惡木，刜奥草〔九〕，前指後畫，心舒目行。忽然若飄浮上騰⑦，以臨雲氣〔一〇〕，萬山面内⑧，重江束隘⑨〔一一〕，聯嵐含輝〔一二〕，旋視具宜⑩，常所未覩，倏然互見⑪〔一三〕，以爲飛舞奔走，與游者偕來。乃經工庀材⑫，考極相方〔一四〕，南爲燕亭，延宇垂阿，步欄更衣〔一五〕，周若一舍。北有崇軒，以臨千里。左浮飛閣，右列閒館。比舟爲梁〔一六〕，與波昇降。苞灕山，涵龍宫⑬〔一七〕，昔之所大，蓄在亭内⑭。日出扶桑〔一八〕，雲飛蒼梧〔一九〕，海霞島霧，來助游物，其隙則抗月檻於迴谿⑮，出風榭於篁中。晝極其美，又益以夜，列星下布，顥氣迴合〔二〇〕，邃然萬變，若與安期、羨門接於物外〔二一〕。則凡名觀游於天下者，有不屈伏退讓以推高是亭者乎？

既成以燕，歡極而賀，咸曰：「昔之遺勝概者，必於深山窮谷，人罕能至，而好事者後得以爲己功。未有直治城，挾闤闠〔二二〕，車輿步騎，朝過夕視，訖千百年，莫或異顧⑯，一旦得之，遂出於他邦，須博物辯口，莫能舉其上者。然則人之心目，其果有遼絶特殊而不可至者耶？蓋非桂山之靈，不足以瓌觀⑰〔三〕；非是洲之曠⑱，不足以極是；非公之鑒，不能以獨得。」噫！造物者之設是久矣，而盡之於今，余其可以無藉乎⑲？

【校記】

①注釋音辯本、詁訓本、游居敬本及《英華》無「裴中丞作」四字。注釋音辯本注：「一本『州』字下有『裴中丞作』四字。」世綵堂本注：「一無『裴中丞』三字。」

②《英華》無「以」字。

③豎，原作「竪」，據詁訓本改。《英華》注：「集作豎。」

④「軍」原闕，據諸本補。

⑤「富且庶」三字原闕，據《英華》、《全唐文》補。

⑥原注與詁訓本、世綵堂本注：「悠，一作攸。」注釋音辯本、《英華》作「攸」，注釋音辯本注：「攸，一本作悠。」

⑦然，注釋音辯本、詁訓本、游居敬本、《英華》作「焉」。

⑧面内，蔣之翹輯注本、《全唐文》作「西向」。

⑨東，蔣之翹輯注本、《全唐文》作「東」。

⑩ 具，注釋音辯本、游居敬本、《英華》作「其」。吴汝綸《柳州集點勘》：「『具』誤『其』。」

⑪ 互，原作「㸦」，據注釋音辯本及《英華》改。原注：「㸦字，正作互。」詁訓本、世綵堂本注：「㸦，與互同。」注釋音辯本注：「互，或作㸦，同。」

⑫ 庀，原作「化」，據詁訓本、《英華》改。庀，備齊也。蔣之翹輯注本：「庀，匹糜、匹婢二切。諸本皆誤作『化』。……庀，具也，又治也。」吴汝綸《柳州集點勘》：「『庀』誤『化』。」

⑬ 原注與世綵堂本注：「涵，一作含。」注釋音辯本作「含」，並注：「含，一本作涵。」

⑭ 原注與注釋音辯本、世綵堂本注：「亭，一作廷。」詁訓本注：「亭，一作庭。」

⑮ 迴，原作「迵」，據諸本改。

⑯ 顧，《英華》作「故」。

⑰ 瓌，《英華》注：「集作環。」

⑱ 洲，《英華》作「州」。

⑲ 原注與世綵堂本注：「藉，或作籍。」《英華》、《全唐文》作「籍」。

【解　題】

［韓醇詁訓］裴公行立也。本傳：「威聲風行，徙桂管觀察使。」記云：「當天子平淮夷，定河朔，告于諸侯。」據史：元和十二年冬，蔡州平。詔至嶺表，在元和十三年矣。記是時作。公時刺柳州。

[百家注引韓醇曰]公刺柳時爲桂州裴中丞行立作。呰，姓也，音紫，又即移切。[世綵堂]《姓苑》曰：「呰，今齊人。本姓蔡氏。」《漢元帝功臣表》有樓虛侯呰順。按：韓定此文作於元和十三年，可從。莫休符《桂林風土記·呰家洲》：「在子城東南百餘步長河中，先是呰家所居，因以名焉。洲每經大水，不曾淹浸，相承言其浮也。元和中，裴大夫創造亭宇，（原注：名行立。四子：歸之、歸闕、歸聞、歸禮。庶因獲朝奬也。）種植花木，迄今繁盛，東風融和，衆卉争妍。有大儒柳宗元員外撰碑千餘言，猶在。」

【注釋】

〔一〕[韓醇詁訓]鶩音務，馳也。

〔二〕[百家注引孫汝聽曰]洄，逆流也。

〔三〕[注釋音辯]署，州署也。灕音離。[韓醇詁訓]灕音離。灕水出零陵。[蔣之翹輯注]灕水一名桂江，兩岸皆高山峻嶺。

〔四〕[注釋音辯]呰，即移切，姓也，一音紫。[韓醇詁訓]呰音紫，又即移切。

〔五〕[韓醇詁訓]嶠，渠廟切。[百家注引孫汝聽曰]越人謂山鋭而高曰嶠，渠妙切。

〔六〕[注釋音辯]元和十二年，裴行立徙桂州刺史、桂管觀察使。[百家注引王氏曰]裴行立，元和十二年徙爲桂州刺史、桂管觀察使。

〔七〕［百家注引韓醇曰］元和十二年冬十月克淮蔡，十三年春正月赦天下。

〔八〕［注釋音辯］閒音閑。按：即給予優厚的錢財使當地居民移於空閒之處。

〔九〕［注釋音辯］刜，扶弗切，斫也。［韓醇詁訓］刜，扶弗切。［百家注引童宗説曰］刜，斫也，扶勿切。

〔一〇〕［百家注引孫汝聽曰］《莊子》：「乘雲氣，御飛龍。」按：見《莊子·逍遥遊》。

〔一一〕［韓醇詁訓］（隘）烏懈切，亦作阸。

〔一二〕［百家注］嵐，盧含切。

〔一三〕［注釋音辯］倏音叔。［韓醇詁訓］倏音叔，走也。

〔一四〕［注釋音辯］《周禮》：「夜考諸極星。」相，息亮切。［蔣之翹輯注］相，度也。樹八尺之臬，以度其日之出入之景，以定東西。又參日中之景，以定南北也。按：百家注本引孫汝聽注與童注同。《周禮·冬官考工記下·匠人》：「夜考之極星，以正朝夕。」鄭玄注：「日中之景最短者也。極星謂北辰。」

〔一五〕［百家注引孫汝聽曰］司馬相如賦：「步櫩周流。」步櫩者，言其下可以行步，即今之步廊。櫩與簷同。按：見司馬相如《上林賦》。

〔一六〕［百家注引童宗説曰］比，聯也。

〔一七〕［蔣之翹輯注］《一統志》：「灕山在桂林府東南，灕水經其下，一名象鼻山。」龍宫疑指龍隱洞也，今在府城東七星巖之前，兩崖壁立，仰視洞頂有龍跡。其下水聲湧激，如在三峽。按：莫休符《桂林風土記》：「灕山在訾家洲西，一名沈水山。以其山在水中，遂名之。古老相傳，龍朔中曾降天使投龍於此。今每歲旱，請雨潭中，多有應。前政元常侍以其名與昭應驪山音同，故遂改爲儀山。近歲於此置温靈廟，廟中時産青蛇，號爲龍駒，翠色。或緣人頭頂手中，終無患害。」可知龍宮即指灕山處水潭也。

〔一八〕［百家注引孫汝聽曰］《淮南子》：「日出於暘谷，拂於扶桑。」扶桑，東夷地名。按：《淮南子・天文》：「日出於暘谷，浴於咸池，拂於扶桑，是謂晨明。」

〔一九〕［百家注引韓醇曰］蒼梧，山名。在今梧州。

〔二〇〕［韓醇詁訓］顥音浩。［百家注引孫汝聽曰］班固《西都賦》：「鮮顥氣之清英。」顥，白也。音浩。

〔二一〕［注釋音辯］並古仙人名。［韓醇詁訓］安期、羨門，古仙人也。按：百家注本引韓醇注尚云：「《列仙傳》曰：『安期生，琅琊阜鄉人。』《史記》：『始皇之碣石，使燕人盧生求羨門。』」安期生見劉向《列仙傳》卷上、皇甫謐《高士傳》卷中。《史記・孝武本紀》少君言：「臣嘗遊海上，見安期生，食巨棗，大如瓜。安期生，僊者，通蓬萊中，合則見人，不合則隱。」司馬貞索隱：「服虔云：古之真人。」羨門見《史記・秦始皇本紀》，又《孝武本紀》欒大言：「臣嘗往來海中，見安期、羨門之屬。」索隱：「韋昭云：羨門，古仙人。應劭曰：名子高。」

〔二〕［注釋音辯］潘（緯）云：（闤闠）音環潰。市牆曰闤，市門曰闠。［韓醇詁訓］上音環，下音潰。

〔三〕［注釋音辯］環，姑回切。［百家注］（環觀）上姑回切，下音灌。

【集評】

范成大《桂海虞衡志·志巖洞》：桂之千峰，皆旁無延緣，悉自平地崛然特立，玉筍瑶篸，森列無際，其怪且多如此，誠當爲天下第一。韓退之詩云：「水作青羅帶，山如碧玉篸。」柳子厚《訾家洲記》云：「桂林多靈山，發地峭豎，林立四野。」黄魯直詩云：「桂嶺環城如雁蕩，平地蒼玉忽嵯峨。」觀三子語意，則桂山之奇，固在目中，不待余言之贅。

周去非《嶺外代答》卷一：石湖嘗評桂山之奇宜爲天下第一，及考唐韓退之詩云：「水作青羅帶，山如碧玉篸。」柳子厚《訾家洲記》云：「桂州多靈山，發地峭豎，林立四野。」觀前人品題桂林之意，端不誣矣。

羅大經《鶴林玉露》丙編卷五：桂林石山怪偉，東南所無，韓退之謂「山如碧玉簪」，柳子厚謂「拔地峭起，林立四野」，黄魯直謂「平地蒼玉忽嶒峩」。近時劉叔治云：「環城五里皆奇石，疑是虚無海上山。」皆極其形容。

孫覿《桂林十詠詩序》：桂林山水奇麗，妙絶天下。柳子厚記訾家洲亭，粗見其略。余以六月六日度桂林嶺，欲更僕，詣象，屬暑甚，遂少留，日從諸公於巖穴之下，窮林巨壑，近接闤闠之中，遠不過

闉之趾，舉高望遠，誇雄鬭麗，殆不可狀。擇其尤者，以十詩記之，名之曰《桂林十詠》。（《鴻慶居士集》卷三）

劉克莊《訾家洲二首》二：裴柳英靈渺莽中，鶴歸應不記遼東。遺基只有蛩鳴雨，往事全如鳥印空。溪水無情流濊濊，海山依舊碧叢叢。斷碑莫怪千迴讀，今代何人筆力同。（《後村先生大全集》卷五）

張鳴鳳《桂故》卷三：柳宗元字子厚，其先河東人，文名爵位，詳具唐書中。其自永州司馬爲柳州刺史，曾一至桂，有《桂州城北望秦驛手開竹逕至釣磯留待徐容州》詩曰：「幽逕爲誰開，美人城北來。王程儻餘暇，一上子陵臺。」又爲裴行立記訾家洲。其文於時與韓齊名，若登高而賦，義深語麗，有魏晉間風藻，則韓無以過也。遠謫蚤死，宦學未竟，匪人是抑，天亦忌之，悲夫！

又：裴行立自安南經略使徙桂管觀察，曾討平黄峒賊，即城東灕江中訾家洲造梁構亭，跨洲抗水，爲一時館宇之最，屬柳子厚記之。然行立議討西源，初妄謂蠻弱，首請發兵，盡誅叛者，欲徼幸有功，憲宗許之。行立兵出擊，更二歲，妄奏斬獲二萬，罔天子爲解。自是邕、容士民，以戰戍疾疫死者甚衆，而調費至無所給。其禍由行立、陽旻二人，當時莫不咎之。韓愈亦謂自行立、旻建征討，生事詭賞，邕、容兩管日以彫弊，人神共嫉之。不知後來何以行立祀名宦，蓋不考史而徒讀柳文者故爾。

《王荆石先生批評柳文》卷七：文中之賦。「與波升降」句下評：澹蕩飄舉。

茅坤《唐宋八大家文鈔》卷二二：地之勝，固奇峭，文亦稱之。

蔣之翹輯注《柳河東集》卷二七：筆勢沛然，寫得曠闊。此老胸中固自具丘壑者。又「唯是得之」句下引茅坤曰：起處便措意，新。又「是亭者乎」句下引茅坤曰：中句法不免齊梁體。又「可至者邪」句下評：束語氣甚宕逸。又文末引焦竑曰：子厚諸記結束，每每用此法。

儲欣《河東先生全集録》卷四：讀之若目擊其景，身親其宴游，窮歡晝夜，以與安期、羨門接於物外也。或謂句法不免齊梁，然氣魄所至，早已化齊梁爲秦漢矣。秦漢齊梁，何區區從字句求哉？

孫琮《山曉閣選唐大家柳柳州全集》卷三：一篇前後俱以游觀，只在目前，自相呼應，創爲奇論。妙在中間叙洲叙亭處，偏説出許多崇山複嶺，重江大澤，迴帶其外，飛閣層軒，風榭月檻，特峙於中，日出雲飛，霞籠霧罩，出没無際。便見得雖在目前，自具無限名勝，令人傾倒不置也。

何焯《義門讀書記》卷三六：柳州諸記是真美，故皆如畫出。此是粧點虚景，苦乏生氣。

沈德潛《唐宋八家文讀本》卷八：齊梁漢京，合爲一手。

邕州柳中丞作馬退山茅亭記①

冬十月，作新亭于馬退山之陽，因丘之阻以面勢〔一〕，無欂櫨節棁之華〔二〕。不斲椽，不翦茨〔三〕，不列牆②，以白雲爲藩籬③，碧山爲屏風，昭其儉也④〔四〕。是山崒然起於莽蒼之中〔五〕，馳奔雲矗⑤〔六〕，亘數十百里。尾蟠荒陬〔七〕，首注大溪，諸山來朝，勢若星拱〔八〕，蒼翠詭狀⑥，綺綰繡錯⑦。蓋天鍾秀於是⑧，不限於遐裔也。然以壤接荒服〔九〕，俗參夷徼〔一〇〕，周王之馬跡不至⑨〔一一〕，謝公之屐齒不及⑩〔一二〕，巖徑蕭條，登探者以爲嘆。

歲在辛卯〔一三〕，我仲兄以方牧之命試于是邦〔一四〕。夫其德及故信孚，信孚故人和，人和故政多暇，由是嘗徘徊此山⑪，以寄勝概。迺墍迺塗⑫〔一五〕，作我攸宇，於是不崇朝而木工告成⑬。每風止雨收，煙霞澄鮮，輒角巾鹿裘，率昆弟友生，冠者五六人，步山椒而登焉⑭〔一六〕。於是手揮絲桐⑮，目送還雲，西山爽氣〔一七〕，在我襟袖，八極萬類⑯，攬不盈掌。夫美不自美，因人而彰。蘭亭也⑰，不遭右軍〔一八〕，則清湍脩竹，蕪没於空山矣。是亭也，僻介閩嶺，佳境罕到，不書所作，使盛跡鬱堙⑱，是貽林澗之媿，故志之。

【校　記】

①注釋音辯本、詁訓本、游居敬本無「柳中丞作」四字。《英華》卷八二四列爲獨孤及作，無「邕州柳中丞作」六字。注釋音辯本注：「一本『州』字下有『柳中丞作』四字。」

②牆，《英華》作「墉」。

③《英華》無「以」字。

④《英華》無「其」字。

⑤ 馳，《英華》作「蛇」。

⑥ 詭，《英華》作「跪」，並注：「集作萬。」

⑦ 緡，《英華》作「布」。

⑧ 鍾，《英華》作「儲」。

⑨ 至，《英華》作「到」。

⑩ 屐，注釋音辯本作「履」，並注：「履，一本作屐。」

⑪ 由是嘗，《英華》作「日繇是常」。

⑫ 塈，《英華》作「構」，然《英華》無「迺塗」二字。

⑬ 《英華》「木」上有「攻」，「工」上有「之」。

⑭ 椒，注釋音辯本作「極」，並注：「極，一本作椒。椒，山頂也。」世綵堂本注：「椒，一作極。」

⑮ 揮，《英華》作「彈」。

⑯ 八，原作「以」，據《英華》改。

⑰ 蘭亭也，《英華》作「使蘭亭」。

⑱ 堙，世綵堂本作「湮」，並注：「一作堙。」

【解　題】

[韓醇詁訓]邕州公名寬，字存諒，公嘗誌其墓，又有祭文。云「從事諸侯，假於郡藩」，即記所謂「以方牧之命，試於是邦」者也。記云「歲在辛卯」，蓋元和六年，而墓誌載其是年八月卒，豈此記在前作歟？[蔣之翹輯注]邕州，今南寧府，屬廣西。馬退山在府城北十五里。按：《明一統志》卷一八五潯州府：「馬退山，在府城北一十五里，狀如馬退。山舊有茅亭。」此非柳宗元文，見辯證。

【注　釋】

〔一〕[百家注引孫汝聽曰]面勢，謂方面形勢。事本《周禮》。

〔二〕[注釋音辯]欂，華碧切，又音傅，柱也。櫨音盧，柱上栟也。節，栭也。棁音拙，梁上楹。[韓醇詁訓]欂音薄，柱也。櫨音盧，柱上跗也。《語》：「山節藻棁。」注：「棁音拙。」節者栭，刻鏤爲山。棁者，梁上楹，畫爲藻文。按：見《論語·公冶長》。

〔三〕[韓醇詁訓]斲音卓。[百家注]茨音慈。

〔四〕[百家注引孫汝聽曰]桓二年《左氏》臧哀伯之辭。

〔五〕[注釋音辯]崒，慈恤切。潘（緯）云：崒，蒼没切。莽，毋黨切。蒼，土蕩切。《莊子》注：「莽蒼，草野之色。」[韓醇詁訓]崒，慈恤切，突出也。[百家注引王儔補注]《莊子·逍遥遊》篇：「適莽蒼者，三飡而返。」莽蒼，草野之色。崒，謂突出也。慈恤切。[蔣之翹輯注]莽蒼，並上聲。

〔六〕〔注釋音辯〕〔韓醇詁訓〕（矗）初六切。〔百家注引童宗説曰〕矗，直也，初六切。

〔七〕〔注釋音辯〕（陬）將侯切，隅也。〔百家注〕蟠音盤。

〔八〕〔百家注引張敦頤曰〕《論語》：「譬如北辰，居其所而衆星拱之。」按：見《論語·爲政》。

〔九〕〔百家注引孫汝聽曰〕《國語》：「戎翟荒服。」在九州之外，荒忽無常，故曰荒服。言此以見邕州遐遠。按：見《國語·周語上》。

〔一〇〕〔注釋音辯〕〔韓醇詁訓〕（徼）音叫。〔百家注引童宗説曰〕境也，音叫。

〔一一〕〔注釋音辯〕《左傳》：「周穆王周行天下，將皆必有車轍馬跡焉。」〔韓醇詁訓〕謂周穆王駕八駿之乘，肆意遠遊，宿於崑崙之阿，賓於西王母，觴於瑶池之上，而不至此也。〔百家注引孫汝聽曰〕昭十二年《左氏》：「穆王欲肆其心，周行天下，將皆必有車轍馬跡焉。」

〔一二〕〔注釋音辯〕謝靈運事。〔韓醇詁訓〕謂謝安放情丘壑，而不及此也。《謝安傳》：「聞謝玄已破苻堅，不覺屐齒之折。」〔百家注引孫汝聽曰〕《南史》：「謝靈運登躡，常著木屐，上山則去其前齒，下山則去其後齒。」按：此用謝靈運事。見《南史·謝靈運傳》。

〔一三〕〔百家注引韓醇曰〕元和六年。

〔一四〕〔注釋音辯〕子厚從兄柳寬，字存諒。〔百家注引韓醇曰〕公從兄名寬，字存諒。公嘗有祭文，云從事諸侯，假於郡藩，即謂此也。

〔一五〕〔注釋音辯〕塈，許氣切，仰塗也。〔韓醇詁訓〕塈音洎。〔百家注引孫汝聽曰〕《書》：「若作室家，既勤垣墉，惟其塗塈茨。」《説文》：「塈，仰塗也。」音洎。按：見《尚書·梓材》。

〔一六〕〔百家注引孫汝聽曰〕《離騷》「馳椒丘且焉止息」，椒，山顛也。

〔一七〕〔蔣之翹輯注〕《晉書》王徽之曰：「西山朝來，致有爽氣。」按：見《晉書·王徽之傳》。

〔一八〕〔注釋音辯〕王羲之。〔韓醇詁訓〕王羲之嘗與同志宴集於會稽山陰之蘭亭，羲之自爲之序，有云：「此地有崇山峻嶺，茂林脩竹，又有清流激湍，映帶左右，引以爲流觴曲水。」

【集評】

朱元璋《諭幼儒敕》：洪武十二年春正月，朕於暇中觀幼儒權官人，皆空度光陰，略不見志出於群者。……明日，人皆以文書來進，其文多韓柳，書皆孔孟。朕聽觀之間，展轉艱問其幼儒，多尋行數墨者有之，粗知大意者有之。細察尋行數墨者，豈不同於愚夫者也。其粗知大意，不究其精者，是同於無志也。何以見？蓋於《馬退山茅亭記》見柳子之文，無益也，而幼學卻乃將至。且智人於世，動以規模，則爲世之用。非規模於人，而遺之於世，亦何益哉？其柳子厚之兄司牧邕州，構亭於馬退山之巔，朝夕妨務而逸樂。斯逸樂也，見之於柳子讚美也。其文既讚美於亭，此其所以無益也。夫土木之工興也，非勞人而弗成，既成而無益於民，是害民也。柳子之文，略不規諫其兄，使問民瘼之何如，卻乃詠亭之美，乃曰：「因山之高爲基，無雕椽斲棟，五彩圖梁，以青山爲屏障。」斯雖無益，文尚有實。其於白雲爲藩籬，此果虚耶？實耶？縱使山之勢突然而倚天，峕然而插淵，横亘其南北，落魄其東西，巖深谷迴，翠蕤之色繽紛，朝鶯啼而暮猿嘯，水潺潺而洞白雲，嵐光雜蘂，旭日飛霞，果真仙之幻化，衣紫雲之衣，著赤霞之裳，超出塵外，不過一身而已，又於民何有之哉？何利之哉？其於柳子之文，見馬退山之茅亭，是爲無益也。其幼儒無知，空踰日月，甚謂不可，戒之哉！戒之哉！（《明太祖文集》卷七）

茅坤《唐宋八大家文鈔》卷二二：興致摹寫，足稱山水。

明闕名評選《柳文》卷四引唐荆川曰：天然形勝，天然句法，可稱兩絶。「攬不盈掌」句下引王維禎曰：「每風止雨收」一段，直寫浴沂風雩氣象，至於「手揮絲桐，目送還雲」之句，則奇絶矣。又引瞿昆湖曰：善鋪叙，善粧點，遂成一篇好文字。到末愈覺精神。

蔣之翹輯注《柳河東集》卷二七：昔人稱此作爲柳記中第一，予大不然之。只此「白雲爲藩籬，碧山爲屏風」二句，何等穉陋！又「攬不盈掌」句下評：「手揮絲桐，目送還雲」二句，若創爲之，更覺奇絶。邵寶曰：發穠纖於簡古，妙。又文後引劉辰翁曰：全用粧抹，成一篇好文字，到末更覺神也。

金聖歎批《才子古文》卷一二：奇在起筆，斗地先寫茅亭。以後逐段寫山，寫人，寫作亭，寫作記，皆一定自然之法度也。

儲欣《河東先生全集録》卷四：潄滌牢籠，文情彌至。

孫琮《山曉閣選唐大家柳柳州全集》卷三：此篇亦只是記山記亭記游記人，妙在顛倒寫來，便覺奇觀。他記或先寫山，次寫亭，或先寫荒蕪，次寫闢地，此篇獨先寫亭，次寫山，先寫作亭，次寫無亭。只此倒寫補寫，便是奇趣。又引張侗初評：讀此等文，最能廓人心胸。

沈德潛《唐宋八家文讀本》卷九：鮮秀刻露，有情有文。或云此獨孤及文，誤入柳集中，豈因其風格少近耶？然觀寬爲子厚兄，仍是柳作無疑。

浦起龍《古文眉詮》卷五四：薄施粉黛，在柳記中差下一格，然最易取時好，亦不可廢。

乾隆敕纂《御選唐宋文醇》卷一七：宗元《零陵三亭記》謂：「氣煩則慮亂，視壅則志滯，君子有游息之物，高明之具，使之清寧平夷，恒若有餘，然後理達而事成。」夫山水之奇觀，非可周行，天下將皆必有車轍馬跡而得之者也。則古人之能述以文者，不越几研之間，而人自得於湖山千里之外，夫亦藏修息遊之最善地矣。宗元善記，故録之多，以其可爲養心之助云爾。夫文之無與於理道而工且妍者，猶夫山水花木也。若其以玩替政，以荒去理，則毋曰文也，而爲君子之所許焉。凡集中所録此類文，具倣此。

余誠《古文釋義》卷八：首段先記茅亭，次記馬退山，次記邕州，再次記作亭之人及作亭原委，再次亭中遊覽，末以作記之意結。結構渾成，意致高淡，而筆力亦簡古無敵。昔人稱爲柳州諸記中第一，良然。

《蔡氏古文評注補正全集》卷七：過珙評：全從茅亭上生情，故寫得純古淡泊，色色都與茅亭相稱。若添一筆豔麗，便失卻茅亭本色矣。手揮絲桐，目送還雲，必如此等人方可坐茅亭，作茅亭序也。夫茅亭所在多有，孰是與茅亭相稱哉？安得不讓柳州獨步？蔡鑄評：天然形勝，天然句法，可稱兩絕。「每風止雨收」一段，直寫浴沂風雩氣象。至「手揮絲桐，目送還雲」之句，則奇絕矣。

【辯證】

王應麟《困學紀聞》卷一七：柳文多有非子厚之文者，《馬退山茅亭記》見於《獨孤及集》。

王士禛《香祖筆記》卷五：唐獨孤及至之《毘陵集》二十卷，補闕安定梁肅所編。肅後序稱「門下生」，蓋其門人也。集首有虔州刺史李舟序，末有吴郡祝允明跋，云是吴文定所鈔東閣本。予按皇甫湜《諭業》一篇，歷評唐人文章，稱獨孤之文如危峰絕壁，穿倚霄漢，長松怪石，顛倒谿壑。今讀其文，殊不盡然。大抵序記猶沿唐習，碑版叙事稍見情實。《仙掌》、《函谷》二銘、《琅邪溪述》、《馬退山茅亭記》、《風後八陣圖記》，是其傑作，《文粹》略已載之。權德輿議及謚曰：「立言遺辭，有古風格，濬波瀾而去流宕，得菁華而無枝葉，其摳衣入室之徒，皆足以掌贊善而秉方册。」及之爲文可徵矣。卒謚曰憲。

何焯《義門讀書記》卷三六：《邕州柳中丞作馬退山茆亭記》，《英華》作獨孤常州文者，近之。「歲在辛卯」，辛卯爲元和六年。柳子既振拔當時文體矣，何當有是？前此辛卯爲天寶十載，至之有《初晴抱琴登馬退山對酒望遠醉後作》一篇，詩中有「王旅方伐叛，虎臣皆被堅。魯人著儒服，甘就南山田」之語，於時方討南詔，則此文亦出於至之，有可徵也。「於是手揮絲桐」六句：語雜氣輕。

陳景雲《柳集點勘》卷二：案辛卯爲元和六年，考唐史：元和五年擢鄧州刺史崔詠爲邕州刺史兼邕管經略使，至八年始自邕移桂，足知辛卯歲邕州未嘗缺守，不當復有試官。又仲兄，舊注柳寬，據寬誌卒于辛卯八月，而是亭作於十月，則非寬明矣。按《文苑》此記乃獨孤及作，編者誤入，而注家仍其誤，又從之辭。王應麟《困學紀聞》辨之，第據及集，惜未詳耳。（黄中案：前辛卯則爲天寶十載，獨孤及本傳：天寶末，以道舉高第，補華陰尉。其隨兄至邕州，當是未通籍前。）

姚範《援鶉堂筆記》卷四三：案今之南寧即邕州也，其附郭宣化有馬退山，作地志者，多援子厚此記。然王伯厚《困學紀聞》云此篇見獨孤及集。予據子厚爲其《先侍御神道表》述其言曰「吾惟一子」，及子厚自云「代爲冢嗣」，則無仲兄矣。古人少以伯仲之稱稱其群從者，且元和辛卯子厚方在永州，此記似與遊從之列而屬辭者。今注柳集者則云仲兄蓋其從兄柳寬，字存諒，柳所爲《故大理評事柳君墓誌》並祭文者也。按志云：寬卒於元和六年八月七日，而此記云冬十月作亭，其非寬矣。且寬與子厚之父鎮，於刺史楷，同爲高祖，則寬與子厚爲叔父行，非兄弟也。況寬從事幕府，既罷，以遊士而死於廣州，安得舉以實之？又按崔祐甫《獨孤常州神道碑》云其捐館以大曆十二年，蓋丁巳之歲也。又云壽五十三，則生於開元十三年乙丑也。又云：天寶末，以洞曉《元經》對策上第，超拜華陰尉，著《古函谷》、《仙掌》二銘。按《函谷銘》序云：「唐興百三十有三載，余尉於華陰。」則天寶十三載，歲甲午也，及時年三十矣。由碑云：及爲殿中侍御史通理之第四子。倘此記屬及，則天寶十載也，未審及兄有試於邕者耶？此記本俗筆，但近閲《昌黎集》，朱子於後人僞作多取而周之以屬之於韓，故姑筆於此，以見韓、柳二家之文，爲後人汩亂者多矣。

《四庫全書總目》卷一五〇《毗陵集》提要：《馬退山茅亭記》乃柳宗元作，後人誤入及集，（王）士禎一例稱之，尤疎於考證矣。

按：此文《文苑英華》卷八二四收爲獨孤及作，《毗陵集》卷一七亦載之，非柳宗元文，前人論之已詳，未可移也。綜而言之，理據有三：一，文云「我仲兄以方牧之命」，然宗元爲柳鎮獨子，何來仲兄？唐人未有稱從兄弟爲伯仲也。舊注爲柳寬，非也。二，文云「歲在辛卯」，辛卯爲元和六年，然元和六年至八年邕州刺史爲崔詠，史有明文，其間無容插一柳寬，明矣。三，據柳宗元《故大理評事柳君墓誌》，柳寬卒於元和六年八月，而此亭作於元和六年十月（《毗陵集》作十二月，更遲），安能作此亭？前辛卯則爲天寶十載，獨孤及正在世。《全唐文》卷四〇九崔祐甫《故常州刺史獨孤公神道碑銘并序》云及爲獨孤通理之第四子，又云「公之仲兄、季弟、伯姊三年之間繼殁」，獨孤及卒於大曆十二年，則其仲兄天寶間曾假官於邕州，雖無文獻之徵，卻略無矛盾。據林寶《元和姓纂》卷一〇獨孤通理生汜、巨、及、丕。汜，睦州刺史。巨，左驍衛兵曹。則獨孤及仲兄名巨。其第三兄憕早卒，故《姓纂》未載。

永州韋使君新堂記①

將爲穹谷嵁巖〔一〕、淵池於郊邑之中，則必輦山石，溝澗壑，凌絶險阻，疲極人力，乃可以有爲也。然而求天作地生之狀，咸無得焉。逸其人，因其地，全其天，昔之所難，今於是乎在。永州實惟九疑之麓〔二〕，其始度土者〔三〕，環山爲城②。有石焉翳于奥草③，有泉焉伏于土塗，蛇虺之所蟠，狸鼠之所游，茂樹惡木，嘉葩毒卉，亂雜而争植，號爲穢墟。韋公之來既逾月，理甚無事，望其地，且異之，始命芟其蕪，行其塗，積之丘如，蠲之瀏如〔四〕。既焚既釃〔五〕，奇勢迭出，清濁辨質，美惡異位。視其植則清秀敷舒④，視其蓄則溶漾紆餘〔六〕。怪石森然，周于四隅，或列或跪⑤，或立或仆，竅穴逶邃，堆阜突怒。乃作棟宇，以爲觀游。凡其物類，無不合形輔勢效伎於堂廡之下。外之連山高原林麓之崖，間廁隱顯，邇延野緑，遠混天碧，咸會於譙門之外⑥〔七〕。

已乃延客入觀，繼以宴娱，或贊且賀曰：「見公之作，知公之志。公之因土而得勝，豈不欲因俗以成化？公之擇惡而取美，豈不欲除殘而佑仁？公之蠲濁而流清，豈不欲廢貪而立廉？公之居高以望遠，豈不欲家撫而户曉⑦？夫然，則是堂也，豈獨草木土石水泉之適歟⑧？山原林麓之觀歟？將使繼公之理者，視其細，知其大也。」宗元請志諸石，措諸屋漏⑨〔八〕，以爲二千石楷法⑩〔九〕。

【校　記】

① 世綵堂本注：「一無『韋使君』三字。」注釋音辯本、詁訓本、游居敬本及《英華》即無「韋使君」三字。注釋音辯本注：「一本『州』字下有『韋使君』三字。」

② 《英華》「爲」上有「以」。

③ 原注與注釋音辯本、世綵堂本注：「于，一作乎。」詁訓本作「乎」。

④ 清，《英華》作「青」。

⑤ 跪，《英華》作「絶」。

⑥ 外，注釋音辯本、游居敬本、《英華》作「内」。注釋音辯本注：「内，一本作外。」《英華》注：「蜀本作外。」

⑦ 嘵，《英華》作「皢」。

⑧ 土石水，《英華》作「谷」。

⑨ 屋漏，注釋音辯本作「壁編」，並注：「一本作屋漏。」詁訓本注：「一作壁編。」原注與世綵堂本注：「一作措諸壁徧。」

⑩楷，《英華》作「得」。

【解　題】

［韓醇詁訓］公元和元年貶永州，在永凡十年，其州刺史見本集者六：元和元年刺史韋公，見《賀改元表》。二、三年刺史馮公，見《修浄土院記》。元和五年以前刺史崔君敏，見《南池讌集序》及《墓誌》。後又有崔簡者，未上，以罪去，見《簡墓誌》等文。元和十年刺史崔能，見《湘源二妃廟碑》、《萬石亭記》。此記所謂韋公者，蓋在七年、八年者也，見集《上嶺南鄭相公啟》及《黄溪祈雨》詩。記在七年作。［世綵堂］韓本注刺史韋彪。按：章士釗《柳文指要》上《體要之部》卷二七：「韋使君者，韋彪也。……彪之刺永，在元和七八年間，爲崔能後任。能刺永在六年。」崔能爲韋彪後任，章誤。林寶《元和姓纂》卷二東眷韋氏彭城公房：「彪，永州刺史。」即此人。元和七、八年在任。

【注　釋】

〔一〕［注釋音辯］童（宗説）云：嵁，五男、苦男、五咸三切。嵁，巖也。《魏都賦》有嵁崿。［韓醇詁訓］嵁，五男、五咸二切。

〔二〕［百家注引孫汝聽曰］九疑，山名，在零陵。麓，山足也。［蔣之翹輯注］《漢書志》：「九疑山在零陵。」今屬寧遠縣。

〔三〕［注釋音辯］度，待洛切。［百家注引韓醇曰］《書》：「惟荒度土功。」按：見《尚書·益稷》。

〔四〕［注釋音辯］瀏，劉、溜、柳三音。［韓醇詁訓］瀏，力救切。［百家注引孫汝聽曰］瀏，水清貌。音劉，又音溜、柳。

〔五〕［注釋音辯］［韓醇詁訓］（釃）山宜切。按：釃，疏導。

〔六〕章士釗《柳文指要》上《體要之部》卷二七：「溶漾，雙聲字，與容與、容裔同，水動盪貌。紆餘，與紆徐同，遲回曲折貌。」

〔七〕［注釋音辯］譙門，謂門上爲高樓以望也。樓一名譙，故謂。美麗之樓爲麗譙。［韓醇詁訓］《陳勝傳》：「與守丞獨戰譙門中。」顏師古曰：「譙門，於門上爲高樓以望耳。樓一名譙，故謂。美麗之樓爲麗譙。譙亦呼爲巢，所謂巢居者，亦於兵車之上爲樓以望敵也。譙、巢聲相近，本一物也。」按：見《漢書·陳勝傳》。

〔八〕［百家注引孫汝聽曰］《詩》：「尚不愧於屋漏。」《爾雅》曰：「西南隅謂之奥，西北隅謂之屋漏。」按：見《詩經·大雅·抑》、《爾雅·釋宫》。

〔九〕［蔣之翹輯注］《漢書·宣帝紀》：「庶民所以安其田里，而無愁歎之聲者，政平訟理也。與我共此者，其惟良二千石乎？」注：「刺史稱二千石。」

【集評】

周必大《書二一・奚元美》：子厚《乞巧文》今可作否？彼最喜模倣前人，如《新堂記》、《答韋中立書》之類，吾人獨不可遊戲於斯乎？（《文忠集》卷一八七）

吴訥《文章辨體序説・記》：《金石例》云：「記者，記事之文也。」西山曰：「記以善叙事爲主，《禹貢》、《顧命》，乃記之祖。後人作記，未免雜以議論。」陳後山亦曰：「退之作記，記其事耳。今之記乃論也。」竊嘗考之，記之名始於《戴記》、《學記》等篇。記之文，《文選》弗載。後之作者，固以韓退之《畫記》、柳子厚游山諸記，爲體之正。然觀韓之《燕喜亭記》，亦微載議論於中。至柳之記新堂、鐵爐步，則議論之辭多矣。迨至歐、蘇而後，始有專以論議爲記者，宜乎後山諸老以是爲言也。

明闕名評選《柳文》卷四引楊升庵曰：此叙是堂爲荒穢之區，以起下意，見公能新是堂於政理之暇，所以爲有功云爾。「堂廡之下」句下引王荆石曰：如畫。「且賀曰」句下引吴鼎生曰：寫意箴規，無中生有□□。

蔣之翹輯注《柳河東集》卷二七：雅暢圓徹。又「於是乎在」句下：一起連作幾轉，全用虚字襯成。馬端臨曰：發端數語，大類《莊子・胠篋》篇文字，特語意變幻，微有不同。又「譙門之内」句下引許應元曰：叙荒蕪處，便似個荒蕪境界。叙修潔處，便似個修潔場所。可謂文中有畫。又「家撫而户曉」句下引茅坤曰：贊賀語，似不免俗韻，而文亦經緯。

金聖歎批《才子古文》卷一二：逐段寫地，寫人，寫起工，寫畢工，乃至寫筵客起賀，皆一定自然之法度。奇特在起筆，斗地作二反一落，如槎枒怪樹，不是常觀。

儲欣《河東先生全集録》卷四：視其細，知其大。後人所摹，然此記勝概自在前半。

儲欣《唐宋八大家類選》卷一〇：前叙起，後議論，開後人多少法門。尤利舉業。

孫琮《山曉閣選唐大家柳柳州全集》卷三：一篇主意，只要表彰韋公開闢新堂之功，然止就新堂發揮，有何意味？妙在前幅先説一段名勝之難得，又説一段兹堂舊屬荒穢，得此二段相形於前，愈見得開闢之功真不可泯。後幅就韋公作堂發出一段，寓意深遠，尤見兹堂之不朽也。

林雲銘《古文析義》初編卷五：此記與諸游記不同。諸游記皆以探奇尋幽得之，而此則得之州治之中郊邑之内者也。故先以郊邑之難唤起，次以永州本有而埋没，韋公除治而出頭，歷叙一番，俱屬正格。但既爲永州刺史作此，自不得不以政治點染在内。舊本病其稍落俗調，然細思不如此洗發，直無可住手處，非苦心此道者不知也。

何焯《義門讀書記》卷三六：「公之居高以望遠」：並收外之一層。

浦起龍《古文眉詮》卷五四：永之州，夷蠻逼外，刺永之道，其治體貴因而不擾，其化俗貴表率分明，其盡心貴幽遐無蓋，胸其成構，叙贊互涵，如燈影相取。韋君涖政纔踰月，特獻一首刺史箴也。勿混混過去。

王之績《鐵立文起》前編卷二：記之名始於《禮記·學記》等篇，記之文《文選》弗載，後之作者，固以韓退之《畫記》、柳子厚游山諸記爲體之正。然觀退之《燕喜亭記》，亦微載議論於中，至柳之記新堂、鐵爐步，則議論之辭多矣。

乾隆敕纂《御選唐宋文醇》卷一六：人或良才美質，自天畀之，而不學不問，好惡無節於内，知誘於外，以至滅天理而窮人欲，於是有悖逆詐僞之心，有淫佚慝亂之事，以之終身而不變。人曰「天之生是使然也」，奚知其質美才良，克念即可作聖耶？其與佳景瑰觀、清泉美石之汨於荒區蠻域、惡木毒莽之中，與爲終古者奚異？宗元爲上官作記，故以治人之道言之，善讀之知修身焉。

吴楚材、吴調侯《古文觀止》卷九：「乃可以有爲也」下：劈空翻起。「今於是乎在」下：落入。發端忽作數折，全用虚字襯成，筆法奇幻。「環山爲城」下：此句追原城中，所以有自然泉石之故。「號爲穢墟」下：寫得荒蕪不堪，以起下開闢之功。「理甚無事」下：欲寫韋公之開闢新堂，先著理甚無事四字，妙。「且異之」下：六字寫出理甚無事人，閒心妙眼。「奇勢迭出」下：此記始事。「堆阜突怒」下：此記畢工。「效伎於堂廡之下」下：此記新堂。「咸會於譙門之内」下：此記堂外。叙荒蕪處，便是個荒蕪境界，叙修潔處，便似個修潔場所，可謂文中有畫。「知公之志」下：推進一步。「豈不欲家撫而户曉」下：贊賀語，説出新堂關係政教，所見者大。「則是堂也」下：宕開一筆，以作一束。「知其大也」下：結出斯堂之不朽。總評：只要表章韋使君開闢新堂之功，先説一段名勝之難得，又説一段舊址之荒穢，以起韋公於政理之暇新之，所以爲有功。末特開一議，見新堂煞甚關係，是記中所不可少。

惲敬《西園記》：敬思子瞻《凌虚臺記》近於傲，子厚《永州新堂記》近於諛，傲於諛，皆非也。然

子厚比政事言之，子瞻感慨廢興而已，豈非子瞻爲失而子厚爲得耶？（《大雲山房文稿》補編）

蔡鑄《蔡氏古文評注補正全集》卷七：過珙評：疏數偃仰，變態百出。叙荒蕪處便似個荒蕪境界，叙修潔處便似個修潔境界。於堂記而寓箴規，斯文僅焉。蔡鑄評：按此記與山水諸記不同，山水記以探奇尋幽得之，而此篇則爲州治之地郊邑之内者也。故先以郊邑之難得喚起，次以永州本有而埋没，韋公除治而出頭，歷叙一番，俱屬正格。其機軸與《馬退山茅亭記》同而不同也。起處尤爲突屹，如天外奇峰，陡然飛下。《莊子·胠篋》篇云：「將爲胠篋探囊發匱之盗而爲守備，則必攝緘縢，固扃鐍，此世俗之所謂知也。」柳文蓋得之於《莊子》歟？

林紓《韓柳文研究法·柳文研究法》：凡記亭臺山水，有經巨人長德，營構題詠遊涉之處，則後來爲之記者，殊爲易力。若公在永州，一荒昧不闢之區，必待糞除，其勝始處。是永州諸勝，均係諸公之一言，則非極力描摹，山容水態，亦不易流傳於藝苑。集中諸文皆佳，而山水之記尤爲精絶，雖大同小異，然各有經營。韓公猶望而卻步，何論其他。《永州韋使君新堂記》，與《萬石亭》體同。入手言人功不勝天然之物，此亦尋常用意。然堂外山水，雖屬天然，特非人立芟行焚釃，奇勝也不能出，此其所以異也。「逸其人，因其地，全其天」，寫得鄭重。似此山此水，有待韋公而闢者。頂筆用「永州實惟九疑之麓」八字，見得奇勝不少。顧「環山爲城」所掩，全石皆隱，美惡雜亂，似安排此一段工程，待韋公來治者。其下接入公之芟行焚釃，於是景物突出，又似専待堂成，爲之收束。「乃作棟宇，以爲觀游」句，清出堂成，於是堂外諸景，皆歸納入此堂之内。「邇延緑野，遠混天碧」，的是名句。

而斯堂與斯景，竟合併在一處矣。以上均叙斯堂，此下則宜入韋公。顧政績未見，不過治此爲游觀，實無頌美之材料。因土得勝，擇惡取美，蠲濁流清，則無中生有，即以成堂。預卜韋公後來之政績，並欲用示後來，故不能不爲之記。枯窘題，能展拓如是，非大家莫能跂也。

永州崔中丞萬石亭記①

御史中丞清河男崔公來莅永州②〔一〕，閒日③，登城北墉〔二〕，臨于荒野藂翳之隙〔三〕，見怪石特出，度其下必有殊勝，步自西門，以求其墟。伐竹披奥，攲側以入④。綿谷跨谿，皆大石林立，渙若奔雲，錯若置碁，怒者虎鬬，企者鳥厲⑤〔四〕。抉其穴則鼻口相呀〔五〕，搜其根則蹄股交峙⑥，環行卒愕⑦〔六〕，疑若搏噬。於是刳闢朽壤，翦焚榛薉〔七〕，決澮溝⑧〔八〕，導伏流，散爲疎林，洄爲清池。寥廓泓渟〔九〕，若造物者始判清濁，效奇於兹地，非人力也。乃立游亭，以宅厥中。直亭之西，石若掖分〔一〇〕，可以眺望。其上青壁斗絶，沉于淵源，莫究其極。自下而望，則合乎攢巒⑨〔一一〕，與山無窮。

明日，州邑耋老〔一二〕，雜然而至，曰：「吾儕生是州，蓺是野，眉厖齒鯢〔一三〕，未嘗知此。豈天墜地出，設兹神物，以彰我公之德歟？」既賀而請名，公曰：「是石之數，不可知也，以其多，而命之曰萬石亭。」耋老又言曰：「懿夫公之名亭也，豈專狀物而已哉？公嘗六爲二千石⑩〔一四〕，既盈其數⑪，然而有道之士，咸恨公之嘉績未洽于人⑫，敢頌休聲，祝于明神⑬。漢之三公，秩號萬石〔一五〕，我公之德，宜受兹錫。漢有禮臣⑭，惟萬石君〔一六〕。我公之化，始于閨門，道合于古，祐之自天〔一七〕，野夫獻辭，公壽萬年。」宗元嘗以牋奏隸尚書，敢專筆削〔一八〕，以附零陵故事。時元和十年正月五日記。

【校記】

①永州，《文粹》作「零陵」。注釋音辯本、詁訓本、《英華》無「崔中丞」三字。注釋音辯本注：「一本『州』下有『崔中丞』三字。」

②男，《英華》作「南」。

③原注與注釋音辯本、世綵堂本注：「閒，一作百。」詁訓本注：「一作百日。」

④側，注釋音辯本作「仄」，並注：「仄，一本作側，同。」世綵堂本注：「側，一作仄。」

⑤何焯《義門讀書記》卷三六：「兩『者』字並作『若』字。」《全唐文》即作「若」。

⑥原注與注釋音辯本、詁訓本、世綵堂本注：「股，一作肱。」

⑦行，《英華》注：「右本作顧。」何焯《義門讀書記》卷三六：「『行』作『顧』。」愕，《文粹》作「咢」。

原注與注釋音辯本、詁訓本注：「一本作愕目。」

⑧ 澮溝，《全唐文》作「溝澮」。

⑨ 乎，《文粹》作「爲」。注釋音辯本注：「唐氏曰：攢，當作巑，在官切。巑岏，小山貌。」原注與世綵堂本注略同。

⑩ 六，《英華》作「禄」。

⑪ 注釋音辯本注：「盈，一本作嬴。嬴，過也。」原注與世綵堂本注：「盈，一作嬴。」

⑫ 注釋音辯本「恨」下衍「推」字。

⑬ 注釋音辯本、游居敬本、《英華》「祝」下有「公」。

⑭ 禮，《文粹》、《全唐文》作「純」。

【解　題】

［韓醇詁訓］崔公名能，新史有傳。公集中《湘源二妃廟碑》亦云「州刺史御史中丞崔公能」，即此也。作之年月，記具載。［蔣之翹輯注］崔中丞名能。萬石山在永州府城北山，多怪石，下瞰碧沼。歐陽修《題萬石亭》詩云：「山窮與水險，上下極沿洄。故其於文章，出語多崔嵬。」謂此文也。按：此文作於元和十年正月，文已云。《明一統志》卷六五永州府：「萬石山，在府城北，多怪石，下瞰碧沼。」「石」義雙關，既爲巖石之「石」，又爲量詞，文以此生發。二義之「石」字古音同，今作量詞之「石」讀若「旦」。

【注釋】

〔一〕［注釋音辯］崔能也。

〔二〕［百家注引童宗説曰］墉，垣也。

〔三〕［注釋音辯］童（宗説）云：叢，俗書作「藂」。［韓醇詁訓］藂與叢同。翳，一計切。［百家注引王儔補注］藂，聚也。

〔四〕厲，通勵，振奮也。

〔五〕［注釋音辯］抉，一決、古穴二切。呀，虚加切。

〔六〕［注釋音辯］卒，七没切。［韓醇詁訓］卒，倉没切。愕音諤。

〔七〕［注釋音辯］（薉）於廢切，荒蕪也。與「穢」同。［韓醇詁訓］於廢切，荒蕪也。

〔八〕《孟子・離婁下》：「七八月之間雨集，溝澮皆盈。」澮溝即溝澮，溝渠也。

〔九〕［注釋音辯］泓，烏宏切。渟音亭。［韓醇詁訓］上烏宏切。下音亭。按：泓渟，水深積蓄貌。

〔一〇〕［百家注引孫汝聽曰］掖，肘掖，臂下也。

〔一一〕［百家注引孫汝聽曰］「攢」當作「巑」。巑岏，小山貌。巒，小山而鋭也。巑，在官切。巒，力完切。［蔣之翹輯注］《説文》：「山小而鋭曰巒。」

〔一二〕［百家注引童宗説曰］年八十曰耋。

〔一三〕［注釋音辯］庬，眉黑白雜也。鯢音倪，齒落更生細者，壽徵也。［百家注引孫汝聽曰］《詩》：

「黄髮鯢齒。」注：「鯢齒，壽徵。」按：見《詩經·魯頌·閟宫》。

〔一四〕陳景雲《柳集點勘》卷二：「《故弘古志》謂崔公降治永州，考舊史：元和六年九月，以蜀州刺史崔能爲黔中觀察使。其刺永在九年，蓋自黔左遷也。記言其六爲二千石，今可考者唯蜀、黔、永三州耳。崔後自貶所召入爲中丞，出鎮嶺南，卒。」按二千石指州郡長官。據《舊唐書·崔能傳》，崔能爲蜀州刺史，轉黔州刺史、黔中觀察使，坐爲南蠻攻陷郡邑，貶永州刺史。未嘗六爲州刺史也。然云「既盈其數」，六個二千石即爲一萬二千石，「六」字不誤。「六」當指六年，由元和五年任蜀州刺史算起，至元和十年爲六年。六年的俸禄爲一萬二千石。

〔一五〕［韓醇詁訓］《西漢表》顔師古曰：「漢制：三公號稱萬石，其俸月各三百五十斛穀。」按：百家注本引孫汝聽注與韓注同。見《漢書·百官公卿表上》。

〔一六〕［注釋音辯］前漢石奮及其四子皆二千石。［韓醇詁訓］萬石君，石奮也。孝景時，以奮爲諸侯相。奮長子建、次甲、次乙、次慶，皆以馴行孝謹，官至二千石，於是景帝曰：「石君及四子皆二千石，人臣尊寵，迺舉集其門。」乃號奮爲萬石君。按：見《史記·萬石君列傳》。

〔一七〕［百家注引童宗説曰］《易》：「自天祐之，吉無不利。」按：見《周易·泰》。

〔一八〕《史記·孔子世家》：「至於爲《春秋》，筆則筆，削則削，子夏之徒不能贊一辭。」因稱修改文字爲筆削。

【集評】

梅堯臣《永州守王公慥寄九巖亭記云此地疑是柳子厚所説萬石亭也因爲二百言以答願當留詠》：天地磨今古，賢愚爲埃塵。草樹易變改，山川無故新。眷言零陵守，白髮駕朱輪。間來問遺老，俯跡哀昔人。昔人者誰歟？元和前放臣。下上窮幽荒，憔悴楚水濱。試觀當此記，圖寫未必真。最苦來黄溪，坐石數游鱗。有鳥大如鵠，東向立不竣。始買鈷鉧潭，鄠杜難計緡。冉溪袁家洞，亂石多磷磷。深黑與沸白，若盡無窮津。石渠連巖泓，菖蒲被其垠。窮勝得其詭，衆美誰齊均。西澗石爲底，豈無芹與蘋。澗崖如堂席，澗響如龍脣。折竹埽陳葉，羅榻同衆賓。其言粲星斗，百歲猶比晨。萬石乃淺近，尚可資覆巾。而況前所説，但恐煩鐫珸。（《宛陵先生集》卷三七）

歐陽修《永州萬石亭》：（題下原注：「寄知永州王顧。」一本上有寄題，注云：「柳子厚亭。」）天於生子厚，稟予獨艱哉。超凌驟拔擢，過盛輒傷摧。苦其危慮心，常使鳴聲哀。投以空曠地，縱横放天才。山窮與水險，下上極沿洄。故其於文章，出語多崔嵬。人跡所罕到，遺蹤久荒頹。王君好奇士，後二百年來。翦薙發幽薈，搜尋得瓊瑰。感物不自貴，因人乃爲材。誰知古可慕，豈免今所咍。我亦奇子厚，開編每徘徊。作詩示同好，爲我銘山隈。（《歐陽文忠公文集·居士集》卷四）

王應麟《辭學指南》：柳《萬石亭記》附零陵故事之類，此記末後體製也。（《玉海》卷二〇四）

姚勉《靈源天境記》：莫之爲而爲者天也，境至於天極矣。予性好泉石，遇奇輒終日弗去。獨恨居郛郭間，有觀無奇，如退之所記連之宴喜亭，子厚所記永之萬石亭，天作地藏，以遺其人者。（《雪

坡集》卷三五）

《王荆石先生批評柳文》卷七：壯甚。「大石林立」句下評：石狀備此。「敢頌休聲」句下評：勃然而頌，若蹈若舞。

茅坤《唐宋八大家文鈔》卷二三：崔公既搜奇抉勝，而子厚之文亦如此。

蔣之翹輯注《柳河東集》卷二七：佈置景色遠近，全在筆墨濃淡得之，此作畫之法寶，可作文。又「疑若搏噬」句下：其形容偏得於此，而於石猶近。又「公壽萬年」句下引王世貞曰：勃然而頌，若蹈若舞。

儲欣《河東先生全集録》卷四：狀物之精，化工在手。

孫琮《山曉閣選唐大家柳柳州全集》卷三：前幅記石記亭，寫出石之奇怪，亭之名勝，真是千態萬狀，令人駭目。後幅就命亭之義生出波瀾，又是無中生有，真是善頌善禱。又引孫月峰（鑛）曰：壯甚。

何焯《義門讀書記》卷三六：「其上青壁斗絶」六句：寫萬字有餘韻。「敢頌休聲祝於明神」：推開，借父老輿頌見之，始不俗。

乾隆敕纂《御選唐宋文醇》卷一六：體物之妙，宇宙在乎手，萬化生於心矣。

惲敬《沿霸山圖詩序》：余少讀退之《南山詩》及子厚《萬石亭記》、《小丘記》，喜其比形類情，卓詭排蕩，及長，始知其法自周、秦以來，體物者皆用之，非退之、子厚詩文之至者也。《莊子》曰：「芴狗之已陳矣，行者踐其首脊，蘇者取而爨之而已。」昔人之已言其諸，亦能言者之芻狗乎！瑞金多石山，往往一石爲一巒，一石爲一嶺、一厓，惟沿霸諸山，皆千石爲一巒、一嶺、一厓，余數過，欲狀之，終無以自別於退之、子厚之所言者。爰使户曹史賴穀分爲十圖，以盡其勢，而余與諸同志舉觴而詠之。至退之以重望自山陽改官京曹，方有大行之志，故其詩恢悦。子厚負釁遠謫，故其文清瀏而迫隘。余小生，樂志下僚，所言亦有相稱者焉。（《大雲山房文稿》補編）

王文濡《評校音注古文辭類纂》卷五二引劉大櫆云：刻鏤萬石，形狀甚工。又引吴汝綸云：此子厚有意模擬退之《燕喜亭記》者。

陳衍《石遺室論文》卷四：《永州萬石亭記》略云：……案始言萬石來路，「企者鳥厲」等效《斯干》詩。「石若掖分」以下，分左右上下言之，以亭爲主也。又云：「抉其穴」云云，排偶習氣未盡除。

林紓《韓柳文研究法·柳文研究法》：《萬石亭》，亦恃崔公披攘而出，機杼與前篇同。一經求墟伐竹披奥，而萬石之狀皆露。「涣若奔雲」至「疑若搏噬」止，悉窮石狀。顧有是萬石，不能據要而俯覽，則所謂萬石者，亦不能歷歷皆貢於眉睫之下。此處安頓一亭，大有工夫。觀文中「乃立游亭，以宅厥中，直亭之西，石若掖分」十六字，則據要爲亭，一覽而景物頓異矣。又觀「其上青壁斗絶，沈於淵源，莫究其極」，則此亭必當石壁之右，石勢自亭外下趨，及水而止。石根已不可見，此是自亭下矚之石狀。然不能不仰溯而求其峰極，乃峰勢非博，其上小山，必如螺髻，綿亘而作遠勢，故文言「合乎攢巒，與山無窮」。此種山，甚類黄鶴山樵所寫者。文至此截然而止，蓋亭立，而山之勝狀盡爲此亭所有，可以不更叙矣。其下言耋老來賀，取名萬石，爲古人適有萬石之名，用以爲證。歸入頌禱意作收束，毫不著力。

林紓選評《古文辭類纂》卷九：此篇專描石狀。奔雲者，石角同趣一向。涣，不聚也。置棋，小石錯落，不相聯屬也。虎鬭，則石突而撲者。鳥厲，則石勢上仰，若鳥之斂翼待飛者。呀，虛加切，張也。穴空而大小不一，故若口若鼻，皆向外而張。蹄股交峙者，石勢上重下輕，上頑下峭，立地若牛股馬蹄之交峙。峙，立也。卒當音猝，環行視之，驚奇而成愕耳。寫石既畢，始行寫水。其下就萬石發議，文甚古穆可喜。

零陵三亭記①

邑之有觀游，或者以爲非政，是大不然。夫氣煩則慮亂，視壅則志滯，君子必有游息之物，高明之具，使之清寧平夷，恒若有餘，然後理達而事成。

零陵縣東有山麓，泉出石中，沮洳汙塗〔一〕，群畜食焉，牆藩以蔽之，爲縣者積數十人②，莫知發視。河東薛存義以吏能聞荆楚間〔二〕，潭部舉之〔三〕，假湘源令③〔四〕。會零陵政龐賦擾，民訟于牧，推能濟弊，來莅兹邑，遁逃復還，愁痛笑歌，逋租匿役，期月辨理④〔五〕，宿蠹藏奸，披露首服〔六〕。民既卒税，相與歡歸道塗，迎賀里閭，門不施胥吏之席，耳不聞鼙鼓之召⑤〔七〕。雞豚糗醑〔八〕，得及宗族，州牧尚焉，旁邑倣焉。然而未嘗以劇自撓山水鳥魚之樂，澹然自若也〔九〕。乃發牆藩，驅群畜，決疏沮洳，搜剔山麓〔一〇〕，萬石如林，積坳爲池〔一一〕，爰有嘉木美卉，垂水藂峰⑥，瓏𤫟蕭條⑦〔一二〕，清風自生，翠煙自留，不植而遂⑧。魚樂廣閑，鳥慕静深，别孕巢穴，沉浮嘯萃，不蓄而富。伐木墜江，流于邑門，陶土以埴，亦在署側。人無勞力，工得以利⑨。乃作三亭，陟降晦明，高者冠山顛，下者俯清池。更衣膳饔〔一三〕，列置備具，賓以燕好，旅以館舍。高明游息之道，具於是邑，由薛爲首。

在昔裨諶謀野而獲〔一四〕，宓子彈琴而理〔一五〕，亂慮滯志，無所容入。則夫觀游者，果爲政之具歟？薛之志，其果出於是歟？及其弊也，則以玩替政，以荒去理，使繼是者咸有薛之志，則邑民之福，其可既乎？余愛其始而欲久其道，乃撰其事以書于石。薛拜手曰⑩：「吾志也。」遂刻之。

【校　記】

① 世綵堂本注、《義門讀書記》卷三六：「一有『薛令作』三字。」

② 數十，《英華》作「十數」。

③ 《英華》「假」下有「以」。

④月，詁訓本作「年」。

⑤鼛鼓，注釋音辯本注：「潘本作『鼕鼓』。鼕，徒宗切，鼓聲也。」世綵堂本亦有此注。蔣之翹輯注本：「一作鼕，鼓聲，非是。」召，《英華》、《全唐文》作「音」。

⑥水，《英華》作「冰」。

⑦靈，注釋音辯本注：「潘（緯）云：諸韻無此靈字。温公注《揚子》：『瓏，盧紅切。靈音零。』」原注與世綵堂本注：「靈即玲，音零。出《揚子》。」瓏靈，《英華》作「玲瓏」。

⑧植，《英華》作「埴」。

⑨工，注釋音辯本、游居敬本作「土」。

⑩手，詁訓本作「首」。

【解題】

［韓醇詁訓］零陵、湘源，皆永州縣也。薛存義自湘源來令零陵，凡二年，公集有《送薛存義之任序》，云「假令零陵二年矣」。然月日不可考，要皆在永州時作。按：《明一統志》卷六五永州府：「三亭，在府城東山麓泉側，唐零陵令薛存義建。一曰讀書林亭，二曰相秀亭，三曰俯清亭。柳宗元記。」柳宗元此文之意，以爲施政者以觀游助政，則政成；以觀游廢政，則政荒。此乃爲薛存義建三亭而生出一篇大道理也。

【注釋】

〔一〕［注釋音辯］潘（緯）云：沮，子須切。洳，如預切，漸濕也。［韓醇詁訓］沮，將豫切。洳音茹，陷濕地也。《詩》：「彼汾沮洳。」［百家注引孫汝聽曰］沮洳，陷濕地也。沮，將預切。洳，人恕切。按：見《詩經·魏風·汾沮洳》。

〔二〕［百家注引文讜曰］公嘗有《送薛存義序》。

〔三〕［注釋音辯］［百家注引孫汝聽曰］潭部謂湖南觀察使。

〔四〕［百家注引韓醇曰］湘源縣，屬永州。

〔五〕［注釋音辯］辨音瓣。按：「辨理」即「辦理」。

〔六〕［注釋音辯］［韓醇詁訓］首音狩。按：首服即出首服罪。

〔七〕［注釋音辯］鼛音臯。《周禮》：「以鼛鼓鼓役事。」［韓醇詁訓］鼛音臯，土鼓也。按：百家注本引孫汝聽注與注釋音辯本注同。見《周禮·地官司徒·鼓人》。

〔八〕［注釋音辯］糗，丘救、許九二切，熬米麥也。醑，思呂切，漉酒也。［韓醇詁訓］上丘救切，下司呂切。

〔九〕［韓醇詁訓］澹音淡。

〔一〇〕［百家注］（麓）音鹿。

〔一一〕［注釋音辯］坳，於交切。［韓醇詁訓］坳，居爻切。［百家注引孫汝聽曰］坳，地窊下也，於交切。

〔一二〕〔韓醇詁訓〕瓏音籠，𤫊音零。按：即「玲瓏」。

〔一三〕〔韓醇詁訓〕（饔）於恭切，熟食也。〔百家注引孫汝聽曰〕並房室名。

〔一四〕〔注釋音辯〕《左》襄三十一年：「鄭裨諶能謀，謀於野則獲，謀於邑則否。」〔韓醇詁訓〕裨諶，鄭大夫也。謀於野則獲，於國則否。鄭國將有諸侯之事，則必使乘車以適野謀，作盟會之辭。諶音忱。按：百家注本引韓醇注亦作《左傳》襄公三十一年。

〔一五〕〔注釋音辯〕宓子賤。〔韓醇詁訓〕宓子賤爲單父宰，鳴琴不下堂而單父治。巫馬期爲單父，戴星而入，以身親之，單父亦治。子賤曰：「彼任力，我任人，任力者勞，任人者逸。」宓音伏。按：百家注本引韓醇注尚云：「宓不齊，字子賤。」見劉向《説苑》卷七《政理》。

【集評】

張嵲《歲寒堂記》：昔唐柳宗元作《薛令三亭記》，以謂君子必有游息之物，高明之具，使之清寧平夷，常若有餘，然後理達而事成。吾不佞，豈敢爲是游觀，勸民以自便。至於宴息之居，所以與後人同其利者，則不可以私，自歉爲解。（《紫微集》卷三一）

朱同《杜君游觀圖序》：柳柳州謂君子必有游息之物，高明之具，使之清寧平夷，然後理達而事成。夫氣煩則慮亂，視壅則志滯，是以邑之有游觀者，實爲政之一助也。……余謂醒心、豐樂、醉翁之亭，黃溪、西山、鈷鉧潭、袁家渴之記，昔賢爲政，游觀之勝，發前人所未發者，固未嘗不同，而亦未始能同也。歐陽公當宋之隆平，是以惟宣上德化，與民同其樂，子厚則娱情山水，以忘其故都，而消其抑鬱。若吾杜侯，則撫字之情不能勝賦役之重、樂民之樂，與歐公之時固有間矣。且以强仕之年，始於百里之寄，方將盡藴奥展經綸於時，寧有柳柳州之懷哉！（《覆瓿集》卷四）

茅坤《唐宋八大家文鈔》卷二二：牢籠勝概，卻又别出一番見解。

明闕名評選《柳文》卷四引林次崖曰：其言若誇，其理亦是。「澹然自若也」句下引林次崖曰：此序作亭之由。「嘉木美卉」句下引林次崖曰：以下序景物。「其可既乎」句下：既以游觀爲政，而中又寓箴規。

陸夢龍《柳子厚集選》卷三評文首：雅。「爰有嘉木」一段：子厚善狀林麓，而手各不同。

蔣之翹輯注《柳河東集》卷二七：本是常情，但文字宛轉綿密，汪洋唱歎，自是人不能及。又「理達而事成」句下：説觀游之理，極其微妙。又「其可既乎」句下引虞集曰：既以游觀爲政，而中又寓箴規，妙。

儲欣《河東先生全集録》卷四：清風翠煙，及魚鳥之沉浮嘯萃，余每遊吴下名園，而誦之此等語句，真天造地設，非人力也。

孫琮《山曉閣選唐大家柳柳州全集》卷三：此篇只是將游觀與爲政二意交互發出妙論。前幅從爲政説到游觀，見得爲政不可少游觀。後幅從游觀説到爲政，見得游觀亦有益於爲政。中間記亭舊址，記存義吏治，記存義闢地建亭，此是記中正文，自不可少。

何焯《義門讀書記》卷三六：「使繼是者咸有薛之志」三句：不偏枯。按桂嶨家洲、永新堂、零陵三亭，皆爲説以發其端。《唐語林》言淮西事當直起者，非柳子之論也。

沈德潛《唐宋八家文讀本》卷八：學問有藏修游忠，爲政亦然。蠲其煩囂，養其聖明，與屢省乃成，固並行不悖也。中間風生翠留，魚鳥自得，披讀一過，令人神往其間。

乾隆敕纂《御選唐宋文醇》卷一七：自天子至於庶人，自朝至於日中昃，而夕而夜，莫不有職分之當，爲屢省乃成。明而動，晦而休，無日以怠，然而《學記》有之，藏焉修焉，息焉游焉，孔子亦曰「游於藝」，何哉？蓋心之神明，匪瑩弗靈，匪虚弗瑩，此靈臺所以歌於詩也。古之人既不廢臺囿禽魚之觀，以養其目，復有琴瑟鐘鼓之考，以養其耳，凡皆以宣其堙鬱，導其和平，以浄徹其神明，俾通達於政事耳，豈從夫嗜欲而弛厥敬執哉？古樂淪亡，姦聲以慢，古之所以養耳者，皆所以敗耳，故三代而下，玩好之具，惟聲伎最不可近。子産所爲煩手淫聲，慆湮心耳，乃忘平和，君子弗用者也。宗元立論，謂高明游息之道有裨於政，而卒乃戒其玩荒，甚得古人之旨矣。雖然，非所語於至人也。至人因物付物，任其本分，而無毫銖之加，則雖日應萬幾，泯然不覺事之在己，方且無時無處而不得瑩且靈，而又奚藉於觀游焉？

焦循批《柳文》卷六：實有所見。

曾國藩《求闕齋讀書録》卷八《柳河東集·零陵三亭記》：昌黎志東野則倣東野，志樊宗師則倣宗師，其作《羅池碑》似亦倣此等文爲之。然如「裨諶」、「宓子」等句，實未脱唐時駢文畦徑，昌黎不屑爲也。

王文濡《評校音注古文辭類纂》卷五三：三亭之作，説出煞有關係。後幅以規戒終之，尤見正意。

柳宗元集校注卷第二十八

記①

連山郡復乳穴記②

石鍾乳〔一〕，餌之最良者也。楚、越之山多産焉，于連于韶者，獨名於世。連之人告盡焉者五載矣，以貢，則買諸他部③。今刺史崔公至〔二〕，逾月，穴人來以乳復告。邦人悦是祥也，雜然謡曰：「甿之熙熙④，崔公之來。公化所徹，土石蒙烈〔三〕。以爲不信，起視乳穴。」穴人笑之曰：「是惡知所謂祥耶？嚮吾以刺史之貪戾嗜利，徒吾役而不吾貨也〔四〕，吾是以病而紿焉〔五〕。今吾刺史令明而志潔，先賴而後力〔六〕，欺誣屏息，信順休洽，吾以是誠告焉。且夫乳穴必在深山窮林，冰雪之所儲，豺虎之所廬，由而入者，觸昏霧，扞龍蛇，束火以知其物，縻繩以志其返〔七〕，其勤若是，出又不得吾直，吾用是安得不以盡告？今而乃誠⑤，吾告故也，何祥之爲？」士聞之曰⑥：「謡者之祥也，乃其所謂怪者也。笑者之非祥也，乃其所謂真祥者也。君子之祥也，以政不以怪，誠乎物而信乎道，人樂用命，熙熙然以效其有⑦。斯其爲政也，而獨非祥也歟！」

【校　記】

① 百家注本、世綵堂本標作「記祠廟」，此從注釋音辯本、詁訓本等。詁訓本「記」下尚有「九首」二字。

② 《英華》題作「復乳穴記」，《文粹》題作「乳穴記」。連山，原作「零陵」，注釋音辯本、詁訓本、世綵堂本等同，據《全唐文》改。注釋音辯本注：「零陵郡當作連山郡。」按：當作「連山郡」，參見解題。

③ 部，《英華》作「郡」。

④ 甿，《英華》作「毗」。

⑤ 今而乃誠，詁訓本作「今而誠」，注釋音辯本作「今令人而乃誠」，並注：「一本無『令人』字。」《英華》作「今今而乃誠」。原注與世綵堂本注：「一本作『今令人而乃誠』。」章士釗《柳文指要》上《體要之部》卷二八：「『今』下各本有『令人』兩字，疑誤衍。」

⑥ 蔣之翹輯注本：「士聞之，一作『吾聞之』。」何焯《義門讀書記》卷三六：「『吾』字作『士』字。」

⑦ 有，《文粹》作「力」。

【解　題】

［注釋音辯］題作「零陵郡」乃永州，唐連州連山郡貢鍾乳，未嘗出永州。以年考之，元和四年永州刺史崔簡，連州刺史乃崔君敏，二太守之姓同，故題亦從而差耳。［韓醇詁訓］題曰「零陵」，字之誤也。據《地理志》零陵乃永州郡名，今言石鍾乳連之人告盡者五年，而題以零陵，何也？《唐地理志》載連州連山郡土貢鍾乳，《本草》唐注亦載其次出連州，未嘗言永州出。以年考之，元和四年永州刺史崔簡，連州刺史乃崔君敏，二太守之姓同，故題亦從而差耳。題以《連山郡復乳穴記》則於文爲合。［蔣之翹輯注］後子厚有《與崔連州論石鍾乳書》，可徵也。按：諸家之説甚是。然元和四年連州刺史爲崔簡，永州刺史爲崔敏，諸家恰將二人名顛倒。陳景雲《柳集點勘》卷二：「韓醇曰：零陵郡當作連山郡。零陵郡乃永州，唐連州連山郡貢鍾乳，未嘗出永州。以年考之，元和四年永州刺史崔簡，連州刺史乃崔君敏，以其姓同，故題亦從而差耳。案韓説是。但以本集二崔誌文證之，簡刺連州，敏刺永州，韓殆誤倒二人之名也。『敏』上亦不合有『君』字。據劉夢得《連州刺史廳壁記》：『歲貢石鍾乳三百銖』。『以貢則買諸同部』。石鍾乳出連、韶、春三州，而三州分屬潭、廣兩部，連既告盡，當買之韶、春，故曰他部。又《與崔連州論石鍾乳書》引《水經注》『始興爲上』語，始興即韶也。」陳考亦甚是。李吉甫《元和郡縣圖志》卷三〇連州陽山縣：「是界諸山各出乳穴。」皆可證石鍾乳出連州，何況文云「連之人告盡」耶？本文又云「今刺史崔公至，逾月」，崔簡刺連州在元和三年，則此文亦當作於元和三年。

【注　釋】

〔一〕［蔣之翹輯注］《本草》：「石鍾乳味甘，温，無毒，主欬逆上氣，明目益精，安五臟，通百節，利九竅，久服延年。《圖經》云：生少室山谷及泰山。」今道州江華縣及連、英、韶、階、峽州山中皆有之，生山嵓陰濕處，溜山液而成，空中相通，長六七寸。按：唐慎微《政和證類本草》卷三：「石鍾乳味甘，温，無毒，主欬逆上氣，明目益精，安五臟，通百節，利九竅，下乳汁，益氣，補虚損，療腳弱疼冷，下膲傷竭，强陰。久服延年益壽，好顔色，不老，令人有子。不鍊服之，令人淋。一名公乳，一名蘆石，一名夏石。生少室山谷及太山，採無時。」

〔二〕崔公名簡。後以贓流驩州。《新唐書·宰相世系表二下》博陵安平崔氏：「簡，連州刺史。」柳宗元《故永州刺史流配驩州崔君（簡）權厝誌》：「出刺連、永兩州，未至永，而連之人訴君，御史按章具獄，坐流驩州。」《册府元龜》卷五二二：「盧則爲監察御史，出按連州刺史崔簡，得實。」

〔三〕［百家注引孫汝聽曰］烈，謂功烈也。

〔四〕役而不貨，勞而不給報酬之意。

〔五〕［注釋音辯］［韓醇詁訓］紿，徒亥切，欺也。

〔六〕［百家注引孫汝聽曰］賴，利也。按：陳景雲《柳集點勘》卷二：「『賴』疑當作『賚』，乃與上『徒役不獲』及下『出不將直』語脈通貫。」二解皆可通。

〔七〕上句用火炬照明意。下句用繩繫物作標誌意。章士釗《柳文指要》上《體要之部》卷二八：

「縻，繫也。以繩繫物作誌，不至迷途。」

【集評】

周去非《嶺外代答》卷七：噫，孰知孟嘗還珠之説，非柳子厚復乳穴之説乎！

何孟春《餘冬叙録》卷一一：唐柳子厚《連山郡乳穴記》……噫！是可以觀吏道矣。貪則無知之物能辟其境，義則有生之類願效其命，而況人焉有不誠於明潔，而給於貪戾者乎？

茅坤《唐宋八大家文鈔》卷二二：叙事奇，而束處更奇。

明闕名評選《柳文》卷四：民情土俗，種種可玩。又引王荆石曰：「士聞之曰」亦常語，而下得奇。

陸夢龍《柳子厚集選》卷三：事佳，文遂略，綜錯而成。

蔣之翹輯注《柳河東集》卷二八：妙在「雜然而謡」一段都是將無作有，然語言皆有，斟酌出入，類此。唐順之曰：叙事奇，而束處更奇。又文末引王世貞曰：「士聞之曰」亦常語，而下得奇。

儲欣《河東先生全集録》卷四：三層立局，祥不祥。飛動，有譎趣。

何焯《義門讀書記》卷三六：自韻。

孫琮《山曉閣選唐大家柳柳州全集》卷三：此篇直作兩半幅文字看：一幅是邦人悦其祥而作謡，是客意，一幅是穴人笑其非祥而作辨，是主意。末後結出謡者非祥，而笑者真祥，爲一篇之歸宿。

尤妙在「穴人笑之」一段内分四小段，凡兩寫告竭之故，兩寫告復之故，真是如嘲似笑，當與《石壕吏》一篇同讀。

沈德潛《唐宋八家文讀本》卷八：「以政不以怪」一語，可以塞千古言祥瑞者之口。知合浦珠還，亦此意也。行文譎矣，而一歸於正。

浦起龍《古文眉詮》卷五四：述事三折取致，入後如禪家拈取公案，連下轉語，圓如旋牀，可謂善頌善禱。

吕留良《晚村先生八家古文精選·柳文精選》：讀此可識作文争上流法。

乾隆敕纂《御選唐宋文醇》卷一七：珠還合浦，虎渡九江，大率類此耳。郡國言祥瑞莫多於漢宣，史載張敞論奏黄霸語，亦可謂隱而顯矣。即曰有之，君子必以此非祥爲祥，而不以彼祥爲祥也，如五星淩犯，可以坐筭而得，日當食不食，司天者失其筭也，熒惑自退，豈係一言？然而君子於災則不曰非災者，何哉？人曰災也，則皇自敬德，皇自敬德，奚慮其太過者？《易》曰：「未順命，君子處豐，以之曰志。不捨命，君子處嗇。」以之命之豐也，不以爲命在則然而侈然大，故曰未順命。命之嗇也，不以爲命在則然而棄其志，故曰不捨命。是以豐則益小心以昭事，嗇則以震動而光明，夫如是，安得不遇災而懼，遇祥而不言也哉！

姚鼐《古文辭類纂》卷五三：薑塢（姚範）云：崔簡以刺連州，爲州人所訟，流死驩州，即子厚亦云「餌五石，病瘍且亂」，又書與人論石鍾乳，則此記蓋譽其姻連，不得謂爲信辭矣。零陵郡當作連山郡，文安禮嘗論及之。

王文濡《評校音注古文辭類纂》卷五三：始言乳爲貴品，中言求乳之難，末就人言而勉勵其爲君子，前後語氣若嘲若諷，不得謂譽其姻連矣。

林紓《韓柳文研究法·柳文研究法》：中有「連之人告盡者五載」，則乳穴當在連山郡，不在零陵。乳本未盡，以縣官之苛求，而始告盡。題之枯窨，本無可著筆。邦人之謡，決無此古雅，必爲公潤色。不惟潤色，實製自公手。文無他長，專在用字造句，「徒吾役而不吾貨也」，「貨」字是代「酬」字。「是以病而紿焉」，「病」字是代「苦」字。「先賴而後力」，「賴」字是代「利」字。「冰雪之所儲」，「儲」字是代「積」字。「豺虎之所廬」，「廬」字是代「窟」字。以上純用换字法。收處承上「祥」字，作翻騰，音節既古，筆尤狡譎。

林紓選評《古文辭類纂》卷九：零陵爲永州郡名，文曰「連之人告盡者五載矣」，則連爲連山郡，非永州，仍曰零陵，誤也。……文極旋繞之能，用「怪」、「祥」二字轆轤而出，側落「祥」字，與篇「祥」字相應。拗折之筆，移步换形，耐人尋味不盡。

道州毁鼻亭神記①

鼻亭神，象祠也〔一〕，不知何自始立，因而勿除，完而恒新，相傳且千歲。元和九年②，河東薛公由刑部郎中刺道州③〔二〕，除穢革邪，敷和于下，州之罷人〔三〕，去亂即治，變呻爲謡，若痿而起④〔四〕，若矇而瞭〔五〕，騰踴相視〔六〕，讙愛克順。既底于理，公乃考民風，披地圖，得是祠，駭曰：「象之道，以爲子則傲〔七〕，以爲弟則賊，君有鼻而天子之吏實理⑤〔八〕。以惡德而專世祀，殆非化吾人之意哉⑥！」命亟去之。於是撤其屋，墟其地，沉其主於江〔九〕。公又懼楚俗之尚鬼而難諭也⑦，乃徧告于人曰：「吾聞鬼神不歆非類〔一〇〕，又曰淫祀無福〔一一〕。凡天子命刺史于下，非以專土疆、督貨賄而已也⑧，蓋將教孝悌⑨、去奇邪〔一二〕，俾斯人敦忠睦友⑩，祗肅信讓⑪，以順于道。吾之斥是祠，以明教也。苟離于正，雖千載之違⑫，吾得而更之，況今兹乎？苟有不善⑬，雖異代之鬼，吾得而攘之⑭，況斯人乎？」州民既諭⑮，相與歌曰：「我有耈老〔一三〕，公燠其肌〔一四〕。我有病癃〔一五〕，公起其羸。髫童之嚚〔一六〕，公實智之。鰥孤孔艱⑯，公實遂之。孰尊惡德？遠矣自古。孰羨淫昏⑰？俾我斯瞽。千歲之冥⑱，公闢其户。我子洎孫，延世有慕。」宗元時謫永州，邇公之邦，聞其歌詩，以爲古道罕用，賴公而存，斥一祠而二教興焉〔一七〕。明罰行于鬼神⑲，愷悌達于蠻夷⑳，不惟禁淫祀、黜非類而已㉑。願爲記，以刻山石，俾知教之首㉒。

【校記】

①《英華》題作「斥鼻亭神記」。注釋音辯本注：「潘（緯）云：『毁』作『斥』。」

②九，《英華》注：「蜀本作元。」按：「九」字不誤。此文作於元和九年，然非云爲薛伯高任道州刺史之首年也。

③刺，注釋音辯本作「剌」，並注：「剌，即刺字。」

④起，《英華》作「趨」。

⑤世綵堂本、蔣之翹輯注本：「一本『君』上有『既』字。」《英華》「實」下有「代之」。

⑥《英華》無「化」字。

⑦原注：「一無『尚』字。」世綵堂本注：「一無『尚』字。一無『于江』以下至『諭也』十四字。」

⑧《英華》無「也」字。

⑨原注與注釋音辯本、詁訓本、世綵堂本注：「教，一作崇。」

⑩「友」下原有「悌」字，據注釋音辯本、世綵堂本、《英華》、《全唐文》等删。

⑪原注與注釋音辯本、世綵堂本注：「肅，一作庸。」

⑫違，《英華》注：「一作遠。」

⑬有，《英華》作「爲」。世綵堂本注：「一無『有』字。」蔣之翹輯注本：「『苟』下一無『有』字。」

⑭攘，《英華》作「讓」。

⑮ 民，《英華》作「人」。

⑯ 孤，《英華》作「寡」。

⑰ 原注與注釋音辯本、詁訓本、世綵堂本注：「羡，一作恣。」羡淫，《英華》作「義歷」。

⑱ 歲，《英華》作「載」。

⑲ 原注與詁訓本、世綵堂本注：「一無明字。」于，詁訓本作「乎」。

⑳ 注釋音辯本注：「一本無『明』與『愷悌』字。」原注與詁訓本、世綵堂本注：「一無悌字。」達，《英華》作「遠」。

㉑ 《英華》「禁」作「出」，「黜」作「止」。

㉒ 俾，《英華》作「碑」。

【解　題】

［注釋音辯］《前漢・昌邑王傳》：「舜封象於有鼻。」注：「在零陵。『鼻』與『庳』同。」［韓醇詁訓］《孟子》曰：「象至不仁，封之有庳，有庳之人奚罪焉。」又曰：「象不得有爲於其國，天子使吏治其國而納其貢税焉。」此序所謂「君有鼻而天子之吏實理」之意也。庳音鼻，《史記》作「鼻」。河東薛公，伯高也。然集《道州文宣王廟記》伯高始以十年二月用牲幣祭廟，而此云九年來刺道州，又云「既底於理」，似非初至之事。公以明年正月召，其曰「某時謫永州」，記必將召時作。［世綵堂］《道州圖

經》曰：「昔舜封象有鼻國，即此地。」［蔣之翹輯注］今零陵有鼻墟，是也。按：薛伯高元和七年爲道州刺史，柳宗元《箏郭師墓誌》言郭師之復州依李宙，會宙貶賀州，道州刺史薛伯高以書招之去。《册府元龜》卷七〇〇：「李宙爲丹王府長史，元和七年以前任復州刺史，坐贓貶爲賀州司户參軍。」可證薛伯高任道州刺史在元和七年。柳宗元《道州文宣廟碑》：「儒師河東薛公伯高由尚書刑部郎中爲道州，明年二月丁亥，公用牲幣，祭於先聖文宣王之廟。」若以薛始爲道州刺史在元和九年，明年則爲元和十年，元和十年二月無丁亥，且柳宗元元和十年正月即奉召回京，安能爲此碑撰文？以元和七年計，則明年爲元和八年，元和八年二月乙酉朔，則丁亥爲二月三日，毫無矛盾。薛伯高至元和十三年尚在道州刺史任。此文則作於元和九年，文已云。《漢書·武五子傳·昌邑哀王劉髆》：「豫章太守廖奏言：舜封象於有鼻。」師古曰：「廖，太守名也。有鼻在零陵，今鼻亭是也。」酈道元《水經注》卷三八湘水：「應水又東南流，逕有鼻墟南。王隱曰：應陽縣本泉陵之北部，東五里有鼻墟，言象所封也。山下有象廟，言甚有靈，能興雲雨。余所聞也：聖人之神曰靈，賢人之精氣爲鬼，象生不慧，死靈何寄乎？」杜佑《通典》卷一八三《州郡十三》：「道州（今理營道縣），舜封象有鼻國，即此也。」

【注釋】

［一］［百家注引孫汝聽曰］《昌邑王（劉）賀傳》云：「舜封象於有庳。」注：「在零陵，今鼻亭是也。」

鼻，與庫同。

〔二〕［注釋音辯］薛伯高也。［百家注引韓醇曰］伯高也。按：《新唐書·藝文志三》「薛景晦《古今集驗方》十卷」注：「元和刑部郎中，貶道州刺史。」又卷一六四《歸崇敬傳贊》有「道州刺史薛伯高嘗謂」語。劉禹錫《劉夢得文集》外集卷九《含輝洞述》：「河東薛公景晦以文無害爲尚書刑部郎中，以訕爲道州刺史。」薛伯高，字景晦。

〔三〕［注釋音辯］［韓醇詁訓］罷音疲。

〔四〕［注釋音辯］痿，人隹、於危二切。痹，濕病。［韓醇詁訓］痿，於危切。［百家注引孫汝聽曰］《漢書》：「如痿人不忘起。」痿，風痹病。按：見《漢書·韓王信傳》。

〔五〕［注釋音辯］［韓醇詁訓］矇音蒙。瞭，力小切。按：矇，目不能視貌。

〔六〕［韓醇詁訓］踴音勇。［百家注］騰音滕。踴音勇。

〔七〕［百家注引童宗説曰］《書》：「（舜）父頑，母嚚，象傲。」按：見《尚書·堯典》。

〔八〕［注釋音辯］《孟子》云：「天子使吏治其國。」［百家注引韓醇曰］《孟子》：「象不得有爲於其國，天子使吏治其國，而納其貢税焉。」按：見《孟子·萬章上》。

〔九〕［注釋音辯］主，神主也。［百家注引孫汝聽曰］主，謂神主。

〔一〇〕［注釋音辯］《左》僖十年句。［百家注引孫汝聽曰］僖十年《左氏》：「晉狐突曰：『神不歆非類，民不祀非族。』」歆，饗也。

〔一一〕［注釋音辯］《禮記》句。［百家注引王儔補注］《禮》曰：「非其所祭而祭之，名曰淫祀。淫祀無福。」按：見《禮記·曲禮下》。

〔一二〕［注釋音辯］［韓醇詁訓］奇，居宜切。

〔一三〕［蔣之翹輯注］耈音搆。

〔一四〕［韓醇詁訓］燠，於六切。

〔一五〕［韓醇詁訓］（癃）音隆。按：癃，衰病。

〔一六〕［注釋音辯］髻，田聊切。［韓醇詁訓］髻音苕。

〔一七〕二教，指孝、悌。象不孝不悌，毁象祠，即表彰二教之意。

【集評】

《新刊增廣百家詳補注唐柳先生文》卷二八引黄唐曰：《論語》言：「非其鬼而祭之，諂也。見義不爲，無勇也。」學者觀是四句，多分析爲二，聖人之意於是乎不傳。蓋當時典禮廢，有祭非鬼以徼福者，無有慷慨之士發憤而決去之，故孔子譏祭者之諂而歎用事者之無勇。薛伯高深知聖人之意而斥鼻神，子厚記其事以遺後世，蓋其能正祀典，立名教者也。

茅坤《唐宋八大家文鈔》卷二二：文甚明法。讀王陽明《記象廟》，又爽然自失矣。

明闕名評選《柳文》卷四引王荆石曰：題本平淡，而粧點鬱然，讀之可喜。「況斯人乎」句下：應前。「相與歌曰」句下引唐荆川曰：無中生有。

陸夢龍《柳子厚集選》卷三：如見端人正士，爲之斂衽。

蔣之翹輯注《柳河東集》卷二八引王世貞曰：點綴鬱然。又「況斯人乎」句下：正義凜凜，似昌黎《祭鰐魚文》口聲。又「延世有慕」句下：以歌謡入文，最爲生色。

宋長白《柳亭詩話》卷二三：嶺南有鼻天子墓，王文成有《象祠記》。涪翁《鷓鴣詩》：「真人夢出大槐公，萬里蒼梧一洗空。終日憂兄行不得，鷓鴣應是鼻亭公。」按《山堂肆考》，鼻亭祠在道州，相傳象封於此。柳子厚嘗作《斥鼻亭神記》。周愛蓮詩：「憂兄常説行難動，爾亦胡爲不得歸。」鷓鴣啼聲「行不得也哥哥」，故二公以「兄」字醒之。

儲欣《河東先生全集録》卷四：薛伯高好立意，見甚愎而迂，其毁象祠未必是，而此文甚古。

孫琮《山曉閣選唐大家柳柳州全集》卷三：前幅叙出象祠由來，並叙出今日毁象祠，平平寫來。妙在中幅二段忽發兩義：一段就象祠説，見得淫祠當毁；一段就自己説，見得刺史宜毁淫祠，説得堂堂正正。後幅一段述民作歌，一段述己作記，正與二義相應。

沈德潛《唐宋八家文讀本》卷八：斥不孝弟者，以重倫立教，議論正大。然讀王陽明《象祠記》文，謂瞽叟底豫以後，象亦化爲悌弟，見祠之不必毁，其立意亦未嘗不正大也。作文故須獨出手眼。

何焯《義門讀書記》卷三六：「除穢革邪」四句，從薛之治道州爲政大體發端，已涵蓋下兩層。「君有鼻而天子之吏實理」二句，領下兩層，爲二教興起本。上句又見非有功德於此上。文謹嚴，但亦是常語。

林紓《韓柳文研究法・柳文研究法》：中有州民之歌，子厚又作鎗手矣。……試聞歌中音節，歌中氣味，及其顔色，是否柳州所爲？若果無所謂歌者，不作可也。矯作轉不足以傳信。然文叙伯高之果毅，力毁淫祠，卻寫得生氣勃然。

【附録】

王守仁《象祠記》：靈博之山有象祠焉，其下諸苗夷之居者，咸神而事之。宣慰安君因諸苗夷之請，新其祠屋，而請記於予。予曰：「毁之乎？其新之也？」曰：「新之。」「新之也，何居乎？」曰：「斯祠之肇也，蓋莫知其原，然吾諸蠻夷之居是者，自吾父吾祖，遡曾、高而上，皆尊奉而禋祀焉，舉之而不敢廢也。」予曰：「胡然乎？有庳之祠，唐之人蓋嘗毁之。象之道，以爲子則不孝，以爲弟則傲，斥於唐，而猶存於今，毁於有庳而猶盛於兹土也，胡然乎？我知之矣。君子之愛若人也，推及於其屋之烏，而況於聖人之弟乎哉？然則祀者爲舜，非爲象也。意象之死，其在干羽既格之後乎？不然，古之驁桀者豈少哉？而象之祠獨延於世，吾於是益有以見舜德之至入人之深，而流澤之遠且久也。象之不仁，蓋其始焉爾，又烏知其終之不見化於舜也？《書》不云乎：『克諧以孝，烝烝乂，不格姦。』瞽瞍亦允。若則已化而爲慈父，象猶不弟，不可以爲諧。進治於善，則不至於惡，不抵於姦，則必入於善。信乎象蓋已化於舜矣。《孟子》曰：『天子使吏治其國，象不得以有爲也。』斯蓋舜愛象之深而慮之詳，所以扶持輔導之者。之周也不然，周公之聖，而管、蔡不免焉，斯可以見象之既化於舜，故能任賢使能，而安於其位，澤加於其民，既死而人懷之也。諸侯之卿命於天子，蓋周官之制，其殆倣於舜之封象歟？吾於是益有以信人性之善，天下無不可化之人也。然則唐人之毀之也，據象之始也。今之諸夷之奉之也，承象之終也。斯義也，吾將以表於世，使知人之不善雖若象焉，猶可以改。而君子之修德及其至也，雖若象之不仁，而猶可以化之也。」（《王文成全書》卷二三）

姜宸英《鼻亭辨》：柳子厚爲薛道州作《毀鼻亭記》，謂象以惡德而專世祀，不可。至明，王文成爲《靈博山象祠記》，以象爲已化於舜，故至今廟祀之。其識似勝子厚，而兩公皆未及象封邑所在。按靈博山，在今貴州境，非象所封地。《孟子》「舜封象於有庳」，即今湖廣永州府之零陵縣。《一統志》云「在道、永二州之間」。窮崖絶徼，非人跡可歷。愚嘗考之：舜罪四凶，其所誅流竄殛，皆不出今中國之治。幽州在密雲，其地有共城。崇山，今澧之慈利，即岳州境，比零陵尤近。三危，在沙州，漢燉煌縣東南三十里。羽山，在萊州即墨古不其縣南。所謂投之四裔者，以其爲東西南北之界也，其實皆中國版圖所隸。當時舜都安邑，若封象在今零陵縣地，則陸踰太行，水絶長江，延迤三四千里，然後得至。又有洞庭不測之險，俗與椎髻爲伍，而驅其愛弟使披箐篁，涉風濤，犯瘴癘於此地，此與四凶之放何異？而猶以爲仁人之親愛其弟，吾不信也。漢文帝弟淮南王長，廢徙蜀，袁盎諫，以爲淮南王素驕而暴，摧抑之，帝必受殺弟之名。後淮南王果道死，而帝悔不用盎言。象之兇傲甚於淮南，有庳之險遠不啻巴蜀，使舜避放弟之名，而封之以險遠必死之地，是何漢文之所終悔者，而舜行之不疑也？《孟子》曰：「欲常常而見之，故源源而來。」越湖絶江，踰河陟嶺，以至京師，比歲一至，則往返萬里，其勞已甚。數歲而數至，則日奔走於道路之中，且時有登頓之憂，風波之患。若三年、五年一朝見於天子如周之制，又不可謂之常常而見、源源而來也。以此推之，則零陵必非象所封地，象所封地必近帝都，而今不可考矣。柳與王之説雖善，然祠廟之建毁，均於象無與。《史記》注引《括地志》曰：「帝葬九疑，象來至此，後人立祠，名曰鼻亭神。」此爲近之。然世俗之附會古蹟，名似而實非者多矣，余誠不敢穿鑿以求之也。（《湛園集》卷四）

永州龍興寺息壤記①

永州龍興寺東北陬有堂〔一〕，堂之地隆然負塼甓而起者〔二〕，廣四步，高一尺五寸②。始之爲堂也，夷之而又高〔三〕，凡持鍤者盡死〔四〕。永州居楚、越間，其人鬼且禨③〔五〕，由是寺之人皆神之，人莫敢夷。《史記·天官書》及《漢志》有「地長」之占，而亡其説〔六〕。甘茂盟息壤④〔七〕，蓋其地有是類也。昔之異書有記洪水滔天⑤，鯀竊帝之息壤以堙洪水，帝乃令祝融殺鯀于羽郊〔八〕，其言不經見。今是土也⑥，夷之者不幸而死，豈帝之所愛耶？南方多疫，勞者先死，則彼持鍤者⑦，其死於勞且疫也，土烏能神？余恐學者之至於斯，徵是言，而唯異書之信，故記于堂上。

【校　記】

①《英華》題作「息壤記」。

②尺，《英華》作「丈」。

③機，原作「機」，據諸本改。

④茂，注釋音辯本作「戊」，並注：「戊，合依一本作茂。」

⑤洪，《英華》作「鴻」。

⑥也，詁訓本作「者」。

⑦鍤，原作「錚」，據諸本改。

【解　題】

［韓醇詁訓］《史記·天官書》載「水澹澤竭地長」，《西漢·天文志》所載亦同，寔不原其說。《甘茂傳》「秦王遷甘茂於息壤」，索隱曰：「《山海經》啟筮云：鮌竊帝之息壤，以湮洪水。或是此也。」此記息壤之說，皆取此以爲疑。公時在永州作。［蔣之翹輯注］龍興寺，今改名太平，在永州府太平門内。按：此記作於永州，年月無考。息壤，古代傳説能自生之土。《山海經·海内經》：「洪水滔

天，鯀竊帝之息壤，以堙洪水，不待帝命，帝令祝融殺鯀於羽郊。」郭璞注：「息壤者，言土自長息無限，故可以塞洪水也。《開筮》曰：『滔滔洪水，無所止極，伯鯀乃以息石息壤，以填洪水。』」戰國秦武王使甘茂約魏以伐韓，茂恐魏王悔，乃與王盟於息壤以爲信。見《戰國策·秦策二》、《史記·甘茂列傳》。其地無考。祝穆《方輿勝覽》卷二五永州：「息壤在零陵縣南故龍宫寺中，狀若鴟吻，色若青石，自地出尺餘。寺之初興，夷之益高，人不敢犯。子厚以爲息壤所以堙洪水事，非經見，因爲記以辨之。」楚之江陵、蜀之隆州，亦傳有息壤。章士釗《柳文指要》上《體要之部》卷二八：「子厚隨筆小文耳，而可見子厚之唯物觀，居信鬼之地，而不爲邪説所動。」

【注釋】

〔一〕［注釋音辯］陬，將侯切，隅也。按：百家注本引作童宗説曰。

〔二〕［注釋音辯］甓，蒲歷切，瓴甓也。［韓醇詁訓］甓，蒲歷切。［百家注引童宗説曰］《説文》：「甓，瓴甓也，蒲歷切。」

〔三〕［注釋音辯］［百家注引孫汝聽曰］夷，平也。

〔四〕［注釋音辯］［韓醇詁訓］鍤，側洽切。

〔五〕［注釋音辯］禨、饑二名。［韓醇詁訓］音幾，祥也。［百家注引孫汝聽曰］《吕氏春秋》云：「荆人鬼，越人禨。」《説文》：「禨，鬼俗也。」禨音幾。［世綵堂］《列子》：「楚人鬼，越人禨。」注曰：「信鬼神與機祥也。」按：見《列子·説符》。《吕氏春秋·孟冬紀·異寶》：「荆人畏鬼，而越人信禨。」

〔六〕［注釋音辯］長，臻兩切。《史記·天官書》載「水澹澤竭地長」，《西漢·天文志》同。按：百家注本引孫汝聽注與上略同。《史記·天官書》：「水澹澤竭，地長見象。」《漢書·天文志》：「水澹地長，澤竭見象。」陳士元《江漢叢談》卷一《息壤》：「余謂息壤與地長之占不同。班孟堅（固）《漢書》云：元帝時，臨滁地湧六里，崇二丈所。哀帝時，無鹽危山土起，覆草如馳道狀。劉昫《唐書》云：垂拱二年，新豐有山湧出。建中初，魏縣有地數畝忽長，崇數尺。柯奇純（維騏）《宋史新編》云：天禧五年，襄州道側湧起，高三丈許，長三丈，闊八尺。此則地長之占，非息壤也。」

〔七〕［注釋音辯］《史記》：「秦王迎甘茂於息壤，因與之盟。」

〔八〕［注釋音辯］《山海經》啟筮云，又出《淮南子》。鯀與鮌同。［百家注引孫汝聽曰］事出《淮南子》。按：見《淮南子·墬形》。

【集評】

茅坤《唐宋八大家文鈔》卷二三：壤雖小，而點次奇。

明闕名評選《柳文》卷五：神異。「昔之異書」句下：此必野人所書，子厚借之以點。「帝之所愛耶」句下：解得是。

陸夢龍《柳子厚集選》卷三：簡妙。

蔣之翹輯注《柳河東集》卷二八：事甚神異，而解亦透。

儲欣《河東先生全集録》卷四：題跋體，筆力如鐵。

常安《古文披金》卷一四：本不信有此理，妙只以淡宕出之。

孫琮《山曉閣選唐大家柳柳州全集》卷三：事本野流荒僻，子厚欲闢異説，而不以繁言置辯，齦齦斷斷，自足垂示後人。子厚嘗言：「吾爲文章，未嘗敢以輕心掉之，懼其剽而不留也。」於此等文驗之。

何焯《義門讀書記》卷三六：「息」當爲「滋息」之意。

【附録】

張世南《游宦紀聞》卷六：柳子厚《息壤記》：「永州龍興寺東北陬有堂，堂之地隆然負塼甓而起者，廣四步，高一尺五寸。始之爲堂也夷之而又高，凡持鍤者盡死。」秦甘茂盟息壤乃在秦地，非此也。龍興寺今在永州太平寺，而息壤不復見矣。江陵城内有法濟院，今俗稱爲地角寺，乃昔息壤祠。《圖經》引《溟洪録》云：「江陵南門有息壤焉，隆起如伏牛馬狀，平之，則一夕如故。前古相傳，不知其始。牛馬踐之，或立死。開元中，裴宙牧荆州，掘之深六尺，得石城，與江陵城同制，中徑六尺八寸，棄徙於牆壁間。是年霖雨不止，江潦暴漲，從道士歐陽獻之謀，復埋之，祭以酒脯，而水止。厥後凡亢旱，徧禱無應，即詣地角寺，欲發掘必得霶霈之雨，遂爲故事。」詳見皇祐辛卯刑侍王子融《息壤記》。二郡大率相類，而秦地之息壤則未詳也。

楊慎《息壤辯》：《山海經》云鯀竊帝之息壤以堙洪水，羅泌作《路史》，發揮求其説而不得，乃云楚有地名息壤，其土能長，若人之贅疣然，是眯而道也。按許叔重《説文解字》云：「壤，柔土也。」《書》曰「咸則三壤」，孔安國云：「無塊曰壤。」《九章算術》云：「穿地四爲壤，五爲堅。三壤是息土和緩之名。」《周禮·地官》十二壤注：「壤，赤土。以萬物自生則言土，土，吐也。以人所耕樹藝則曰壤。土堅而壤濡。」前漢書《鄒陽傳》注：「梁益間所愛，謂其肥盛曰壤。」又堯時有《擊壤歌》，耕者拔其陳根，擊其堅塊也。又漢令解衣而耕曰襄，壤字從襄，蓋耕治之土也。宋楊億當制，與遼國書云「鄰壤交歡」，太宗以嫌於糞壤、朽壤，易作「境」字。以上數文證之，「壤」字之意明矣。《山海經》所云鯀竊帝之息壤，蓋指桑土稻田，可以生息，故曰息壤。土田皆君所授於民，故曰帝之息壤。鯀之治水，不順水性，而力與水争，決耕桑之畎畝以堙淫潦之洪流，故曰竊帝之息壤以堙洪水，其義豈不昭矣哉？古書傳之言本自明且昭，而解者翳且晦，此類多矣。（《升庵集》卷五）

朱國禎《湧幢小品》卷一五：永州龍興寺有息壤，柳子厚嘗記之。……其説甚正。然萬曆庚辰，餘姚蔣勸能分部永州，有要人冀攘此寺爲宅，郡邑皆唯唯，獨蔣持之不與，以此得謗罷官。後數年，地竟歸要人。土功興，執役者把人，一日盡死。未幾，要人亦卒。宦永者貽蔣書曰：「使公早與之，則向時彼已死，無能害公矣。」聞者相共驚異。按古籍，息壤有二：一甘茂盟處，一即此。所云鯀竊以堙洪水者，未知孰是。觸者死，前後皆符，然則理誠不可窮。柳以勞役當之者，亦臆説也，而舊有詳爲辨者，未之孰是。

張瓚昭《息壤説》：《山海經》鯀竊息壤云云，原與《洪範》、《國語》、《祭法》之言鯀者同，非不經也。自晉郭氏以土自長解息壤，取漢元帝時臨淮地長爲徵，而異説起。及唐時永州寺僧，夷古塚爲堂，夷而復起，柳子厚援郭氏息壤注以文飾之，永州遂以有息壤傳。於是爲《戰國策》息壤注者，又牽合柳説而引伸之，以爲息壤不獨秦有，而異説彰。至宋王旭在荆州，誤認江陵舊埋石屋爲息壤，作之記，而蘇子瞻又作《息壤》詩，高荷又作《息石》詩，各有序以相詩，而以譌傳譌，所謂字經三寫，焉烏成馬，其將伊於胡底？自我言之，畎澮距川，川達海，泥沙石礫隨流而下者多，海天同體，豈能容此？此蓋仍隨澤氣上附於地耳，土之長以此。今江湖中深莫測，忽焉洲起，高出水上，豈盡水之所壅乎？然歷考史書所載，如臨淮地長之類不一處，指爲息壤未爲不可，特不可以爲《山海經》帝之息壤耳。然則帝之息壤云何？曰：用修楊氏《丹鉛摘録》云：「《説文》：壤，柔土也。帝之息壤，蓋指桑土稻田可以生息，皆君所授於民者。鯀治水不順水性，力與水争，決耕桑之畎畝，坊淫潦之洪流，故曰竊帝之息壤以湮洪水。」此解出而後《山海經》無不經，解人固如是夫。（轉引自章士釗《柳文指要》下《通要之部》卷一四）

永州龍興寺東丘記

游之適，大率有二：曠如也，奥如也，如斯而已。其地之凌阻峭、出幽鬱，寥廓悠長，則於曠宜。抵丘垤〔一〕，伏灌莽〔二〕，迫遽迴合，則於奥宜。因其曠，雖增以崇臺延閣，迴環日星，臨瞰風雨〔三〕，不可病其敞也。因其奥，雖增以茂樹藂石〔四〕，穹若洞谷，蓊若林麓①〔五〕，不可病其邃也。今所謂東丘者，奥之宜者也。其始龕之外棄地②〔六〕，余得而合焉③，以屬於堂之北陲〔七〕。凡坳窪坻岸之狀④〔八〕，無廢其故。屏以密竹，聯以曲梁，桂檜松杉楩柟之植〔九〕，幾三百本，嘉卉美石，又經緯之。俛入緑縟，幽蔭薈蔚〔一〇〕，步武錯迕〔一一〕，不知所出。温風不爍〔一二〕，清氣自至，水亭陿室⑤〔一三〕，曲有奥趣。然而至焉者，往往以邃爲病。

噫！龍興，永之佳寺也。登高殿可以望南極，闢大門可以瞰湘流，若是其曠也⑥，而於是小丘，又將披而攘之。則吾所謂游有二者，無乃闕焉而喪其地之宜乎？丘之幽幽，可以處休。丘之窅窅〔一四〕，可以觀妙。溽暑遁去⑦，兹丘之下。大和不遷，兹丘之巔。奥乎兹丘，孰從我游？余無召公之德，懼翦伐之及也〔一五〕，故書以祈後之君子⑧。

【校　記】

①蓊，《英華》注：「作蔚。」

②始，《英華》作「殆」。

③世綵堂本、蔣之翹輯注本：「合，一作發。」

④坻岸，《英華》作「坻植」。

⑤世綵堂本注：「水，一作小。」蔣之翹輯注本即作「小亭」。

⑥《英華》「曠」上有「以」。

⑦蔣之翹輯注本：「遁，一作頓。」

⑧《英華》「故」上有「予」。注釋音辯本、游居敬本、《全唐文》無「之」字。

【解　題】

［韓醇詁訓］公謫永州凡十年，凡爲記序，其年月有不可得而考者，此其一也。按：章士釗《柳文指要》上《體要之部》卷二八：「永州司馬，原無固定廨宇，子厚初至，即以龍興寺爲經始之地，公私合沓，了無秩序，書史米鹽，於焉雜陳，藏焉修焉，息焉游焉，皆不得越此雷池一步，如鳥營巢，銖積寸累，東丘其轂音也。子厚厝意種種區劃，應是涖臨初計，決非晚期。」

【注釋】

〔一〕［百家注引童宗説曰］《説文》：「垤，蟻封也。」

〔二〕［百家注引孫汝聽曰］《詩》：「集于灌木。」灌木叢生。莽，宿草也。莽，莫補切。按：見《詩經·周南·葛覃》。

〔三〕［韓醇詁訓］瞰，苦濫切。

〔四〕［韓醇詁訓］蘩與叢同。［百家注引王儔補注］蘩，聚也。

〔五〕［注釋音辯］蓊，翁孔切。［韓醇詁訓］蓊，烏孔切。按：蓊，草木茂盛貌。

〔六〕［韓醇詁訓］龕音堪。

〔七〕［注釋音辯］屬，之欲切，連也。［百家注引孫汝聽曰］屬，連也。北陲，謂北邊也，屬，之欲切。

〔八〕［注釋音辯］坳，於交切。窪，烏瓜切，清水也。坻，烏尼切。［韓醇詁訓］坳，於交切。窪，烏瓜切，《説文》「清水也」。坻，直尼切，《説文》「小渚」。按：百家注本引孫汝聽注與韓醇注同。

〔九〕［注釋音辯］楩，毗連切。［韓醇詁訓］楩，毗連切。木似豫章。［蔣之翹輯注］楩音駢。柟與楠同。

〔一〇〕［韓醇詁訓］薈音檜。［蔣之翹輯注］薈音穢，蔚音尉。《詩》：「薈兮蔚兮。」注：「草木盛多之貌。」按：見《詩經·曹風·候人》。

〔一一〕［注釋音辯］［韓醇詁訓］迕，阮古切，過也。

〔一二〕〔韓醇詁訓〕（爍）式灼切。

〔一三〕〔韓醇詁訓〕陿，胡夾切，隘也。按：同「狹」。

〔一四〕〔注釋音辯〕〔韓醇詁訓〕窅，伊鳥切。按：同「窈」。

〔一五〕〔蔣之翹輯注〕《詩》：「蔽芾甘棠，勿翦勿伐，召伯所茇。」序云：「美召伯也。召伯之教，明于南國。」按：見《詩經・召南・甘棠》。

【集評】

茅坤《唐宋八大家文鈔》卷二三：曠、奥二字爲案，亦奇。

明闕名評選《柳文》卷五「其敞也」句下引王荆石曰：「其敞」、「其邃」，未妥，不識更有佳字可易否？「以邃爲病」句下引唐荆川曰：轉語自在。「地之宜乎」句下引王荆石曰：提得前語醒，且不費力。文末引王荆石曰：臨了更健舉。

陸夢龍《柳子厚集選》卷三：不獨描畫是寫生手，且見子厚善布置景物。

蔣之翹輯注《柳河東集》卷二八：豪逸有氣，能自結撰，故佳。又「病其邃也」句下引王世貞曰：「其敞」「其邃」，未妥。不識更有佳字可易否？又「地之宜乎」句下引王世貞曰：提得前語醒，且不費力。又文末評：束韻語，逸致翩翩。唐順之曰：臨了更健舉。

儲欣《河東先生全集録》卷四：曠如奥如，至今猶奉爲品題名勝之祖，此事不得不讓柳先生。

孫琮《山曉閣選唐大家柳柳州全集》卷三：通幅只以「曠」、「奥」二字前後結撰。妙在讀其前幅，令人思游其曠處，復思游其奥處。讀至中幅東丘一段，已是得游其奥處，令人益思其曠處。讀至游者以邃爲病一句，既不見其曠處，令人惟恐併失其奥處。讀至龍興一段，令人既游其奥處，復得見其曠處。真是作者通身快樂，讀者亦滿心歡喜。

沈德潛《唐宋八家文讀本》卷八：曠如奥如，必宜相兼，若以邃爲病，未免偏於一而闕其一矣。前平後側，句雕字鏤，情文並至。

浦起龍《古文眉詮》卷五三：曠如奥如，品題佳勝，可作諸小記提綱。兹丘則由曠入奥。

何焯《義門讀書記》卷三六：「懼翦伐之及也」，收上竹木。

乾隆敕纂《御選唐宋文醇》卷一七引儲欣曰：曠如奥如，至今猶奉爲品題名勝之祖。

林紓《韓柳文研究法·柳文研究法》：奥、曠並重，然自「屏以密竹，聯以曲梁」以下，專爲寫「奥」字，於「曠」字意特略。然而「奥」字可使之「曠」，「曠」者不能使「奥」。因緑縟幽蔭而成奥，則芟除又立見其曠，今防游者以邃爲病，而後來之奥，萬不足恃，故記之，用戒後之披攘者。又盛狀「奥」字之美，似歌非歌，爲有韻之文，意在留「奥」，正以配「曠」，慎勿披勿攘，行文雅有殊致。

永州法華寺新作西亭記

法華寺居永州，地最高。有僧曰覺照，照居寺西廡下。廡之外有大竹數萬，又其外山形下絶①，然而薪蒸篠簜〔一〕，蒙雜擁蔽，吾意伐而除之，必將有見焉。照謂余曰：「是其下有陂池芙蕖，申以湘水之流，衆山之會，果去是，其見遠矣。」遂命僕人持刀斧，群而翦焉。叢莽下頹，萬類皆出，曠焉茫焉②，天爲之益高，地爲之加闢，丘陵山谷之峻，江湖地澤之大，咸若有而增廣之者③。夫其地之奇，必以遺乎後，不可曠也。余時謫爲州司馬，官外乎常員④〔二〕，而心得無事，乃取官之禄秩以爲其亭，其高且廣，蓋方丈者二焉。或異照之居於斯，而不蚤爲是也。余謂昔之上人者，不起宴坐，足以觀於空色之實，而游乎物之終始。其照也逾寂，其覺也逾有。然則嚮之礙之者爲果礙耶⑤？今之闢之者爲果闢耶？彼所謂覺而照者，吾詎知其不由是道也？豈若吾族之挈挈於通塞有無之方⑥，以自狹耶？或曰：然則宜書之。乃書于石。

【校　記】

①陳景雲《柳集點勘》卷二：「《搆西亭》詩云『西垂下斗絶』，『下絶』謂其下斗絶也。又疑『下絶』或『斗絶』之誤，否則或脱去一『斗』字。」

②上「焉」字，《英華》作「然」。

③注釋音辯本、詁訓本、世綵堂本等均無「而」字。而增，《英華》作「增而」，近是。

④原注與詁訓本、世綵堂本注：「一無乎字。」注釋音辯本無「乎」字，並注：「一本『外』字下有『乎』字。」

⑤耶，《英華》作「也」。

⑥原注與注釋音辯本、世綵堂本注：「『塞』下一有『乎』字。」詁訓本有「乎」字。

【解　題】

［韓醇詁訓］集中《始得西山宴游記》云「因坐法華西亭」，時元和四年九月，則此亭記又當作於前。［蔣之翹輯注］寺在零陵縣東，宋改名光孝，今名高山。按：柳宗元《法華寺西亭夜飲賦詩序》云「間歲而元克己由柱下史謫焉而來」，元克己來永州約在元和四年，則西亭之建當在元和二年。清雍正《湖廣通志》卷八〇永州府零陵縣：「高山寺在城内東山，即唐法華寺。唐柳宗元有《法華寺新作西亭記》。」章士釗《柳文指要》上《體要之部》卷二八：「子厚永州山水之游，應分作兩個階段，而以

西山之得爲樞紐。前乎此者，亦嘗游矣，而細核之，如未始游然。所謂始游，則發軔於西山之怪特。西山怪特之忽爾發見，又兆端於法華寺西亭之宴坐，然則此一記也，實爲管領子厚一生游運之神經中樞，因而假借住持僧之法號，於何者爲覺，何者爲照處，儘量抒寫，以圖改造向來挈挈於通塞有無之方之狹義人生觀。此記所貢獻於子厚思想轉變之重要性，有如此者。」

【注釋】

〔一〕［注釋音辯］篠音小。簜，徒黨切。簏曰薪，細曰蒸。篠，小竹。簜，大竹。［韓醇詁訓］篠音小，簜音蕩。［百家注引孫汝聽曰］矗曰薪，細曰蒸。《書》：「篠簜既敷。」篠，小竹。簜，大竹。《爾雅》：「篠，竹箭。」音小。簜，大浪切。按：見《尚書·禹貢》、《爾雅·釋地》。

〔二〕［注釋音辯］子厚永貞元年貶永州司馬，員外置，同正員。按：百家注本引孫汝聽注云爲永貞元年十一月。

【集評】

茅坤《唐宋八大家文鈔》卷二三：曠達。

明闕名評選《柳文》卷五：論翻得奇。「果闢耶」句下引王荆石曰：本色語，精。

陸夢龍《柳子厚集選》卷三：「其見遠矣」一段：誰能如此托出。「蚤爲是也」一段：恨道理。

蔣之翹輯注《柳河東集》卷二八：此老胸中玲瓏解脱，略無沾惹，如末後翻出覺照數語，是何等意想。又「增廣之者」句下引茅坤曰：詞亦曠達。又「自狹耶」句下：用本色語，翻得奇。

儲欣《河東先生全集録》卷四：小記大觀，結口頭禪耳，佳不在是。

孫琮《山曉閣選唐大家柳柳州全集》卷三：一篇妙處，全在前後二段寫得出色。前幅欲記闢地，先虚寫一段自己與覺照商於闢地，作一影照。後幅只就覺照，生出一番曠達議論，説得空空洞洞，不著一毫色相。於是讀其前幅，真如風雨欲來，陵谷變色，讀其後幅，又如天空雲洗，萬里澄清。

浦起龍《古文眉詮》卷五三：境則新闢，僧名覺照，以得此解，亦謫居鬱塞之通旨也。始得西山志記，於此造端，故録之。

何焯《義門讀書記》卷三六：「其照也逾寂」二句：從覺照起論，卻似收不轉。

永州龍興寺西軒記①

永貞年〔一〕，余名在黨人，不容於尚書省〔二〕，出爲邵州〔三〕，道貶永州司馬。至則無以爲居，居龍興寺西序之下②。余知釋氏之道且久③，固所願也。然余所庇之屋甚隱蔽④，其户北向⑤，居昧昧也。寺之居，於是州爲高。西序之西，屬當大江之流，江之外，山谷林麓甚衆。於是鑿西墉以爲户，户之外爲軒，以臨群木之杪，無不矚焉⑥。不徙席，不運几，而得大觀。夫室，嚮者之室也，席與几，嚮者之處也。嚮也昧而今也顯，豈異物耶？因悟夫佛之道，可以轉惑見爲真智，即群迷爲正覺〔四〕，捨大闇爲光明〔五〕。夫性豈異物耶？孰能爲余鑿大昏之墉⑦，闢靈照之户，廣應物之軒者，吾將與爲徒。遂書爲二，其一志諸户外，其一以貽巽上人焉〔六〕。

【校　記】

①《英華》、《文粹》題作「西軒記」。

②居，《文粹》作「寓」。

③余，《英華》作「於」。

④余，《英華》作「於」。

⑤向，《英華》作「面」。

⑥注釋音辯本、詁訓本、《英華》、《文粹》均「無」下有「所」。《英華》無「焉」字。

⑦墉，《英華》作「牖」。

【解　題】

［韓醇詁訓］據記云「余名在黨人」云云，記當作於到永之初元和改元時也。按：韓説是，此文可

繫元和元年。

【注釋】

〔一〕〔百家注引孫汝聽曰〕永貞元年。

〔二〕〔百家注引孫汝聽曰〕公時爲尚書禮部員外郎。

〔三〕〔百家注引孫汝聽曰〕九月，貶邵州刺史。

〔四〕正覺，佛十種名號之一，梵語三菩提的義譯，以洞明真諦達到大徹大悟的境界爲正覺。

〔五〕《法苑珠林》卷七引《依長阿含經》云：劫初長成時，天地大闇，有大黑風，吹大海水開，取日以照天下，光明遂見。

〔六〕〔百家注引孫汝聽曰〕巽上人，重巽也。

【集評】

陸夢龍《柳子厚集選》卷三：子厚於禪門，固自實落。

蔣之翹輯注《柳河東集》卷二八：出佛道處甚滯泥，可憎。

林紓《韓柳文研究法·柳文研究法》：則又主「曠」而不主「奥」。其曰「户之外爲軒，臨群木之杪，無所不矚焉」三語，氣象包羅，其下可以不贅餘語矣。收筆用佛氏之言，「可以轉惑見爲真智，即群迷爲正覺，捨大闇爲光明」，尤稱開軒之意。

柳州復大雲寺記①

越人信祥而易殺〔一〕，傲化而偭仁〔二〕，病且憂，則聚巫師，用雞卜〔三〕。始則殺小牲，不可，則殺中牲，又不可，則殺大牲。而又不可，則訣親戚，飭死事，曰：「神不置我已矣②。」因不食，蔽面死。以故户易耗，田易荒，而畜字不孳③〔四〕。董之禮則頑，束之刑則逃，唯浮圖事神而語大，可因而入焉④，有以佐教化。

柳州始以邦命置四寺，其三在水北，而大雲寺在水南〔五〕。水北環治城六百室，水南三百室。俄而水南火大雲寺，焚而不復且百年。三百室之人失其所依歸，復立神而殺焉〔六〕。元和十年⑤，刺史柳宗元始至，逐神于隱遠而取其地。其傍有小僧舍，闢之廣大，逵達横術〔七〕，北屬之江〔八〕。告于大府〔九〕，取寺之故名，作大門，以字揭之。立東西序，崇佛廟，爲學者居，會其徒而委之食，使擊磬鼓鐘，以嚴其道而傳其言。而人始復去鬼息殺，而務趣於仁愛。病且憂，其有告焉而順之⑥，庶乎教夷之宜也。凡立屋大小若干楹⑦，凡闢地南北東西若干畝⑧，凡樹木若干本，竹三萬竿，圃百畦⑨〔一〇〕，田若干塍〔一一〕。治事僧曰退思，曰令寰，曰道堅。後二年十月某日，寺皆復就。

【校　記】

①《英華》「柳州」下注：「石本有『重』字。」

②置，詁訓本作「直」。「已」原闕，據注釋音辯本、世綵堂本、《英華》、《全唐文》等補。注釋音辯本注：「一本無已字。」按：置，釋放也，豁免也。直，贊同，以之爲是。二字皆可通。

③畜，《英華》作「蓄」。

④世綵堂本、濟美堂本注：「一作『可用入焉』。」蔣之翹輯注本：「『因』下一無『而』字。」

⑤十年，濟美堂本、蔣之翹輯注本作「十三年」，何焯校本補作「十二年」。按：元和十年六月柳宗元至柳州，「十」字不誤。

⑥世綵堂本、濟美堂本注：「一無『其』字。」

⑦屋，詁訓本作「屋屋」。

⑧注釋音辯本注：「潘本作畆，同（畝）。」

⑨原注與注釋音辯本、世綵堂本注：「圃，一作囿。」

【解題】

〔韓醇詁訓〕據記云「元和十年，刺史柳宗元始至」、「後二年十月某日，寺皆就」，記當作於元和十二年云。〔世綵堂〕元和十二年作。〔蔣之翹輯注〕柳州大雲寺在今府城南仙奕山下。記元和十二年作。按：諸家所定是也。陳思《寶刻叢編》卷一九柳州引《復齋碑録》：「《唐重復大雲寺記》，唐柳宗元撰，正書，無名篆額。憲宗時立。」《明一統志》卷八三柳州府：「大雲寺在仙奕山，唐建，尋燬，柳宗元有《復大雲寺記》。」

【注釋】

〔一〕〔百家注引孫汝聽曰〕祥，謂祥怪。

〔二〕〔注釋音辯〕（偭）爾兗切，又音面，背也。〔韓醇詁訓〕偭，彌兗切。按：百家注本引作張敦頤曰。

〔三〕〔百家注引孫汝聽曰〕漢武帝元封二年，初令越巫祠上帝百鬼而用雞卜。李奇曰：「持雞骨卜，如鼠卜。」〔蔣之翹輯注〕《番禺雜編》：「嶺表凡小事必卜，名雞卜、鼠卜、米卜、蓍卜、牛骨卜、雞卵卜、田螺卜、篾竹卜。」按：見《漢書·郊祀志下》。陳景雲《柳集點勘》卷二：「張鷟《朝野僉載》云：『嶺南風俗，家有人病，先殺雞、鵝等以祀之，將爲修福，若不差，則殺豬、狗以祈之，不差，即次殺太牢以禱之。更不差，即是命也，不復更祈。』斯記發端數語，蓋本之此。」

〔四〕［蔣之翹輯注］孶，音仔。

〔五〕［百家注引孫汝聽曰］武后天授元年七月，有東魏國寺僧法明等十人，僞撰《大雲經》四卷，表上之，言天后乃彌勒下生，當代唐爲閻浮提主，制頒於天下。令諸州各置大雲寺，總度僧千人。

〔六〕殺，休止，意同「煞」。

〔七〕［注釋音辯］潘（緯）云：（術）音遂，小徑也。［韓醇詁訓］音遂。《月令》曰：「審端徑術。」［百家注引孫汝聽曰］《爾雅》：「九達謂之逵。」《説文》：「邑中道曰術。」按：見《爾雅·釋宫》、《禮記·月令》。

〔八〕［蔣之翹輯注］江，柳江也。在今府城南，一名潯水。

〔九〕［百家注引孫汝聽曰］大府，謂觀察府。按：柳州唐時爲桂管觀察使所領。

〔一〇〕［百家注引韓醇曰］畦，菜畦也。

〔一一〕［注釋音辯］（塍）音繩，猶中畦也。［韓醇詁訓］食稜切，塍畦也。［百家注引童宗説曰］塍，稻中畦，音乘。［蔣之翹輯注］塍，稻畦，埒也。

【集評】

《王荆石先生批評柳文》卷七：鐵鎗。

陸夢龍《柳子厚集選》卷三文首：入理之談。「擊磬鼓鐘」一段：小語有會。

儲欣《河東先生全集録》卷四：記惡俗，益復雅健。

何焯《義門讀書記》卷三六：「董之禮則頑，束之刑則逃」：先王爲治，百家皆所用，是或一道也。讀《西域傳》，其效可見。柳子至此，信奉佛氏，似少衰矣。蓋讀書久而少有悟也。

永州龍興寺修淨土院記①

中州之西數萬里②，有國曰身毒〔一〕，釋迦牟尼如來示現之地〔二〕。彼佛言曰：「西方過十萬億佛土，有世界曰極樂〔三〕，佛號無量壽如來。其國無有三惡八難〔四〕，衆寶以爲飾，其人無有十纏九惱〔五〕，群聖以爲友。有能誠心大願，歸心是土者，苟念力具足〔六〕，則往生彼國，然後出三界之外〔七〕。其於佛道無退轉者，其言無所欺也。」晉時盧山遠法師作《念佛三昧詠》〔八〕，大勸于時，其後天台顗大師著《釋淨土十疑論》〔九〕，弘宣其教，周密微妙，迷者咸賴焉，蓋其留異跡而去者甚衆。

永州龍興寺，前刺史李承晊③〔一〇〕，及僧法林，置淨土堂于寺之東偏，常奉斯事，逮今餘二十年，廉隅毀頓，圖像崩墜。會巽上人居其宇下〔一一〕，始復理焉。上人者，修最上乘〔一二〕，解第一義〔一三〕，無體空折色之跡，而造乎真源，通假有借無之名，而入於實相。境與智合，事與理并，故雖往生之因，亦相用不捨④。誓葺兹宇，以開後學。有信士圖爲佛像，法相甚具焉〔一四〕。今刺史馮公作大門以表其位，余遂周延四阿，環以廊廡，繢二大士之像〔一五〕，繒蓋幢幡〔一六〕，以成就之。嗚呼！有能求無生之生者，知舟筏之存乎是〔一七〕。遂以天台《十疑論》書于牆宇，使觀者起信焉。

【校　記】

① 世綵堂本、濟美堂本、蔣之翹輯注本：「一作『巽上人修浄土院記』。」

② 州，注釋音辯本、濟美堂本、游居敬本、蔣之翹輯注本作「國」。

③ 晊，詁訓本作「晊」。

④ 濟美堂本、蔣之翹輯注本、《全唐文》無「用」字。

【解　題】

［注釋音辯］土音杜。潘（緯）云：浄土，佛國土也。［韓醇詁訓］序云「今刺史馮公作大門以表其位」，馮公刺永州在元和二、三年，記當在是時作。按：此文約作於元和二年。刺史馮公爲馮叙，元和元年至元和三年爲永州刺史。此文又載南宋釋宗曉所編《樂邦文類》卷三、元釋念常《佛祖歷代通載》卷一五。章士釗《柳文指要》上《體要之部》卷二八：「子厚非自發佞佛之人，唯集中有關禪師

或寺院之文字特多，不免授人口實，如《永州修浄土院記》即其一也。」永州龍興寺之浄土院多年荒廢，刺史馮叙捐建大門，柳宗元助修回廊，使之一新，本爲功德之事。宗元之於佛教，闡其義而通其理，未必信其説，僅視爲精神修養之門徑，未可言「佞」也。

【注釋】

〔一〕［注釋音辯］潘（緯）云：（身毒）上音捐，下音篤，即天竺。［百家注引孫汝聽曰］天竺國，一名身毒。毒音篤。按：即古代印度。

〔二〕［百家注引孫汝聽曰］釋迦牟尼，迦維衛國浄飯王太子。［蔣之翹輯注］姓刹利。按：即佛祖。

〔三〕《阿彌陀經》：「從是西方，過十萬億佛土，有世界名曰極樂。……其國衆生，無有衆苦，但受諸樂，故名極樂。」

〔四〕［注釋音辯］［韓醇詁訓］（難）乃旦切。［蔣之翹輯注］三惡八難，見《浄名》疏。按：三惡，佛教謂地獄、餓鬼、畜生爲三惡道。八難，即地獄、畜生、餓鬼、北俱盧洲、無想天、盲聾瘖啞、世智辯聰、佛前佛後。地獄、餓鬼、畜生屬三惡道，因業障太重，無法見聞佛道。北俱盧洲人福分很大，但不曉佛法，故不能了生脱死。無想天是外道所生之地，此地之人也不能了生脱死。盲聾瘖啞之人，自然不能見聞佛法。世智辯聰之人自恃聰明，不肯修行，亦不能解脱生死。生在佛出世前或佛涅槃後，也都見不到佛和聽到佛法。《維摩詰經》：「菩薩成佛時，得一切具足功德國土，説除八難是菩薩浄土。菩薩成佛時，國土無有三惡八難。」「難」爲平聲，困難之意。

〔五〕［蔣之翹輯注］十纏見《垂裕篇》。按：纏者縛也，謂一切衆生被此十法纏繞，不能脱離死生之苦。一爲借慚，慚即慚天，不知羞恥。二爲無愧，即愧人。三爲嫉，即嫉妒。四爲慳，即吝嗇。五爲悔，即悔恨。六爲睡眠，謂人昏懵不醒。七爲掉舉，指摇動不堅。八爲昏沉，昏鈍沉墜也。九爲嗔忿，即恚怒。十爲覆，藏也，指隱藏過錯，惟恐人知。見《智度論》卷一〇、《俱舍論》卷二一。佛教有《九惱經》。九惱，又稱九厄、九難、九罪報，指佛因過去世之業障，而於成道後所受因果報應的九種災難，分别爲六年苦行、孫陀利淫女謗佛、木槍刺脚、三月馬麥、流離王殺釋種、乞食空鉢、旃荼女謗、調達推石、寒風索衣。見《大智度論並起行經》。

〔六〕念力，梵語意譯，爲五力之第三。指專念之力，能抵抗外來障礙而至於無念，謂之念力。《遺教經》：「若念力堅强，雖入五欲賊中，不爲所害。」《普賢經》：「念力强敵，得見我身。」

〔七〕佛教將生死輪回的人世分爲三界，即欲界、色界、無色界。《大佛頂首楞嚴經》卷一：「弘範三界，應身無量。」

〔八〕［百家注引王儔補注］謂慧遠也。按：慧遠，俗姓賈，晉雁門樓煩人。師事道安。太元九年入廬山，居東林寺，與劉遺民、宗炳、慧永等十八人結白蓮社，期西方浄土，被浄土宗推爲初祖。參見釋慧皎《高僧傳》卷六《晉廬山釋慧遠》。佛經有《菩薩念佛三昧經》，《釋文紀》卷一〇僧肇《答劉遺民書》云「得君《念佛三昧詠》，並得遠法師《三昧詠》及序」，可知慧遠有此作。

〔九〕［注釋音辯］顗，魚豈切。［韓醇詁訓］顗，語豈切。［蔣之翹輯注］智顗，眼有中瞳，俊朗通達，詣金陵瓦棺寺，創弘禪法。按：智顗，俗姓陳，年十八出家，於南岳慧思受《法華經》。陳廣大元年至金陵，止瓦棺寺，隋開皇十七年入天台。時人稱其智者大師，名其宗派爲天台宗。參見釋道宣《續高僧傳》卷一七《隋國師智者天台山國清寺釋智顗傳》。《釋文紀》卷四二據《大藏》起字函録《浄土十疑論》。

〔一〇〕［注釋音辯］（晊）職日切，音質。［韓醇詁訓］音質，大也，明也。

〔一一〕［百家注引王儔補注］巽上人，名重巽。

〔一二〕［蔣之翹輯注］禪有深淺等級，若頓悟自心，本來清浄，元無煩惱無漏，智性本自具足，此心即佛，依此而而修者爲最上乘。

〔一三〕［蔣之翹輯注］《弘明集》真諦曰：「第一義諦，俗諦亦曰世諦。」按：《大乘義章》卷一：「第一義者，亦名真諦。第一是顯勝之目，所以名義。」

〔一四〕法相，佛教指世間一切事物的形象。《大乘義章》卷二《四空義》：「一切世諦，有爲無爲，通名法相。」

〔一五〕［注釋音辯］繢，胡對切，畫也。［韓醇詁訓］繢，胡對切。按：大士，即菩薩。《法華文句記》卷二：「大士者，《大論》稱菩薩爲大士，亦曰開士。」

〔一六〕［韓醇詁訓］繒，疾陵切。

〔一七〕〔注釋音辯〕筏音伐，水中大簿。〔韓醇詁訓〕筏音伐。〔蔣之翹輯注〕《金剛經》：「知我説法，如筏喻者。法尚應捨，何況非法。」《法華經》：「若乘戒舟，鼓以慈棹，而不能横截風濤，達登彼岸者，無此理也。」

【集評】

茅坤《唐宋八大家文鈔》卷二三：以佛旨爲案。

都穆《聽雨紀談·柳韓言佛》：柳子厚記永州淨土院云：「中州之西，有國曰身毒，釋迦示現之地。彼言西方有世界曰極樂，其國無三惡八難，衆寶以爲飾，其人無十纏九惱，群聖以爲友。有能誠心念力具足，則往生彼國。」韓昌黎《弔武侍御所畫佛文》曰：「有爲浮屠之法者云：極西之方有法焉，其土大樂，能相爲圖是佛而禮之，願其往生，莫不如意。」二公非佞於釋者，但直述彼之言耳。

明闕名評選《柳文》卷五「相用不捨」句下引王荆石曰：好挑剔。

陸夢龍《柳子厚集選》卷三：粗題細做。

孫琮《山曉閣選唐大家柳柳州全集》卷三：前幅述佛氏之言，後幅記修復淨土寺，妙在就佛言佛，不入一儒者語。

何焯《義門讀書記》卷三六：文不高。釋氏取與《東海若》篇表裏。

永州鐵爐步志①

江之滸〔一〕，凡舟可縻而上下者曰步〔二〕。永州北郭有步曰鐵爐步，余乘舟來，居九年，往來求其所以爲鐵爐者無有。問之人，曰：「蓋嘗有鍛者居②〔三〕，其人去而爐毁者不知年矣，獨有其號冒而存。」余曰：「嘻，世固有事去名存而冒焉若是耶？」步之人曰：「子何獨怪是？今世有負其姓而立於天下者，曰：『吾門大，他不我敵也。』問其位與德，曰：『久矣其先也。』然而彼猶曰『我大』，世亦曰『某氏大』，其冒於號有以異於兹步者乎？向使有聞兹步之號，而不足釜錡、錢鎛、刀鈇者〔四〕，懷價而來，能有得其欲乎？則求位與德於彼，其不可得亦猶是也。位存焉而德無有，猶不足以大其門③，然世且樂爲之下④，子胡不怪彼而獨怪於是？大者桀冒禹，紂冒湯，幽厲冒文武，以傲天下，由不知推其本而姑大其故號⑤，以至於敗，爲世笑僇〔五〕，斯可以甚懼。若求兹步之實，而不得釜錡、錢鎛、刀鈇者，則去而之他，又何害乎？子之驚於是，末矣。」余以爲古有太史，觀民風，采民言〔六〕，若是者，則有得矣。嘉其言可采，書以爲志。

【校記】

① 題下原有「附」字，注釋音辯本、世綵堂本同，蓋因此文不名「記」而編之於「記」類也。今據詁訓本、游居敬本、《全唐文》删。《英華》題作「鐵爐步志」。

② 注釋音辯本、游居敬本「鍛」下有「鐵」，注釋音辯本注：「一本無鐵字。」世綵堂本注：「一本『鍛』下有『鐵』字。」

③ 「以」原闕，據注釋音辯本、游居敬本、濟美堂本、《英華》補。

④ 注釋音辯本、游居敬本、濟美堂本、《英華》無「世」字。

⑤ 由，詁訓本作「天下」。知推，注釋音辯本、游居敬本、濟美堂本、《全唐文》作「推知」。

【解題】

［韓醇詁訓］吴人呼水際曰步。韓昌黎《羅池廟碑》云「步有新船」，即此旨也。志云「余乘舟來，居九年」，此當作於元和八年云。按：韓説是。章士釗《柳文指要》上《體要之部》卷二八：「子厚此作，明有所諷，蓋唐世重門第，好誇張，子孫冒祖父之名與位，以震駭流俗，所在多有，子厚或親遇其事而惡之，故借鐵爐而揭其事於此。」楊慎《丹鉛總録》卷二釋「步」曰：「韓文『步有新船』，不知者改爲『涉』，朱子《考異》已著其謬。蓋南方謂水際曰步，音義與『浦』通。《孔戣墓誌》『蕃舶至步，有下碇税』，即以韓文證韓文可也。柳子厚《鐵鑪步志》云：『江之滸，凡舟可縻而上下曰步。』《水經》：

『贛水西岸有磐石曰石頭，津步之處也。』又云：『東北遥王步，蓋齊王之渚，步也。』又云：『鸚鵡洲對岸有炭步。』今湖南有縣名城步。《青箱雜記》：『嶺南謂村市曰墟，水津曰步。罾步即漁人施罾處也。』張勃《吴録》地名有龜步、魚步，揚州有瓜步。羅含《湘中記》有靈妃步。《金陵圖志》有邀笛步，王徽之邀桓伊吹笛處。温庭筠詩：『妾住金陵步，門前朱雀舫。』《樹萱録》載臺城故伎詩曰：『那看回首處，江步野棠飛。』東坡詩：『蕭然三家步，横此萬斛舟。』元成原常有《寄紫步劉子彬》詩云：『紫步於今無士馬，滄溟何處有神仙。』字又作『埠』。今人呼船儈曰埠頭，律文私充牙行埠頭。」

【注釋】

（一）［百家注引孫汝聽曰］滸，謂江濱。

（二）［百家注引孫汝聽曰］若「瓜步」之類是也。［蔣之翹輯注］縻音靡。

（三）［注釋音辯］［百家注引孫汝聽曰］鍛，都玩切，小冶也。

（四）［注釋音辯］錡，魚綺切，三足釜也。錢音翦。鎛音博，田器也。鈇，膚、甫二音，莝斫刀也。［韓醇詁訓］錡，魚倚切。《左氏》：「筐筥錡釜之器。」注：「有足曰錡，無足曰釜。」錢音翦。鎛音博。《詩·臣工》：「庤乃錢鎛。」《周禮》：「鍛氏爲鎛器。」注：「錢鎛，田器。」刀鈇，亦兵器也。鈇音膚。［世綵堂］錡，奇、螘二音。錢音翦。鎛音博。鈇，膚、甫二音。按：所引見《左傳》隱公三年、《詩經·周頌·臣工》、《周禮·冬官考工記·輈人》。

〔五〕〔注釋音辯〕（僇）與戮同。〔韓醇詁訓〕音戮。按：僇，恥辱。

〔六〕〔韓醇詁訓〕《禮記·王制》：「命太史陳詩，以觀民風。」又，漢分八使，周適四方，巡行風俗，觀采方言。〔百家注引孫汝聽曰〕《禮記·王制》：「命太師陳詩以觀民風，命市納賈以觀民之所好惡。」按：《禮記》作「太師」。《漢書·藝文志》：「故古有采詩之官，王者所以觀風俗、知得失、自考正也。」

【集評】

吴曾《能改齋漫録》卷三：歐陽文忠公《集古録》云：「《羅池廟碑》云『步有新船』，集本以『步』爲『涉』……則疑碑誤。」余按柳子厚集有《永州鐵爐步志》，云……余以子厚之文證之，則知「步有新船」爲有據也。

《新刊增廣百家詳補注唐柳先生文》卷二八引黄唐曰：古者姓氏，特以别生分類，賢否之涇渭，初不由此。尊尚姓氏，始於魏之太和。齊據河北，推重崔盧，梁、陳在江南，首先王謝。至江東士人，争尚閥閲，賣婚求財，汩喪廉恥。唐家一統，當一洗而新之，奈何文皇帝以隴西舊族矜誇其臣，以房、魏之賢，英公之功，且區區結婚於山東之世家。貞觀之世，冠冕高下，雖稍序定，然許敬宗以不叙武后世，李義府恥其家無名，復從而紊亂。黜陟廢置，皆不由於賢否，但以姓氏升降去留，定爲榮辱。衰宗落譜，昭穆所不齒者，皆稱禁婚，民俗安知禮義忠信爲何物耶？子厚憫時俗之末革，故以子孫冒昧者，取況於鐵爐步之失實，誠有功於名教歟！

鄭剛中《代人求知書》二：又柳宗元嘗論北郭鐵爐步，求釜錡錢鎛刀鈇而不得，固謂世之實去名存，叨冒故號者，類皆如此。（《北山集》卷四）

《王荆石先生批評柳文》卷七：亦自好，但設喻之意甚膚淺，不類大家。又文末評：柳之胸中富於丘壑，故其記亭池山水更奇，篇篇可誦。

茅坤《唐宋八大家文鈔》卷二三：志步特數言，託諷言外者，無限深情。轉處妙。

蔣之翹輯注《柳河東集》卷二八：風刺華胄，亦趣亦毒。

儲欣《河東先生全集録》卷四：氏族莫重於唐，公故作此諷之。今氏族太輕，吴中士大夫，兒女婚嫁多不計門第，又一弊也。

孫琮《山曉閣選唐大家柳柳州全集》卷三：就爐步上發出一段諷世議論，彼世禄子弟，服奇食美，冒先世之號，以自大於世者，讀之能無汗下？

何焯《義門讀書記》卷三六：「凡舟可縻而上下者曰步」：任昉云：「吴楚間謂浦爲步，語之譌耳。」「則求位與德於彼」數語：筆亦膠繞，不圓快。「大者桀冒禹」云云：此文直斥在上者徒建空名，旨趣既已偏宕，求其警策，則又無有，何以存諸集中？按此文似爲以門地論相而發。

柳宗元集校注卷第二十九

記①

游黄溪記

北之晉，西適豳，東極吴，南至楚越之交，其間名山水而州者以百數，永最善。環永之治百里，北至于浯溪〔一〕，西至于湘之源，南至于瀧泉②〔二〕，東至于黄溪東屯③〔三〕，其間名山水而村者以百數，黄溪最善。黄溪距州治七十里④，由東屯南行六百步⑤，至黄神祠⑥〔四〕。祠之上兩山牆立，丹碧之華葉駢植⑦，與山升降。其缺者爲崖峭巖窟，水之中皆小石平布⑧。黄神之上，揭水八十步〔五〕，至初潭，最奇麗，殆不可狀。其略若剖大甕，側立千尺，溪水即焉⑨，黛蓄膏渟〔六〕，來若白虹⑩，沉沉無聲⑪。有魚數百尾⑫，方來會石下。楚越之人，數魚以尾，不以頭也。南去又行百步，至第二潭。石皆巍然，臨浚流⑬，若頦頷齗齶⑭〔七〕。其下大石雜列⑮，可坐飲食。有鳥赤首烏翼，大如鵠，方東嚮立。自是又南數里⑯，地皆一狀，樹益壯，石益瘦⑰，水鳴皆鏘然〔八〕。又南一里，至大冥之川，山舒水緩。有土田。始，黄神爲人時，居其地⑱。傳者曰：「黄神王姓，莽之世也。莽既死，神更號黄氏，逃來，擇其深峭者潛焉。」始莽嘗曰：「余黄虞之後也。」故號其女曰黄皇室主〔九〕。黄與王聲相邇，而又有本，其所以傳言者益驗⑲。神既居是，民咸安焉，以爲有道，死乃俎豆之〔一〇〕，爲立祠。後稍徙近乎民，今祠在山陰溪水上。元和八年五月十六日⑳，既歸，爲記，以啟後之好游者。

【校　記】

①百家注本標作「記山水」，注釋音辯本、世綵堂本皆同，詁訓本標作「記山水十一首」。此據百家注本總目及蔣之翹輯注本改。

②瀧，《英華》作「隴」。世綵堂本、蔣之翹輯注本：「一作『南至於龍東門』。」

③原注與世綵堂本注：「一無『黄溪』二字。」注釋音辯本注：「或無『黄溪』字。」

④距，原作「拒」，據詁訓本改。黄溪距州治，《英華》作「黄溪益州之始」，並注：「（之始）二字集作『治』」。

⑤原注與世綵堂本注：「百，一作里。」蔣之翹輯注本：「『百』一作『里』，非是。」

⑥原注與世綵堂本注：「一無『神祠』二字。」注釋音辯本、詁訓本注：「或無『神祠』字。」蔣之翹輯

注本：「無『神祠』二字，屬下句讀。」

⑦丹，《英華》作「山」。「丹」上原有「如」字，注釋音辯本、詁訓本等同，蔣之翹輯注本無「如」字，並引虞集曰：「看來『丹碧華葉』乃實景，自然著『如』字不得。」故據以删「如」字。

⑧世綵堂本、蔣之翹輯注本：「一無『小』字。」

⑨即，原作「積」，原注與詁訓本、世綵堂本注：「積，一作即。」此據注釋音辯本及《英華》改。下文云「黛蓄膏渟」，方是「蓄積」意。注釋音辯本注：「即，一本作積。」

⑩世綵堂本、蔣之翹輯注本：「來，一作采。」

⑪原注與注釋音辯本、世綵堂本注：「沉沉，一本作沉之。」

⑫蔣之翹輯注本無「百」字。又，注釋音辯本注：「元注云：楚越之人，數魚以尾，不以頭也。」蔣之翹輯注本亦云「自注」，可知爲柳宗元原注，故移於文中，用小字表示。

⑬「浚」，諸本作「峻」。

⑭頖，《英華》作「頤」。

⑮原注與世綵堂本注：「雜，一作離。」注釋音辯本作「離」，並注：「離，一本作雜。」

⑯詁訓本無「又」字。

⑰瘦，《英華》作「廣」。

⑱居其地，《英華》作「所居也」，並注：「集作『其居也』。」

⑲ 言，《英華》作「焉」。

⑳ 五月十六日，《英華》作「十月五日入六日歸」，並注云：「柳州本作五十月五日。」其注頗晦，然大抵可明「五月」當作「十月」。

【解　題】

［韓醇詁訓］作之年月具於記。《漢書・王莽傳》自謂黄虞之後，姚、嬀、陳、田、王氏，凡五姓者，皆黄虞苗裔，其令天下尚此五姓，名籍於秩宗，以爲宗室記。所言黄神王姓，蓋取諸此。按：此記作於元和八年。《太平御覽》卷五三引《荆州記》：「零陵郡東南有黄溪，西有礬石岡。」祝穆《方輿勝覽》卷二五永州：「黄溪在州北九十里，柳子厚記有云『環永之治，其間多名山水，而黄溪最善』。」

【注　釋】

〔一〕［韓醇詁訓］浯音吾，水名。［百家注引孫汝聽曰］浯溪在湘水南，北匯於湘，元結命之曰浯溪。浯音吾。［蔣之翹輯注］浯溪在祁陽縣湘水南，元結愛其山水，居之。

〔二〕［注釋音辯］瀧，閭江切，大奔湍也。［韓醇詁訓］瀧，閭江切，水名。［百家注引童宗説曰］瀧泉，奔湍也。按：據文意，瀧泉當爲水名。

〔三〕［百家注］屯，徒門切。

〔四〕乾隆《大清一統志》卷二八三永州府：「黄神祠在零陵縣東七十里。」

〔五〕［注釋音辯］揭音憩，揭衣也。［韓醇詁訓］揭音憩，一丘列切。《論語》：「深則厲，淺則揭。」注：「以衣涉水爲厲。揭，揭衣也。」按：見《論語·憲問》。百家注本引韓醇注尚云「（揭）又音憩」。蔣之翹輯注本引《詩》「深則厲，淺則揭」，見《詩經·邶風·匏有苦葉》。

〔六〕［世綵堂］黛，畫眉也。渟，水止也。

〔七〕［注釋音辯］頦，胡來切，又古海切，頤下也。頷，户感切。齗，魚巾切，齒根肉。齶，五各切，口中肉。［韓醇詁訓］頦，胡來切，頤下也。頷，户感切。《莊子》：「千金之珠，必在九重之淵，而驪龍頷下。」齗，魚斤切，齒根肉。齶，五各切。［世綵堂］（頷）又音含。［蔣之翹輯注］齶音諤。按：注釋音辯本之注，百家注本引作張敦頤曰。韓引見《莊子·列禦寇》。

〔八〕［韓醇詁訓］鏘，七羊切。按：鏘，鳥鳴聲。《左傳》莊公二十二年：「鳳凰于飛，和鳴鏘鏘。」

〔九〕［百家注引孫汝聽曰］莽號其女定安太后爲黄皇室主，絶之於漢。按：王莽女爲平帝皇后，平帝崩，莽立孺子嬰，尊平帝后爲皇太后。莽代漢，更號黄皇室主。見《漢書·外戚傳下·孝平王皇后》。

〔一〇〕［百家注引孫汝聽曰］《莊子》：「畏壘之民，欲俎豆予於賢人之間。」俎豆，謂禮之爲主。按：見《莊子·庚桑楚》。

【集評】

朱翌《猗覺寮雜記》卷下：黄、王不分，江南之音也，嶺外尤甚。柳子厚《黄溪記》：「神，王姓，莽之世也，莽嘗曰：『余黄虞之後也。』黄與王聲相邇。」以此考之，自唐以來已然矣。

王洋《葉子發珠玉集序》：元常，予畏人也。始者欲外形骸，不立一物，而終以形骸爲累，是又何哉？予嘗得柳子厚書，其初徙江湖也，意欲求山林之樂，忘羈窮之憂，寺之西軒，盡得登覽之美。已乃履鐵爐步，游黄溪，自西山入鈷鉧潭，伐翳蔽，取小丘，入袁家橋，渴以石渠、石澗爲飲，可以忘憂矣。又窮而西得小石潭，至則竹樹環合，寂寥無人，以其境過清，不可久居，乃記之而去。向使子厚自輔其氣，不失中和，姑取溪石竹箭之觀，以洗塵滓而暢幽情，不爲既適矣乎？必欲遂窮荒虚之境，探巖谷之穴，至凄神寒骨而後已，吾意子厚既歸，嘗引馬氏妓，酌酒緩歌以自慰也。則向之至清者，又安在哉？（《東牟集》卷一三）

邵博《邵氏聞見後録》卷一四：柳子厚云：「北之晉，西適豳，東極吴，南至楚越之交，其間名山水而州者以百數，永最善。」以妙語起其可游者，讀之令人翛然有出世外之意。然子厚别云：「永州於楚爲最南，狀與越相似，僕悶則出游，游復多恐。涉野則有蝮虺大蜂，仰空視地，寸步勞倦。近水則畏射工含沙，望影竊發，動成瘡疣。」子厚前所記黄溪、西山、鈷鉧潭、袁家渴，果可樂乎？何言之不同也？

吴子良《荆溪林下偶談》卷一：子厚《游黄溪記》云：「北之晉，西適豳，東極吴，南至楚越之交，其間名山水而州者以百數，永最善。環永之治百里，北至於浯溪，西至於溪之源，南至於瀧泉，東至於黄溪東屯，其間名山水而村者以百數，黄溪最善。」句法亦祖《史記·西南夷傳》：「西南夷君長以什數，夜郎最大。自滇以北，君長以什數，邛都最大。」

王應麟《困學紀聞》卷一七：《游黄溪記》倣太史公《西南夷傳》。

《新刊增廣百家詳補注唐柳先生文》卷二九王儔補注「永最善」下引邵太史（博）曰：子厚此記云「永最善」，然別云「永州於楚爲最南，狀與越相類，僕悶即出游，游復多恐」，何言之不同也？

廖瑩中《河東先生集》卷二九「永最善」句下評：《漢書·西南夷傳》：「南夷君以十數，夜郎最大。此下凡用滇最大，邛都最大，徙筰都冉駹最大。」公文勢本此。

黄溍《雲門集後序》：予觀柳子厚記永之黄谿、柳之西山，皆清邃奇麗勝處，前乎子厚，未有能啟其祕，後乎子厚，莫有嗣其賞者，寧不以荒遐僻陋去人境之遠乎？子厚又於西山鈷鉧潭、小丘，歎其久爲棄地，且謂使致之灃鎬鄠杜，則貴游之士争欲得之。夫灃鎬鄠杜在當時爲神州赤縣，第宅之聯屬，冠蓋之追隨，相望不絶。登臨獻酬之樂，形於篇什者，往往流傳至今，誠非窮鄉下土所有。（《金華黄先生文集》卷一六）

盧琦《游菱溪記》：昔柳子遭事，謫南州，久且不復。其最勝者，若黄溪、鈷鉧潭諸處，無所不游，游輒爲之記。所謂雄深雅健之文，皆以是得之。（《圭峰集》卷下）

王鏊《震澤長語》卷下：吾讀柳子厚集，尤愛山水諸記，而在永州爲多。子厚之文，至永益工，其得山水之助耶？及讀《元次山集》記道州諸山水，亦曲極其妙。子厚豐縟精絶，次山簡淡高古，二子之文，吾未知所先後也。唐文至韓柳始變，然次山在韓柳前，文已高古，絶無六朝一點氣習，其人品不可及歟！

劉基《若上人文集序》：世謂山水之佳，有以助人之才，發人之奇，是故名山勝地，必有文人秀士，出乎其間。今天下之名山勝地，大率多浮屠居之，固當獨獲其助，以發其奇，而又不能多見者，何哉？桐江之顯以子陵，彭澤之著以元亮，黄溪、西山，無柳子爲之刺史，吾知其泯没而無聞矣。抑山水之有助於人乎？將人有助於山水也。（《誠意伯文集》卷七）

茅坤《唐宋八大家文鈔》卷二三：予按子厚所謫永州、柳州，大較五嶺以南，多名山削壁，清泉怪石，而子厚適以文章之雋傑，客茲土者久之。愚竊謂公與山川兩相遭，非子厚之困且久，不能以搜巖穴之奇；非巖穴之怪且幽，亦無以發子厚之文。予間過粤中，恣情山水間，始信子厚非予欺，而且恨永、柳以外，其他勝概猶多，與永、柳相頡頏，且有過之者，而卒無傳焉。抑可見天地内不特遺才而不得試，當倂有名山絶壑而不得自炫其奇於騷人墨客之文者，可勝道哉！

明闕名評選《柳文》卷四：起奇。本《史記·西南夷傳》首一段來。

陸夢龍《柳子厚集選》卷三：古而特。

蔣之翹輯注《柳河東集》卷二九：其言扶疎，其字錯落，綴景處自有雅人深致。孫鑛曰：柳之胸中，富於丘壑，故其記亭池山水更奇。又「來會石下」句下：俊絶，似《水經注》中佳句。又「有土田」

句下：逐段點綴，詳略俱有法。

魏禧《孔正叔楷園文集叙》：五經之文，五嶽也。屈原、莊周、左丘明、司馬遷、班固，五丘也。天下之山必五嶽五丘，非是不足名山。及讀柳子厚黄溪、鈷鉧潭西小丘、袁家渴諸記，則又爽然自失。其幽峭奇峻之氣，未嘗不與五嶽、五丘並名天壤，然則先生之文之傳無疑矣。（《魏叔子文集》卷八）

儲欣《河東先生全集録》卷四：所志不過數里，幽麗奇絶，政如萬壑千巖，應接不暇。

何焯《義門讀書記》卷三六：發端既涉模擬，又未必果然也，删此而直以「黄溪距永州治七十里」起，何如？

沈德潛《唐宋八家文讀本》卷八：游黄溪不過十餘里，卻寫得如千巖萬壑，幽峭深邃平遠，無境不備，手有化工，不同畫筆。

浦起龍《古文眉詮》卷五三：記黄溪之游，以黄神作標準，就所歷分節佈景。此記與前諸篇有别，前皆去州近，多搜剔出之，時時憩息者。此去州遠，特記一時之游耳。

王文濡《評校音注古文辭類纂》卷五二引方苞曰：子厚諸記，以身閒境寂，又得山水以蕩其精神，故言皆稱心，探幽發奇而出之，若不經意。又引劉大櫆曰：山水之佳必奇峭，必幽冷，子厚得之以爲文，琢句鍊字無不精工，古無此調，子厚創爲之。

王文濡《唐文評注讀本》下册：讀此種文如讀畫，令人應接不暇。

孫琮《山曉閣選唐大家柳柳州全集》卷三：一起，先從豳、晉、吴、楚四面寫來，擡出永州。次從永州名勝四面寫來，擡出黄溪。便見得黄溪不獨甲出一個永州，早已甲出天下，地位最占得高。下寫黄神祠，兩山壁立，狀如丹霞，境界何等奇絶。次寫初潭、二潭，凡寫石、寫泉、寫樹，處處換筆，便處處另换一個洞天福地。坐卧其間，此身恍在黄溪深處，真是僅事。一路逐段記步記里，自成章法。

陳衍《石遺室論文》卷四：文有顯然模擬頗見其用之恰當者。《史記・西南夷列傳》首云……柳子厚《游黄溪記》首段直模擬云……此雖模擬顯然，然小變化之，各見其佈置之法也。

又：姚鼐氏云：「朱子謂《山海經》所紀異物，有云東西嚮者，蓋以有圖畫在前故也，此言最當。子厚不悟，作山水記效之，蓋無謂也。後人又以此等爲工而效法者，益失之矣。」噫！此正是姚氏之不悟也。姚氏據朱子説而未細心讀此記上下之文，致不知子厚之故作狡獪愚弄後人也。案《山海經》言某嚮立者只一處，《海内西經》云：「崑崙南淵深三百仞，開明獸身大類虎而九首，皆人面，東鄉立崑崙。開明西有鳳皇鸞鳥，皆戴蛇踐蛇，膺有赤蛇。開明北有視肉，珠樹文玉樹。」此自指圖象言，朱子之言不誤也。子厚所記「有鳥赤首烏翼，大如鵠，方東嚮立」，固特仿《山海經》，然《山海經》係載此處行産之物，柳文乃記此時此處所見之物，故於「東嚮立」上加一「方」字，移步换形矣。且上文有例在也。上文言「有魚數百尾，方來會石下」，亦加一「方」字，可見皆就當日所目擊者記之，非呆仿《山海經》，致成笑柄也。試問古樂府之《孔雀東南飛》，亦必指圖象乎？姚氏粗心，將兩「方」字忽略讀過，致有此失言。姚氏譏子厚無謂，子厚有知，能不齒冷！桐城自望溪方氏，好駁柳文，姚氏亦吹毛求疵矣。

又：《游黄溪記》中云……案「兩山牆立」以下，略狀得出。「黛蓄」十二字，出以研鍊，爲詞賦語，皆山水並寫。至後「樹益壯」數句，乃由遠寫至近，此章法也。凡奇麗山水，至將盡處，多筋脈舒緩。「黛蓄」四字，從金膏水碧來。

林紓《韓柳文研究法·柳文研究法》：黄溪一記，爲柳州集中第一得意之筆，雖合荆、關、董、巨四大家，不能描而肖也。入手摹《漢書·西南夷傳》，「永最善」，「黄溪最善」，簡括入古。其下寫石狀矣，其最奇麗動目者，則「略若剖大甕，側立千尺，溪水積焉」，則此石必高立，虚其腹若半瓠。所云溪水積者，石之下半，仰出溪底，溪水既平，遂漫出剖甕之下方。其云「黛蓄膏渟」者，水抵石而止，石上蒼緑之色，下映水中，故云「黛蓄」。所云「來若白虹」者，溪受天光而白，垂至石下，石之上半傴凹，故云「剖甕」。水勢雖來若白虹，抵石無去路，故云「沈沈無聲」。魚之來會石下，非會也，乘漲而入破甕之中，不能更出耳。如此奇石，有其大者，則必有其小者，有其高方者，則必有其巉峭者。其下云「石皆巍然，臨浚流，若頦頷齗齶」者是也。其下考據黄神，清出溪之所以名「黄」者，是文中應有之意。

林紓選評《古文辭類纂》卷九：此篇入手摹《史記·西南夷列傳》……《史記》疊三，此文疊兩。然乍讀之，亦無斧鑿之痕，由食古能化也。山水之記，本分兩種，歐公體物之工不及柳，故遁爲詠歎追思之言，亦自饒風韻。柳州則紮硬砦、打死仗，山水有此狀便寫此狀，如畫工繪事，必曲盡物態然後已。剖大甕側立者，石壁内陷，作穹圓狀，其下半浸入溪中，故溪水來即其下。石之上半如簾而有陰，故下半之水作黛色。渟，止水也。水入甕中，又安得流？所謂沈沈無聲者是也。魚之來會，亦無心至此，用一「會」字，新穎極矣。至赤首烏翼之鳥，亦隨筆寫成，惜抱斥其無謂，則過求也。末段補出黃神，是應有之筆，必如是文體始備。

高步瀛《唐宋詩舉要》甲編卷四「黃溪最善」句下：以上言永州山水，黃溪最善。「有土田」句下：以上黃溪山水之善。又引沈德潛曰：善形平遠。又引姚鼐曰：朱子謂《山海經》所記異物，有云東西向者，蓋以其有圖畫在前故也，此言最當。子厚不悟，作山水記效之，蓋無謂也。後人又有以子厚此等爲工而效法者，益失之矣。又引吴汝綸曰：此與上文「方來會石下」，皆當時所見，即景爲文，不必效《山經》也。不爲病。「後之好游者」句下：以上黃神始末。案此隱以黃神自喻。又引李剛己曰：子厚山水諸作，其寄興之曠遠，狀物之工妙，直合陶謝之詩、揚馬之賦，鎔爲一鑪，洵屬文家絶境。

始得西山宴游記

自余爲僇人〔一〕，居是州，恒惴慄〔二〕。其隙也〔三〕，則施施而行〔四〕，漫漫而游〔五〕，日與其徒上高山，入深林，窮迴溪，幽泉怪石，無遠不到。到則披草而坐，傾壺而醉。醉則更相枕以卧①，卧而夢②，意有所極，夢亦同趣。覺而起，起而歸。以爲凡是州之山水有異態者③，皆我有也，而未始知西山之怪特。今年九月二十八日，因坐法華西亭〔六〕，望西山，始指異之④。遂命僕人過湘江⑤，緣染溪⑥〔七〕，斫榛莽，焚茅茷⑦〔八〕，窮山之高而止⑧。攀援而登，箕踞而遨⑨〔九〕，則凡數州之土壤，皆在衽席之下〔一〇〕。其高下之勢，岈然洼然〔一一〕，若垤若穴〔一二〕，尺寸千里，攢蹙累積〔一三〕，莫得遯隱。縈青繚白〔一四〕，外與天際⑩，四望如一。然後知是山之特出⑪，不與培塿爲類〔一五〕，悠悠乎與灝氣俱〔一六〕，而莫得其涯，洋洋乎與造物者游，而不知其所窮。引觴滿酌，頹然就醉，不知日之入。蒼然暮色，自遠而至，至無所見，而猶不欲歸⑫。心凝形釋，與萬化冥合⑬，然後知吾嚮之未始游，游於是乎始，故爲之文以志。是歲元和四年也。

【校　記】

①以，《全唐文》作「而」。世綵堂本、濟美堂本、蔣之翹輯注本：「一本無『以卧』二字。」

②原注與世綵堂本注：「一本有『卧而夢』三字。」注釋音辯本無「卧而夢」三字，並注：「一本更有『卧而夢』三字。」

③注釋音辯本、游居敬本無「水」字，《英華》「水」作「林」。世綵堂本、濟美堂本、蔣之翹輯注本：「態，一作勝。」

④原注與注釋音辯本、世綵堂本注：「指，一作抵。」詁訓本、《英華》作「抵」。詁訓本注：「抵，一作指。」

⑤僕人，注釋音辯本、游居敬本作「僕」，注釋音辯本並注：「一本更有『人』字。」

⑥原注與注釋音辯本、詁訓本、世綵堂本注：「染，一作冉。」《英華》作「冉」。

⑦茷，《文粹》作「茨」。注釋音辯本、蔣之翹輯注本：「亦作芟，音跋。」

⑧止，原作「上」，據諸本改。

⑨遨，《英華》作「遊」。

⑩世綵堂本、濟美堂本、蔣之翹輯注本：「外，一作水。」

⑪詁訓本無「是」字。出，原作「立」，據注釋音辯本、詁訓本、《英華》、《文粹》改。

⑫猶，《英華》作「獨」。

⑬世綵堂本注：「冥，一作俱。一又作『與物不異』。」《英華》作「與萬物不異」。蔣之翹輯注本：「或云：『萬物冥合』語類『與灝氣俱』，不如『與物不異』之穩。」

【解題】

［韓醇詁訓］自游黄溪至小石城山爲記凡九，皆永州山水之勝。年月或記或不記，然皆次第而作。此作於元和四年，記所載也。［蔣之翹輯注］西山在府城西，瀟江之滸。按：此記作於元和四

年。乾隆《大清一統志》卷二八二永州府：「西山在零陵縣西，唐柳宗元有《始得西山宴游記》。《縣志》：在縣西隔河二里，自朝陽巖起至黄茅嶺北，長亘數里，皆西山也。又有芝山，在縣西北，隔江可二里許，斷壁千尋，俯眺田疇，彷彿似罨。盡山頂一洞，可坐十餘人。入數十步稍暗，復從東北出，見瀟湘合流處。」章士釗《柳文指要》上《體要之部》卷二九：「永州八記，世人大抵數從《始得西山宴游記》起，至《石澗記》止，共八篇，而《游黄溪記》不在内，猶之八司馬，指柳、劉、兩韓、李、凌、陳、程共八人，而韋執誼不在内。凡此皆千年來文壇之順口溜，而印合爾巧，莫知其所由然而然。」又按：陸增祥《八瓊室金石補正》卷六八《柳子厚三記》録此記並《袁家渴記》、《石渠記》，云在簡州，並云：「首行末書字尚存下半，蓋文惠撰此記，並嘗自書之。此刻『恒』作『恒』，穆宗名恒，元和年尚不避改。《袁家渴記》有兩『世』字，《石渠記》有『民』字，均不缺筆，殆宋人所模刻也。」

【注　釋】

〔一〕［注釋音辯］僇與戮同。［韓醇詁訓］僇音戮。按：僇，侮辱。《莊子·大宗師》孔子曰：「丘，天之戮民也。」

〔二〕《詩經·秦風·黄鳥》：「惴惴其慄。」惴，懼也。

〔三〕［注釋音辯］隟與隙同。

〔四〕［注釋音辯］潘（緯）云：施，如字，徐行貌。又音怡。

〔五〕［注釋音辯］漫，莫半切。

〔六〕［百家注引孫汝聽曰］法華，寺名也。按：《大清一統志》卷二八三永州府：「法華寺在零陵縣東山，唐柳宗元有《法華寺新作西亭記》。宋改名萬壽寺，明洪武初改名高山寺。」

〔七〕《大清一統志》卷二八二永州府：「愚溪在零陵縣西南，源出鵶山。其水徹底皆石，舊名冉溪，亦名染溪，唐柳宗元改名愚溪，有《愚溪詩序》。源出戴花山，分二派，一東合賢水，一北逕鈷鉧潭入瀟水。舊志又有梅溪，在縣西南四十里，源出戴花山，逶迤曲折，滙於愚溪。」

〔八〕［注釋音辯］（茷）音吠，符廢切，草葉盛貌。［百家注引孫汝聽曰］茷，草葉多也。

〔九〕［注釋音辯］踞音據，蹲也。《前漢史》注：「謂伸其兩腳而坐，其形似箕。」按：見《漢書·張耳傳》顔師古注。

〔一〇〕《禮記·曲禮上》鄭玄注：「衽，卧席也。」

〔一一〕［注釋音辯］童（宗説）云：岈，火加切。峆岈，山深之狀。潘（緯）云：洼，烏瓜切，深也。［韓醇詁訓］岈，火加切。峆岈，山深之貌。洼，烏瓜切，水也，汙也。

〔一二〕［注釋音辯］垤，徒結切，蟻穴。

〔一三〕［注釋音辯］攢，徂丸切。

〔一四〕［注釋音辯］繚音了，繞也。

〔一五〕［注釋音辯］培，薄口切。塿，朗口切，小冢。［韓醇詁訓］培，薄回切，又薄口切。《方言》：「冢或謂之培。」塿，力狗切，自關而東，小冢謂之塿。按：揚雄《方言》卷一三：「冢，秦晉之間或謂之培，自關而東謂之丘，小者謂之塿。」

〔一六〕［韓醇詁訓］顥音浩。按：灝、顥、昊並通。《漢書·律曆志上》顔師古注：「昊天言天氣廣大也。」又《司馬相如傳》顔師古注：「顥言氣顥汗也。」

【集評】

趙彦衛《雲麓漫鈔》卷三：柳子厚游山諸記，法《穆天子傳》。歐陽文忠公《醉翁亭記》，體《公羊》、《穀梁》解《春秋》。

《王荆石先生批評柳文》卷七：神色酣暢。「相枕以卧」句下評：如綴珠。「西山之怪特」句下評：挑題中「始得」二字。「萬化冥合」句下評：「萬化冥合」語類「與灝氣俱」，不如「與物不異」之穩。

茅坤《唐宋八大家文鈔》卷二三：公之探奇，所嚮若神助。

陸夢龍《柳子厚集選》卷三：「皆我有也」：誰能此？又：子厚居永州，亦儘快意。又：結健。

蔣之翹輯注《柳河東集》卷二九：起得浩蕩感激，言外不可知，真不得不遷之山水者。轉入妙境，令人起舞。唐順之曰：神色酣暢。「西山之怪特」句下引王世貞曰：語如綴珠，總以挑剔。「始得」二字，與末二句相應。「四望如一」句下：少陵《望嶽》詩有「齊魯青未了」一語，何等氣概！子厚此記實可與争雄，然讀者必登高豁目，自見其趣。

吕留良《晚村先生八家古文精選·柳文精選》：摹寫始得之趣。

儲欣《河東先生全集録》卷四：曰「始得」，志喜也，一篇呼吸在此二字。然宴游之樂，與得此而宴游爲可樂，尤在能傳西山怪特之真。後人虚摸其挑剔，而實景莫能圖，即西山不應流聞至今日矣。

儲欣《唐宋八大家類選》卷三：前後將「始得」二字極力翻剔，蓋不爾，則爲「西山宴游」五字題也。可見作文，凡題中虚處，必不可輕易放過。其筆力矯拔，故是河東本來能事。

林雲銘《古文析義》初編卷五：全在「始得」二字著筆，語語指畫如畫。千載而下，讀之如置身於其際，非得游中三昧，不能道隻字。

孫琮《山曉閣選唐大家柳柳州全集》卷三：篇中欲寫今日始見西山，先寫昔日未見西山。欲寫昔日未見西山，先寫昔日得見諸山。蓋昔日未見西山，而今日始見，則固大快也。昔日見盡諸山，獨不見西山，則今日得見更爲大快也。中寫西山之高，已是置身霄漢。後寫得游之樂，又是極意賞心。

何焯《義門讀書記》卷三六：中多寓言，不惟寫物之工。「傾壺而醉」：帶出「宴」字。「而未始知西山之怪特」：反呼「始」字。「始指異之」：虚領「始」字。……「蒼然暮色」三句：「始」字神理。「心凝神釋」：破惴慄。「然後知向之未始游」二句：上句帶前一段，下句正收「始」字。李（光地）云：羈憂中一得曠豁，寫得情景俱真。

孫梅《四六叢話》卷二一：柳子永州八記，追躡化工，堵開生面，大放厥詞，昌黎所歎。其實擷

《騷》、《辯》之英華，陶班張之麗製，自《選》學中來也。

浦起龍《古文眉詮》卷五三：始得有驚喜意，得而宴游，且有快足意，此扼題眼法也。最服在陸（儲欣）尤賞其傳真有筆，不止虛挑，深於論文。此記乃後諸記之首領。

馬位《秋窗隨筆》：子厚《始得西山宴游記》前段有「上高山，入深林，窮迴溪」等語，寫景頗極古峭歷落。後又有「過湘江，緣染溪」一段，與前略複，便不聳目。

汪基《古文喈鳳新編》卷七：生意「始得」，頓覺耳目一新。摹寫情景入化，畫家所不到。

陳衍《石遺室論文》卷四：佳處自軒豁呈露。……此篇氣格不高，以必切「始」字，發揮太著跡也。又如「無遠不到，到則披草而坐，傾壺而醉，醉則更相枕以卧」，「覺而起，起而歸」，「自遠而至，至無所見」，兩「到」字、「醉」字、「起」字、「至」字，卻不算著跡。中「縈青繚白」等，自是警句。

陳天定《古今小品》卷六：以幽爲光，以瘦爲潤，作游記須讓此等筆。

王文濡《評校音注古文辭類纂》卷五二：字字不落空，人賞其佈局之佳，吾謂其立法之密。

林紓評選《古文辭類纂》卷九：始者，悟辭也。此篇極寫山之狀態，細按似屬悔過之言。子厚負奇才，急欲自見，故失身而黨叔文。既爲僇人，以山水自放，何必惴栗？知惴栗，則知過矣。未始知山，即未始知道也。斫莽焚茅，除舊染之汙也。窮山之高，造道深也。然後知山之特出，即知道之不凡也。不與培塿爲類，是知道後遠去群小也。悠悠者，知道之無涯也。洋洋者，挹道之真體也。無所見猶不欲歸，知道之可樂，恨已望之未見也。於是乎始，自明其投足之正。全是描寫山水，點眼處在「惴栗」、「其隙」四字。此雖鄙人臆斷，然亦不能無似。

高步瀛《唐宋文舉要》甲編卷四：「無遠不到」句下引汪武曹曰：極力寫前此之游，以托起篇末「然後知吾向之未嘗游」句。「傾壺而醉」句下引何焯曰：帶出「宴」字。「夢亦同趣」句下：二句似從《楚辭·抽思》得來，而形貌決不相似。「皆我有也」句下引李剛己曰：以上極言平日游覽之勝，以反跌下文。又曰：此與《鈷鉧潭記》以下七篇文字，首尾呼應，脈絡貫輸，合之可爲一文。此段語意確是第一首發端，移置他篇不得。「西山之怪特」句下引茅坤曰：此句正見「始得」，與末一句相應。又引汪武曹曰：反剔「始得」。又引李剛己曰：入題飄忽。「始指異之」句下引沈德潛曰：點「始」字。「數州之土壤」句下引李剛己曰：自此以下，形容西山之高峻，純從正面著筆，搆意絶妙，撰語絶工。「四望如一」句下引李剛己曰：此三句氣象尤爲雄遠。「培塿爲類」句下引沈德潛曰：始得神理。「不知日之入」句下引沈德潛曰：此寫宴游。「自遠而至」句下引李剛己曰：寫景微妙。「猶不欲歸」句下引汪武曹曰：極狀始得之喜。「心凝形釋」句下引何焯曰：破惴慄。「萬物冥合」句下引李剛己曰：詞旨精奥，似晚周諸子。「之未始游」句下引李剛己曰：又反剔一筆作襯。「於是乎始」句下引沈德潛曰：正收「始」字。又引李剛己曰：回應首段。文末引沈德潛曰：從「始得」著意，人皆知之，蒼勁秀削，一歸元化，人巧既盡，渾然天工矣。此篇領起後諸小記。又引何焯曰：中多寓言，不惟寫物之工。

鈷鉧潭記

鈷鉧潭在西山西，其始蓋冉水自南奔注①，抵山石，屈折東流，其顛委勢峻，盪擊益暴，齧其涯，故旁廣而中深，畢至石乃止②。流沫成輪〔一〕，然後徐行，其清而平者且十畝餘③，有樹環焉，有泉懸焉。其上有居者④，以予之亟游也〔二〕，一旦款門來告曰〔三〕：「不勝官租私券之委積，既芟山而更居，願以潭上田貿財以緩禍〔四〕。」予樂而如其言，則崇其臺，延其檻，行其泉於高者而墜之潭⑤，有聲潨然〔五〕。尤與中秋觀月爲宜，於以見天之高⑥、氣之迥。孰使予樂居夷而忘故土者，非兹潭也歟？

【校記】

①《英華》無「自」字。

②止，《英華》作「上」。

③注釋音辯本、游居敬本、《英華》、《全唐文》均無「餘」字。

④上，詁訓本作「下」。

⑤原注與世綵堂本注：「一無者字，一無而字。」注釋音辯本無「而」字，並注：「者，一本作『而』，又一本『者而』字並存。」

⑥《英華》「於」下有「此」。

【解題】

[注釋音辯]潘(緯)云：鈷音古。鉧，諸韻無從母字。《集韻》作「鏻」，蒲補、母朗二切，並注云：「鈷鏻，温器。」[韓醇詁訓]據《潭西小丘記》云：「得西山後八日，又得鈷鉧潭。」則此記在前記後作，亦元和四年，文云。下二記當繼此也。鈷音古。「鉧」字諸韻皆無從母者，《唐韻》作「鏻」，下注云：「鈷鏻也。」「鉧」疑是「鏻」。莫浦切，又莫朗切，並注云：「鈷鏻也。」鈷鏻，乃鼎具。按：韓説是，此記亦作於元和四年。百家注本引張敦頤注釋「鈷鉧」與韓醇本同。《明一統志》卷六五永州府：「鈷鉧潭在西山之西。」陳景雲《柳集點勘》卷二陳黄中案：「范成大《驂鸞録》云：『鈷鉧，熨斗也，潭之形似之。』其解尤明悉。《隋書·地理志》長沙諸郡雜夷名莫傜，婚嫁用鐵鈷鏻爲聘財。字正作『鏻』。」

【注釋】

〔一〕[韓醇詁訓]沫，莫貝切，水名。[百家注引韓醇曰]沫，水沫也，音末。按：《詩經·魏風·伐檀》「河水清且輪猗」，毛傳：「小風水成文，轉如輪也。」

〔二〕〔注釋音辯〕亟，去吏切。〔百家注〕亟，丘異切。按：亟，數也，屢也。

〔三〕〔百家注引童宗説曰〕款，扣也。

〔四〕〔注釋音辯〕貿音茂，交易也。〔韓醇詁訓〕貿音茂。按：百家注本引孫汝聽注同。

〔五〕〔注釋音辯〕潨，徂宗切，又音終，小水入大水也。〔韓醇詁訓〕潨，在公切，水會也。

【集評】

范成大《驂鸞録》：渡瀟水即至愚溪。溪上愚亭，以祠子厚。路傍有鈷鉧潭。鈷鉧，熨斗也，潭狀似之。其地如大小石渠、石磵之類，詢之，皆蕪没篁竹中，無能的知其處者。

姚寬《西溪叢語》卷下：《宜都山水記》：「佷山溪有釜灘，其石大者如釜，小者如鈷鏌。」柳子厚《鈷鉧潭記》，「鉧」字字書無之，《集韻》䥈、鈷並音胡，黍稷器。夏曰瑚，商曰璉，周曰簠簋。又鏻，音滿補反。鈷鏻，温器。言潭石如此大小爾。

沈遼《鈷鉧潭》：余讀子厚書，始聞鈷鉧潭。榜舟西江下，振步愚溪南。高下凌山阿，松篁蔽秋嵐。土人識其地，古木森梗楠。水深日波瀾，此理亦易探。古木爲鈷鉧，土音正相參。所記或不然，信書殊未甘。此公廢已久，山水窮年耽。造化毫楮間，浮實微相錟。幽心有默識，西歸助清談。

（《雲巢編》卷三）

楊慎《丹鉛總録》卷一八：《説文》：「熨，持火申繒也。一曰火斗。」柳文所謂鈷鉧也。古音鬱，今轉音暈。杜工部詩「美人細意熨貼平」，白樂天詩「金斗熨波刀翦文」，温庭筠詩「緑波如熨割愁腸」，陸魯望詩「波平熨不如」，又「天如重熨皺」，王君玉詞「金斗熨秋江」，晁次膺詞「去日玉刀封斷恨，見時金斗熨愁眉」。

徐宏祖《徐霞客游記》卷二下：（郴）州東百餘里，山下有泉，方圓十餘里，其旁石壁峭立，泉深莫測，是爲鈷鉧潭，不稱大觀。柳子厚有愛斯名，移稱永郡耳。

《王荆石先生批評柳文》卷七：點綴小景，遂成大觀。

茅坤《唐宋八大家文鈔》卷二三：奇。

李日華《六研齋筆記》卷四：黄茅小景，唐子畏畫太湖濱幽奇處，名曰熨斗柄。昔柳子厚作《游鈷鉧潭記》，鈷鉧者，即熨斗義也。

陸夢龍《柳子厚集選》卷三：正復盆池淺瀨。

蔣之翹輯注《柳河東集》卷二九：小景清麗，如磐石疎林，清溪短棹。

孫琮《山曉閣選唐大家柳柳州全集》卷三：此篇第一段叙潭中形勢，第二段叙土人鬻潭，第三段叙己增置。妙在第一段中寫「清而平者且十畝」一句，便是描畫盡此潭。結處「樂居而忘故土」一句，便是知己盡此潭。筆墨之間，聲情倍至。又引鍾伯敬（惺）評：點綴小景，遂成大觀。又引盧文子（元昌）評：潭字起，潭字住，瀟然灑然。

儲欣《河東先生全集録》卷四：天然幽曠。

何焯《義門讀書記》卷三六：「盪擊益暴」四句：寫出鈷鉧形貌。李（光地）云：記文只是情景字句均適，最忌餘剩。

常安《古文披金》卷一四：柳文《鈷鉧潭記》最善刻畫。西山八記，脈絡相通，若斷若續，合讀之，更見其妙。余以二篇字數稍溢，不欲自亂其例也，因割愛。

浦起龍《古文眉詮》卷五三：記潭勢簡峭，記游孤迥。時已入初冬，中秋從月想得。

陳衍《石遺室論文》卷四：寫鈷鉧形頗肖，又極大方。鈷鉧，圓而有柄者也。自「蕩擊暴齧」至「有樹環焉」，言其圓也。既云「有泉懸焉」，又云「行其泉於高者墜之潭」，言其柄也。結跌宕有神。

林紓《韓柳文研究法·柳文研究法》：鈷鉧潭，非勝概也。但狀冉水之奔迅，工夫全在一「抵」字，以下水勢均從「抵」字生出。水勢南來，山石當水之去路，水不能直瀉，自轉而東流，故成爲曲折。「屈」字即抵不過山石，因折而他逝耳。其所以蕩擊之故，又在「顛委勢峻」四字。勢者，水勢也。委者，潭勢也。水至而下迸，注其全力，趨涯如矢，中深者爲水力所射。「涯」字似土石雜半，故土盡於石。著二「畢」字，即年久水齧石成深槽，至此不能更深，乃反而徐行也。其下買潭上田而觀水，語亦修潔，惟曲寫潭狀，煞費無數力量，非柳州不復能道。

林紓選評《古文辭類纂》卷九：言顛委者，自上而下，皆石勢之突怒處。以突怒之石勢，禦奔注之水勢，自然蕩擊。然石間有土，既爲水齧，則土盡石穹，故云「畢至石止」也。然後徐行，則峻勢已平，水勢亦殺，故成徐行。猶子厚在朝時頗自矜張，故受人彈糾，迨既遠謫，物議稍平。得潭後，行泉觀月，則心空無滓，故轉以居夷爲樂耳。

高步瀛《唐宋文舉要》甲編卷四首句下引汪武曹曰：劈頭即點清鈷鉧潭，跟上篇西山來。「至石乃止」句下引沈德潛曰：句句翦削，乃有此詣，稍一放筆，平常語矣。「然後徐行」句下：摹寫工細。「有泉懸焉」句下：以上潭之形狀。文末評：以上得潭之始末。劉（大櫆）曰：結處極幽冷之趣，而情甚悽楚。徐幼錚曰：結語哀怨之音，反用一「樂」字托出，在諸記中，尤令人淚隨聲下。

鈷鉧潭西小丘記

得西山後八日，尋山口西北道二百步①，又得鈷鉧潭。潭西二十五步②，當湍而浚者爲魚梁③〔一〕。梁之上有丘焉，生竹樹。其石之突怒偃蹇，負土而出爭爲奇狀者④，殆不可數。其嶔然相累而下者〔二〕，若牛馬之飲于溪；其衝然角列而上者，若熊羆之登于山。丘之小不能一畝，可以籠而有之〔三〕。問其主，曰：「唐氏之棄地，貨而不售。」問其價，曰：「止四百。」余憐而售之⑤。李深源、元克己時同游〔四〕，皆大喜，出自意外。即更取器用，剷刈穢草⑥〔五〕，伐去惡木，烈火而焚之。嘉木立，美竹露，奇石顯。由其中以望，則山之高⑦，雲之浮，溪之流，鳥獸之遨遊⑧，舉熙熙然迴巧獻技⑨，以效茲丘之下。枕席而卧，則清泠之狀與目謀，瀯瀯之聲與耳謀〔六〕，悠然而虚者與神謀⑩，淵然而静者與心謀。不匝旬而得異地者二⑪，雖古好事之士，或未能至焉。

噫⑫！以茲丘之勝，致之灃、鎬、鄠、杜〔七〕，則貴游之士争買者⑬，日增千金而愈不可得。今棄是州也，農夫漁父過而陋之⑭，賈四百⑮〔八〕，連歲不能售。而我與深源、克己獨喜得之，是其果有遭乎！書於石，所以賀茲丘之遭也⑯。

【校記】

①《英華》「西」上有「而」。

②注釋音辯本、詁訓本、游居敬本、《全唐文》均無「潭」字。

③原注與注釋音辯本、世綵堂本注：「而，一作之。」《英華》作「之」。浚，《英華》作「峻」。按：浚，深也。峻，高聳。皆可通。

④狀，注釋音辯本作「壯」，並注：「壯，一本作狀。」

⑤余，原作「餘」，據諸本改。若作「餘」，「餘」屬上句，作「止四百餘」。討價當云確數，故不取。

⑥刈，《英華》作「割」。

⑦高，《英華》作「立」。

⑧原注：「一作『鳥獸魚之遨游』。」鳥獸，注釋音辯本作「鳥獸魚」，並注：「一本無魚字。」世綵堂本注：「一本『獸』下有『魚鱉』字。」《英華》作「鳥獸蟲魚」。

⑨《英華》少一「熙」字。迴，《英華》作「爲」。

⑩原注與世綵堂本注：「一作『悠悠然而虚者與神謀』。」注釋音辯本注：「一本有兩『悠』字。」悠然，《英華》作「悠悠」。

⑪匝，注釋音辯本作「帀」，並注：「帀，一本作匝，同。」按：匝，周也。

⑫噫，《英華》作「嘻」。

⑬原注與注釋音辯本、詁訓本、世綵堂本注：「一本無『之士』二字。」

⑭父，注釋音辯本作「夫」。過，《英華》作「遇」。

⑮賈，《英華》作「價」。

⑯《英華》無「兹」字。

【解　題】

［世綵堂］注見前記。按：《始得西山宴游記》云「今年九月二十八日」，「是歲元和四年」，此文云「後八日」，可知游鈷鉧潭在十月六日。此文作於元和四年十月。

【注　釋】

〔一〕魚梁，水堰也。用石塊壘成攔水堰，中空，以通魚來往，可安裝捕魚器具。

〔二〕［注釋音辯］嶔音欽，與「嶔」同，山險也。累，倫追切。［韓醇詁訓］嶔音欽。［百家注引孫汝聽曰］嶔崟，山險貌。

〔三〕籠，占有也。

〔四〕李深源，即李幼清，字深源，曾爲睦州刺史，因得罪李錡貶南海，李錡伏誅後量移永州，即柳宗元《同吴武陵贈李睦州詩序》、《與李睦州論服氣書》之李睦州。元克己，曾爲侍御史，此時亦謫居永州。

〔五〕［注釋音辯］剷音産。潘（緯）云：剷，《諸韻》、《玉篇》皆無此字，義當作「剗」，平也。［韓醇詁訓］剷音産。按：高步瀛《唐宋文舉要》甲編卷四：「步瀛按：『剷』即『鏟』之俗字。……字又作『剗』。《玉篇》曰：『剗，楚簡切，剗削也。』」

〔六〕［注釋音辯］童（宗説）云：瀯音營，水回也。［韓醇詁訓］瀯音營，水回也。

〔七〕［注釋音辯］鎬，户老切。鄠音户，漢上林苑地。［韓醇詁訓］灃音豐。鎬，下老切。鄠音户。［蔣之翹輯注］灃水出終南山，入渭。鎬水源出太乙西谷，武王遷都，依此水曰鎬京，漢曰鎬池。鄠，漢縣，上林苑在其地。杜，杜曲也，在韋曲之東，杜岐公别墅，當時語云：「城南韋杜，去天尺五。」

〔八〕［注釋音辯］「賈」即「價」字。

【集評】

洪邁《容齋三筆》卷九：柳子厚《鈷鉧潭西小丘記》云……蘇子美《滄浪亭記》云：「予游吴中，過郡學東，顧草樹鬱然，崇阜廣水，不類乎城中。並水得微徑於雜花修竹之間，東趨數百步，有棄地，三向皆水，旁無民居，左右皆林木相虧蔽。予愛而裴回，遂以錢四萬得之。」予謂二境之勝絶如此，至於人棄不售，安知其後卒爲名人賞踐如滄浪亭者？今爲韓蘄王家所有，價直數百萬矣，但鈷鉧復埋没不可識。士之處世，遇與不遇，其亦如是哉！

茅坤《唐宋八大家文鈔》卷二三：公之好奇，如貪夫之籠百貨，而其文亦變幻百出。

明闕名評選《柳文》卷四引羅洪先曰：此段狀山石之奇宕，盡小丘之巨觀，當令茲記與茲丘，千古生色。「愈不可得」句下：一轉更新。又引羅洪先曰：結得閒雅。

陸夢龍《柳子厚集選》卷三：閲此猶快，何況當時。

蔣之翹輯注《柳河東集》卷二九：尋常事，尋常意，他立名造語，變化得别。蘇子美《滄浪亭記》大略本此。虞集曰：公之好奇，如貪夫之籠百貨，而其文亦變幻百出。又「憐而售之」句下引唐順之曰：問其主，問其價，二意似淺淺者。然子厚備述到此，最有斟酌，且文字亦騷。又「愈不可得」句下引孫鑛曰：忽遇感慨，一轉更新。又文末引羅洪先曰：結得閒雅。

呂留良《晚村先生八家古文精選·柳文精選》：後一段借小丘以寓慨。

儲欣《河東先生全集録》卷四：前記只贊潭，此記只賀兹丘之遭，而感慨俱在言外，故妙。

儲欣《唐宋八大家類選》卷三：寓意至遠，令人殊難爲懷。

林雲銘《古文析義》初編卷五：子厚游記，篇篇入妙，不必復道。此作把丘中之石，及既售得之後，色色寫得生活，尤爲難得。末段以賀兹丘之遭，借題感慨，全説在自己身上。蓋子厚向以文名重京師，諸公要人，皆欲令出我門下，猶致兹丘於灃、鎬、鄠、杜之間，今謫是州，爲世大僇。庸夫皆得詆訶，頻年不調，亦何異爲農夫、漁夫所陋無以售於人乎？乃今兹丘有遭，而己獨無遭。賀丘所以自弔，亦猶起廢之答無躄足涎顙之望也。嗚呼！英雄失路，至此亦不免氣短矣。讀者當於言外求之。

尤侗《題阮亭游記》：謝康樂伐道以游，而五言之外不能作記。柳子厚作記妙手，而所游僅一丘一潭之微。山川文字，每有不同值者，豈非恨耶？（《西堂雜組》二集卷四）

孫琮《山曉閣選唐大家柳柳州全集》卷三：此篇平平寫來，最有步驟。一段先叙小丘，次叙買丘，又次叙鬬蕪刈穢，又次叙游賞此丘，末後從小丘上發出一段感慨，不攙越一筆，不倒用一筆，妙！妙！

何焯《義門讀書記》卷三六：「唐氏之棄地」：棄地比遷客。「則清泠之狀與目謀」四句：四「與謀」字爲遭字起本。「心神」二句：寓己之可貴。……「所以賀兹丘之遭也」：兹丘猶有遭逐客，所以羡而賀也，言表殊不自得耳。

沈德潛《唐宋八家文讀本》卷九：結處忽發感喟，反復曲折，此神來之候也。

吴楚材、吴調侯《古文觀止》卷九：「有丘焉」句下：點丘字。「生竹樹」句下：含下嘉木美竹。「殆不可數」句下：含下奇石。「登於山」句下：單承石之奇狀描寫一筆。「籠而有之」句下：又點小字。「出自意外」句下：叙買丘。「茲丘之下」句下：叙玩賞。「與心謀」句下：叙玩賞中，生出静機。「異地者二」句下：此句應起八日又得字。「未能至焉」句下：收住。下忽從小丘發出感慨，寄意更遠。文末評：感慨不盡。前幅平平寫來，意只尋常，而立名造語，自有別趣。至末從小丘上發出一段感慨，爲茲丘致賀。賀茲丘，所以自弔也。

過珙《古文評注》卷七：於眼前境幻出奇趣，於奇趣中生出静機。使茲丘不遇柳州，特頑土耳。今此文常在，則此丘不朽，曰可賀則誠可賀也。

汪基《古文喈鳳新編》卷七：林氏《析義》評云……會得此意，便見篇中淋漓感慨，具無限深情，不徒以雕繪景色爲工。至於埋伏照應，針縷細密，作家原自不苟。此特妙在佈置自然，渾化無跡。鄧中喬附識：永州山水奇秀，然其地處荒僻，不得河東，雖勝境何以知名？正所謂美不自美，因人而彰也。柳集游記，美不勝載，此與西山兩篇先見鈔撰，益爲二異地賀云。

浦起龍《古文眉詮》卷五三：潭、丘兩記，合爲一聯，俱買得起，遷客無憀，感慨寄意。

朱宗洛《古文一隅》卷中：峭。又：凡前後呼應之筆，皆文章血脈貫通處。然要周匝，又要流動，要自然，又要變化，此文後一段可法。有兩篇聯絡法，如此起處是也。有取勢歸源法，如此文先言竹樹及石之奇，而以「籠而有之」句勒住是也。有有意無意默默生根法，如此文中下一「憐」字，爲末段伏感慨之根，下一「喜」字，爲結處「賀」字作張本也。

陳衍《石遺室論文》卷四：案「嵚然相累」四句，狀潭處向上向下之石，工妙絶倫。殆即從《無羊》詩「或降于阿，或飲于池」名句悟出。後「清泠之狀」四句，與此相映帶，用《考工記》「進與馬謀，退與人謀」句法，可謂食古能化。

林紓《韓柳文研究法·柳文研究法》：《鈷鉧潭記》記水也，《鈷鉧潭西小丘記》記石也。狀石易於狀水，神氣全在「嵚然相累而下者，若牛馬之飲於溪，其衝然角列而上者，若熊羆之登於山」。相累是下趨狀，角列是上挺狀。其下目謀、耳謀、神謀、心謀四「謀」字。以外虚成内徹，似有見道之意。其下復冀及貴游者之争買，則名心到底不忘，仍與《愚溪詩序》同一口吻。

林紓選評《古文辭類纂》卷九：此等托物而感遇，侯雪苑、魏叔子皆模仿之矣。以山水之狀態，會諸耳目之心神，自是悟道有得之言。究之名心未浄，終以遭遇爲言。灃、鎬、鄠、杜，朝廷也。貴游之士，執政也。争買者，置之門下也。言棄者，謫居也。《西山記》既云與顥氣俱，與造物游，何等心胸。乃此文以小丘逢己，獲四百之賤價爲遭，則自貶亦甚矣。終竟不如韓、歐立言之得體。然其筆力之峭厲，體物之工巧，萬非庸手所及。

高步瀛《唐宋文舉要》甲編卷四：首句下引沈德潛曰：亦跟西山入。又引汪武曹曰：書八日，含不市句意。「得鈷鉧潭」句下引汪武曹曰：從鈷鉧潭説來，含得異地二。「之登於山」句下：形容得出。以上小丘之形狀。「之棄地」句下引何焯曰：棄地比遷客。「與心謀」句下引何焯曰：四與謀字，爲遭字起本，心神二句，寓己之可貴。「未能至焉」句下：以上得丘之始末。「茲丘之勝」句下引沈德潛曰：全爲放臣寫照。文末評：以上因賤直得丘而發感慨，即隱以自喻。劉（大櫆）曰：前寫小丘之勝，後寫棄置之感，轉摺獨見幽冷。

至小丘西小石潭記①

從小丘西行百二十步，隔篁竹〔一〕，聞水聲，如鳴佩環②，心樂之。伐竹取道，下見小潭，水尤清冽〔二〕。全石以爲底③，近岸卷石底以出，爲坻爲嶼〔三〕，爲嵁爲巖〔四〕。青樹翠蔓，蒙絡摇綴，參差披拂。潭中魚可百許頭，皆若空游無所依④，日光下澈，影布石上，怡然不動⑤，俶爾遠逝〔五〕，往來翕忽，似與遊者相樂。潭西南而望，斗折蛇行〔六〕，明滅可見。其岸勢犬牙差互，不可知其源。坐潭上，四面竹樹環合，寂寥無人，淒神寒骨，悄愴幽邃。以其境過清，不可久居，乃記之而去。

同遊者：吴武陵〔七〕、龔古⑥，余弟宗玄〔八〕。隸而從者，崔氏二小生，曰恕己，曰奉壹〔九〕。

【校　記】

① 詁訓本題無「小」字。

② 世綵堂本、濟美堂本、蔣之翹輯注本：「聞，一作閒，絶句。」按：即作「隔篁竹閒，水聲如鳴佩環」，似不如原句。

③ 全，注釋音辯本、濟美堂本、游居敬本、《文粹》均作「泉」，《英華》作「金」，形近而誤。

④ 原注與注釋音辯本、詁訓本、世綵堂本注：「一云『披拂潭中，下視游魚，類若乘空』。」

⑤ 佁，《英華》作「佁」，《文粹》作「恬」。按：《漢書・司馬相如傳》「沛艾赳螑仡以佁儗兮」，顔師古注引張揖曰：「佁儗，不前也。」作「佁」當是。

⑥ 注釋音辯本、詁訓本注：「龒，一作襲。」古，原作「右」，據諸本改。

【解　題】

本文緊接上文，亦作於元和四年十月。

【注　釋】

〔一〕〔百家注集注〕《説文》：「篁，竹田也。一曰竹名。」音簧。

〔二〕〔百家注引童宗説曰〕冽，潔也。

〔三〕〔百家注引孫汝聽曰〕坻、嶼，皆小洲也。

〔四〕〔注釋音辯〕〔韓醇詁訓〕嵁，五男、苦男、五感三切。按：嵁，不平的石頭。

〔五〕〔注釋音辯〕〔韓醇詁訓〕俶，昌六切。按：「俶爾」即「倏爾」，忽然之意。

〔六〕〔百家注引孫汝聽曰〕斗，謂北斗。《史記》：「枉矢，類大流星，蛇行而蒼黑。」按：所引見《史記·天官書》。

〔七〕吴武陵，信州人，元和二年進士，元和三年因事貶永州。《新唐書》有傳。

〔八〕宗玄，柳宗元從弟。

〔九〕〔百家注引孫汝聽曰〕崔簡之子也。按：崔簡爲柳宗元姐夫。柳宗元《故永州刺史流配驩州崔君權厝誌》云崔簡子爲處道及守訥，《新唐書·宰相世系表二下》博陵安平崔氏崔簡子鐸、鐔，與柳文不同。

【集評】

楊慎《丹鉛總録》卷一八：柳子厚《小石潭記》：「潭中魚可百許頭，皆若空游無所依。」此語本之酈道元《水經注》：「渌水凖潭，清潔澄深，俯視游魚，類若乘空。」沈佺期詩「魚似鏡中懸」，亦用酈語意也。又古詩：「水真緑浄不可唾，魚若空行無所依。」

明闕名評選《柳文》卷五「空游無所依」句下：溪澗日佳處。

陸夢龍《柳子厚集選》卷三：「如鳴佩環」：空明。「空游無所依」：妙語。

蔣之翹輯注《柳河東集》卷二九：無多景，卻寫得杳杳冥冥，忽忽悠悠，是絶妙小品文字。又「明滅可見」句下評：悠然有濠濮間想，至「斗折蛇行」字，猶奇。又「記之而去」句下：荒寒之景如畫，讀之颯颯。

儲欣《河東先生全集録》卷四：處處藻績，物物模寫，遺漏政多，後人記山水園亭者大率然矣。小石潭止記潭中魚，著筆一小物，而清絶之景具見。嗟乎！此雅俗所由判也。

孫琮《山曉閣選唐大家柳柳州全集》卷三：古人游記，寫盡妙景，不如不寫盡爲更佳。游盡妙境，不如不游盡爲更高。蓋寫盡游盡，早已境味索然，不寫盡不游盡，便見餘興無窮。篇中「遥望潭西南」一段，便是不寫盡妙景。「潭上不久坐」一段，便是不游盡妙境。筆墨悠長，情興無極。又引盧文子(元昌)曰：山水奇致，非公不能畫出。公小記，大略得力於《水經注》。

何焯《義門讀書記》卷三六：「聞水聲如鳴佩環」：水激石而成聲，一句中將下兩層都暗領。「全石以爲底」：叙明石字，先寫四面竹樹。「潭中魚可百許頭」六句：透出清冽。「怡然不動」：怡作佁。「其岸勢犬牙差互」二句：石岸差互，故水流皆作斗折蛇行之勢，爲岸所蔽，雖明滅可見，莫窮其源也。

常安《古文披金》卷一四：寫魚樂處，於濠梁外又出一奇。

浦起龍《古文眉詮》卷五三：白石底潭，正宜品以清字。題脈題象，粼粼映眼。此亦與前二記一串。

陳天定《古今小品》卷六：狀物無遁，妙在淡描輕抹。

王文濡《評校音注古文辭類纂》卷五二：數篇一綫貫穿，寫景處無一雷同之筆。此篇中段狀魚之游行，尤妙。

陳衍《石遺室論文》卷四：又《小石潭記》極短篇，不過百許字，亦無特别風景可以出色，始終寫水竹淒清之景而已。而前言心樂，中言潭中魚與游者相樂，後「淒神寒骨」，理似相反，然樂而生悲，游者常情。大而汾水，小而蘭亭，此物此志也。其寫魚云：「潭中魚可百許頭，皆若空游無所依，日光下澈，影布石上，佁然不動，俶爾遠逝，往來翕忽」，工於寫魚工於寫水之清也。

林紓《韓柳文研究法·柳文研究法》：《小石潭記》則水石合寫，一種幽僻泠豔之狀，頗似浙西花隝之藕香橋。坻、嶼、嵁、巖，非真有是物，特石自水底挺出，成此四狀。其上加以「青樹翠蔓，蒙絡摇綴，參差披拂」，是無人管領，草木自爲生意。寫溪中魚百許頭，空游若無所依，不是寫魚，是寫日光。日光未下澈，魚在樹陰蔓條之下，如何能見？其「佁然不動，俶爾遠游，往來翕忽」之狀，一經日光所澈，了然俱見。「澈」字，即照及潭底意，見底即似不能見水，所謂「空游無依」者，皆潭水受日所致。一小小題目，至於窮形盡相，物無遁情，體物直到精微地步矣。「潭西南而望，斗折蛇行，明滅可見」，此中不必有路，特借之爲有餘不盡之思。至「竹樹環合，寂寥無人」，文有詩境，是柳州本色。

林紓選評《古文辭類纂》卷九：此等寫景之文，即王維之以畫入詩，亦不能肖。潭魚受日不動，景狀絶類花塢之藕香橋，橋下即清潭，游魚百數聚日影中，見人弗逝，一舉手，則争竄入潭際幽蘭花下。所謂「往來翕忽，與游者相樂」，真體物到極神化處矣。……文不過百餘字，真是一小幅趙千里得意之青緑山水也。

高步瀛《唐宋文舉要》甲編卷四：「二十步」句下引沈德潛曰：因上篇來。「如聞佩環」句下引李剛己曰：從水聲入，行文曲折，有逸致。「水尤清冽」句下：以上得小潭。「全石以爲底」句下引何焯曰：叙明石字，先寫四面竹樹。「參差披拂」句下引李剛己曰：此上皆就石言，青樹翠蔓，即附石而生者也。「游者相樂」句下引劉大櫆曰：摹寫魚之游行澄水中，如化工肖物。又引李剛己曰：此上皆就水言，摹寫魚之游行，正以見水之清冽。又曰：此八句摹寫物狀，尤爲窮微盡妙，具此筆力，可以鑴鑱造化，雕刻百態矣。「知其源」句下引何焯曰：石岸差互，故水流皆作斗折蛇行之勢，爲岸所蔽，雖明滅可見，莫知其源也。又引李剛己曰：此五句溯潭水之來源，語妙而神遠。「不可久居」句下引沈德潛曰：過清二字，收盡通篇。「記之而去」句下引李剛己曰：此數句文境，亦極悄愴幽邃，塵勞中讀之，可以滌煩襟而釋躁念，此古文所謂一卷冰雪文也。文末引沈德潛曰：記潭中魚數語，動定得妙，後全在不盡，故意境彌深。

袁家渴記

由冉溪西南水行十里，山水之可取者五，莫若鈷鉧潭。由溪口而西陸行①，可取者八九，莫若西山。由朝陽巖東南〔一〕，水行至蕪江〔二〕，可取者三，莫若袁家渴。皆永中幽麗其處也②。楚越之間方言，謂水之反流者爲渴③。音若衣褐之褐。渴上與南館高嶂合④〔三〕，下與百家瀨合〔四〕。其中重洲小溪，澄潭淺渚⑤，間廁曲折，平者深黑⑥，峻者沸白。舟行若窮，忽又無際。有小山出水中，山皆美石⑦，上生青叢⑧，冬夏常蔚然。其旁多巖洞，其下多白礫〔五〕，其樹多楓柟石楠〔六〕，楩櫧樟柚〔七〕，草則蘭芷〔八〕。又有異卉，類合歡而蔓生〔九〕，轇轕水石〔一〇〕。每風自四山而下，振動大木，掩苒衆草〔一一〕，紛紅駭綠，蓊葧香氣〔一二〕，衝濤旋瀨〔一三〕，退貯谿谷，搖颺葳蕤〔一四〕，與時推移。其大都如此，余無以窮其狀。永之人未嘗游焉，余得之不敢專也，出而傳於世⑨。其地世主袁氏⑩，故以名焉。

【校　記】

①《英華》無「而」字。

②注釋音辯本、詁訓本注：「永，一本作水，非。」其，原作「奇」，據注釋音辯本、濟美堂本、游居敬本改。何焯《義門讀書記》卷三六：「『皆永州幽麗其處也』，其，近刻作『奇』，然恐均誤，或是『異』字。」《全唐文》作「幽麗處也」。

③反，原作「支」，據注釋音辯本、游居敬本及《英華》改。何焯《義門讀書記》卷三六：「『支』一作『反』，爲是。」按：黄震《黄氏日鈔》卷六〇：「（渴）音褐，水反流。」《爾雅·釋詁》：「涸，渴也。」《説文解字》：「渴，盡也。渴、竭，古今字。」「渴」字之義取此，故作「反」爲是。又，下文「音若衣褐之褐」六字，《英華》作小字注，不入正文。何焯校本注亦云：「『音若』句六字乃側注，不入行中。」按：此六字爲柳宗元原注，故改爲小字。

④《英華》無「渴」字。世綵堂本、濟美堂本注：「高，一作西。」《文粹》即作「西」。

⑤澄，《英華》作「深」。

⑥深，《英華》作「流」。黑，世綵堂本作「墨」。

⑦「山」原闕，據注釋音辯本、詁訓本、世綵堂本等補。

⑧原注與注釋音辯本、詁訓本、世綵堂本注：「（『上』上）一本更有『石』字。」《英華》即作「石上」。陸增祥《八瓊室金石補正》卷六八録此記即作「石上生青叢」。

⑨出而，《英華》作「而出」。

⑩「世」原闕，據注釋音辯本、詁訓本及《英華》補。

【解　題】

〔注釋音辯〕〔韓醇詁訓〕渴音褐。〔百家注引韓醇曰〕自《袁家渴》至《小石城山記》，皆同時作也。〔世綵堂〕《石渠記》所謂「惜其未始有傳焉，故累記其所屬遺之其人」者也。《石渠記》云「元和七年十月十九日」云云，則四記可以類推矣。按：此記作於元和七年十月。《明一統志》卷六五永州府：「袁家渴在朝陽巖東南。柳宗元記楚越之間方言謂水之反流者爲渴。」程大昌《演繁露》卷七：「柳文永州《袁家堨》，書作『渴』，音曷。渴者，堨也。堨者，遏也，遏水使不通行也。柳蓋疑此堨字非古，故更書爲『渴』，而又自爲之音，曰讀當爲『曷』。案《水經·穀水》『著千金堨之制曰堨』，蓋遏穀水使東流者也。其書『堨』正爲『堨』字，子厚豈疑其來不古，而遂以書『渴』爲雅也？（《水經》十六）」又卷一五：「魏劉靖魏嘉平三年，立遏於漁陽高梁河（《水經》十四），遏即堨也。以土壅水爲遏。不知何世加土爲堨，故柳子厚記袁家堨猶須解釋，恐人不喻也。」鄭玉《師山集》卷四《小母堨記》：「堨之音褐，吴楚之方言耳。按韻書：堨有揭、竭、遏三音，而不音褐，皆云堰也。柳子厚《袁家渴記》雖云音褐，而所用乃『渴』字。吾郡舊俗，相傳用韻書『堨』字而音如柳子厚記，今姑從俗，庶便觀覽云。」

【注　釋】

〔一〕〔百家注引孫汝聽曰〕大曆元年，元結以此崖東向，故名之曰朝陽。〔蔣之翹輯注〕朝陽巖在瀟江之滸，巖因洞澗出，流入湘江。又有香流洞、磐石。大曆元年，元結因維舟巖下，以其高而東向，遂名朝陽。

〔二〕［蔣之翹輯注］蕪江未詳。或云疑是「瀟」字之誤。

〔三〕［百家注］嶂音障。

〔四〕［百家注］瀨音賴。按：乾隆《大清一統志》卷二八三永州府：「百家渡在零陵縣南二里，即古百家瀨也。宋蘇軾有詩。」

〔五〕［注釋音辯］［韓醇詁訓］（礫）音歷，小石也。

〔六〕［注釋音辯］［韓醇詁訓］柟，如占切。楠音南。［百家注引童宗説曰］石楠，亦木名。按：《爾雅·釋木》：「楓，欇欇。」郭璞注：「楓樹似白楊，葉圓而岐，有脂，近之楓香是也。」唐慎微《政和證類本草》卷一四引陶隱居曰：「石楠葉狀如枇杷葉。」又引《圖經》：「石南生於石上，株極有高大者，江湖間出者葉如枇杷葉，有小刺，凌冬不凋，春生白花成簇，秋結細紅實。」

〔七〕［注釋音辯］［韓醇詁訓］楩，毗連切。櫧音諸。柚，余救切。［百家注引孫汝聽曰］楩木似豫章。櫧木似柃，葉冬不落。樟，即豫章。柚，橘類也。按：《漢書·司馬相如傳》顔師古注：「楩音便，又音步田反，即今黄楩木也。」《山海經·中山經》「前山多木櫧」郭璞注：「似柞，子可食，冬夏生，作屋柱難腐。」李時珍《本草綱目》卷三四：「樟木高丈餘，小葉似楠而尖長，背有黄赤茸毛，四時不凋，夏開細花，結小子，木大者數抱，肌理細而錯縱有文，宜於雕刻，氣甚氛列。」《爾雅·釋木》「柚條」郭璞注：「似橙，實酢。」《史記·司馬相如列傳》張守節正義：「小曰橘，大曰柚，樹有刺，冬不凋，葉青花白子黄，亦二樹相似。」

〔八〕《漢書·司馬相如傳》顔師古注：「蘭即近澤蘭也。」又引張揖曰：「芷，白芷也。」

〔九〕［注釋音辯］［韓醇詁訓］［百家注引孫汝聽曰］合歡，草名。按：《政和證類本草》卷一四引《圖經》：「合歡，夜合也。木似梧桐，枝甚柔弱，葉似皂莢、槐等，極細而繁密，其葉至暮而合，故一名合昏。五月花發，紅白色，瓣上若絲茸然，至秋而實，作莢，子極薄細。」

〔一〇〕［注釋音辯］［韓醇詁訓］轇轕，音交葛，猶交加也。按：百家注本引作張敦頤曰。《文選》張衡《東京賦》「闔戟轇轕」薛綜注：「轇轕，雜亂貌。」

〔一一〕掩苒，疊韻詞，草被風貌。

〔一二〕［注釋音辯］［韓醇詁訓］蓊，烏功、烏孔二切。葧音勃。［百家注引孫汝聽曰］蓊葧，草茂貌。按：高步瀛《唐宋文舉要》甲編卷四：「步瀛案此狀香味之盛耳。」

〔一三〕［百家注］（旋瀨）上旬緣切，下音賴。

〔一四〕［注釋音辯］［韓醇詁訓］潘（緯）云：（葳蕤）上音威，下濡隹切。葳蕤，草木華盛貌。按：《玉篇》：「葳，於歸切。蕤，汝誰切。葳蕤，草木實垂貌。」

【集評】

蘇軾《書子厚夢得造語》：子厚記云：「每風自四山而下，震動大木，掩冉衆草，紛紅駭緑，蓊葧薌氣。」柳子厚、劉夢得皆善造語，若此句，殆入妙矣。（《蘇軾文集》卷六七《題跋》。按《新刊增廣百家詳補注唐柳先生文》卷二九補注亦引蘇軾此語）

樂雷發《袁家渴泊舟》：往事誰能問水濱，停橈仍是薄西曛。樵漁空自存袁姓，鳧雁何應識柳文。釣艇分燈歸客艇，嶺雲拖雨接溪雲。梗楠蘭芷今何在？空使行人誤舊聞。（《雪磯叢稿》卷二）

茅坤《唐宋八大家文鈔》卷二三：景奇，興亦奇。

明闕名評選《柳文》卷五引王荆石曰：精潔。「忽又無際」句下引唐荆川曰：此段似《子虚賦》。

陸夢龍《柳子厚集選》卷三：便似賦矣。

蔣之翹輯注《柳河東集》卷二九：予聞之董太師玄宰云：以徑之奇怪論，則畫不如山水；以筆墨之精妙論，則山水決不如畫。及觀此記，則奇怪精妙，吾直以爲兩相當耳。又「忽又無際」句下評：綴景幽深，畫不能盡。又「轇轕水石」句下引唐順之曰：此段類《子虚賦》。又「大都如此」句下引蘇軾曰：子厚善造語，若此殆入妙矣。

儲欣《河東先生全集録》卷四：或謂似賦，由熟精《文選》而得之，余曰非也。賦家多浮誇，先生諸記，一一天地真景。

沈德潛《唐宋八家文讀本》卷九：記水，記山，記石，記樹，記草，無不入妙。尤在記風一段，共九句，凡性情、形勢，往來動定，一一具備，可云化工。王右丞「安知清流轉，忽與前山通」，神來之句。讀「舟行若窮」二語，故應勝之。此與後二記，在西山南路。

浦起龍《古文眉詮》卷五三：正叙，意致都到，剩一小山風陣爲留後，通體駭動。作記天凡難得生氣，證此乃能路絶雲通。此與後二記又出一支，在西山南路。

何焯《義門讀書記》卷三六：「每風自四山而下」至「大都如此」：發明反流襯筆，尤狀出幽麗。李（光地）云：末段言風處，亦以興己。

常安《古文披金》卷一四：以精細之心得之，以太公之心傳之。

孫琮《山曉閣選唐大家柳柳州全集》卷三：讀《袁家渴》一記，只如一幅小山水，色色畫到。其間寫水，便覺水有聲。寫山，便覺山有色。寫樹，便見枝幹扶疏。寫草，便見花葉摇曳。真有流水飛花，俱成文章者也。又引盧文子（元昌）曰：天欲洗出永州諸名勝，故謫公於此地。觀其窮一境，輒記一筆，千載下知永州有鈷鉧、石渠、西山、石澗、袁家渴諸地者，皆公之力也。

陳衍《石遺室論文》卷四：起亦《黄溪記》起法，餘則用楚騷、漢賦、六朝初盛唐詩語意寫之。

林紓《韓柳文研究法·柳文研究法》：《袁家渴記》於水石容態之外，兼寫草木。每一篇必有一篇中之主人翁，不能謂其漫記山水也。「舟行若窮，忽又無際」，此景又甚類浙之西溪。大抵南中溪流多抱山，山趺入水，兩山夾之，則溪流狹，山趺一縮，則溪面即宏闊。「舟行若窮」，舟未繞山而轉也。「忽又無際」，則轉處見溪矣。大木楓柟，小草蘭芷，在文中點綴，卻亦易寫，妙在拈出一個「風」

字，將木收縮入「風」字。總寫凡「紛紅駭緑，蓊葧香氣，衝濤施瀨，退貯溪谷，摇颺葳蕤，與時推移」等句，均把水聲花氣樹響作一總束，又從其中渲染出奇光異采，尤覺動目。綜而言之，此等文字，須含一股静氣，又須十分畫理，再著以一段詩情，方能成此傑構。

林紓選評《古文辭類纂》卷九：溪之平者，其下必深，深則不可見底，故黑。峻水之觸石而激者，故成沸白。既若窮而又無窮，溪轉也。杭之西溪正爾。……此篇寫風動草木，描神賦色，非身歷其境，不能見其工。

高步瀛《唐宋文舉要》甲編卷四：「奇處也」句下引吴汝綸曰：此與游黄溪起法，皆模《史記·西南夷傳》。又評：以上以鈷鉧潭、西山陪出袁家渴。「忽又無際」句下引沈德潛曰：八字已抵一篇游記。又評：以上渴之得名，及其形狀。「與時推移」句下引沈德潛曰：四時不同。又引汪武曹曰：就風將山木草一併收在水上，造語又精妙之極。「窮其狀」句下引沈德潛曰：此處逗「窮」字，爲後二篇作地。又評：以上寫水中之山，山上草木受風之狀。文末評：以上渴名袁家之故。又引李厚庵（光地）曰：末段言風處，亦以興己。又引姚鼐曰：《風賦》「邸華葉而振氣」云云，文特就賦意而演之。《七發》云：「衆芳紛郁，亂於五風」云云，亦本《風賦》。秦漢人文，善學者得其片言隻字，即可推演成妙文。

石渠記

自渴西南行，不能百步，得石渠，民橋其上①。有泉幽幽然，其鳴乍大乍細②。渠之廣，或咫尺〔一〕，或倍尺，其長可十許步③。其流抵大石，伏出其下。踰石而往，有石泓，昌蒲被之〔二〕，青蘚環周④。又折西行⑤，旁陷巖石下，北墮小潭⑥。潭幅員減百尺，清深多儵魚〔三〕。又北曲行紆餘〔四〕，睨若無窮，然卒入于渴⑦〔五〕。其側皆詭石怪木，奇卉美箭〔六〕，可列坐而庥焉〔七〕。風摇其顛，韻動崖谷⑧，視之既静，其聽始遠⑨。予從州牧得之〔八〕，攬去翳朽⑩，決疏土石，既崇而焚，既釃而盈⑪〔九〕。惜其未始有傳焉者，故累記其所屬，遺之其人，書之其陽，俾後好事者求之得以易。元和七年正月八日，蠲渠至大石。十月十九日，踰石得石泓小潭，渠之美於是始窮也。

【校　記】

① 民，《英華》作「氏」。

② 鳴，詁訓本作「泉」。

③十許，《英華》作「許十」。

④蘚，原作「鮮」，據《英華》、《全唐文》改。原注引童宗説曰：「鮮，苔蘚也。」

⑤《英華》「西」下有「南」。

⑥墮，《英華》作「隨」。

⑦《英華》「卒」下有「人」，並注：「集無人字。」

⑧崖，《英華》作「其」。

⑨遠，注釋音辯本、詁訓本、濟美堂本注：「一本作達字。」

⑩朽，《英華》作「枋」。

⑪釃，《英華》作「灑」。

【解　題】

此文亦作於元和七年十月，文中已云。陸增祥《八瓊室金石補正》卷六八《柳子厚三記》云：「四川簡州有柳子厚八記，無刻石人名年月，此其三也。」

【注　釋】

〔一〕〔百家注引孫汝聽曰〕賈逵云：「八尺曰咫。」按：見《文選》揚雄《長楊賦》李善注引賈逵《國語注》。

〔二〕唐慎微《政和證類本草》卷六引《圖經》曰：「菖蒲春生青葉，長一二尺許，其葉中心有脊，狀如劍，無花實，即石菖蒲也。又有水菖蒲，生溪澗水澤中甚多，但中心無脊。」

〔三〕［注釋音辯］［韓醇詁訓］鯈，罝由切。［百家注引韓醇曰］白鯈魚也，似雞赤尾，六足四目。鯈音直由切。［世綵堂］《爾雅》：「鯈，黑鰦。」郭注：「即白鯈。」鯈音條，又直留切。按：《淮南子·覽冥》高誘注：「鯈魚，小魚也。」

〔四〕［蔣之翹輯注］《説文》：「紆，詘也，又縈也。」

〔五〕［注釋音辯］［韓醇詁訓］渴音褐。

〔六〕《周禮·夏官司馬·職方氏》：「其利竹箭。」鄭玄注：「箭，篠也。」篠，小竹。

〔七〕《爾雅·釋言》：「庇、庥，廕也。」

〔八〕元和七年，永州刺史爲韋彪。

〔九〕［注釋音辯］［韓醇詁訓］釃，山宜切。按：《漢書·溝洫志》「迺釃二渠以引其河」，顏師古注引孟康曰：「釃，分也。分其流，殺其怒也。」

【集評】

茅坤《唐宋八大家文鈔》卷二三：清洌。

陸夢龍《柳子厚集選》卷三：有禪意。

蔣之翹輯注《柳河東集》卷二九：子厚諸記，每狀一水一石處，亦各極其致，故令人讀之，似欲解衣盤礴於其境。

沈德潛《唐宋八家文讀本》卷九：視之既静，其聽始遠，補《袁家渴》篇寫風所未及。

常安《古文披金》卷一四：到處不肯放過，古人用心每如此。

浦起龍《古文眉詮》卷五三：題止石渠，其由渠而泓而潭，回復上溯，去渴似遠，卒以渴爲歸者，皆渠身也。收住句以渠總之，中綴小景，神遠。

何焯《義門讀書記》卷三六：「視之既静，其聽始遠」：李（光地）云：名理。遠者虚谷相應，故此貌已静，彼聲轉遠也。

孫琮《山曉閣選唐大家柳柳州全集》卷三：接《袁家渴記》讀去，便見妙境無窮。篇中第一段，寫石渠幽然有聲，確是寫出石渠，不是第二段石泓。第二段寫石泓澄然以清，確是寫出石泓，不是第三段石潭。第三段寫石潭淵然以深，確是寫出石潭，亦不是第一段、第二段石渠石泓，洵是化工肖物之筆。又引蔣曙來曰：如觀清泉中，小石歷歷可數。

陳衍《石遺室論文》卷四：《石渠記》、《石澗記》無甚出色。

林紓選評《古文辭類纂》卷九：石渠本無可紀，不過非繁夥之區，山水趣存，故有神卉美箭，無人採取也。……子厚才美，雖紀小景，亦有精神。

高步瀛《唐宋文舉要》甲編卷四：「其聽始遠」句下引李厚庵（光地）曰：名理。又引沈德潛曰：亦善寫風，前篇駭動，此篇静遠。又評：以上石渠之景物。文末引沈德潛曰：應窮字。又評：以上得石渠後加以修治。

石澗記

石渠之事既窮，上由橋西北下土山之陰，民又橋焉①。其水之大，倍石渠三之一，亘石爲底②，達于兩涯。若牀若堂③，若陳筵席，若限閫奥〔一〕。水平布其上，流若織文，響若操琴。揭跣而往〔二〕，折竹箭④，掃陳葉，排腐木，可羅胡牀十八九〔三〕。居之⑤，交絡之流，觸激之音，皆在牀下；翠羽之木，龍鱗之石，均蔭其上。古之人其有樂乎此耶？後之來者有能追予之踐履耶⑥？得之日⑦，與石渠同。由渴而來者，先石渠，後石澗。由百家瀨上而來者，先石澗，後石渠。澗之可窮者，皆出石城村東南⑧，其間可樂者數焉。其上深山幽林，逾峭險道狹，不可窮也。

【校　記】

① 民，《英華》作「氏」。

②注釋音辯本、詁訓本無「一」字，皆注：「一本『之』下更有『一』字。」原注與世綵堂本注：「他本或無『一』字，或無『亘』字。」注釋音辯本、詁訓本注：「一本無『亘』字。」蔣之翹輯注本：「（亘）或作『巨』字。」按：亘，接連也。

③堂，《英華》作「空」。

④「箭」原闕，據詁訓本補。作「折竹掃陳葉」亦通，但柳宗元喜用三句排比，故有「箭」字是。

⑤《英華》「之」下衍「天」字。

⑥有，詁訓本作「其」。

⑦「得」下原有「意」。詁訓本、世綵堂本、濟美堂本注：「一無『意』字。」按：無「意」字是，故删。

⑧《英華》無「皆」字。

【解　題】

本文亦作於元和七年十月，參見《袁家渴記》解題。

【注　釋】

〔一〕《禮記·曲禮上》鄭玄注：「梱，門限也。」《爾雅·釋宮》：「西南隅謂之奧。」郭璞注：「室中隱奧之處。」

〔二〕［注釋音辯］［韓醇詁訓］揭，音憩，又上列切。［百家注引孫汝聽曰］揭，褰衣也。丘列切，或又音憩。

〔三〕《晉書·五行志上》：「泰始之後，中國相尚用胡牀、貊槃。」程大昌《演繁露》卷一三：「今之交牀，制出塞外，其始名胡牀。桓伊下馬據胡牀，取笛三弄是也。隋以讖有『胡』，改名交牀。」張端義《貴耳集》卷下：「今之交椅，古之胡牀也。」

【集評】

茅坤《唐宋八大家文鈔》卷二三：點綴如明珠翠羽。

陸夢龍《柳子厚集選》卷三：淡掃愈佳。

蔣之翹輯注《柳河東集》卷二九：永中山水，子厚已搜抉無遺。使子厚不謫居於此，則永終一荒壤耳。唐順之曰：點綴如明珠翠羽。又文末評：結得恍惚，似《山海經》語。

儲欣《河東先生全集録》卷四：有勝必窮，窮即瑋麗其辭而書之，造物尚有餘藏乎？道狹不可窮，吾疑造物者亦藉此作當關之守。

孫琮《山曉閣選唐大家柳柳州全集》卷三：讀《袁家渴》一篇，已是窮幽選勝，自謂極盡洞天福地之奇觀矣。不意又有《石渠記》一篇，另闢一個佳境。讀《石渠記》一篇，已是搜奇剔怪，洞天之中又有洞天，福地之内又有福地，天下之奇觀更無有逾於此矣。不意又有《石澗記》一篇，另闢一個佳境，真是洞天之中有無窮洞天，福地之内有無窮福地，不知永州果有此無限妙麗境界，抑是柳州胸中筆底真有如此無限妙麗結撰，令人坐卧其間，能不移情累月。從古游地，未有如石澗之奇者。從古善游人，亦未有如子厚之好奇者。今觀其泉聲潺潺，入我牀下，翠木怪石，交加枕上，此是何等游法！

常安《古文披金》卷一四：末路悠然，可見天地之無盡藏也。

浦起龍《古文眉詮》卷五三：《石渠》、《石澗》竟是《水經》圖注，由袁家渴上出，而溯通遠來支也。上三記又作一聯，年分差後，合鈷鉧以下共得三派，均以西山爲宗，西山又自法華寺西亭望得之。九記可作一通横卷，舊刻甚紊，特詮次之。作小記不演議論，易平易寂，獨柳子不用，夐絶千古。

何焯《義門讀書記》卷三六：「道狹不可窮也」：李（光地）云：可窮便非佳山水。

王文濡《評校音注古文辭類纂》卷五二：尺幅中有千里之觀，一結尤爲雋妙。

高步瀛《唐宋文舉要》甲編卷四：首句下引汪武曹曰：起法又變。「樂乎此耶」句下引吴汝綸曰：襟抱偶然一露，是謂神到。「與石渠同」句下：以上石澗之形狀與景物。文末引沈德潛曰：去路悠然。又引汪武曹曰：結法與上各别。又引沈德潛曰：連《袁家渴》、《石渠》二篇，俱以「窮」字作綫索。又曰：柳州游山水記諸篇，有次第，有聯絡，而又不顯然露次第聯絡之跡，所以别於後人。

小石城山記

自西山道口徑北，踰黄茅嶺而下〔一〕，有二道，其一西出，尋之無所得。其一少北而東，不過四十丈，土斷而川分，有積石横當其垠。其上爲睥睨梁欐之形〔二〕，其旁出堡塢〔三〕，有若門焉，窺之正黑①。投以小石，洞然有水聲，其響之激越，良久乃已。環之可上，望甚遠，無土壤而生嘉樹美箭〔四〕，益奇而堅，其疏數偃仰，類智者所施設也②。

噫！吾疑造物者之有無久矣，及是，愈以爲誠有③。又怪其不爲之於中州④，而列是夷狄，更千百年不得一售其伎⑤，是故勞而無用，神者儻不宜如是，則其果無乎？或曰：「以慰夫賢而辱於此者。」或曰：「其氣之靈不爲偉人，而獨爲是物⑥，故楚之南少人而多石。」是二者，余未信之。

【校記】

① 黑，《英華》誤作「里」。

② 施，《英華》作「始」。施設，詁訓本作「設施」。

③ 愈，《英華》作「逾」。

④ 「於」原闕，據注釋音辯本、詁訓本等補。

⑤ 得，《英華》作「復」。

⑥ 詁訓本無「爲」字。

【解　題】

本文亦作於元和七年十月。《明一統志》卷六五永州府：「石城山，在西山東北。」清雍正《湖廣通志》卷一一桂陽州零陵縣：「小石城山在城西黄茅嶺北，唐柳宗元有記。」章士釗《柳文指要》上《體要之部》卷二九：「此文寥寥二百字，讀之有尺幅千里之勢，而又將己之鬱勃思致，一一假山石之奇堅，樹箭之疏數，悉量表襮於其間。」

【注　釋】

〔一〕黄茅嶺，一云即芝山。雍正《湖廣通志》卷一一零陵縣：「芝山在縣西北，去西山二里。蔣本厚《永州山水紀》：『山頂一洞，入數十步稍暗，從東北出，見瀟湘合流處。』」

〔二〕［注釋音辯］潘（緯）云：睥，普計切。睨，五計切。字疑從土。《廣韻》引《博雅》：「埤堄，女牆。」《集韻》：「城上垣。」杜預注《左氏》又作「僻倪」，音義同。欐音麗。《莊子》：「梁麗可以衡城。」《釋文》：「麗，一音禮。司馬云：小船也。」《列子》：「餘音繞欐。」注：「屋棟。」《百家注引孫汝聽曰》睥睨，女牆，通作「埤堄」。《莊子》云：「梁麗可以衝城。」梁麗，屋棟。「麗」與「欐」同。睥，匹計切。睨，五計切。欐音麗。按：所引見《左傳》宣公十二年杜預注、《莊子·秋水》、《列子·湯問》。梁欐，屋棟。吴楚材、吴調侯《古文觀止》卷九：「山以小石城名者以此。」

〔三〕［注釋音辯］［韓醇詁訓］堡音寶，小城也。塢，烏古切，小嶂也。《廣韻》云：「營居曰塢。」

〔四〕美箭，指篠，小竹。

【集　評】

茅坤《唐宋八大家文鈔》卷二三：借石之瑰瑋，以吐胸中之氣。

胡震亨《唐音癸籤》卷二五：曲江公《湞陽峽》詩：「惜此生遐遠，誰知造化心。」讀此欲笑。柳子厚一篇《小石城山記》，蚤被此老縮入十箇字中矣。柳嘗謂燕公文勝詩，曲江詩勝文，見采掇素嚮云。

明闕名評選《柳文》卷五「所詭設也」句下：詭設有無以相騁。「勞而無用」句下引王荆石曰：風流萬態。又文末：不了語，讀之有餘韻。

陸夢龍《柳子厚集選》卷三：結語俯仰慷慨，讀之淚下。

蔣之翹輯注《柳河東集》卷二九：境固幽峭，旁出議論，更奇。

吕留良《晚村先生八家古文精選·柳文精選》：此記以「類智者所施設」一句爲主，只緣石城甚肖，遂有推測造物之意，泛用他處便不切。

儲欣《河東先生全集録》卷四：惝怳然，疑總束永州諸山水記。千古絶調。

孫琮《山曉閣選唐大家柳柳州全集》卷三：前幅一段，徑叙小石城。妙在後幅，從石城上忽信一段造物有神，忽疑一段造物無神，忽捏一段留此石以娱賢，忽捏一段不鍾靈於人而鍾靈於石，詼諧變幻，一吐胸中鬱勃。又引王陽明（守仁）曰：造化爲五嶺諸山，故遣子厚謫去，從文字上搜剔出來，乃知文人一管秃毫子，直與五丁力士同功。又引金聖歎評：筆筆眼前小景，筆筆天外奇情。

林雲銘《古文析義》初編卷五：柳州諸記，多描寫景態之奇，與游賞之趣。此篇正略叙數語，便把智者施設一句，生出造物有無兩意疑案。蓋子厚遷謫之後，而楚之南實無一人可以語者，故借題發揮，用寄其以賢而辱於此之慨，不可一例論也。

沈德潛《唐宋八家文讀本》卷九：洸洋恣肆之文，善學《莊子》，故是借題寫意。此西山北出一支，不與上七篇連屬。

常安《古文披金》卷一四：天地無心而成化，何勞何神之有乎？然其文甚清辨可喜。

過珙《古文評注》卷七：明明寫二道，卻閣置一道不提，只説一道。而一道又疑其有，疑其無，寫得小石城分明海外三山相似。後借境舒情，更磊落多奇。一結忽作玩世語，將毋不恭。

吴楚材、吴調侯《古文觀止》卷九：「有二道」句下：故寫二道。「無所得」句下：閣起一道。「良久乃已」句下：此不是寫水，只極寫窺之正黑四字。「望甚遠」句下：其旁可以窺深，其上可以望遠。「所施設也」句下：無土壤三字，妙。類智者所施設一句，生下有無一段。「無久矣」句下：宕筆。「以爲誠有」句下：疑其有。「果無乎」句下：疑其無。「而多石」句下：借兩或曰，錯落自説胸中憤懣，隨筆蓬勃。文末：不説煞，妙。總評：柳州諸記，奇趣逸情，引人以深。而此篇議論，尤爲崛出。

乾隆敕纂《御選唐宋文醇》卷一六：酈道元《水經注》，史家地理志之流也。宗元永州八記，雖非一時所成，而若斷若續，令讀者如陸務觀詩所云「山重水複疑無路，柳暗花明又一村」也，絶似《水經注》文字，讀者宜合而觀之。又引虞集曰：公之好奇，若貪夫之籠百貨，而文亦變幻百出。

朱宗洛《古文一隅》卷中：峭。又：此篇景實欲虚之，文由山出石，由石寫成，由城及旁，由旁及門，由門而上，既上而望，因望而異境。其寫景處，所謂以虚作實之法也。至其滿腔鬱結，俱於後段發抒。然脱卻本題，空中感慨，又不免有文無題之病。文於寫景處，輕輕著「類智者所施設」一句，連用「疑」字、「以」字、「又怪」字、「倘」字、「則其」字，先言有無之難定，次言無者未必不有，次又言有者未必不無，次又借他人口中言無者畢竟或有，又從自己臆斷，見有無畢竟未可定，以見己之賢不應置於此意，所謂實者翻虚之法也。

浦起龍《古文眉詮》卷五三：狀物設疑，都從城字生出。古人構意爲文，無泛設者，泛設便可移掇。寓感於諧，不作煞語，故超。此記單立西山北出一支。

蔡鑄《蔡氏古文評注補正全集》卷七：按子厚謫居楚南，鬱鬱適兹土，地僻人稀，無可與語，特借山水以自遣。玩「賢而辱於此」句，其不平之氣，已溢於毫端。

陳天定《古今小品》卷二：借題發論，竟以瘦潔勝。

王符曾《古文小品咀華》卷三：才人失路，寂寞無聊之況，開口便見。

王文濡《評校音注古文辭類纂》卷五二：一小題耳，忽法造物有無之奇論，文境似予人以不測。少人多石，不知何恨於楚南之人。

高步瀛《唐宋文舉要》甲編卷四：「疏數偃仰」句下引沈德潛曰：四字盡山水之妙。「所施設也」句下引汪武曹曰：開出下文。又評：以上小石城山之形狀。「無久矣」句下：發出異想。「一售其伎」句下引茅坤曰：暗影自家。「辱於此者」句下引吴北江（闓生）曰：此句淺露，非有度者之言。「而多石」句下引沈德潛曰：即片石可語意。文末引茅坤曰：不了語，讀之有遠音。又曰：借石之瑰瑋，以吐胸中之氣。又引儲同人（欣）曰：惝怳然疑，總束永州諸山水記，千古絶調。

柳州東亭記

出州南譙門〔一〕，左行二十六步，有棄地在道南，南值江〔二〕，西際垂楊傳置〔三〕，東曰東館。其内草木猥奥，有崖谷傾亞缺圮①〔四〕，豕得以爲囿，蛇得以爲藪，人莫能居。至是始命披刜蠲疏②〔五〕，樹以竹箭松檉〔六〕，桂檜柏杉，易爲堂亭〔七〕，峭爲杠梁③〔八〕。下上徊翔④，前出兩翼，憑空拒江⑤，江化爲湖。衆山横環，嶛闊瀴灣⑥〔九〕，當邑居之劇，而忘乎人間，斯亦奇矣。乃取館之北宇，右闢之以爲夕室，取傳置之東宇，左闢之以爲朝室，又北闢之以爲陰室，作屋于北牖下以爲陽室⑦，作斯亭于中以爲中室。朝室以夕居之，夕室以朝居之，中室日中而居之，陰室以違温風焉，陽室以違淒風焉。若無寒暑也，則朝夕復其號⑧。既成，作石于中室，書以告後之人，庶勿壞。元和十二年九月某日⑨，柳宗元記。

【校　記】

① 世綵堂本注：「亞，一作凸。」蔣之翹輯注本作「凸」，並注：「凸，高起也，又出也。」

② 刜，《英華》作「拂」。

③ 峭，《英華》作「梢」。

④ 下上，原作「上下」，據諸本乙轉。

⑤ 憑，注釋音辯本作「馮」，並注：「馮即憑。」世綵堂本注：「憑，一作馮。」

⑥ 原注與注釋音辯本、詁訓本、世綵堂本注：「（嶛）一本作崦。」注釋音辯本尚云：「（崦）淹、掩二音。」

⑦ 牖，注釋音辯本、《英華》作「墉」。

⑧ 復，《英華》作「後」。

⑨ 某，《英華》作「三」。

【解　題】

［韓醇詁訓］公以元和十年正月自永州召至京師，是年三月復出刺柳州，故記云元和十二年十月某日記。［百家注］此記作於刺柳州日，篇末自可見。［蔣之翹輯注］此記於（元和）十二年九月作。

按：章士釗《柳文指要》上《體要之部》卷二九：「《柳州東亭記》應視爲政治建制之一種記録，與曩在禮部所爲監祭使或館驛使諸壁記等同一類型，而不應列在永州八記之後。劉夢得當年爲子厚編集，或未及注意到此。子厚在柳州作記僅二篇，而二者性質，都有異於永州諸作。」

【注　釋】

〔一〕［百家注引童宗説曰］譙，城上樓也。

〔二〕［蔣之翹輯注］江，柳江，一名潯水。

〔三〕［注釋音辯］傳音轉，驛也。［百家注引孫汝聽曰］垂楊，地名也。傳置，謂驛也。傳音轉。

〔四〕［注釋音辯］［韓醇詁訓］（圮）都鄙切。

〔五〕［注釋音辯］剕，扶弗、孚弗二切。［韓醇詁訓］剕，扶弗切。疏音踈。按：剕，斬斷也，剷除也。斸，除去也。

〔六〕［注釋音辯］檉，丑貞切，河邊小楊。［韓醇詁訓］檉，丑成切。［蔣之翹輯注］檉，河柳。郭璞云：今河傍赤莖小楊也。按：見《爾雅·釋木》。

〔七〕［韓醇詁訓］易，以是切。［百家注］易，以豉切。按：易指平展之地。

〔八〕［韓醇詁訓］杠音江。《説文》：「林前横木，一云旌旗竿。」［百家注引孫汝聽曰］《孟子》：「十一月，徒杠成。十二月，輿梁成。」杠梁，皆橋也。杠音江。［世綵堂］杠音江，林閒横木。按：孫引見《孟子·離婁下》。杠梁，横木爲橋也。即陡峭之處架以橋梁之意。

〔九〕［注釋音辯］嶛音聊。瀴音嬰，水絶遠貌。［韓醇詁訓］嶛音聊。瀴，伊盈切。灣，烏還切。［百家注］嶛與嵺同。［蔣之翹輯注］嶛，山高而相戾也，又險也。《選·南都賦》：「其山嶛剌。」

【集　評】

陸夢龍《柳子厚集選》卷三：只輕輕點叙，已是加人數等。

孫琮《山曉閣選唐大家柳柳州全集》卷三：此篇大約分四段：一段寫棄地，一段寫闢地，一段寫建亭築室，一段寫四時序室之宜。筆筆涉趣。又引盧文子（元昌）曰：讀後幅，已開宋人作記一綫。

常安《古文披金》卷一四：小小佈置耳，亦欲其不朽耶？文人多名心，大都如此。

何焯《義門讀書記》卷三六：甚古。「乃取館之北宇右」至「復其號」：似古明堂制。

王文濡《評校音注古文辭類纂》卷五二：得棄地而新之，闢亭作室，位置得宜，以見事在人爲。棄地之不終於棄，而己則永淪爲棄人，此中有無限感慨。

陳衍《石遺室論文》卷四：《柳州東亭記》後半云……本《晏子春秋》。

柳州山水近治可游者記

古之州治，在潯水南山石間①，今徙在水北，直平四十里，南北東西皆水匯〔一〕。北有雙山，夾道嶄然〔二〕，曰背石山〔三〕。有支川，東流入于潯水。潯水因是北而東，盡大壁下。其壁曰龍壁〔四〕，其下多秀石，可硯。南絶水，有山無麓，廣百尋，高五丈，下上若一，曰甑山〔五〕。山之南皆大山，多奇。又南且西曰駕鶴山〔六〕，壯聳環立，古州治負焉。有泉在坎下，恒盈而不流②。南有山，正方而崇，類屏者，曰屏山〔七〕。其西曰四姥山③〔八〕，皆獨立不倚。北流潯水瀨下又西，曰仙弈之山④〔九〕。山之西可上，其上有穴，穴有屏，有室，有宇。其宇下有流石成形，如肺肝，如茄房⑤〔一〇〕，或積于下，如人，如禽，如器物，甚衆。東西九十尺，南北少半。東登入小穴，常有四尺〔一一〕，則廓然甚大。無竅，正黑，燭之，高，僅見其宇〔一二〕，皆流石怪狀。由屏南室中入小穴，倍常而上，始黑，已而大明，爲上室。由上室而上，有穴，北出之⑥，乃臨大野，飛鳥皆視其背。其始登者，得石枰於上〔一三〕，黑肌而赤脈，十有八道，可弈，故以云。其山多樫多櫧〔一四〕，多篔簹之竹〔一五〕，多橐吾〔一六〕。其鳥多秭歸〔一七〕。

石魚之山⑦〔一八〕，全石，無大草木。山小而高，其形如立魚，尤多秭歸⑧。西有穴，類仙弈⑨。入其穴東出，其西北，靈泉在東趾下〔一九〕，有麓環之。泉大類轂雷鳴，西奔二十尺，有洄在石澗〔二〇〕，因伏無所見。多緑青之魚，及石鯽⑩〔二一〕，多鯈。雷山兩崖皆東西〔二二〕，雷水出焉，蓄崖中曰雷塘，能出雲氣，作雷雨，變見有光。禱用俎魚、豆彘、脩形、糈稌、陰酒⑪〔二三〕，虔則應〔二四〕。在立魚南，其間多美山，無名而深。峨山在野中〔二五〕，無麓。峨水出焉，東流入于潯水。

【校　記】

① 潯，注釋音辯本、濟美堂本、游居敬本、《全唐文》作「薄」。蔣之翹輯注本：「潯，諸本作薄，非是。」

② 恒，注釋音辯本作「常」。

③ 《全唐文》無「四」字。

④流，原作「沉」，據注釋音辯本、游居敬本、蔣之翹輯注本、《全唐文》改。注釋音辯本注：「流，一本作沉。」按：此句甚難斷句。章士釗《柳文指要》上《體要之部》卷二九引方望溪（苞）曰：「『北流』六字非衍，則上有闕文。」高步瀛《唐宋文舉要》甲編卷四：「李穆堂（紱）《別稿》卷三十六曰：『流當作枕。』姚姬傳（鼐）《類纂》取之。吴先生（汝綸）曰：『李説非是。《史記·天官書》中國山川東北流，此流字所本也。』又曰：『北流潯水瀨下六字，承潯水因是北而東爲文，此上諸山皆在潯水南，此山在潯水北也。』」吴汝綸説是。柳文是説潯水北流至潯水瀨下又西流，便至仙弈山。

⑤茄房，原注與注釋音辯本、世綵堂本注：「一本作茹房。」詁訓本「茄」作「茹」，並注：「一作茄房。」蔣之翹輯注本：「茄，一作茹，一作蜂。」

⑥蔣之翹輯注本：「北出之，或複一『出』字。」

⑦蔣之翹輯注本：「『石魚』上一有『其南有』三字。」

⑧尤，原作「在」，據《全唐文》改。何焯《義門讀書記》卷三六：「『在』疑作『尤』。」蔣之翹輯注本：「『立魚』下無『在多秭歸』四字。『在』字疑衍。」

⑨詁訓本「仙」下有「人」。

⑩及，原作「多」，據注釋音辯本、游居敬本、《全唐文》改。蔣之翹輯注本：「及，一作多。」

⑪陰酒，原注與世綵堂本注：「一作酒陰。」注釋音辯本作「酒陰」，並注：「一作陰酒。」

【解　題】

〔韓醇詁訓〕記不書其年月，然當與前記先後作。公刺柳凡五年，卒於元和十四年之十月云。

按：此文作於柳州，確年不詳。章士釗《柳文指要》上《體要之部》卷二九：「柳文以游記稱最，而所記統言永、柳，顧集中收記共十一篇，九篇在永，僅兩篇在柳。此並非子厚到柳後游興頓減，或柳可游之地不如永也。尋子厚以司馬蒞永，而司馬閒員，不直接任民事，以故得任性廣事游覽，至蒞柳則不然。刺史，親民之官，子厚認地小亦足爲國，而已以三黜不展，隱隱有終焉之志，因而不避勞怨，盡力民事，以是出游時少，文字亦相與闃然無聞。存記兩首，大抵登録地理，用備參稽之作。至若永記之不辭幽奥，無遠弗届，花鳥細碎，悉與冥合，柳記中固不得如許隻字也。」

【注　釋】

〔一〕〔注釋音辯〕（滙）胡罪切，水回合。〔韓醇詁訓〕户對、胡對二切。〔百家注引孫汝聽曰〕滙，水回合也。音潰。

〔二〕〔注釋音辯〕嶄，徂咸、仕咸二切，高也。〔韓醇詁訓〕嶄，顛咸切，高貌。按：注釋音辯本之注，百家注本引作童宗説曰。

〔三〕〔蔣之翹輯注〕背石山，今在府城北十里，東曰桃竹，西曰鵲兒。按：《明一統志》卷八三柳州府：「夾道雙山，在府城北一十里，東山曰桃竹，西山曰雀兒。」

〔四〕［蔣之翹輯注］龍壁山在城東北十五里，中有石壁峭立，下臨灘瀨。按：《明一統志》卷八三柳州府：「龍壁山在府城東北一十五里，中有石壁峭立，下臨灘瀨。宋陶弼詩：『曾看柳侯山水記，信知龍壁好煙霞。』」

〔五〕［韓醇詁訓］甑，子孕切。［蔣之翹輯注］甑山在水南。按：祝穆《方輿勝覽》卷三八柳州：「甑山，駕鶴山南，絶水，有山無麓，廣可尋，高五丈，上下若一，曰甑山。」《明一統志》卷八三柳州府：「甑山在龍壁山南，廣百尋，高五丈，下上若一，絶水無麓。」

〔六〕［蔣之翹輯注］駕鶴山在城西南，旁臨大江，聳立如鶴，故名。按：祝穆《方輿勝覽》卷三八柳州：「甑山之南，皆大山，多奇。又南且西曰駕鶴山，壯聳環立，古州治負焉。有泉在坎下，常盈而不流。」《明一統志》卷八三柳州府：「駕鶴山在府城東南，旁臨大江，聳立如鶴形，古州治負此。」

〔七〕［百家注］屏，蒲並切。［蔣之翹輯注］屏山在城南二里。按：《明一統志》卷八三柳州府：「屏山在府城南二里，其形方正類屏。宋陶弼詩：『一峰高起塞天關，堪作皇家外屏山。可惜化工安著遠，半遮中國半遮蠻。』」

〔八〕［注釋音辯］姥，莫補切。［韓醇詁訓］姥，莫古切。［蔣之翹輯注］四姥山在城西五里，其山四面對峙，而無所連屬。按：《明一統志》卷八三柳州府：「四姥山在府城西五里，其山四面對峙，因名。」

〔九〕［蔣之翹輯注］仙弈山在城西南。按：樂史《太平寰宇記》卷一六八柳州：「仙人山在州西南，山有石，形如仙人。」《明一統志》卷八三柳州府：「仙奕山在府城南。山上有穴，穴有屏，有室，有宇。始登者得石枰於上，黑肌而赤脈，十有八道，可奕，故名。」

〔一〇〕［注釋音辯］茄，古牙切，藕莖也。［百家注引孫汝聽曰］茄，荷莖。音加。按：茄房即蓮蓬。《漢書·揚雄傳》揚雄《反騷》「衿芰茄之路衣兮」，顏師古注：「茄亦荷字，見張揖《古今字譜》。」章士釗《柳文指要》上《體要之部》卷二九：「篇中所用流石字，古籍中絕罕見。大概是子厚自造字，指地殼翻騰時，火山爆發，流質堅而成石，如肺、如茄、如禽、如物等等，各種怪狀都有，因而名之曰流石云。」

〔一一〕［注釋音辯］《周禮》注：「八尺曰尋，倍尋曰常。」按：百家注本引孫汝聽注同。常有四尺，即二十尺也。

〔一二〕章士釗《柳文指要》上《體要之部》卷二九：「此謂甚高而非謂甚低。」

〔一三〕［注釋音辯］［韓醇詁訓］枰，蒲明切，博局。［百家注引孫汝聽曰］枰，博局。薄明切，又音平。［蔣之翹輯注］棋局也。

〔一四〕［注釋音辯］檉，丑貞切。櫧，音諸。［百家注引孫汝聽曰］檉，河柳。郭璞云：「今河旁赤莖小楊。」櫧，木名。上丑呈切，下音諸。

〔一五〕［注釋音辯］［韓醇詁訓］篔，音云。簹，音當。竹名。［百家注引韓醇曰］篔簹，竹名，節間相去數尺。篔音云。簹，都郎切。按：李衎《竹譜》卷六：「篔簹竹一名篔竹，生湘中，蜀、廣間亦有之。每節可長四五尺，《廣州記》云節長一丈。今曲江縣及蜀中俱有此竹。」

〔一六〕［蔣之翹輯注］橐吾未詳。或云「橐」當作「蘘」，「吾」當作「荷」。上以形誤，下以聲誤也。按蘘荷，葉似初生甘蔗，根似薑牙，可治蠱毒，未知是否。按：章士釗《柳文指要》上《體要之部》卷二九：「姚姬傳曰：橐吾，李穆堂改作蘘荷。伯父云：《爾雅》『兔奚顆凍』，注：『款冬也。』邢疏《本草》：『款冬一名橐吾。』」史游《急就篇》卷四「半夏皂莢艾橐吾」，顔師古注：「橐吾似款冬，而腹中有絲，生陸地，華黄色。一名獸須。」《太平御覽》卷九九二引《本草經》：「欵冬，一名橐吾，一名顆冬，一名虎鬚，一名菟奚。味辛，温。」方以智《通雅》卷四一：「橐吾非款冬，《本草》以爲一，誤矣。傅咸《款冬賦序》言：『仲冬之月，冰凌積雪，款冬獨敷華艷。』則謂紅花者，俗呼蜂斗葉。其黄白花當是橐吾。今《本草綱目》合橐吾、顆凍爲一。智按《急就章》曰『半夏皂莢艾橐吾』，又曰『款東貝母薑狼牙』，師古注曰：『橐吾似款冬，而腹有絲，生陵地，華黄色。一名獸須。』款東即款冬，生水中，花紫赤色，一名兔奚。分言二物，明甚。今有花粘者，粘肺害人，可要辯。」可知橐吾、款冬爲二物，然相似。

〔一七〕［注釋音辯］潘（緯）云：秭，將乙切。即子規。［韓醇詁訓］秭，咨李切。［百家注］秭音子，又咨李切。秭歸，或作子規。［蔣之翹輯注］秭歸，鳥名，見《高唐賦》。《説文》爲子巂，《史記》爲姊鴂，《禽經》爲子規，徐廣爲子鴂。字雖異，而名實同也。按：《文選》宋玉《高唐賦》「姊歸思婦」李善注：「《爾雅》曰嶲周，郭璞曰：子嶲鳥，出蜀中。或曰：即子規，一名姊歸。」吴曾《能改齋漫録》卷四：「鮑彪《少陵詩譜論》引陳正敏曰：『飛鳥之族，所在名呼不同。有所謂脱了布袴，東坡云北人呼爲布穀，誤矣。此鳥晝夜鳴，土人云：不能自營巢，寄巢生子。細詳其聲，乃是云不如歸去，此正所謂子規也。今人往往認杜鵑爲子規。杜鵑一名杜宇，子美亦言其寄巢生子，此蓋禽鳥性有相類者。柳子厚作永州遊山詩云「多秭歸之禽」，然秭歸又是蜀中地名，疑其地多此禽也。』以上皆鮑説。予按《史記·曆書》曰：『昔自在古，曆建正作於孟春，於時冰泮發蟄，百草奮興，秭鳺先滜。』注：『徐廣曰：秭音姊，鳺音規，子規鳥也，一名鷤搗。』乃知子厚以子規作秭歸，不爲無所本矣。酈道元《水經注》引袁崧曰：『楚屈原有賢姊，聞原放逐，亦來歸，喻令自寬全。鄉人冀其見從，因名秭歸。縣北有原故宅，宅之東北有女須廟，擣衣石猶存。』秭與姊同。然則縣之得名秭歸，政以屈原，而鮑以爲因禽得名，非也。然《晉志》建平郡有秭歸縣，注云：『故子國。』」

〔一八〕［蔣之翹輯注］石魚山在城西南。按：《明一統志》卷八三柳州府：「石魚山在府城西南，山小而高，形如立魚。」雍正《廣西通志》卷一六山川柳州府：「立魚巖在江之南，與仙奕山對峙，深邃奇怪。内有三洞相通，多名人題詠。山腰有魚峰寺。」

〔一九〕顧祖禹《讀史方輿紀要》卷一〇九柳州府：「（仙奕山）其南爲石魚山，山小而高，形如立魚。山半有立魚巖，巖之東麓靈泉出焉。」

〔二〇〕［百家注引孫汝聽曰］洄，回流也。

〔二一〕唐慎微《政和證類本草》卷二〇引《圖經》：「鯽魚似鯉魚，色黑而身促，肚大而脊高，亦有大者，至重二三斤。又黔州有一種重唇石鯽魚，亦其類也。」

〔二二〕《明一統志》卷八三柳州府：「雷山在象州東六十餘里。《風土記》云：天欲雷雨，則此山先有雲霧。」乾隆《大清一統志》卷三五七柳州府：「雷山在馬平縣南十里。柳宗元記：『雷山兩崖皆東向，雷水出焉，蓄崖中有雷塘，能出雲氣，作雷雨，變見有光。』」引柳宗元文作「東向」。高步瀛《唐宋文舉要》甲編卷四：「姚（鼐）曰：『西』字當作『面』。吳先生（汝綸）曰：姚説是，今從之。」按：顧祖禹《讀史方輿紀要》卷一〇九柳州府：「雷山，府南三里。兩崖東西相向，雷水出焉，蓄於崖中謂之雷塘。一名大龍潭。」「東西」謂東西相向，字不誤。

〔二三〕［注釋音辯］［韓醇詁訓］糈，音所，又音胥。稌，諸韻皆從禾，音徒，音土，沛國呼稻曰稌。［百家注引孫汝聽曰］糈，脯也。［蔣之翹輯注］糈，祭神米也。稌，稻也。《山海經》：「其祀之糈，用稌米。」酒陰，言陰酒，即明水也。按：高步瀛《唐宋文舉要》卷四：「方望溪曰：『形當作刑。』」案《周禮·天官·内饔》：曰：『掌共羞脩刑，膴胖骨鱐，以待共膳。』《外饔》曰：『共其脯脩刑膴。』鄭注曰：『脩，鍜脯也。刑，鉶羹也。』」《山海經·南山經》：「糈用稌米。」郭璞注：「糈，祀神之米，名稌稻也。」陰酒即黍酒。《太平御覽》卷八四三引《春秋緯》：「凡黍爲酒，陽據陰乃能動，故以麴釀黍爲酒。」注：「麴，陰也，是先漬麴，黍後入，故曰陽相感皆據陰也。」

〔三四〕［韓醇詁訓］公嘗有《雷塘禱雨文》，有云：「維神之居，爲坎爲雷。」又云：「欽兹有靈，爰以廟享。」是必有神以司其風雷，而禱無不應矣。［世綵堂］公集有《雷塘禱雨文》。［蔣之翹輯注］雷塘事詳見集《禱雨文》。

〔三五〕［蔣之翹輯注］深峨山在城西三里，又名鵝山。按：《明一統志》卷八三柳州府：「鵝山在府城西，山巔有石如鵝。」顧祖禹《讀史方輿紀要》卷一〇九柳州府：「峨山在城西三里，一名深峨山，亦曰鵝山，謂瀑布飛流如鵝也。」

【集評】

《王荆石先生批評柳文》卷七：杜之蜀詩，柳之永記，皆千古絶唱。

茅坤《唐宋八大家文鈔》卷二三：全是叙事，不著一句議論，感慨卻澹宕風雅。

陸夢龍《柳子厚集選》卷三：倣《山海經》而韻。

蔣之翹輯注《柳河東集》卷二九：前半似《水經注》，後半似《山海經》。極其奇古。

儲欣《河東先生全集録》卷四：頗似《史記·天官書》。然彼猶有架法，此只平直序去，零零星星，有條有理，後人杖屨而游，不復問途樵牧，斯亦奇矣。真實本領，非第二手可到。

孫琮《山曉閣選唐大家柳柳州全集》卷三：一篇無起無收，無照無應，逐段記去，仿佛昌黎《畫記》。中間叙石穴一段，最爲出色。

沈德潛《唐宋八家文讀本》卷九：體似太史公《天官書》，句似酈道元《水經注》，零零雜雜，不立間架，不用聯絡照應，真奇作也。明王守溪《七十二峰記》，似得此意。

何焯《義門讀書記》卷三六：「其上有穴」至「如器物甚衆」：先叙山之所有。「黑肌而赤脈」三句：始叙山之所由名。……此篇多擬《山經》。

浦起龍《古文眉詮》卷五四：不著一點姿色，纔是記山水真手段。酈道元《水經注》滋蕪滓矣。永州一拳一勺皆有一記，入柳止此篇及《東亭》，小幅耳。在永爲散員，在柳爲州長，公自言是豈不足爲政耶？蹇然當官，不事幽討，可以驗其居心焉。

王之績《鐵立文起》前編卷二：張秋紹曰：游記著色點染，多失之肥……惟柳州嶺南諸篇，卻是土石氣息，如左氏叙戰陣兵法，妙在簡括。

平步青《霞外攟屑》卷七上：《漢書·地理志》五原郡稒陽下注云：「北出石門障，得光禄城，又西北得支就城，又西北得頭曼城，又西得宿虜城。」疊句文法，爲本志各注所無。柳州八記，人云上仿禹益，下法酈亭，不知亦取此。

陳衍《石遺室論文》卷四：柳子厚《柳州山水近治可游者記》，全學《山海經》而偶參以《儀禮》、《考工記》、《水經注》句法，此數書，本作雜書者所避不過也。惟此篇中如「常有四尺」、「倍常而上」、「西奔二十尺」，尺寸皆度量太真，不無可議，游山水非營造比也。《零陵三亭記》篇中幾於全用四字句，所謂學詞賦也。然而讀之絶不似賦者，力避叶韻，多奇少偶，亦時出三字五字六字句以間之。總之，造句用字，於虚實向背中求變化而已。

林紓《韓柳文研究法·柳文研究法》：質樸如昌黎《畫記》，似《水經注》。

高步瀛《唐宋文舉要》甲編卷四：「皆水匯」句下引汪武曹曰：總一句。「州治負焉」句下引汪武曹曰：隨手又帶古州治。「器物甚衆」句下引何焯曰：先叙山之所有。「故以云」句下引何焯曰：始叙山之所由名。「多秭歸」句下：以上按東西南北，寫諸山水之形狀及景物。「石魚之山」句下引汪武曹曰：石魚山及雷山，陡然直起，而下文將在多秭歸西、在立魚南二句紐合，點法奇變，此斷續法也。「轂雷鳴」句下引沈德潛曰：隨叙隨釋，類《水經注》。「無名而深」句下引沈德潛曰：又用虚叙。「無麓」句下引汪武曹曰：點法又變。文末引汪武曹曰：一句紐合潯水。又總評引汪武曹曰：零零碎碎叙去，而其中自有綫索，打成一片，此天下奇文也。若但以其將南北東西分叙，而謂爲似《史記·天官書》，猶皮相耳。又引何焯曰：此篇多擬《山經》。

柳宗元集校注卷第三十

書①

寄許京兆孟容書

宗元再拜五丈座前②：伏蒙賜書誨諭，微悉重厚，欣躍怳惚③〔一〕，疑若夢寐，捧書叩頭，悸不自定〔二〕。伏念得罪來五年，未嘗有故舊大臣肯以書見及者。何則？罪謗交積，群疑當道，誠可怪而畏也。是以兀兀忘行，尤負重憂，殘骸餘魂，百病所集，痞結伏積〔三〕，不食自飽。或時寒熱，水火互至，内消肌骨④，非獨瘴癘爲也〔四〕。忽捧教命⑤，乃知幸爲大君子所宥，欲使膏肓沉没〔五〕，復起爲人。夫何素望，敢以及此？

宗元早歲與負罪者親善，始奇其能，謂可以共立仁義，裨教化。過不自料，懃懃勉勵，唯以中正信義爲志⑥，以興堯舜孔子之道，利安元元爲務，不知愚陋，不可力彊，其素意如此也。末路孤危，阨塞臲卼⑦〔六〕，凡事壅隔⑧，很忤貴近〔七〕，狂疎繆戾，蹈不測之辜，群言沸騰，鬼神交怒。加以素卑賤，暴起領事，人所不信。射利求進者，填門排户，百不一得，一旦快意，更造怨讟〔八〕。以此大罪之外，詆訶萬端〔九〕，旁午搆扇〔一〇〕，盡爲敵讎⑨，協心同攻，外連强暴失職者以致其事。此皆丈人所聞見⑩，不敢爲他人道説。懷不能已，復載簡牘。此人雖萬被誅戮，不足塞責，而豈有賞哉⑪？今其黨與，幸獲寬貸，各得善地，無分毫事⑫，坐食俸禄，明德至渥也，尚何敢更俟除棄廢痼⑬，以希望外之澤哉？年少氣鋭，不識幾微，不知當否⑭，但欲一心直遂，果陷刑法，皆自所求取得之⑮，又何怪也？

宗元於衆黨人中，罪狀最甚。神理降罰，又不能即死〔一一〕，猶對人言語，求食自活，迷不知恥，日復一日。然亦有大故。自以得姓來二千五百年，代爲冢嗣。今抱非常之罪，居夷獠之鄉〔一二〕，卑濕昏霧，恐一日填委溝壑，曠墜先緒，以是怛然痛恨〔一三〕，心腸沸熱⑯。煢煢孤立⑰，未有子息。荒隅中少士人女子⑱〔一四〕，無與爲婚，世亦不肯與罪大者親昵⑲〔一五〕，以是嗣續之重，不絶如縷。每當春秋時饗，孑立捧奠，顧眄無後繼者，惸惸然欷歔惴惕⑳〔一六〕。恐此事便已，摧心傷骨，若受鋒刃，此誠丈人所共憫惜也。先墓所在城南無異㉑，子弟爲主，獨託村鄰。自譴逐來，消息存亡不一至鄉閭，主守者因以益怠㉒。晝夜哀憤，懼便毁傷松柏，芻牧不禁，以成大戾。近世禮重拜掃，今已闕者四年矣。每遇寒食〔一七〕，則北向長號，以首頓地。想田野道路，士女遍滿，皂隸傭丐，皆得上父母丘墓，馬醫夏畦之鬼〔一八〕，無不受子孫追養者。然此已息望，又何以云哉！城西有數頃田，樹果數百株㉓，多先人手自封植，今已荒穢，恐便斬伐，無復愛惜。家有賜書三千卷〔一九〕，尚在善和里舊宅，宅今已三易主，書存亡不可知，皆付受所重，常繫心腑，然無可爲者。立身一敗，萬事瓦裂，身殘家破，爲世大僇〔二〇〕，復何敢更望大君子撫慰收恤，尚置人數中耶！是以當食不知辛酸節適㉔，洗沐盥漱〔二一〕，動逾歲時，一搔皮膚，塵垢滿爪。誠憂恐悲傷，無所告愬，以至此也。

自古賢人才士，秉志遵分，被謗議不能自明者㉕，僅以百數。故有無兄盜嫂〔二二〕，娶孤女云撾婦翁者〔二三〕。然賴當世豪傑，分明辨别，卒光史籍㉖。管仲遇盜，升爲功臣〔二四〕；匡章被不孝之名，孟子禮之〔二五〕。今已無古人之實，而有其詬㉗〔二六〕，欲望世人之明己，不可得也。直不疑買金以償同舍〔二七〕，劉寬下車，歸牛鄉人〔二八〕，此誠知疑似之不可辯，非口舌所能勝也。鄭詹束縛於晉，終以無死〔二九〕。鍾儀南音，卒獲返國〔三〇〕。叔向囚虜，自期必免〔三一〕。范痤騎危〔三二〕，以生易死〔三三〕。蒯通據鼎耳，爲齊上客〔三四〕。張蒼、韓信伏斧鑕〔三五〕，終取將相〔三六〕。鄒陽獄中，以書自活〔三七〕。賈生斥逐，復召宣室〔三八〕。倪寬擯死㉘，後至御史大夫〔三九〕。董仲舒、劉向下獄當誅，爲漢儒宗〔四〇〕。此皆瓌偉博辯奇壯之士，能自解脱。今以恇怯淟涊〔四一〕，下才末伎，又嬰恐懼痼病㉙，雖欲慷慨攘臂，自同昔人，愈疎闊矣。

賢者不得志於今，必取貴於後，古之著書者皆是也。宗元近欲務此，然力薄才劣㉚，無異能解。雖欲秉筆覼縷〔四二〕，神志荒耗，前後遺忘〔四三〕，終不能成章。往時讀書，自以不至抵滯㉛，今皆頑然無復省録。每讀古人一傳，數紙已後，則再三伸卷，復觀姓氏，旋又廢失。假令萬一除刑部囚籍，復爲士列㉜，亦不堪當世用矣。伏惟興哀於無用之地，垂德於不報之所，但以存通家宗祀爲念㉝，有可動心者，操之勿失。雖不敢望歸掃塋域㉞，退託先人之廬，以盡餘齒，姑遂少北，益輕瘴癘，就婚娶，求胤嗣，有可付託，即冥然長辭，如得甘寢〔四四〕，無復恨矣。書辭繁委，無以自道。然即文以求其志，君子固得其肺肝焉。無任懇戀之至㉟。不宣。宗元再拜。

【校　記】

① 百家注本標作「書明謗責躬」，據百家注本總目、注釋音辯本、游居敬本及蔣之翹輯注本改。注釋音辯本注：「一本『書』下有『明謗責躬』字。」詁訓本作「書責躬六首」。

② 詁訓本無「宗元再拜」四字。

③ 躍，注釋音辯本、游居敬本及《全唐文》作「踴」。

④ 骨，原注與注釋音辯本及世綵堂本注：「一作肉」。

⑤ 捧，注釋音辯本作「奉」。世綵堂本注：「一作奉。」

⑥ 中，《全唐文》作「忠」。

⑦原注與詁訓本及世綵堂本注：「一作『末路阸塞鵕䡇』。」注釋音辯本無「孤危」二字，「阸」作「厄」，「䡇」作「兀」。並注：「一本下更有『孤危』字。」

⑧原注與詁訓本及世綵堂本注：「一作『事既壅隔』。」注釋音辯本作「事既壅隔」，並注：「一本作『凡事壅隔』。」

⑨原注及世綵堂本注：「盡，一作便」。注釋音辯本作「便」，並注：「便，一本作盡。」詁訓本注：「一作『便爲敵讎』。」

⑩「聞」原闕，據注釋音辯本、詁訓本、世綵堂本及游居敬本補。

⑪世綵堂本注：「一無『豈有賞哉』四字。」鄭定本無「豈有賞哉」。《全唐文》「賞」作「償」。

⑫無分毫事，原注與詁訓本及世綵堂本注：「一作『無公事』。」注釋音辯本作「無公事」，並注：「一本作『無分毫事』。」

⑬原注與注釋音辯本、詁訓本及世綵堂本注：「一無『更』字。」

⑭否，注釋音辯本作「不」，並注：「一本作否」。

⑮原注與注釋音辯本、詁訓本注：「一無『得之』二字。」世綵堂本注：「一無『得之』二字，一無『求』字。」

⑯原注與詁訓本及世綵堂本注：「腸，一作骨。」注釋音辯本作「骨」，並注：「骨，一本作腸。」

⑰孤，《全唐文》作「孑」。

⑱ 隅，注釋音辯本、詁訓本、世綵堂本、游居敬本、蔣之翹輯注本及《全唐文》作「陬」。原注：「一無『女子』二字。」注釋音辯本注：「一本『陬』作『隅』，一本無『女子』字。」詁訓本注：「一作『荒隅中』。」世綵堂本注：「陬，一作隅。無『少』字及『女子』字。」

⑲ 罪大者，注釋音辯本作「罪人」，並注：「人，一本『大者』字。」詁訓本注：「一作『罪人親昵』。」原注及世綵堂本注：「罪大，一作『罪人』。」

⑳ 慄慄，注釋音辯本作「懍懍」，並注：「懍懍，一本作『慄慄』，一本作『慄慄』。」原注與詁訓本及世綵堂本注：「一作『慄慄然』，或作『懍懍然』。」

㉑ 注釋音辯本無「所」字，並注：「一有『所』字。」原注與詁訓本及世綵堂本注：「一無『所』字。」

㉒ 因，原作「固」，據《全唐文》改。

㉓ 樹果，《全唐文》作「果樹」。

㉔ 酸，詁訓本、世綵堂本、游居敬本及《全唐文》作「醎」。適，濟美堂本作「過」。

㉕ 原注：「晏本作『被謗』，無『議』字。」注釋音辯本注：「晏（殊）本無『議』字。」世綵堂本注：「一本作『被謗』，無『議』字。」

㉖ 籍，原注與注釋音辯本、詁訓本及世綵堂本注：「一作册。」

㉗ 而有其詬，注釋音辯本作「爲而有詬」，並注：「一本無『爲』字，一本『詬』上有『其』字。」原注與詁訓本及世綵堂本注：「一有『爲』字。」

㉘擯死，世綵堂本曰：「《新唐書》作『擯厄』。」

㉙痼病，原注與注釋音辯本、詁訓本及世綵堂本注：「一作病痼。」

㉚原注與注釋音辯本、詁訓本注：「才，一作志。」

㉛抵，注釋音辯本、游居敬本及《全唐文》作「觝」，注釋音辯本注：「一本『觝』作『抵』。」世綵堂本作「底」，注：「底，一作觝。」

㉜原注與注釋音辯本及世綵堂本注：「士，一作上。」

㉝原注及世綵堂本注：「一無『存』字。」注釋音辯本無「存」字，並注：「一本『通』字上有『存』字。」

㉞原注及世綵堂本注：「一無『雖』字。」注釋音辯本無「雖」字，並注：「一本更有『雖』字。」

㉟原注及世綵堂本注：「一本『戀』亦作『懇』。」注釋音辯本及詁訓本注：「懇戀，一作『懇懇』。」

【解題】

〔注釋音辯〕時當在元和四年云。〔韓醇詁訓〕許孟容，字公範。元和初，再遷尚書右丞、京兆尹。公謫永州已五年，與京兆書，望其與之爲地，一除罪籍。時當在元和四年云。按：許孟容名見柳宗元《先君石表陰先友記》，爲其父之友人。兩《唐書》有傳。《新唐書·柳宗元傳》：「雅善蕭俛，貽書言情。……又詒京兆尹許孟容……然衆畏其才高，懲刈復進，故無用力者。」《舊唐書·憲宗紀上》：「(元和四年七月)戊辰，以尚書右丞許孟容爲京兆尹，賜金紫。」至五年十月轉兵部侍郎。此文爲元和四年爲永州司馬時作。柳宗元自貶永州司馬，故舊大臣中許孟容是首位貽書柳宗元者，故宗元喜出望外，也悲從中來，故回顧自己參予永貞革新的初衷，以及謫居永州的情況。後言今後以著書立說作爲安身立命之精神支柱。

【注釋】

〔一〕［注釋音辯］（恍惚）上虚晃切，與怳同。下音佛。佛，失意也。［世綵堂］失意也。

〔二〕［注釋音辯］悸，其季切。心動也。［世綵堂］悸，心動也。

〔三〕［注釋音辯］潘（緯）云：痞音鄙，腸中結病。又音圮，痛也。又音缶，病也。［韓醇詁訓］痞，部鄙切。腹中結痛。［蔣之翹輯注］子厚病痞，已見前《辨伏神文》。

〔四〕［注釋音辯］癘音利，疾疫也。［韓醇詁訓］瘴，音障。［蔣之翹輯注］瘴癘，山川之氣，疾疫也。

〔五〕［注釋音辯］肓音荒。［百家注引孫汝聽曰］成十年《左氏》：「晉侯夢疾爲二豎子，其一曰：『居肓之上，膏之下，若我何？』」膏，謂連心之脂膏。肓，心下鬲上。肓音荒。

〔六〕［注釋音辯］𨉖𨈬，上倪結切，下五忽切。［韓醇詁訓］𨉖，五結切。𨈬，音兀。不安也。［百家注引張敦頤曰］𨉖𨈬，不安貌。上五結切，下音兀。

〔七〕［注釋音辯］忤音誤，迷也。

〔八〕［注釋音辯］（讟）徒穀切。［韓醇詁訓］［百家注］讟音讀。

〔九〕［注釋音辯］詎與詎同。［韓醇詁訓］［百家注］詎音詎。

〔一〇〕旁午，交雜。《漢書·霍光傳》：「受璽以來二十七日，使者旁午。」顔師古注：「如淳曰：旁午，分布也。師古曰：一縱一横爲旁午，猶言交横也。」

〔一一〕［注釋音辯］元和元年五月，子厚母盧氏卒。［韓醇詁訓］［百家注引孫汝聽曰］元和元年五月十七日，公母盧氏卒。

〔一二〕［注釋音辯］獠，瓜、老二音。［韓醇詁訓］［百家注引張敦頤曰］獠，夷名。音潦。

〔一三〕［韓醇詁訓］［百家注］怛，當各切。

〔一四〕［注釋音辯］潘（緯）云：陬，將侯切。《（文）選·魏都賦》：「蠻陬夷落。」注：「陬落，蠻夷之名居處也。一名聚居爲陬。」

〔一五〕［注釋音辯］昵，尼質切。近也。

〔一六〕［注釋音辯］欷，香衣切。歔，朽居切。欷歔，哀泣之聲。按：惸惸，憂思貌。《詩經·小雅·正月》：「憂心惸惸，念我無禄。」

〔一七〕［蔣之翹輯注］《荆楚歲時記》云：「去冬節一百五日即有疾風甚雨，謂之寒食。」按：唐人有寒食節祭掃先人墳墓的習俗。

〔一八〕［韓醇詁訓］［百家注引孫汝聽曰］《列子》云：「路遇氣兒馬醫，弗敢辱也，必下車而揖之。」《孟子》：「脅肩諂笑，病于夏畦。」夏畦，夏月治畦之人。畦音攜。按：「馬醫」三句見《列子·皇帝》。「夏畦」見《孟子·滕文公下》。

〔一九〕［蔣之翹輯注］賜書，上所賜之册命也。按：蔣注非是。賜書指先人所遺之書。

〔二〇〕［注釋音辯］僇與戮同。［韓醇詁訓］［百家注］音戮。

〔二一〕［注釋音辯］盥，貫、管二音。［韓醇詁訓］［百家注］盥音管，又古玩切。

〔二二〕［注釋音辯］《前漢》：「直不疑，人或毁之曰：『毋奈其善盜嫂何？』不疑曰：『我乃無兄。』」［韓醇詁訓］《漢書》：「人或毁直不疑曰：『不疑狀貌甚美，然將毋奈其善盜嫂何也？』不疑聞，曰：『我乃無兄。』終不能自明。」按：見《漢書·直不疑傳》。

〔二三〕［注釋音辯］撾，涉瓜切。箠也。魏武帝令曰：「第五伯魚三娶孤女，人謂之撾婦翁。」［韓醇詁訓］《後漢》：「第五倫，建武二十九年，從淮陽王朝京師，帝戲謂倫曰：『聞卿爲吏，篣婦翁，寧有之邪？』倫曰：『臣三娶妻，皆無父。』」撾，陟瓜切。按：見《後漢書·第五倫傳》。

〔二四〕［注釋音辯］《禮記》：「管仲遇盜，取二人焉。上以之爲公臣。」［韓醇詁訓］［百家注引孫汝聽曰］《禮記》：「管敬子遇盜，取二人焉。上以爲公臣，曰：『其所游辟也，可人也。』」敬子，管子之謚。按：見《禮記·雜記下》。

〔二五〕［注釋音辯］《孟子·離婁下》云。［韓醇詁訓］［百家注引童宗説曰］《孟子》：「公都子曰：『匡章，通國皆稱不孝焉，夫子與之游，又從而禮貌之，敢問何也？』孟子曰：『世俗所謂不孝者五云云，章子有一於是乎？』」按：見《孟子·離婁下》。

〔二六〕［**注釋音辯**］詬，許侯切。駡也。

〔二七〕［**韓醇詁訓**］《漢書》：「直不疑爲郎，事文帝。其同舍有告歸，誤持其同舍郎金去。已而同舍郎覺，亡意不疑。不疑謝有之，買金償。後告歸者至而歸金，亡金郎大慚。」**按**：見《漢書·直不疑傳》。

〔二八〕［**注釋音辯**］各見本傳。［**韓醇詁訓**］東漢劉寬，字文饒，嘗行，有人失牛者，乃就寬車中認之。寬無所言，下駕步歸。有頃，認牛者愧而送還。**按**：事見《後漢書·劉寬傳》。

〔二九〕［**注釋音辯**］《國語》：「晉文公伐鄭，得詹而歸，將烹之，詹據鼎耳而號，公乃命弗殺。」［**韓醇詁訓**］《國語》：「文公伐鄭，欲得詹而師還。鄭人以詹與晉，晉人將烹之，詹據鼎耳而疾號，公乃命弗殺，厚爲禮而歸之。」**按**：事見《國語·晉語四》。

〔三〇〕［**注釋音辯**］《左傳》成公九年「晉侯見鍾儀，曰：『鄭人所獻楚囚也。』使予之琴，操南音」云云。「晉侯重爲之禮，使歸求成。」［**韓醇詁訓**］成九年《左氏》：「晉侯觀於軍府，見鍾儀，與之琴，操南音。晉侯乃重爲之禮，使歸求成。」南音，楚聲。**按**：百家注本引孫汝聽注略同。惟「晉侯」後無「乃」字，「使歸求成」作「禮使來歸求成」。

〔三一〕［**注釋音辯**］《左傳》襄公二十一年「晉囚叔向，叔向曰：『必祁大夫。』」云云。潘（緯）云：向，許兩切。晉大夫羊舌肸也，字或作嚮。［**韓醇詁訓**］［**百家注引孫汝聽曰**］襄二十一年《左氏》：「欒盈出奔楚。范宣子囚叔向，欒王鮒見叔向曰：『吾爲子請。』叔向弗應，其人皆咎叔向。叔向曰：『必祁大夫。』」

〔三二〕［韓醇詁訓］［百家注］痤，才戈切。騎音奇。［世綵堂］痤，才戈切。騎音奇。危，棟上也。

〔三三〕［注釋音辯］《史記·魏世家》：「趙使人謂魏王：『爲我殺范痤，吾獻地。』王使捕之，痤因上屋騎危，謂使者曰：『甫如痤死，趙不與王地，則奈何？』」潘（緯）云：痤，才戈切。危，棟上也。［韓醇詁訓］《史記·魏世家》：「趙使人謂魏王：『爲我殺范痤，吾獻地。』王使捕之，痤因上屋騎危，謂使者曰：『與其以死痤市，不如以生痤市。有如痤死，趙不與王地，則奈何？』王出之。」

〔三四〕［注釋音辯］蒯，苦怪切。事見前漢史本傳。［韓醇詁訓］［百家注引孫汝聽曰］高帝誅韓信，信曰：「悔不用蒯通之言。」帝召通，欲烹之。通曰「犬各吠非其主」云云。上乃赦之。據鼎耳，言將烹也。至齊悼惠王時，曹參爲相，請通爲客。按：事見《漢書·蒯通傳》。

〔三五〕［注釋音辯］（鑕）戢日切，椹也。［韓醇詁訓］［百家注引孫汝聽曰］鑕，鐵椹也。音質。

〔三六〕［韓醇詁訓］西漢張蒼，從沛公攻南陽，當斬，解衣伏質。王陵乃言沛公，赦勿斬。後至孝文時爲相。韓信亡楚歸漢，爲連敖，坐法當斬，適見滕公。公奇其言，釋勿斬。其後拜大將。按：分别見《漢書·張蒼傳》及《韓信傳》。

〔三七〕［韓醇詁訓］西漢鄒陽從梁孝王遊，羊勝、公孫詭等疾陽，惡之。孝王怒，下陽吏，將殺之。陽從獄中上書奏王，出之。按：見《漢書·鄒陽傳》。

〔三八〕［韓醇詁訓］西漢賈誼，洛陽人。絳、灌之屬害之，出爲長沙王傅。歲餘，文帝思誼，徵之，入見宣室。按：見《漢書·賈誼傳》。

〔三九〕［韓醇詁訓］西漢倪寬補廷尉文學卒史，以儒生不習事，不署曹，除爲從史，之北地視畜。其後議封禪事，拜御史大夫。按：百家注本引孫汝聽注略同。惟「補」作「爲」。見《漢書·倪寬傳》。

〔四〇〕［注釋音辯］事各見本傳。［韓醇詁訓］西漢董仲舒，廣川人。先是遼東高廟、長陵高園殿災，仲舒居家推説其意，未上，主父偃竊其書奏焉。於是下仲舒吏，當死，詔赦之。劉向，字子政，事宣帝，爲諫大夫，獻言黄金可成。上令典尚方鑄作事，後不驗，下吏當死。上奇其才，得逾冬以減死論。

〔四一〕［注釋音辯］恇音匡，怯也。淟，他殄切。涊，乃殄切。垢，濁也。［韓醇詁訓］［百家注引童宗説曰］《説文》：「恇，怯也。」淟涊，垢濁也。《楚辭》：「切典涊之流俗。」恇音匡。淟涊，音典忍。

〔四二〕［注釋音辯］瀋（緯）云：（覼縷）上當作覶，力和切。《説文》：「覶縷，委曲也。」俗作覼，非。［韓醇詁訓］覶縷，《説文》：「好視也。」一曰委曲。上力禾切，下音吕。覶當從𠧪，俗作「爾」，非。［百家注引張敦頤曰］覶縷，《説文》：「委曲也。」上力禾切，下音吕。覶當從𠧪，俗作「爾」，非。

〔四三〕［注釋音辯］［韓醇詁訓］（忘）無放切。［世綵堂］音妄。《漢書·楊惲傳》：「以陪輔朝廷之遺忘。」作平聲。

〔四〕［注釋音辯］甘與酣同，出《莊子》。按：《莊子·徐无鬼》：「孫叔敖甘寢秉羽而郢人投兵。」

【集評】

洪邁《容齋續筆》卷四：柳子厚、劉夢得皆坐王叔文黨廢黜。劉頗飾非解謗，而柳獨不然。其《答許孟容書》云：「早歲與負罪者親善，始奇其能，謂可以共立仁義，裨教化。暴起領事，人所不信。射利求進者，百不一得。一旦快意，更恣怨讟。詆訶萬狀，盡爲敵仇。」及爲叔文母《劉夫人墓銘》，極其稱誦，謂「叔文堅明直亮，有文武之用。待詔禁中，道合儲后，獻可替否，有康弼調護之勤；訏謨定命，有扶翼經緯之績；將明出納，有彌綸通變之勞。内贊謨畫，不廢其位，利安之道，將施於人。而夫人終於堂，知道之士，爲蒼生惜焉。」其語如此。夢得自作傳云：「順宗即位，時有寒儁王叔文，以善弈棋得通籍博望，因間隙得言及時事，上大奇之。叔文自言猛之後，有遠祖風，唯吕温、李景儉、柳宗元以爲信。然三子皆與予厚善，日夕過言其能。叔文實工言治道，能以口辯移人。既得用，其所施爲，人不以爲當。上素被疾，詔下内禪。宫掖事祕，功歸貴臣，於是叔文貶死。」韓退之于兩人爲執友，至修《順宗實録》，直書其事云：「叔文密結有當時名欲僥倖而速進者劉禹錫、柳宗元等十數人，定爲死交，蹤跡詭祕。既得志，劉、柳主謀議唱和，采聽外事。及敗，其黨皆斥逐。」此論切當。雖朋友之義，不能以少蔽也。

又《容齋五筆》卷五：《(新唐書)柳子厚傳》載其文章四篇：與蕭俛、許孟容書、《正符》、《懲咎賦》也。《孟容書》意象步武，全與漢楊惲《答孫會宗書》相似。《正符》倣班孟堅《典引》，而其四者次序或失之。

俞文豹《吹劍三録》：文豹謂墳墓之念，誰獨無之，或勢有拘繫，事與願違，不暇顧恤者，情猶可恕。其有貪榮慕得、倡狂妄行，至於敗名喪節，爲祖先墳墓之玷。如柳子厚以王叔文之黨謫柳州，《與許京兆書》曰「先墓所在城南，自譴逐以來，消息存亡不一至，鄉閭主守者固以益怠。晝夜哀號，懼便毁傷松柏，芻牧不禁，以成大戾。近世禮重拜掃，今已缺者四年矣。每遇寒食，則北向長號，以首頓地」云云。吁，子厚至此，噬臍何及！

《王荆石先生批評柳文》卷八：極得意。

茅坤《唐宋八大家文鈔》卷一七：子厚最失意時最得意書，可與太史公《與任安書》相參，而氣似嗚咽蕭颯矣。予覽蘇子瞻安置海外時詩文及復故人書，殊自曠達，蓋由子瞻晚年深悟禪宗，故獨超脱，較子厚相隔數倍。

何孟春《餘冬敘録》卷一八：柳宗元撓節叔文，竄斥永州，貽書所善蕭俛言情，又貽京兆許孟容書，累千餘言，所以望之者甚至，而二人漠然無應。史稱衆畏其才高，懲刈復進用，故無用力者。春不知畏其才高之云，畏其將壓己者耶？抑畏惡其恃才，將復爲國害也？蕭俛吾弗論，若許孟容，自爲給事中時，已與侍郎權德輿樂挽轂，士號權許。此其人於宗元之材，當無所忌，而亦不見其有所用力。或者寡不勝衆，抑或不能無所畏焉故耳。噫！宗元材矣，而卒以竄斥死，蓋不善自用有以致之，非不幸也。

葛鼒、葛鼐《古文正集》卷七：慷慨激昂，仿佛《報任少卿書》。（葛靖調

明闕名評選《柳文》卷一：「罪謗交積」眉批：愁中病魔，極中情惻。「不知愚陋」眉批：既犯公議，又奚事曲爲摭飾？「射利求進」眉批：亦個中情事。「懷不能已」眉批：此人事恐並自己，亦在其中。「宗元于衆黨人中」眉批：子厚輸服，亦世所難。「顧眄無後」眉批：摹寫悲痛，千古罕及。後世讀之，亦爲悲楚。王荆石曰：可悲。「不能自明」眉批：子厚所自痛切處。「管仲遇盜」眉批：援古之蕩垢滌瑕者以自擬。「愈疏闊矣」眉批：此則子厚末路。「不敢望歸」眉批：以下一一打轉。「冥然長辭」眉批：此數字，眼前不得已路頭。

陸夢龍《柳子厚集選》卷三：華瞻遜李少卿，而情事瑣縷，可泣可念，特爲殊絶。「狠忤貴近」眉批：此是禍根。「無與爲婚」眉批：悲哉！「以首頓地」眉批：黯然。「馬醫夏畦」眉批：馬醫夏畦，語帶刺。「善和里舊宅」眉批：瑣而真。「誠知疑似」眉批：又一跌。「取貴於後」眉批：自負。「姑遂少北」眉批：竟不獲北，悲夫！

蔣之翹輯注《柳河東集》卷三〇：語甚怨，件件寫得出，此窮愁羈旅所不能自喻者。每讀每歎，其能言亦蔑以加矣。茅坤曰：予覽子厚書，由貶謫永州以後，大較並從司馬遷《答任少卿》及楊惲《報孫會宗書》中來，故其爲書多悲愴嗚咽之旨，而其辭氣環詭跌宕，譬之聽胡笳、聞塞曲，令人腸斷

者也。陳仁錫曰：此雖如宗元所云博如莊周，哀如屈原，奥如孟軻，莊如李斯，峻如馬遷，富如相如，明如賈誼，專如揚雄可也，然而不屑。「敢以及此」句下引唐順之曰：述愁中病魔極中情惻。「豈有賞哉」句下引茅坤曰：此「人」字恐並自己亦在其中。「又何怪也」句下：以年少氣鋭爲解亦是，若曰共立仁義云云，我不信也。「又何以云哉」句下：寫得慘楚，語語有淚。可見士人一失身便喪名，僇先至於如此，雖托空言以寄，悲悼何益？「卒光史籍」句下引茅坤曰：子厚所自痛切處。「亦不堪當世用矣」句下引茅坤曰：此則子厚末路一著。「無復恨也」句下引唐順之曰：此數事是眼前不得已路頭。

陳宏緒《寒夜録》卷上：文章要作便不佳。太史公叙灌夫使酒駡座，魏文帝《典論》自叙，韓退之《祭十二郎文》，柳子厚《與許京兆孟容書》，直是一混，寫來何曾有意。

吕留良《晚村先生八家古文精選·柳文精選》：然余謂太史公所犯是公罪，子厚所犯是私罪。漢法太嚴，史公憤激，宜也。在子厚直是憤激不得，只好作淒苦語，懺悔語，以冀當塗之或見憐，那得不嗚咽蕭颯乎？然子厚之嗚咽蕭颯，乃正其憤激之鬱而成者也。

陳維崧《蔣慎齋文集序》：賈生弔屈左徒之賦，宗元與許京兆之書，無不家長沙而人柳州也。其志陿，故其文僿。其志俳，故其文懟激而刺譏。（《陳迦陵文集》卷二）

王鳴盛《十七史商榷》卷八九：《容齋續筆》第四卷謂柳子厚、劉夢得皆坐王叔文黨廢黜，劉頗飾非解謗，柳獨不然。其《答許孟容書》云……容齋意固不以叔文爲善，而所舉子厚自叙之辭，特爲具眼。子厚非怙過也，道其實耳。若禹錫《劉子自傳》，則其於叔文竟黜其邪佞，並若自悔其依附之謬矣。

蔡世遠《古文雅正》卷五曹植《求存問親戚疏》：當與《贈白馬王詩》參看，文極沉鬱頓挫之致。子長《報任安書》、柳子厚《與許孟容書》，與此篇皆嘔心至文也。子長語多激，子厚語多哀，子建語多痛，獨登此者，以其關倫理之大耳。

孫琮《山曉閣選唐大家柳柳州全集》卷一：鹿門先生謂此書與馬遷《報任安書》相似，然亦有大不同處。遷書激昂，此書悲憤。遷書寫得雄快，此書寫得鬱結。遷書慷慨淋漓，此書嗚咽憐惜。分道揚鑣，各臻其妙。又：前幅寫被罪之由，惓惓引過。後幅寫免死之故，睠睠宗祧。尤是仁人之言。

何焯《義門讀書記》卷三六：「恨忤貴近」：謂中官。「加以素卑賤」至「更造怨讟」：此亦事理所有，但素無善行，則異同之口得以實之，人遂莫加憐耳。「外連强暴失職者」：指韋皋。……「自古賢人才士」以下二段：太叢散，太模擬。……「今以恇怯淟涊」至「愈疏闊矣」：暗綰前後。「假令萬一除刑部囚籍」三句：是所以息謗讟者之猜，擺落「撫慰收恤，尚置人數」，一面專以宗祀祈哀，既爲力差易，亦人人所必動心也。「但以存通家宗祀爲念」：先提起此一層。「雖不敢望歸掃塋域」：顧先墓。「退託先人之廬」：顧田宅。「就婚娶求胤嗣」：顧子息。

儲欣《河東先生全集録》卷五：人人道此書擬司馬氏，吾則曰哀如屈原。

沈德潛《唐宋八家文讀本》卷七引儲同人云：子長以無罪被刑，故言之慷慨激烈，其辭憤。子厚以有罪見謫，故反覆怨艾，其詞哀。然人自罹於罪而自引咎者罕矣，此子厚所以爲賢也。先述負罪之由，次述得罪以後之苦，次述不能如古人之始屈終伸，思著書以自表見，則用世之念久已斷絶，惟冀宗祀有托，以盡餘年，他非所望也。感憤嗚咽，令讀者於百世下惻然起矜憫之心。

浦起龍《古文眉詮》卷五二：河東謫遣後致中朝親故第一書也，自訴自咎，情悃真實。其祈請不及官位，但于宗祀承續一節，懇懇陳之，亦可覘其性分。比於昧心妄想，掩蓋諂曲，逐羶而棄本者相萬也，畢竟君子人語。

姚鼐《古文辭類纂》卷二九：薑塢先生云：韓柳文及唐人詩内凡用「僅」字，每以「多」爲義。《晉書·劉頌傳》：「三代延祚久長，近者五六百歲，遠者僅將千載。」《趙王倫傳》：「戰所殺害僅十萬人。」則以「僅」爲「多」，亦不始唐人矣。

焦循批《柳文》卷四：柳子終不斥叔文，但云負罪者，直道如此。又：王叔文非奸人，馮山公詳爲之辨，甚允。知叔文非奸，而柳子之枉白矣。又：叔文輔順宗，頗多善政，未必非柳子起發之。所云利安元元，非虚詞也。又：自訟俱真切。又：柳州自以叔文非奸人，故有疑似之説，乃千古憒憒，竟莫爲雪。直至馮山公，乃識之耳。又：可見昔時原堪爲當世用。又：此文全以至誠出之。

王文濡《評校音注古文辭類纂》卷二九引劉大櫆云：子厚寄許、蕭、李三書，未嘗不自《報任安》來。但史公刑不當罪，故悲憤而氣豪壯，子厚自反不縮，故氣象衰颯。然撰造苦語絶工，足以動人矜閔。鹿門比之胡笳塞典，褒貶極當。

平步青《霞外攟屑》卷七上：柳州《與楊京兆憑書》雖引子羽、馮衍、尹韓、趙括、馬謖、周仁、許靖七人，文法略與此類，而實不同。惟《寄許京兆孟容書》中云……雜引十六人，乃仿吃公子此篇（按指韓非《難言》）。而太史公已先之。《報任安書》中云……前引九人，後引七人，文王亦複出，皆仿《韓非》爲之，不始於子厚矣。

陳衍《石遺室論文》卷二：生古人後，於古人文章佳處，不禁效法，然貴能變化，勿徒求其形似，則善矣。楊子幼（惲）《報孫會宗書》中間一段云……梁丘遲變化之以感激陳伯之曰……唐柳子厚（宗元）又變化之以答許孟容云……皆《史通》所謂貌異而心同者也。

林紓選評《古文辭類纂》卷五：孟容，字公範。元和初爲京兆尹。時公謫永州已五年矣。答書望爲之地也。文字全步漢人，文中多引古事，亦適類劉向。文分爲數段，「伏念得罪以來」至「敢以及此」是第一段。言在沈憂中得許顧視，自以爲幸，然無敢過望也，是文字緩進之法。「宗元早歲與負罪者親善」至「又何怪也」是第二段。第二段中又分爲數小段，言素意如此，以己之學術望之王叔文，此明其無心比匪也，「末路厄塞臲卼」起盡述叔文，所以不滿人意處，權重心熱，不知檢束，招忌取謗。此人即指叔文。「萬被誅戮，不足塞責」，非痛詆叔文，蓋不如是言，不足以饜人心，且防左袒叔文，罪上加罪也。「今其黨」三字，指八司馬年少氣鋭，則己亦在内，切實引過，使觀者原諒，此公善自爲地也。至是撇去黨人，單叙己之苦況，把肆赦之望，抛在九霄雲外。但言身貶母亡，體羸多病，子女未生，墓祀無人，一片悽愴之音，使聞者酸鼻。至「此已失望，又何以云」止，復爲一段。不必叙怨艾之情，但作淒惻乞憐之語，一切宿眚，捨置不言。此只是罪臣陳愬之一法，大似李陵《答蘇武書》。然李書激烈，此但哀鳴，又微有别。田廬賜書，是陪筆，無關緊要。然備此點染，以竟其悲。歸結以「立身一敗，萬事瓦裂」八字，宜怨而不敢怨，此尤爲動人之處。以下寫畫食不知辛鹹，及搔膚而塵垢滿爪，决無此事，特加倍寫法耳。再引古人被謗、得人解脱處，或自承不諱，或引過不辨，錯雜寫來，意皆在於孟容，望其道地，蓋不求之求也。且並文章之事，亦退藏於密，自明不敢更希世用，則無過望于孟容可知。末幅乞以通家子嗣爲念，姑遂少北，是全書之正意。所望非奢，乞貸尤爲得體。

林紓《韓柳文研究法·柳文研究法》：《寄許京兆孟容書》詞語至哀痛，而段落又至分明。逐層皆有停頓，雖不如昌黎之穿插變化，到喫緊處偏放鬆，及正門時轉逆寫，然亦自成爲柳州氣格。此無他，性情真，而文字亦無有不動人者。開端言得罪五年，故舊大臣，無書見及。見得得京兆之書，自極寶貴，所難又在貧瘠瘴癘之鄉。此是推進一層寫法，愈推進，則京兆之書亦愈重矣。「宗元早歲，與負罪者親善」，是自承不應親近二王，然自問夙心初不爲惡。至於「群言沸騰，鬼神交怒」，則皆「不知愚陋，不可力强」之故，所以有「不測之辜」，然咎由自取，不敢怨人。而所難防者攻己之短，皆當日有求不遂之人，彼「填門排户，百不一獲寬貸」，是不敢觖望語。「迷不知恥」，是尚有希望意。以下三段，念嗣續，思營兆，懷蔽廬，皆出自謫宦思歸之心緒。「自古賢人」一段，廣徵古來受誣得罪之人，又引鄭詹、鍾儀諸人，冀可得生，然微嫌詞費。其下言欲著自見，亦復才力不足，亦不能復爲士列，再希當世之用。見得上書之意，並無意外請托，但冀掃墓歸廬，得嗣而已。把上三段陳書之意，作一總結，切實在「興哀於無用之地，垂德於不報之所」二語，是通篇關鎖扼要之言。

近藤元粹《柳柳州集》卷首引邵經邦《弘簡録文翰傳》柳宗元貽許孟容書：通覽子厚集中，怨言憤語，不暇枚舉。然則不但少時不知愈陋，不可以彊，雖晚年亦不知也。「孑立搼奠」一段眉批：後人讀此文者，亦憫惜焉。「切繫心胸」一段眉批：子厚與宦官群小黨，以禍亂朝廷，不得與往時賢士豪傑比擬，是子厚之所以不知其罪也。「不得志於今」一段眉批：徒自謙辭焉耳，言外隱然自負可想。又：是好議論。「前後遺忘」一段眉批：已自知不堪當世用，何必憤憤如此！

與楊京兆憑書

月日，宗元再拜，獻書丈人座前〔一〕：役人胡要返命，奉教誨，壯厲感發①，鋪陳廣大。上言推延賢雋之道〔二〕，難於今之世，次及文章，末以愚蒙剥喪頓瘁②，無以守宗族、復田畝爲念，憂憫備極。不惟其親密舊故是與③，復有公言顯賞④，許其素尚⑤，而激其忠誠者⑥。是用踴躍敬懼⑦，類嚮時所被簡牘，萬萬有加焉。故敢悉其愚，以獻左右。

大凡薦舉之道，古人之所謂難者⑧，其難非苟一而已也⑨。知之難，言之難，聽信之難。夫人有有之而恥言之者，有有之而樂言之者，有無之而工言之者，有無之而不言似有之者。有之而恥言之者，上也。雖舜猶難於知之⑩〔三〕。孔子亦曰「失之子羽」〔四〕。下斯而言知而不失者，妄矣。有之而言之者，次也。德如漢光武，馮衍不用〔五〕；才如王景略〔六〕，以尹緯爲令史〔七〕。是皆終日號鳴大吒〔八〕，而卒莫之省。無之而工言者，賊也。趙括得以代廉頗〔九〕，馬謖得以惑孔明也〔一〇〕。今之若此類者，不乏於世。將相大臣聞其言，而必能辨之者，亦妄矣。無之而不言者，土木類也。周仁以重臣爲二千石〔一一〕，許靖以人譽而致三公⑪〔一二〕。近世尤好此類，以爲長者，最得薦寵〔一三〕。夫言朴愚無害者〔一四〕，其於田野鄉閭爲匹夫，雖稱爲長者可也。自抱關擊柝以往〔一五〕，則必敬其事〔一六〕，愈上則及物者愈大，何事無用之朴哉？今之言曰：「某子長者，可以爲大官。」類非古之所謂長者也，則必土木而已矣。夫捧土揭木而致之巖廊之上〔一七〕，蒙以紱冕，翼以徒隸，而趨走其左右⑫，豈有補於萬民之勞苦哉！聖人之道，不益於世用⑬，凡以此也，故曰知之難。孔子曰「仁者其言也訒」〔一八〕，孟子病未同而言。然則彼未吾信，而吾告之以士，必有三間。是將曰：「彼誠知士歟⑭？知文歟？」疑之而未重，一間也。又曰：「彼無乃私好歟？交以利歟？」二間也。又曰：「彼不足我而惎我哉〔一九〕？茲咈吾事〔二〇〕。」三間也。畏是而不言，故曰言之難。言而有是患，故曰聽信之難。唯明者爲能得其所以薦，得其所以言⑮，得其所以聽，一不至則不可冀矣。然而君子不以言聽之難，而不務取士。士，理之本也。苟有司之不吾信，吾知之而不捨⑯，其必有信吾者矣。苟知之，雖無有司，而士可以顯，則吾一旦操用人之柄，其必有施矣。故公卿之大任，莫若索士。士不預備而熟講之，卒然君有問焉，幸相有咨焉，有司有求焉，其無以應之⑰，則大臣之道或闕，故不可憚煩。

今之世言士者先文章，文章，士之末也。然立言存乎其中，即末而操其本⑱，可十七八，未易忽也。自古文士之多莫如今。今之後生爲文，希屈、馬者〔二一〕，可得數人。希王褒、劉向之徒者，又可得十人。至陸機、潘岳之比，累累相望〔二二〕。若皆爲之不已，則文章之大盛，古未有也。後代乃可知之。今之俗耳庸目，無所取信，傑然特異者，乃見此耳。丈人以文律通流當世，叔仲鼎列〔二三〕，天下號爲文章家。今又生敬之〔二四〕。敬之，希屈馬者之一也。天下方理平，今之文士咸能先理。理不一，斷於古書，老生直趨堯舜之道⑲、孔氏之志，明而出之，又古之所難有也。然則文章未必爲士之末，獨採取何如爾⑳。

宗元自小學爲文章㉑，中間幸聯得甲乙科第㉒，至尚書郎，專百官章奏，然未能究知爲文之道。自貶官來無事，讀百家書，上下馳騁，乃少得知文章利病㉓。去年吳武陵來〔二五〕，美其齒少，才氣壯健，可以興西漢之文章，日與之言，因爲之出數十篇書㉔。庶幾鏗鏘陶冶，時時得見古人情狀。然彼古人亦人耳㉕，夫何遠哉！凡人可以言古，不可以言今㉖。桓譚亦云「親見揚子雲，容貌不能動人」，安肯傳其書〔二六〕？誠使博如莊周，哀如屈原，奧如孟軻，壯如李斯，峻如馬遷，富如相如，明如賈誼，專如揚雄，猶爲今之人㉗，則世之高者至少矣。由此觀之，古之人未始不薄於當世㉘，而榮於後世也。若吴子之文㉙，非丈人無以知之。獨恐世人之才高者㉚，不肯久學，無以盡訓詁風雅之道，以爲一世甚盛。若宗元者，才力缺敗，不能遠騁高厲，與諸生摩九霄㉛、撫四海，誇耀於後之人矣㉜。何也？凡爲文，以神志爲主。自遭責逐，繼以大故，荒亂耗竭，又常積憂恐，神志少矣，所讀書隨又遺忘。一二年來㉝，痞氣尤甚，加以衆疾，動作不常。眊眊然騷擾内生㉞〔二七〕，霾霧填擁慘沮㉟〔二八〕，雖有意窮文章，而病奪其志矣。每聞人大言，則蹶氣震怖〔二九〕，撫心按膽，不能自止。又永州多火災㊱，五年之間，四爲天火所迫㊲，徒跣走出，壞牆穴牖，僅免燔灼。書籍散亂毁裂，不知所往。一遇火恐，累日茫洋，不能出言，又安能盡意於筆硯㊳，矻矻自苦〔三〇〕，以危傷敗之魂哉㊴？

中心之悃愊鬱結〔三一〕，具載所獻許京兆丈人書〔三二〕，不能重煩於陳列。凡人之黜棄，皆望望思得效用，而宗元獨以無有是念。自以罪大不可解，才質無所入，苟焉以叙憂慄爲幸，敢有他志？伏以先君稟孝德，秉直道，高於天下，仕再登朝，至六品官㊵。宗元無似，亦嘗再登朝至六品矣〔三三〕，何以堪此！且柳氏號爲大族，五六從以來無爲朝士者〔三四〕，豈愚蒙獨出數百人右哉？以是自忖，官已過矣，寵已厚矣。夫知足與知止異，宗元知足矣，若便止不受禄位，亦所未能。今復得好官，猶不辭讓，何也？以人望人，尚足自進。如其不至，則故無憾，進取之意息矣㊶。身世孑然，無可以爲家，雖甚崇寵之，孰與爲榮？獨恨不幸獲託姻好，而早凋落〔三五〕，寡居十餘年。嘗有一男子㊷，然無一日之命〔三六〕，至今無以託嗣續，恨痛常在心目。孟子稱「不孝有三，無後爲大」〔三七〕。今之汲汲於世者，唯懼此而已矣。天若不棄先君之德，使有世嗣㊸，或者猶望延壽命，以及大宥，得歸鄉閭，立家室，則子道畢矣。過是而猶競於寵利者㊹，天厭之〔三八〕！天厭之！丈人旦夕歸朝廷，復爲大僚，伏惟以此爲念。流涕頓顙〔三九〕，布之座右㊺不任感激之至㊻。宗元再拜。

【校　記】

① 原注與詁訓本及世綵堂本注：「壯，一作莊。」
② 瘁，注釋音辯本及詁訓本作「悴」。
③ 舊故，注釋音辯本、詁訓本、游居敬本及《全唐文》作「故舊」。
④ 復有，原注與注釋音辯本、詁訓本及世綵堂本注：「一本作『是乃爲若』。」
⑤ 許，原注與注釋音辯本、詁訓本及世綵堂本注：「一作取。」
⑥ 忠，原注與注釋音辯本、詁訓本及世綵堂本注：「一作中。」
⑦ 是用，注釋音辯本、詁訓本、游居敬本及《全唐文》作「用是」。

⑧ 世綵堂本注：「『古』下一無『人』。」

⑨ 也，注釋音辯本作「矣」。

⑩ 注釋音辯本、游居敬本及《全唐文》作「猶難知之」，無「於」字。

⑪ 注釋音辯本、詁訓本、游居敬本「致」下有「位」。世綵堂本注：「『致』下一有『位』字。」

⑫ 注釋音辯本及游居敬本無「而」字。注釋音辯本注：「一本此下有『而』字。」原注與詁訓本及世綵堂本注：「一無『而』字。」

⑬ 原注與注釋音辯本及世綵堂本注：「一本『不』字下有『盡』字。」何焯《義門讀書記》卷三六：「『益』字上有『盡』字。」

⑭ 詁訓本作「彼知士」，無「誠」字。

⑮ 注釋音辯本、游居敬本及蔣之翹輯注本無此五字，當是脱誤。

⑯ 注釋音辯本、詁訓本及游居敬本作「知之不捨」，無「而」字。

⑰ 注釋音辯本、詁訓本、世綵堂本及游居敬本「無」下有「所」。

⑱ 世綵堂本注：「操，一作探。」

⑲ 注釋音辯本作「堯舜大道」，並注：「大，一本作之。」原注與詁訓本及世綵堂本注：「一作『大道』。」

⑳ 爾，注釋音辯本、詁訓本作「耳」。

㉑ 小，詁訓本作「少」。

㉒ 世綵堂本注：「一無『乙』、『第』二字。」

㉓ 世綵堂本注：「一無『知』字。」

㉔ 世綵堂本作「十數篇書」，並注：「一無『書』字。」

㉕ 世綵堂本注：「一無『古人』字。」

㉖ 世綵堂本注：「一本二『以』字並作『與』。」

㉗ 原注與注釋音辯本及世綵堂本注：「一有『笑』字。」詁訓本「人」下有「笑」字。

㉘ 始，注釋音辯本、游居敬本及《全唐文》作「必」。

㉙ 文，注釋音辯本及游居敬本作「直」。

㉚ 才高，詁訓本作「高才」。

㉛ 詁訓本「諸」下無「生」字。

㉜ 後之人，世綵堂本注：「一作『世人』。」

㉝ 世綵堂本注：「一無『來』字。」

㉞ 世綵堂本注：「一無『然』字。」

㉟ 世綵堂本注：「沮，一作怛。」

㊱ 原注與注釋音辯本注：「晏（殊）本無『又』字。」詁訓本及世綵堂本注：「一無『又』字。」

㊲天，注釋音辯本作「大」。百家注本及世綵堂本注：「天，一作大。」

㊳原注與注釋音辯本及世綵堂本注：「意，一作志。」

㊴危傷，注釋音辯本、游居敬本及《全唐文》作「傷危」。

㊵世綵堂本注：「至，一作止。」

㊶意，注釋音辯本、詁訓本、世綵堂本、游居敬本及《全唐文》作「志」。

㊷原注與注釋音辯本注：「晏（殊）本無『一』字。」世綵堂本注：「一本無『一』字。」

㊸使，注釋音辯本及游居敬本作「所」。原注與注釋音辯本及世綵堂本注：「一作祀。」

㊹過，《全唐文》作「夫」。

㊺右，原注與注釋音辯本、詁訓本及世綵堂本注：「一作下。」

㊻任，注釋音辯本、游居敬本及《全唐文》作「勝」。

【解　題】

［注釋音辯］一云名凌，子敬之。［韓醇詁訓］《楊憑傳》：拜京兆尹，與李夷簡素有隙。因劾憑江西奸賊，憲宗以憑治京兆有績，但貶臨賀尉，時元和四年也。誨之即憑之子。公嘗遺誨之書云：「今日有北人來，示將籍田敕，是舉數十年之墜典，必有大恩澤。丈人之冤聞於朝，今是舉也必復大任。」此書亦云「丈人旦夕歸朝廷，復爲大僚」。考《憲宗紀》：元和五年，詔以來歲正月籍田。則此

書當在元和五年冬作。［世綵堂］考《憲宗紀》：元和五年，詔以來歲籍田。則此書必五年冬作。

按：楊憑爲柳宗元岳父，故書稱楊憑爲丈人，然距其妻楊氏死已十一年。胡鳴玉《訂譌雜録》卷六：「妻之父爲外舅，母爲外姑，見《爾雅》、《釋名》諸書。世以外舅爲丈人，雖非泰山丈人峰之謂，然其來亦久。……柳子厚《與外舅楊憑書》：『丈人以文律通流當世。』又曰：『丈人旦夕歸朝廷，復爲大僚。』又《祭楊憑文》：『子壻謹以清酌庶羞之奠，昭祭於丈人之靈。』陳後山送外舅詩：『丈人東南英。』今人與外舅詩文中罕用之矣。子厚集更有《祭獨孤氏丈母文》，丈母之稱，尤爲近俗。」此文元和五年冬爲永州司馬時作。楊憑喜奢侈，任京兆尹時，築第於永寧里。元和四年七月被御史中丞李夷簡以貪贓罪彈劾，貶臨賀尉。後遷杭州長史，召還，爲諸王傅，定居洛陽。事見兩《唐書》本傳。此書言薦舉之道之難，次言文章之用。表示自己既無緣立功，乃以立德、立言爲務，以期傳於後世。章士釗《柳文指要》上《體要之部》卷三〇：「此文一私人簡牘耳，何嘗望傳之後世？故縱筆寫來，惟求與親密故舊直吐心緒，疏疏落落，不暇翦裁，吾人於此，轉能窺見子厚行文之真實本領。」

【注　釋】

〔一〕［百家注引任子淵曰］丈人字，俗以爲婦翁之稱，然字則遠矣。大抵亦尊者之稱也。《吴越春秋》載：「伍子胥謂漁父曰：性命屬天，今屬丈人。」按：事見《吴越春秋·王僚使公子光傳》。

〔二〕［韓醇詁訓］［百家注］雋音俊。

〔三〕［百家注引孫汝聽曰］《書・臯陶》曰：「在知人，在安民。禹曰：『吁，咸若時，惟帝其難之。』」

〔四〕［韓醇詁訓］《家語》：「子羽有君子之容，而行不勝其貌。」孔子曰：「以容取人，失之子羽。」子羽，姓澹臺名滅明。［百家注引孫汝聽曰］《史記》：「孔子曰：『以言取人，失之宰我。以貌取人，失之子羽。』」按：「子羽有君子之容」句見《孔子家語》卷五。「以言取人」句見《史記・仲尼弟子列傳》。

〔五〕［韓醇詁訓］馮衍，字敬通，京兆杜陵人。世祖即位，論功當封，且將召見之。爲令狐略等讒之，竟不獲用。按：見《後漢書・馮衍傳》。

〔六〕［注釋音辯］王猛字景略。按：王猛事跡見《晉書・載記第十四・苻堅下》。

〔七〕［韓醇詁訓］《晉史載記》：「尹緯，字景亮，天水人。先爲秦吏部令史，及姚萇奔馬牧，緯與尹詳、龐演扇動群豪，推萇爲盟主。遂爲佐命元功。萇既敗苻堅，遣緯説堅求禪代之事，堅問緯曰：『卿於朕何官？』緯曰：『尚書令史。』堅歎曰：『卿宰相才也，王景略之儔。而朕不知卿，亡也不亦宜乎！』」王景略，名猛。按：事見《晉史・載記第十八・姚興下》。

〔八〕［注釋音辯］［百家注引童宗説曰］（吒）陟駕切，歎也。

〔九〕［注釋音辯］頗，普何切。［韓醇詁訓］《史記・趙奢傳》：「趙孝成王七年，秦與趙相拒長平，趙使廉頗將攻秦，秦數敗趙軍。趙王乃以括爲將。秦遣間言曰：『秦之所患，獨畏馬服君趙奢之子趙括爲將耳。』王以括代頗，藺相如及括之母諫王：『括徒能讀父書，而父子異心。』王不聽，果敗。」

〔一〇〕［注釋音辯］謖，所六切。［韓醇詁訓］《蜀志》：「馬謖字幼常，才器過人，好論軍計，諸葛亮深加器異。先主臨薨謂亮曰：『馬謖言過其實，不可大用，君其察之。』亮猶謂不然，以謖爲參軍。建興六年，又令統大衆，與張郃戰於街亭，爲郃所破。」謖，音縮。起也。按：見《三國志·蜀書·馬謖傳》。百家注本引孫汝聽注與韓醇詁訓本略同。

〔一一〕［注釋音辯］《前漢》本傳。［韓醇詁訓］西漢周仁，其先任城人。武帝立，爲先帝臣，重之。仁乃病免，以二千石禄歸老。按：見《漢書·周仁傳》。

〔一二〕［注釋音辯］《三國·蜀志》。［韓醇詁訓］《蜀志》：「許靖，字文休，少與從弟劭俱知名，建安十九年，先主爲漢中王，以靖爲太傅。」［百家注引孫汝聽曰］先主圍成都，許靖踰城降，先主以此薄靖不用。法正曰：「靖之浮稱，播流四海，若其不禮，天下之人謂公爲賤賢也。」於是以靖爲司徒。按：事見《三國志·蜀書·法正傳》。

〔一三〕［世綵堂］《史記》：「灌夫薦寵下輩，士亦以此多之。」見《武安傳》。按：見《史記·魏其武安侯列傳》。

〔一四〕［百家注引孫汝聽曰］蕭何以文毋害，爲沛主吏掾。無害，謂不刻害也。

〔一五〕［百家注引王儔補注］《孟子》：「惡乎宜乎，抱關擊柝。」柝，夜所擊之木也。《左氏》「魯擊柝聞於邾」是也。他各切。按：見《孟子·萬章下》。

〔一六〕［百家注引童宗説曰］事君敬其事，而後其食。［世綵堂］《論語》：「事君敬其事，而後其食。」按：見《論語·衛靈公》。

〔一七〕［百家注引張敦頤曰］揭，舉也。去謁切。

〔一八〕［百家注引張敦頤曰］《論語》：「司馬牛問仁。子曰：『仁者，其言也訒。』」何晏集解：「孔曰：訒，難也。」按：見《論語·顔淵》。

〔一九〕［注釋音辯］［百家注引童宗説曰］惎，渠記切。《説文》：「毒也。」按：何焯《義門讀書記》卷三六：「注引《説文》：『惎，毒也。』按《左傳》：『楚人惎之脱扃。』杜注：『惎，教也。』」陳景雲《柳集點勘》卷二：「（陳）黄中按：《書》云：『彼不足而惎我哉。』舊注引《説文》：『惎，毒也。』誤。《左氏》宣十一年傳：『楚人惎之脱扃。』杜注：『惎，教也。』注當引此。又哀元年傳：『惎澆能戒之。』則訓義當與《説文》同，與此文引用之義無當。」此「惎」當訓爲「教」。

〔二〇〕咈，違逆。音拂。

〔二一〕［注釋音辯］屈，其勿切。［百家注引王儔補注］屈，屈原。馬，司馬遷。

〔二二〕［韓醇詁訓］［百家注］累，倫追切。

〔二三〕［注釋音辯］《唐登科記》：大曆九年，楊憑中進士。十三年，楊凝中進士。十二年，楊凌中進士。皆有名，時號三楊。

〔二四〕［注釋音辯］凌子敬之，字茂孝。嘗爲《華山賦》，韓愈稱之。中元和二年進士。按：《新唐書·

楊憑傳》附楊凌子楊敬之：「敬之嘗爲《華山賦》示韓愈，愈稱之，士林一時傳布，李德裕尤咨賞。」

〔二五〕［百家注引孫汝聽曰］（吴）武陵，元和二年中進士，三年謫永州。按：陳景雲《柳集點勘》卷二：「按吴武陵先從濮陽徙貫信州，楊憑觀察江西日，信在所部，武陵蓋嘗以文字受知也。」

〔二六〕［百家注引孫汝聽曰］《揚雄贊》：「桓譚曰：『凡人賤近而貴遠，親見揚子雲，禄位容貌不能動人，故輕其書。』」譚音覃。按：見《漢書·揚雄傳》。

〔二七〕［注釋音辯］［韓醇詁訓］［百家注引童宗説曰］眊音冒，目少精。

〔二八〕［韓醇詁訓］《説文》：「霾，風雨土也。」《詩》：「終風且霾。」按：見《詩經·邶風·終風》。百家注本引孫汝聽注曰：「霾音埋。」

〔二九〕［注釋音辯］（怖）普故切。

〔三〇〕［注釋音辯］童（宗説）云：矻，丘八切。堅也。潘（緯）云：苦骨切。勞極貌。又健作貌。［韓醇詁訓］矻，丘八切。與「硈」同，《説文》：「堅也，石狀。」［百家注引童宗説曰］矻與硈同，丘八切。《説文》：「堅也，突也，石狀。」

〔三一〕［注釋音辯］悃，口本切。誠也。愊，平力切。緻密也。

〔三二〕［百家注引王儔補注］許京兆，孟容也。

〔三三〕［蔣之翹輯注］韓退之誌子厚墓云：「皇考諱鎮，以事母棄太常博士，求爲縣令江南。其後以不能媚權貴，失御史。權貴死，乃復拜侍御史。號爲剛直。」子厚貞元十九年由藍田尉拜監察御史，順宗即位，拜禮部員外郎。故云再登朝至六品也。

〔三四〕［注釋音辯］從，才用切。

〔三五〕［注釋音辯］子厚娶楊凝女，貞元十五年卒。［百家注引孫汝聽曰］公娶凝女，貞元十五年八月一日卒，年二十三。按：陳景雲《柳集點勘》卷二：「『獲託姻好』，注子厚娶楊凝女，與《楊詹事》注同，並誤。按子厚《亡妻楊氏誌》夫人父『禮部郎中凝』注云：『凝』當作『憑』。又，《楊凝碣》注：『子厚乃凝兄憑婿。』其説是也。蓋注不出一人，編者昧於持擇，故兩存之。」柳宗元乃楊憑婿，陳説是。

〔三六〕［注釋音辯］［百家注引孫汝聽曰］謂楊氏嘗孕而不育也。

〔三七〕見《孟子·離婁上》。

〔三八〕［百家注引孫汝聽曰］厭，棄也。

〔三九〕［韓醇詁訓］［百家注引孫汝聽曰］（顙）寫曩切。

【集評】

王明清《揮麈餘話》卷二：紹興壬戌夏，顯仁皇后歸就九重之養，伯氏仲信年十八，作《慈寧殿賦》以進……許顗彦周跋云：「王仲信此賦如河決泉涌，沛乎莫之能禦也，天資辭源之壯，蓋未之見。

昔柳柳州云：『辨如孟軻，淵如莊周，壯如李斯，明如賈誼，哀如屈原，專如揚雄。』柳州論之古人以一字到，今不可移易。願吾仲信兼用六語，而加意於莊、屈，當與古人並驅而争先矣。」

黄震《黄氏日鈔》卷六〇：寄許孟容，與楊憑、裴塤、蕭俛、李建、顧十郎諸書，皆貶所悲苦之詞。其可憐者，與楊憑之書曰：「有之而恥言者，上也；有之而言之者，次也；無之而工言者，賊也；無之而不言者，土木類也。」又曰：「公卿之任，莫若索士。」子厚初貶時，年三十三，重膇（馳僞切，並《蕭俛書》）。《與李建書》：「悶即出游，游復多恐，暫得一笑，已復不樂。如囚居圜土，一遇和景，負牆搔摩，伸展支體。當此之時，亦以爲適。然顧地窺天，不過尋丈，終不得出，豈復能久爲舒暢哉？」《與顧十郎書》自稱門生，而以郎稱其人，豈郎者所以稱其主之名歟？

茅坤《唐宋八大家文鈔》卷一七：文不如前書，而中所自爲嗚咽涕洟略相似，故併録之。

明闕名評選《柳文》卷一引王荆石（錫爵）曰：長篇未加洗澤，然才氣勃湧，去先秦較近。又引唐荆川（順之）曰：只是叙薦舉一段文字爲勝。「文章士之末也」眉批：此答論文章。「凡爲文」眉批：名言。王荆石曰：應前「愚蒙剥喪頓瘁」。「雖有意窮文章」眉批引唐荆川曰：叙得踈暢。「矻矻自苦」眉批：以下答念己意。

蔣之翹輯注《柳河東集》卷三〇：昔人評此文不如前書，予則謂疏疏莽莽，特能以氣驅事，事不礙氣，骨力自大有過處。如沾沾論句字工拙，則亦昔人之見也。唐順之曰：只是叙薦舉一段文字爲勝。王世貞曰：長篇未加洗澤，然才氣勃湧，去秦漢較近。「故曰知之難」句下：語刻而意厚。「而不務取」句下引虞集曰：不復切切，此文之活核。「故不可憚煩」句下：以上已畢言薦舉之道。「士理之本」一句極説得鄭重，以下反反覆覆亦綿至，痛快。「未易忽也」句下：總入論文章三四句，看他須臾變出幾轉，筆如游龍。「非丈人無以知之」句下：世多貴遠賤近，重耳輕目。張率先以詩示虞訥，頗爲所詆。更作以示，託名沈約，遂爲稱嗟。率曰：「此吾作也。」訥乃大慚。由來自具隻眼者蓋至少矣，所以子厚亦極歎之。「所讀書隨又遺忘」句下：文章以神志爲主，此是子厚自得語。「以危傷敗之魂哉」句下：以上畢言文章之道，而下答之以念己意，然其上下連屬，是界劃不斷文字。

孫琮《山曉閣選唐大家柳柳州全集》卷一：一篇大文，只是來書三意，段段答之。第一段説推延賢儁之道，不可憚煩。第二段答論文章，貴于學古明理。第三段答憂己剥喪頓悴，無以守宗祀、復田畝，今已知止。然三段中，又各自有條目，詳見細評。

何焯《義門讀書記》卷三六：「近世尤好此類」二句：李（光地）云：柳子自言得號爲輕薄人，觀其謫後仍是此類議論，據要津時可知。……「言而有是患」二句：李云：省筆。「苟知之雖無有司」至「其必有施矣」：安溪師（李光地）云：此皆子厚之所以敗，而終始拳拳若此，故知其爲有心人也。「今之世言士者先文章」：三段自爲聯絡。「希王褒劉向之徒者」二句：柳子置子政於第二流。……「理不一斷以古書老生」：自韓、柳所見，皆頗脱略先儒章句矣。「今復得好官猶不辭讓」：上云「無有是念」，而此云云然，豈謂量移善地爲好官耶？「以人望人尚足自進」四句：李云：四句詞甚晦。大略言己自處且未能自免於常情之中，如下「歸鄉閭，立家室、托嗣續」之類是也。以義度人，則難爲人。以人望人，則賢者可知已矣。語本表記。「使有世嗣」：「使」作「所」。李云：世嗣，謂己也。此篇叙情款不如與許書，而所答薦舉文章，二者卓犖可用之言爲多。

儲欣《河東先生全集録》卷五：攤紙濡筆，磊落快意。其中更多名言，余尤感先生官京師，文望已屬，赫然有聲，猶自謂未究爲文之道，而知其利病也。前朝士夫幸獲高第，竊浮名，即儼然以爲古今文字非我莫能知，而愛憎任意，讀此得無恧顔。

乾隆敕纂《御選唐宋文醇》卷一四：此文後半首亦是哀怨之音，《與蕭俛書》之類耳。前半首所述知之難、言之難、聽信之難，則曲盡末世人物情理，允爲至言確論。

焦循批《柳文》卷四：柳子通儒，所以交叔文者，誠欲及物耳。而叔文亦能用之。「今之後生爲文」批：此實有所見，乃慨乎言之。又：言唐文勝於古。柳州自言所得，誠有然者。柳子貶後之文，大勝從前也。「博如莊周」批：每加一字，確極。「無以盡訓詁」批：風雅出於訓詁。

劉熙載《藝概・文概》：柳子厚《與楊京兆憑書》云「明如賈誼」，「明」字體用俱見。若《文心雕龍》謂「賈生俊發，故文潔而體清」，語雖較詳，然似將賈生作文士看矣。

林紓《韓柳文研究法・柳文研究法》：《與楊京兆書》極長，中間只分兩大段：一論薦賢，一論文章。末仍求歸鄉閭立室家意。無甚意味。

與裴塤書

應叔十四兄足下：比得書示勤勤，不以僕罪過爲大故，有動止相憫者，僕望已矣。世所共棄，唯應叔輩一二公獨未耳①。僕之罪，在年少好事，進而不能止，儔輩恨怒，以先得官。又不幸早嘗與游者，居權衡之地，十薦賢幸乃一售〔一〕，不得者譸張排抿②〔二〕，僕可出而辯之哉！性又倨野，不能摧折，以故名益惡，勢益險，有喙有耳者，相郵傳作醜語耳③，不知其卒云何。中心之愆尤，若此而已。既受禁錮而不能即死者〔三〕，以爲久當自明。今亦久矣④，而嗔駡者尚不肯已⑤〔四〕，堅然相白者無數人。

聖上日興太平之理，不貢不王者悉以誅討，而制度大立，長使僕輩爲匪人耶？其終無以見明，而不得擊壤鼓腹樂堯舜之道耶？且天下熙熙〔五〕，而獨呻吟者四五人，何其優裕者博，而局束者寡，其爲不一徵也何哉？太和蒸物，燕谷不被其煦，一鄒子尚能耻之〔六〕，今若應叔輩知我，豈下鄒子哉！然而不耻者何也？河北之師，當已平奚虜，聞吉語矣〔七〕。然若僕者，承大慶之後，必有殊澤，流言飛文之罪〔八〕，或者其可以已乎？幸致數百里之北⑥，使天下之人，不謂僕爲明時異物，死不恨矣。

金州考績已久⑦，獨蔑然不遷者何耶？十二兄宜當更轉右職。十四兄嘗得數書，無恙⑧〔九〕。兄顧惟僕之窮途，得無意乎？北當大寒⑨，人愈平和，惟楚南極海，玄冥所不統，炎昏多疾，氣力益劣，昧昧然人事百不記一⑩，捨憂慄，則怠而睡耳。偶書如此，不宣。宗元再拜。

【校　記】

① 獨未耳，原注與詁訓本及世綵堂本注：「一作『獨未下耳』。」

② 𢾋，原作「恨」，據注釋音辯本、世綵堂本、蔣之翹輯注本改。注釋音辯本及世綵堂本注：「𢾋，一本作恨。」

③ 注釋音辯本及游居敬本無「耳」字。注釋音辯本注：「一本下有『耳』字。」世綵堂本注：「一無『耳』字。」

④ 久，詁訓本作「已」。

⑤ 肯，詁訓本作「能」。

⑥ 北，《全唐文》作「地」。

⑦ 金州，詁訓本作「金川」。

⑧ 原注與注釋音辯本、詁訓本及世綵堂本注：「一無『嘗得』二字。」

⑨ 北，詁訓本作「比」。

⑩ 昧昧，《全唐文》作「眛」。

【解題】

〔注釋音辯〕裴墐之弟。〔韓醇詁訓〕裴塤，字、行此書皆具，唯不詳其爵位。公時謫在永。其書曰：「河北之師，當已平奚虜，聞吉語矣。」考其時，蓋當吐突承璀誅鎮冀王承宗之時，事在元和四年，書必是年作。鎮冀自李寶臣，本范陽内屬奚。承宗之先亦契丹人，故書云奚虜也。按：陳景雲《柳集點勘》卷二：「此與寄蕭、李書，皆元和四年作。時八司馬中韋、凌已先没，程异獨被薦擢，而子厚與二韓、劉、陳尚未離謫籍，故曰『獨呻吟者四五人』也。金州，謂塤兄墐，時方刺金州。觀『十二兄宜更轉右職』語，乃仕於使幕者。集中有《宣武從事裴君誌》，即其人。以誌中所書世系考之自明。蓋塤之從昆弟嘗酬其詩，十三兄嘗得數書，集中有《酬裴韶州詩》，疑即其人。韶、永道近，故頻得書也。新史《世系表》中有韶州刺史裴禮，亦未審是一人否也。」諸説定此文爲元和四年作，可從。裴塤字應叔，宗元之姐夫裴墐之弟。柳宗元《唐故萬年令裴府君墓碣》云裴墐刺金州，故「金州考績已久」即謂裴墐。「十二兄」亦謂裴墐。岑仲勉《唐人行第録》：「《河東集》三〇《與裴塤書》有所謂十二兄，即墐也。」陳景雲説非是。「十四兄嘗得數書，無恙」，陳景雲引作「十三兄」，當是。謂時爲韶州刺史之裴禮。「無恙」爲轉告語氣，若作十四兄，即謂裴塤本人，無須轉告也，故「十四兄」當爲「十三兄」

之訛。章士釗《柳文指要》上《體要之部》卷三〇：「將十四兄看成應叔（裴塤），文理即不可通。至其人真實行第，諒少章（陳景雲）無從知之，亦姑且第之以便行文云爾。」

【注釋】

〔一〕〔注釋音辯〕（售）音壽。〔韓醇詁訓〕音授，賣也。〔百家注引張敦頤曰〕售，賈也，音壽。

〔二〕〔注釋音辯〕譸音輈。拫，胡根切，輓也。《唐裴度傳》：「爲姦檢拫抑。」〔韓醇詁訓〕譸音輈，訓也。《周書》：「無或譸張爲幻。」〔百家注引童宗説曰〕《書》：「人乃可譸張爲幻。」譸張，欺詐也。譸音輈。按：譸張，也作「侜張」，欺誑。《玉篇·言部》：「譸，譸張，誑也。」《尚書·無逸》：「古之猶胥訓告，胥保惠，胥教誨。民無或胥譸張爲幻。」

〔三〕〔注釋音辯〕（錮）古慕切。

〔四〕〔注釋音辯〕嗔，稱人切，恚也，字本從言。

〔五〕〔世綵堂〕天下熙熙，見《史記·貨殖傳》。

〔六〕〔注釋音辯〕煦，吁句切。鄒衍事。〔韓醇詁訓〕劉向《别録》：「鄒衍在燕，燕有谷，地寒不生五穀。衍乃吹律而温氣至，堪植黍，今謂之黍谷。」〔百家注引韓醇曰〕劉向《别録》云：「方士傳言，鄒衍在燕，燕有谷，地美而寒，不生五穀。鄒子居，吹律而温氣至，五穀生，今名黍谷。」按：鄒衍吹律事見王充《論衡·寒温》及《定賢》、《藝文類聚》卷五及卷九引劉向《别録》。

〔七〕［注釋音辯］憲宗時伐鎮冀王承宗，承宗本契丹部落，故曰奚虜。［百家注引韓醇曰］時吐突承璀討鎮冀王承宗，鎮冀自李寶臣本范陽内屬奚。承宗之先武俊，亦本契丹部落，故曰奚虜。

〔八〕［注釋音辯］出《劉向傳》云。［百家注引孫汝聽曰］流言飛文，出《劉向傳》。按：見《漢書·楚元王傳》附劉向。

〔九〕［注釋音辯］恙，餘亮切，憂也。

【集　評】

《王荆石先生批評柳文》卷八：丏恩。

茅坤《唐宋八大家文鈔》卷一七：亦自悲楚。

陸夢龍《柳子厚集選》卷三：只是説得出。

蔣之翹輯注《柳河東集》卷三〇：其事其詞，耿耿可念。劉辰翁曰：悲甚。此語不可復讀。

孫琮《山曉閣選唐大家柳柳州全集》卷一：通篇純作憤懣無聊文字，極寫怨望心事。前二段自述得罪之由。中、後四段，凡怨望朝廷，寫作兩番，怨望友朋不得伸，亦寫作兩番。此不是重複，蓋怨望朝廷而不得伸，轉而望之友朋。怨望友朋而不得伸，又轉而望之朝廷。望之朝廷而終不得伸，於是決意望之友朋。故作四段寫來，輾轉反復，純是一片憤懣無聊情況。孤臣心事，極力寫盡，屈子《天問》，不得耑美於前。

儲欣《河東先生全集録》卷五：親故相知，以詰責爲祈請。

焦循批《柳文》卷四：曲折頓宕。

與蕭翰林俛書①

思謙兄足下：昨祁縣王師範過永州，爲僕言得張左司書，道思謙蹇然有當官之心〔一〕，乃誠助太平者也。僕聞之喜甚，然微王生之説②，僕豈不素知耶？所喜者耳與心叶，果於不謬焉爾。

僕不幸，嚮者進當臲卼不安之勢〔二〕，平居閉門，口舌無數，况又有久與游者，乃岌岌而操其間哉③〔三〕！其求進而退者，皆聚爲仇怨，造作粉飾，蔓延益肆。非的然昭晰，自斷於内，則孰能了僕於冥冥之間哉？然僕當時年三十三〔四〕，甚少，自御史裏行得禮部員外郎，超取顯美，欲免世之求進者怪怒媢嫉〔五〕，其可得乎？凡人皆欲自達，僕先得顯處，才不能踰同列，聲不能壓當世④，世之怒僕宜也。與罪人交十年，官又以是進，辱在附會。聖朝弘大⑤，貶黜甚薄，不能塞衆人之怒，謗語轉侈，囂囂嗷嗷〔六〕，漸成怪人⑥。飾智求仕者，更詈僕以悦讎人之心⑦，日爲新奇，務相喜可⑧，自以速援引之路。而僕輩坐益困辱，萬罪横生〔七〕，不知其端。伏自思念，過大恩甚，乃以致此，悲夫！人生少得六七十者，今已三十七矣〔八〕。長來覺日月益促，歲歲更甚，大都不過數十寒暑，則無此身矣。是非榮辱，又何足道！云云不已，祇益爲罪，兄知之勿爲他人言也。

居蠻夷中久，慣習炎毒，昏眊重膇〔九〕，意以爲常。忽遇北風晨起，薄寒中體，則肌革瘆懍⑨〔一〇〕，毛髮蕭條。瞿然注視怵惕〔一一〕，以爲異候，意緒殆非中國人⑩。楚越間聲音特異，鴂舌啅譟〔一二〕，今聽之怡然不怪⑪，已與爲類矣。家生小童，皆自然嘵嘵〔一三〕，晝夜滿耳，聞北人言，則啼呼走匿，雖病夫亦怛然駭之。出門見適州閭市井者，其十有八九，杖而後興。自料居此尚復幾何，豈可更不知止，言説長短，重爲一世非笑哉？讀《周易·困卦》至「有言不信，尚口乃窮」也，往復益喜，曰：「嗟乎！余雖家置一喙以自稱道，詬益甚耳。」用是更樂瘖默〔一四〕，思與木石爲徒，不復致意。

今天子興教化，定邪正，海内皆欣欣怡愉。而僕與四五子者獨淪陷如此，豈非命歟？命乃天也，非云云者所制，余又何恨？獨喜思謙之徒，遭時言道，道之行，物得其利。僕誠有罪，然豈不在一物之數耶？身被之，目覩之，足矣。何必攘袂用力〔一五〕，而矜自我出耶？果矜之，又非道也。事誠如此。然居理平之世〔一六〕，終身爲頑人之類，猶有少耻，未能盡忘。儻因賊平慶賞之際，得以見白，使受天澤餘潤〔一七〕，雖朽枿腐敗⑫〔一八〕，不能生植，猶足蒸出芝菌〔一九〕，以爲瑞物。一釋廢痼，移數縣之地，則世必曰罪稍解矣。然後收召魂魄，買土一廛爲耕甿⑬〔二〇〕，朝夕歌謡，使成文章。庶木鐸者採取〔二一〕，獻之法宫〔二二〕，增聖唐大雅之什，雖不得位，亦不虚爲太平之人矣。此在望外，然終欲爲兄一言焉。宗元再拜。

【校　記】

① 世綵堂本注：「（俛）一作勉。」

② 微，注釋音辯本、詁訓本、世綵堂本、游居敬本及蔣之翹輯注本作「徵」。

③ 操其間哉，原作「造其門哉」，據詁訓本改。注釋音辯本、游居敬本及蔣之翹輯注本作「操其間」。原注及世綵堂本注：「『門』一作『間』，下無『哉』字。」注釋音辯本注：「一本作『造其門哉』。」詁訓本注：「一作『造其門』。」何焯《義門讀書記》卷三六：「若作『造其門』，則『岌岌』當爲『汲汲』。若作『岌岌』，則又當云『操其間』。」何説是。

④ 聲，注釋音辯本、游居敬本及蔣之翹輯注本作「名」。注釋音辯本注：「名，一本作聲。」世綵堂本注：「聲，一作名。」

⑤ 世綵堂本注：「弘，一作寬。」

⑥ 漸，原作「慚」，據諸本改。人，原作「民」。世綵堂本注：「民，一作人。」章士釗《柳文指要》上《體要之部》卷三〇：「『民』字乃後人改竄，實則『怪人』較『怪民』尤形自然。」故據改。

⑦原注與詁訓本注：「詈，一作言。」注釋音辯本作「言」，並注：「言，一本作詈。」世綵堂本注：「詈，一作言。讎，一作仇。」

⑧世綵堂本注：「喜，一作悦」。

⑨瘮，注釋音辯本、游居敬本、蔣之翹輯注本及《全唐文》作「慘」。注釋音辯本及世綵堂本注：「慘，一作瘮。」

⑩世綵堂本注：「『人』下有『也』字。」

⑪世綵堂本注：「怡，一作恬。」按：《新唐書·柳宗元傳》引作「恬」。

⑫腐敗，注釋音辯本作「敗腐」。詁訓本注：「株，一作柎。」原注及世綵堂本注：「柎，一作株。」

⑬廛，注釋音辯本及游居敬本作「鄽」。注釋音辯本並注：「鄽，一本作廛。潘本作鄽。……《集韻》亦作廛、壥、廛、鄽，無此『鄽』字。」陳景雲《柳集點勘》卷二：「按『鄽』當作『壥』。《漢書·揚雄傳》『有田一壥』，晉灼注：『上地夫一壥，一百畝也。』舊注『一壥，一家之居』，非是。」

【解　題】

［韓醇詁訓］據蕭俛本傳，貞元中及進士第，又以賢良方正對策異等，拜右拾遺。元和六年，召爲翰林學士，凡三年，進知制誥。公在永州，此書當是俛爲翰林時作。其末云「儻因賊平慶賞之際，得以見白，使受天澤」，蓋有望於俛者如此。是時吐突承璀討王承宗之叛，至元和五年七月，赦王承宗，

正有望於賊平，慶宥可及罪謫耳。［世綵堂］《新唐史》蕭俛書在許孟容書前。按俛本傳：貞元中及第，又以賢良方正對策異等，拜右拾遺。元和六年，召爲翰林學士，凡三年，進知制誥。公在永州，此書當是俛爲翰林時作。按：韓、廖云「此書當是俛爲翰林時作」誤。文云：「人生少得六七十者，今已三十七矣。」據此可定此文爲元和四年爲永州司馬時作。蕭俛字思謙，兩《唐書》有傳。宗元寫此信時，俛爲右補闕。題中「翰林」字，當是編輯文集時所加。

【注釋】

〔一〕［蔣之翹輯注］當官字見《管子·立政篇》：「德不當其位，功不當其禄，能不當其官。」

〔二〕［注釋音辯］䠒，倪結切。䟴，五忽切。［百家注］䟴音兀。

〔三〕［注釋音辯］岌，逆及切，不安貌。

〔四〕［百家注引王儔補注］永貞元年。［蔣之翹輯注］子厚年三十三，時永貞元年也。

〔五〕［韓醇詁訓］［百家注引童宗説曰］娼音冒，妬也。

〔六〕［注釋音辯］嚻，虚驕、五高二切。［百家注］嚻，虚驕切。嗷音敖。

〔七〕［注釋音辯］横，尸孟切，不順理也。

〔八〕［蔣之翹輯注］元和四年，子厚年三十七。

〔九〕［注釋音辯］重，直隴切。腿，馳僞切，不輕健也。一曰足腫。［韓醇詁訓］重，上聲。腿，他僞切，釋足腫也。［百家注引張敦頤曰］腄，足腫也，馳僞切。重，上聲。［蔣之翹輯注］腄，不輕避也，又足腫也。

［一〇］［注釋音辯］潘（緯）云：慘，七感切。懍，來感切，陰寒貌。慘，一本作「瘆」，所錦切。懍，力錦切，病寒也。［百家注引孫汝聽曰］瘆，寒病，山錦切。［世綵堂］瘆，山錦切，寒病。一作慘，七感切。懍，來感切，陰寒貌。薄寒中人，見《楚辭》。按：宋玉《九辯》：「憯悽增欷兮，薄寒之中人。」

［一一］［注釋音辯］瞿，九遇切，心驚貌。［百家注］瞿音渠。

［一二］［注釋音辯］童（宗説）云：鴂音決。《説文》：「鳸鴂。或從隹。」啅音卓。［韓醇詁訓］鴂音決。《孟子》：「南蠻鴂舌。」啅音卓。［百家注引韓醇曰］《孟子》：「南蠻鴂舌之人。」鴂，鳥名，即鶗鴂也。鴂音決。啅音卓。［蔣之翹輯注］啅譟，擾聒也。按：鴂舌見《孟子·滕文公上》。

［一三］［注釋音辯］［韓醇詁訓］（嘵）馨幺切。［百家注］許堯切。按：嘵嘵，吵嚷貌。

［一四］［注釋音辯］瘖，余金切，不能言也。［韓醇詁訓］瘖音陰，《説文》「不能言」。

［一五］［世綵堂］袂，彌蔽切。

［一六］［世綵堂］高宗諱治，避爲理。

［一七］［百家注引韓醇曰］是時吐突承璀討王承宗，公有望於賊平，慶宥及罪謫耳。

［一八］［注釋音辯］枿，牙割、牙結二切，伐木餘也。［百家注引韓醇曰］枿，伐木餘也，牙割、牙結二切。

〔一九〕［注釋音辯］菌，九員切。

〔二〇〕［注釋音辯］潘（緯）本作鄽，云澄延切，一家之居也。［百家注引孫汝聽曰］《説文》：「一廛，一畝半也，一家之居也。」［世綵堂］一廛，二畝半也，一家之居也。按：《孟子·滕文公上》：「遠方之人，聞君行仁政，願受一廛而爲氓。」即謂一家之居地。

〔二一〕［百家注引孫汝聽曰］木鐸者，金鈴木舌。武事振金鐸，文事振木鐸，以徇於道路。按：《周禮·天官冢宰·小宰》「徇以木鐸」，鄭玄注：「古者將有新令，必奮木鐸以警衆，使明聽也。木鐸，木舌也。文事奮木鐸，武事奮金鐸。」

〔二二〕［百家注引孫汝聽曰］法宫，路寢正殿也。

【集　評】

周密《浩然齋雅談》卷上：子厚有答人書云：「人生少得六七十者，今已三十七矣，長來覺日月益促，歲歲更甚，大都不過數十寒暑，則無此身矣。是非榮辱，又何足道？」又書云：「假令病盡，已身復壯，悠悠人世，亦不過爲三十年客耳。前過三十七年與瞬息無異，後所得者，其不足把玩，亦已審矣。」此二書皆在元和四年，時子厚年三十七。後十年當元和十四年子厚卒，年止四十有七耳。所謂數十寒暑、三十年客，竟不酬初志，悲夫！

茅坤《唐宋八大家文鈔》卷一七：一悲一笑，令人破涕。

陸深《河汾燕閒録上》：陳後山有一帖與山谷云：「邇來起居何如？不至乏絶否？何以自存，有相恤者否？令子能慰意否？風土不甚惡否？平居與誰相從，有可與語否？仕者不相陵否？何以遣日，亦著書否？近有人傳《謁金門》詞，讀之爽然，使如詞語，不知此生亦能復相從如前日否？朱時發能復相濟否？」備盡謫居意味，讀之慨然。但謂仕者相陵意，尤可憐。仕本同類，豈其初心，一爲人作鷹犬，亦何所不至？舒亶、李定輩果何人耶？又柳子厚《與蕭思謙書》云：「飾知求仕者，更言僕以悦讎人之心，日爲新奇，務相喜可，自以速援引之路，而僕輩坐益困辱，萬罪横生。」其言益可憐矣。嗟乎！人之禍福，雖所自取，而世態所從來，非一日矣。（《儼山外集》卷三）

陸夢龍《柳子厚集選》卷三：情理兼至。「日爲新奇」眉批：世態固然。

明闕名評選《柳文》卷一：「意緒殆非中國人」眉批：可悲。異鄉之情，摹寫殆盡。王荆石曰：倒句法。「僕誠有罪」眉批：求望之切。「猶足蒸出芝菌」眉批：自喜之言。

蔣之翹輯注《柳河東集》卷三〇：整密亦具體裁，雖不出前二書範圍，固自佳。

吕留良《晚村先生八家古文精選・柳文精選》：此篇與它篇異者，訴其貶謫之久，唯其久，故望援益切。

李開鄴、盛符升《文章正宗》卷一二：柳公自謫永州、柳州後，其言大率悲慘嗚咽，令人欲淚，何其不自廣至此哉！

何焯《義門讀書記》卷三六：「伏自思念過大恩甚」：「過大」收前一段，「恩甚」收「不能塞衆人之怒」以下一段。「居蠻夷中久」一段：其氣韻兼屈、馬而有之。「身被之目睹」至「又非道也」：筆筆旋折。「朝夕歌謡，使成文章」：李（光地）云：首言困卦處自命甚重，終之以作爲歌謡文章，蓋其本領只如此也。然文采精麗之極。

孫琮《山曉閣選唐大家柳柳州全集》卷一：篇中俱述被謗獲罪之故，妙在寫出一片憂讒畏譏、無由自明光景。第一段述獲罪之由，内有二意：一緣驟得美官，爲衆所忌；一緣與罪人交久，跡涉嫌疑，無由置辨。第二段述久居遠方，習與性安，自可不復置辨。第三段讀《易》自悟，不必置辨。第四段諉之命數，不必置辨。有此四段，便將憂讒畏譏心事曲曲寫出。末幅望思謙援己，亦寫得可悲可憫。

儲欣《河東先生全集録》卷五：韓詩「同官盡才俊」云云，亦可爲造作粉飾之一徵矣。前之求進而退者，即今之務爲新奇自以速援引之路者。皆實話實情，别非飾説。又：同時數書，哀絃急管。此書末段稍自振厲，如聞韶夏之音。

儲欣《唐宋八大家類選》卷八：《與蕭翰林俛書》其大意與《答許孟容書》略同，而語氣稍夷。

沈德潛《唐宋八家文讀本》卷七：儀曹得罪，爲世指斥，故以思謙之相知不敢望其顯然昭雪，祇云：「既遭遇時利物之君子，決不至棄我於一物之外。」其情誠可悲也。須看其難下筆時，不顯言而自達之妙。

王文濡《評校音注古文辭類纂》卷二九引劉大櫆云：前寫求進者造作謗言，後感蠻夷中氣候殊異，極工。

林紓選評《古文辭類纂》卷五：此書及前書，均見之唐書本傳，在永州司馬謫所所上者，哀鳴極矣。俛於貞元中及第，以賢良方正異等拜右拾遺。元和六年，召爲翰林學士。起數行是酬應之辭，然措語甚巧。自「僕不幸」起，即叙入己事，通篇全爲引罪認過而發，然亦間出所以致讒之故，似讒者皆有求不遂之人也。「岌岌而操其間」，别本作「岌岌而造其門」，岌岌，危也，指造門者皆危己之人。惜抱本作「操其間」。則素習之友，叛而攻之也，求進而退，即求而不遂，由親近而起讒謗，故冥冥之冤，終不能白。以上言一身得罪朝廷，復得罪朋友，此所以冥冥無可伸訴也。年三十三而得美仕，言驟貴不祥也。與罪人交，官以是進，引過也。然猶莫塞衆人之怒，至排己以悦仇人之心，用以速援引之路，則真可到無可如何地步矣。於是憬然大悟年壽幾何，既已同歸於盡，何必深校。文勢至此一頓，似以下别無餘語，乃居蠻夷，又往往不能自聊，一路寫居夷不堪之狀。又念到居此尚復幾何，應上年壽不永意，似以下更無餘語，亦無餘望。忽思天子興教化，定邪正，海内欣欣，而己獨淪棄。淪棄命也，然君相實能造命。思謙雖非宰相，卻能行義達道，使物咸得其利，自念己亦一物，例亦可霑雨露。此説尚能悔過知恥，所望朝廷方討王承宗之叛，果能奏功，則或邀赦典。自比於朽枿之生靈芝，作爲雅詩，以紀聖武之功。到底以文章自鳴，冀思謙之援手。此書較前爲少紓徐，亦不如前書之沉痛，然肯悔過，終屬知晚蓋之人，故後世視公，亦未敢厚非也。

與李翰林建書

杓直足下〔一〕：州傳遽至〔二〕，得足下書，又於夢得處得足下前次一書①〔三〕，意皆勤厚。莊周言：逃蓬藋者〔四〕，聞人足音，則跫然喜〔五〕。僕在蠻夷中，比得足下二書，及致藥餌，喜復何言！僕自去年八月來，痞疾稍已，往時間一二日作，今一月乃二三作。用南人檳榔餘甘〔六〕，破決壅隔大過②，陰邪雖敗，已傷正氣，行則膝顫〔七〕，坐則髀痹〔八〕。所欲者補氣豐血，强筋骨，輔心力，有與此宜者，更致數物。忽得良方偕至③，益善④。

永州於楚爲最南，狀與越相類。僕悶即出游，游復多恐。涉野則有蝮虺大蜂⑤〔九〕，仰空視地，寸步勞倦。近水即畏射工沙蝨〔一〇〕，含怒竊發，中人形影，動成瘡痏⑥〔一一〕。時到幽樹好石，暫得一笑，已復不樂。何者？譬如囚拘圜土〔一二〕，一遇和景出⑦，負牆搔摩，伸展支體，當此之時，亦以爲適，然顧地窺天，不過尋丈〔一三〕，終不得出，豈復能久爲舒暢哉？明時百姓，皆獲歡樂，僕士人，頗識古今理道，獨愴愴如此〔一四〕。誠不足爲理世下執事，至比愚夫愚婦又不可得⑧，竊自悼也。

僕曩時所犯，足下適在禁中〔一五〕，備觀本末，不復一一言之。今僕癃殘頑鄙〔一六〕，不死幸甚。苟爲堯人⑨，不必立事程功〔一七〕，唯欲爲量移官，差輕罪累。即便耕田藝麻⑩，取老農女爲妻，生男育孫，以供力役，時時作文，以詠太平。摧傷之餘，氣力可想。假令病盡已，身復壯，悠悠人世，越不過爲三十年客耳⑪。前過三十七年〔一八〕，與瞬息無異。復所得者，其不足把翫，亦已審矣。杓直以爲誠然乎？

僕近求得經史諸子數百卷，嘗候戰悸稍定，時即伏讀，頗見聖人用心、賢士君子立志之分。著書亦數十篇，心病，言少次第，不足遠寄，但用自釋。貧者士之常〔一九〕，今僕雖羸餒，亦甘如飴矣。足下言已白常州煦僕〔二〇〕，僕豈敢衆人待常州耶？若衆人⑫，即不復煦僕矣。然常州未嘗有書遺僕⑬，僕安敢先焉？裴應叔、蕭思謙〔二一〕，僕各有書⑭，足下求取觀之，相戒勿示人。敦詩在近地〔二二〕，簡人事，今不能致書，足下默以此書見之。勉盡志慮⑮，輔成一王之法〔二三〕，以宥罪戾。不悉。宗元白⑯。

【校記】

① 前次一書，詁訓本作「前一次書」。

② 原注與注釋音辯本及世綵堂本注：「隔，一作塞。」

③ 注釋音辯本、游居敬本及蔣之翹輯注本無「忽」字。

④ 善，《全唐文》作「喜」。

⑤ 原注及世綵堂本無「則」字。注釋音辯本、詁訓本、游居敬本及《全唐文》「有」上有「則」，據改。

⑥ 原注及世綵堂本注：「(痏)一作疕。」詁訓本作「疕」，並注：「一作痏。」

⑦ 注釋音辯本、世綵堂本、游居敬本、蔣之翹輯注本及《全唐文》作「一遇和景」，世綵堂本注：「一有『出』字。」

⑧ 比，注釋音辯本作「此」。

⑨ 世綵堂本云避「民」爲「人」。

⑩ 即，詁訓本作「使」。

⑪ 注釋音辯本及游居敬本作「不過」，無「越」字。注釋音辯本注：「一本下有『越』字。」原注：「三，或作四。」

⑫ 原注及世綵堂本注：「一作『若即人』。」注釋音辯本注：「一本『即』作『衆』字。」

⑬ 詁訓本無「書」字。

⑭ 「僕」原闕，據注釋音辯本、世綵堂本及游居敬本補。

⑮ 原注及世綵堂本注：「(勉盡)或誤作『免盡』，非。」志，詁訓本作「誠」。

⑯ 宗元，注釋音辯本作「某」。

【解　題】

［注釋音辯］李遜之弟。［韓醇詁訓］建本傳：貞元中，補校書郎。德宗思得文學者，或以建聞。帝問左右，宰相鄭珣瑜曰：「臣爲吏部時，當補校書者八人，他皆藉貴勢以請，建獨無有。」帝喜，擢左拾遺、翰林學士。此書在永時作也。書云「前過三十七年，與瞬息無異」，以其年考之，當在元和四年作。建與崔群敦詩最厚，集中有《送群序》，嘗及之，故此書末及裴應叔、蕭思謙，且及敦詩云。按：陳景雲《柳集點勘》卷二：「書作於元和四年。曰『已白常州煦僕』，『常州』謂建兄遜也，時方刺常州，及明年，已自常州遷領浙東矣。舊史《憲宗紀》與此書合，新、舊史《遜傳》不言爲常州，云自衢遷浙東者，誤也。書末云：『敦詩在近地，簡人事，今不能致書，足下默以此書見之。』案崔群時爲翰林學士，唐時官翰林者自以職親地，禁例不與人相聞，故書云爾。而集中有與李、蕭二翰林書者，李入翰林在貞元末，未久即解内職，此蓋追呼其前官。俛則至元和六年始除翰林學士，前此方官拾遺，居言路，故曰『喜思謙之徒遭時言道』是也。題稱翰林者，亦編文時偶舉後歷之官。若兩人與崔並在近地，豈得獨於崔云不能致書耶？書中言『不足把翫』，猶賈誼《鵬賦》云『何足控摶』也。」諸家所注是也。此文爲元和四年爲永州司馬時作。元和四年，李建當爲殿中侍御史，書稱其「李翰林」，蓋以前官稱之。李建字杓直，進士第，補校書郎，擢左拾遺、翰林學士。順宗時左遷太子詹事，改殿中侍御史。憲宗元和間爲比部、兵部、吏部郎，出爲澧州刺史，召拜刑部侍郎。見新、舊《唐書》本傳。白居易《白氏長慶集》卷二四《有唐善人墓碑》、元稹《元氏長慶集》卷五四《唐故中大夫尚書刑部侍郎上

柱國隴西縣開國男贈工部尚書李公墓誌銘》，皆爲李建而作。韓愈《韓昌黎全集》卷三四《故太學博士李君墓誌》歷數爲藥餌所誤者，有「刑部尚書李遜，遜弟刑部侍郎建……刑部且死，謂余曰：『我爲藥誤！』其季建一旦無病死。」可知李建迷信仙藥，故此書首及服藥事。

【注　釋】

〔一〕［注釋音辯］杓，卑遥切。李建字杓直。［百家注引孫汝聽曰］建，字杓直，遜之弟也。杓音標。

〔二〕［注釋音辯］傳音篆。［韓醇詁訓］［百家注］傳音篆，驛也。

〔三〕［百家注引王儔補注］夢得，劉禹錫字。

〔四〕［注釋音辯］藋，徒弔切。

〔五〕［注釋音辯］潘（緯）云：跫，按《莊子音義》：「巨恭、曲恭、曲勇三切，悚也。又苦江、祛局二切，喜視。又官韻音胸，又人行聲。」［百家注引孫汝聽曰］《莊子》：「逃虚空者，藜藋柱乎鼪鼬之徑，踉位其空，聞人足音，跫然而喜矣。」跫，喜貌，巨恭切。按：見《莊子·徐无鬼》。光聰諧《有不爲齋隨筆》辛：「按《莊子·徐无鬼》『聞人足音跫然而喜矣』。司馬彪以跫然爲喜貌。李頤云：『猶逃竄之聞人者，安能不跫然改貌。』此子厚所本者。其實『跫』字從足，當爲足音，非喜貌也。」

〔六〕［蔣之翹輯注］《本草圖經》：「檳榔生南海，味苦澀，得扶留藤與瓦屋子灰同咀嚼之，則柔滑而甘美。嶺南人噉之，以當果實。其俗云：南方地温，不食無以袪毒癘。左思賦：『其果有丹橘餘甘，荔枝之林。』注：『餘甘如梅李，核有刺，初食味苦，後更甘，橄欖之屬也。』」按：所引見《文選》左思《吴都賦》。《政和證類本草》卷一三：「檳榔味辛温，無毒，主消穀逐水，除痰癖，殺三蟲伏尸，療寸白。生南海。」又：「庵摩勒味苦，甘寒無毒，主風虚熱氣。一名餘甘。生嶺南交、廣、愛等州。」

〔七〕［注釋音辯］（顫）音戰，寒動也。

〔八〕［注釋音辯］髀，部禮切，股骨也。痹，卑利切。［韓醇詁訓］顫音戰。髀音陛。痹，必至切，濕病也。［百家注引孫汝聽曰］髀，股也。痹，足氣不生也，濕病。上音陛，下音鼻。

〔九〕［注釋音辯］蝮，芳六切，蛇，出南方。虺，許鬼切，蛇也。［韓醇詁訓］蝮，芳六切，《説文》「蟲也」。《爾雅》謂之蝝。［百家注引孫汝聽曰］蝮蛇，細頸大頭焦尾，色如綬文，文間有毛，似豬鬣。鼻上有針，大者長七八尺。一名反鼻。虺，色如土，俗呼土虺。虺，許偉切。蝮，芳六切。按：段成式《酉陽雜俎》卷一七：「毒蜂，嶺南有毒菌夜明，經雨而腐化爲巨蜂，黑色，喙若鋸，長三分餘，夜入人耳鼻中，斷人心繫。」

〔一〇〕［注釋音辯］潘（緯）云：即蜮也。如鱉，三足，名射工。一名水弩。含沙射人影，則肌瘡如疥，亦名短狐。［百家注引孫汝聽曰］《詩》：「爲鬼爲蜮。」蜮在水旁能射人，甚者至死。亦謂之短狐，即射工也。亦名水弩。按：見《詩經·小雅·何人斯》。葛洪《抱朴子·登涉》：「又有短狐，一名蜮，一名射工，一名射影，其實水蟲也。……口中有横物角弩，如聞人聲，緣口中物如角弩，以氣爲矢，則因水而射人，中人身者即發瘡，中影者亦病。」又：「又有沙虱，……其大如毛髮之端，初著人，便入其皮裏，其所在如芒刺之狀，小犯大痛。可以針挑取之，正赤如丹，著爪上行動也。若不挑之，蟲鑽至骨，便周行走入身。其與射工相似，皆殺人。」

〔一一〕〔注釋音辯〕童（宗説）云：痏，榮美切，瘡也。〔韓醇詁訓〕疣，羽軌切。疻痏也。

〔一二〕〔百家注引孫汝聽曰〕《周禮》：「三罰而歸於圜土。」注：「圜土，獄城也。」按：見《周禮·地官司徒·司救》。

〔一三〕〔百家注引張敦頤曰〕八尺曰尋。〔世綵堂〕六尺曰尋。按：《説文·寸部》：「度人兩臂爲尋，八尺也。」朱駿聲《通訓定聲》：「程氏瑶田云：『度廣曰尋，度深曰仞。皆伸兩臂爲度，度廣則身平臂直，而適得八尺。』」

〔一四〕〔注釋音辯〕愴，楚亮切。

〔一五〕〔百家注引孫汝聽曰〕時建爲翰林學士。

〔一六〕〔蔣之翹輯注〕癃音隆，癃，病也，老也。

〔一七〕〔百家注引孫汝聽曰〕程，猶建也。

〔一八〕〔百家注補注〕元和四年，公年三十七。

〔一九〕〔百家注引孫汝聽曰〕《列子》：「榮啟期曰：『貧者士之常，死者人之終。』」按：見《列子·天瑞》。

〔二〇〕［注釋音辯］呴，吁句、昊羽二切。［韓醇詁訓］［百家注引孫汝聽曰］呴，吁句、況羽二切，吹也。按：常州指李建之兄李遜，見解題。《舊唐書·憲宗紀上》：「（元和五年八月）以常州刺史李遜爲越州刺史、浙東觀察使。」呴，關懷、存問意。

〔二一〕［注釋音辯］裴塤、蕭俛也。

〔二二〕［注釋音辯］（敦詩）崔群字。

〔二三〕《漢書·儒林傳序》：「（孔子）因魯《春秋》，舉十二公行事，繩之以文武之道，成一王法。」

【集評】

茅坤《唐宋八大家文鈔》卷一七：予覽子厚書，由貶謫永州、柳州以後，大較並從司馬遷《答任少卿》及楊惲《報孫會宗書》中來。故其爲書多悲愴嗚咽之旨，而其辭氣環詭跌宕，譬之聽胡笳、聞塞曲，令人斷腸者也。至其中所論文章處，必本之乎道，當與昌黎並驅，故録其可誦者。

明闕名評選《柳文》卷一：「顧地窺天」眉批：可悲，亦可弔，何其言之不自廣也。「悠悠人世」眉批：人生如白駒過隙，不可不自悟。

陸夢龍《柳子厚集選》卷三：「時到幽樹好石」眉批：此是寄言。「生男育孫」眉批：情至之語，縷縷無限。

蔣之翹輯注《柳河東集》卷三〇：造語亦不甚佳，只以意鼓舞，便自有致。「竊自悼也」句下：自比極苦，卻是實情實事。

呂留良《晚村先生八家古文精選·柳文精選》：子厚貶謫後數書，機杼略同，而造語各極奇盡態。

何焯《義門讀書記》卷三六：與《致思謙書》略同而稍碎。

孫琮《山曉閣選唐大家柳柳州全集》卷一：子厚謫居後諸書，其文意大略相似，然合諸書讀之，其詳略之法各極其妙。如《答許京兆書》，詳寫被罪之由，不寫謫永之苦。此篇獨寫謫永之苦，不寫獲罪之由。《蕭翰林書》詳寫居永之苦，不兼寫貧病。此篇寫居永之苦，兼寫貧病。《答許京兆書》詳寫娶妻嗣續，此篇略寫娶妻嗣續。只此數意，詳略寫來，各臻其妙。

儲欣《河東先生全集録》卷五：比愚夫愚婦不可得，何言之悲也！後更以達觀語助其悲哀。

姚鼐《古文辭類纂》卷二九：子厚永州與諸故人書，茅順甫比之司馬子長，韓退之誠爲不逮遠甚。而方侍郎遽云：相其風格，不過如《與山巨源絶交書》。則評亦失公矣。子厚氣格緊健，自有得於古人，如叔夜文，雖有韻致而輕弱，不出魏晉文格。如子厚山水記，間用《水經注》興象，然子厚豈酈道元所能逮邪？

高步瀛《唐宋文舉要》甲編卷四：「益善」句下：以上得書及近狀，並望致藥物。「已復不樂」句下：工於寫情。「竊自悼也」句下：淒戾，令人不忍卒讀。以上謫居異域之苦。蝮虺大蜂，射工沙虱等，雖屬實物，而意含比況。若果盡如此，則永州諸游記烏能作哉？「三十年客耳」句下引汪武曹曰：一翻更可哀。「誠然乎」句下：以上願爲老農没世，且不可得，念歲月易逝，愈增悲愴。「甘如飴矣」句下：以上讀書安貧。文末引劉（大櫆）曰：前寫永州風物之惡，後感人生歲月之促。造語極工。又引劉（大櫆）曰：子厚寄許（孟容）、蕭（俛）、李（建）三書，未嘗不自《報任安》來。但史公刑不當罪，故悲憤而其氣豪壯。子厚自反不縮，故氣象衰颯，然撰造苦語絶工，足以動人矜閔。鹿門比之胡笳、塞曲，褒貶極當。又引方望溪（苞）曰：子厚在貶所寄諸故人書，事本叢細，情雖幽苦，而與自反而無怍者異，故不覺其氣之薾。相其風格，不過與嵇叔夜《絶山巨源書》相近耳。而鹿門以擬太史公《報任安書》，是未察其形，並未辨其貌也。又曰：退之云：「氣盛則言之短長與聲之高下皆宜。」此數篇詞旨淒厲，而其氣實未充，三復可見。又引姚（鼐）曰：子厚永州與諸故人書，茅順甫比之司馬子長、韓退之，誠爲不逮遠甚。而方侍郎遽云：相其風格，不過如《與山巨源絶交書》，則評亦失公矣。子厚氣格緊健，自有得于古人。若叔夜文，雖有韻致而輕弱，不出魏晉文格。如子厚山水記，間用《水經注》興象，然子厚豈酈道元所能逮邪？又引吴先生（汝綸）曰：方氏議其氣未充可也，至云「與自反無作者異」，乃隨俗是非，不稽事實。子厚有何愧怍？正坐名高氣盛，見忌時流，遂至一斥不復耳，范文正嘗論此，最允當。又引吴北江曰：此由二家筆勢不同，未可遽爲訾議。

與顧十郎書①

四月五日②，門生守永州司馬員外置同正員柳宗元，謹致書十郎執事③：凡號門生而不知恩之所自者，非人也。纓冠束衽而趨以進者〔一〕，咸曰我知恩。知恩則惡乎辨？然而辨之亦非難也。大抵當隆赫柄用④，而蜂附蟻合，呴呴趄趄〔二〕，便僻匍匐〔三〕，以非乎人，而售乎己。若是者，一旦勢異，則電滅飈逝⑤〔四〕，不爲門下用矣。其或少知恥懼，恐世人之非己也⑥，則矯於中以貌於外，其實亦莫能至焉。然則當其時而確固自守，蓄力秉志，不爲嚮者之態，則於勢之異也固有望焉。

大凡以文出門下，由庶士而登司徒者七十有九人〔五〕。執事試追狀其態，則果能效用者出矣。然而中間招衆口飛語，譁然譸張者〔六〕，豈他人耶？夫固出自門下。賴中山劉禹錫等〔七〕，遑遑惕憂，無日不在信臣之門，以務白大德。順宗時，顯贈榮諡，揚于天官，敷于天下，以爲親戚門生光寵〔八〕。不意璅璅者復以病執事〔九〕，此誠私心痛之，堙鬱洶湧，不知所發，常以自憾⑦。在朝不能有奇節宏議，以立於當世，卒就廢逐，居窮阨⑧，又不能著書，斷往古，明聖法，以致無窮之名。進退無以異於衆人，不克顯明門下得士之大。今抱德厚，蓄憤悱，思有以效於前者，則既乖謬於時，離散擯抑〔一〇〕，而無所施用，長爲孤囚，不能自明。恐執事終以不知其始偃蹇退匿者⑨，將以有爲也。猶流於嚮時求進者之言，而下情無以通，盛德無以酬，用爲大恨，固嘗不欲言之。今懼老死瘴土⑩，而他人無以辨其志，故爲執事一出之。古之人恥躬之不逮〔一一〕，儻或萬萬有一可冀⑪，復得處人間，則斯言幾乎踐矣。因言感激，浪然出涕〔一二〕，書不能既⑫。宗元謹再拜。

【校記】

① 原注與注釋音辯本及世綵堂本注：「十郎，一本作『十一郎』。」詁訓本題作「與顧十一郎書」。

② 原注及世綵堂本注：「（日）一作月日。」

③ 注釋音辯本「執事」二字爲小字側寫。

④ 抵，注釋音辯本作「底」，並注：「一本作『抵』字。」

⑤ 雹，世綵堂本及濟美堂本作「雷」。

⑥ 世人，詁訓本作「世之人」。

⑦ 憾，詁訓本作「恨」。

⑧ 阨，注釋音辯本作「厄」。

⑨ 以，《全唐文》作「於」。世綵堂本注：「『始』下一有『之』字。」

⑩ 原注與注釋音辯本及世綵堂本注：「（『士』下）一有『中』字。」

⑪ 儻，詁訓本作「倘」。冀，注釋音辯本注：「潘（緯）本作『幾』，與『冀』通。」世綵堂本注：「一本作『幾』，與『冀』通。」

⑫ 原注與注釋音辯本及世綵堂本注：「（既）一作就。」

【解　題】

［韓醇詁訓］觀集中《送苑論序》，謂初與論同薦於京師。是歲，小司徒顧公守春官之缺，而權擇士之柄。明年春，同趍權衡之下，並就重輕之試。顧公，蓋少連也。今以門下具官致書於顧君，意者必少連子也。《少連傳》：「卒年六十三，贈尚書左僕射，謚曰敬。」而此書云：「中山劉禹錫等，遑遑惕憂，無日不在信臣之門，以務白大德。順宗時，顯贈榮謚，揚於天官，敷於天下，以爲親戚門生光寵。」則贈謚之榮，亦諸門生之力歟？傳又云：「始少連攜少子師閔奔行在，有詔同止翰林院。」則顧氏子豈師閔耶？公時尚謫永州，故懇懇猶有酬德之意云。按：陳景雲《柳集點勘》卷二：「顧少連子見於史者二人：師閔、師邕。詳見《神道碑》者，更有師安、宗彧、宗憲，未審十一郎爲誰。師閔，元和中嘗爲潭部從事。永、潭地近，疑此乃致師閔也。」施子愉《柳宗元年譜》繫此文爲元和四年爲永州司馬時作。顧十郎即顧少連之子顧師閔。顧少連，兩《唐書》有傳。顧少連於貞元九年、十年兩知貢舉，柳宗元與劉禹錫即貞元九年進士登第者。《全唐文》卷六三一吕温《祭座主故兵部尚書顧公文》

列顧少連門生，有侍御史王播，監察御史劉禹錫、陳諷、柳宗元，左拾遺呂温、李逢吉，右拾遺盧元輔，劍南西川觀察支使李正叔，萬年縣主簿談元茂，集賢殿校書郎王起，秘書省校書郎李建，京兆府文學李逢，渭南縣尉席夔，鄠縣尉張隸初，奉禮郎獨孤郁，協律郎蕭節，奉禮郎時元佐，滎陽主簿李宗衡，前鄉貢進士鄭素等。《全唐文》卷六二八呂温《湖南都團練副使廳壁記》記元和三年李衆爲湖南觀察使，從事有前咸陽縣尉吴郡顧君師閔。一九九〇年出土《大唐故京兆府咸陽縣尉攝宣歙池等州觀察判官吴郡顧君墓志》，署宣歙池等州都團練觀察處置等使宣州刺史兼御史中丞范傳正撰，云顧師閔元和八年卒於宣州。范傳正元和七年爲宣州刺史、宣歙觀察使，可知顧師閔又由湖南轉宣歙池等州觀察判官。見郭宏濤、鄧洪彬《唐顧師閔墓志考釋》，《中原文物》二〇一〇年第二期。章士釗《柳文指要》上《體要之部》卷三〇：「子厚《與顧十郎書》哀怨憤悱，幾使人難於卒讀，何也？以其語之真而情之切也。其後子厚殁世，退之誌其墓，因子厚願爲劉夢得易播州而起興，亦大發一大段類似議論。」

【注釋】

〔一〕［注釋音辯］袵音稔，衣襟也。潘本作衽。

〔二〕［注釋音辯］煦，吁句切。趄，千余切。［韓醇詁訓］［百家注引張敦頤曰］喣，吹也。趄，趑趄也。上吁句切，下千余切。

〔三〕［注釋音辯］便，毗連切。

〔四〕［韓醇詁訓］［百家注］颭，卑遥切。

〔五〕［注釋音辯］貞元九年、十年，顧少連以禮部侍郎知貢舉，取進士六十人，諸科十九人。此書想與少連之子。

〔六〕譸張，欺誑。《尚書·無逸》：「古之人……胥教誨，民無或胥譸張爲幻。」

〔七〕［百家注引孫汝聽曰］禹錫，貞元九年中第。

〔八〕［世綵堂］少連贈尚書左僕射，謚曰敬，則謚贈之榮亦諸門生之力歟？按：《文苑英華》卷九一八杜黄裳《東都留守顧公神道碑》云顧少連貞元癸未（十九年）十月薨於洛陽，贈尚書右僕射，謚曰敬。

〔九〕［注釋音辯］童（宗説）云：瑣音鎖，今按文云「不意瑣瑣」者，即合音瑣。瑣，碎也。《晉書·習鑿齒傳》：「瑣瑣常流，碌碌凡士。」按：韓醇詁訓本略同。

〔一〇〕［韓醇詁訓］擯，必刃切，棄也。

〔一一〕［百家注引王儔補注］《論語》：「古者言之不出，恥躬之不逮也。」按：見《論語·里仁》。

〔一二〕［注釋音辯］浪音郎。［韓醇詁訓］浪音郎，流貌。

【集評】

黄震《黄氏日鈔》卷六〇：《與顧十郎書》自稱門生，而以郎稱其人，豈郎者所以稱其主之名歟？

《王荆石先生批評柳文》卷八：諸書備盡窮愁，然其氣未伏，時自矜振，以示可用。

茅坤《唐宋八大家文鈔》卷一七：其書似非對座主之言，然亦愰朗。

陳繼儒《讀書鏡》卷五：柳子厚云：「凡號門生而不知恩之所自者，非人也。」白樂天云：「商山老皓雖休去，終是留侯門下人。」世道之薄久矣，士大夫當日誦其言。

黄宗羲《答張爾公論茅鹿門批評八家書》：柳州貶後諸書，鹿門謂蘇子瞻安置海外時詩文殊自曠達，蓋由子瞻深悟禪宗，故獨超脱，較子厚相隔數倍。蓋子瞻之謫，爲奸邪所忌，而子厚之謫，人且目之爲奸邪，心事不白，出語悽愴，其所處與子瞻異也。若論禪宗，子厚未必讓於子瞻耳。《與顧十郎書》，子厚爲顧少連所取士，十郎乃少連子也。於座主之門，故稱門生。書中「顯贈榮謚，揚於天官，敷於天下」，已明言少連之死，而鹿門云其書似非對座主之言，是尚疑十郎爲座主也。（《南雷文約》卷四）

何焯《義門讀書記》卷三六「以非乎人而售乎己」：非乎人，今所謂刺也。「不意瑣瑣者復以病執事」：似十郎又坐劉、柳累者。

孫琮《山曉閣選唐大家柳柳州全集》卷一：通篇皆是自明其效用之心。一起説人心可辨，隨即辨出三項人，以見己非第一第二項人，乃是第三項人也。後幅一段自恨不能效用平日，一段自恨今日欲求效用而不可得，至不得已，上書自明其心，以見區區圖報之意未嘗敢忘。末幅又冀當於萬一。純是一片有恩未報，終夜不寐心事，卻能曲曲寫盡。

阮葵生《茶餘客話》卷二：子厚爲顧少連門人，身後寓書郎君，猶自稱門生，以未報大德爲恨。

焦循批《柳文》卷四：「大底當隆赫」批：言之痛切。

柳宗元集校注卷第三十一

書①

與韓愈論史官書

正月二十一日〔一〕，某頓首十八丈退之侍者前：獲書言史事，云具《與劉秀才書》，及今乃見書藳，私心甚不喜，與退之往年言史事甚大謬。

若書中言，退之不宜一日在館下，安有探宰相意，以爲苟以史榮一韓退之耶〔二〕？若果爾，退之豈宜虛受宰相榮己，而冒居館下，近密地，食奉養，役使掌固②〔三〕，利紙筆爲私書，取以供子弟費？古之志於道者③，不若是④。且退之以爲紀録者有刑禍，避不肯就，尤非也。史以名爲褒貶，猶且恐懼不敢爲。設使退之爲御史中丞、大夫，其褒貶成敗人愈益顯，其宜恐懼尤大也，則又將揚揚入臺府⑤，美食安坐，行呼唱於朝廷而已耶？在御史猶爾，設使退之爲宰相，生殺出入升黜天下士，其敵益衆，則又將揚揚入政事堂，美食安坐，行呼唱於内庭外衢而已耶？何以異不爲史而榮其號、利其禄也⑥？

又言「不有人禍，則有天刑」⑦〔四〕。若以罪夫前古之爲史者，然亦甚惑。凡居其位，思直其道，道苟直，雖死不可回也〔五〕。如回之，莫若亟去其位。孔子之困于魯、衛、陳、宋、蔡、齊、楚者，其時暗⑧，諸侯不能行也⑨。其不遇而死，不以作《春秋》故也。當其時，雖不作《春秋》，孔子猶不遇而死也。若周公、史佚〔六〕，雖紀言書事，猶遇且顯也，又不得以《春秋》爲孔子累。范曄悖亂，雖不爲史，其族亦赤⑩〔七〕。司馬遷觸天子喜怒〔八〕，班固不檢下〔九〕，崔浩沽其直以鬭暴虜〔一〇〕，皆非中道。左丘明以疾盲，出於不幸。子夏不爲史亦盲〔一一〕，不可以是爲戒。其餘皆不出此。是退之宜守中道，不忘其直，無以他事自恐。退之之恐，唯在不直，不得中道，刑禍非所恐也。

凡言二百年文武士多有誠如此者⑪。今退之曰：「我一人也，何能明？」則同職者又所云若是，後來繼今者又所云若是，人人皆曰「我一人」，則卒誰能紀傳之耶？如退之但以所聞知孜孜不敢怠，同職者、後來繼今者⑫，亦各以所聞知孜孜不敢怠，則庶幾不墜，使卒有明也。不然，徒信人口語，每每異辭，日以滋久⑬，則所云「磊磊軒天地」者決必沉没⑭〔一二〕，且亂雜無可考，非有志者所忍恣也。果有志，豈當待人督責迫蹙然後爲官守耶？

又凡鬼神事，眇茫荒惑無可準，明者所不道。退之之智而猶懼於此。今學如退之，辭如退之，好議論如退之⑮，慷慨自謂正直行行焉如退之⑯〔一三〕，猶所云若是，則唐之史述其卒無可託乎？明天子賢宰相得史才如此，而又不果，甚可痛哉！退之宜更思，可爲速爲，果卒以爲恐懼不敢，則一日可引去，又何以云「行且謀」也〔一四〕？今當爲而不爲⑰，又誘館中他人及後生者⑱〔一五〕，此大惑已。不勉已而欲勉人，難矣哉！

【校記】

① 詁訓本作「書九首」。

② 原注與注釋音辯本及世綵堂本注：「固，一本作故。」

③ 原注與世綵堂本注：「『於』下一有『有』字。」注釋音辯本注：「一本『之』下有『有』字。」詁訓本「於」下有「有」字，「道」下無「者」字。

④ 原注與注釋音辯本及世綵堂本注：「一本『不』下有『宜』字。」詁訓本有「宜」字。

⑤ 原本及世綵堂本「又」下無「將」字，據注釋音辯本、世綵堂本、游居敬本、蔣之翹輯注本及《全唐文》改。

⑥ 注釋音辯本、世綵堂本、游居敬本及蔣之翹輯注本「祿」下有「者」字。世綵堂本注：「一無『者』字。」

⑦ 原注與注釋音辯本及世綵堂本注：「則，一作必。」

⑧世綵堂本注：「一無『暗』字。」

⑨注釋音辯本作「不能以也」，並注：「以，一本作『行』字。」原注與詁訓本及世綵堂本注：「一作『其時諸侯不能以也』。」世綵堂本並注：「以，一作用。」

⑩原作「其宗族亦赤」，詁訓本及世綵堂本同。詁訓本注：「一無『宗』字。」注釋音辯本、游居敬本、蔣之翹輯注本及《文粹》、《全唐文》「族」上無「宗」字，據改。世綵堂本注：「赤，一作誅。」詁訓本及《全唐文》作「誅」。

⑪注釋音辯本注：「一本『誠』作『誡』字。」原注與詁訓本注：「誠，一作誡。」士，注釋音辯本、詁訓本、游居敬本、蔣之翹輯注本及《全唐文》作「事」。按：據韓愈《答劉秀才論史書》，作「士」是。

⑫《全唐文》「後」上有「及」字。

⑬久，《全唐文》作「多」。

⑭注釋音辯本及游居敬本「必」下有「不」字。蔣之翹輯注本：「決必沉没，諸本皆作『決必不沉没』，於文意不洽。一作『未必不沉没』，此因『決』字而改之也。翹按：朱子注韓書引柳此文，只作『決必沉没』，今從之。」何焯《義門讀書記》卷三六：「大字本作『決必沉没』，注：重校一本『必』下有『不』字。按韓與劉書云『決不沉没』，故反其詞耳。今《考異》載柳書作『決必沉没』，朱子當日所見之本爲無誤也。」

⑮議，注釋音辯本、詁訓本、游居敬本及《文粹》作「言」。注釋音辯本並注：「言，一本作議。」

⑯ 謂，注釋音辯本、游居敬本及蔣之翹輯注本作「爲」。

⑰「今」下原有「人」，世綵堂本同。注釋音辯本、游居敬本、蔣之翹輯注本及《全唐文》「今」下無「人」字，據改。

⑱ 世綵堂本注：「誘，一作諉。」

【解題】

［注釋音辯］元和九年作。［韓醇詁訓］韓集中不見與公書，言史事惟有《答劉秀才論史書》，具言爲史者不有人禍，必有天刑，豈可不畏懼而輕爲之，至引自古爲史不克令終者爲證。公此書皆與韓問辯，以爲不然。觀韓與劉秀才書，則公所以答之之意昭然矣。韓元和八年六月爲史館修撰，此書云正月二十一日，其九年之春歟？［蔣之翹輯注］韓昌黎集中不見與子厚論史書，惟有《答劉秀才書》。其言爲史非淺陋偷惰者所得就，又言不有人禍，必有天刑。又言宰相憐其窮，苟加一史職以榮之，非必督責就功役。又言賤不逆盛指，且謀引去。又言傳聞不同，善惡事蹟，何所承受取信，而可作傳記。又言神鬼將不福人。又言聖唐鉅跡，磊磊軒天地，決不沉没，館中當有作者。故子厚與之辯論，以爲不然云云。後退之所撰《順宗實録》，褒貶不阿，蓋亦其一激之力也。按：百家注本引韓（醇）注尚曰：「退之《答劉秀才論史書》，見《韓文》外集第二卷。」此文爲元和九年爲永州司馬時作。

【注　釋】

〔一〕［百家注引孫汝聽曰］元和九年。

〔二〕韓愈《答劉秀才論史書》云：「僕年齒已就衰，退不可自敦率。宰相知其無他才能，不足用，哀其老窮，齟齬無所合，不欲令四海内有戚戚者，猥言之上，苟加一職榮之耳。非必督責迫蹙，令就功役也。」此二句乃就此而言。

〔三〕［百家注引孫汝聽曰］《漢書》作「故」，令史之屬。應劭云「掌故事」。按：掌禮樂制度等故事。《史記·鼂錯傳》：「以文學爲太常掌故。」司馬貞索隱引《漢舊儀》：「太常博士弟子試射策，中甲科補郎，中乙科補掌故也。」

〔四〕韓愈《答劉秀才論史書》云：「夫爲史者，不有人禍，則有天刑，豈可不畏懼而輕爲之哉！」

〔五〕［百家注引童宗説曰］回，曲也。

〔六〕［百家注引張敦頤曰］史佚，謂周太史也。

〔七〕［注釋音辯］范曄作《後漢書》，以謀反伏誅。［百家注引孫汝聽曰］曄刪衆家《後漢書》爲一家之作。宋文帝元嘉二十二年謀反，族誅。按：見《宋書·范曄傳》。

〔八〕［注釋音辯］司馬遷作《史記》。遷言李陵，武帝以遷欲沮貳師，下之蠶室。［百家注引王儔補注］司馬遷盛言李陵，武帝以遷欲沮貳師，下之蠶室。按：見《漢書·司馬遷傳》。

〔九〕［注釋音辯］班固作《前漢書》。固僕罵洛陽令种競，競怒以事捕固，死獄中。［百家注引孫汝聽曰]漢和帝永元初，洛陽令种競以事捕固，固死獄中。按：見《後漢書·班固傳》。

〔一〇〕[注釋音辯]崔浩作《魏史》，立碑以彰直筆，衆怒，譖於魏太武帝，以爲暴揚國惡，帝怒，遂族誅浩等。[百家注引王儔補注]崔浩事魏太武帝，太平真君十一年，以罪族誅。按：據《魏書·崔浩傳》，北魏太武帝詔浩修國史，「浩盡述國事，備而不典。而石銘顯在衢路，往來行者咸以爲言，事遂聞發。有司按驗浩，取祕書郎吏及長曆生數百人意狀。浩伏受賕，其祕書郎吏已下盡死。」

〔一一〕[百家注引童宗説曰]《禮記》：「子夏哭其子而喪其明。」按：語出《禮記·檀弓上》。

〔一二〕[注釋音辯]磊，魯猥切。潘（緯）云：軒作掀，音軒，舉也。[韓醇詁訓]磊，魯猥切。

〔一三〕[注釋音辯]行，胡浪切。[韓醇詁訓]行，下浪切。[百家注引張敦頤曰]《論語》：「行行如也。」注：「行行，剛强之貌。」胡朗切。按：見《論語·先進》。

〔一四〕韓愈《答劉秀才論史書》云：「賤不敢逆盛指，行且謀引去。」

〔一五〕韓愈《答劉秀才論史書》云：「今館中非無人，將必有作者勤而纂之，後生可畏，安知不在足下？」

【集評】

呂祖謙《古文關鍵》卷上：亦是攻擊辨詰體，頗似退之《諍臣論》。

真德秀《文章正宗》卷一四：退之之論如此，宜其爲子厚所屈也。然所謂據所録則褒貶自見，實後世作史者之法。

黄震《黄氏日鈔》卷六〇：蓋正論也。

李塗《文章精義》：《論史書》子厚不恤天刑人禍，退之深畏天刑人禍，退之不及子厚。

樓昉《崇古文訣》卷一三：掊擊辯難之體，沈著痛快。可以想見其人。

謝枋得《文章軌範》卷二：辯難攻擊之文，要人心服，子厚此書，文公不復辯，亦理勝也。（丘維屏評：如此辨論，乃極精極强，無一字放空處。然在辨論家，要看他有體度處，不似世人逼窄，有鬬口景狀。文章家，要看他在事理情中，轉換出收縱緊緩來，非鑿空硬頓放，不中聽者心解。）

胡應麟《少室山房筆叢》卷一三《史書佔畢一》：退之之避史筆也，柳州諍之是矣，然其時故有説焉。《淮西碑》則以爲失實而踣，而段文昌改撰之。《順宗録》則以爲不稱而廢，而韋處厚續撰之。《毛穎傳》足繼太史，乃當時誚其滑稽。裴晉公書後世訾其紕繆。使退之而任史，其禍變當有甚此者。柳徒責韓而莫能自奮其時，故不易也。

《王荆石先生批評柳文》卷八：詞鋒坌湧。

茅坤《唐宋八大家文鈔》卷一九：子厚之文多雄辨，而此篇尤其卓犖峭直處，但太露氣岸，不如昌黎渾涵，文如貫珠。又引唐荆川（順之）曰：提其原書，辨處有顯有晦，錯綜成文。

王霆震《古文集成》卷一七：「恐懼尤大也」句下：以重明輕。「齊楚者是也」句下：力詆紀録者有刑禍之説。「春秋故也」句下：難得倒。「遇且顯也」句下：解析分明。「皆非中道」句下：十分難得倒。「不得中道」句下：議論正。「非所恐也」句下：句有力。

陸夢龍《柳子厚集選》卷三：詞既强，遂而文勢嶽嶽，且欲壓倒退之。「雖不作春秋」眉批：透。「行且謀也」眉批：尤切透。

明闕名評選《柳文》卷二引唐荆川（順之）曰：子厚之文多雄辯，而此篇尤其卓犖峭直處，不如昌黎渾厚。「設使退之」眉批引林次崖（希元）曰：據理之言，雖孟子之辨，亦不過是，學者宜熟玩之。顧迴瀾（充）曰：退之亦是不易服的。子厚反覆攻辨，責得不可逃，而步驟馳騁，讀之自有滋味。「人人皆曰」眉批引王荆石（錫爵）曰：一翻萬鈞之力。「磊磊軒天地」眉批引王荆石曰：凜凜正論，令人愧屈。林次崖曰：此義生平所自負者。文末：此意言既不爲，則當去，申上豈宜虚受宰相榮己之意。吕雅山曰：收煞，束語警末。

蔣之翹輯注《柳河東集》卷三一：昌黎之意，只爲褒貶足以取禍，故巧爲其説云云。子厚攻之，極得肯綮。看他反覆横説必勝，故能奇肆有逸氣。

金聖歎批《才子古文》卷一二：句句雷霆，字字風霜。柳州人物高出昌黎上一等，於此書可見。

吕留良《晚村先生八家古文精選·柳文精選》：史官不任史事，亦古今通例，但非所望於志古人之道者。是責韓退之，非責史官也。乃退之仍以史官自例，遷遁其辭，子厚亦逐節辯駁，而以「不爲則當去」一句，爲扼其要言，不復可動。譬之用兵，有直擣其巢，有隨地轉戰，有截塞其奔逸之路，攻擊之法，可云備矣。

林雲銘《古文析義》初編卷五：凡在史館，未必人人作史，但史才難得。以韓退之而不爲史，誰當爲著？玩其《與劉秀才書》，言史不易作之意，雖未盡非，至於人禍、天刑爲懼，則不可訓。孫樵云：「爲史官者，明不顧刑辟，幽不見神怪，若梗避於其間，其書可燒也。」此數語方是正論。柳州拏定不作史不宜居館下一句作主，而以人禍天刑細細翻駁，復爲作史設策於不易作中尋出庶幾可作之法。末以退之自諉，爲唐史之慮，且爲天子宰相痛惜，正所以深惜退之也。筆力奇橫極矣。

李開鄴、盛符升評《文章正宗》卷一二：退之之論如此，宜其爲子厚所屈也。然（韓書）所謂據事録，則褒貶自見，實後世作史者之法。

孫琮《山曉閣選唐大家柳柳州全集》卷一：篇中一起，總駁韓書之非，下分段備細痛責。一段責其避人禍，不肯作史；一段責其避天刑，不肯作史；一段責其推委同列，不肯作史；一段責其惑信鬼神，不肯作史；一段責其下負所學，上負君相，不肯作史。末幅一收，作三段看，一段勉勵之，一段激發之，一段切責之。皆是疾風驟雨之文，劈頭劈臉而來，令人不可躲避，又是一種筆法。又引董思白（其昌）曰：昌黎如何人物，書中可見，而有時乎爲利害所惑，則河東之辨駁，不能已耳。古人相知之深，洵未嘗避其所諱。

何焯《義門讀書記》卷三六：按退之以是年撰進《順宗實録》。舊史謂其説禁中事頗切直，内官惡之，往往於上前言其不實。然則《與劉秀才書》遜詞自晦，其識遠矣。當其下筆，則詞直事核，而仍不敢以褒貶自任，召鬧致憎，雖謂之中道可也。「設使退之爲御史中丞大夫」至「利其禄者也」：文法從賈生假設陛下居齊桓之處兩難化來。李（光地）云：詞氣逼直，以極其辨，是子厚本色。

康熙敕纂《御選古文淵鑒》卷三七：詞極雄辨，理甚堅正。又引水心葉適曰：令狐德棻在武德初，便已建明修史，故貞觀中，晉及南北諸書皆獲完具，而李延壽又自爲集史，雖皆文字不足以望古人，而成敗有考，統紀不失，其補益於世多矣。自北齊至隋，詞學彙興，太宗又置文學館，收拾時彦名章，俊筆相繼而起。後世乃謂東漢以來道喪文敝，房、杜、姚、宋不能救，而古文由韓愈復始振，此論固不可易。本朝繼之以歐、王、曾、蘇，然雖文詞爲盛，往往不過記叙銘論、浮説、閑語，而著實處反不逮唐人遠甚。學者不可但隨聲唱和，虚文無實，終於斫喪而已。又引禹修方岳貢曰：觀退之《諫佛骨》之表、論（王）庭湊之辨，必非怯於禍而不爲者，但以史緒紛雜，難於綜理，故解設而爲是言。而子厚折之，可謂當其理矣。

尤侗《宋荔裳文集序》：柳州之與昌黎論史也，曰：「周公、史佚，雖紀言書事，猶遇且顯也。不得以《春秋》爲孔子累。司馬遷觸天子，班固不檢下，雖不爲史亦敗。左丘明以疾盲。子夏不爲史亦盲，不可以是爲戒。」誠篤論也。（《西堂雜俎》二集卷二）

儲欣《河東先生全集録》卷五：韓書偃蹇，有隙可乘。子厚張三軍以臨之，於春秋數大戰中，仿佛晉文公城濮之役。又：似只循原書逐段辨，而首尾渾成，前後絶跡，殆神明於法者。

儲欣《唐宋八大家類選》卷八：韓柳相攻，如春秋時晉楚交兵，信勍敵也。此則韓屈於柳矣。亦師直爲壯、曲爲老之故歟？

沈德潛《唐宋八家文讀本》卷七：孫可之云：「作史者明不顧刑辟，幽不見神怪，若梗避於其間，其書可燒也。」柳州亦持此見。其攻詰處與《諍臣論》相似，而韓則委曲條暢，柳則峭直峻削，各自不同。通篇都照原書條駁，將原書對看更明白。

浦起龍《古文眉詮》卷五二：據原書條駁，以錯舉爲結構，每一屈筆，力如拗鐵，鋒不可犯。此等文非取原書對觀，惘惘猜論，安得有合處！

汪基《古文喈鳳新編》卷七：誅奸諛於既死，發潛德之幽光。韓公自明於作史之法，但以憂讒畏譏，時有所不敢爲耳。然既居其職，則當行其道。柳州是書，直同《諍臣論》、《與范司諫書》並壽千古。

焦循批《柳文》卷四：善辨。

王闓運《湘綺樓説詩》卷四：韓退之言修史有人禍天刑。柳子厚駁之固快，然徒大言耳。子厚當之，豈能直筆耶？

林紓《韓柳文研究法·柳文研究法》：《與韓愈論史官書》詞意嚴切，文亦仿佛退之。此爲子厚與書類中之第一篇。退之《答劉秀才書》言爲史者不有人禍，必有天刑，柳州則以爲退之身兼史職，既畏刑禍，則不宜領職，故辟頭説破。如退之言「不宜一日在館下」，更舉一個「道」字，即緊對「榮」字説。説得史職非榮，所重在有道之褒貶。退之以道自任，乃畏刑禍而不爲，直説得無言可對矣。

其下推進一層，言史官且懼禍，若爲御史中丞大夫，更當閉口不言。又推進一層，言宰相爲主生殺，更當不敢爲言。然則但「榮其號，利其禄」而已，「榮利」二字，實爲「道」字之反證。以下復將「道」字演説，皆有道者不畏刑禍之意。引孔子、周公、史佚及作史諸人之不幸，然亦不盡由作史之得禍。綜言之，恃直恃道，則一無所恐。不惟斥駁退之，語中亦含推崇與慰勉二意。後幅將「恐」字遏下，言恐刑禍者，非明人。而學如退之，議論之美如退之，生平秉直如退之，似必不懼，乃仍懼而不爲，則唐史將何望？抬高退之，不遺餘力，亦見得朋友相知之深，故責望如此。文逐層翻駁，正氣凜然。

與史官韓愈致段秀實太尉逸事書①

退之館下：前者書進退之力史事〔一〕，奉答誠中吾病，若疑不得實未即籍者②〔二〕，諸皆是也③。退之平生不以不信見遇，竊自冠好遊邊上〔三〕，問故老卒吏，得段太尉事最詳。今所趨走州刺史崔公時賜言事〔四〕，又具得太尉實跡，參校備具。太尉大節，古固無有。然人以爲偶一奮，遂名無窮，今大不然。太尉自有難在軍中，其處心未嘗虧側，其莅事無一不可紀，會在下名未達，以故不聞，非直以一時取笏爲諒也〔五〕。

太史遷死④，退之復以史道在職，宜不苟過日時⑤。昔與退之期爲史，志甚壯，今孤囚廢錮，連遭瘴癘羸頓，朝夕就死，無能爲也，第不能竟其業，若太尉者宜使勿墜。太史遷言荆軻徵夏無且〔六〕，言大將軍徵蘇建〔七〕，言留侯徵畫容貌〔八〕，今孤囚賤辱，雖不及無且、建等，然比畫工傳容貌尚差勝。《春秋傳》所謂傳信傳著⑥〔九〕，雖孔子亦猶是也。竊自以爲信且著⑦。其逸事有狀⑧。

【校　記】

①詁訓本「段」下無「秀實」二字。

②世綵堂本注：「『者』字一作『有諸』。」蔣之翹輯注本：「者，一作有。」

③世綵堂本、蔣之翹輯注本：「皆，一作誠。」諸皆，《文粹》及《全唐文》作「誠」。

④世綵堂本注：「一無『太』字。」注釋音辯本作「史遷死」，無「太」字。

⑤日時，《全唐文》作「時日」。

⑥詁訓本「春秋」下無「傳」字。

⑦且，原作「具」，據注釋音辯本、世綵堂本、游居敬本、蔣之翹輯注本、《文粹》、《全唐文》改。

⑧《全唐文》「狀」下有「不宣」二字。

【解　題】

［韓醇詁訓］公自狀太尉逸事甚悉，又有上逸事於史館狀，此又與韓昌黎書，使書之勿墜。時元和九年也。新史《段太尉傳》皆取公所爲狀具載之。史臣贊太尉又載公所上史館狀中語，曰：「柳宗元不妄許人，諒其然耶！其益於名節多矣。」按：此文爲元和九年爲永州司馬時作。《新唐書·段秀實傳》盡録柳宗元《段太尉逸事狀》。

【注　釋】

〔一〕［百家注引童宗説曰］即謂前書。按：即柳宗元《與韓愈論史官書》。

〔二〕［百家注引孫汝聽曰］籍，謂記録。

〔三〕［注釋音辯］（冠）古玩切。

〔四〕［注釋音辯］永州刺史崔能。［百家注引孫汝聽曰］元和九年，御史中丞崔能來涖永州。按：陳景雲《柳集點勘》卷三：「崔公名能，嘗爲渾瑊從事。瑊以副元帥統邠、蒲諸軍，則太尉在邠事蹟，崔必有得之於其州人，出子厚舊聞外者。」

〔五〕［百家注引張敦頤曰］《論語》：「匹夫匹婦之爲諒也。」諒，信也。按：見《論語·憲問》。據《資治通鑑》卷二二八唐德宗建中四年，朱泚叛唐，以爲段秀實久失兵權，必肯與其同謀，乃召秀實。泚議稱帝事，秀實勃然起，大駡曰：「狂賊！吾恨不斬汝萬段，豈從汝反邪？」因以笏擊泚，泚舉手擋之，擊中前額，濺血灑地。後被泚黨殺之。

〔六〕［注釋音辯］［韓醇詁訓］且，即余切。《史記》荆軻贊曰：「始公孫季功、董生與夏無且游，具知其事，爲余道之如是。」按：見《史記·刺客列傳贊》。

〔七〕［注釋音辯］《史記·衛將軍傳》「蘇建語余曰」云云。［韓醇詁訓］《衛將軍列傳》：「蘇建語余曰：『吾嘗責大將軍至尊重，而天下之賢大夫無稱焉。』」按：見《史記·衛將軍驃騎列傳贊》。

〔八〕［注釋音辯］《史記》張良贊：「見其圖，狀貌如婦人好女。」［韓醇詁訓］《張良贊》：「至見其圖，狀貌如婦人好女。」按：《史記·留侯世家贊》：「余以爲其人計魁梧奇偉，至見其圖，狀貌如婦人好女。」

〔九〕［注釋音辯］《穀梁》莊公七年：「《春秋》著以傳著，疑以傳疑。」［百家注引孫汝聽曰］莊七年《穀梁春秋》：「著以傳著，疑以傳疑。」

【集　評】

茅坤《唐宋八大家文鈔》卷一九：文自鏗鏘鼓舞。

陸夢龍《柳子厚集選》卷三：勁甚。「以爲偶一奮」眉批：洗發明白，烈士吐氣。「今孤囚賤辱」眉批：熱心人。

明闕名評選《柳文》卷二：「非直以一時」眉批引王荆石（錫爵）曰：珍重。

蔣之翹輯注《柳河東集》卷三一：哀感悲壯，氣勁逸不可擋。「非直以一時取笏爲諒也」句下引王世貞曰：說得何等珍重。

何焯《義門讀書記》卷三六：「竊自冠好遊邊上」三句：以下致太尉逸事，皆破疑不得實之意。「宜不苟過日時」：顧力字。……「第不能竟其業」至末：答書當有規其志太鋭而取困於世者。以下言雖知其病，終惟不得已。又即從史遷句生下波折，皆有源。「春秋傳所謂傳信傳著」：傳信傳著，以終得其實，當即籍之之意。

儲欣《河東先生全集録》卷五：□勝上史館狀。

乾隆敕纂《御選唐宋文醇》卷一四：著段太尉宿昔心行，非一時激烈笏擊朱泚而成名者，其義甚美。與上史館狀並讀，可見宗元揚善表微，勤懇無已之懷。其書當在《與韓愈論史官》而韓愈復書之後。惜韓書不存，然「疑不得實未即籍」七字，亦可概見其復書之意矣，而後世猶真以韓愈爲不肯作史，何耶？

焦循批《柳文》卷四：局段。

與劉禹錫論周易九六書①

見與董生論《周易》九六義〔一〕，取老而變，以爲畢中和承一行僧得此說〔二〕，異孔穎達疏，而以爲新奇。彼畢子、董子何膚末於學而遽云云也？都不知一行僧承韓氏、孔氏説〔三〕，而果以爲新奇，不亦可笑矣哉！

韓氏注「《乾》之策二百一十有六」②〔四〕，曰《乾》一爻三十有六策，則是取其遇揲四分而九也③〔五〕。「《坤》之策一百四十有四」，曰《坤》一爻二十四策，則是取其遇揲四分而六也。孔穎達等作正義，論云：九六有二義，其一者曰陽得兼陰，陰不得兼陽。其二者曰老陽數九，老陰數六，二者皆變用④。《周易》以變者占，鄭玄注《易》〔六〕，亦稱以變者占，故云九六也。所以老陽九、老陰六者，九遇揲得老陽⑤，六遇揲得老陰⑥，此具在正義《乾》篇中。周簡子之説亦若此〔七〕，而又詳備。何畢子、董子之不視其書⑦，而妄以口承之也？君子之學，將有以異也，必先究窮其書，究窮而不得焉，乃可以立而正也。今二子尚未能讀韓氏注、孔氏正義，是見其道聽途説者，又何能知所謂《易》者哉？足下取二家言觀之，則見畢子、董子膚末於學而遽云云也。

足下所爲書，非元凱兼三《易》者則諾⑧〔八〕。若曰孰與穎達著，則此説乃穎達説也，非一行僧、畢子、董子能有異者也⑨。無乃即其謬而承之者歟？觀足下出入筮數，考校《左氏》，今之世罕有如足下求《易》之悉者也。然務先窮昔人書，有不可者而後革之，則大善。謹之勿遽。宗元白。

【校　記】

①注釋音辯本及詁訓本「九六」下有「説」字。世綵堂本注：「一本『論九六書』在後。」注釋音辯本此篇在《答劉禹錫天論書》之後。

②注，詁訓本作「著」。

③遇，原作「過」，下句「則是取其遇揲四分而六也」之「遇」也作「過」，據《周易·乾》孔穎達疏及《劉賓客文集》卷七《辨易九六論》改。

④《文粹》、《全唐文》「變」下無「用」字。《周易·乾》孔穎達疏：「老陽數九，老陰數六，老陰老陽皆變，《周易》以變者爲占。」無「用」字是。

⑤遇，原作「過」，下句「六遇揲得老陰」之「遇」也作「過」，據《周易·乾》孔穎達《疏》改。詁訓本無「得」字。

⑥詁訓本無「揲」字。

⑦詁訓本無「之」字。

⑧詁訓本無「足下所爲書，非元凱兼三《易》者則諾」十四字。注釋音辯本、世綵堂本、游居敬本、蔣之翹輯注本、《文粹》、《全唐文》「則」上有「者」字。

⑨原注與注釋音辯本及世綵堂本注：「一本『異』字下有『説』字。」僧，詁訓本作「生」。

【解　題】

［韓醇詁訓］《劉夢得集》有《與董言易》、《辨易九六論》二篇，有曰：「《乾》之爻皆九而《坤》六，何也？世之儒曰：『吾聞諸孔穎達云：陽尊得兼乎陰，陰不得兼陽也。』他日，與董生言及《易》，生曰：『吾聞諸畢中和云：舉老而稱也。』因舉揲蓍變之所遇多少，以明老陰老陽之數，以明二篇之策。復取《左氏》、《國語》昔人之筮以爲證，且曰：『余與董生九六之義，信與理會，爲不誣矣。』又於《左氏》二書參焉，若合形影。而世人往往攘臂於其間，曰：『生之名孰與穎達著邪？而才孰與元凱賢邪？』歷載曠日，未嘗有聞人用是說者。雖余憤然口舌争，特貌從者十一二焉。余獨悲而志之，以俟夫後覺。」初，董生本畢中和，中和本其師，師之學本一行。云此夢得所言《易》大概也。其論九六，繼以揲蓍法，曰《九六數》，曰《大衍論》，曰《與董生言易》，凡三篇不能備載。今公以爲初無異於穎達之說，而以畢子、董子爲膚末於學而遽云云也。按：陳景雲《柳集點勘》卷三：「案此書乃元和中在永州作。董生名挺，字庶中，以荆部從事退居朗州，適夢得謫官來此，因邂逅相契耳。董卒元和中，有集名《武陵》，夢得序之，並志其墓。」「挺」當作「侹」。《新唐書·藝文志四》著録有董侹《武陵集》，注云：「卷亡。侹字庶中，元和荆南從事。」《劉賓客文集》卷一三有《辨易九六論》一文，宗元所討論的即此文的觀點。《劉夢得文集》卷二三《董氏武陵集紀》、外集卷一〇《故荆南節度推官董府君墓誌》，皆爲董侹而作。可知董侹曾爲弘文館校書郎，後以荆南節度推官退居朗州，元和七年卒。由此，柳文或作於元和七年之前。

【注釋】

〔一〕《易·乾》「初九」孔穎達疏：「九爲老陽、六爲老陰，文而從變，故爲爻之别名。」後世因以「九六」泛指陰陽及柔剛等屬性。

〔二〕［注釋音辯］行，下孟切。［百家注引韓醇曰］董生言本畢中和，中和本其師，師之學本一行。

〔三〕［注釋音辯］韓康伯、孔穎達。［蔣之翹輯注］此言董生言本畢中和，中和本其師一行也。唐國子祭酒孔穎達與顔師古、司馬才、王恭、馬嘉運、趙乾叶、王談、于志寧同撰《易正義》十四卷。韓氏謂韓康伯。其師王弼輔嗣注《易》上下經，其《繫辭》、《説卦》、《雜卦》、《序卦》，康伯補成之。又載弼所作《略例通》十卷。按：畢中和，事蹟不詳。一行，即僧一行，佛教密宗之祖。《舊唐書·方伎傳》有傳。

〔四〕［百家注引孫汝聽曰］謂韓康伯。按：策，占卜用的蓍草。乾一爻三十有六策，共六爻，合計二百一十六策。

〔五〕揲，《周易·繫辭上》：「揲之以四，以象四時。」陸德明曰：「揲，猶數也。」

〔六〕［蔣之翹輯注］鄭玄字康成，作《易》注。《崇文總目》云：「今惟《文言》、《説卦》、《序卦》、《雜卦》合四篇，餘皆逸。指趣淵確，本去聖人未遠。」

〔七〕孔穎達《周易正義》卷首：「周簡子云：易者，易也，不易也，變易也。」

〔八〕［蔣之翹輯注］晉杜預，字元凱。注《春秋左氏傳》，分經之年與傳之年，相附題曰《經傳集解》。

按：《連山》、《歸藏》、《周易》合稱三易。

【集評】

晁説之《儒言·不得已》：柳子厚曰：「君子之學，將有以異也，必先究窮其書，究窮而不得焉，乃可以立而正也。謹之勿遽。」歐陽公曰：「先儒之論，苟非詳其終始而牴牾，質諸聖人而悖理，害經之甚，有不得已而後改易者，何必徒爲異論以相訾也？如其不得已於經，則古今學者之弊悉以亡矣。」惜乎遽而、得已者多也。（《嵩山文集》卷一三）

王應麟《困學紀聞》卷一：劉夢得《辯易九六論》曰：「董生言本畢中和，中和本其師，師之學本一行。」朱文公曰：「畢氏揲法視疏義爲詳。」柳子厚詆夢得膚末於學，誤矣。（若璩案：子厚謂董生膚末於學，非詆夢得。）

茅坤《唐宋八大家文鈔》卷一九：確。

何焯《義門讀書記》卷三六：李（光地）云：所言者筮數一端，然摘出學者讀書不謹而輕於立論之病，可以推類警省。「則是取其過揲四分而九也」：世得云：孔疏云：「九過揲，六過揲，過，猶遍也，言揲之九遍六遍耳。」節用「過揲」二字，似未妥。「孔穎達等作正義論云」：不遺「等」字，何等謹細。「君子之學」五句：李云：極得讀書之法。

儲欣《河東先生全集録》卷五：二子見之，得不面熱内慚，思欲自截其舌乎？余謂六經義藴，漢唐注疏略備矣，捨此而務爲新奇，其不爲董、畢之續者有幾？

乾隆敕纂《御選唐宋文醇》卷一三：《春秋》傳所謂傳信傳著，傳信傳著以終得其實，當即籍之之意。或問孔穎達等所述九六二義，何説爲是？曰：當以第二説爲正。第一説曰：乾體有三畫，坤體有六畫，陽得兼陰，故其數九；陰不得兼陽，故其數六。若然者，是以陽三畫兼陰六畫而爲九也。是説也，所以著陽大陰小，崇陽抑陰之義，猶曰臣者君之臣，婦者夫之婦，義得兼之，故畫三而六在其中云爾。然返以觀夫陰爻，則其義有未盡善者。陰不得兼陽，故其數六，則是止以本體之六畫爲六也。夫陰必從乎陽，從乎陽則陰亦陽矣。如謂此六者在陽之外，則是與陽爲敵矣。從乎陽者，陰之吉德也。敵乎陽者，陰之凶德也。聖人作《易》，不應偏舉凶德以垂訓。且使果然，則凡爻之逢六者，並應凶咎，安得復多吉爻也？夫坤一畫乃是夾畫一乾畫，不得謂中虚之處無義也，其虚處正所以明夫陽之行乎其中。今夫地皆天之所貫徹，而旁敷無一毫釐許之非天者也。使有一毫釐許爲天所不到之處，則蕩爲微塵鄰虚，入於莽蒼杳冥，而亡其地之體矣。地之體亡，則轉成太虚，而亦天矣，然則安得有一毫釐許無天之地哉？人之身，地也，陰也。人之心，天也，陽也。人惟不能卑法地以治身，而耳目口鼻四肢百骸各逞其欲，以奪天君之性，故其心之神明不能崇效。夫天夫心，固宰乎耳目口鼻四肢百骸者也。然耳目口鼻四肢百骸，又何一之非心哉？謂耳目口鼻四肢百骸不得兼心，固不可也。推而論之，臣之體國，皆君之國；婦之承家，皆夫之家。陽固以兼陰而成其陽之大，陰則正以無適而非陽，且不得名爲兼陽而益見其陰之小。唯其小之入於無，故足以配大之靡不有，此陰陽之大義也。然則坤六畫，其虚處即乾三畫。乾則有處爲三，無處爲六。坤則有處爲六，無處爲三。夫數自一至九，乾坤固皆備之，不得如孔氏第一説以當九六之義也。第二説曰：老陽數九，老陰數六，老陽老陰皆變，《周易》以變者爲占。又曰：所以老陽數九，老陰數六者，以揲蓍之數九過揲則得老陽，六過揲則得老陰。其少陽稱七，少陰稱八，義亦準此。鄭康成亦同此説。後世不復見康成之注，而孔穎達所作正義未爲詳備，故歐陽修申之曰：乾爻七九，坤爻八六，九六變而七八，無爲《易》道占其變故，以其所占者名爻，不謂六爻皆九六也。及其至也，七八常多而九六常少，有無九六者焉，此不可不釋也。朱子曰：用九須從歐公説。然則朱子亦未曉然於歐陽之即鄭、孔也，顧未知宗元所云周簡子之説亦若此而又詳備者。果若，何惜不可考也？但歐陽只云乾爻七九，坤爻八六，而未申明其故，則仍似用九用六，止爲乾、坤二卦發者。於是，惟以群龍无首爲乾卦之坤，利永貞爲坤卦之乾。而朱子所稱通例者，亦不著焉。夫飛潛動植，有知無知，萬有不齊之倫，其虚處皆天，其實處皆地。語其性情，其虚而爲天者皆乾，其實而爲地者皆坤。舉其至大，而足以綱領乎萬有不齊之倫者，則爲雷風水火山澤六子。六子非他也，乾坤也。震坎艮，則一乾而二坤。巽離兑，則二乾而一坤云爾。故曰：乾坤，其《易》之門耶？乾，陽物也。坤，陰物也。是故三百八十四爻，非乾爻即坤爻，而不得謂之震爻、巽爻、坎離艮兑爻者也。曰乾爻則非七爻即九爻，曰坤爻則非八爻即六爻，七八不變，變則占。故曰用九用六，而獨著其義於乾坤之卦也。何以不變則不占也？曰：天地之心在動處，以人身喻之，動於色則心在目，動於聲則心在耳。當其在目也，則全體皆色焉。當其在耳也，則全體皆聲焉。其不動之處，皆受動者之所改移，故以變者占。若六爻皆不變，則本卦全體皆現也。其用奈何？曰：乾之德以不爲首爲義，坤之德以大終爲義。乾不爲首，即陽而之乎陰也。坤以大終，即是陰而之乎陽也。陽不能之乎陰則亢，陰不能之乎陽則凝。亢也凝也，則不能易。不能易，則不能生生。不能生生，則非天地之心矣。故凡陽也而九，則之乎陰矣。其德若何？曰：見群龍无首，陰也而六，則之乎陽矣。其德若何？曰：利永貞凡六十四卦之陽爻陰爻皆然，而特附之乾、坤二卦，以見三百八十四爻之皆乾爻坤爻也。此九六之義也。

焦循批《柳文》卷四：此文見柳子經學之精。可爲千古著書人之的。

【附　録】

劉禹錫《辯易·辯易九六》：乾之爻皆九而坤六，何也？世之儒曰：「吾聞諸孔穎達云：陽尊得兼乎陰，陰不得兼乎陽也。」他日，予與董生言及《易》，生曰：「吾聞諸畢中和云：舉老而稱也。請徵諸揲蓍。夫端策者一變而遇少，與歸奇而爲五。再變而遇少，與歸奇而爲四。三變如之。是老陽之數，分措于指間者十有三策焉。其餘世有六四而運得九是已，故《易·繫》注云：乾一爻世六策也。一變而遇多，與歸奇而爲九。再變而遇多，與歸奇而爲八。三變如之。是老陰之數分措于指間者二十有五策焉。其餘二十有四，四四而運得六是已。故《易·繫》注云：坤一爻二十四策也。借如一變而遇少，再變三變而遇多，是少陽之數分措于指間者二十有一策，其餘二十有八，四四而運得七。一變而遇多，再變三變而遇少，是少陰之數分措于指間者十有七策，其餘三十有二，四四而運得八。故九與六爲老，老爲變爻。七與八爲少，少爲定位。故曰舉老而稱，亦曰尚變而稱。且夫筮爲乾者常遇七，斯乾矣；常遇九，斯得坤矣。筮爲坤者常遇八，斯坤矣；常遇六，斯得乾矣。在《左氏》、《國語》有之。晉公子親筮之曰：『尚有晉國。』得貞、屯、悔、豫皆八，八非變爻，故不曰有所之。按坎二十而爲屯，屯之六二爲世爻，震一世而爲豫，豫之初六爲世爻。屯之二、豫之初皆少陰不變，斯非八乎？卦由老數而舉曰六，筮由蓍數故斥曰八。在《左氏春秋傳》有之。曰：穆姜薨于東宮，始往而筮之，遇艮之八，史曰：『是謂艮之隨。』夫艮䷳之隨䷐，唯二不動，斯遇八也。餘五位皆九六，故反焉。筮法以少爲卦主，變者五而定者一，故以八爲占。艮之六二，曰艮其腓，不拯其隨，其心不快。史以爲東宮實幽也，遇此爲不利，故從變爻而占，苟以悦姜也。何則？卦以少爲主，若定者五而變者一，即宜曰之某卦，觀之否、師之臨類是也。變與定均即決以内外。今變者五，定者一，宜從少占，懼不吉而更之，故曰是謂艮之隨。是謂之云者，苟以悦也，故穆姜終死于東宮，與艮會耳。而杜元凱於此注，以爲雜用三《易》，故有遇八之云，非臻極之理也。」劉子曰：余與董生言九六之義，信與理會，爲不誣矣。余又於《左氏》二書參焉，若合形影然。而世人往往攘臂于其間，曰：「生之名孰與穎達著邪？而材孰與元凱賢邪？」歷載曠日，未嘗有聞人明是説者。雖余憤然用口舌争，時貌從者什一二焉。嗟乎！由數立文，所如皆合，昭昭乎若觀三辰，其不晦也如此。然猶貴聽而賤視，斷斷然莫可更也，矧無形之理，不可見之道邪？余獨悲而志之，以俟夫後覺。初，董生言本畢中和，中

和本其師，師之學本一行云。（《劉夢得文集》卷一三）

又《辯易·與董生言易》：《國語》又云：「董因迎公于河，公問焉，曰：『吾其濟乎？』對曰：『臣筮之，得泰之八。』曰：『是謂天地配亨，小往大來，今及之矣，何不濟之？』」有韋昭云：「泰三至五震，象爲侯，陰爻不動，其數皆八，與貞、屯、悔、豫義同。」劉子曰：昭此説用互體有震。按董因之言，天地配亨是六五，「帝乙歸妹，以祉元吉」之爻。夫泰，乾坤體全，内外位正，内爲身，外爲事，卜得國事。以外卦爲占，六五居尊位，故統論卦下辭，曰小往大來，爻遇歸妹，故曰天地配亨。何必取互體也。（同上）

蘇軾《東坡易傳》卷七：四營而一變，三變而一爻，六爻爲十八變也。三變之餘，而四數之得九爲老陽，得六爲老陰，得七爲少陽，得八爲少陰，故曰乾之策二百一十有六，坤之策百四十有四，取老而言也。九六爲老，七八爲少之説，未之聞也。或曰：陽極於九，其次則七也。極者爲老，其次爲少。則陰當老於十，而少於八。曰：陰不可加於陽，故十不用。十不用，猶當老於八，而少於六也。則又曰：陽順而上，其成數極於九；陰逆而下，其成數極於六。自下而上，陰陽均也。穉於子午，而壯於已亥，始於復姤，而終於乾坤者，陰猶陽也，曷嘗有進陽而退陰，與逆順之别乎？且此自然而然者，天地且不能知，而聖人豈得與於其間，而制其予奪哉？惟唐一行之學則不然，以爲《易》固已言之矣。曰：十有八變而成卦，八卦而小成，則十八變之間有八卦焉，人莫之思也。變之初有多少，其一變也不五則九，其二與三也，不四則八。八與九爲多，五與四爲少，少多者，奇偶之象也。三變皆少，則乾之象也。乾所以爲老陽，而四數其餘得九，故以九名之。三變皆多，則坤之象也。坤所以爲老陰，而四數其餘得六，故以六名之。三變而少者一，則震、坎、艮之象也。震、坎、艮所以爲少陽，而四數其餘得七，故以七名之。三變而多者一，則巽、離、兑之象也。巽、離、兑所以爲少陰，而四數其餘得八，故以八名之。故七、八、九、六者，因餘數以名陰陽，而陰陽之所以爲老少者，不在是而在乎三變之間，八卦之象也。此唐一行之學也。

答劉禹錫天論書①

宗元白：發書得《天論》三篇，以僕所爲《天説》爲未究，欲畢其言。始得之，大喜，謂有以開明吾志慮②，及詳讀五六日，求其所以異吾説，卒不可得。其歸要曰非天預乎人也。凡子之論，乃《天説》傳疏耳③，無異道焉。諄諄佐吾言，而曰有以異，不識何以爲異也。

子之所以爲異者④，豈不以贊天之能生植也歟？夫天之能生植久矣⑤，不待贊而顯。且子以天之生植也，爲天耶⑥？爲人耶？抑自生而植乎？若以爲爲人，則吾愈不識也。若果以爲自生而植，則彼自生而植耳，何以異夫果蓏之自爲果蓏〔一〕，癰痔之自爲癰痔〔二〕，草木之自爲草木耶？是非爲蟲謀明矣，猶天之不謀乎人也⑦。彼不我謀，而我何爲務勝之耶？子所謂交勝者，若天恒爲惡⑧，人恒爲善，人勝天則善者行，是又過德乎人，過罪乎天也。又曰：天之能者生植也，人之能者法制也〔三〕。是判天與人爲四而言之者也。余則曰：生植與災荒，皆天也；法制與悖亂，皆人也。二之而已。其事各行不相預，而凶豐理亂出焉，究之矣。凡子之辭，枝葉甚美，而根不直取以遂焉。

又子之喻乎旅者⑨，皆人也，而一曰天勝焉，一曰人勝焉，何哉？莽蒼之先者⑩，力勝也；邑郛之先者，智勝也。虞、芮，力窮也，匡、宋，智窮也。是非存亡⑪，皆未見其可以喻乎天者〔四〕。若子之説⑫，要以亂爲天理、理爲人理耶？謬矣。若操舟之言人與天者〔五〕，愚民恒説耳。幽、厲之云爲上帝者，無所歸怨之辭爾⑬〔六〕，皆不足喻乎道⑭，子其熟之。無羨言侈論〔七〕，以益其枝葉，姑務本之爲得，不亦裕乎？獨所謂無形爲無常形者甚善。宗元白。

【校記】

① 世綵堂本注：「一本《答劉禹錫天論》在前。」按：注釋音辯本《與劉禹錫論周易九六説書》一文在此文之後。

② 注釋音辯本注：「一本無『明』字。」世綵堂本注：「『開』下一有『明』字。」世綵堂本及蔣之翹輯注

本「開」下無「明」字。

③ 注釋音辯本、世綵堂本、游居敬本、蔣之翹輯注本及《全唐文》「乃」下有「吾」字。

④ 之，詁訓本作「其」。

⑤ 「天」下原脱「之」字，據諸本補。

⑥ 注釋音辯本及游居敬本無「爲天耶」三字。注釋音辯本注：「一本更有『爲天耶』三字。」

⑦ 原注與注釋音辯本及世綵堂本注：「乎，一作『于』字。」詁訓本作「于」。

⑧ 原注與注釋音辯本及世綵堂本注：「『若』字下有『知』字。」

⑨ 原注與注釋音辯本及世綵堂本注：「一本『又』字下有『曰』字。」詁訓本「又」字下有「曰」字，「之」作「以」。

⑩ 莽蒼，原作「蒼蒼」，據注釋音辯本、詁訓本、游居敬本、蔣之翹輯注本及《全唐文》改。世綵堂本注：「『蒼蒼』，一作『莽蒼』。」按《劉夢得文集》卷一二《天論中》亦作「莽蒼」。

⑪ 原注與世綵堂本注：「『非』下一有『之』字。」詁訓本「非」下有「之」字。

⑫ 子，原作「予」，據諸本改。

⑬ 無，注釋音辯本及游居敬本作「爲」。

⑭ 注釋音辯本注：「一本無『皆』字。」世綵堂本、蔣之翹輯注本「不」上無「皆」字。世綵堂本注：「一有『皆』字。」

【解　題】

［韓醇詁訓］公爲《天説》，以折韓昌黎之言，劉禹錫作《天論》，以公之説爲未盡，公反復以書問辨，其詳解見《天説下》。觀禹錫《天論》，參以書意，則其義自昭然矣。［百家注引韓醇曰］餘詳解在禹錫《天論》及公《天説下》。見十六卷。按：劉禹錫《天論》三篇附在第十六卷柳宗元《天説》後。章士釗《柳文指要》上《體要之部》卷三一：「王充《論衡》未見子厚稍一涉及，然而兩家唯物論點，無形中適與暗合，《天説》其尤也。試取子厚所説，與仲任所論兩兩對勘，謂自漢逮唐，吾國唯物理論萌芽，實以此二人爲中樞，應是天下方聞之士所公認。加以劉夢得親承其流，交相闡發，蔚成唐室唯物論宗，爲屈曲世間之韓退之之流所望塵莫及，焉得不使讀者心胸爲之一快？」又曰：「柳子厚作《天説》，劉夢得認爲未盡天人之際，因撰《天論》三篇以極其辯，子厚見之，謂足爲《天説》傳疏耳，無異道也。然則二子之道，果有異焉否乎？今之治柳、劉兩家文者，謂兩家主旨皆唯物，而劉比於柳爲進一階，然則劉果進一階焉否乎？吾嘗詳考兩家本文，及今之申柳或申劉之説，敢爲之斷曰：兩家由無異出發，而中途微有異，中途有異，而卒歸無異。」其評可參考。

【注　釋】

〔一〕［韓醇詁訓］蓏，魯果切，有核果，無核蓏。

〔二〕［韓醇詁訓］癰音雍。痔，文里切。

〔三〕［注釋音辯］禹錫《天論》云：「天之道在生植，其用在强弱。人之道在法制，其用在是非。」有全篇，見附録。［百家注引王儔補注］夢得論云：「天之道在生植，其用在强弱。人之道在法制，其用在是非。」

〔四〕［蔣之翹輯注］劉論云：「夫旅者群適乎莽蒼，求休乎茂木，飲乎水泉，必强有力者先焉。否則，雖聖且賢，莫能競也。斯非天勝乎？群次乎邑郛，求蔭于華榱，飽于餼牢，必聖且賢者先焉，否則，强有力莫能競也。斯非人勝乎？苟道乎虞芮，雖莽蒼猶郛邑然，苟由乎匡宋，雖郛邑猶莽蒼然。是一日之途，天與人交相勝矣。」

〔五〕［蔣之翹輯注］劉論云：「夫舟行乎濰淄伊洛者，疾徐次舍存乎人，舟中之人未嘗有言天者，理明故也。行乎江漢淮海者，疾徐次舍不可得而必，舟中之人未嘗有言人者，理昧故也。」

〔六〕［蔣之翹輯注］劉論云：「堯舜之書首曰稽古不曰稽天，幽厲之詩首曰上帝不言人事，由是而言，天預人乎？」

〔七〕［注釋音辯］羨，餘面切，餘也。［韓醇詁訓］羨，延面切，餘也。

【集　評】

《王荆石先生批評柳文》卷八：劉論真聵聵。

陸夢龍《柳子厚集選》卷三：詞理俱到，而行文在西漢間。

蔣之翹輯注《柳河東集》卷三一：子厚於天人之際析理，雖未能盡之，然其發越亦俊。

儲欣《河東先生全集録》卷五：堂上人勘是非曲直。按柳州此卷惟《與韓愈論史官書》大騁辯才，如恐不勝。答劉以下咸若摧枯拉朽耳。

焦循批《柳文》卷四：善辨。

答元饒州論春秋書

辱復書，教以《報張生書》及《答衢州書》言《春秋》，此誠世所希聞，兄之學爲不負孔氏矣。

往年曾記裴封叔宅〔一〕，聞兄與裴太常言晉人及姜戎敗秦師于殽一義〔二〕，嘗諷習之。又聞韓宣英及亡友吕和叔輩言他義①〔三〕，知《春秋》之道久隱②，而近乃出焉。京中於韓安平處始得《微指》③〔四〕，和叔處始見《集注》，恒願歸於陸先生之門〔五〕。及先生爲給事中〔六〕，與宗元入尚書同日，居又與先生同巷，始得執弟子禮。未及講討④，會先生病，時聞要論，嘗以易教誨見寵。不幸先生疾彌甚〔七〕，宗元又出邵州〔八〕，乃大乖謬，不克卒業。復於亡友凌生處〔九〕，盡得《宗指》、《辨疑》、《集注》等一通〔一〇〕。伏而讀之，於「紀侯大去其國」〔一一〕，見聖人之道與堯舜合，不唯文王、周公之志，獨取其法耳。於「夫人姜氏會齊侯于禚」〔一二〕，見聖人立《孝經》之大端，所以明其分也。於「楚人殺陳夏徵舒，丁亥，楚子入陳，納公孫寧、儀行父于陳」⑤〔一三〕，見聖人褒貶予奪⑥，唯當之所在，所謂瑕瑜不掩也〔一四〕。反復甚喜⑦。若吾生前距此數十年⑧，則不得是學矣。今適後之，不爲不遇也。

兄書中所陳皆孔氏大趣，無得踰焉。其言書荀息，貶立卓之意也〔一五〕。頃嘗怪荀息奉君之邪心以立嬖子，不務正義，棄重耳於外而專其寵，孔子同於仇牧、孔父，爲之辭〔一六〕。今兄言貶息，大善。息固當貶也，然則《春秋》與仇、孔辭不異，仇、孔亦有貶歟⑨？宗元嘗著《非國語》六十餘篇⑩，其一篇爲息發也〔一七〕，今録以往，可如愚之所謂者乎？《微指》中明「鄭人來渝平」〔一八〕，量力而退，告而後絶，固先同後異者也。今檢此前無與鄭同之文，後無與鄭異之據，獨疑此一義，理甚精而事有不合，兄亦當指而教焉⑪。往年又聞和叔言兄論楚商臣一義〔一九〕，雖啖、趙、陸氏，皆所未及〔二〇〕。請具録，當疏《微指》下，以傳末學。蕭、張前書〔二一〕，亦請見及。至之日，勒爲一卷，以垂將來。

宗元始至是州，作《陸先生墓表》，今以奉獻，與宣英讀之〔二二〕。《春秋》之道如日月，不可贊也。若贊焉，必同於孔、跖優劣之説，故直舉其一二，不宣。宗元再拜。

【校　記】

①「亡友」二字原在「韓宣英」上，且無「及」字，並引王儔補注：「胥山沈公（晦）謂當去『亡友』二字，遷在『吕和叔』上，蓋韓宣英元和十年自饒州司馬召回，與公例出爲汀州刺史也。」注釋音辯本、世綵堂本、游居敬本及《全唐文》作「聞韓宣英及亡友」，據改。注釋音辯本注：「一本『亡友』在『韓宣英』上者，誤。」又，濟美堂本無「嘗諷習之」至「言他義」十九字。

②詁訓本「之」下無「道」字。

③指，原作「旨」，據諸本改。

④及，注釋音辯本及游居敬本作「必」。章士釗《柳文指要》上《體要之部》卷三一：「『必』或作『畢』，或作『及』，作『畢』理長。」

⑤「儀」下原脱「行」字，據諸本補。

⑥予，注釋音辯本作「與」。

⑦詁訓本「復」作「覆」，無「甚喜」二字。

⑧「數」下原脱「十」字，據諸本補。

⑨歟，詁訓本作「與」。

⑩詁訓本「嘗」下無「著」字。

⑪「指」下原脱「而」字，據諸本補。世綵堂本注：「『指』下一有『而』字。」

【解　題】

［注釋音辯］未詳其人。［韓醇詁訓］考新舊史，元姓不見其爲饒州者。新史年表有元洪者，嘗爲饒州刺史，而時不可考。元和間惟有元稹，而傳不載其爲饒州。書言裴封叔，墐也。韓宣英，曄也。吕和叔，温也。韓安平，泰也。凌生者，準也。陸先生質，一名淳，有《春秋微指》傳於世。爲給事中、侍讀而卒，門人私謚曰文通先生。公貶永州，而陸亡矣。公嘗爲先生墓誌，見於集。集有《吕温誄》，卒於元和六年；《韓曄誌》，卒於元和三年。今皆云亡友，書當作於六年之後。胥山沈公謂當去「亡友」二字，然止當易在「吕和叔」上，蓋韓宣英元和十年自饒州司馬召回，與公例出爲汀洲刺史也。

按：陳景雲《柳集點勘》卷三：「此書無年月可考。書中稱『亡友吕和叔』，吕以元和六年卒。又言『往年曾記裴封叔宅，聞兄與裴太常言』，太常名茝，封叔宗人也，元和六年閏十二月尚爲國子司業。見舊史《憲宗紀》。後遷太常，卒官。則此書之作在七年後明矣。書末又云『宗元始至是州，作《陸先生墓表》，今以奉獻，與宣英讀之』。是州謂永州也。宣英者，饒州司馬韓曄，與子厚同貶者。時方在饒，與元爲僚，故云耳。及九年冬，柳與韓皆奉詔赴都，去永、饒而北矣。則是書殆作於八九年之交乎？」柳集中未見有《韓曄墓誌》，有《故連州員外司馬凌君權厝誌》，謂凌準元和三年卒。韓醇「韓曄誌」似當作「凌準誌」。韓曄於長慶元年由汀州刺史量移永州刺史，卒於永州，卒年在元和三年後十餘年。章士釗《柳文指要》上《體要之部》卷三一徑繫此文於元和九年。王應麟《困學紀聞》卷一七：「《答元饒州論春秋》又《論政理》，按《鄱陽志》，元藇也。艾軒（林光朝）策問以爲元次山，次山不與子厚同時，亦未嘗爲饒州。」岑仲勉《唐集質疑·元饒州》謂元姓而爲饒州刺史者有元誼、元洪、元藇。然元誼年代太早，元藇則稍晚，故此元饒州爲元洪。林寶《元和姓纂》卷四河南洛陽元氏：「洪，饒州刺史。」郁賢皓《唐刺史考》以爲柳書之元饒州爲元洪，元洪元和七年至九年爲饒州刺史。

【注　釋】

〔一〕［百家注引王儔補注］封叔名堇。按：裴堇，柳宗元姐夫。參見柳集卷九《唐故萬年令裴府君墓碣》。

〔二〕［注釋音辯］［百家注引童宗説曰］事在僖公三十三年。［蔣之翹輯注］晉敗秦師於殽事，見僖公三十三年。殽，秦地，今即函谷關，在河南永寧縣北。按：裴太常爲裴茝。《舊唐書·憲宗諸子傳·惠昭太子李寧》：「元和六年十二月薨，年十九，廢朝十三日。時敕國子司業裴茝攝太常博士，西内勾當。茝通習古今禮儀，嘗爲太常博士，及官至郎中，每兼其職，至改司業，方罷兼領。國典無皇太子薨禮，故又命茝領之。」

〔三〕［注釋音辯］韓宣英名曅，吕和叔名温。［百家注引王儔補注］宣英名曅。吕和叔名温，元和六年八月卒，公有誄。［蔣之翹輯注］韓宣英名曅，元和十年自饒州司馬召回，與子厚例出爲汀州刺史。吕和叔名温，元和六年八月卒，子厚有誄。

〔四〕［注釋音辯］［百家注引王儔補注］韓泰字安平。

〔五〕［注釋音辯］陸質，一名淳，嘗著《春秋微指》二篇、《集注》二篇、《春秋辨疑》七篇。按：百家注本引孫汝聽注略同。

〔六〕［百家注引孫汝聽曰］貞元二十年二月，以質爲給事中。

〔七〕［百家注引孫汝聽曰］貞元二十年九月，質卒，門人私謚曰文通先生。公嘗有《墓表》。按：即柳宗元所撰《唐故給事中皇太子侍讀陸文通先生墓表》。

〔八〕［百家注引孫汝聽曰］九月，公出刺邵州。

〔九〕［注釋音辯］凌準字宗一。［百家注引韓醇曰］凌準，字宗一，元和三年卒。公有誌。按：柳宗元有《故連州員外司馬凌君權厝誌》。

〔一〇〕［百家注引孫汝聽曰］質又有《春秋辨疑》七篇。

〔一一〕［注釋音辯］［韓醇詁訓］事見莊公四年。［百家注引劉嵩曰］事見莊四年《春秋》。［蔣之翹輯注］紀侯以齊志欲併吞，度不可免，故齊兵未加，即先棄去。有志存酅，則非滅也，故不書「滅」。不因逐出，則非奔也，故不書「奔」。

〔一二〕［注釋音辯］童（宗説）云：禚，諸若切，齊地名也。事在莊公二年。［百家注引劉嵩曰］事在莊二年《春秋》。禚，齊地名，音灼。［蔣之翹輯注］姜氏出奔之後，至此復會齊侯。會非夫人事，言會非正也。按：韓醇詁訓略同百家注。

〔一三〕［注釋音辯］［韓醇詁訓］事在宣公十一年。［百家注引劉嵩曰］事在宣十一年《春秋》。［蔣之翹輯注〕殺徵舒，討賊之辭，且衆同欲也，故云楚人。入陳，非衆志也，故云楚子。公孫寧、儀行父，《春秋》外此二人於陳，而特書曰納，納者，不受而强納之者也。

〔一四〕〔韓醇詁訓〕瑕音遐。瑜音俞。〔百家注引孫汝聽曰〕《禮記》：「瑕不掩瑜，瑜不掩瑕。」瑕音遐。瑜音俞。按：見《禮記·聘義》。

〔一五〕〔注釋音辯〕事在僖公十年。〔韓醇詁訓〕僖公十年經書：「里克弑其君卓及其大夫荀息。」先是晉獻公寵驪姬，殺太子申生，逐夷吾、重耳而立奚齊。前年獻公卒，里克弑奚齊，荀息又立卓子。至是里克又弑，而荀息死之。

〔一六〕〔注釋音辯〕孔父事見恒公二年，仇牧事見莊公十二年。〔韓醇詁訓〕桓公二年，宋督弑其君與夷及其大夫孔父。莊公十二年，宋萬弑其君捷及其大夫仇牧。於前書里克事書法皆同。

〔一七〕《國語》對荀息以死來報答晉獻公對自己信任的行爲贊揚有加，柳宗元在《非國語上·荀息》中則認爲荀息的行爲算不得忠貞。

〔一八〕〔注釋音辯〕〔韓醇詁訓〕事在隱公六年。〔百家注引童宗説曰〕事在隱六年《春秋》。〔蔣之翹輯注〕傳曰：「更成也。」隱公爲世子時，爲鄭所執，逃歸，怨鄭。至是宋有失辭之隙，鄭因此而來。經書「渝平」，傳曰「更成」，渝即更之義，成即平之訓。謂變其前日不平之心以爲平，而相爲成結也。

〔一九〕〔注釋音辯〕〔韓醇詁訓〕事在文公元年。〔百家注引童宗説曰〕事在文元年《春秋》。〔蔣之翹輯注〕「楚世子商臣弑其君頵」，商臣稱世子，以見其有父之親；頵稱君，以見其有君之尊。聖人書此，使天下後世知所以爲君臣父子之道，而免於首惡之名、誅死之罪也。

〔二〇〕〔注釋音辯〕啖音淡。啖助、趙匡、陸質也。〔韓醇詁訓〕啖音淡。啖，啖助也。趙，趙匡也。按：李肇《唐國史補》卷下：「大曆已後，專學者有蔡廣成《周易》，强象《論語》，啖助、趙匡、陸質《春秋》，施士丐《毛詩》，刁彝、仲子陵、韋彤、裴茝講《禮》。」

〔二一〕〔蔣之翹輯注〕蕭張未詳。按：張即指元洪《報張生書》之張生，名未詳。蕭當指「及《答衢州書》」之爲衢州刺史者，名亦不詳。

〔二二〕〔百家注引孫汝聽曰〕時曄爲饒州司馬。

【集　評】

茅坤《唐宋八大家文鈔》卷一九：辨。

蔣之翹輯注《柳河東集》卷三一：平鋪去，麗整有法，而詞極腴。

何焯《義門讀書記》卷三六：李（光地）云：於與夢得及此兩書，見盡心經學若此。後之綴文者，動擬韓柳，其於聖賢經傳，蓋無一卷成熟者，根本蹶矣。……「盡得宗指辨疑集注等一通」：今但有《微指》，亦不知復有《宗指》也。《集注》豈《纂例》之異名耶？「于紀侯大去其國」：此條竊于微指尚有疑焉。太王之避狄，猶可以立國也。紀侯之義，固當效死勿去耳。然而《春秋》不責紀侯者，其亦傷天下之無王乎？「見聖人褒貶與奪」三句：杜牧之曾襲此語。「其言書荀息」：此條今檢陸氏書不得。「頃嘗怪荀息奉君之邪心以立嬖子」：申生之死，荀息立於朝而不能争，是其耳。若立奚齊，不可責以奉君之邪心也。至於立卓子，則謬甚。卓非奚齊之母弟，均之庶孽。息不從奚齊以死，則立君者將以定國也。捨舉國屬望之重耳，而奉童昏以臨之，以啟再亂，身亦不免焉。經權兩謬，聖人安得不貶之乎？其與仇、孔同辭者，仇、孔固亦有貶也。爲正卿，執國命，亂臣無所顧忌，而無禮於君，身預其禍，若一匹夫，謂聖人之猶有取焉，然非歟？柳子謂進荀息以甚苟免之惡。夫君弑賊不討者不書葬，聖人于苟免者，固不許其改，得爲人臣子履后土而戴皇天矣，庸待進息以甚之哉？立齊，君命也。立卓，非君命也。可以行權而不能計安國家，息雖欲辭其罪，不可得矣。

乾隆敕纂《御選唐宋文醇》卷一三：宗元《與楊憑書》曰：「自貶官來無事，讀百家，上下馳騁，乃少得知文章利病。」蓋實録也。今觀其文，其勤學好問，惓惓之意，溢於毫楮，可尚也夫！

與吕道州温論非國語書①

四月三日，宗元白化光足下：近世之言理道者衆矣，率由大中而出者咸無焉。其言本儒術，則迂迴茫洋而不知其適②。其或切於事，則苛峭刻覈〔一〕，不能從容，卒泥乎大道〔二〕。甚者好怪而妄言，推天引神，以爲靈奇，恍惚若化而終不可逐。故道不明於天下，而學者之至少也。

吾自得友君子，而後知中庸之門户階室，漸染砥礪〔三〕，幾乎道真。然而常欲立言垂文，則恐而不敢。今動作悖謬③。以爲僇於世，身編夷人，名列囚籍，以道之窮也，而施乎事者無日。故乃挽引，强爲小書，以志乎中之所得焉。

嘗讀《國語》，病其文勝而言尨，好詭以反倫，其道舛逆。而學者以其文也，咸嗜悦焉。伏膺呻吟者，至比六經，則溺其文必信其實，是聖人之道翳也。余勇不自制，以當後世之訕怒，輒乃黜其不臧，救世之謬④。凡爲六十七篇，命之曰《非國語》。既就，累日怏怏然不喜〔四〕，以道之難明而習俗之不可變也。如其知我者果誰歟？凡今之及道者，果可知也已。後之來者，則吾未之見，其可忽耶？故思欲盡其瑕纇〔五〕，以別白中正⑤。度成吾書者，非化光而誰？輒令往一通⑥，惟少留視役慮，以卒相之也。

往時致用作《孟子評》〔六〕，有韋詞者告余曰〔七〕：「吾以致用書示路子〔八〕，路子曰：善則善矣，然昔之爲書者⑦，豈若是摭前人耶〔九〕？」韋子賢斯言也。余曰：致用之志以明道也，非以摭《孟子》，蓋求諸中而表乎世焉爾。今余爲是書⑧，非《左氏》尤甚。若二子者，固世之好言者也，而猶出乎是，況不及是者滋衆，則余之望乎世也愈狹矣⑨，卒如之何？苟不悖於聖道，而有以啟明者之慮，則用是罪余者，雖累百世滋不憾而恧焉⑩〔一〇〕。

於化光何如哉？激乎中必厲乎外，想不思而得也。宗元白。

【校　記】

①注釋音辯本此文在《答吴武陵論非國語書》之後。

②迂，原作「遷」，據諸本改。

③詁訓本「動」下無「作」字。

④原注與注釋音辯本及世綵堂本注：「救，一作究。」詁訓本作「究」，並注：「究，一作救。」

⑤原注與世綵堂本注：「一無『别』字。」詁訓本無「别」字，並注：「一有『别』字。」

⑥世綵堂本注：「一作『今往一通』，一作『今輒往一通』。」

⑦之，原作「人」，據注釋音辯本、游居敬本、蔣之翹輯注本及《全唐文》改。

⑧原注與世綵堂本注：「余，一作吾。」詁訓本作「吾」。

⑨也，注釋音辯本、游居敬本及蔣之翹輯注本作「者」。

⑩詁訓本句上注：「（句首）一有『曰』字。」

【解　題】

［注釋音辯］温字化光，一字和叔。［韓醇詁訓］温字和叔，一字化光。温卒，公嘗爲之誄。云由

道州徙爲衡州，卒，時元和六年八月。則此書當在六年前也。按：此文當作於元和四年，蓋呂温元和五年已由道州刺史轉衡州刺史矣。《舊唐書·呂温傳》：「（元和）五年，轉衡州。」陳景雲《柳集點勘》卷三：「元虞槩幼時讀柳子《非國語》，以爲《國語》誠可非，而柳子之説亦非也，作《非非國語》，時人歎其有識。槩字仲常，集之弟也。附見《集傳》。」章士釗《柳文指要》上《體要之部》卷三一：「子厚《非國語》者，王充《論衡》之流亞也。特《論衡》語詳，而《非國語》以短峭見意，《論衡》所涉極廣，而《非國語》專一而精，故其義感人也深，而説尤易入。古來析理之書，此種最爲貴重。」又云：「子厚《非國語》脱稿後，再三與其友往復馳辨，其爲自重其書，認爲必垂於後無疑。」

【注釋】

〔一〕［韓醇詁訓］峭，七肖切。覈，下革切。

〔二〕［注釋音辯］［韓醇詁訓］泥，乃計切。

〔三〕［注釋音辯］漸，將廉切。

〔四〕［注釋音辯］快，於亮、於兩二切。

〔五〕［注釋音辯］［韓醇詁訓］（纇）盧對切。

〔六〕［注釋音辯］［百家注引孫汝聽曰］李景儉，字致用。

〔七〕［百家注引孫汝聽曰］詞，亦字致用。按：呂温《呂衡州集》卷六《故太子少保贈尚書左僕射京兆韋府君(夏卿)神道碑》:「開府辟士,則有今右司郎中燉煌段平仲、倉部員外郎安定皇甫鏄、禮部員外郎清河張賈、權京兆尹韋嗣、隴西李景儉、中山衛中行、平陽路隨。」《文苑英華》卷九〇一「韋嗣」作「韋詞」,即此人。李翱《李文公集》卷一四《唐故金紫光禄大夫尚書右僕射致仕上柱國弘農郡開國公食邑二千户贈司空楊公(於陵)墓誌銘》:「其在廣州,以韋詞爲節度判官。」

〔八〕陳景雲《柳集點勘》卷三:「按路子必路隋也。韋、路並早有高名,又素友善,《獨孤申叔墓碣》列一時同志名流,凡十餘人,詞與焉。又隋父泌見《石表先友記》,則子厚與隋亦仍世有好矣。隋後登宰輔,詞亦歇歷清顯。唐史並有傳。」

〔九〕[注釋音辯]摭,之石切。拾也。

〔一〇〕[注釋音辯][韓醇詁訓][百家注引張敦頤曰]恧,女六切,慚也。

【集評】

《王荆石先生批評柳文》卷八:吾甚不取《非國語》,不審何以得意如此。

孫琮《山曉閣選唐大家柳柳州全集》卷一:篇中言世人不明道,又説化光成吾書,此不是輕薄世人,獨許化光全是矜惜自己著書。蓋矜惜自己著書,不得不慮世無知我,又不得不幸世有知我。輾轉寫來,全是一番自憐自惜情事,真是筆墨淋漓。

儲欣《河東先生全集録》卷五：六十七篇，子厚平生學術醇駁具見焉。惜未有明者，遴其合乎道者著之，離者去之。蓋吕温之才大出柳下，武陵齒甚少，方師資，請業之，不暇敢去取自任乎？此《非國語》書，後人所爲争相排擊也。

焦循批《柳文》卷四：循常手録柳子《非國語》，而附録與吕道州、吴武陵二書於後。又：讀此文，可知《龍城録》決非柳子所作。

答吴武陵論非國語書

濮陽吴君足下：僕之爲文久矣，然心少之，不務也，以爲是特博弈之雄耳。故在長安時，不以是取名譽，意欲施之事實，以輔時及物爲道。自爲罪人，捨恐懼則閑無事，故聊復爲之。然而輔時及物之道，不可陳于今，則宜垂於後。言而不文則泥〔一〕，然則文者固不可少耶①？

拘囚以來，無所發明，蒙覆幽獨，會足下至〔二〕，然後有助我之道。一觀其文，心朗目舒，炯若深井之下仰視白日之正中也〔三〕。足下以超軼如此之才〔四〕，每以師道命僕②，僕滋不敢。每爲一書③，足下必大光耀以明之，固又非僕之所安處也。若《非國語》之説，僕病之久，嘗難言於世俗。今因其閑也而書之，恒恐後世之知言者用是詬病〔五〕，狐疑猶豫〔六〕，伏而不出累月④，方示足下。足下乃以爲當，僕然後敢自是也。吕道州善言道〔七〕，亦若吾子之言，意者斯文殆可取乎？夫爲一書，務富文采，不顧事實，而益之以誣怪，張之以闊誕，以炳然誘後生，而終之以僻，是猶用文錦覆陷穽也。不明而出之⑤，則顛者衆矣。僕故爲之標表，以告夫遊乎中道者焉。

僕無聞而甚陋，又在黜辱，居泥塗若螾蛭然〔八〕，雖鳴其音聲⑥，誰爲聽之⑦？獨賴世之知言者爲準⑧。其不知言而罪我者⑨，吾不有也，僕又安敢期如漢時列官以立學，故爲天下笑耶？是足下之愛我厚，始言之也⑩。前一通如來言以汙篋牘，此在明聖人之道，微足下僕又何託焉？不悉⑪。宗元頓首⑫。

【校記】

① 耶，《文粹》、《全唐文》作「也」。

② 命，注釋音辯本作「會」。

③ 注釋音辯本、詁訓本、游居敬本、蔣之翹輯注本及《文粹》、《全唐文》「每」上有「僕」字。

④ 《文粹》及《全唐文》「出」下有「者」字。

⑤詁訓本「之」下有「者」字。

⑥音聲，注釋音辯本、游居敬本、蔣之翹輯注本及《全唐文》作「聲音」。

⑦原注及世綵堂本注：「爲，一作或。」

⑧原注及世綵堂本注：「一無『獨』字。」詁訓本「賴」上無「獨」字，並注：「一有『獨』字。」

⑨原注及世綵堂本注：「一無『其』字。」注釋音辯本無「其」字，並注：「一本更有『其』字。」

⑩始，原作「加」，據注釋音辯本、詁訓本、世綵堂本、游居敬本、蔣之翹輯注本及《全唐文》改。《文粹》「始」作「故」。

⑪《全唐文》「焉」下無「不悉」二字。

⑫頓首，注釋音辯本、游居敬本、蔣之翹輯注本及《全唐文》作「白」。

【解　題】

［韓醇詁訓］公謫永州，武陵亦以元和三年謫於永，文字往來爲多。吕道州之言，亦若武陵之言。此書當在與道州書後作。按：此文亦作於元和四年，參見上文解題。

【注　釋】

〔一〕［注釋音辯］［韓醇詁訓］（泥）乃計切。

〔二〕［韓醇詁訓］元和三年，武陵謫永州，與公文字往來爲多。

〔三〕［韓醇詁訓］炯，古迥切，又音迥。［百家注引童宗説曰］炯，明也，古迥切，又音迥。

〔四〕［注釋音辯］軼音逸。［百家注］軼，夷秩切。

〔五〕［注釋音辯］［韓醇詁訓］詬，古候切。

〔六〕［韓醇詁訓］猶，去聲。

〔七〕［注釋音辯］道州刺史吕温。

〔八〕［注釋音辯］螾，與蚓同。蛭音質。［韓醇詁訓］螾，與蚓同。蛭，水蟲，《説文》「蟣也」，音質。

【集　評】

蔣之翹輯注《柳河東集》卷三一：「中道者焉」句下：著書之病，全在眩奇驚怪，即太史遷亦不免之。子厚之所謂中道，恐未然也。

何焯《義門讀書記》卷三六：清古。二書皆柳子厚得意者，雖無所有，然極反覆馳驟之態也。

與吕恭論墓中石書書①

宗元白：元生至，得弟書，甚善〔一〕，諸所稱道具之。元生又持部中盧父墓者所得石書②〔一〕，模其文示余，云若將聞於上，余故恐而疑焉。僕蚤好觀古書，家所蓄晉、魏時尺牘甚具，又二十年來，徧觀長安貴人好事者所蓄，殆無遺焉。以是善知書，雖未嘗見名氏，亦望而識其時也③。又文章之形狀，古今特異。弟之精敏通達，夫豈不究於此？今視石文④，署其年曰永嘉〔二〕，其書則今田野人所作也。雖支離其字，猶不能近古。爲其「永」字等頗效王氏變法〔四〕，皆永嘉所未有。辭尤鄙近。若今所謂律詩者，晉時蓋未嘗爲此聲，大謬妄矣。又言植松烏擢之怪⑤〔五〕，而掘其土得石，尤不經，難信。或者得無姦爲之乎？且古之言「葬者，藏也」，「壤樹之」，而君子以爲議〔六〕。況廬而居者，其足尚之哉？聖人有制度，有法令，過則爲辟〔七〕。故立大中者不尚異，教人者欲其誠，是故惡夫飾且僞也。過制而不除喪，宜廬於庭，而矯於墓者，大中之罪人也。況又出怪物，詭神道，以奸大法⑥〔八〕，而因以爲利乎？夫僞孝以奸利，誠仁者不忍擿過⑦〔九〕，恐傷於教也。然使僞可爲而利可冒，則教益壞。若然者，勿與知焉可也，伏而不出之可也。

以大夫之政良〔一〇〕，而吾子贊焉〔一一〕，固無闕遺矣。作東郛，改市鄽，去比竹茨草之室，而垍土〔一二〕、大木、陶甄、梓匠之工備，孽火不得作〔一三〕。化墮窳之俗〔一四〕，絶偷浮之源，而條桑、浴種〔一五〕、深耕、易耨之力用，寬徭、嗇貨、均賦之政起，其道美矣。於斯也，慮善善之過而莫之省，誠慤之道少損，故敢私言之。夫以淮濟之清，有玷焉若秋毫，固不爲病。然而萬一離妻子眇然睨之，不若無者之快也。想默已其事，無出所置書⑧，幸甚⑨。宗元白。

【校記】

① 注釋音辯本及游居敬本題作「與吕恭書」。注釋音辯本編在《與史官韓愈致段秀實太尉逸事書》後，並注：「一本作『與吕恭論墓中石書書』，在《答吴武陵非國語書》後。」世綵堂本注：「一本此書在《論九六書》前。」濟美堂本、蔣之翹輯注本及《全唐文》「書」下無重出「書」字。按：「墓中石書」指墓中出土之石刻文字，下一「書」字非衍。

② 父墓，注釋音辯本、游居敬本及蔣之翹輯注本作「墓父」。

③ 注釋音辯本、詁訓本及游居敬本無「亦」字。注釋音辯本注：「一本此下更有『亦』字。」

④ 文，《全唐文》作「之」。

⑤ 原注與注釋音辯本、詁訓本及世綵堂本注：「擢，一本作摧。」

⑥ 奸，原作「妍」，據諸校本改。

⑦ 擿，詁訓本作「摘」。

⑧ 無，注釋音辯本、游居敬本、蔣之翹輯注本及《全唐文》作「毋」。

⑨ 蔣之翹輯注本：「一作『極有冷趣，又覺痛至』。」

【解　題】

〔韓醇詁訓〕恭，一名宗禮，嘗以監察御史參江南西道軍事。時韋丹爲觀察使，教人爲瓦屋，别置南北市營。韓昌黎誌丹墓備書之。今書「爲大夫之政良，而吾子贊焉」，又云「作東郛，改市鄽，去比竹茨草之室」，正指此也。恭後卒，公又誌其墓，具於集。韋丹在江南時元和四五年，書亦當在此時云。按：文稱「以大夫之政良」，即謂時爲江南西道觀察使之韋丹，韓説是。此文作於元和四年。文云「元生至」，此元生即與柳宗元同游永州鈷鉧潭及小丘之元克己，元和四年十月已在永州，故可定此文作於元和四年。時吕恭爲韋丹江南西道都團練觀察使府之軍府參軍。

【注　釋】

〔一〕〔韓醇詁訓〕吕恭，字敬叔，一名宗禮。按：元生，即柳宗元《鈷鉧潭西小丘記》之元克己。

〔二〕〔百家注引孫汝聽曰〕恭爲桂管防禦副使。〔蔣之翹輯注〕部中謂恭爲桂管防禦使所部也。按：部指江南西道，時吕恭爲軍府參軍。

〔三〕〔百家注引孫汝聽曰〕永嘉，晉懷帝年號。

〔四〕〔蔣之翹輯注〕王氏謂羲之、獻之也。

〔五〕章士釗《柳文指要》上《體要之部》卷三一：「此殆謂植松於地，而爲烏所摧毁也。夫察見地上痕跡，而推定地下有塚，此類怪事，何常之有？」按：言此石書之得，因廬墓人植松，有烏擢之之異，故掘土而得之。柳宗元不之信也。非用典。

〔六〕［注釋音辯］《禮記·檀弓》篇國子高云。［百家注引孫汝聽曰］《禮記》：「國子高曰：『葬者，藏也。藏也者，欲人之弗得見也。反壤樹之哉。』」

〔七〕［注釋音辯］潘（緯）云：「（辟）四亦切，邪也。」［百家注引童宗説曰］辟，罪也，音壁。

〔八〕［注釋音辯］奸音干，犯也。［韓醇詁訓］奸音干。

〔九〕［韓醇詁訓］擿，陟革切，又他歷切。

〔一〇〕［百家注引孫汝聽曰］大夫，桂管觀察。按：大夫指江西觀察使韋丹。杜牧《樊川文集》卷四有《唐故江西觀察使武陽公韋公遺愛碑》，卷一二有《進撰故江西韋大夫遺愛碑文表》。

〔一一〕［注釋音辯］［韓醇詁訓］恭嘗以監察御史參江南西道軍事，時韋丹爲觀察使。

〔一二〕［注釋音辯］垍，巨至切，堅土。［百家注］垍，與曁同。

〔一三〕［百家注引韓醇曰］韋丹觀察江南西道，教人爲瓦屋，别置南北市營。退之誌丹墓備書之。公之所云，亦此事也。

〔一四〕［注釋音辯］潘（緯）云：「惰，徒果切。窳，以主切。窳，惰也，惡也。」《史記》：「以故呰窳。」注：「呰窳，苟且懶惰之謂。」［百家注引孫汝聽曰］窳，亦墮也。［韓醇詁訓］［百家注引張敦頤曰］窳，器空中病也，以主切。按：所引見《史記·貨殖列傳》。

〔一五〕［百家注引孫汝聽曰］《詩》：「蠶月條桑。」注：「條桑，枝落之采其葉也。」《禮記·祭義》：「大昕之朝，奉種浴於川。」按：「蠶月條桑」，見《詩經·豳風·七月》。

【集評】

邵博《邵氏聞見後録》卷一四：柳子厚云：「以淮濟之清……不若無者之快也。」予謂文章英發，前無古人者，益當兼佩斯言也。

黄震《黄氏日鈔》卷六〇：《與吕恭書》辯石書之僞。

茅坤《唐宋八大家文鈔》卷二〇：中亦有佳處。荆川云學左氏外傳。

蔣之翹輯注《柳河東集》卷三一：語無沾惹，翩翩直下，略不可禦詰。唐順之曰：善辨，學左氏外傳。

何焯《義門讀書記》卷三六：「又二十年來」三句：多閲則識真。……「況廬而居者其足尚之哉」：李（光地）云：封股廬墓，韓、柳交譏之，然廬墓與封股又自别。「聖人有制度」以下：不減左氏内外傳之文。「若然者勿與知焉可也」二句：李云：極是。「慮善善之過而莫之省」三句：李云：何其篤厚。意本《漢書》「王成僞自增加以蒙顯賞」，及張敞論神爵事所云「務自增加澆浮散朴」諸語之意。李云：一小事而能見其大者。訓辭尤深厚。

孫琮《山曉閣選唐大家柳柳州全集》卷一：掘土得石文，固爲不經，踰制廬墓，尤爲失禮。從此二端，力辨其矯僞，子厚可爲神鑒。而行文詳覈奥折，尤見宗工作手。

儲欣《河東先生全集録》卷五：辨而正。是時吕敬叔所佐者，江西觀察韋丹也。君子成人之美，自不樂其有絲毫之玷矣。

乾隆敕纂《御選唐宋文醇》卷一三：廟以妥神，墓以安魄，古人祀先於廟而不於墓。《檀弓》曰：「孔子既得合葬於防，封之崇四尺。孔子先反，門人後。」然則孔子固未嘗廬墓矣。唯子貢廬於孔子墓側三年，而漢世遂以廬墓爲孝。夫孔子之聖，孝之至也。孔子不廬墓，而後之人之孝乃過於孔子，夫過於孔子之孝必非孝也。蓋天者理也，地者質也。理處於虚而至實，質滯於實而本虚。人當魂升魄降之日，雖已分天分地，然猶謂其未久，而或恐魂氣之猶戀其體魄也。故自踰月以至七月，以爲葬期之等殺焉。迨其既葬，則體魄全歸於地，而神魂全歸於天矣。於是奉祀之於廟，而終其身，以迨於子孫。如在其上，如在其左右，是則所爲死而不亡者也。若夫膚體之葬於土，與裳衣之藏於廟寢，雖有親疎之不同，然而類也。主神魂而不主體魄，猶之一家之中，主父而不主母，主夫而不主妻也。是人道之大綱，豈細故哉？若其舍廟而之墓，則將奉主以往乎？抑將别立一主乎？奉主以往，則使死者不得從其祖先於廟，而下徇子孫非禮之請，不得居宫室之安，而徘徊於草露之間也。别立一主，則於彼於此必有一之不屬。一之不屬，則其所爲一實者虚，而誠者妄，非孝敬之至也。然則子貢之廬墓奈何？曰：子貢，孔子弟子也。其不得祀孔子於孔子之廟，明矣。其亦不得祀孔子於端木氏之廟，明矣。使當日之宗孔子，如今日天下之宗孔子，則子貢必廬於學而必不廬於墓，亦可斷也。子貢不能忘孔子之教澤，而有築室於場，獨居三年之事，無於禮者之禮也。唯子貢於孔子則可，固千百世所不得舉以爲例者也。其時固不聞子思亦來居於孔子之墓也。且所謂三年然後歸者，亦舉其成數耳。此三年中，子貢之必歸祀端木氏之先於廟，不待言也。而後世遂因之有廬墓之禮，則漢儒之不達也。宗元謂宜廬於庭而矯於墓者，大中之罪人，識亦卓矣。

焦循批《柳文》卷四：非見多不能辨識也。於此文知柳子辨古之識。

答友人求文章書①

古今號文章爲難，足下知其所以難乎？非謂比興之不足，恢拓之不遠，鑽礪之不工〔一〕，頗纇之不除也〔二〕。得之爲難，知之愈難耳。苟或得其高朗②，探其深賾，雖有蕪敗③，則爲日月之蝕也，大圭之瑕也，曷足傷其明、黜其寶哉？且自孔氏以來，兹道大闡④。家脩人勵，刓精竭慮者〔三〕，幾千年矣。其間耗費簡札，役用心神者，其可數乎？登文章之籙，波及後代，越不過數十人耳。其餘誰不欲争裂綺繡，互攀日月，高視於萬物之中⑤，雄峙於百代之下乎？率皆縱臾而不克〔四〕，躑躅而不進〔五〕，力蹶勢窮〔六〕，吞志而没。故曰得之爲難。

嗟乎！道之顯晦，幸不幸繫焉；談之辯訥，升降繫焉；鑒之頗正，好惡繫焉；交之廣狹，屈伸繫焉。則彼卓然自得以奮其間者，合乎否乎？是未可知也。而又榮古陋今者⑥，比肩疊跡。大抵生則不遇⑦，死而垂聲者衆焉。揚雄没而《法言》大興，馬遷生而《史記》未振。彼之二才⑧，且猶若是⑨，況乎未甚聞著者哉⑩！固有文不傳於後祀，聲遂絶於天下者矣。故曰知之愈難。而爲文之士，亦多漁獵前作，戕賊文史，抉其意〔七〕，抽其華，置齒牙間，遇事蠭起，金聲玉耀，誑聾瞽之人，徼一時之聲〔八〕。雖終淪棄，而其奪朱亂雅〔九〕，爲害已甚。是其所以難也。

間聞足下欲觀僕文章，退發囊笥，編其蕪穢，心悸氣動，交於胸中，未知孰勝，故久滯而不往也。今往僕所著賦、頌、碑、碣、文、記、議、論、書、序之文，凡四十八篇，合爲一通⑪，想令治書蒼頭吟諷之也。擊轅拊缶〔一〇〕，必有所擇，顧鑒視其何如耳⑫，還以一字示褒貶焉。

【校　記】

① 題原作「與友人論爲文書」，注釋音辯本及游居敬本無「爲」字。《文粹》題作「答人求文章書」。世綵堂本注：「一作『答友人求文章書』。」章士釗《柳文指要》上《體要之部》卷三一曰：「細察書之内容，並非與人論文，而是爲人求文章而發，鄙意題目應予更正。」章説是，故題從世綵堂本之注。

②原注與注釋音辯本及世綵堂本注：「（朗）一作明。」詁訓本作「明」。

③敗，詁訓本作「累」。

④闈，《文粹》作「闟」。

⑤視，《文粹》作「居」。

⑥陋，注釋音辯本、詁訓本、世綵堂本、游居敬本、蔣之翹輯注本及《全唐文》作「虐」。

⑦抵，注釋音辯本作「底」，注曰：「一本作『抵』字。」

⑧才，《文粹》作「子」。

⑨且猶，《全唐文》作「猶且」。

⑩注釋音辯本注：「一本無『著』字。」世綵堂本無「著」字。

⑪合，詁訓本作「通」。

⑫原注及世綵堂本注：「一無『其』字。」注釋音辯本無「其」字，注曰：「一本『視』字下有『其』字。」

【解　題】

［韓醇詁訓］作之年月未詳，觀其氣質，當在未謫時作，貞元末年文也。按：施子愉《柳宗元年譜》繫此文於永州司馬時期，無確年可考。柳宗元《賀進士王參元失火書》云：「足下前要僕文章古書，極不忘，候得數十幅乃併往耳。」可知王參元曾向柳宗元索要文章著作，故此「友人」當是王參元。

前書作於元和四年，則此書當作於元和五年。參第三十三卷《賀進士王參元失火書》解題。

【注釋】

〔一〕［百家注］鑽，徂官切。

〔二〕［注釋音辯］頗，普禾切，偏也。

〔三〕［注釋音辯］［韓醇詁訓］刓，五官切。

〔四〕［注釋音辯］童（宗説）云：「縱，子勇切。臾音勇。縱臾，獎勵也。出前漢《衡山王傳》。」《禮記·檀弓》篇國子高云。［韓醇詁訓］縱，子勇切。臾音勇。縱臾，獎勸也。［百家注引童宗説曰］縱臾，獎勸也。《衡山王傳》：「候星氣者，日夜縱臾王謀反事。」注：「縱臾，勉强也。」上子勇切，下音勇。

〔五〕［韓醇詁訓］躑，直炙切。躅，除玉切。

〔六〕［注釋音辯］蹙與蹵同。子六切。［百家注引張敦頤曰］蹙，迫也，與蹵同。子六切。

〔七〕［注釋音辯］抉，一決、古穴二切。

〔八〕［注釋音辯］儌與僥同。［韓醇詁訓］儌，古堯切。

〔九〕［百家注引張敦頤曰］《論語》：「惡紫之奪朱也，惡鄭聲之亂雅樂也。」按：見《論語·陽貨》。

〔一〇〕［百家注引孫汝聽曰］《漢書·楊惲傳》：「仰天拊缶而呼嗚嗚。」

【集評】

黃震《黃氏日鈔》卷六〇：《與友人論文書》有曰：「漁獵前作，戕賊文史。」甚矣，文之不可不己出也。

《王荆石先生批評柳文》卷八：詳觀諸書，論經終不如論文之確。又「越不過數十人」眉批：轉語確。

蔣之翹輯注《柳河東集》卷三一：議論亦確，自奕奕有風者。

何焯《義門讀書記》卷三六：「非謂比興之不足」六句：世得云：此文所云得之，蓋老蘇所云天之所與者。其云「比興恢拓」四語，則人工雖至，而非天之所與者也。得之難者，天也；知之難者，人也。「則彼卓然自得以奮其間者」二句：帶上一層。「況乎未甚聞者哉」：「聞」字下有「著」字。李云：盡歷代文章作者傳者之弊，而隱寓其所爲，卓然自信者。

孫琮《山曉閣選唐大家柳柳州全集》卷一：作文固難，知文不易。子厚是作文之人，友人是知文之人，以曠古難覯之事，一席相遇，豈不大快！今卻反寫作者之難得，知者之難識，立一篇議論，説得甚難，愈見其大快。於是自己之地位既高，而友人之品鑒亦隆，真是一時知己，不可有兩。

儲欣《河東先生全集録》卷五：諸論文文字中最炳藻。

乾隆敕纂《御選唐宋文醇》卷一三：孔子曰：「不知言，無以知人也。」皋陶曰：「知人則哲，惟帝其難之。」夫以人之難知如此。而有時止可求諸語言文字之間，則知人爲益難也。知人必藉於知言，而當去聖既遠，群言淆亂，無所折衷，則知言爲尤難也。加以群儒相承，講貫論説，文成數萬，任人漁獵，不難金聲玉耀，則知言益尤難也。雖然學操縵而安絃，則宫商有舛，不能逃其聽。誠學以聚之，問以辨之，寬以居之，仁以行之，有所自得於中，則夫言之，至吾前者，其誠僞與邪正必將自告焉，而言又必可以知也。能知言，庶幾知人矣。顧其所爲自得者，則不可以襲取而僞爲也。

焦循批《柳文》卷四：通論，千古著書者宜知之。又：果得其高朗，探其深賾，傳自不難矣。又：文氣頓宕之至，非昌黎所能。

林紓《韓柳文研究法·柳文研究法》：柳州《與友人論爲文書》與昌黎異。昌黎諸書，是論作文之艱苦，及回甘之滋味，柳州則但叙文人之遇，及爲文之流弊而已。意蓋輕藐流輩之不知文，雖有獨得之祕，世亦莫知。故破題説一難字，不惟得之爲難，知亦愈難。其下遂分得與知之難，擘爲兩大段。其言得之難，意爲文者，不必無暇累，求傳者不能無期望，然得名者寡，湮没者多，此其所以難也。其言知之難，則繫乎「道之顯晦」，「談之辯訥」，「鑒之頗正」，「交之廣狹」，似其中皆有運命存焉。彼揚雄、馬遷之文運昌榮，皆在身後，尤有「文不傳於後祀，聲遂絶於天下」，此則子厚自方，汲汲防其無名，即是文高而知寡耳。於是痛詈當世文家之流弊，「奪朱亂雅，爲害已甚」，又回顧到得者之難。通篇大意，均未言作文之法，但切指弊病，實則能去弊病，則文體自趨於正。

柳宗元集校注卷第三十二

書①

答元饒州論政理書

奉書，辱示以政理之説及劉夢得書，往復甚善。類非今之長人者之志②〔一〕，不唯充賦税養禄秩足己而已，獨以富庶且教爲大任③〔二〕，甚盛甚盛。

孔子曰：「吾與回言終日，不違如愚。」〔三〕然則，蒙者固難曉，必勞申諭，乃得悦服。用是尚有一疑焉。兄所言免貧病者④，而不益富者税，此誠當也⑤。乘理政之後⑥，固非若此不可，不幸乘弊政之後，其可爾邪？夫弊政之大，莫若賄賂行而征賦亂。苟然，則貧者無貲以求於吏〔四〕，所謂有貧之實而不得貧之名⑦。富者操其贏以市於吏〔五〕，則無富之名而有富之實，貧者愈困餓死亡而莫之省，富者愈恣橫侈泰而無所忌〔六〕。兄若所遇如是，則將信其故乎？是不可懼撓人而終不問也。固必問其實⑧。問其實，則貧者固免而富者固增賦矣，安得持一定之論哉？若曰止免貧者而富者不問，則僥倖者衆，皆挾重利以邀，貧者猶若不免焉。若曰檢富者懼不得實⑨，而不可增焉，則貧者亦不得實，不可免矣。若皆得實，而故縱以爲不均，何哉？孔子曰：「不患寡而患不均，不患貧而患不安。」〔七〕今富者税益少，貧者不免於捃拾以輸縣官〔八〕，其爲不均大矣。然非唯此而已⑩，必將服役而奴使之，多與之田而取其半⑪，或乃出其一而收其二三⑫。主上思人之勞苦⑬，或減除其税，則富者以户獨免，而貧者以受役，卒輸其二三與半焉。是澤不下流，而人無所告訴⑭，其爲不安亦大矣。夫如是，不一定經界、覈名實，而姑重改作，其可理乎？

夫富室，貧之母也，誠不可破壞。然使其大倖而役於下，則又不可。兄云懼富人流爲工商浮窳〔九〕，蓋甚急而不均，則有此爾。若富者雖益賦，而其實輸當其十一，猶足安其堵，雖驅之不肯易也。檢之逾精⑮，則下逾巧⑯，誠如兄之言。管子亦不欲以民産爲徵〔一〇〕，故有「殺畜伐木」之説⑰。今若非市井之徵，則捨其産而唯丁田之問，推以誠質，示以恩惠，嚴責吏以法，如所陳一社一村之制，遞以信相考，安有不得其實⑱？不得其實，則一社一村之制亦不可行矣⑲。是故乘弊政必須一定制，而後兄之説乃得行焉。蒙之所見，及此而已。永州以僻隅，少知人事。兄之所代者誰耶？理歟？弊歟？理，則其説行矣。若其弊也，蒙之説其在可用之數乎？

因南人來，重曉之。其他皆善。愚不足以議，願同夢得之云者⑳。兄通《春秋》，取聖人大中之法以爲理。饒之理，小也，不足費其慮。無所論刺，故獨舉均賦之事，以求往復而除其惑焉。不習吏職而强言之，宜爲長者所笑弄。然不如是，則無以來至當之言，蓋明而教之，君子所以開後學也。

又聞兄之涖政三日，舉韓宣英以代己〔一二〕。宣英達識多聞，而習於事，宜當賢者類舉。今負罪屏棄，凡人不敢稱道其善，又況聞之於大君以二千石薦之哉㉑！是乃希世拔俗，果於直道，斯古人之所難，而兄行之。宗元與宣英同罪，皆世所背馳者也，兄一舉而德皆及焉。祁大夫不見叔向〔一三〕，今而預知斯舉，下走之大過矣㉒。書雖多，言不足導意，故止於此。不宣。宗元再拜。

【校　記】

①　詁訓本「書」下有「論政論服餌四首」七字。

②　志，世綵堂本作「説」。

③　富庶，注釋音辯本、詁訓本、游居敬本作「庶富」。

④　原注與詁訓本、世綵堂本注：「一無『貧』字。」世綵堂本又注：「一無『病』字。」

⑤世綵堂本注：「也，一作是。」
⑥政，詁訓本作「亂」。
⑦原注與世綵堂本注：「『謂』下一有『則』字。」
⑧固，詁訓本作「因」。
⑨檢，詁訓本作「撿」。
⑩注釋音辯本、詁訓本、游居敬本無「然」字。世綵堂本注：「一無『然』字。」
⑪詁訓本無「其」字。
⑫出，注釋音辯本作「取」。
⑬世綵堂本注：「一無『之』字。『勞』作『勤』。」
⑭世綵堂本注：「一無『所』字。」
⑮檢，詁訓本作「撿」。逾，詁訓本作「愈」。
⑯逾，詁訓本作「愈」。
⑰畜，詁訓本作「蓄」。
⑱詁訓本無「其」字。
⑲世綵堂本注：「一無『一社』二字。」
⑳願，詁訓本作「顧」。

㉑ 又況，《全唐文》作「況又」。

㉒ 原注與注釋音辯本及世綵堂本注：「一本作『過大矣』。」詁訓本作「過大矣」。

【解　題】

［韓醇詁訓］前有《與元饒州論春秋書》，今復與之論政理，且曰「辱示政理之説及劉夢得書，往復甚善」。求之劉夢得集，亦有《答饒州論政理書》，大率其意皆同。韓宣英，曄也。亦以坐王叔文黨，貶饒州司馬，饒州舉宣英以代己。以前書考之，此亦在元和六年後作。［百家注引韓醇曰］考新、舊史，元姓不見其爲饒州者。新史年表有元洪者，嘗爲饒州刺史，而時不可考。元和間，惟有元稹，而傳不載其爲饒州。公此書所與元饒州，未詳其人。劉禹錫集中亦有《答元饒州論政理書》，大率其意與公此書同。按：元饒州，元洪。據郁賢皓《唐刺史考》，元洪元和七年至九年爲饒州刺史。柳宗元時爲永州司馬。參見《答元饒州論春秋書》解題。古代理財，如何既能增加國家財政收入而又不增加民衆負擔，而民衆又有貧有富，誠爲一難事。柳宗元之意，是以減小貧富差距爲施政之要則。宋代蘇轍有針對王安石變法的一段批評，與柳宗元意見相反，可以參考。《欒城第三集》卷八《詩病五事》：「祖宗承五代之亂，法制明具，州郡無藩鎮之强，公卿無世官之弊。古者大邦巨室之害，不見於今矣。惟州縣之間，隨其大小，皆有富民，此理勢之所必至。所謂物之不齊，物之情也。然州縣賴之以爲强，國家恃之以爲固，非所當憂，亦非所當去也。能使富民安其富而不横，貧民安其貧而不

匱，貧富相恃，以爲長久，而天下定矣。王介甫，小丈夫也。不忍貧民，而深疾富民，志欲破富民以惠貧民，不知其不可也。方其未得志也，爲《兼併》之詩，其詩曰：『三代子百姓，公私無異財。人主擅操柄，如天持斗魁。賦予皆自我，兼併乃姦回。姦回法有誅，勢亦無自來。後世始倒持，黔首遂難裁。秦王不知此，更築懷清臺。禮義日以媮，聖經久埋埃。法尚有存者，欲言時所咍。俗吏不知方，掊克乃爲才。俗儒不知變，兼併可無摧。利孔至百出，小人私闔開。有司與之争，民愈可憐哉。』及其得志，專以此爲事，設青苗法以奪富民之利，民無貧富，兩稅之外，皆重出息十二，吏緣爲姦，至倍息，公私皆病矣。吕惠卿繼之，作手實之法，私家一毫以上，皆藉於官。民知其有奪取之心，至于賣田殺牛以避其禍。朝廷覺其不可，中止不行，僅乃免於亂。然其徒世守其學，刻下媚上，謂之享上。有一不享上，皆廢不用。至于今日，民遂大病。源其禍出于此詩，蓋昔之詩病，未有若此酷者也。」

【注釋】

〔一〕〔注釋音辯〕〔韓醇詁訓〕長，展兩切。

〔二〕〔百家注引孫汝聽曰〕《論語》：「子適衛，冉有僕。子曰：『庶矣哉！』冉有曰：『既庶矣，又何加焉？』曰：『富之。』冉有曰：『既富矣，又何加焉？』曰：『教之。』」按：見《論語·子路》。

〔三〕見《論語·爲政》。

〔四〕〔注釋音辯〕貲，即斯切，貨財也。〔韓醇詁訓〕貲，即移切。〔世綵堂〕貲音髭。

〔五〕［注釋音辯］羸音盈，有餘利也。［韓醇詁訓］羸音盈。

〔六〕［韓醇詁訓］横，去聲。

〔七〕見《論語・季氏》。

〔八〕［注釋音辯］捃，俱運切，收也。［韓醇詁訓］捃音窘。

〔九〕［注釋音辯］窳，以主切，惰也。［韓醇詁訓］窳，以主切。［百家注引孫汝聽曰］窳，墮也，以主切，又音庾。

〔一〇〕何焯《義門讀書記》卷三六：「管子説見《海王篇》。」按《管子・海王》：「桓公問於管子曰：『吾欲藉於臺雉，何如？』管子對曰：『此毁成也。』『吾欲藉於樹木。』管子對曰：『此伐生也。』『吾欲藉於六畜。』管子對曰：『此殺生也。』『吾欲藉於人，何如？』管子對曰：『此隱情也。』」

〔一一〕［注釋音辯］韓曄，字宣英。［百家注引劉嵩曰］永貞元年十一月，貶韓曄爲饒州司馬，亦坐王叔文之黨也。曄，字宣英。

〔一二〕［注釋音辯］事見《左傳》襄公二十一年。［百家注引孫汝聽曰］襄二十一年《左氏》：「晉囚叔向。祁大夫以言諸公而免之，不見叔向而歸。叔向亦不告免焉而朝。」

【集評】

茅坤《唐宋八大家文鈔》卷二〇：纖悉。

陸夢龍《柳子厚集選》卷四：固是大有經濟人。

明闕名評選《柳文》卷二引唐荆川（順之）曰：賦役。元饒州意在仍舊籍，不必擾民，而子厚意在覈貧富之實。「皆挾重利」眉批引王荆石（錫爵）曰：確論。唐荆川曰：説得甚細。

蔣之翹輯注《柳河東集》卷三二「一定之論哉」句下：元饒州意在仍舊籍，而不必撓民，而子厚意在必覈貧富之實定之，故云。

孫琮《山曉閣選唐大家柳柳州全集》卷一：免貧者賦，而不益富者税，篇中單言乘弊政之後，不可用此法，其實乘理政之後，亦不可行。前幅力言弊政之後，貧富不得其實，不可行此法。中幅止辨免貧病者，不益富者税，亦是偏枯，繳清乘弊政之後，尤爲不可。文法周匝。末處以薦韓宣英作收，餘音自爾縷縷。

儲欣《河東先生全集録》卷五：利害燭照，信能臣也。材如八司馬，爲王、韋二小人所誤，謫竄十年，不克究其用，惜哉！

乾隆敕纂《御選唐宋文醇》卷一三：《舊唐書》謂南人妄以柳宗元爲羅池神，而韓愈撰碑以實之。宋元祐七年六月，詔賜柳州刺史羅池神廟爲靈文之廟，以郡人言其雨暘應時故也。田表聖書其碑陰，極言宗元宜爲神，而《舊唐書》辨之之非。今觀此文所論，其於人情物理，洞達周圓，一絲不隔。然則宗元實能臣，其有得于柳民實厚，心既愷悌而才又足以達之，死而靈，以食其土，不虛也。

焦循批《柳文》卷四：「弊政之大」批：此説卻不然。

與崔連州論石鍾乳書①

宗元白：前以所致石鍾乳非良，聞子敬所餌與此類②〔一〕，又聞子敬時憒悶動作③〔二〕，宜以爲未得其粹美，而爲麄礦慘悍所中④〔三〕，懼傷子敬醇懿，仍習謬誤，故勤勤以云也⑤。再獲書辭，辱徵引地理證驗，多過數百言，以爲土之所出乃良，無不可者，是將不然。夫言土之出者，故多良而少不可，不謂其咸無不可也。草木之生也依於土，然即其類也，而有居山之陰陽，或近水，或附石，其性移焉。又況鍾乳直産於石，石之精麄踈密，尋尺特異。而穴之上下⑥，其土之薄厚⑦，石之高下不可知，則其依而産者，固不一性。然由其精密而出者，則油然而清，炯然而輝〔四〕，其竅滑以夷，其肌廉以微。食之使人榮華温柔，其氣宣流，生胃通腸，壽善康寧，心平意舒，其樂愉愉⑧。由其麄踈而下者，則奔突結澀，乍大乍小，色如枯骨，或類死灰，淹顇不發〔五〕，叢齒積纇〔六〕，重濁頑璞。食之使人偃蹇壅鬱，泄火生風，戟喉癢肺〔七〕，幽關不聰⑨，心煩喜怒，肝舉氣剛，不能和平。故君子慎焉。取其色之美，而不必唯土之信，以求其至精，凡爲此也。幸子敬餌之近不至於是，故可止禦也。

必若土之出無不可者，則東南之竹箭〔八〕，雖旁岐揉曲，皆可以貫犀革〔九〕；北山之木，雖離奇液瞞〔一〇〕，空中立枯者⑩，皆可以梁百尺之觀〔一一〕，航千仞之淵；冀之北土，馬之所生〔一二〕，凡其大耳短脰〔一三〕，拘攣踠跌〔一四〕，薄蹄而曳者〔一五〕，皆可以勝百鈞〔一六〕，馳千里；雍之塊璞〔一七〕，皆可以備砥礪〔一八〕；徐之糞壤，皆可以封太社〔一九〕；荆之茅，皆可以縮酒〔二〇〕；九江之元龜，皆可以卜〔二一〕；泗濱之石，皆可以擊考〔二二〕。若是而不大謬者少矣。其在人也，則魯之晨飲其羊〔二三〕，關轂而輠輪者〔二四〕，皆可以爲師儒〔二五〕。盧之沽名者，皆可以爲大醫〔二六〕。西子之里，惡而矉者〔二七〕，皆可以當侯王〔二八〕。山西之冒没輕儳〔二九〕，沓貪而忍者〔三〇〕，皆可以鑿凶門〔三一〕，制閫外〔三二〕。山東之稚騃樸鄙〔三三〕，力農桑、啖棗栗者〔三四〕，皆可以謀謨於廟堂之上〔三五〕。若是則反倫悖道甚矣，何以異於是物哉？

是故經中言丹砂者〔三六〕，以類芙蓉而有光〔三七〕。言當歸者，以類馬尾、蠶首〔三八〕。言人參者以人形⑪〔三九〕，黄芩以腐腸⑫〔四〇〕。附子八角〔四一〕，甘遂赤膚〔四二〕，類不可悉數〔四三〕。若果土宜乃善，則云生某所，不當又云某者良也。又經注曰：「始興爲上，次乃廣、連〔四四〕。」則不必服⑬，正爲始興也。今再三爲言者，唯欲得其英精，以固子敬之壽，非以知藥石、角技能也。若以服餌，不必利己，姑務勝人而夸辯博，素不望此於子敬，其不然明矣⑭。故畢其説〔四五〕。宗元再拜。

【校記】

①連，原作「饒」，注釋音辯本、詁訓本、世綵堂本同。注釋音辯本注：「當依潘本『饒』作『連』字。」世綵堂本題下注：「『饒』當作『連』。」蔣之翹輯注本：「連，舊本皆誤作『饒』字，今正之。」按：崔連州指崔簡，柳宗元姊夫，其未曾爲饒州刺史，故題據蔣之翹輯注本、《文粹》、《全唐文》改。

②世綵堂本注：「『類』下一有『異』字。」

③憒，《文粹》及《全唐文》作「憤」。

④慘，注釋音辯本作「燥」，並注：「潘本『慘』作『燥』。」原注與詁訓本、世綵堂本注：「疑『慘』當作『燥』字。」「慘」可釋爲毒，不誤。

⑤云，《文粹》及《全唐文》作「爲告」。

⑥詁訓本「穴」下有「土」字。

⑦注釋音辯本無「其」字。薄厚，詁訓本作「厚薄」。

⑧愉愉，詁訓本作「愉」。

⑨闞，《文粹》作「悶」，蔣之翹輯注本作「閉」。

⑩中立，《文粹》及《全唐文》作「立中」。

⑪以，《文粹》及《全唐文》作「似」。

⑫注釋音辯本注：「『以』字或作『似』者，誤。」以，《文粹》及《全唐文》作「似」。

⑬ 原注與詁訓本、世綵堂本注：「『則』下一有『連』字。」

⑭《文粹》無「不」字。

【解　題】

［韓醇詁訓］饒（連）州諱簡，字子敬，公之姊夫。先刺連州，後移永，未上而被罪，卒於元和七年。公嘗爲作《權厝誌》。又有《祭簡文》，云「悍石是餌，元精以渝」，是簡卒以鍾乳致敗也。此書多作於七年之前云。按：柳宗元有《故永州刺史流配驩州崔君權厝誌》，見卷九。崔簡元和三年至六年爲連州刺史。章士釗《柳文指要》上《體要之部》卷三二：「自漢以來，時君往往以服丹致死，其後士大夫亦染此癖，然以服金石藥餌而長生者，迄少聞知。如子厚祭其姊夫崔簡文云『悍石是餌，元精以渝』，是簡明明以餌石鍾乳而短命也。子厚壽止於四十七，諒亦與石鍾乳不無連誼，蓋子厚雖自詡其所食爲乳中最粹美之品，而卒也與崔子敬之悍石無異。醫理不精，而文人好弄狡獪，自斲其生，抑何可歎！」

【注　釋】

〔一〕［注釋音辯］崔簡，字子敬，子厚姊夫。

〔二〕［注釋音辯］［韓醇詁訓］［百家注引舊注］憒，古對切，心亂也。

〔三〕［注釋音辯］礦，古猛切，銅鐵樸石也。慘，七感切。潘本「慘」作「燥」，先到切，乾也。［韓醇詁訓］礦，古猛切，《説文》「銅鐵樸石也」。慘，七感切。據文言鍾乳粗礦慘悍，疑「慘」當作「燥」。按：百家注本引童宗説注略同。

〔四〕［注釋音辯］［百家注引孫汝聽曰］炯，户茗切，光也。

〔五〕［注釋音辯］顇與悴同，疾醉切。［韓醇詁訓］顇音卒。［世綵堂］顇音悴。

〔六〕［百家注］（纇）力對切。按：纇，瑕疵。

〔七〕［注釋音辯］癢與痒同。

〔八〕［韓醇詁訓］《爾雅》：「東南之美者，有會稽之竹箭焉。」按：見《爾雅·釋地》。

〔九〕［注釋音辯］犀，革甲也。［百家注引孫汝聽曰］貫，穿也。犀、革皆以爲甲。

〔一〇〕［注釋音辯］潘（緯）云：離，力爾切。奇，於綺切，一讀皆如字。《前漢》：「輪困離奇。」注：「委曲盤戾也。」液音亦。瞞，謨官切。《莊子》作「液樠」，亡言、莫干、莫半三切。注：「液津液樠，謂脂出樠樠然。」［韓醇詁訓］奇音羈。瞞，謨官切。《莊子》：「以爲門户則液樠。」從木，謨奔切。［百家注］孫（汝聽）曰：《漢書》：「蟠木根柢，輪困離奇。」注：「委曲盤戾也。」童（宗説）曰：《莊子》：「以爲門户則液樠。」注：「液，津也。樠，謂脂出樠樠然也。」奇音羈。瞞，謨官切。或從木，母奔切。按：輪困離奇，見《漢書·鄒陽傳》。以爲門户則液樠，見《莊子·人間世》。柳文「瞞」當作「樠」。

〔一一〕［注釋音辯］［韓醇詁訓］（觀）古玩切。

〔一二〕［百家注引孫汝聽曰］昭四年《左氏》晉大夫司馬侯之言。馬生冀州之北地，故也。［世綵堂］《左傳》昭四年晉大夫司馬侯之言。［蔣之翹輯注］《左傳》昭公四年：「晉大夫司馬侯曰：『冀之北土，馬之所生。無興國焉。』」冀北在今宣府大同等處，其地産馬。

〔一三〕［注釋音辯］（脰）音豆，項也。［韓醇詁訓］脰音豆。

〔一四〕［注釋音辯］攣，閭緣切。踠，於院切，屈也，曲腳也。跌，待結切，踢也，仆也。［韓醇詁訓］踠，於遠切。跌，徒結切。［百家注引童宗説曰］踠，足跌也，曲腳也。跌，差跌也。上於遠切，下徒結切。

〔一五〕［百家注引王儔補注］《易》曰：「坎于馬也，爲薄蹄，爲曳。」按：見《周易·説卦》。

〔一六〕［百家注引孫汝聽曰］勝，舉也。三十斤曰鈞。

〔一七〕［注釋音辯］雍，於用切，州名。［百家注］（璞）匹角切。

〔一八〕［百家注］韓（醇）曰：《書》：「黑水西河惟雍州。厥貢球琳琅玕。」注：「球琳，玉名。琅玕，石而似珠。」砥礪，即「礪砥砮丹」，注：「砥，細於礪，皆磨石也。」孫（汝聽）曰：《禹貢》：「荆州，礪砥砮丹。」非雍州也。

〔一九〕［韓醇詁訓］《尚書》：「海岱及淮惟徐州。厥貢惟土五色。」注：「王者封五色土爲社。建諸侯，則各割其方色與之，使立社。燾以黄土，苴以白茅。」按：見《尚書·禹貢》。

〔二〇〕［韓醇詁訓］荆及衡陽爲荆州。包匭菁茅。注：「茅以縮酒。」

〔二一〕［韓醇詁訓］九江納錫大龜。九江，荆州地也。

〔二二〕［注釋音辯］並出《禹貢》。［韓醇詁訓］泗濱浮磬。泗，水名，徐州地也。按：皆見《尚書·禹貢》。

〔二三〕［注釋音辯］潘（緯）云：飲，於禁切，飲之也。魯之販羊有沈猶氏，常朝飲其羊，以詐市人。［韓醇詁訓］《家語》：「魯之販羊有沈猶氏者，常朝飲其羊，以詐市人。」按：見《孔子家語·相魯》。

〔二四〕［注釋音辯］輠，胡瓦、胡果、胡果三切。《禮記》：「輪人以其杖，關轂而輠輪。」關，穿也。輠，回轉也。［百家注引孫汝聽曰］《禮記》：「叔孫武叔朝，見輪人以其杖關轂而輠輪者。」關，穿也。輠，回也。謂作輪之人，以扶病之杖，關穿車轂中，而回轉其輪。輠，音禍。按：見《禮記·雜記下》。

〔二五〕［百家注引孫汝聽曰］孔子，魯人也，故言之。

〔二六〕［注釋音辯］扁鵲，盧人也。［韓醇詁訓］《揚子》：「扁鵲，盧人也，而醫多盧。」按：見揚雄《法言·重黎》。

〔二七〕［注釋音辯］矉，頻、賓二音，蹙頞也。［百家注引張敦頤曰］矉，蹙頞也，音賓。［世綵堂］矉音賓，蹙頞也。按韻無此矉字，《玉篇》作裨巾切，恨張目也。眉蹙乃是顰字，音頻。當考。

〔二八〕［韓醇詁訓］《莊子》：「西施病心而矉其里。其里之醜人見而美之，歸亦捧心而矉其里。其里之富人見之，堅閉門而不出；貧人見之，挈妻子而去之走。」按：見《莊子·天運》。

〔二九〕［注釋音辯］（傀）音譏。［百家注引童宗説曰］傀，貪也，音譏。

〔三〇〕［世綵堂］《漢書》：「秦、漢以來，山西出將，山東出相。」見《趙充國贊》。

〔三一〕［注釋音辯］《淮南子》：「國有難，君召將，授之以鉞，鑿凶門而出。」按：百家注本引孫汝聽注略同。見《淮南子·兵略》。

〔三二〕［百家注引孫汝聽曰］《漢書》：「馮唐曰：『上古王者遣將，跪而推轂，曰：閫以外將軍制之。』」按：見《漢書·馮唐傳》。

〔三三〕［韓醇詁訓］駭，語駭切。

〔三四〕［百家注引孫汝聽曰］山東有棗栗之饒。

〔三五〕［注釋音辯］《西漢史贊》：「山東出相，山西出將。」［韓醇詁訓］謂山西出將，山東出相也。語見《趙充國贊》。

〔三六〕［百家注引童宗説曰］《經》謂《本草》。

〔三七〕［百家注引童宗説曰］唐注《本草》云：「光明砂生石龕内，似芙蓉。破之如雲母，光明照徹。在龕中石臺上。」按：李德裕《會昌一品集》外集卷四《黄冶論》：「夫光明砂者，天地自然之寶，在石室之間，生雪牀之上，如初生芙蓉，紅苞未拆。細者環拱，大者處中，有辰居之象，有君臣之位，光明外徹。採之者尋石脈而來，此造化之所鑄也。」

〔三八〕［百家注引孫汝聽曰］《本草》有云：「當歸有二種：細葉者名蠶頭當歸，大葉者名馬尾當歸。蠶頭者世不復用。」按：鄭樵《通志》卷七五《昆蟲草木略》：「薜曰山蘄，曰白蘄，曰乾歸，曰文無。《爾雅》謂薜，山蘄。又謂薜，白蘄。即當歸也。葉似芎藭。有兩種：大葉者謂之馬尾當歸，細葉者謂之蠶頭當歸。此方家之別也。」

〔三九〕［百家注引孫汝聽曰］《本草》云：「人參如人形者有神。」

〔四〇〕［注釋音辯］芩音琴。其内皆爛，故曰腐腸。［百家注引孫汝聽曰］陶隱居云：「黄芩，圓者名子芩，破者名宿芩，其内皆爛，故曰腐腸。」按：史游《急就篇》卷四：「黄芩一名空腸，一名腐腸，一名内虚，一名妒婦。」

〔四一〕［百家注引孫汝聽曰］陶隱居云：「附子，以八月上旬採八角者良。」按：鄭樵《通志》卷七五《昆蟲草木略》：「烏頭傍生者爲附子，附子傍生者爲側子。烏頭不生附子者爲天雄，極長大。故《草經》云長三寸以上也。」

〔四二〕［百家注引孫汝聽曰］陶隱居云：「甘遂出中山，赤皮者勝，白皮者下。」按：鄭樵《通志》卷七五《昆蟲草木略》：「甘遂曰甘藁，曰陵藁，曰陵澤，曰重澤，曰主田，曰葶藶，曰丁藶，曰蕇蒿，曰狗薺，曰大室，曰大適。《爾雅》：蕇，亭歷。」

〔四三〕［注釋音辯］（數）所主切。

〔四四〕［百家注引孫汝聽曰］《本草》云：鍾乳第一始興，其次廣、連、澧、朗、郴等州。

〔四五〕［百家注引孫汝聽曰］簡始以文雅清秀見稱，後餌玉石，病瘍且亂，故不承於初。自連移永，得罪貶驩州。元和七年正月二十六日卒。

【集　評】

黄震《黄氏日鈔》卷六〇：愚按此書復喻以方物，喻以人，復證之他藥，文最可觀。

茅坤《唐宋八大家文鈔》卷一八：全學李斯《逐客書》。又引唐荆川（順之）曰：博喻，文非不古，然亦絶有蹊逕。

陸夢龍《柳子厚集選》卷四：直是開口便徹。

明闕名評選《柳文》卷一引林次崖（希元）曰：折倒連州，更無得説。氣健語工，讀之令人痛快。機杼自李斯《諫逐客論》來。又：極似《國語》文。「必若土之出」眉批：此段全是學李斯書，不必偏見，徇名須按其實。「於是物哉」眉批引茅瓚曰：此引證已明，乃正意，故以此終焉。「唯欲得其英」眉批引茅瓚曰：「始興」二字是借字説，言不必服此藥更爲上品，於理足屈其辨。上面辨論已盡，此再結之。

蔣之翹輯注《柳河東集》卷三二：辨喻錯綜，只若信筆出者，然結搆固多。「故可止禦也」句下：論鍾乳極其詳密，一縱一横，一開一闔，俱有法度。「是物哉」句下：以上言人，證鍾乳之可以土之所出爲信。「正爲始興也」句下：茅瓚曰：此引經以明之，乃正意，故以此終焉。下「始興」二字是借字説，言不必服此藥更爲上品，於理猶勝，足屈其辨。

何焯《義門讀書記》卷三六：「則油然而清」二句：言其粹。「其竅滑以夷」二句：言其美。「凡爲此也」：以下若即接「是故經中」云云，斯最善矣。「必若土之出無不可者」：以下兩段，乃因其徵引之多而極其辨以折之，不知其爲羨言侈論，有傷文格，豈其踔厲風發之故習不能以自制歟！

孫琮《山曉閣選唐大家柳柳州全集》卷一：前幅只就石鍾乳論其良楛。後幅忽發奇文，寫出在物、在人二段，光怪陸離，不可逼視。其格律則仿先秦李斯，其富麗則《貨殖傳》之奇博。又引林次崖（希元）曰：折倒饒州，更無得説。氣健而語工，讀之痛快。

儲欣《河東先生全集録》卷五：有正論以明物理，又旁推博喻以徵其必然。崔饒州簡爲子厚姊夫，又其後卒以服藥得狂疾，此書蓋所謂垂涕泣而道者。

姚範《援鶉堂筆記》卷四四：柳州《石鍾乳記》從李斯《逐客書》來，前後氣韻短促，渾雄高厚，去之甚遠。即如中段設彩奇麗處，李則隨意揮斥，不露圭角，而葩豔陸離。柳則似有意搜用怪奇，費氣力模擬，而筋骨呈露。

浦起龍《古文眉詮》卷五二：不得碩師，是持論準的。證其誤，沮其害，招其改而從，一派空傺搏擊，類戰國滑稽之雄，而執理止其傳不能得一語，豈其矜虚饜以騁辯哉！服氣倘下質語，如何是？如何非？若石鍾乳云者，則碩師即我矣，是自矛也。不然，輕掉不嚴，柳子所懼，顧自蹈之乎？

焦循批《柳文》卷四：有此正面精實之義，然後推波助瀾，乃爲虛實兼到。又：無前之實，專用虛鋒，有前之實，而不知推宕，皆非文章盡境也。柳州爲文章大家，於此信然。又：一小物，發爲如許大文，柳州之文，真不可思議。

答周君巢餌藥久壽書①

奉二月九日書，所以撫教甚具，無以加焉。丈人用文雅，從知己，日以惇大府之政〔一〕，甚適。東西來者，皆曰：「海上多君子，周爲倡焉②。」敢再拜稱賀。

宗元以罪大擯廢〔二〕，居小州，與囚徒爲朋，行則若帶纆索③〔三〕，處則若關桎梏〔四〕，彳亍而無所趨〔五〕，拳拘而不能肆，槁然若枿④〔六〕，隤然若璞⑤〔七〕。其形固若是，則其中者可得矣，然猶未嘗肯道鬼神等事。今丈人乃盛譽山澤之臞者⑥〔八〕，以爲壽且神，其道若與堯、舜、孔子似不相類焉⑦，何哉？又曰餌藥可以久壽⑧，將分以見與，固小子之所不欲得也⑨。嘗以君子之道，處焉則外愚而內益智⑩，外訥而內益辯，外柔而內益剛。出焉則外內若一⑪，而時動以取其宜當，而生人之性得以安，聖人之道得以光。獲是而中，雖不至耇老，其道壽矣。今夫山澤之臞，於我無有焉。視世之亂若理，視人之害若利⑫，視道之悖若義⑬，我壽而生，彼夭而死，固無能動其肺肝焉。昧昧而趨，屯屯而居〔九〕，浩然若有餘，掘草烹石〔一〇〕，以私其筋骨，而日以益愚，他人莫利，己獨以愉。若是者愈千百年，滋所謂夭也⑭，又何以爲高明之圖哉？

宗元始者講道不篤，以蒙世顯利，動獲大僇，用是奔竄禁錮，爲世之所詬病〔一一〕。凡所設施，皆以爲戾，從而吠者成群〔一二〕。己不能明，而況人乎？然苟守先聖之道，由大中以出，雖萬受擯棄，不更乎其內。大都類往時京城西與丈人言者，愚不能改。亦欲丈人固往時所執，推而大之，不爲方士所惑。仕雖未達，無忘生人之患，則聖人之道幸甚，其必有陳矣。不宣。宗元再拜。

【校　記】

①注釋音辯本、詁訓本、游居敬本及蔣之翹輯注本題作「答周君巢書」。注釋音辯本注：「一本『巢』字下有『餌藥久壽』字。」

②原注與世綵堂本注：「(焉)一作首。」注釋音辯本注：「一本『焉』作『首』字。」

③纆索，注釋音辯本注：「潘本作『徽纆』。」原注與詁訓本、世綵堂本注：「一本作『徽纆』。」

④然，注釋音辯本、詁訓本、游居敬本、蔣之翹輯注本及《全唐文》作「焉」。

⑤ 然，注釋音辯本、詁訓本、游居敬本、蔣之翹輯注本及《全唐文》作「焉」。

⑥ 何批王荆石本注：「『乃』舊作『方』。」

⑦ 「焉」原闕，據諸本補。

⑧ 「又」下原有「乃」，詁訓本同，注釋音辯本、游居敬本、蔣之翹輯注本等無，據删。

⑨ 原注與世綵堂本注：「子，一作人。」注釋音辯本作「人」，並注：「人，一本作子。」

⑩ 原注：「處，一作壽。非。」詁訓本「處」作「壽」。

⑪ 外内，詁訓本作「内外」。

⑫ 此句原闕，據諸本補。

⑬ 詁訓本無「之」字。

⑭ 滋，詁訓本作「兹」。夭，《全唐文》作「天」。

【解　題】

［韓醇詁訓］書月日而不年，然觀其書辭謂「罪大擯棄」，蓋在永州時作。按：陳景雲《柳集點勘》卷三：「君巢，貞元十一年進士，其成名在子厚後，而書中稱周爲丈人。案柳子作叔父墓表，記一時會葬親故，君巢名冠其首，或是戚屬之尊者。君巢至太和中歷官衛尉卿。」林寶《元和姓纂》卷五江陵周氏：「監察御史周子諒，京兆人。生頌，大理寺司直。生居巢，循州刺史。」岑仲勉《元和姓纂四

校記》校「居」爲「君」之訛，即此周君巢。韓愈《韓昌黎全集》卷一〇《寄隨州周員外》：「陸孟丘楊久作塵，同時存者更誰人？金丹别後知傳得，乞取刀圭救病身。」此隨州周員外亦爲周君巢。韓愈與陸長源、孟叔度、丘穎、楊凝及周君巢曾同爲汴州董晉幕僚。此詩亦可見周君巢好金丹服餌之術。《册府元龜》卷五六二：「韓愈憲宗元和中爲比部郎中、史館修撰，撰《順宗實録》五卷。至太和五年，敕宰臣監修國史路隋等重加刊正。隋等奏曰：『臣自奉宣旨，尋取史本，欲加筆削。近伏見衛尉卿周君巢、諫議大夫王彦威、給事中李固言，及史官蘇景胤等各上草疏，具陳刊改非宜。』」鄭樵《通志》卷七五《昆蟲草木略》：「威靈仙曰能消惡，聞水聲能治痿弱，唐貞元中周君巢爲之作傳。」

【注　釋】

〔一〕［注釋音辯］君巢蓋爲幕府從事。［百家注引孫汝聽曰］君巢時爲幕府從事。

〔二〕［韓醇詁訓］擯，必刃切。

〔三〕［注釋音辯］纆，密北切。素三股曰徽，兩股曰纆。［韓醇詁訓］纆音墨。［百家注引童宗説曰］《易》：「繫用徽纆。」徽、纆，皆繩也。纆音墨。

〔四〕［注釋音辯］桎音質。梏，古毒切。

〔五〕［注釋音辯］潘（緯）云：彳，丑石切。亍，恥六切，《説文》「步止也」。《（文）選》：「彳亍中輟。」［韓醇詁訓］彳，丑亦切。小步也。亍，丑玉切。步止也。［百家注引張敦頤曰］彳，丑石切。亍，恥六切。《説文》：「彳，小步也。亍，步止也。」按：見《文選》潘岳《射雉賦》。

〔六〕［注釋音辯］童（宗説）云：枿音櫱，五結切，伐木餘也。［韓醇詁訓］［百家注引童宗説曰］伐木餘也，音櫱。

〔七〕［韓醇詁訓］隤，徒回切。［百家注引童宗説曰］璞，塊也。隤，徒回切。璞，普角切。

〔八〕［注釋音辯］潘（緯）云：臞，權俱切，瘠也。《前漢》：「列仙之儒居山澤間，形容甚臞。」［韓醇詁訓］臞，權俱切，瘠也。［百家注引孫汝聽曰］司馬相如以爲列仙之儒居山澤間，形容甚臞，非帝王之仙意，乃奏《大人賦》。臞，瘠也，權居切。按：見《漢書·司馬相如傳》。

〔九〕［注釋音辯］潘（緯）云：屯，讀當如忳，徒昆切，悶也。《楚辭》：「中悶瞀之忳忳。」注：「憂貌。」忳忳然無所舒也，舊之閏切。［韓醇詁訓］屯音諄。［世綵堂］屯音諄。一云屯當作忳，徒昆切。《楚辭》：「中悶瞀之忳忳。」注：憂也。按：見屈原《惜誦》。

〔一〇〕［韓醇詁訓］掘，其月切。［百家注引孫汝聽曰］石，藥石。

〔一一〕［韓醇詁訓］詬，古候切。

〔一二〕［百家注引孫汝聽曰］《楚辭》：「邑犬群吠，吠所怪也。」按：見屈原《懷沙》。

【集 評】

黄震《黄氏日鈔》卷六〇：不爲方士所惑，仕雖未達，無忘生人之患，則聖人之道幸甚。

《王荆石先生批評柳文》卷八：理正而詞雄。又「其道壽矣」眉批：平鋪叙處時韻之，古文皆然。

茅坤《唐宋八大家文鈔》卷一八：此子厚不好仙家者之言，然大倨，且君子以其術延年卻病，未必無可取者。

蔣之翹輯注《柳河東集》卷三二：子厚不好仙術，故其言甚倨。王世貞曰：中有平鋪叙時韻之，古文皆然。

何焯《義門讀書記》卷三六：「行則若帶纆索」八句：亦何至此汲汲無歡，亦不永年矣。……「視人之害若利」：言不以動于心，非因人之害以爲己利。「昧昧而趨」至「高明之圖哉」：爲韻語，甚古。

儲欣《河東先生全集録》卷五：當與《送婁圖南將入道序》參看。

乾隆敕纂《御選唐宋文醇》卷一四：神仙之説誠杳茫矣，而嵇叔夜作《養生論》，謂一溉之益不可誣，以蘇軾之明達猶不能無惑焉。朱子辟異端、息邪説，而仿陳子昂《感遇詩》，亦曰：「刀圭一入口，白日生羽翰。」何耶？谷永所稱「人言世有仙人，服食不終之藥，遥興輕舉，登遐倒景，覽觀縣圃，周游蓬萊，耕耘五德，朝種暮獲，與山石無極，黄冶變化，堅冰淖溺，化色五倉之術者，皆奸人惑衆、挾左道、懷詐僞，以欺罔世主」云云者，猶非其實耶？夫天地曰兩大，其壽萬古，然天地未嘗無生死矣。深谷爲陵，則一谷之天死矣。高岸爲谷，則一岸之地死矣。而謂人有不死之理乎哉？如曰茫茫堪輿俯仰無垠者，終古不滅，而謂天地不死，則人之爲人亦本自不死，而又何足言？林林者，總總者，振古如兹也。人之有身，正如谷中之天以谷爲身，高岸之地以岸爲身耳。乃欲執此一身之百骸九竅，期其長存不壞，是何異深谷必不使爲陵，而高岸必不使爲谷也。夫一藝之微必有師承，今爲長生之説者，非以莊老爲師耶？莊子之言曰：「天下莫壽於殤子，而彭祖爲夭。」又曰：「毅養其内，而虎食其外，豹養其外，而病攻其内。」則夫善辟長生之説者，莫過於其師矣，而人猶不能無惑者。何耶？夫人目則欲色，耳則欲聲，鼻則欲香，口則欲味，四肢則欲安佚，而尤欲夫長久得遂其欲，於是慨然而欲長生。然爲長生之説者，曰：必先斷絶種種諸欲而後能。則即使果得長生亦爲買櫝而還其珠，非其本欲矣，況乎其必不能矣。若其所爲元精、元氣、元神之論，歸於天地同根，萬物同體者，則先無所爲生，曷論長短。且其身也，是爲大身，與此茫茫堪輿同一無垠，而終古不滅，又何所安排措置於其間哉？至於服食之説，益爲謬妄。人之生也，陰陽均平則百體無疾，偏則生災。今其論曰：「一毫陰氣未盡，猶未得仙。」而烹鍊天地間純陽之物以爲服食，則非求長生，直求速死耳。温帶之下無血氣之倫，以其逼近太陽，如洪爐邊無生物也，則豈有陰絶而猶生者哉？其亦未明於陰陽之理矣。又有守中服氣、還精補腦等術，謂不死之藥，不離自身者。不知人之一身何者爲自，涕涶皆水也，膚革皆地也，暖熱皆火也，動摇皆風也，神明皆天也。凡夫地水火風之屬入於我之耳目鼻口者，所以養我之生，要皆與我身内所有者無異也。然而皆非不死之藥也，何獨舉自身所有地水火風爲足以致長生耶？讀宗元此文，謂道壽則壽，道夭則夭，識見甚偉。因推類以盡其餘，以解世惑焉。

平步青《霞外攟屑》卷七上：柳州《答周采書》（按即《答周君巢書》）中云：「嘗以君子之道，處焉則外愚而内益智，外訥而内益辯，外柔而内益剛。出焉則外内若一，而時動以取其宜當，而生人之性得以安，聖人之道得以光。」又云：「眯眯而趨，屯屯而居，浩然若有餘。掘草烹石，以私其筋骨，而日以益愚。他人莫利，己獨以愉。若是者愈千百年，滋所謂夭也，又何以爲高明之圖哉？」剛、當、光韻，趨、居、餘、愚、愉、圖，皆韻。使人讀之不覺，所以爲妙。

與李睦州論服氣書①

二十六日，宗元再拜。前四五日，與邑中可與遊者遊愚溪，上池西小丘〔一〕，坐柳下，酒行甚歡。坐者咸望兄，不能俱〔二〕。以爲兄由服氣以來，貌加老而心少歡愉，不若前去年時。既言②，皆沮然眄睞〔三〕，思有以已。兄用斯術，而未得路③。間一日，濮陽吴武陵最輕健，先作書，道天地、日月、黄帝等，下及列仙方士皆死狀，出千餘字，頗甚快辯。伏覩兄貌笑口順而神不偕來，及食時，竊睨和糅燥濕與啖飲多寡〔四〕，猶自若。是兄陽德其言，而陰黜其忠也，若古之强大諸侯然。負固恃力④〔五〕，敵至則諾，去則肆，是不可變之尤者也。攻之不得，則宜濟師。今吴子之師已遭諾而退矣，愚敢厲鋭擐堅〔六〕，鳴鐘鼓以進，決於城下。惟兄明聽之。

兄凡服氣之大不可者⑤，吴子已悉陳矣。悉陳而不變者無他，以服氣書多美言，以爲得恒久大利，則又安能棄吾美言大利，而從他人之苦言哉？今愚甚吶〔七〕，不能多言。大凡服氣之可不死歟？不可歟？壽歟？夭歟？康寧歟？疾病歟⑥？若是者，愚皆不言。但以世之兩事己所經見者類之，以明兄所信書必無可用⑦。愚幼時嘗嗜音，見有學操琴者，不能得碩師〔八〕，而偶傳其譜，讀其聲，以布其爪指。蚤起則嘐嘐譊譊以逮夜〔九〕，又增以脂燭，燭不足則諷而鼓諸席，如是十年，以爲極工。出至大都邑，操於衆人之座，則皆得大笑曰⑧：「嘻！何清濁之亂，而疾舒之乖歟？」卒大慚而歸。及年已長⑨，則嗜書，又見有學書者，亦不得碩師⑩，獨得國故書，伏而攻之⑪。其勤若向之爲琴者，而年又倍焉。出曰：「吾書之工，能爲若是。」知書者又大笑曰：「是形縱而理逆。」卒爲天下棄，又大慚而歸。是二者，皆極工而反棄者，何哉？無所師而徒狀其文也。其所不可傳者⑫，卒不能得⑬，故雖窮日夜，弊歲紀，愈遠而不近也⑭。今兄之所以爲服氣者，果誰師耶？始者獨見兄傳得氣書於盧遵所〔一〇〕，伏讀三兩日，遂用之。其次得氣訣於李計所⑮，又參取而大施行焉⑯。是書是訣，遵與計皆不能知，然則兄之所以學者無碩師矣，是與向之兩事者無毫末差矣。宋人有得遺契者，密數其齒曰：「吾富可待矣。」〔一一〕兄之術，或者其類是歟？

兄之不信，今使號於天下曰：「孰爲李睦州友者？今欲已睦州氣術者左袒，不欲者右袒〔一二〕。」則凡兄之友皆左袒矣⑰。則又號曰：「孰爲李睦州客者？今欲已睦州氣術者左袒，不欲者右袒。」則凡兄之客皆左袒矣。則又以是號於兄之宗族⑱，皆左袒矣。號姻婭，則左袒矣⑲〔一三〕。入而號之閨門之内子姓親昵，則子姓親昵皆左袒矣。下之號於臧獲僕妾〔一四〕，則臧獲僕妾皆左袒矣。出而號於素爲將率胥吏者⑳，則將率胥吏皆左袒矣。則又之天下號曰：「孰爲李睦州讎者？今欲已睦州氣術者左袒，不欲者右袒。」則凡兄之讎者皆右袒矣㉑。然則利害之源不可知也㉒。友者欲究存其道，客者欲久存其利，宗族姻婭欲久存其戚，閨門之内子姓親昵欲久存其恩㉓，臧獲僕妾欲久存其生㉔，將率胥吏欲久存其勢，讎欲速去其害。兄之爲是術，凡今天下欲兄久存者皆懼，而欲兄速去者獨喜。兄爲而不已㉕，則是背親而與讎。夫背親而與讎㉖，不及中人者皆知其爲大戾，而兄安焉，固小子之所懔懔也〔一五〕。

兄其有意乎卓然自更㉗〔一六〕，使讎者失望而懔㉘，親者得欲而抃，則愚願椎肥牛，擊大豕，刲群羊㉙〔一七〕，以爲兄饌〔一八〕；窮隴西之麥，殫江南之稻，以爲兄壽。鹽東海之水以爲鹹，醯敖倉之粟以爲酸㉚〔一九〕，極五味之適，致五藏之安〔二〇〕，心恬而志逸，貌美而身胖〔二一〕，醉飽謳歌，愉懌訢歡〔二二〕，流聲譽於無窮，垂功烈而不刊，不亦旨哉？孰與去味以即淡，去樂以即愁，悴悴然膚日皺㉛〔二三〕、肌日虛，守無所師之術，尊不可傳之書，悲所愛而慶所憎㉜，徒曰「我能堅壁拒境」，以爲强大，是豈所謂强而大也哉？無任疑懼之甚。某再拜㉝。

【校　記】

①「睦州」下原脱「論」字，據百家注本總目、注釋音辯本及《全唐文》補。

③注釋音辯本、游居敬本、蔣之翹輯注本及《全唐文》「既」上有「是時」二字。

③世綵堂本注：「一無『路』字。」

④怙，注釋音辯本及游居敬本作「恃」。

⑤注釋音辯本、游居敬本、蔣之翹輯注本及《全唐文》無「兄」字。

⑥原注與世綵堂本注：「病，一作癘。」詁訓本作「癘」。

⑦詁訓本無「所」字。

⑧詁訓本無「得」字。

⑨已，注釋音辯本及游居敬本作「少」。

⑩注釋音辯本、詁訓本、游居敬本、蔣之翹輯注本及《全唐文》「不」下有「能」字，「師」作「書」。

⑪世綵堂本注：「一無『國』字。攻，一作『工』。」鄭定本無「國」字，「攻」作「工」。

⑫可，詁訓本作「能」。

⑬能，詁訓本作「可」。

⑭ 愈，詁訓本作「踰」。

⑮ 詁訓本無「其」字。

⑯ 詁訓本無「而」字，世綵堂本無「大」字。

⑰ 兄，詁訓本作「吾」。

⑱ 世綵堂本注：「一本『族』下有『則』字。」

⑲ 世綵堂本注：「『號』下有『於』字。『則』下有『皆』字。」

⑳ 世綵堂本注：「率，一作卒。」

㉑ 詁訓本無「凡」字。

㉒ 原注與注釋音辯本、詁訓本、世綵堂本注：「一無『不』字。」何焯校本「不」改「亦」。

㉓ 詁訓本無「昵」字。

㉔ 生，蔣之翹輯注本、《全唐文》作「主」。

㉕ 爲而，詁訓本作「而爲」。

㉖ 夫，《全唐文》作「矣」，斷句。詁訓本無「夫背親而與讎」六字。

㉗ 詁訓本無「更」字，並注：「一有『更』字。」

㉘ 懔，注釋音辯本、世綵堂本、游居敬本、蔣之翹輯注本及《全唐文》作「慄」。

㉙ 封，詁訓本作「封」。

㉚ 醘，注釋音辯本作「醘」，並注：「『醘』即『醘』字。」

㉛ 然，注釋音辯本、詁訓本、游居敬本、蔣之翹輯注本及《全唐文》作「焉」。

㉜ 慶，原作「愛」，據諸本改。

㉝ 某，注釋音辯本、世綵堂本、游居敬本、蔣之翹輯注本及《全唐文》作「謹」。世綵堂本注：「謹，一作某。」

【解　題】

［韓醇詁訓］《愚溪》作於元和之五年。吴武陵謫來永州，在元和之三年。今云愚溪之遊，且及「間一日」，「吴武陵先作書」云云，則此書當在五年後作。集又有《同吴武陵送李睦州詩序》，睦州，亦永之遷客也。［蔣之翹輯注］李睦州名幼清，事詳二十三卷《同武陵送李睦州序》。按：李幼清字深源，先爲睦州刺史，元和二年爲李錡所誣，貶循州，元和三年量移永州。此文當作於元和五年，時李幼清正在永州。服氣指道家的服藥養氣之法。《晉書·張忠傳》：「恬静寡欲，清虚服氣，餐芝餌石，修導養之法。」李幼清沉迷於服氣餌藥之事，「貌加老而心少歡愉」，先有吴武陵作文勸之，柳宗元再作此書，動之以情，曉之以理，希望他「卓然自更」。唐人好服食。韓愈《韓昌黎全集》卷三四《故太學博士李君（于）墓誌銘》：「今直取目見親與之遊而以藥敗者六七公，以爲世誡。工部尚書歸登、殿中御史李虚中、刑部尚書李遜、遜弟刑部侍郎建、襄陽節度使工部尚書孟簡、東川節度御史大夫盧

坦、金吾將軍李道古，此其人皆有名位，世所共識。」張萱《疑耀》卷三：「昌黎諫佛骨矣，晚乃與佛子大顛遊，又作《李干墓誌》，歷叙以服食敗者數人，爲世誡，而晚年復躬蹈之。白樂天有詩曰：『退之服硫黄，一病訖不痊。』是昌黎知誡人，而不知自誡也。然樂天既知誚昌黎亦好言服食事，嘗有詩曰：『金丹同學都無益，姹女丹砂燒即飛。』其序云：『予與故刑部李侍郎早結道友，以藥術爲事。』乃知異端易惑，即高明之士，亦所不免也。古詩：『服食求神仙，多爲藥所誤。』二公豈未之聞耶？」

【注釋】

〔一〕［百家注引童宗説曰］池，謂愚池。丘，謂愚丘。

〔二〕［百家注引孫汝聽曰］元和二年，睦州爲李錡誣，斥南海上，更赦，量移永州。

〔三〕［注釋音辯］（睞）洛代切。［韓醇詁訓］上莫見切，下落代切。眄睞，斜視也。［百家注引張敦頤曰］眄睞，斜視也。《説文》：「睞，目瞳子不正。」上莫見切，下落代切。

〔四〕［注釋音辯］粿，忍九、女救二切，雜也。［韓醇詁訓］［百家注引張敦頤曰］粿，雜也，女救切。［世綵堂］粿，女救切，順也。

〔五〕［百家注引孫汝聽曰］《周禮》：「負固不服則侵之。」負，恃也。固，險也。按：見《周禮·夏官司馬·大司馬》。

〔六〕［注釋音辯］擐音患，又音貫。堅，堅甲也。按：百家注本引孫汝聽注略同。

〔七〕［注釋音辯］（吶）奴骨切，言難也，亦訥字。又儒劣切，言緩也。［韓醇詁訓］訥字亦從口。［百家注］訥，亦從口。見《集韻》。

〔八〕［百家注引孫汝聽曰］《莊子》：「無碩師而能言。」碩，大也。按：見《莊子·外物》。

〔九〕［注釋音辯］［韓醇詁訓］嘐，大苞切。譊，馨幺切。［百家注］嘐音交。譊，馨幺切。

〔一〇〕［百家注引孫汝聽曰］遵，公之舅弟。

〔一一〕［注釋音辯］事出《列子·説符篇》。［百家注引孫汝聽曰］出《列子·説符篇》。注云：「遺，棄也。」齒，謂刻處似齒。

〔一二〕［百家注引孫汝聽曰］《漢書》：周勃入北軍，令軍中曰：「爲吕氏右袒，爲劉氏左袒。」注：「袒，脱衣袖而肉袒也。左右者，謂止偏脱其一耳。」按：見《漢書·高后紀》。

〔一三〕［注釋音辯］潘（緯）云：姻音因，婿家也。女之所因，故曰姻。婭音亞，爾婿相謂也。［百家注引孫汝聽曰］《詩》：「瑣瑣姻婭。」《爾雅》云：「婿之父爲姻，婦之父爲婚，兩婿相謂爲婭。」按：見《詩經·節南山》、《爾雅·釋親》。

〔一四〕［注釋音辯］潘（緯）云：臧獲並如字，罵奴曰臧，罵婢曰獲。又男而婿婢曰臧，女而婦奴曰獲。《風俗通》云：「臧罪役入爲官奴婢，獲智逃亡，獲得奴婢也。」［百家注引孫汝聽曰］《方言》：「燕、齊之間罵奴曰臧，罵婢曰獲。」按：見揚雄《方言》卷三。《初學記》卷一九引《風俗通》：「古制本無奴婢，即犯事者或原之。臧者，被臧罪没入爲官奴婢；獲者，逃亡獲得爲奴婢也。」

《説文》：「男入罪曰奴，女入罪曰婢。」

〔一五〕［韓醇詁訓］懍音懍。

〔一六〕［注釋音辯］（更）平聲。

〔一七〕［注釋音辯］刲，傾畦切。

〔一八〕［注釋音辯］［韓醇詁訓］餼，許既切。

〔一九〕［注釋音辯］（醓）呼啼切。［韓醇詁訓］［百家注引童宗説曰］醓，酸味也，吁啼切。

〔二〇〕［注釋音辯］藏，才浪切。心肺肝脾腎，謂之五藏。

〔二一〕［注釋音辯］（胖）蒲官切，大也。

〔二二〕［注釋音辯］訢，與欣同。

〔二三〕［注釋音辯］潘（緯）云：側救切。字當作皺。［韓醇詁訓］皺，側救切。

【集評】

《五百家注音辨昌黎先生文集》卷一七《上張僕射第二書》補注引觀堂劉夷叔（望之）云：退之《諫張僕射擊毬書》纔數百言，使人意動神悚。子厚《勸李睦州服氣書》費千餘言，乃反緩而不切，人才相去，不可及哉。

黄震《黄氏日鈔》卷六〇：愚按此子厚達理之言也，文又精妙，故節録稍詳。

樓昉《崇古文訣》卷一三：曉警深切，詞氣勁拔開闔，曲盡其妙。所恨太厲聲色。

范晞文《對牀夜語》卷四：子厚《與李睦州論服氣書》末云：「願椎肥牛，擊大豕，刲群羊，以爲兄饌。窮隴西之麥，殫江南之稻，以爲兄壽。鹽東海之水爲鹹，醯敖倉之粟以爲酸，極五味之適，致五臟之安，心恬而志逸，貌美而身胖。」退之，李博士服丹致斃，志其墓云：「五穀三牲，鹽醯果蔬，人所常御。今惑者，皆曰五穀令人夭，當務減節。鹽醯以濟百味，豚、魚、雞三者古以養老，反曰是皆殺人，不可食。不信常道，臨死乃悔。」子厚戒之於其生，退之志之於其死。服丹與氣，誠不若飲食之常也。《古詩》云：「服藥求神仙，多爲藥所誤。不如飲美酒，被服紈與素。」此二文之本。

廖瑩中（世綵堂）《河東先生集》卷三二「讎欲速去其害」下：文勢機軸，從《戰國策》「鄒忌謂其妻妾與客，我孰與城北徐公美」數語來。

《王荆石先生批評柳文》卷八：馳騁弘辨，精光射人。又文末評：以上數作並小題，無大關繫，而規模更拓遠，韓集中少此。

茅坤《唐宋八大家文鈔》卷一八：文最工。然篇末椎牛一段似漫溷。子厚每每文到縱横時便露此態。

王鏊《與人論攝生書》：然谷永《諫成帝疏》、柳宗元《報李睦州書》、韓退之之誌李于、歐陽永叔之序黄庭經，其文具在也。試取而讀之，則無待於予言矣。（《震澤集》卷三六）

王霆震《古文集成》卷一七：「黜其忠也」句下：言其拒善不納。「明聽之」句下：借興師討罪之意以闢之。「愚皆不言」句下：亦因武陵已言之故。「偶傳其譜」句下：要見服氣無所師承，此是攻他要領。「狀其文也」句下：結有力。「果誰師耶」句下：應上無所師承。疑詞。「無碩師矣」句下：決詞。「皆右袒矣」句下：友與客以下凡七句，而讎只一語，蓋名之曰讎，則無可分別者。「原可知也」並列恩讎兩端，有許多文字，卻以一句結之，所以佳。「久存其勢」句下：與徐公之妻之妾之客句法同。此一段文字是從鄒忌告齊宣王闢轉來，六個字都不可移動。「速去其害」句下：亦只一句。「樂以卻愁」句下：分別利害之言。「不可傳之書」句下：終始破他無所師承。「而慶所憎」句下：用字錯綜。「彊而大也哉」句下：終始借興師用兵而言。

明闕名評選《柳文》卷一「貌笑口順」眉批引唐荆川（順之）曰：此雖亦有蹊逕，然有生意矣。文末：應轉篇首「强大諸侯」一段。王荆石曰：末精緊。

陸夢龍《柳子厚集選》卷四：快捷不可言，以此攻堅，何堅不克！「孰爲李睦州客」眉批：曉人甚了了，文尤波蕩。

蔣之翹輯注《柳河東集》卷三二：文情馳騁，勢不可遏，其號左右袒，情景各之妙處。黄震曰：此子厚達理之言也，文更精妙。「則凡兄之讎者皆右袒矣」句下引茅坤曰：文自《國語》變來。「讎欲速去其害」句下引劉辰翁曰：文勢機杼從《戰國策》鄒忌謂其妻妾與客「我孰與城北徐公美」數語來。

吕留良《晚村先生八家古文精選・柳文精選》：無一句正言服氣之害，都用旁敲側擊，蓋因有吴武陵之書在也。茅鹿門遂以末椎牛一段爲漫溷，是未識立説之用意耳。

何焯《義門讀書記》卷三六：「若古之强大諸侯然」至「進決於城下」：若此張惶，則是藉以發其文，非爲睦州效忠也。「今使號於天下曰」至「固小子之所懔懔也」：與前幅一一回環呼應，但不應徒爾詞費，使人厭其寡效爾。古文與詞賦，派别判焉。柳子所以馳驟縱横，若是反減其工者，蔽在必合屈、馬而一之，詞勝氣溢，乖自然之節也。

孫琮《山曉閣選唐大家柳柳州全集》卷一：此書大略有三。前幅述致書之由，本意欲寫自己諫止睦州服氣，先説一段衆人聚飲談論，又説一段吴子作書箴規，然後寫出自己致書，便見服氣之術，群然以爲不可。中幅説睦州服氣，乃無師之學，學琴學書二喻，寫得帶嘲帶笑。宋人一喻，猶自强弩之末。後幅説服氣之害，將友客姻親諸人，寫得如火似錦，咄咄奇文。

儲欣《河東先生全集録》卷五：横空恣睢，上言無師之害尤切至。余嫉今之人嘵嘵青鳥術也，告之曰：天文地理難言之。然天文有象，且有師，故可測。地理無常形且無常師，故測之而往往不合也。因舉此書二事爲人誦之，然十百而無一悟者焉。易惑難曉，非獨蚩氓矣。

焦循批《柳文》卷四：在當日作文時一氣寫出，今日讀之，則覺此轉奇妙不測。又：辨似《戰國策》，文氣則先秦子書。

林紓《韓柳文研究法·柳文研究法》：其文神似《國策》。服氣之非宜，想吴武陵書中已極攻而深詆之。惜其書未附本文之後。文閑閑將愚溪柳下望見睦州顔色叙起，其曰「貌加老而心少歡愉」

七字，已將服氣之無驗，痛下一針。遂疾入吴武陵作書，斥駁列仙方士云云。卻於武陵下加「輕健」兩字，見得武陵固未嘗服氣者也。其曰「貌笑口順，而神不偕來」，此九字是描寫睦州負固不服狀態，和婉有意趣，令人讀之莞然。「陽德其言」，「陰黜其忠」，造語尤工妙，尤妙在不更斥言服氣之非。以吴武陵前曹有書，若再與辯駁，微嫌近贅，故將壽夭康寧疾病，一切撇盡，但切指睦州所據之丹經，決不可用，因自引少時學琴與學書，不得碩師之無效驗處，歷歷自承其慚。其言自慚者，代睦州慚也。又曰：「其所不可傳者，卒不能得。故雖窮日夜、弊歲紀，愈遠而不近。」則質言無碩師之斷不可成，一力警醒睦州。言外之意，蓋謂即有碩師，而服氣一道，終屬妄誕。況睦州之所得書，不過在盧遵、李計二人家，而此二人者，又皆不能知服氣之術，但憑其所藏之書寧可信耶？文已擂破後壁，無餘義矣。又恐睦州不信，於是廣引多人，若友若客，若宗族，若姻婭，若子姓親昵，若臧獲僕妾，若將卒吏胥，錯錯雜雜，帶上一群之人皆左袒，以明己之直諫，萬非虛語。可見服氣之不是，盡人皆不謂然。偶謂然者，或爲睦州之讎。讎之然其説，其意蓋不善於睦州耳。説得明白痛快，出語類策士之辯。收束處，復將以上數種人，與睦州之讎，兩兩提較：友則思存其道，客則思存其利，宗族姻婭則思存其戚，子姓親昵則思存其恩，不足以伸前半之意。後幅勸其「極五味之適，致五藏之安」，是文中本意。

柳宗元集校注卷第三十三

書

與楊誨之書①

足下幼時〔一〕，未有以異於衆童，僕未始知足下。及至潭州〔二〕，乃見足下氣益和，業益專，端重而少言，私心乃喜〔三〕，知舜之陶器不苦窳爲信然〔四〕。而舜之德，可以及土泥，而不化其子〔五〕，何哉？是又不可信也。則足下本有異質，而開發之不早耳。然開發之要在陶煦〔六〕，然後不失其道。則足下亦教諭之至，固其進如此也。自今者再見足下，文益奇，藝益工，而氣質不更於潭州時，乃信知其良也。中之正不惑於外，君子之道也。然而顯然翹然②，秉其正以抗於世，世必爲敵讎，何也？善人少，不善人多，故愛足下者少，而害足下者多。吾固欲其方其中，圓其外，今爲足下作《説車》〔七〕，可詳觀之。車之説，其有益乎行於世也。

足下所持韓生《毛穎傳》來，僕甚奇其書，恐世人非之，今作數百言，知前聖不必罪俳也〔八〕。及賀州，所未有者文又三篇〔九〕。此言皆不欲出於世者，足下默觀之，藏焉，無或傳焉，吾望之至也。

今日有北人來，示將籍田敕〔一〇〕，是舉數十年之墜典，必有大恩澤。丈人之冤聞於朝〔一一〕，今是舉也，必復大任，醜正者莫敢肆其吻矣。甚賀甚賀！僕罪大，不得與於恩澤，然其喜不減之足下者③，何也？喜聖朝舉數十年墜典，太平之路果辟〔一二〕，則吾之昧昧之罪④，亦將有時而明也。方築愚溪東南爲室，耕野田，圃堂下，以詠至理，吾有足樂也⑤。足下過今年，當侍從北下，僕得掃溪上⑥，設肴酒，以俟趨拜。足下發南州，當先示僕，得與獵夫漁老⑦，上下水陸，擇味以給膳羞，雖不得久，亦一時之大願也。過是無可道。福來辭行急〔一三〕，不可留。言不盡所發，不具。宗元頓首⑧。

【校　記】

①　原注與世綵堂本注：「一云『與楊誨之再説車敦勉用和書』。」注釋音辯本作「與楊誨之再説車敦勉用和書」，並注：「一本作『與楊誨之書』。」

②　而，注釋音辯本、游居敬本、蔣之翹輯注本及《全唐文》作「則」。

③ 世綵堂本注：「『然』下無『其』字，『滅』下無『之』字。」

④ 世綵堂本注：「『吾』下無『之』字。」

⑤ 世綵堂本注：「一無『吾』字。」

⑥ 掃，注釋音辯本、游居敬本、蔣之翹輯注本及《全唐文》作「歸」。

⑦ 老，詁訓本作「者」。

⑧ 宗元，注釋音辯本作「某」。

【解　題】

［韓醇詁訓］誨之，憑之子也。憑以元和四年，自京兆尹貶臨賀尉，誨之時隨侍在賀州。公作《説車》以遺之。書言：「今日有北人來，示將籍田敕。」按《憲宗紀》：「元和五年，詔以來年正月籍田。」書在元和五年十一月永州作明矣。謂「丈人是舉必復大任」，指憑言也。［世綵堂］誨之，憑之子也。公集有與憑書。此元和五年作。按：陳景雲《柳集點勘》卷三：「書首言至潭州見足下，潭州乃湖南觀察理所，永貞元年十一月子厚謫永，誨之父憑亦以是月自湖南移江西。子厚赴貶所必自潭而永，時誨之猶未去潭，因得見之。及元和四年，憑由京尹謫尉臨賀，誨之以五年省父過永州，故再得相見。書中言今日有北人來，示將籍田敕，據新史《禮樂志》，此敕在元和五年。又《與誨之第二書》有『始復去年十一月書』之語，即謂是書也。」諸家所考良是。楊誨之，柳宗元妻楊氏之弟。元和四年，

楊憑自京兆尹貶臨賀尉。誨之隨父赴臨賀，道經永州時，宗元曾作《説車贈楊誨之》一文相送，勉其「圓其外而方其中」。此文爲元和五年爲永州司馬時作。

【注　釋】

〔一〕［世綵堂］公楊氏婿，故識誨之幼時。

〔二〕［韓醇詁訓］貞元十八年九月，以太常卿楊憑爲潭州刺史、湖南觀察使。誨之，憑之子也。

〔三〕［百家注引孫汝聽曰］永貞元年九月，公貶邵州刺史，十一月，再貶永州司馬。過潭州，見誨之。

〔四〕［注釋音辯］（窳）音庾，病也，又器中空。《史記·舜紀》：「陶河濱，器不苦窳。」［韓醇詁訓］窳，以主切。［百家注引劉嵩曰］《史記》：「舜陶河濱，器皆不苦窳。」窳，病也，音庾。

〔五〕［百家注引張敦頤曰］《孟子》：「舜之子亦不肖。」按：見《孟子·萬章上》。

〔六〕［注釋音辯］［百家注引孫汝聽曰］（煦）吁句切，温也。

〔七〕［百家注引張敦頤曰］《説》在集中。按：見第十六卷《説車贈楊誨之》。

〔八〕［注釋音辯］俳音排，戲也。［百家注引張敦頤曰］公有《題毛穎傳》。

〔九〕［韓醇詁訓］元和四年七月，憑自京兆尹貶臨賀尉。

〔一〇〕［百家注引韓醇曰］按《憲宗紀》：「元和五年十月，詔以來年正月十六日東郊籍田。」

〔一一〕［百家注引孫汝聽曰］先是御史中丞李夷簡彈憑爲江西觀察使時贓罪，以是貶。

〔二〕〔注釋音辯〕〔韓醇詁訓〕辟音闢。

〔三〕〔注釋音辯〕〔百家注引孫汝聽曰〕福來，誨之之隸。

【集評】

焦循批《柳文》卷四「然開發之要」批：用拙筆作折。

與楊誨之第二書①

張操來，致足下四月十八日書〔一〕，始復去年十一月書〔二〕，言《説車》之説及親戚相知之道。是二道，吾於足下固具焉不疑，又何逾歲時而乃克也②？徒親戚，不過欲其勤讀書，決科求仕，不爲大過，如斯已矣。告之而不更則憂，憂則思復之③，復之而又不更則悲，悲則憐之。何也？戚也。安有以堯、舜、孔子所傳者而往責焉者哉？徒相知，則思責以堯、舜、孔子所傳者，就其道，施於物，斯已矣。告之而不更則疑，疑則思復之，復之而又不更，則去之。何也？外也。安有以憂悲且憐之之志而强役焉者哉④？吾於足下固具是二道〔三〕，雖百復之亦將不已，況一二，敢怠於言乎⑤？

僕之言車也，以内可以守，外可以行其道。今子之説曰「柔外剛中」，子何取於車之疏耶？果爲車柔外剛中，則未必不爲弊車⑥。果爲人柔外剛中，則未必不爲恒人。夫剛柔無恒位⑦，皆宜存乎中，有召焉者在外，則出應之。應之咸宜⑧，謂之時中〔四〕，然後得名爲君子⑨。必曰外恒柔，則遭夾谷、武子之臺〔五〕。及爲蹇蹇匪躬〔六〕，以革君心之非〔七〕。莊以莅乎人〔八〕，君子其不克歟？中恒剛，則當下氣怡色〔九〕，濟濟切切⑩〔一〇〕。哀矜、淑問之事〔一一〕，君子其卒病歟？吾以爲剛柔同體，應變若化，然後能志乎道也。今子之意近是也，其號非也〔一二〕。内可以守，外可以行其道，吾以爲至矣，而子不欲焉，是吾所以惕惕然憂且疑也。

今將申告子以古聖人之道⑪。《書》之言堯曰「允恭克讓」，言舜曰「温恭允塞」，禹聞善言則拜⑫，湯乃改過不悋，高宗曰「啟乃心，沃朕心」〔一三〕。惟此文王，小心翼翼〔一四〕，日昃不暇食⑬〔一五〕，坐以待旦〔一六〕。武王引天下誅紂，而代之位，其意宜肆，而曰「予小子，不敢荒寧」〔一七〕。周公踐天子之位，捉髮吐哺⑭〔一八〕。孔子曰「言忠信，行篤敬」，其弟子言曰：「夫子温良恭儉讓以得之〔一九〕。」今吾子曰：「自度不可能也。」然則自堯舜以下，與子果異類耶？樂放弛而愁檢局，雖聖人與子同。聖人能求諸中，以厲乎己，久則安樂之矣，子則肆之。其所以異乎聖者⑮，在是決也。若果以聖與我異類，則自堯舜以下，皆宜縱目卬鼻〔二〇〕，四手八足，鱗毛羽鬣，飛走變化，然後乃可。苟不爲是，則亦人耳，而子舉將外之耶？若然者，聖自聖，賢自賢，衆人自衆人，咸任其意，又何以作言語立道理，千百年天下傳道之？是皆無益於世⑯，獨遺好事者藻繢文字，以矜世取譽，聖人不足重也⑰。故曰：「中人以上，可以語上，唯上智與下愚不移。」吾以子近上智，今其言曰「自度不可能也」，則子果不能爲中人以上耶？吾之憂且疑者以此。

凡儒者之所取，大莫尚孔子。孔子七十而縱心。彼其縱之也，度不踰距而後縱之。今子年有幾？自度果能不踰矩乎？而遽樂於縱也。傳説曰：「唯狂克念作聖〔二一〕。」今夫狙猴之處山，叫呼跳梁，其輕躁很戾異甚，然得而縶之，未半日則定坐求食，唯人之爲制。其或優人得之，加鞭箠，狎而擾焉，跪起趨走，咸能爲人所爲者。未有一焉，狂奔掣頓〔二二〕，踣弊自絶〔二三〕。故吾信夫狂之爲聖也⑱。今子有賢人之資，反不肯爲狂之克念者，而曰：「我不能，我不能⑲。」捨子其孰能乎？是孟子之所謂不爲也，非不能也。

凡吾之致書，爲《説車》，皆聖道也。今子曰：「我不能爲車之説，但當則法聖道而内無愧，乃可長久。」嗚呼！吾車之説，果不能爲聖道耶⑳？吾以内可以守，外可以行其道告子。今子曰：「我不能翦翦拘拘，以同世取榮。」吾豈教子爲翦翦拘拘者哉？子何考吾車説之不詳也㉑？吾之所云者，其道自堯、舜、禹、湯、高宗、文王、武王、周公、孔子皆由之，而子不謂聖道，抑以吾爲與世同波，工爲翦翦拘拘者㉒？以是教己，固迷吾文，而懸定吾意，甚不然也。聖人不以人廢言。吾雖少時與世同波，然未嘗翦翦拘拘也。又子自言：「處衆中偪則攫攘，欲棄去不敢，猶勉强與之居。」苟能是，何以不克爲車之説耶㉓？忍汙雜囂譁，尚可恭其體貌㉔，遜其言辭，何故不可吾之説？吾未嘗爲佞且僞，其旨在於恭寬退讓，以售聖人之道及乎人㉕，如斯而已矣。堯、舜之讓，禹、湯、高宗之戒，文王之小心，武王之不敢荒寧，周公之吐握，孔子之六十九未嘗縱心，彼七八聖人者所爲若是，豈恒愧於心乎？慢其貌，肆其志㉖，茫洋而後言，偃蹇而後行，道人是非，不顧齒類，人皆心非之。曰「是禮不足者」，甚且見駡，如是而心反不愧耶？聖人之禮讓，其且爲僞乎？爲佞乎？

今子又以行險爲車之罪，夫車之爲道，豈樂行於險耶？度不得已而至乎險，期勿敗而已耳㉗。夫君子亦然，不求險而利也，故曰「危邦不入，亂邦不居〔二四〕」。「國無道，其默足以容㉘〔二五〕」。不幸而及於危亂，期勿禍而已耳。且子以及物行道爲是耶？非耶？伊尹以生人爲己任〔二六〕，管仲釁浴以伯濟天下，孔子仁之〔二七〕。凡君子爲道，捨是宜無以爲大者也。今子書數千言㉙，皆未及此，則學古道，爲古辭，尨然而措於世，其卒果何爲乎？是之不爲，而甘羅、終軍以爲慕，棄大而録小，賤本而貴末，夸世而釣奇，苟求知於後世，以聖人之道爲不若二子，僕以爲過矣。彼甘羅者，左右反覆，得利棄信，使秦背燕之親已而反與趙合，以致危於燕〔二八〕。天下以是益知秦無禮不信，視函谷關若虎豹之窟，羅之徒實使然也。子而慕之，非夸世歟？彼終軍者〔二九〕，誕譎險薄〔三〇〕，不能以道匡漢主好戰之志，視天下之勞㉚，若觀蟻之移穴，翫而不戚。人之死於胡越者，赫然千里，不能諫而又縱踴之㉛〔三一〕。已則決起奮怒，掉强越，挾淫夫，以媒老婦，欲蠱奪人之國，智不能斷，而俱死焉〔三二〕。是無異盧狗之遇嗾〔三三〕，呀呀而走〔三四〕，不顧險阻，唯嗾者之從，何無已之心也㉜！子而慕之，非釣奇歟？二小子之道，吾不欲吾子言之〔三五〕。孔子曰：「是聞也，非達也。」使二小子及孔子氏㉝，曾不得與於琴張、牧皮狂者之列㉞〔三六〕，是固不易以爲的也。

且吾子之要於世者，處耶？出耶？主上以明聖㉟，進有道，興大化，枯槁伏匿縲錮之士〔三七〕，皆思踴躍洗沐，期輔堯舜。萬一有所不及，丈人方用德藝達於邦家㊱，爲大官，以立於天下。吾子雖欲爲處，何可得也？則固出而已矣。將出於世而仕㊲，未二十而任其心，吾爲子不取也。馮婦好搏虎，卒爲善士〔三八〕。周處狂横，一旦改節〔三九〕，皆老而自克。今子素善士，年又甚少，血氣未定，而忽欲爲阮咸、嵇康之所爲，守而不化，不肯入堯舜之道，此甚未可也。

吾意足下所以云云者，惡佞之尤，而不説於恭耳。觀過而知仁，彌見吾子之方其中也，其乏者獨外之圓耳。屈子曰：「懲於羹者而吹虀〔四〇〕。」吾子其類是歟？佞之惡而恭反得罪。聖人所貴乎中者，能時其時也。苟不適其道，則肆與佞同。山雖高，水雖下，其爲險而害也，要之不異。足下當取吾《説車》申而復之，非爲佞而利於險也明矣。吾子惡乎佞，而恭且不欲，今吾又以圓告子，則圓之爲號，固子之所宜甚惡方於恭也，又將千百焉㊳。然吾所謂圓者㊴，不如世之突梯苟冒〔四一〕，以矜利乎己者也㊵。固若輪焉，非特於可進也鋭而不滯㊶，亦將於可退也安而不挫，欲如循環之無窮，不欲如轉丸之走下也。乾健而運，離麗而行，夫豈不以圓克乎？而惡之也？

吾年十七求進士〔四二〕，四年乃得舉〔四三〕。二十四求博學宏詞科〔四四〕，二年乃得仕㊷〔四五〕。其間與常人爲群輩數十百人㊸。當時志氣類足下，時遭訕罵詬辱，不爲之面，則爲之背。積八九年，日思摧其形，鋤其氣，雖甚自折挫，然已得號爲狂疎人矣。及爲藍田尉，留府庭，旦暮走謁於大官堂下，與卒伍無别。居曹則俗吏滿前，更説買賣，商算贏縮。又二年爲此，度不能去，益學《老子》「和其光，同其塵」㊹〔四六〕，雖自以爲得，然已得號爲輕薄人矣。及爲御史郎官，自以登朝廷，利害益大，愈恐懼，思欲不失色於人。雖戒礪加切，然卒不免爲連累廢逐。猶以前時遭狂疎輕薄之號既聞於人，爲恭讓未洽，故罪至而無所明之。至永州七年矣㊺，蚤夜惶惶，追思咎過，往來甚熟，講堯、舜、孔子之道亦熟，益知出於世者之難自任也。今足下未爲僕嚮所陳者，宜乎欲任己之志，此與僕少時何異？然循吾嚮所陳者而由之，然後知難耳。今吾先盡陳者，不欲足下如吾更訕辱，被稱號，已不信於世，而後知慕中道，費力而多害，故勤勤焉云爾而不已也。子其詳之熟之，無徒爲煩言往復，幸甚。

又所言書意有不可者，令僕專專爲掩匿覆蓋之㊻，慎勿與不知者道，此又非也。凡吾與子往復，皆爲言道。道固公物，非可私而有。假令子之言非是，則子當自求暴揚之㊼，使人皆得刺列㊽，卒采其可者以正乎己，然後道可顯達也㊾。今乃專欲覆蓋掩匿，是固自任其志，而不求益者之爲也。士傳言，庶人謗於道〔四七〕，子産之鄉校不毁〔四八〕，獨何如哉？君子之過，如日月之蝕，又何蓋乎？是事，吾不能奉子之教矣。幸悉之。

足下所爲書，言文章極正，其辭奥雅。後來之馳於是道者，吾子且爲蒲捎、駃騠〔四九〕，何可當也？其説韓愈處甚好，其他但用《莊子》、《國語》文字太多，反累正氣。果能遺是，則大善矣。

憂憫廢錮，悼籍田之罷〔五〇〕，意思懇懇，誠愛我厚者。吾自度罪大，敢以是爲欣且戚耶？但當把鋤荷鍤㊿〔五一〕，決溪泉爲圃以給茹，其隟則浚溝池〔五二〕，藝樹木，行歌坐釣，望青天白雲，以此爲適，亦足老死無戚戚者。時時讀書，不忘聖人之道，己不能用，有我信者，則以告之。朝廷更宰相來〔五三〕，政令益修(51)。丈人日夕還北闕，吾待子郭南亭上，期口言不久矣。至是，當盡吾説。今因道人行〔五四〕，粗道大旨如此〔五五〕。宗元白。

【校　記】

①原注與世綵堂本注：「一云『與楊誨之疏解車義第二書』。」注釋音辯本及《全唐文》作「與楊誨之疏解車義第二書」，並注：「一本作『與楊誨之第二書』。」

②世綵堂本注：「一無『而』字。」

③世綵堂本注：「思，一作冀。」

④陳景雲《柳集點勘》卷三：「『强役』二字義晦，似當作『復』，蓋蒙上『復』字言之。强復，殆猶强聒之義。且下云『百復』，即『强復』也。」

⑤言，詁訓本作「書」。

⑥原注與世綵堂本注：「弊，一作敗。」

⑦恒，注釋音辯本作「常」。

⑧「咸」上原脱「應之」二字，據諸本補。

⑨名爲，詁訓本作「爲名」。

⑩「色」下原脱「濟濟切切」四字，據諸本補。

⑪原注與世綵堂本注：「聖，一作賢。」

⑫詁訓本「禹」下有「曰」字。

⑬原注：「一本無『暇』字。」詁訓本無「暇」字。

⑭捉，詁訓本、蔣之翹輯注本及《全唐文》作「握」。

⑮聖者，原注與世綵堂本注：「一作『聖人者』。」

⑯原注與世綵堂本注：「『世』下一有『間』字。」

⑰原注與注釋音辯本、世綵堂本注：「重，一本作道。」詁訓本作「道」。

⑱原注與世綵堂本注：「一無『故』字。」

⑲原注與世綵堂本注：「一本無下（我不能）三字。」注釋音辯本無下「我不能」三字，並注：「一本更有『我不能』三字。」

⑳注釋音辯本、詁訓本、游居敬本、蔣之翹輯注本及《全唐文》無「能」字。

㉑車説，注釋音辯本及詁訓本作「説車」。

㉒世綵堂本注：「一無『者』字。」

㉓世綵堂本注：「一無『克』字。」

㉔世綵堂本注：「可，一作能。」

㉕陳景雲《柳集點勘》卷三：「『售』字未詳，疑當作『讎』，合也。與《送南涪州序》中『適讎乎文』之『讎』同。」及乎人，原注與世綵堂本注：「一作『及乎生人』。」注釋音辯本注：「一本『人』上更有

『生』字。」

㉖ 原注與注釋音辯本、世綵堂本注：「（志）一作支」。

㉗ 原注與注釋音辯本、世綵堂本注：「（耳）一作矣。」詁訓本「耳」作「矣」，並注：「一作耳。」

㉘ 「以」下原衍「有」字，據諸本删。

㉙ 世綵堂本「子」下有「之」字，並注：「『子』下一無『之』字。」蔣之翹輯注本注：「『子』下一無『書』字。」

㉚ 詁訓本「勞」下有「苦」字。

㉛ 縱，詁訓本作「聳」。縱踴之，注釋音辯本注：「一本作『縱踊之』。潘本作『縱臾之』。」

㉜ 何焯校本注：「『無已』句疑有『恥』字。」

㉝ 世綵堂本注：「一本『孔子』下無『氏』字。」詁訓本「氏」作「時」。章士釗《柳文指要》上《體要之部》卷三三：「『氏』字疑『世』字，音譌。」章説當是，蓋因「世」爲避諱字而致訛。

㉞ 牧，原作「叔」，注釋音辯本同，據詁訓本、世綵堂本及《孟子·盡心下》改。

㉟ 原注與世綵堂本注：「一作『聖明』。一無『以』字。」注釋音辯本作「聖明」。詁訓本無「以」字。

㊱ 丈，詁訓本作「文」，「方」下有「在」字，「邦家」作「家邦」。

㊲ 世綵堂本注：「一無『而仕』二字。」

㊳ 世綵堂本注：「千，一作十。」

㊴詁訓本「吾」下有「子」字。

㊵世綵堂本注:「矜,一作務。」《全唐文》即作「務」。

㊶原注:「非特,一作『亦將』,非是。」詁訓本「非特」作「亦將」。

㊷仕,詁訓本作「士」。

㊸常,注釋音辯本作「恒」。

㊹世綵堂本注:「一無『老子』二字。」《全唐文》即無「老子」二字。

㊺至,注釋音辯本及詁訓本作「到」。

㊻詁訓本少一「專」字。

㊼世綵堂本注:「『暴』下一無『揚』字。」

㊽世綵堂本注:「『皆』下一無『得』字。」

㊾原注與注釋音辯本、世綵堂本注:「一無『可』字。」詁訓本無「可」字。

㊿鍤,注釋音辯本作「臿」。世綵堂本注:「一本作臿。」

51令,注釋音辯本、游居敬本、蔣之翹輯注本及《全唐文》作「事」。

【解題】

[韓醇詁訓]始復去年十一月書者,即前書也。《説車》具別卷。晦之以爲柔外剛中,何取於車之

疏。我不能翦翦拘拘，以同世爲榮。公極其説以開喻之。以前書觀之，此元和六年作。按：宗元作《説車贈楊誨之》，誨之不以爲然。故宗元又作此信。文中稱「至永州七年矣」，知此文作於元和六年。

【注　釋】

〔一〕［百家注引孫汝聽曰］元和六年。

〔二〕［韓醇詁訓］即前書也。

〔三〕［百家注引孫汝聽曰］公娶憑弟凝之女。按：宗元所娶乃楊憑之女。楊誨之爲楊憑子，柳宗元妻弟。

〔四〕［百家注引劉嵩曰］《中庸》：「君子之中庸也，君子而時中。」按：見《禮記·中庸》。

〔五〕［注釋音辯］《家語·相魯篇》：「定公與齊侯會於夾谷，孔子攝相事，斬侏儒，又使仲由隳三都。公山弗擾率費人以襲魯，孔子以公登武子之臺，命申句須、樂頎勒中衆，下伐之。」［百家注引孫汝聽曰］定公十年《左氏》：「公會齊侯於夾谷，孔丘相。齊侯使萊人以兵劫魯侯。孔丘以公退，曰：『士兵之。兩君合好，而裔夷之俘以兵亂之，非齊君所以命諸侯也。』齊侯聞之，遽避之。」又十二年《左氏》：「仲由爲季氏宰，將墮三都，公山不狃、叔孫輒帥費人以襲魯。公與三子入於季氏之宫，登武子之臺。仲尼命申句須、樂頎下伐之，費人北，二子奔齊。」

〔六〕［百家注引劉嵩曰］《易》：「王臣蹇蹇，匪躬之故。」按：見《周易·蹇》。

〔七〕［百家注引張敦頤曰］《孟子》：「大人格君心之非。」按：見《孟子·離婁上》。

〔八〕［百家注引張敦頤曰］《語》：「知及之，仁能守之，不莊以蒞之，則民不敬。」按：見《論語·衛靈公》。

〔九〕［注釋音辯］《禮記》：「子事父母，婦事舅姑，下氣怡聲。」按：見《禮記·内則》。

〔一〇〕［注釋音辯］濟，子禮切。［百家注引孫汝聽曰］《禮記·祭義》：「子之言祭，濟濟漆漆然。今子之祭，無濟濟漆漆，何也？」注：「漆漆，讀如『朋友切切』。」濟濟、切切，皆容貌。

〔一一〕［百家注］《書》：「皇帝哀矜庶戮之不辜。」《詩》：「淑問如臯陶。」按：分别見《尚書·吕刑》及《詩經·魯頌·泮水》。

〔一二〕［百家注引童宗説曰］號，名也。

〔一三〕［注釋音辯］（悋）與「吝」同。［韓醇詁訓］出《孟子》。按：「允恭克讓」見《尚書·堯典》，「温恭允塞」見《尚書·舜典》，《尚書·大禹謨》云「禹拜昌言」，「改過不吝」見《尚書·仲虺之誥》，「啟乃心沃朕心」見《尚書·説命上》。當引此。《孟子·公孫丑上》：「子路，人告之以有過則喜，禹聞善言則拜。」

〔一四〕［百家注引孫汝聽曰］《詩·大明》之文。翼翼，恭謹貌。按：見《詩經·大雅·大明》。

〔一五〕［百家注引孫汝聽曰］《書》：「文王自朝至於日中昃，不遑暇食。」按：見《尚書·無逸》。

〔一六〕〔百家注引孫汝聽曰〕《孟子》：「周公思兼三王，以施四事，仰而思之，夜以繼日，幸而得之，坐以待旦。」按：見《孟子·離婁下》。

〔一七〕〔百家注引孫汝聽曰〕《書》：「高宗諒陰，三年不言，言乃雍，不敢荒寧。」非武王也。按：見《尚書·無逸》。章士釗《柳文指要》上《體要之部》卷三三：「名家引經偶誤，事亦難免。」

〔一八〕《韓詩外傳》卷三周公誡成王：「然一沐三握髮，一飯三吐哺，猶恐失天下之士。」

〔一九〕「言忠信行篤敬」見《論語·衛靈公》，「温良恭儉讓」見《論語·學而》。

〔二〇〕〔注釋音辯〕卬，即仰字，或音昂。〔韓醇詁訓〕卬，五剛切。〔百家注引孫汝聽曰〕縱目，謂非横目。卬鼻，謂鼻向上。卬，即仰字，又五剛切。按：葛洪《抱朴子·雜應》：「用四規所見來神甚多，或縱目，或乘龍駕虎，冠服彩色不與世同，皆有經圖。」《爾雅·釋獸》：「蜼，卬鼻而長尾。」故以縱目卬鼻謂怪物。卬鼻謂鼻孔向上。卬通仰。

〔二一〕〔注釋音辯〕《尚書·多方》篇句。〔百家注引孫汝聽曰〕《書·多方》之辭，非傳説之言也。按：黄震《黄氏日鈔》卷六〇：「按今《書》非傳説之言。」章士釗《柳文指要》上《體要之部》卷三三：「此與《晉問》將韓獻子之言作魏絳、子犯之言作先軫，同一失誤。」

〔二二〕〔韓醇詁訓〕掣，尺列切。

〔二三〕〔注釋音辯〕童（宗説）云：踣，蒲北切，仆也。〔韓醇詁訓〕〔百家注引王儔補注〕踣，仆也，蒲北切。

〔二四〕見《論語·泰伯》。

〔二五〕［百家注引孫汝聽曰］《禮·中庸》之文。

〔二六〕［百家注引劉嵩曰］《孟子》：「伊尹曰：『天之生此民也，使先知覺後知，使先覺覺後覺，予天民之先覺者也。』孟子曰：『其自任以天下之重如此。』」按：見《孟子·萬章上》。

〔二七〕［注釋音辯］潘（緯）云：釁，許覲切。《國語》：「魯莊公束縛管仲以與齊，使北至，三釁三浴之。」注：「以香塗身曰釁，亦或爲薰。」謂以香薰草藥沐浴。伯與霸同。《論語》：「桓公九合諸侯，不以兵車，管仲之力也。如其仁，如其仁。」［百家注引孫汝聽曰］釁，通作「釁」。《國語》：「齊桓公使人請管仲於魯，比至，三釁三浴之。」注云：「以香塗身曰釁。」《論語》：「管仲相桓公，伯諸侯，一匡天下。」按：見《國語·齊語》及《論語·憲問》。

〔二八〕［百家注引孫汝聽曰］《史記》：「甘羅年十二，事秦相文信侯吕不韋。時燕王喜使太子丹入質於秦，秦使張唐往相燕，欲與燕共伐趙以廣河間之地。甘羅使趙，説趙王曰：『王聞燕太子入質秦歟？』曰：『聞之。』曰：『聞張唐相燕歟？』曰：『聞之。』『燕太子丹入秦，張唐相燕者，燕、秦不相欺也。燕、秦不相欺者，伐趙危矣。王不如齎臣五城，以廣河間，請歸燕太子，與强趙攻弱燕。』趙王立割五城以廣河間。秦歸燕太子。趙攻燕，得上谷三十城，令秦有十一。」按：見《史記·樗里子甘茂列傳》。

〔二九〕［百家注引孫汝聽曰］《漢書》：終軍，字子雲，濟南人，武帝時爲諫議大夫。按：見《漢書·終軍傳》。

〔三〇〕［注釋音辯］［韓醇詁訓］譎，古穴切。

〔三一〕［注釋音辯］（縱踴）獎勸也。上子勇切，下音勇。

〔三二〕［注釋音辯］武帝時，南越太后樛氏幼與安國少季通。元鼎四年，少季往諭令入朝，與太后私通，國人不附太后，吕嘉遂攻殺太后及終軍等。［百家注引孫汝聽曰］初，南越文王遣其太子嬰齊入宿衛，取邯鄲樛氏女，生子興。文王卒，嬰齊立。嬰齊卒，興立，尊其母爲太后。太后自未爲嬰齊姬時，嘗與霸陵人安國少季通。元鼎四年，武帝使少季往諭興，令入朝，比內諸侯，而令終軍等宣其辭，勇士魏臣等輔其決。少季往，復與太后私通。國人多不附太后。五年，南越相吕嘉反，攻殺興、太后及軍等。按：見《漢書·兩粵傳》。

〔三三〕［注釋音辯］童（宗説）云：嗾音叟，冀、隴間謂使犬曰嗾。《左氏》宣二年「公嗾夫獒」。［韓醇詁訓］嗾，素口切，呼犬也。《左氏傳》：「公嗾夫獒。」［百家注引孫汝聽曰］盧，田犬。《詩》有《盧令》是也。

〔三四〕［注釋音辯］呀，虚加切。

〔三五〕［韓醇詁訓］上使二公事皆見本傳。甘羅以十二事秦，終軍死越時年二十。公之取此蓋以激之。

〔三六〕［韓醇詁訓］《孟子》：「『敢問何如斯可謂狂矣？』曰：『如琴張、曾皙、牧皮者，孔子之所謂狂矣。』」琴張，琴牢也。按：見《孟子·盡心下》。

〔三七〕［韓醇詁訓］縲，倫追切。

〔三八〕［百家注引劉嵩曰］《孟子》：「晉人有馮婦者，善搏虎，卒爲善士。」按：見《孟子·盡心下》。

〔三九〕［注釋音辯］處，上聲。横，去聲。［百家注引孫汝聽曰］《晉書》：「周處，字子隱，義興人，縱情肆欲，州里患之。處自知爲人所惡，謂父老曰：『何苦不樂？』父老曰：『三害未除。』處曰：『何也？』答曰：『南山白額虎，長橋下蛟，並子爲三矣。』處乃入山射殺猛虎，投水搏蛟，勵志好學，志存義烈克己。期年，州府交辟。」按：見《晉書·周處傳》。

〔四〇〕［注釋音辯］屈，其勿切。《楚辭·九章》云。［百家注引孫汝聽曰］屈原《九章》：「懲於羹者而吹齏兮，何不變此之志也。」按：見《惜誦》。

〔四一〕［注釋音辯］突，吐忽切，又音脱。《楚辭》：「將突梯滑稽。」注：「轉隨俗也。」［百家注引孫汝聽曰］屈原《卜居》：「突梯滑稽。」王逸云：「轉隨俗也。」

〔四二〕［百家注引王儔補注］貞元五年，公年十七。

〔四三〕［百家注引王儔補注］貞元九年，公中進士第。

〔四四〕［百家注引王儔補注］貞元十二年，公年二十四。

〔四五〕［百家注引王儔補注］貞元十四年，公得集賢正字。

〔四六〕《老子》：「和其光，同其塵，湛兮似若存。」

〔四七〕［百家注引孫汝聽曰］襄十四年《左氏》所載師曠之言。

〔四八〕［注釋音辯］事見《左傳》襄公三十一年。［百家注引孫汝聽曰］襄三十一年《左氏》：「鄭人游於鄉校，以論執政。然明曰：『毁鄉校何如？』子產曰：『何爲？夫人朝夕退而游焉，以議執政之善否，其所善者吾則行之，其所惡者吾則改之，是吾師也，若之何毁之？』」

〔四九〕［注釋音辯］捎，所交切。駃音決。騠音題。《史記》：「武帝伐大宛，得千里馬，號蒲捎。」又前《鄒陽傳》注：「駃騠，駿馬，生七日而超其母。」［百家注引孫汝聽曰］《史記》：「武帝伐大宛，得千里馬，號蒲捎。」《漢書》：「蘇秦相燕，人惡之燕王，燕王食以駃騠。」孟康云：「駿馬也。生七日而超其母。」捎，所交切。駃騠，音決題。按：「號蒲捎」事見《史記·樂書》。「燕王食以駃騠」事見《漢書·鄒陽傳》。

〔五〇〕［韓醇詁訓］元和五年十一月九日，敕罷來歲籍田。

〔五一〕［注釋音辯］潘（緯）云：臿，側洽切，舂也。此當作鍤，鍤，鍫也，音同，史字多通用。

〔五二〕［注釋音辯］（隟）與「隙」同。

〔五三〕［百家注引孫汝聽曰］元和六年正月，以李吉甫爲相。

〔五四〕何焯《義門讀書記》卷三六：「此道人當是道州人，非浮屠。」

〔五五〕［注釋音辯］粗，坐五切，疏也。

【集評】

邵博《邵氏聞見後録》卷一四：文用助字，柳子厚論當否，不論重複……愚溪惜楊誨之用《莊子》太多，反累正氣。東坡早得文章之法於《莊子》，故於詩文多用其語。

真德秀《文章正宗》卷一四：按《説車》詞義不皆粹，然大旨不外是矣。書辭頗汗漫。以其間多名言，故取之。

茅坤《唐宋八大家文鈔》卷一九：首尾二千言如一綫，然强合乎道者。

明闕名評選《柳文》卷二引王荆石（錫爵）曰：疏宕，類太史公。唐荆川（順之）曰：大辯，不醇雅。「但用《莊子》、《國語》文字」眉批：凡爲文，戒用古人舊語。文末引唐荆川曰：按説事詞義不皆粹，然大旨不外是矣。書辭頗汙漫，以其間多名，故取之。

蔣之翹輯注《柳河東集》卷三三：文氣固自沛然，不免辭繁而意寡，亦覺太馳，使稍節之，精神尤鬱勃耳。又引王世貞曰：疏宕類太史公。「以告夫游乎中道者焉」句下：著書之病，全在眩奇鶩怪，即太史遷亦不免之，子厚之所謂中道恐未然也。「故罪至而無所明之」句下：子厚之貶，豈以狂疏輕薄乎？何欺人若此。「無徒爲煩言往復幸甚」句下：自是忠告，故其詞纏綿而痛至。「果能遺是則大善矣」句下引茅坤曰：凡爲文最忌用古人舊語。

李光地《榕村語録》卷二九：古文近頗知其作法，但不暇做工夫，問如何？曰：其本自然要以經書道理爲主，文字卻不要規摹那一家。教人看得似那一家，便非其至。短者要有意思，長者要有裁翦。柳州《與楊誨之説車書》凡數千言，字字琢鍊，又是一氣流出，連虚字要换他一箇亦不得，即寒温語皆妙。大都韓柳動筆，即一兩行都是留意，無苟作者。到後信筆寫來，無不入妙。又字眼亦要緊當，取材於兩漢。若字眼不古雅，文字便減色。古文内著不得工麗對句。古詩對句太多，亦六朝始然，唐初尚襲其餘習，至工部始洗脱。

李光地《書柳子厚與楊誨之疏解車義第二書後》：柳子廢錮，益自奮，故其文日進，識亦日廣，其矯然於既躓，而思所建樹。永、柳諸書牘，皆可觀也。此書往復數千言，古來辭命之費，未有方之者。然無餘言冗字，一意反覆以終竟其説。孔子曰「辭達而已」，此其庶與！道之不傳，學者以意爲説，各如其就之淺深，雖幾似之矣，而毫釐之際，正學者所爲盡心也。柳子曰「方内而圓外」，尋其意，蓋以恭讓小心、祇懼敬戒皆爲圓外之事，而引堯、舜、禹、湯、高宗、文、武至於周、孔，以實之大指，則歸於欲行其道，而爲此以售世。嗚呼，是何識聖人之末也！且以是爲圓外，則所謂方於内者又何物？豈《詩》、《書》經傳，但讚列聖之外者，而不及其内者與？吾謂凡柳子所稱列聖之事，皆其内者也。不恭讓，不小心，不祇懼，不敬戒，則幾所謂罔念作狂者，而聖無由以聖。聖無由以聖，則彼方兢兢翼翼，自理其心之不暇，而曰「吾將以售行其道」，不亦遠乎？柳子之爲是言，凡以藥楊生之愁檢局，而慕縱肆，故進之恭謹之道，不踰矩之説。如是則是方也，非圓也。謬方圓之實而號不美，宜乎無以下楊生之心，而息其喙也。《易》曰「敬以直内」。列聖之事皆敬也，皆所以直内者也。若夫外，則義以方之而已，未聞以圓也。由柳子之説，則是義以方内，敬以圓外也，何其與《易》之意異乎？無乃有撟敖不屑於其中，而爲是不得已之恭讓，而所謂敬義者皆失乎？然則圓之説，果無施乎？曰：於《易》有之。圓而神，方以智，精義入神，則神圓而智方。圓所以爲方，非方圓兩轍也。或曰：《論語》稱義以爲質，禮以行之，孫以出之，柳子之言或出於此。曰：三者皆由内以方外之事，非義内而禮孫外爾。夫圓外之説，行其敝也，脂而不㨵。吾故曰：以意爲説，而不考於相傳之道之過也。（《榕村集》卷二二）

孫琮《山曉閣選唐大家柳柳州全集》卷一：娓娓二千餘言，皆作諄諄懇懇之論。起處説己與誨之既是親戚，又兼相知，情深誼篤，便不得不作娓娓數千言一書也。中幅言誨之之非，明己言之是，處處説得諄諄懇懇，俱寫作嬝嬝婷婷句法，便令親情之篤、友誼之深，筆筆寫盡。

張伯行《唐宋八大家文鈔》卷四：此書大旨，以楊誨之年少氣鋭，於行己處世間，不肯虚心點檢，以求合於古聖賢之道，故諄切告之。又因其來書慕甘羅、終軍之爲人，遂極詆二子，以爲不足學。並自叙其少年不自點檢，錯走路徑，至今悔之無及，欲誨之藉此以爲鑒戒，而毋蹈己之所爲也。此子厚閲歷真實之言，文字雄勁精峭，滔滔不竭，若不可窺測，而約其大旨，不過如是。學者細觀之，於行己處世之間，當有激發警省處矣。

李開鄴、盛符升評《文章正宗》語卷一四：首尾二千言，皆一氣貫串，可謂雄才。

何焯《義門讀書記》卷三六：多有不足縷縷致辨者，而亦毛舉不已，所謂道不足而强有言也。……「今將申告子以古聖人之道」：世得云：自此至「爲偶乎，爲佞乎」是一段，稱古昔聖賢以諍楊之失。然細分之，又有兩層，自「書之言」至「不爲也，非不能也」爲首層，對楊欲任性率直，不能勉强立論。自「凡吾之致書爲説車」至「如是而心反不愧耶」爲次層，對楊以己之失爲非聖道立論，而結之曰「僞乎佞乎」。「僞」結首層，「佞」結次層。「若果以聖與我異類」至「聖人不足重也」：此一層從《孟子》中來，非無實之辨。「今子又以行險爲車之罪」：世得云：自此至「此甚未可也」是一段，言涉世之道以諍楊之失，車不得不行險，譬人不能不涉世也。然細分之，亦有二層。上層辨甘羅、終軍是一種入世法，下層引嵇康、阮籍又是一種入世法。要之，均非中道也。「吾意足下所以云云者」：世得云：自此至「而惡之也」一段，又就楊身上寬一步説，收前二段意。楊之所惡在佞，前言「僞乎佞乎」，其旨亦歸於辨佞也，故此單收佞。「非特於可進也」四句：又云可進可退，顧上出世一段意。「吾年十七求進士」：自此至「幸甚」一段，又就自己身上説法。狂疏、輕薄兩意，又分照上二段。「日思摧其形」：暗照縱心意。「旦暮走謁於大官堂下」：暗照出世意。「益知出於世者之難自任也」：總收。

儲欣《河東先生全集録》卷五：勤勤懇懇，欲自節一語不得，親厚之情見乎辭。又：縱心恣腕，篇法政嚴。

姚範《援鶉堂筆記》卷五〇：按所謂「嚮所陳者」，即始仕至御史郎官云云。其《與顧十郎書》「不爲嚮者之態」，亦斥本文蜂附蟻合之云也。（方東樹按：此種文法始於《莊子》，已有之。如云「嚮者先生有緒言」、「向吾見若眉睫之間」是也。習之亦曰稱説云云，如前所陳者。）

焦循批《柳文》卷四：整齊偶儷中，自具疏宕之氣。不然，竟是時文兩大比矣。又：善辨。「千百年天下傳道之」批：此處文氣廉峭之至，久諷之乃知其美。又：比興無端。又：又用偶然，自參差錯落。又：疏宕中自具整齊之度。「道固公物」批：通人之言。又：可見作文以正氣爲重。又：洋洋三千言，忽疏忽密，忽婉忽直，忽偶忽奇，極文字變化之奇矣。又：此文斷非學之可能，似司馬氏《報任安書》矣，然實不似也。充積久，含蓄深，自能如此。文至此，豈尚得以文法關鍵論之乎？茅鹿門、艾千子何足知此！又：絶無形度可模，竟是縱心不踰矩矣。又：無美不備，真是牢籠萬態。嘉慶壬戌秋八月，江都焦循書於武林節署。又：十年前，未見此文之妙，今乃北面再拜，識固以年進耳。前此疏淺固甚。循又記。

答貢士沈起書

九月，某白：沈侯足下無恙〔一〕。蒼頭至〔二〕，得所來問，志氣盈牘，博我以風賦比興之旨①〔三〕。僕之樸騃專魯〔四〕，而當惠施、鍾期之位〔五〕，深自恧也〔六〕。又覽所著文宏博中正，富我以琳琅珪璧之寶甚厚②。僕之狹陋蚩鄙，而膺東阿、昭明之任〔七〕，又自懼也，烏可取識者歡笑，以爲知己羞？進越高視，僕所不敢。然特枉將命〔八〕，猥承厚貺，豈得固拒雅志默默而已哉！謹以所示，布露于聞人，羅列乎坐隅③，使識者動目，聞者傾耳，幾於萬一，用以爲報也。

嗟乎！僕嘗病興寄之作，堙鬱於世，辭有枝葉〔九〕，蕩而成風，益用慨然〔一〇〕。間歲，興化里蕭氏之廬，覩足下《詠懷》五篇，僕乃拊掌愜心，吟玩爲娱。告之能者，誠亦嚮應。今乃有五十篇之贈，其數相什〔一一〕，其功相百，覽者歎息，謂余知文。此又足下之賜也，幸甚！幸甚④！勉懋厥志，以取榮盛時。若夫古今相變之道，質文相生之本，高下豐約之所自，長短大小之所出⑤，子之言云，又何訊焉⑥？

來使告遽，不獲申盡，輒奉草具，以備還答。不悉。宗元白。

【校　記】

①原注與世綵堂本注：「（旨下）一有『甚厚』二字。」

②詁訓本無「甚厚」二字。

③原注與注釋音辯本、世綵堂本注：「乎，一作于。」

④詁訓本不重出「幸甚」。

⑤大小，原作「小大」，據注釋音辯本、詁訓本、游居敬本、蔣之翹輯注本及《全唐文》倒轉。

⑥詁訓本「言」下無「云」字，「訊」作「許」。

【解　題】

［韓醇詁訓］沈不詳其何所人，所謂「間歲，興化里蕭氏之廬，覩其《詠懷》」，當是貞元末年未貶時作。［世綵堂］沈不詳其何所人，所謂見於興化里，當是貞元末年在京時作。按：陳景雲《柳集點勘》卷三：「貞元十八年韓子《與祠部陸員外修書》薦士十人，中有沈杞者，即以是歲登第。疑『杞』即『起』也。又韓書中有張後餘，即子厚爲作哀辭者，而《登科記》作『俊餘』。『杞』、『起』不同，或亦類是。」

【注　釋】

〔一〕［百家注引童宗説曰］恙，病也。

〔二〕［韓醇詁訓］《蕭望之傳》：「出入從蒼頭廬兒。」師古曰：「官府給賤役者也。」按：見《漢書·蕭望之傳》。

〔三〕［百家注引張敦頤曰］《論語》謂「博我以文」也。按：見《論語·子罕》。

〔四〕［注釋音辯］騃，語駭切。［百家注］樸音朴。騃，語駭切。

〔五〕［注釋音辯］惠施與莊子，鍾子期與伯牙。［韓醇詁訓］［世綵堂］《莊子》：「惠施多方，其書五車。」《列子》：「伯牙鼓琴，意在山。鍾子期曰：『巍巍乎。』意在水。子期曰：『湯湯乎。』子期死，伯牙遂絶絃，以世無知音也。」［百家注引韓醇曰］惠施與莊子，鍾子期與伯牙，皆知其音者也。按：分別見《莊子·天下》、《列子·湯問》。

〔六〕［百家注］恧，女六切。

〔七〕［注釋音辯］曹植，字子建，封東阿王。蕭統，謚昭明太子。皆善論文。在集中。［韓醇詁訓］左太沖《魏都賦》：「才若東阿。」《魏志》：曹植，字子建，武帝第三子也。初封東阿王。梁昭明太子統引納才學之士，自討論墳籍，與學者商榷古今，繼以文章著述。於時東宮有書三萬卷，又集《文選》三十卷。

〔八〕［百家注引張敦頤曰］《論語》：「將命者出户。」按：見《論語·陽貨》。

〔九〕［百家注引童宗説曰］《禮記》：「天下有道，行有枝葉；天下無道，辭有枝葉。」按：見《禮記·表記》。鄭玄注：「行有枝葉，所以益德也。言有枝葉，是衆虚華也。」

〔一〇〕［百家注］慨，口蓋切。

〔一一〕［百家注］（什）與「十」同。

【集評】

茅坤曰：風神盎然，特篇末猶似未了語。

蔣之翹輯注《柳河東集》卷三三引王世貞曰：風華籍籍。

何焯《義門讀書記》卷三六：此早年最卑淺之作，宜削。

焦循批《柳文》卷四：應酬之作，便古宕乃爾。

賀進士王參元失火書

得楊八書〔一〕，知足下遇火災，家無餘儲。僕始聞而駭，中而疑，終乃大喜，蓋將弔而更以賀也〔二〕。道遠言略，猶未能究知其狀。若果蕩焉泯焉而悉無有①，乃吾所以尤賀者也。

足下勤奉養，寧朝夕②，惟恬安無事是望也③。乃今有焚煬赫烈之虞④〔三〕，以震駭左右⑤，而脂膏滫瀡之具〔四〕，或以不給，吾是以始而駭也⑥。凡人之言，皆曰盈虛倚伏〔五〕，去來之不可常，或將大有爲也，乃始厄困震悸〔六〕，於是有水火之孼〔七〕，有群小之慍〔八〕，勞苦變動，而後能光明，古之人皆然。斯道遼闊誕漫，雖聖人不能以是必信，是故中而疑也。

以足下讀古人書，爲文章，善小學，其爲多能若是，而進不能出群士之上，以取顯貴者，無他故焉⑦。京城人多言足下家有積貨，士之好廉名者皆畏忌，不敢道足下之善。獨自得之，心蓄之，銜忍而不出諸口，以公道之難明，而世之多嫌也。一出口，則嗤嗤者以爲得重賂〔九〕。僕自貞元十五年見足下之文章，蓄之者蓋六七年未嘗言，是僕私一身而負公道久矣⑧，非特負足下也。及爲御史尚書郎，自以幸爲天子近臣，得奮其舌，思以發明足下之鬱塞⑨。然時稱道於行列，猶有顧視而竊笑者，僕良恨脩己之不亮，素譽之不立，而爲世嫌之所加，常與孟幾道言而痛之〔一〇〕。乃今幸爲天火之所滌盪⑩〔一一〕，凡衆之疑慮⑪，舉爲灰埃，黔其廬，赭其垣⑫〔一二〕，以示其無有⑬，而足下之才能乃可顯白而不汙⑭，其實出矣。是祝融、回祿之相吾子也〔一三〕。則僕與幾道十年之相知⑮，不若兹火一夕之爲足下譽也。宥而彰之⑯，使夫蓄於心者，咸得開其喙〔一四〕，發策決科者〔一五〕，授子而不慄，雖欲如向之蓄縮受侮，其可得乎？於兹吾有望乎爾⑰，是以終乃大喜也。古者列國有災，同位者皆相弔，許不弔災，君子惡之〔一六〕。今吾之所陳若是，有以異乎古，故將弔而更以賀也〔一七〕。顏、曾之養，其爲樂也大矣，又何闕焉？

足下前要僕文章古書⑱，極不忘，候得數十幅乃併往耳⑲。吴二十一武陵來，言足下爲《醉賦》及《對問》⑳，大善，可寄一本。僕近亦好作文㉑，與在京城時頗異。思與足下輩言之，桎梏甚固，未可得也。因人南來，致書訪死生。不悉。宗元白。

【校記】

① 世綵堂本注：「一無『泯焉』二字。」

② 寧，注釋音辯本、游居敬本、蔣之翹輯注本及《全唐文》作「樂」。

③世綵堂本注：「『望』下一無『也』字。」

④乃今，注釋音辯本及詁訓本作「今乃」。

⑤世綵堂本注：「一無『駭』字。」

⑥詁訓本「是」上無「吾」字，「是」下無「以」字。「而」下有「以」字。

⑦注釋音辯本、詁訓本、游居敬本、蔣之翹輯注本及《全唐文》作「蓋無他焉」。注釋音辯本注：「一本作『無他故焉。』」

⑧原注與注釋音辯本、世綵堂本注：「身，一作己。」

⑨足，原作「天」，據注釋音辯本、詁訓本、游居敬本、蔣之翹輯注本及《全唐文》改。

⑩原注與注釋音辯本、世綵堂本注：「天，一作大。」

⑪原注與注釋音辯本、世綵堂本注：「疑，一作所。」

⑫原注與世綵堂本注：「赭，一作赫。」

⑬以示，詁訓本作「示以」。

⑭世綵堂本注：「『可』下一有『以』字。」注釋音辯本及詁訓本「可」下有「以」字。

⑮世綵堂本注：「一無『相』字。」

⑯陳景雲《柳集點勘》卷三：「按『宥』本訓寬，與上下文意不屬，疑當作『佑』，乃蒙上『相吾子』言之。」何焯《義門讀書記》卷三六：「宥，猶助也。」

⑰原注與詁訓本、世綵堂本注：「（乎爾）一作『于子』。」注釋音辯本作「于子」，並注：「一本作『乎爾』。」

⑱「前」下原衍一「章」字，據注釋音辯本、游居敬本、蔣之翹輯注本及《全唐文》删。世綵堂本注：「一本『文章』二字作『學』字。」

⑲幅，世綵堂本作「篇」。

⑳醉，詁訓本作「辭」。

㉑世綵堂本注：「一無『亦』字。」

【解　題】

［韓醇詁訓］王參元，史不得而詳。書云：「吴二十一武陵來，言足下爲《醉賦》及《對問》，大善。」武陵以事謫永在元和四年，此書當在四年後永州作。書自言其爲天子近臣，今「與在京城時頗異」，則其在永明甚。［世綵堂］王參元，史不得而詳。書云「吴武陵謫永」，在元和四年。此書當四年後永州作。［蔣之翹輯注］王參元，元和二年中進士第。但史不得而詳。按：王應麟《困學紀聞》卷一七：「《王參元書》云：『家有積貨，士之好廉名者，皆畏忌不敢道足下之善。』嘗考李商隱《樊南四六》有《代王茂元遺表》，云與弟季參元俱以詞場就貢，久而不調。茂元，棲曜之子也。商隱誌王叔元云『第五兄參元教之學』。」陳景雲《柳集點勘》卷三：「參元，濮陽人，鄜坊節度使棲曜少子。棲曜

居方鎮垂二十年，歿於貞元中，參元家有積貨，皆先世所遺。書中有勤奉養諸語，蓋時方奉侍其母也。篇首言得楊八書，楊八名敬之，子厚之戚，而參元深友也。敬之行八，見劉賓客詩。其與參元友善，兼有李商隱《李賀小傳》可證。或謂楊八即柳子《酬楊侍郎》之八叔拾遺，非也。」陳考王參元甚詳，是。《册府元龜》卷九二五：元和十年捕尉馬王承系，因蘇表、宇文籍事，「貶左衛騎曹參軍楊敬之爲吉州司户參軍，右神武倉曹韋衍爲温州司倉參軍，祕書省正字薛庶回爲柳州司兵參軍，太子正字王參元爲遂州司倉參軍，鄉貢進士楊處厚爲邛州太邑尉，並坐與表交游故也。」李商隱《樊南文集》卷八《李賀小傳》「所與游者王參元、楊敬之、權璩、崔植爲密」，又卷一《代僕射濮陽公（王茂元）遺表》稱「季弟參元」，可知王參元爲王茂元之弟。《李賀小傳》又云「長吉姊嫁王氏者」，疑即王參元所娶。

【注　釋】

〔一〕楊八，楊敬之，楊凌子。劉禹錫《劉夢得文集》外集卷五有《答楊八敬之》詩。

〔二〕［世綵堂］《左傳》：「其可弔也而又賀之。」公采其語。按：見《左傳》昭公八年。

〔三〕［注釋音辯］煬音漾，炙也，熱也。［韓醇詁訓］［百家注引童宗説曰］煬音漾，暴也。

〔四〕［注釋音辯］瀡，息有切。瀡，息委切。秦人溲曰瀡，齊人滑曰瀡。《禮記》：「瀡瀡以滑之。」謂調和飲食。［韓醇詁訓］瀡，息有切。瀡，息委切，滑也。［百家注引韓醇曰］瀡瀡以滑之，脂膏以膏之。見《禮記·内則篇》。瀡，息有切。瀡，息委切。

〔五〕［百家注引劉嵩曰］《老子》：「禍兮福所倚，福兮禍所伏。」

〔六〕［注釋音辯］（悸）其季切。

〔七〕［韓醇詁訓］（孽）魚列切。［百家注引孫汝聽曰］《説文》：「衣服歌謡草木之怪謂之妖，禽獸蟲蝗之怪謂之孽。」孽，魚列切。

〔八〕［百家注引孫汝聽曰］《詩》：「憂心悄悄，愠於群小。」按：見《詩經・邶風・柏舟》。

〔九〕［韓醇詁訓］嗤音蚩。按：嗤嗤，笑貌。

〔一〇〕［百家注引王儔補注］幾道，名簡。按：孟簡字幾道，德州平昌人。兩《唐書》有傳。

〔一一〕［韓醇詁訓］［百家注］盪音蕩。

〔一二〕［注釋音辯］黔，巨淹切。赭音者。［韓醇詁訓］黔音鈐。

〔一三〕［注釋音辯］祝融，火正。回禄，火神。［百家注引孫汝聽曰］昭二十九年《左氏》：「顓頊氏有子黎，爲祝融，是爲火正。」十八年《左氏》：「禳火於玄冥、回禄。」注：「回禄，火神。」

〔一四〕［注釋音辯］（喙）許穢切。

〔一五〕［百家注引孫汝聽曰］《揚子》：「須以發策決科。」漢之明經，必爲問難疑義，書之於策，量其大小，署爲甲乙之科，列而置之，不使彰顯。有欲射之，隨其所取得而釋之。故云。按：見揚雄《法言》卷一《學行》。

〔一六〕［注釋音辯］事見《左傳》昭公十八年。［百家注引孫汝聽曰］昭十八年《左氏》：「宋、衛、陳、鄭災，陳不救火，許不弔災，君子是以知陳、許之亡也。」

〔一七〕［注釋音辯］元和二年，參元中進士第。［百家注引孫汝聽曰］元和二年，參元中第。按：王參元與楊敬之、吴武陵等同年登進士第。

【集評】

吴曾《能改齋漫録》卷七：陳後山《别張芸叟》詩云：「此别時須問死生，孰知詩律解窮人。」韓子蒼《送張右司》詩云：「遥知此别常乖隔，莫惜書來訪死生。」或者謂用柳子厚《與王參元書》云：「因人南來，致書訪死生。」非也。蓋本出梁王僧孺《送商何兩記室》詩：「儻有還書便，一言訪死生。」

《王荆石先生批評柳文》卷八：善爲辭。

茅坤《唐宋八大家文鈔》卷二〇：深識之言，逼古之文。

何孟春《餘冬叙録》卷閏三：古人文字有彼此絶似者，殆所效而然，然不敢謂其互相效也。……柳宗元《賀王進士失火書》，有「僕始聞而駭，中而疑，終乃大喜」之語。李漢叙韓文曰：「時人始而驚，中而笑且排，終而翕然隨以定。」文出《莊子》：「北門成問於皇帝曰：帝張咸池之樂於洞庭之野，吾始聞之懼，復聞之怠，卒聞之而惑也。」

明闕名評選《柳文》卷三引鄒東郭曰：此書文體三疊，而意思深邃。余取之作舉業論者法。汪南瞑曰：一篇議論，全是寬慰參元。且爲祝融、回禄相吾子，即參元亦爲之解頤矣。「則僕與幾道」眉批引王意中曰：「十年之相知足下譽」，此句最得一篇要領。文末引林次崖（希元）曰：將弔而更爲賀，總收一句最有關鎖。

蔣之翹輯注《柳河東集》卷三三：辭盡工，意亦宛轉，但其蹊逕太露。又引羅大經曰：東坡眼空一世，獨喜陶柳，雖遷海外，亦以二集自隨。嘗指子厚《賀失火書》謂山谷曰：「此人奇奇怪怪，亦三端中得一好處也。」又引茅坤曰：昔晉公藏寶臺燒，公子晏子獨束帛而賀。王參元失火，子厚亦以弔更賀，且曰：「是祝融回禄之相吾子也。」兩事可爲駭人，然均有卓見處。「常與孟幾道言而痛之」句下引王世貞曰：讀《失火書》，極有韻致，極有力量，然負公道一語，君子謂見理未明者。夫士君子引拔人才，惟求不負所舉而已，能果足録如裴垍之進擢舊友可也，庸庸無取如蘇章之不私故人可也。參元果賢，且將内不避親，外不避仇，而獨避一知己邪？胡爲鍼口結舌寧負公道，不負私黨，寧負足下，不負權貴，而惴惴懼爲世嫌所加也？八司馬之黨宜其及矣。「又何闕焉」句下引歸有光曰：想參元親在，故前云勤奉養、樂朝夕。末慰之方。方照上「養」字、「樂」字。

林雲銘《古文析義》二編卷六：薦引士類，唯在至公。貧者未必皆賢，富者未必皆不肖，然亦貴自處於廉，言方見信。而世之夤緣倖進者，非貨賂不能，則瓜李之嫌，又不容不避矣。是書以聞失火，改弔爲賀，立論固奇，其實就俗眼言確乎不易。若文之縱横轉換，抑揚盡致，令罹禍者破涕爲笑，則其奇處耳。

張伯行《唐宋八大家文鈔》卷四：行文亦有詼諧之氣，而奇思雋語，出於意外，可以擺脱庸庸之想。參元以積貨而累真材，子厚以避謗而掩人善，當時風俗如此，卻不可解。

何焯《義門讀書記》卷三六：「一出口則嗤嗤者以爲得重賂」：此即上所謂群小之慍，轉因水火之孽而得光明也。……「顔曾之養」三句：收得密。

孫琮《山曉閣選唐大家柳柳州全集》卷一：此篇提柱分應，一段寫駭，一段寫疑，一段寫弔且賀。雖分四段，其寫駭、寫疑、寫弔、寫賀，是客意，寫喜一段是正意。蓋失火而賀，此是奇文，失火而反表白參元之材，又是奇事，從奇處立論，便見超越，固知寫喜一段是一篇正文也。

吴楚材、吴調侯《古文觀止》卷九：「以賀也」句下：因駭疑而將弔，因大喜而更以賀。「多嫌也」句下：好廉名者，所以不敢道。「得重賂」句下：雖道亦必見笑於人。「負足下也」句下：己亦避諱世嫌，有負公道。「竊笑者」句下：即欲一明公道，究不免於嗤嗤者之竊笑。「言而痛之」句下：公道難明，古今重歎。藉以抒發，不勝世變之感。「相吾子也」句下：奇語，快語。「足下譽也」句下：奇極！快極！「有望於子」句下：庶幾能出群士之上，以取顯貴。「所陳若是」句下：指第三段。「以異乎古」句下：原不是災。「更以賀也」句下：承寫一段弔且賀。文末：想參元親在，故前云勤奉養、樂朝夕。末慰之言，正照上「養」字、「樂」字。總評：聞失火而賀，大是奇事。然所以賀之之故，自創一段議論，自辟一番實理，絶非泛泛也。取徑幽奇險仄，快語驚人，可以破涕爲笑。

儲欣《河東先生全集録》卷五：間架文，甚活變，東坡先生目爲怪怪奇奇，有以也。

儲欣《唐宋八大家類選》卷八：語奇理正，讀此與昌黎《送齊皞序》，知唐以通榜取士，而當時主司，猶顧惜名節如此，亦近今所難。

過珙《古文評注》卷七：失火而賀，最是奇情恣筆。然説到「終乃大喜」一段，真有深識，真有至理，駭者固不足駭，而疑者終無可疑矣。不火不足以表參元，不火之盡不足以大表參元。兩斷分晰，奇特尤甚。又：文首立三柱，以下分疏，此作文之篇法也。其議論奇創，出人意表，想是踔厲風發，屈其座人時也。

焦循批《柳文》卷四：慨乎言之。

秦篤輝《平書》卷七：賀弔互翻，始於《晉語》叔向對韓宣子，繼於《史記》蒯通説范陽令，終於子厚《賀王進士書》。文章機杼，必有來歷，特善變者工耳。

劉熙載《藝概·文概》：昌黎《送窮文》自稱其文曰：「不專一能，怪怪奇奇，不可時施，衹以自嬉。」東坡嘗與黄山谷言柳子厚《賀王參元失火書》曰：「此人怪怪奇奇，亦三端中得一好處也。」「亦」字言外寓推韓微旨。

林紓《韓柳文研究法·柳文研究法》：唐時朝士，居顯要者，多矯激而避嫌，於昌黎《送齊皞下第叙》中，已見之矣。柳州《賀王參元失火書》正是此意。書意似怪特，然唯有唐之矯激，始有此怪特之書。失火有何可賀？賀在一火之後，可以蕩滌行賄冒進之名，書中始駭、中疑、終喜，分三段抒寫，似奇而實平，似怨而實憤。第三段寫「公道難明，世人多嫌」意，否塞令人憒㥜而已。